ISABEL WOLFF

Isabel Wolff est née dans le Warwickshire, en Angleterre. Après des études de littérature anglaise à Cambridge, elle devient journaliste et collabore à divers quotidiens comme l'*Evening Standard* et le *Daily Telegraph*. Reporter radio à la BBC, elle fait la revue de presse du journal télévisé du matin sur la BBC1, quand, en 1999, elle publie son premier roman, *Les tribulations de Tiffany Trott*. Toute la presse anglaise salue aussitôt la prose vive et expressive d'un auteur qui parvient à mêler élégamment l'humour à une critique très subtile des caractères. Ce premier roman devient bientôt un formidable succès de librairie en Grande-Bretagne et dans de nombreux pays. Avec *Les mésaventures de Minty Malone*, paru en 2000, Isabel Wolff s'est définitivement imposée comme un grand auteur de la littérature de mœurs.

Célibataire, Isabel Wolff vit à Londres et se consacre désormais à l'écriture.

ROSE À LA RESCOUSSE

DU MÊME AUTEUR
CHEZ POCKET

LES TRIBULATIONS DE TIFFANY TROTT
LES MÉSAVENTURES DE MINTY MALONE
AVIS DE GRAND FRAIS

ISABEL WOLFF

ROSE
À LA RESCOUSSE

Traduit de l'anglais par Denyse Beaulieu

JC Lattès

Titre de l'édition originale
RESCUING ROSE
publiée par HarperCollins Publishers

Le Code de la propriété intellectuelle n'autorisant, aux termes de l'article L. 122-5 (2° et 3° a), d'une part, que les « copies ou reproductions strictement réservées à l'usage privé du copiste et non destinées à une utilisation collective » et, d'autre part, que les analyses et les courtes citations dans un but d'exemple et d'illustration, « toute représentation ou reproduction intégrale ou partielle faite sans le consentement de l'auteur ou de ses ayants droit ou ayants cause est illicite » (art. L 122-4).
Cette représentation ou reproduction, par quel que procédé que ce soit, constituerait donc une contrefaçon sanctionnée par les articles L. 335-2 et suivants du Code de la propriété intellectuelle.

© Isabel Wolff, 2002.
© 2003, éditions Jean-Claude Lattès
pour la traduction française.
ISBN : 2-266-13704-2

*Pour Eleana Haworth, ma tante
Et
Matthew Wolff, mon oncle
Avec amour*

« Pourquoi ne m'a-t-on pas enseigné les constellations,
afin que je me sente chez moi dans les cieux étoilés
qui sont toujours au-dessus de nos têtes,
et qu'à ce jour je ne connais pas ? »

Thomas Carlyle (1795-1881)

1.

L'horreur et la stupéfaction se mêlèrent dans les doux yeux de Ted quand j'avançai vers lui, frémissante d'indignation, un bras en l'air...

— Prends ça ! hurlai-je.

Un plateau à thé de Wedgwood frôla son oreille gauche en sifflant, avant de se fracasser contre le mur du jardin.

— Et ça !

Il leva les mains pour se protéger de la tasse assortie au plateau, bientôt suivie de sa soucoupe.

— Tu peux prendre ça, aussi !

Trois assiettes tournoyèrent vers lui comme des *frisbees*.

— Et ça !

La soupière fila dans les airs.

— Rose ! s'écria Ted en se penchant pour éviter les projectiles en porcelaine. Rose, arrête tes conneries !

— Non !

— Veux-tu bien me dire où tu veux en venir ?

— Ça me défoule !

Ted réussit à dévier la trajectoire de la saucière et des deux assiettes à dessert. Je lui balançai le pot à lait, qui explosa en mille fragments sur le sentier en gravier.

— Pour l'amour de Dieu, Rose ! Ça vaut une fortune, ces trucs-là !

— Oui ! répondis-je gaiement. Je sais !

J'attrapai notre photo de mariage dans son cadre en argent pour la lui lancer de toutes mes forces. Il se pencha. Elle s'écrasa contre l'arbre qui était derrière lui, en répandant ses débris acérés. Pantelante d'épuisement et d'adrénaline, je m'immobilisai. Il en profita pour ramasser le cadre cabossé. Sur la photo, nous paraissions radieux de bonheur. Elle ne datait que de sept mois.

— Ce n'est la faute de personne, dit-il. Ces choses-là peuvent arriver.

— Ne te fous pas de ma gueule !

— Mais j'étais tellement *malheureux*, Rose. J'étais à bout. Je ne supporte pas de passer après ton boulot.

— Mais mon boulot, c'est important pour moi, répliquai-je en lacérant la couette matrimoniale de mon plus grand couteau à steak. Et puis ce n'est pas qu'un boulot, c'est une vocation. Ces gens ont besoin de moi.

— Mais moi aussi, j'ai besoin de toi, gémit-il dans un nuage de plumes d'oie tournoyantes. Je ne vois pas pourquoi je devrais passer après cette bande de *losers*.

— Ted, ça c'est mesquin.

— Le Désespéré de Dagenham !

— Arrête !

— La Trahie de Tottenham !

— Là, tu es méchant.

12

— L'Agoraphobe d'Aberystwyth.
— Ça, c'est dégueulasse !
— Je n'ai jamais eu ma place dans ta vie !

Je fixai Ted et laissai tomber le couteau. Comme chaque fois, le voir me coupait le souffle. Il était si totalement, si ridiculement *beau*. Le plus bel homme que j'aie vu de ma vie. Parfois, il ressemblait un peu à Gregory Peck. Mais qui me rappelait-il en ce moment ? Évidemment. James Stewart dans *La vie est merveilleuse*, tout heureux et couvert de neige. Sauf qu'il n'y avait pas de neige sur les épaules de Ted, mais des plumes blanches, et que, tout compte fait, la vie n'était pas si merveilleuse.

— Je suis désolé, Rose, souffla-t-il en recrachant deux minuscules duvets. C'est fini. Il faut tourner la page.

— Alors tu ne m'aimes plus ? demandai-je timidement, le cœur battant comme un tambour.

— Je t'aimais, Rose, lâcha-t-il tristement. Je t'aimais vraiment. Mais... non, je pense que je ne t'aime plus.

— Tu ne m'aimes plus ? répétai-je d'un ton lugubre. Ah. Ah, je vois. Eh bien ça, ça me fait mal, Ted. C'est vraiment blessant, ce que tu viens de dire. Maintenant, je suis *très* fâchée.

Je fouillai dans mon arsenal et dénichai une poêle à frire Le Creuset.

— Et refouler sa colère, c'est mauvais pour la santé, alors tu vas devoir encaisser ta punition comme un homme.

L'horreur se peignit sur le beau visage de Ted quand je brandis la poêle à deux mains.

— Je t'en prie, Rose. Ne sois pas stupide.
— Je suis parfaitement sérieuse.
— C'est fini, ce petit jeu.
— Ce n'est pas fini. Du moins, pas encore.
— Tu n'as pas sérieusement l'intention de me frapper avec ce machin ? plaida-t-il.

Sous mes pas, les débris de porcelaine crissaient dans la pelouse jonchée de plumes. Plus j'avançais vers Ted, plus sa voix de ténor devenait aiguë, passant du contralto à un curieux couinement de soprano.

— Je t'en supplie, Rose, piailla-t-il. Pas avec ça. Tu pourrais vraiment me faire mal, tu sais.
— Tant mieux !
— Rose, ne fais pas ça. Arrête ! geignit-il en tentant de se protéger de ses mains. Rose !

Je levai la poêle au-dessus de ma tête pour l'abattre de toutes mes forces sur son crâne. Il hurla.

— Rose !

Soudain, au loin, j'entendis quelqu'un qui frappait et hurlait.

— ROSE ! glapit Ted. ROSE ! ROSE !

Tout à coup, je me retrouvai assise toute droite dans mon lit, le cœur battant, l'œil fixe, la bouche aussi sèche que de la poussière. Je n'étais plus dans le jardin de Ted à Putney, mais dans ma nouvelle maison à Camberwell.

— ROSE ! criait-on. Ouvre donc !

Je descendis en titubant un escalier auquel je n'avais pas encore eu le temps de m'habituer, encore sous le choc de ce rêve, qui roulait dans ma tête comme un nuage d'orage.

— Rose ! s'exclama Bella quand j'ouvris la porte d'entrée. Rose, Dieu...

— ... merci ! soupira Béa.

— Ça fait des *heures* que l'on frappe à ta porte, souffla Bella d'un air affolé. On pensait que tu avais peut-être fait...

— ... une bêtise, conclut Béa. Tu ne ferais pas ça, hein ?

— Je m'étais endormie, expliquai-je d'une voix rauque. Je ne vous ai pas entendues. C'est crevant, de déménager.

— On sait, répondirent-elles en chœur, alors on est venues te donner un coup de main.

Elles entrèrent et me serrèrent dans leurs bras.

— Est-ce que ça va, Rose ? s'enquirent-elles avec sollicitude.

— Ça va, répliquai-je avec l'envie de pleurer.

— Ouaouh ! s'étrangla Bella en jetant un coup d'œil au salon.

— Mince ! lâcha Béa. Quel foutoir !

La pièce était encombrée de cartons, striés de longues bandes de ruban adhésif noir. Ils s'entassaient comme des gratte-ciel miniatures, recouvrant presque totalement le parquet. L'entreprise de déménagement Dégag'Vit m'avait coûté une fortune, mais maintenant je regrettais d'avoir fait appel à eux. Car, au lieu de placer les caisses dans les pièces désignées, ils s'étaient contentés de les poser en vrac et de se tirer en vitesse. « CUISINE », disait une boîte près de la fenêtre. « SDB », annonçait une autre près de l'escalier. Deux autres près de la cheminée étaient étiquetées « CHAMBRE 1 ». À côté de la porte, une boîte indiquait la destination « BUREAU ».

— Ça va te prendre des plombes, remarqua Béa d'un ton perplexe.

— Des *semaines*, ajouta Bella.

Je poussai un soupir. Bella et Béa avaient le don d'énoncer des évidences. Ça m'avait toujours mis les nerfs en boule. Quand je m'étais cassé le bras en faisant du patin à glace, à l'âge de douze ans : « Rose, tu aurais dû faire plus attention. » Quand j'avais été recalée au bac : « Rose, tu aurais dû mieux travailler. » Quand je m'étais fiancée à Ted : « Rose, c'est trop tôt. » Ce qui ne m'avait pas du tout convaincue à l'époque paraissait maintenant, avec le recul, parfaitement évident. Eh oui, Bella et Béa enfoncent systématiquement les portes ouvertes, mais elles ont des cœurs d'or à vingt-quatre carats.

— Ne t'inquiète pas, dit Bella. On va...

— ... t'aider, acheva Béa.

D'une certaine manière, elles sont comme un vieux couple. Chacune complète les phrases de l'autre, et elles passent leur temps à se quereller. Comme souvent les vieux couples, elles se ressemblent ; ce qui n'a rien d'étonnant, puisque ce sont de vraies jumelles.

— Fais-nous une visite guidée, proposa Bella.

— Qu'est-ce que c'est grand ! ajouta Béa.

En effet. Je cherchais un grand appartement avec jardin privatif et j'étais tombée sur cette maison à trois chambres. Les jumelles admirèrent la taille de la cuisine mais trouvèrent la salle de bain un peu exiguë.

— Mais pour une célibataire, c'est parfait, précisa aussitôt Béa.

Je cillai. Célibataire. Merde. J'étais célibataire.

— En tout cas, le jardin est joli, observa Bella pour changer de sujet.

Béa se pencha à la fenêtre du palier.

— Et quelle mignonne petite rue. Le quartier n'est pas très chic, mais c'est sympa.

— Hope Street, fis-je en lâchant un petit ricanement amer. La rue de l'espoir.

— Eh bien, lança Bella joyeusement, on trouve que c'est tout à fait...

— ... charmant !

Je haussai les épaules.

— C'est très bien. Enfin, ça ira.

Je songeai avec un pincement au cœur à l'élégante maison de Ted à Putney, avec son jardin clos et son salon jaune. Il avait été épuisant d'y emménager – une fatigue agréable puisque nous venions tout juste de nous fiancer, deux semaines auparavant. L'avenir semblait se dérouler devant nous comme le ruban d'une autoroute sans encombre. Mais à peine partis, on avait pris le fossé et on avait dû se faire remorquer dans la honte. Alors voilà : mon mariage était parti à la casse et j'avais dû refaire mon baluchon.

Dans ma situation, certaines femmes auraient pu être tentées de s'installer un peu plus loin – en Tasmanie, par exemple, ou sur Mars. Mais même si j'étais décidée à mettre une certaine distance entre nous, j'avais estimé que Camberwell était bien assez loin. En outre, c'était pratique pour le boulot et le quartier restait relativement abordable. Alors le mois dernier, j'étais passée chez des agents immobiliers locaux et, en un rien de temps, j'avais atterri sur Hope Street.

— On peut emménager immédiatement, avait décrété l'agent immobilier avec un enthousiasme obséquieux. Et c'est semi-indépendant.

Tout comme moi.

— La demeure est vide depuis plusieurs mois, ajouta-t-il. Mais elle est en assez bon état... elle a simplement besoin d'un bon ménage.

La maison m'avait plu aussitôt. Avec son air vaguement indigné et abandonné, elle exsudait la déception et les regrets. C'était la première d'une courte rangée d'habitations à façades plates, et elle disposait d'un jardin à demi pavé à l'arrière.

— Je la prends, avais-je conclu d'un ton détaché, comme si je dépensais vingt balles plutôt que quatre cent mille livres.

En exagérant un peu mes revenus pour le prêt immobilier, j'avais pu m'installer dix jours après. Il est vrai que je suis du genre impatient. Je me suis mariée très vite. Je me suis séparée très vite aussi. Et j'ai mis précisément deux semaines et demie pour acheter cette maison et m'y installer.

— Tu as les moyens ? demanda Bella en calant une courte mèche blonde derrière son oreille.

— Non, répondis-je simplement.

— Alors pourquoi l'as-tu achetée ? s'étonna Béa, qui a le don de se mêler de ce qui ne la regarde pas.

— C'était un coup de tête.

— On va t'aider, pour la déco, dit Bella en attaquant un carton avec une paire de ciseaux.

— Tu seras notre première cliente, ajouta Béa.

— Vous avez trouvé un nom pour votre société ? questionnai-je.

— Duo Design ! s'exclamèrent-elles en chœur.
— Mouais. Pas mal.

Les jumelles venaient de démissionner de leurs jobs respectifs pour monter une boîte de décoration intérieure. En dépit d'un évident manque d'expérience, elles semblaient persuadées que ça marcherait.

— Tout ce qu'il nous faut, ce sont quelques contacts, et ensuite ça fera boule de neige, avait déclaré Béa d'un ton insouciant quand elles m'avaient annoncé leur projet. Un bon papier dans un magazine, et on refusera bientôt des clients.

— À t'entendre, c'est simple comme bonjour, avais-je répondu.

— Mais c'est un marché *énorme*. Tous ces gens riches, s'était gaiement extasiée Bella, avec de grandes maisons et un goût de chiotte, qui n'attendent que nous...

— On t'aura des trucs à prix coûtant, proposa Bella en déballant des assiettes. D'après moi, tu devrais *absolument* refaire la salle de bain.

— Avec un évier en verre, dit Béa.
— Et un jacuzzi, ajouta Bella.
— Et une cuisine sur mesure, évidemment.
— Oui, de Poggenpohl, suggéra Bella, enthousiaste.
— Non, Smallbone of Devizes, répliqua Béa.
— Poggenpohl.
— Non, Smallbone.
— Tu passes ton temps à me contredire.
— C'est faux !
— Écoutez, je ne compte pas acheter des trucs chers, les interrompis-je d'une voix lasse. Je n'ai pas un rond.

Tandis que les jumelles disputaient des mérites respectifs de leurs cuisines design, je me mis à ouvrir les caisses dans le salon. Cœur battant, je déballai précautionneusement la photo de mariage que j'avais lancée sur Ted dans mon rêve. Nous étions debout sur les marches de la mairie de Chelsea, dans un brouillard de confettis. Sans vouloir sembler prétentieuse, nous formions un sacré beau couple. Ted mesure un mètre quatre-vingt-quatorze – il est un peu plus grand que moi – avec de beaux cheveux sombres qui bouclent sur la nuque. Il a de grands yeux bruns fondants, tandis que les miens sont verts et mes cheveux, blond vénitien.

— Tu es ma Rose rouge parfaite, plaisantait Ted au début.

Ça, c'était avant qu'il commence à se plaindre de mes épines. Au début, c'était si merveilleux, songeai-je tristement en rangeant la photo, face en bas, dans un tiroir. Notre histoire d'amour n'avait pas été un tourbillon, mais un ouragan. Malheureusement, le vent était vite retombé. J'examinai les débris laissés par cette tourmente conjugale. Des douzaines de cadeaux de mariage, qui étaient encore pour la plupart sous garantie – contrairement à notre union. Nous avions décidé de les partager, conservant chacun tout simplement ce qui avait été offert par nos amis respectifs. Ce qui signifiait que Ted avait gardé le barbecue hawaiien tandis que Rudolf venait avec moi. Ted n'avait pas tiqué : il n'avait jamais vraiment été emballé par Rudy, qui nous avait été offert par les jumelles. Nous l'avons baptisé Rudolf Valentino, parce qu'il est silencieux : il n'a jamais prononcé le moindre mot. Les mainates sont censés être d'impénitents bavards, mais le nôtre est aussi doué pour la conversation qu'un cadavre.

— Parle-nous, Rudy, s'obstinait Bella.
— Oui, dis quelque chose, ajouta Béa.

Elles tentèrent de l'inciter à parler en sifflant et en claquant de la langue, mais il demeura obstinément bec clos.

— Écoute, Rudy, tu nous as coûté les yeux de la tête, dit Bella. Deux cents billets, plus précisément.
— Trois cents, corrigea Béa.
— Mais non. Deux.
— Trois, Bella : je m'en souviens parfaitement.
— Alors tu te souviens mal – c'était *deux* !

D'un geste las, j'ouvris la boîte étiquetée « Bureau » parce qu'il allait falloir que je me remette rapidement au boulot. J'y trouvai un exemplaire de mon dernier bouquin, intitulé – quelle honte – *Les Secrets d'un mariage réussi*. Comme je l'ai déjà dit, je fais tout très vite, et je l'avais rédigé en moins de trois mois. Par une malencontreuse coïncidence, il est sorti le jour même où Ted et moi nous séparions. Étant donné la nature regrettablement publique de notre rupture, les critiques ont été rien moins qu'élogieuses. « Lire le livre de Rose Costelloe, c'est un peu comme demander des conseils financiers à quelqu'un qui a fait banqueroute », avait ricané un critique. « Dans la même série, raillait un autre, on attend avec impatience les conseils de mode de Fergie. »

J'avais demandé à mes éditeurs de retirer le livre des rayons, mais c'était déjà trop tard. Je le glissai dans le tiroir à côté de ma photo de mariage, puis emportai mon ordinateur et quelques dossiers à l'étage. Dans le bureau, à côté de ma chambre, j'ouvris une grosse boîte intitulée « LETTRES + RÉPONSES » et sortis la première.

Chère Rose. Je me demande si vous pouvez m'aider – j'ai de gros problèmes de couple. Tout avait si bien commencé : j'étais fou de ma femme, qui est belle, vive et drôle. Quand nous nous sommes rencontrés, elle était journaliste pigiste. Et puis tout d'un coup, elle a décroché un boulot de Madame Détresse et, du jour au lendemain, ma vie est devenue un enfer. Je la vois à peine ; elle passe son temps à répondre aux lettres qu'elle reçoit. Quand j'ai la chance de l'apercevoir, elle ne fait que parler des problèmes de ses lecteurs et ça, franchement, ça me déprime. Je lui ai demandé de lâcher son job – ou au moins de lever le pied – mais elle refuse. Devrais-je demander le divorce ?

Ma réponse était agrafée derrière la lettre.

Cher Dépité de Putney. Merci de m'avoir écrit. J'aimerais vous aider si c'est en mon pouvoir. Tout d'abord, bien que je sois persuadée que votre femme vous aime, il est évident qu'elle adore aussi son boulot. Je parle d'expérience lorsque je vous dis qu'être responsable d'un courrier du cœur est quelque chose d'immensément gratifiant. Il est difficile d'exprimer la joie qu'on ressent à l'idée d'avoir donné un excellent conseil à une âme en détresse. Je vous suggère donc, D. de P. – si vous me permettez de vous appeler ainsi – de ne pas agir précipitamment. Vous n'êtes pas marié depuis longtemps, alors continuez à dialoguer et je suis sûre qu'avec le temps, la situation s'améliorera.

Puis, sur un coup de tête que j'allais bientôt regretter amèrement, j'avais ajouté : *Vous pourriez peut-être consulter un conseiller conjugal...*

Je n'aurais pas dû. Pourtant, j'aurais pu prévoir... Ted m'a proposé de contacter l'association « Résoudre » – mieux connue sous le sobriquet de « Dissoudre ». J'ai accepté. Mais j'ai tout de suite pris en grippe notre conseillère, Mary-Claire Grey, avec son visage poupin, ses mèches blondasses, son nez en pente de ski et ses pieds minuscules. J'étais prise à mon propre piège. Ted et moi ne cessions de nous disputer et j'avais l'impression que l'intervention d'un tiers nous serait bénéfique. Si Mlle Grey m'avait inspiré la moindre confiance, ça aurait peut-être pu aller. Mais cette bécasse n'en suscitait aucune. Elle avait environ trente-cinq ans, était divorcée et avait travaillé comme assistante sociale, nous apprit-elle d'une voix affectée.

— Ce que je vais faire, avait-elle annoncé avec un sourire charmeur, c'est d'abord vous écouter l'un après l'autre. Ensuite, je ré-interpréterai – ou, pour parler en termes plus techniques, je recadrerai – ce que vous avez dit. Vous avez compris ?

Pétrifiée par la gêne, je hochai la tête comme une fillette obéissante. Je la détestais déjà.

— D'accord. Ted, commencez, fit-elle en tapant dans ses petites mains potelées comme si nous étions à l'école maternelle.

— Rose, déclara doucement Ted en se tournant vers moi. J'ai l'impression de ne plus compter pour toi.

— Ce que Ted essaie de vous faire comprendre, coupa Mary-Claire, c'est qu'il a l'impression de ne plus *compter* pour vous.

— J'ai l'impression, reprit-il péniblement, que tu te préoccupes davantage des *losers* qui t'écrivent que de moi.

— Ted a le sentiment que vous vous préoccupez plus des *losers* qui vous écrivent, Rose, que de *lui*.

— Je me sens délaissé et frustré, poursuivit Ted tristement.

— Ted se sent délaissé et...

— Frustré ? l'interrompis-je brusquement. Écoutez, mon couple traverse peut-être une mauvaise passe en ce moment, mais je ne suis pas sourde !

Après ça, tout est allé de mal en pis. Quand est venu mon tour de parler, Mary-Claire n'avait pas l'air de comprendre un traître mot de ce que je disais.

— Ted, je suis vraiment désolée qu'on ait des problèmes, commençai-je en déglutissant péniblement.

— Rose reconnaît qu'il y a d'*énormes* problèmes entre vous, annonça Mary-Claire avec une expression de sollicitude exagérée.

— Mais j'adore ma nouvelle carrière, repris-je. Je... enfin, je l'*adore*, et je ne vais pas la laisser tomber simplement pour te faire plaisir.

— Ce que Rose veut dire par là, Ted, susurra Mary-Claire, c'est qu'elle n'a pas vraiment envie de vous faire plaisir.

Pardon ?

— Vous voyez, avant de devenir une Madame Détresse, je ne m'étais jamais épanouie dans ma profession.

— Ce que Rose dit *maintenant*, coupa Mary-Claire, c'est qu'il n'y a que dans son travail qu'elle se sente épanouie.

Mais qu'est-ce que... ?

— Je reconnais que j'aime avoir une maison propre et bien rangée, continuai-je d'un ton indécis. Et je sais que ça pose peut-être problème, ça aussi.

— Ted, fit Mary-Claire d'une voix apaisante, Rose reconnaît qu'à la maison, elle est...

Elle fit une pause théâtrale, pour signifier à quel point elle regrettait ce qu'elle était sur le point de dire :

— ... maniaque de l'ordre, chuchota-t-elle.

Quoi ?

— Mais je t'aime vraiment, Ted, poursuivis-je, héroïque, sans prêter attention à ses commentaires. Et je crois que l'on peut s'en sortir.

— Ce que Rose est en train de vous dire, Ted, c'est qu'en fait tout est fini entre vous.

— Ce n'est *absolument pas* ce que je dis, m'écriai-je en me levant d'un bond. Je suis en train d'expliquer que l'on devrait repartir de zéro !

Mary-Claire me jeta un regard de ruse et de pitié mêlées, et, trois semaines plus tard, la rupture était consommée entre Ted et moi.

Maintenant que j'y repense, je crois que la voix de crécelle de Mary-Claire – une voix à la Mélanie Griffith après une bouffée d'hélium – m'avait à moitié hypnotisée. Sinon, j'aurais été tentée de la gifler. Curieusement, je m'étais retrouvée incapable de contredire ses interventions délirantes. Je n'ai compris qu'ensuite le fin mot de l'histoire...

En redescendant, j'entendis Bella et Béa se disputer dans la cuisine.

— ... un parquet en bois franc, ce serait superbe.

— ... non, de la pierre brute, ce serait mieux.

— ... mais avec une teinte d'érable, ce serait fantastique !

— ... n'importe quoi ! Elle devrait opter pour l'ardoise !

Elles devraient appeler leur boîte « Duo de trop », décidai-je en retournant au salon. Je déballai une paire de bougeoirs en cristal offerts par ma tante. Dégag'Vit' les avait emballés dans les pages du *Daily News*. En déroulant les pages jaunies, une impression de déjà-lu s'empara de moi. MADAME DÉTRESSE EN DÉTRESSE ! annonçait le gros titre en page cinq. *Rose Costelloe, la Madame Détresse du* Daily Post, *est sur le point de divorcer*, claironnait l'article. *Son mari, le directeur des ressources humaines Ted Wright, a cité des « différends irréconciliables » comme motif de rupture. Toutefois, des sources proches de Mlle Costelloe prétendent que la véritable raison de la séparation est l'amitié intime qui lie M. Wright avec une conseillère conjugale de « Résoudre », Mary-Claire Grey (photo de gauche).*

— Salope ! hurlai-je en fixant ma rivale.

— Ça, tu l'as dit ! s'écrièrent les jumelles.

— Oh là, fit Bella en m'apercevant, l'article à la main. Tu veux un mouchoir ?

Je hochai la tête et pressai le Kleenex sur mes yeux.

— Elle était censée être neutre, gémis-je.

— Tu aurais dû la faire radier, répliqua Bella.

— La faire buter, tu veux dire.

— Mais veux-tu bien m'expliquer ce qui t'a pris, d'aller voir une conseillère conjugale ? s'enquit Béa.

— Je croyais sincèrement que ce serait utile ! Ted ne cessait de me harceler à propos de mon boulot, de répéter qu'il détestait ce que je faisais, qu'il n'avait pas épousé une Madame Détresse et qu'il trouvait tout ça « très pénible à vivre ». On venait de m'envoyer un bouquin sur le conseil conjugal, ce qui m'avait mis le sujet en tête. C'est pour ça que, dans un esprit de conciliation, j'ai accepté d'aller prendre conseil. C'est ce que nous avons fait – et voilà.

Tandis que les jumelles faisaient disparaître l'objet du délit, je me mis à crever nerveusement les bulles en plastique d'un emballage.

— Miss Grey, fulminai-je pendant que les bulles éclataient en crépitant comme une rafale de mitraillette.

— Mijaurée, suggéra Béa.

— Minable, renchérit Bella.

— Minaudeuse, rectifiai-je. Comment ai-je pu être si aveugle ? Elle souriait à Ted, elle se tortillait, elle battait des cils, elle était d'accord avec tout ce qu'il disait et elle déformait mes moindres propos. Elle savait exactement ce qu'elle voulait et elle a fait tout ce qu'elle pouvait pour l'obtenir. Maintenant, grâce à ses bons offices, je vais divorcer !

Je songeai à ces mariages d'une brièveté humiliante dont on entend parler dans les magazines people : Kate Winslet et Jim Threapleton : trois ans ; Marco-Pierre White et Lisa Butcher : dix semaines. Et Drew Barrymore, qui avait plaqué son premier mari si vite qu'ils n'avaient même pas eu le temps de partir en lune de miel.

— Tu t'es mariée trop...
— Jeune ? coupai-je d'une voix sarcastique.
— Euh, non. En fait, j'allais dire « tôt », fit Béa. Mais nous t'avions prévenue...

Elle secoua la tête comme un basset de plage arrière.

— Oui, répondis-je amèrement. C'est vrai.
— Vite mariée, reprit Béa, vite...
— ... repentie. Dans un peu plus de six mois, j'aurai divorcé !

Mais les jumelles avaient raison. Tout était allé trop vite. À mon âge, on est censé savoir ce qu'on fait. J'ai trente-six ans... environ. Bon, trente-huit. Bon, d'accord – trente-neuf. Je n'avais jamais cru au coup de foudre, mais, quand j'ai rencontré Ted j'ai compris que j'avais eu tort. Nous nous sommes vus pour la première fois à un pot offert par mes voisins de Meteor Street pour les Fêtes. Je causais de choses et d'autres avec un charmant arboriculteur lorsque, tout à coup, j'ai remarqué Ted. Dans la foule, d'ailleurs, on ne voyait que lui. Manifestement, il m'avait remarquée lui aussi, puisqu'il s'est approché pour se présenter. Et patatras : j'ai été terrassée par un raz de marée de passion. Sur le cul. Hébétée. Ma mâchoire était à ramasser sur la moquette. J'en bavais de désir. Ted est incroyablement distingué, élégant, paraissant plus jeune que ses quarante et un ans, avec des pommettes hautes et un nez aquilin. On peut tomber amoureuse d'un profil : je m'en aperçus ce jour-là, en tombant amoureuse du sien. Quant à l'alchimie... À nous deux, nous génerions assez de courant érotique pour alimenter la moitié de Londres. Il m'a expliqué qu'il était directeur des ressources humaines à Paramutual Insurance et qu'il venait d'acheter une maison près de Putney Bridge. Je m'attendais à ce qu'une sirène bien roulée fonce sur nous, me foudroie du regard et pose une main propriétaire sur son bras, lorsqu'il précisa : « Je vis seul. » Si j'avais cru en Dieu – ce qui, soit dit en passant, n'est pas le cas –, je me serais agenouillée dans l'instant pour Le remercier, mais je me suis contentée d'un « Youpi ! » silencieux. Ted et moi avons bavardé et flirté pendant une heure, avant qu'il ne me propose de me raccompagner chez moi.

— Mais je vis à côté ! protestai-je en riant.

— Vous me l'avez déjà dit, sourit-il. Mais je ne laisserai pas une femme aussi splendide que vous errer dans les rues de Clapham. Je veux m'assurer que vous rentrez saine et sauve.

Quand on fait plus d'un mètre quatre-vingts, comme moi, on ne reçoit pas souvent ce genre de proposition. Les hommes ont tendance à croire qu'on peut se défendre toute seule – ce qui est évidemment mon cas. Mais en même temps, j'ai toujours envié ces petits bouts de femme qui réussissent toujours à se faire raccompagner par un homme. Alors, quand Ted m'a galamment offert de m'escorter jusqu'à ma porte, j'ai su sans l'ombre d'un doute que c'était l'homme que j'attendais. Après des années de faux espoirs, il était arrivé. Parfois, lorsque j'étais célibataire, j'avais envie de le faire appeler par haut-parleur. *L'homme de mes rêves aurait-il l'amabilité de se présenter à l'accueil, où Mlle Costelloe l'attend depuis quinze ans ?* Et brusquement, il était là – ouf ! Nous avons passé Noël au lit, il m'a demandée en mariage à la Saint-Sylvestre et nous nous sommes mariés le jour de la Saint-Valentin...

— J'avais quelques réticences, insinua Bella d'un ton sagace. Mais je ne voulais pas tout gâcher. Ted est charmant, bien sûr. Beau, oui. Intelligent, oui...

Une vague de nausée me souleva l'estomac.

— Il a un bon job, ajouta Béa. Il est drôle...

— Bon, ça va ! protestai-je.

— Qui plus est, il a un charme fou, reprit Bella, et un sex-appeal débordant. Mais, en même temps, il y avait quelque chose qui... enfin je n'arrivais pas à mettre le doigt dessus.

— Moi, je le trouvais très bien, risqua Béa. Et puis parfois, c'est vrai que tu peux être un peu énervante, Rose.

— N'importe quoi ! lâchai-je.

— Tu n'avais pas grand-chose en commun avec lui. Enfin, qu'est-ce que vous faisiez quand vous étiez ensemble ?

— Eh bien, on n'avait pas beaucoup de temps libre parce qu'on bossait tous les deux comme des fous...

Je fouillai ma mémoire.

— On allait nager. Et on jouait au Scrabble. Et on faisait des mots croisés. Il était *nul* en anagrammes, ajoutai-je avec une pointe de venin. C'est moi qui les trouvais. Cependant, on est très vite passé des mots croisés aux mots blessants.

Les problèmes étaient apparus presque tout de suite – environ un mois après notre lune de miel. Ted et moi étions partis pour Minorque – ce n'était pas mon premier choix, je l'avoue, mais, d'un autre côté, c'était parfait, parce que l'anagramme de « Menorca », c'est « romance ». Entre vous et moi, j'aurais préféré qu'il m'emmène à Venise, par exemple. Comme sa mère avait un petit appartement à Minorque, c'est là que nous sommes allés. Nous y avons passé une semaine merveilleuse – il faisait trop froid pour nager mais nous avons fait des balades, joué au tennis et bouquiné.

À notre retour, nous avons chacun repris le boulot – j'étais en CDD au *Post* –, jusqu'à ce qu'il m'arrive un truc *extraordinaire*. J'étais assise à mon bureau, à l'heure du déjeuner, en train de peaufiner un portrait assez venimeux du roi des RP, Rex Delafoy, quand tout à coup, il y a eu une grande agitation. Les portes ont claqué, des gens couraient dans tous les sens, c'était la panique. Édith Smugg, la vénérable Madame Détresse du *Post*, venait de piquer du nez dans sa soupe. Raide morte. Personne ne connaissait son âge exact à cause de tous ses liftings, mais il s'est avéré qu'elle avait quatre-vingt-trois ans ! Avant même que le corps d'Édith ait été emporté sur une civière hors de l'édifice, on m'avait réquisitionnée pour terminer sa rubrique. Debout devant son bureau jonché de papiers, je m'étais demandé comment j'allais pouvoir m'en tirer. J'avais alors plongé la main dans le sac postal et en avais tiré trois lettres, comme on tirerait des billets de tombola dans une fête communale. À mon grand étonnement, je trouvai leur contenu fascinant. La première était d'un homme souffrant d'éjaculation précoce, la deuxième d'une femme qui avait hélas assassiné son petit ami cinq ans auparavant, et la troisième d'un puceau de soixante-treize ans qui se demandait s'il n'était pas homosexuel. Je leur répondis du mieux que je pus et, dès le lendemain, on me pria de continuer. Cela ne me dérangea pas le moins du monde, parce que ça m'avait plu ; je dirais même plus, j'étais déjà accro. Peu importe le nombre de lettres – j'aurais bossé gratuitement si on l'avait exigé. La sensation que ça me procurait – j'ai du mal à la décrire – était semblable à une chaleur délicieuse qui s'emparait de moi. L'idée que j'aie pu *aider* ces inconnus m'emplissait d'une émotion qui pouvait faire penser à de la joie. Je sus soudain que j'étais *née* pour être Madame Détresse : j'avais enfin trouvé ma voie. Ce fut comme une révélation, un chemin de Damas ; comme si j'avais entendu un appel divin : « Rose ! Rose ! Je suis ton Dieu. Des conseils tu dispenseras ! »

Je m'attendais d'un jour à l'autre à ce que l'on engage une célébrité de seconde zone pour reprendre le poste, ou bien une femme d'homme politique trompée par son mari et en besoin de couverture médiatique. Je croyais que l'on me congédierait d'un « merci de nous avoir filé un coup de main, Rose. Tu es super ». Effectivement, on a bien évoqué un ou deux noms. Mais un mois est passé, puis un autre, sans qu'aucun changement soit annoncé. La page était désormais titrée *L'Avis de Rose* et il y avait ma photo. Puis on m'a proposé un contrat d'un an, et patatras... voilà comment je me suis retrouvée Madame Détresse.

Je me suis toujours jetée sur la page du courrier du cœur. Pour moi, c'est un peu comme l'horoscope. Irrésistible. À présent, c'est moi qui rédige les réponses ! C'est un rôle que j'adore. Rien que de voir mon sac postal bourré de lettres, ça me met en joie. Tous ces gens à aider. Tous ces dilemmes à trancher. Toutes les disputes... les gâchis de la vie humaine. En outre, il y a des tas d'avantages. Ça paie plutôt bien, je suis régulièrement invitée dans les médias. Je donne des conférences. J'anime aussi une émission de radio en fin de soirée, où les auditeurs peuvent appeler, deux fois par semaine sur London FM. Et tout ça, parce que je me trouvais par hasard au bureau le jour où Édith Smugg est tombée raide morte ! Je pensais que Ted serait ravi pour moi, mais non... pas du tout. C'est à partir de ce moment-là que tout a commencé à aller de travers.

— Ted ? C'est quoi, le problème ? lui demandai-je un dimanche de juin.

Il avait été d'humeur bizarre toute la journée.

— Le problème, Rose, avait-il répondu d'une voix lente, en tout cas le problème principal – car il y en a plusieurs – ce sont les problèmes des autres. Voilà le problème.

— Ah, fis-je sans comprendre. Je vois.

— J'aurais préféré que tu ne deviennes jamais Madame Détresse, reprit-il d'une voix lasse.

— Eh bien je suis désolée, Ted. Mais c'est comme ça.

— Et je n'aime pas que tu reviennes à la maison avec du boulot.

— Je n'ai pas le choix, j'ai trop à faire. De toute façon, je croyais que tu comprendrais, puisque tu es chef du personnel.

— De nos jours, on dit « directeur des ressources humaines », rectifia-t-il sèchement.

— Si tu veux. Cependant, toi aussi tu résous les problèmes des autres.

— En fait, je résous des « cas ». Pas des « problèmes ». Et c'est justement parce que je suis obligé d'écouter toute la journée des gens qui se plaignent de leur congé de maternité ou à propos de l'emplacement de leur parking, que je n'ai aucune envie d'entendre d'autres lamentations quand je rentre à la maison. Et puis, je croyais que les Madames Détresse composaient elles-mêmes les lettres des lecteurs.

— C'est une méprise courante.

— Enfin, combien de lettres sont publiées ?

— Huit lettres par page, deux fois par semaine.

— Et combien en reçois-tu ?

— Environ cent cinquante.

— Alors pourquoi t'occupes-tu du reste ? Pourquoi est-ce que tu n'écris pas au bas de ta page : « Rose regrette de ne pouvoir répondre personnellement à tous les courriers » ?

La moutarde commençait à me monter au nez.

— Parce que, Ted, ces gens *comptent* sur moi. Ils se sont confiés à moi. Ils m'ont accordé leur confiance. J'ai le devoir sacré de leur répondre. Enfin, prends le cas de cette femme, par exemple...

Je lui agitai un papier Vergé sous le nez.

— ... son mari vient de partir avec une assistante dentaire de trente ans sa cadette... – tu ne crois pas qu'elle mérite qu'on lui consacre un peu de temps ?

— Mais les autres Madames Détresse, est-ce qu'elles écrivent à tout le monde ?

— Certaines le font, d'autres pas. Mais si je ne le faisais pas moi-même, j'aurais l'impression d'être... mesquine. Je n'arriverais plus à me regarder dans une glace.

Petit à petit, il devint évident que Ted, lui, ne pouvait plus m'encadrer.

— Tu viens te coucher ce soir ? ironisait-il. Et si c'est le cas, comment te reconnaîtrai-je ?

Parfois il lançait, avec un petit rire amer :

— Quand on divorcera, je dirai que tu me trompais avec tes lecteurs.

Puis il s'est mis à me harceler sur tous mes autres prétendus défauts : mon « inaptitude totale » à cuisiner – je n'ai jamais appris, c'est tout – et ce qu'il appelait mon caractère autoritaire. Il critiquait aussi ce qu'il qualifiait avec impertinence d'« obsession de la propreté ». « C'est comme vivre dans un bloc opératoire », jetait-il.

En juillet, le conflit avait depuis longtemps remplacé les baisers et nous faisions chambre à part. C'est alors que, dans un esprit de conciliation, j'avais proposé de consulter un conseiller conjugal...

— Ted était censé avoir la bougeotte après sept ans de réflexion, pas sept mois, dis-je aux jumelles en recherchant un autre Kleenex à tâtons. Je ne sais pas ce que je vais devenir. C'est tellement humiliant.

— Et alors, que conseillerais-tu à une lectrice dans ce genre de situation ? questionna Bella.

— Je lui conseillerais de tourner la page... le plus vite possible.

— C'est donc ce que tu dois faire. Tu sais, il y a une façon de calculer le temps que l'on va mettre à guérir d'une rupture, ajouta-t-elle d'un air bien informé. Ça prend la moitié du temps qu'on a passé dans la relation. Dans ton cas, cela fait donc cinq mois.

— Non, la corrigea Béa. Ça prend le double du temps, pas la moitié. Alors cela va te prendre un an et demi.

— Je suis certaine que c'est la moitié, insista Béa.

— Non, le double, soutint Béa. Regarde, je vais te montrer sur un bout de papier si tu veux. Bon, alors je prends X = le temps qu'il a mis avant de te demander de sortir avec lui, et Y = le nombre de fois où il a dit qu'il t'aimait, puis Z = ses revenus multipliés par le nombre de partenaires que vous avez eus avant de vous rencontrer, puis je...

— Arrêtez de vous chamailler ! m'écriai-je. Vous avez tort l'une et l'autre. Je ne vais pas mettre cinq mois, ni dix-huit à me consoler – cela me prendra toute la vie ! Ted et moi, nous avions des problèmes mais je *l'aimais*, sanglotai-je. Je m'étais engagée publiquement envers lui. C'était l'homme de ma vie.

— Non, objecta doucement Bella. S'il avait été l'homme de ta vie, d'abord il ne t'aurait pas reproché ta nouvelle carrière, d'autant plus qu'il savait qu'elle te rendait heureuse. Ensuite, il ne se serait pas tapé Mary-Claire Grey.

À la seule évocation de ce nom, mes larmes pilèrent sur leurs freins et remontèrent sur mes joues en marche arrière.

— Puis-je me permettre d'injecter un peu de réalisme dans cette conversation ? demanda Bella. Tu as été plaquée. Ton mariage est un échec. Tu as près de quarante ans...

Eh merde !

— ... alors il faut que tu tournes la page. Et je pense que tu n'y parviendras que si tu rayes Ted de ta vie.

— Tu dois l'expulser, ajouta Béa avec conviction.

— L'éjecter, acquiesça sa sœur jumelle.

— L'exiler, reprit Béa.

— L'effacer.

— L'excommunier.

— L'exorciser, firent-elles en chœur.

— L'exorciser ? soupirai-je. Oui. Voilà. Je vais tout simplement faire comme s'il n'avait jamais existé.

Dès que j'eus pris cette décision, je me sentis tout de suite mieux. Ted et moi vivons à huit miles l'un de l'autre, nous n'avons pas d'amis en commun et mon courrier est ré-acheminé. Nous n'avons même besoin de communiquer par le biais de nos avocats, puisque nous ne pouvons entamer de procédure de divorce qu'après un an de mariage. Du coup, c'est propre et net. Comme j'aime. Que tout soit bien rangé. Chaque chose à sa place. Nous n'avons pas non plus d'engagements financiers en commun puisque la maison appartient entièrement à Ted. J'ai vendu mon appartement lorsque nous nous sommes fiancés et j'ai emménagé chez lui. Ted voulait que nous ouvrions un compte joint pour payer l'hypothèque, mais Bella m'avait conseillé d'attendre.

— Rose, m'avait-elle dit, tu ne connais pas Ted depuis suffisamment longtemps. Je t'en supplie, ne t'engage pas financièrement avant d'être sûre et certaine que ça marche.

Ted sembla déçu de mon refus, mais finalement c'est Bella qui avait raison. Et pour ce qui était de mettre tous nos amis au courant de la rupture, la presse people s'en était chargée. Je vais simplement continuer comme si je ne l'avais jamais rencontré, décidai-je tout en ouvrant d'autres cartons. Je me comporterai de la façon la plus civilisée possible. Je ne ferai pas de crise d'hystérie ; je resterai aussi froide qu'une vichyssoise. De toute façon, il me suffisait de l'imaginer en train de s'envoyer en l'air avec notre conseillère conjugale pour juguler fermement tout retour de sentiment.

Ce qui ne m'empêcha pas de me repasser, dans un grand accès de masochisme, la scène où je les avais découverts ensemble. On m'avait invitée à participer à un séminaire sur l'enrichissement de la vie de couple, et j'avais prévenu Ted que je rentrerais tard. J'avais oublié de préciser que le séminaire en question avait lieu dans la salle de conférences du Savoy. Il était 21 heures lorsque j'ai traversé le bar pour sortir. Je fus stupéfaite d'y voir Ted. Il était assis à une table d'angle, derrière un grand palmier en pot – main dans la main avec Mary-Claire Grey.

Lorsque mes lecteurs se retrouvent dans ce genre de situation, je leur conseille systématiquement de faire-semblant-de-ne-rien-voir et de *disparaître* ! Mais, dans la fraction de seconde qu'il a fallu à mon cerveau pour enregistrer leur présence simultanée, j'étais déjà plantée devant eux. Mary-Claire me vit la première. Je n'oublierai jamais l'expression d'horreur qui se peignit sur son petit groin. Elle laissa tomber la main de Ted comme si elle était radioactive et émit une petite toux suraiguë. Ted pivota sur son siège, m'aperçut, cligna des yeux deux fois, rougit violemment et se contenta d'un simple « Oh ! ».

Je fus soulagée qu'il ne tente pas de donner le change en disant, par exemple, « Mon Dieu, Rose, quelle surprise de te voir ici ! » ou « Chérie, tu te souviens de notre conseillère conjugale, Mary-Claire Grey ? » ou même « Je t'offre un verre ? »

— Oh... Rose, bégaya Ted en se levant. Eh bien, pour une surprise... Je, euh, j'imagine que tu te demandes ce qu'on...

— Oui, coupai-je. En effet.

Mon ton était si glacial que je me donnai moi-même la chair de poule, mais en dedans, j'étais en fusion.

— Eh bien, je... nous... nous étions en train de bavarder, tu comprends.

— De bavarder ? répétai-je. Comme c'est charmant ! Ne vous gênez surtout pas pour moi, ajoutai-je avec un petit sourire réfrigérant.

Puis je tournai les talons.

Quand j'y repense, la seule chose qui me console, c'est de savoir que j'ai conservé ma dignité. Il n'y a que dans mes rêves que je lui lance tout ce qui me tombe sous la main, que je jure et que je tempête et que je le frappe. Dans la vraie vie, je suis restée aussi froide qu'un pingouin congelé, ce qui pourrait surprendre les gens qui me connaissent bien. Je suis censée être « difficile », vous comprenez. Un peu « compliquée ». « Rose est un peu épineuse », disent parfois mes amis. Et bien sûr, mes cheveux roux trahissent un grain de folie et une langue de vipère. Le simple fait que je n'entre pas en éruption, tel l'Etna, durant cette crise avait de quoi étonner mes amis. Je me suis sentie curieusement détachée. Engourdie. En état de choc. Enfin, imaginez-vous découvrir votre beau mari, épousé à peine six mois auparavant, en train de pétrir les mains d'un porcelet ! Ça m'a tellement soufflée que j'en ai conservé mon sang-froid.

Une demi-heure plus tard, Ted me rejoignait dans la cuisine que je briquais rageusement.

— Rose...

Mon cœur battait tellement fort que j'eus du mal à l'entendre.

— Rose, tu dois m'en vouloir terriblement.

— Oui, lâchai-je. En effet.

— Je voudrais simplement te dire que je suis désolé. Je sais que les apparences sont contre moi...

Cet élégant petit acte de contrition m'avait vraiment énervée. Moi, j'étais bien, là-haut, au sommet de ma position morale inattaquable. L'air est très tonique à deux mille mètres d'altitude, et en plus le panorama est magnifique.

— Mais j'aimerais t'expliquer, avait-il insisté piteusement.

— Non. Épargne-moi tes explications, Ted. Je t'en prie.

— J'y tiens. Il y a des choses que je dois te dire.

Tout à coup, je remarquai que l'un des placards était crasseux et je me mis à le récurer avec un chiffon humide.

— La raison pour laquelle tu roucoulais avec cette pygmée ne m'intéresse pas le moins du monde, répliquai-je tout en frottant furieusement.

— Écoute, Rose, il faut qu'on parle... Mary-Claire et moi, on était simplement en train de... bavarder.

— Ted, fis-je sereinement, tu mens. D'abord, tu n'étais pas simplement en train de « bavarder », vous vous teniez par la main. Ensuite, tu bavais tellement devant elle que la flaque de salive sous la table aurait pu héberger une faune aquatique. Qu'est-ce que tu peux bien lui trouver ? ajoutai-je d'un ton nonchalant en empoignant la bouteille d'Ajax. Si tu veux mon avis, on dirait un petit cochon en tutu.

— Eh bien... elle... elle... Mary-Claire m'écoute, elle... Rose, reprit-il avec une chaleur soudaine. Elle écoute ce que je dis. Pas toi. Toi, tu prends les problèmes de tout le monde au sérieux, n'est-ce pas ? Mais pas les miens. Et voudrais-tu s'il te plaît poser ce chiffon ?

— Il y a une vilaine tache ici, répondis-je. Très

rebelle. Si ça continue, je vais devoir l'attaquer à la soude caustique.

— Veux-tu bien cesser de faire le ménage, Rose, pour l'amour du ciel ?

Il m'arracha le chiffon des mains et le lança dans le lavabo, où il atterrit avec un bruit flasque.

— Tu passes ton temps à faire le ménage, dit-il. Ça fait partie du problème... je ne peux jamais me détendre.

— J'aime simplement que tout soit propre et net, protestai-je d'un ton affable. Ce n'est pas la peine de crier.

— Mais tu n'arrêtes pas ! Si tu n'es pas au journal ou à la radio, tu es toujours en train de faire le ménage, de ranger, de cirer les meubles, de mettre de l'ordre dans les tiroirs. Ou bien tu tries mes chemises par couleur. Ou tu classes des factures dans des dossiers, ou tu passes l'aspirateur, ou alors tu me demandes de le passer.

— C'est une grande maison.

Ted secoua la tête.

— Tu n'arrives jamais à te détendre, Rose, pas vrai ? Tu es incapable de rester là, tranquille. Écoute, ajouta-t-il avec un soupir douloureux, toi et moi ça ne va pas. Qu'est-ce qu'on fait ?

À ces mots, mes oreilles se redressèrent comme celles d'un chien de chasse. Ted venait de s'aventurer sur mon terrain. C'était exactement comme dans l'une de mes rubriques, « Le dilemme du mois », où ce sont les lecteurs qui donnent des conseils.

Rose (le prénom a été changé pour protéger son anonymat) vient de découvrir son mari Ted (idem) en train de roucouler avec leur conseillère conjugale miniature, Mary-Claire Grey. Naturellement, Rose est choquée et elle se sent trahie. Mais, en dépit de tout, elle trouve toujours son mari désespérément, follement, adorablement séduisant, alors elle se demande quoi faire.

J'étais sur le point d'ouvrir la bouche lorsque j'entendis Ted déclarer :

— Peut-être qu'une séparation temporaire...

Séparation. Ah. S-é-p-a-r..., songeai-je en retirant le poignard de mon cœur.

— Rose pâtira, murmurai-je.

— Pardon ?

— Rose pâtira.

— Enfin, oui... mais pas longtemps.

— Non, c'est l'anagramme de séparation. Enfin, à une lettre près.

— Ah, soupira-t-il. Je vois. Mais je pense qu'on devrait souffler un peu... Faire un *break* d'un mois.

— Pour que tu puisses encore sauter cette nabote ?

— Je ne l'ai pas sautée... et ce n'est pas une nabote !

— Oui tu l'as sautée, et oui, elle l'est !

— Je... n'ai... pas... couché avec Mary-Claire, insista-t-il.

— Je suis diplômée en langage corporel ! Je *sais*.

— Eh bien, je...

— N'essaie pas de le nier, Ted.

Il crispa la mâchoire, comme il le fait lorsqu'il se sent au pied du mur, et une petite veine bleue battit près de son œil gauche.

— C'est que... je me sentais abandonné et elle...
— S'est occupée de toi ?
— Exactement ! lâcha-t-il d'un ton de défi. Elle s'est occupée de moi. Elle m'a parlé, Rose. Elle a *communiqué* avec moi. Alors que toi, tu ne communiques qu'avec des inconnus. C'est pour ça que je t'ai écrit cette lettre. C'était la seule manière de te faire réagir ! Tu es... névrosée, Rose ! lança-t-il brusquement, troquant la contrition pour la colère. Parfois, je pense que tu as besoin d'aide.

À ces mots, je posai mon chiffon et lui jetai un regard méprisant.

— C'est ridicule. L'aide, c'est moi qui la donne.
— Écoute, Rose, reprit-il, en passant une main excédée dans ses cheveux, notre couple bat de l'aile. Nous nous sommes précipités tête la première dans le mariage parce qu'à notre âge on avait l'impression que l'on savait ce qu'on faisait. On avait tort. Je te trouvais tellement vivante et tellement séduisante, Rose... Et c'est encore le cas. Mais j'ai du mal à vivre avec toi. Alors, pour l'instant, je crois qu'il vaut mieux qu'on se donne un peu d'espace pour souffler.

— Tu veux de l'espace ?
— Oui. De l'espace.
— Eh bien tu peux avoir tout l'espace de l'univers, ai-je articulé calmement. Parce que je vais demander le divorce.
— Ah.

Je l'avais choqué. Je m'étais choquée moi-même, je crois. Mais je savais précisément ce que « se donner un peu d'espace » signifiait dans la bouche d'un homme et je comptais être la première à reprendre mes billes.

— Nous en reparlerons demain, murmura-t-il d'une voix lasse.

— Non, c'est inutile.

J'avais mordu ma lèvre inférieure tellement fort que je goûtais la saveur métallique de mon sang.

— Tu veux laisser déjà tomber ? demanda-t-il.

J'acquiesçai.

— Tu en es sûre ?

Je hochai à nouveau la tête.

— Tu en es vraiment certaine, Rose ? Parce qu'il y aura des conséquences sérieuses.

— Oui, mentis-je.

— D'accord, souffla-t-il en haussant les épaules. D'accord. Si c'est ce que tu veux. Eh bien, alors... c'est fini.

Il inspira profondément, m'adressa un petit sourire triste et s'éloigna. Au moment où il posait la main sur la poignée de la porte, je lançai :

— Je peux te poser une question, Ted ?

— Bien sûr.

— Je voudrais juste savoir pourquoi tu m'as demandé de t'épouser ?

— Ce n'est pas moi qui ai parlé de mariage, Rose. C'est toi.

Merde. J'avais oublié ce détail. La honte ! J'aurais pourtant juré que c'était l'inverse. Je n'ai en tout cas aucun souvenir de m'être agenouillée pour faire ma demande. Tout ce dont je me souviens, c'est qu'on tournait comme des fous dans la grande roue de Londres, que j'étais ronde comme une queue de pelle, et qu'en redescendant je me suis retrouvée fiancée. Mais si, comme le prétend Ted, c'est moi qui ai posé *La* question, alors il est logique que ce soit moi qui propose le divorce.

Je songeais à cela tout en vidant les dernières caisses et en faisant le ménage après le départ des jumelles. La maison n'est pas en mauvais état. Juste poussiéreuse. Des murs blanc cassé, une cuisine avec des placards en bois cérusé, des rideaux en soie crème (inclus dans le prix) et une moquette beige tout à fait respectable... En somme, une maison couleur ficelle. Étiolée. Pâlichonne. Drainée. Comme moi. J'aime bien, me disais-je tout en frottant et en récurant. Trop de couleurs, ça me déprimerait. Je décidai que je referais la déco plus tard ; pour l'instant, c'était vivable.

Puis j'entrepris de chasser les souvenirs de Ted. J'y avais soigneusement réfléchi. Je fis un tour au supermarché du coin pour acheter un paquet de ballons en caoutchouc. De retour à la maison, je les étalai bien à plat pour inscrire « TED WRIGHT » au feutre noir sur chacun. Je les gonflai et son nom devint de plus en plus grand. Les oreilles sifflantes tellement j'avais soufflé, je contemplai les ballons qui dansaient dans la brise sur le parquet du salon, auquel ils donnaient une allure festive, étrange et presque insultante. Je dénichai ma boîte à couture, pris ma plus grande aiguille et perçai les ballons, un à un. Bang ! Le nom de Ted explosa en mille lambeaux caoutchouteux. Au fur et à mesure des détonations, un large sourire se peignait sur mon visage. J'éprouvais une énorme satisfaction – je l'avoue – à cette activité puérile. Ted n'était qu'une baudruche. Un dégonflé. Il n'avait que ce qu'il méritait. Je crevai neuf ballons, un pour chaque mois depuis notre rencontre. Puis j'emportai le dernier, un ballon jaune, dans le jardin. Le vent s'était levé. Je restai immobile un instant au milieu de la pelouse, avant de lâcher le ballon. Une bourrasque soudaine s'en empara et l'emporta au-delà de la grille du jardin, jusqu'à ce qu'il s'envole au loin. Je distinguai encore un moment le nom de Ted tandis que le ballon s'élevait dans le ciel par saccades. Puis il n'y eut plus qu'une forme indistincte, puis une tache, puis un point, puis plus rien.

Je poussai un soupir de soulagement et rentrai pour entamer la deuxième étape de mon rituel. Je pris un bout de ficelle et fis un nœud pour chaque souvenir heureux de ma vie avec Ted. Le premier nœud pour notre rencontre, le deuxième pour la Saint-Sylvestre, le troisième pour nos fiançailles et le quatrième pour le jour du mariage. En nouant le cinquième, je me rappelai combien j'avais été heureuse lorsque j'avais emménagé chez lui. Puis j'allumai le bout de la ficelle et observai la petite flamme jaune s'embraser. Elle grimpa lentement mais sûrement, laissant derrière elle une queue luisante de braises et une mince bouffée de fumée. Trente secondes plus tard, mes souvenirs n'étaient plus qu'un cordon de cendres que j'effaçai d'un jet d'eau dans l'évier. Finalement, je fouillai mon portefeuille pour y trouver une photo de Ted. D'habitude, il est très photogénique mais sur celle-là, il était moche à faire peur. L'appareil photo avait dû se déclencher tout seul, parce que l'objectif lui pointait directement dans les narines. Il fronçait les sourcils, son soupçon de bajoues était accentué et son visage, mal rasé, accusait la fatigue. J'affichai cette photo sur le tableau en liège de la cuisine. Il faudrait que j'en fasse faire un agrandissement. J'étais dans la salle de bain en train d'accomplir le volet final de mes rites cathartiques, lorsque mon téléphone portable sonna.

— C'est nous, dirent les jumelles, chacune sur un poste. Où es-tu ?

— Dans la salle de bain.

— Tu n'es pas en train de faire une overdose, dis ?

— Pas pour l'instant, non.

— Tu n'es pas en train de te trancher les poignets ?

— Vous êtes folles, ou quoi ? Je viens de tout passer au Cif...

— Eh bien, qu'est-ce que tu fiches dans la salle de bain, alors ? demanda Béa, soupçonneuse.

— Je fais mes exorcismes.

Je raccrochai, sortis mon alliance de ma poche et la contemplai une dernière fois. Ted y avait fait graver *pour toujours*. Quelle blague. Tenant délicatement l'alliance entre le pouce et l'index, je la laissai tomber dans la cuvette des toilettes. Elle s'enfonça, luisant doucement sous la lumière impitoyable du plafonnier. Je pris ensuite notre photo de fiançailles, la déchirai en six morceaux, les jetai dans la cuvette et actionnai la chasse. Je regardai l'eau tourbillonner en gargouillant, puis disparaître en glougloutant. Lorsque la cuvette fut à nouveau remplie, tout avait disparu, alliance et photo, à l'exception d'un morceau. À mon grand dépit, c'était celui où l'on apercevait le visage de Ted. Il refusait de partir. C'était troublant de le voir flotter comme ça, souriant, joyeux, comme si de rien n'était. Je tirai à nouveau la chasse. Le fragment de photo tourbillonnait follement, mais ne cessait de remonter à la surface. Après dix tentatives, vaincue, je repêchai le visage radieux de Ted avec la brosse à chiottes et hop ! à la poubelle.

— Bon, et maintenant tu te laves les mains, m'enjoignis-je.

Je redescendis, un peu regonflée par mes efforts, pour me préparer une tasse de thé. La bouilloire commençait à siffler lorsque j'entendis le bruit métallique de la boîte aux lettres. Sur mon paillasson gisait une enveloppe crème, portant l'inscription « *À notre nouvelle voisine* », tracée dans une grande écriture arrondie. À l'intérieur se trouvait une carte ornée de fleurs, où on avait écrit « *Bienvenue sur Hope Street, de la part de Beverley et Trevor McDonald.* »

2.

J'attendais le bus tranquillement, en faisant passer le corps de Mary-Claire Grey sous un rouleau compresseur, quand soudain l'homme qui attendait devant moi commit un acte assez perturbant. Il sortit un paquet de Marlboro, arracha l'emballage en cellophane, le roula en boulette et le jeta par terre. Pendant que je regardais l'emballage rouler dans le caniveau, je pris conscience d'être *exactement* dans le même cas. Moi aussi, j'avais été roulée en boule et jetée dans le caniveau...

Au moins, je n'aurais pas de mal à me rendre au boulot, notai-je tandis que le bus roulait sur Camberwell New Road. Le *Daily Post* se trouve pile en face de la Tate Britain, dans un bâtiment en verre brun fumé surplombant la Tamise. C'est le siège social du groupe de presse qui publie également le magazine people *Celeb !* et le *Sunday Post*.

Je pris l'ascenseur jusqu'au dixième étage, passai mon badge de sécurité sur le lecteur optique et entrai dans l'arène. Ma « cellule » se trouve tout au fond de la salle de rédaction, près d'une fenêtre. Je connais pas mal d'autres Madames Détresse – nous déjeunons parfois ensemble – et toutes se plaignent d'être marginalisées, au sein de l'équipe. Nos patrons, en majorité des hommes, nous regardent de travers, comme si nous étions des espèces de sorcières. Mais personnellement, ça ne me gêne pas d'être un peu à l'écart. C'est plus tranquille. Il y a toujours un tel boucan dans la salle de rédaction... Ça commence dans un calme relatif mais, vers 11 heures, une fois les articles lancés, le bruit de fond augmente. On entend des disputes et des rires, le babillage incessant des télés, le ronronnement des ordinateurs, les imprimantes crachant le papier, les trilles polyphoniques des téléphones portables. Mais comme je suis assise à environ deux kilomètres de tout le monde, ce brouhaha ne me dérange pas.

— Salut, Serena, dis-je gaiement à mon assistante. Comment ça va ?

— Eh bien...

Je me préparai au pire.

— ... je ne peux pas me plaindre. Au moins, il fait plutôt beau pour cette période-ci de l'année.

Serena, il faut que je vous le dise, est originaire de Cliché-la-Ville. Elle pourrait remporter la Palme d'Or des platitudes. En outre, elle fait partie de ces gens qui sont perpétuellement pimpants. Elle est tellement guillerette que je la soupçonne parfois d'être folle à lier. D'autant qu'elle expérimente systématiquement toutes les crises domestiques.

— Comment s'est passé votre week-end ? m'enquis-je en m'asseyant à mon bureau.

— Très bien, répliqua-t-elle avec le sourire. Sauf que Johnny s'est coincé la tête derrière le radiateur.

— Ah bon ?
— Oui, pendant trois heures.
— Non !
— Il cherchait Frodo, sa souris blanche, et je ne sais pas comment il a fait, sa tête est restée coincée. Nous avons essayé l'huile d'olive et le beurre, et même de la margarine allégée. Impossible de le bouger. Finalement, nous avons dû appeler les pompiers.
— Et la souris ?
— Hélas, après toutes ces péripéties, nous avons découvert que le chat l'avait mangée.
— Ah, fis-je, curieusement affligée.
— Enfin, ça aurait pu être pire. Tout est bien qui finit bien, conclut-elle d'un ton guilleret.

Pas pour Frodo, en tout cas.

— Et vous, Rose ? Comment s'est passé votre week-end ?
— Très bien, répondis-je avec un petit sourire crispé. Je m'installe dans ma nouvelle maison.
— Vous allez de l'avant.
— Hum.
— Ce qui est fait est fait.
— Exactement.
— Enfin, la vie n'est pas...

Aargh...

— Toujours facile ? complétai-je.

Elle eut un instant de perplexité.

— Non. J'allais dire que la vie n'était pas un long fleuve tranquille.
— Bon, allez, Serena, fis-je en lui accordant mentalement l'Oscar de la banalité, on se met au boulot.

Je contemplai avec plaisir les enveloppes qui débordaient de ma corbeille à courrier. Certaines étaient écrites à la machine, d'autres à la main ; d'autres étaient parsemées de fleurs et de petits cœurs. Je m'imaginais entendre les voix qui, de l'intérieur, m'appelaient à l'aide.

Mon œil exercé avait déjà repéré, rien qu'à l'écriture, les dilemmes que ces enveloppes recelaient. Ici, les grosses boucles enfantines de la répression, là l'inclinaison vers l'arrière des dépressions chroniques. Ici les griffonnages à l'encre verte de la schizophrénie, là les pattes de mouche de l'introverti. Tandis que Serena enregistrait et datait chaque lettre, je triai mon énorme dossier de références. J'y conserve toutes les brochures d'information que j'envoie avec mes réponses. J'en ai plus d'une centaine, qui couvrent tous les problèmes humains possibles et imaginables, de l'Abandon à la Zoophilie, en passant (entre autres) par l'Acné, la Confiance en soi, l'Endettement, la Grossesse (désirée ou pas), l'Insomnie, la Jalousie, les Mamelons, la Mort, la Pilosité, le Racisme, les Ronflements, les Rougissements intempestifs, le Stress ou les Voisins hostiles. Le simple fait de voir tous ces problèmes sagement rangés par ordre alphabétique me remplit d'aise. Après avoir fait un peu de ménage dans le tiroir – le Tabagisme s'était égaré, Dieu sait pourquoi, dans le dossier du Tapage nocturne – j'ouvris les plis du jour. Serena les fait toujours passer aux rayons X dans la salle du courrier, parce que, de temps à autre, on nous envoie des trucs dégueulasses, comme des préservatifs usagés – pouah ! –

ou des culottes en dentelle, ou de la pornographie. La plupart du temps, ces enveloppes contiennent simplement des manuels de psychologie pratique. J'en reçois des tonnes. Je les cite rarement – mais après tout je ne peux pas reprocher aux attachés de presse d'espérer un peu de publicité... J'ai trois millions de lecteurs. *Comment engager la conversation et se faire des amis*, proposait le premier. *Aider les victimes d'actes criminels ; Comment être homo et heureux ; Vaincre le stress par la respiration...* Je les rangeai sur l'étagère par ordre de grandeur, avant de m'attaquer au courrier. À cette époque de l'année, on reçoit essentiellement des histoires d'amour de vacances qui ont mal tourné, des secondes lunes de miel qui ont viré au cauchemar, et des résultats d'examens décevants.

Chère Rose, lus-je tout en allumant l'ordinateur, *j'ai dix-neuf ans et je viens d'être recalée au bac une fois de plus... Chère Rose, le mois dernier je suis allée à Ibiza et j'ai rencontré un garçon merveilleux... Chère Rose, je rentre avec ma femme d'une croisière qui a été un vrai purgatoire...*

Et puis il y a les grands classiques, comme le manque d'estime de soi et, bien sûr, suis-je gay ? Je reçois tellement de lettres de travestis que chaque fois que je rencontre un homme, je regarde s'il porte des talons aiguilles. Et puis il y a les problèmes sexuels bizarres – tiens, là, je parie que c'en est un. Je ne porte jamais de jugement, évidemment. Non, mais c'est dégueulasse, là ! ! !

Chère Rose, déchiffrai-je avec consternation. *Je suis exploitant agricole, marié depuis vingt ans et pour parler franchement, je m'ennuie un peu au plumard. J'aime bien faire des « expériences », si je puis dire, mais ma femme ne veut rien savoir et ça nous cause des tensions. Elle dit que « ça ne se fait pas » et qu'on devrait laisser Groin-Groin tranquille. Pourriez-vous me conseiller ?*

Cher Jeff, tapai-je rapidement et avec une pointe de dégoût. *Toute activité sexuelle avec une autre espèce est illégale. Je suis tout à fait d'accord avec votre femme. Cela constitue un abus des droits des animaux. Je vous conseille de vous en tenir à les manger !*

Vous comprenez, j'ai mes principes. Les Madames Détresse, en général, sont assez ouvertes d'esprit, mais nous avons toutes nos bêtes noires. Les miennes sont la Zoophilie (répugnant), la Fessée (inadmissible) et l'Infidélité (idem, absolument). Le nombre de femmes qui m'écrivent pour me demander comment persuader leur amant marié de quitter son épouse ! Cette lettre, par exemple. Typique.

Chère Rose, pourriez-vous me suggérer un cadeau à offrir à mon amant pour son anniversaire ? J'aimerais lui donner quelque chose de personnel, plutôt qu'un après-rasage ou une cravate que sa femme pourrait repérer.

Chère Sharon, tapai-je énergiquement. *Je vous remercie beaucoup de m'avoir écrit. Je vais vous dire le meilleur cadeau d'anniversaire que vous puissiez offrir à votre amant marié : puis-je vous suggérer de le virer ?*

Enfin, sérieusement, que veulent-elles que je leur réponde ? Coucher avec le mari d'une autre, il n'y a rien de pire. Pourquoi est-ce qu'elles ne se trouvent pas un célibataire ? Dieu sait pourtant que ça ne manque pas. Une nouvelle fois, je poussai Mary-Claire Grey du sommet de Big Ben avant de me replonger dans ma correspondance.

Je reçois en moyenne cent cinquante lettres par semaine. Je rédige directement la moitié des réponses et je dicte les autres pour que Serena les transcrive. C'est elle aussi qui met les brochures dans les enveloppes, passe les vieilles lettres à la déchiqueteuse – *très* important – et organise les messages préenregistrés consultables par téléphone. Ça, ça cartonne : on en a environ cinq ou six qui tournent en permanence. *Vaincre ses phobies* est l'un des plus populaires, tout comme *Il veut que je me déguise pour faire l'amour*. Nous avons aussi *Les Problèmes de prostate*, *L'Impuissance* et *La Mauvaise haleine*. Bien entendu, il ne faut pas s'emmêler les pinceaux en donnant les numéros de téléphone.

Chère Rose, je suis fou furieux, parce que j'ai téléphoné hier à votre foutu numéro pour la Calvitie et que je suis tombé sur une connerie de message sur les Hémorroïdes. Ce numéro coûte une livre la minute, vous vous foutez de ma gueule ou quoi ?

Je répondis en glissant un billet de cinq livres dans l'enveloppe, avec une brochure sur le self-control. Puis, je m'attaquai à mes e-mails, qui représentent environ un quart de mes lettres. J'ai beaucoup plus de mal à analyser le courrier électronique que les lettres. L'écriture révèle tellement de choses. Et puis par Internet, on envoie des messages beaucoup plus froids et plus courts. On saisit le problème plus clairement, mais pas la personne qui en souffre. Parce que dans le courrier du cœur, les lettres ne sont pas forcément toujours à lire au premier degré. Il faut les déchiffrer, repérer les indices – comme dans un polar – ou les déconstruire comme dans un cours d'analyse littéraire. Par exemple, une dame peut vous écrire seize pages pour vous expliquer qu'elle ne s'entend plus avec son mari, qu'ils s'engueulent constamment, et blablabla. Mais, dans les toutes dernières lignes, elle ajoute : « Mais il est seulement comme ça quand il boit. » Je me précipite alors sur ma brochure Alcoolisme pour dénicher le numéro de téléphone des AA les plus près de chez eux. C'est ça, l'art d'être Madame Détresse : il faut apprendre à lire entre les lignes.

Dans les soirées, les gens me demandent souvent quelles sont les autres qualités requises pour faire ce métier. Eh bien, tout d'abord, il y a la curiosité – et j'en ai à revendre. J'ai toujours adoré regarder, par les vitres des trains, l'intérieur de maisons inconnues, en me demandant à quoi peut ressembler la vie de ceux qui y demeurent. Il faut aussi avoir de la compassion – sans aller jusqu'à la sensiblerie, car la réponse doit avoir de l'impact. Il est inutile de simplement offrir sa sympathie, ou pis, sa pitié, comme cette horrible Citronella Pratt. Le lecteur a besoin de conseils pratiques. Il faut toujours avoir des infos précises sous la main : infos et compassion, voilà à quoi mon boulot se résume. Cela dit, je ne suis pas une nounou, ni une maman. S'il le faut, je peux être dure. En fait, mes lecteurs savent toujours d'eux-mêmes ce qu'ils doivent faire. Je les aide simplement à trouver la réponse.

Comme cette lettre, par exemple, d'un pauvre type qui vit un enfer...

Chère Rose, en 1996 mon épouse adorée est décédée dans un accident de la circulation, me laissant seul et désespéré. Trois ans plus tard, j'ai rencontré quelqu'un et, après une courte période de fréquentation (trop courte, je m'en aperçois aujourd'hui), je me suis remarié. Je ne suis pas un saint mais je crois avoir bien traité ma seconde épouse. C'est une belle femme dans la quarantaine, mais hélas, elle est assez agressive. L'an dernier, elle m'a cassé le doigt. Je peux supporter ses sautes d'humeur, mais ce que je ne tolère pas, ce sont ses infidélités. Je sais qu'elle a eu au moins deux amants depuis que nous sommes mariés, et maintenant j'ai la preuve qu'elle a entamé une troisième liaison. Je vous en prie, ne me dites pas de consulter un conseiller conjugal, parce qu'elle refuse carrément d'y aller. Tout ce que je sais, c'est que je suis malheureux. Je me sens très seul, et je dors mal. Je rêve souvent de retrouver ma liberté (nous n'avons pas d'enfants). Que devrais-je faire, à votre avis ?

Cher John, lui répondis-je. Merci de m'avoir écrit et je suis désolée que vous soyez si malheureux. Je sais d'expérience que l'infidélité est humiliante et douloureuse. Et tout type d'agression physique de la part d'un conjoint dépasse les limites de l'acceptable. Vous avez déjà pardonné deux fois, et il est peut-être temps de dire « plus jamais ça ». John, vous êtes le seul à savoir si votre couple peut survivre, mais vous donnez l'impression d'être au bout du rouleau. Puis, parce que j'essaie toujours d'ajouter des mots gentils, *Vous êtes quelqu'un de bien, ça se voit, et j'espère que vous trouverez le bonheur que vous méritez.*

En fait j'ignore totalement si cet homme est quelqu'un de bien ou pas, mais parce qu'il m'a fait confiance je tâche de lui remonter un peu le moral. Cela dit, je ne lui ai pas conseillé d'entamer une procédure de divorce ; je ne le fais jamais. De toute façon, il est évident qu'il y songe lui-même. Il attend simplement la permission de passer à l'acte. Il me demande de sanctionner sa décision de divorcer. Et c'est ce que j'ai fait, indirectement.

Et puis il y a toutes les lettres tristes – certaines vous brisent le cœur. Des lettres d'enfants dont les parents boivent. Des lettres qui commencent par « je suis désolé de vous importuner avec mes problèmes, mais j'ai un cancer et je n'ai plus que trois mois à vivre... » Ou comme celle-ci :

Chère Rose, ma fille de trois ans, Daisy, a besoin d'une greffe du cœur et des poumons. Elle est gravement malade depuis le jour de sa naissance. Les docteurs prétendent qu'elle est inopérable, mais nous venons de trouver un chirurgien aux États-Unis. Le problème est que l'opération coûte douze mille livres, et nous n'avons pas cette somme. Je vous en supplie, Rose, pourriez-vous publier cette lettre ? Nous sommes certains que plusieurs de vos lecteurs auront la bonté de nous aider.

Je poussai un grand soupir. Je ne pouvais pas publier cette lettre parce que ce n'est pas la fonction de ma rubrique. En plus, ce n'était peut-être pas vrai. En revanche, si c'était vrai, je ne me pardonnerais jamais de ne pas avoir pris au sérieux cet appel au secours. Je répondis en transmettant les coordonnées de cinq associations caritatives médicales pour enfants, ainsi qu'un chèque de soixante-quinze livres. Ted était furieux quand je faisais ça, alors au bout d'un moment j'ai arrêté de le lui dire.

Et maintenant, j'avais sous les yeux une lettre de l'un de mes nombreux Jeunes Hommes Solitaires. *Chère Rose, j'ai trente-cinq ans et je n'ai jamais eu de copine. Les filles ne s'intéressent pas à moi, sans doute parce que je suis très timide avec elles, et je ne suis pas du tout beau.* Je jetai un coup d'œil à la photo jointe... Un cas typique ! Il était très mignon.... *alors je suis de plus en plus déprimé et je passe toutes mes soirées chez moi, tout seul. J'adorerais rencontrer une jeune femme qui serait gentille avec moi, et qui pourrait peut-être m'aimer. Je vous en prie, Rose, pouvez-vous m'aider ?*

Je lui répondis aussitôt :

Cher Colin. Je vous remercie beaucoup de votre lettre et je suis désolée que vous soyez si triste. Laissez-moi vous assurer que vous êtes un très beau garçon. Je suis certaine qu'il y a plein de filles qui seraient prêtes à sortir avec vous. Vous devez faire l'effort d'aller à leur rencontre – ça ne sert à rien de rester à la maison ! Je crois que a) vous devriez prendre des cours qui vous aideraient à avoir confiance en vous et que b) vous devriez vous inscrire à des cours du soir (mais pas la mécanique automobile) où, j'en suis sûre, vous vous ferez bientôt des amies. Je vous envoie une brochure sur la Confiance en soi, le numéro de téléphone de votre université communautaire locale et je vous souhaite très bonne chance. J'étais si désolée pour lui qu'impulsivement j'ajoutai : *P.S. Si vous en avez envie, faites-moi savoir comment ça va.* Cependant, en refermant l'enveloppe, je me rendis compte que c'était hautement improbable. C'est ça qui est bizarre dans mon boulot. Chaque mois, plus d'un millier de parfaits inconnus me parlent de leurs problèmes les plus intimes. Je leur donne les meilleurs conseils possibles, mais je ne reçois que rarement, voire jamais, de nouvelles par la suite. Mes réponses partent dans le vide comme des météorites qui foncent dans l'espace. Ce que je leur ai écrit les a-t-il aidés ? me demandé-je parfois. Est-ce que les choses vont mieux pour eux, maintenant ?

Je pris subitement conscience que notre nouveau rédacteur en chef, Ricky Soul, un ancien du journal à scandales *News of the World*, se tenait devant mon bureau. R. Soul – comme on le surnomme respectueusement – venait d'être engagé par la « débilarchie » de notre groupe de presse pour tenter de *booster* nos ventes.

— Alors, ça se passe comment au service des Peines et Misères ? ricana-t-il.

— Mais très bien, répliquai-je avec nonchalance. Très bien.

Il se pencha par-dessus mon épaule. Il faudrait que je dépose une brochure Hygiène Personnelle sur son bureau. Puis il tendit la main vers mon courrier – une totale violation de la clause de confidentialité ! Je balayai rapidement les lettres dans un tiroir.

— Alors, tu as quelque chose de croustillant pour l'ouverture de la rubrique de mercredi, Rose ?

— Quoi, par exemple ? m'enquis-je innocemment comme si je ne le savais pas déjà.

— Par exemple, « Chère Rose », zézaya-t-il d'une voix de fausset, « je suis mannequin pour la presse de charme, j'ai dix-neuf ans, des seins énormes et de longs cheveux blonds, et mon petit ami aime que je me déguise en infirmière. J'ai envie de lui dire que ça ne plaît pas vraiment mais j'ai peur de le blesser ».

Je gémis. Notre ancien rédacteur en chef, Mike, qui a été viré le mois dernier, me laissait faire mon boulot dans mon coin. Mais, depuis l'arrivée de Ricky, il met la pression pour que j'ajoute davantage de sexe dans ma chronique.

— Hélas non, répondis-je. Mais j'ai un comptable qui aime porter des petites culottes en soie sous ses rayures tennis, un fermier qui veut commettre une truie-gamie, et la lettre d'une religieuse de cinquante-cinq ans qui aimerait devenir un homme.

— J'ai dit croustillant, Rose. Pas pervers, grimaça Rick. Et pas trop de branleurs, d'accord ?

— Ricky, je te serais reconnaissante de ne pas tourner les problèmes de mes lecteurs en dérision. Ma rubrique n'est pas là pour distraire.

— Mais bien sûr que si ! s'esclaffa-t-il. C'est exactement ça : les problèmes des autres nous remontent le moral.

Je réprimai l'envie de l'assommer jusqu'à ce que mort s'ensuive.

— J'ai aussi reçu ceci, dis-je en lui tendant la lettre au sujet de l'enfant malade.

Son visage s'éclaira.

— Génial ! sourit-il. Un môme malheureux ! On la passe... si la petite est mignonne.

Tandis qu'il s'éloignait, je me penchai sur ma dernière lettre en poussant un soupir de frustration. Elle venait d'une fille que son fiancé venait de plaquer pour une autre.

Je n'arrive pas à y croire... on allait se marier dans un mois... j'ai tellement honte... je ne peux ni manger ni dormir... dois-je l'appeler ?... suicide...

— Pauvre petite, murmurai-je. Je vais ouvrir ma rubrique avec celle-ci.

Je rédigeai rapidement ma réponse. C'était comme si je m'adressais une lettre à moi-même.

Chère Kelly, merci beaucoup pour votre lettre : vous êtes très malheureuse, ça se voit. Mais votre ex n'est pas un homme pour vous, c'est clair, sinon il ne se serait pas conduit de la sorte ! Plus vite vous serez capable de tourner la page, plus vite vous rencontrerez quelqu'un qui sera la bonne personne pour vous. Vous avez subi un choc émotionnel gigantesque, Kelly, et vous devez réagir énergiquement. Tous vos moments de bonheur avec lui ? Effacez-les ! Rappelez-vous les pires défauts de votre ex. Pensez à lui quand il se curait le nez, par exemple, ou qu'il s'arrachait les poils des oreilles. Souvenez-vous de lui quand il était soûl, ou en train de ronfler, ou de vous rabaisser devant vos amis. Répétez le processus le plus souvent possible, et bientôt vous vous rendrez compte que vos souvenirs agréables de lui s'estompent. Oubliez la fois où il vous a préparé un Cosmopolitan, ou qu'il vous a joué Only You *au téléphone.*

Ensuite, débarrassez-vous de tout ce qui l'évoque – « disparaissez-le » de votre vie. Tous les cadeaux qu'il vous a offerts... à la poubelle ! Les albums photo aussi. Ensuite, déchirez ses lettres et ses petits mots doux. Balancez la bague de fiançailles et offrez-vous un week-end en thalasso avec votre meilleure amie. Enfin, affichez la plus laide photo que vous possédiez de lui et tracez un cercle rouge autour, barré d'une diagonale. Vous me demandez si vous devez lui téléphoner. NON, Kelly ! NE FAITES PAS ÇA ! Et dans le cas peu probable où ce soit lui qui vous appelle, je vous suggère de lui dire d'aller se faire voir ! Sauvez votre dignité, Kelly – il n'y a rien de plus important – et cultivez votre colère. Des rêves meurtriers ? Profitez-en ! Ne vous sentez pas coupable – savourez-les ! Ces petits fantasmes sadiques au cours desquels vous arrachez ses ongles un à un ? Allez-y franco. Et si ça vous fait du bien, pourquoi ne pas prétendre tout simplement que votre ex est mort ? Kelly, vous traversez une période épouvantable, mais je sais que vous allez vous en sortir. Et rappelez-vous que tous ces « trucs » vont vous aider autant que de trouver un autre homme – un type bien, cette fois.

Je poussai un soupir cathartique en signant la lettre. Comme je l'ai déjà dit, je prends parfois un ton assez dur avec mes lecteurs. Mais lorsqu'un homme vous déçoit cruellement, vous avez le droit de l'envoyer valser. En rentrant chez moi, ce soir-là, je décidai de suivre mes propres conseils. Je n'avais pas eu le cœur de me débarrasser de certains souvenirs de mariage. Je résolus de les jeter à la poubelle. Je retirai notre photo de mariage du tiroir, avec notre faire-part de fiançailles et mon bouquet séché. Dans un dossier, je retrouvai les billets d'avion pour Minorque et les albums photo de notre lune de miel. Il y en avait une de Ted, debout sur la plage dans le soleil couchant, qui était particulièrement réussie. Je fus tentée de l'engueuler, mais je me contentai de la ranger, avec les autres objets, dans une vieille boîte à chaussures restée dans un placard. Je ficelai solidement la boîte, pressai la pédale de la grande poubelle et me préparai à lâcher prise.

— Adieu, Ted, dis-je fermement. Je t'ex-pédie ; je t'ex-pulse ; je t'ex-orcise. Tu es ex-térieur à ma vie. Tu es un ex-cédent de bagage. Je veux faire un ex-emple de toi, parce que je ne veux plus de toi. Je ne veux plus de toi, répétai-je tandis que la poubelle devenait floue. Je ne veux... plus. De toi. Je veux...

Ma gorge se serra et une larme s'écrasa sur ma main.

— ... toi.

La nostalgie s'était emparée de mon cœur et je ne parvenais pas à me débarrasser de mes souvenirs. Tout en tendant la main vers le rouleau de Sopalin, je décidai de cacher la boîte plutôt que de la jeter, pour l'instant. Je montai donc à l'étage, dans la grande chambre d'amis, et glissai la boîte sous le lit. En me redressant, déjà plus calme, je décelai une odeur de fumée. Je me penchai à la fenêtre pour jeter un coup d'œil dans le jardin de Trevor McDonald. Mon voisin ne brûlait pas des feuilles mortes, mais deux crosses de hockey. Bizarre...

3.

Après une rupture pénible, il est recommandé de mettre quelques codes postaux entre votre ex et vous. Plus il y en a, mieux c'est. Rien de tel pour vous faire oublier le fait que vous avez été larguée. La nouveauté de l'environnement vous empêchera de penser à lui. Non pas que je pense à lui. C'est fini. Ma campagne d'exorcisme est en voie de réussite. Huit semaines après la séparation, c'est à peine si je peux me rappeler le nom de Ted Wright. J'ai fait ce que j'avais conseillé à Kelly – je l'ai proprement excisé, comme une tumeur ; je ne lui ai même pas fait parvenir ma nouvelle adresse. Alors je pense que tout ira pour le mieux à partir de maintenant. À un petit détail près...

Je descendais l'escalier hier matin lorsque j'ai eu un choc épouvantable. J'ai entendu la voix de Ted, très distinctement. Mon cœur est passé au turbo.

— Tu es impossible ! hurlait-il.

Je m'agrippai à la rampe d'escalier.

— Ce mariage est un enfer !

Ma respiration s'accéléra et une fine brume de

sueur baigna mon front. Tétanisée, je fixai la cage de Rudolf dans la cuisine.

— Je ne sais pas pourquoi je t'ai épousée, marmonnait l'oiseau en secouant la tête.

— Ne me parle pas sur ce ton ! implora Rudy en prenant ma voix. Tu me fais mal.

— Rose, ne pleure pas, je t'en prie, supplia « Ted » tandis que Rudy trépignait sur son perchoir.

— Hou, hou, hou, « m »'entendis-je sangloter tandis que Rudy battait de ses ailes noires et luisantes.

— Je t'en prie, Rose, ajouta « Ted ». On va s'en sortir. Je t'en prie, Rose... je suis désolé. Ne pleure pas.

Je fixai Rudy avec horreur, tandis que l'effroyable vérité faisait son chemin dans mon esprit : il avait mis très longtemps à apprendre à parler, mais il nous avait captés à la perfection. Je saisis mon livre sur les mainates pour en avoir confirmation. *Les jeunes mainates de Java peuvent mettre plusieurs mois entre l'apprentissage du vocabulaire et la parole. Mais, pas d'inquiétude ! Une fois qu'ils ont appris, rien ne pourra plus les arrêter !* Seigneur. *Ils ont tendance à répéter des paroles prononcées avec enthousiasme ou émotion. Faites donc très attention à ce que vous dites devant votre oiseau.* Ah. Trop tard.

— Des problèmes, toujours des problèmes ! rouspétait Rudy.

— Ne sois pas méchant, répliquai-« je ». Et je te prierais de retirer tes chaussures avant d'entrer.

Je jetai à nouveau un coup d'œil au bouquin. *Les*

mainates sont des imitateurs géniaux. Un perroquet parlera toujours avec une voix de perroquet, mais les mainates parlent comme des êtres humains.

— Anorexique à Axminster ! grinçait Rudy. En plus, tu es une cuisinière épouvantable. Tu aurais besoin d'une recette pour faire une tartine !

— Ted, tu es trop injuste.

— C'est vrai !

Je fixai Rudy, hébétée. Je commençais à entrevoir les conséquences de sa loquacité soudaine.

— Tu es une égoïste, hurla-t-il en me fixant avec de petits yeux méchants.

— Et toi, tu es grossier.

Je tirai la couverture sur sa cage pour le faire taire.

— Bonne nuit ! dit-il.

Secouée jusqu'à l'âme d'avoir réentendu mes querelles conjugales à plein volume, j'ai fait ce que je fais toujours quand ça ne va pas : j'ai sorti la planche à repasser. Tandis que le fer allait et venait en crachant un double plumet de vapeur, les battements de mon cœur s'apaisèrent peu à peu. Pour moi, il n'y a rien d'aussi thérapeutique qu'une belle pile de linge repassé, quand j'ai subi un vilain choc. Je repasse tout, cela ne me dérange vraiment pas – les torchons, les slips, les chaussettes. J'ai même essayé une fois de repasser mes chiffons « J », mais ils ont fondu. Vraiment, ça ne m'a jamais embêtée de repasser, même si mes amis trouvent ça bizarre. Mais ma mère était une ménagère hors pair – « une maison nette reflète un esprit net ! » proférait-elle – et j'imagine que je tiens d'elle.

Comme ils auraient été consternés, papa et elle, d'apprendre que mon mariage n'avait tenu que sept mois, alors qu'eux-mêmes avaient fêté leurs noces d'or... Et qu'auraient-ils pensé de Ted ? Ils ne l'ont jamais connu – il est vrai qu'ils étaient déjà d'âge mûr lorsqu'ils m'ont eue. Quand je dis qu'ils m'ont « eue », ce n'est pas au sens conventionnel du terme. Ils m'ont acquise, pas engendrée : j'ai été adoptée alors que j'avais à peine six mois. Et, puisque vous me le demandez, je peux vous affirmer que j'ai vécu une enfance idyllique. Nous n'étions pas riches mais mes parents étaient formidables. Nous vivions à Ashford, dans le Kent. Papa était cordonnier-bottier et maman travaillait à la mairie. Bien des années auparavant, elle avait appris qu'elle ne pourrait pas avoir d'enfant. Dès le début, ils m'ont annoncé que j'étais adoptée, afin que je n'aie pas de mauvaises surprises – enfin, c'est ce qu'ils croyaient...

Quand j'étais petite, mes parents me racontaient l'histoire d'une jolie dame, qui, les voyant si tristes de ne pas avoir d'enfants, les avait abordés dans la rue un jour pour leur demander s'ils n'aimeraient pas m'avoir, moi. Ils m'avaient vue dans ses bras, s'étaient exclamés « Quel joli bébé... oui, merci ! » Elle m'avait confiée à eux, et ils m'avaient emmenée à la maison où nous avions vécu heureux tous les trois. C'était une belle histoire – j'y ai très longtemps cru. J'imaginais une femme élégante, en train de déambuler en me portant dans ses bras, et de scruter la foule pour trouver le couple le plus gentil, le plus désireux de s'occuper d'un bébé aussi exceptionnel que moi. Sa quête n'avait pas été facile, parce qu'elle était très, très exigeante, mais finalement, elle avait repéré maman et papa. Elle avait vu leur visage empreint de bonté et avait tout de suite compris qu'elle avait trouvé le bon couple.

Maman et papa allaient régulièrement à l'église – ils étaient très croyants – et ils disaient que c'était Dieu qui m'avait envoyée à eux. Je me demandais parfois pourquoi Dieu avait permis à ma vraie mère de me donner. À une ou deux reprises, je les ai pressés de me parler d'elle, mais ils ont eu l'air mal à l'aise et m'ont répondu qu'ils ne savaient rien. Croyant que ma question les avait blessés, je ne l'ai plus reposée. Mais je songeais souvent à elle. Elle avait sûrement une bonne raison d'avoir agi ainsi. J'imaginais qu'elle était très occupée à soigner des enfants malades en Inde ou en Afrique. Bien que je sois heureuse comme une reine avec maman et papa, je rêvais parfois du jour où ma « vraie » mère (c'est comme ça que je pensais à elle à l'époque) viendrait me rendre visite. Je l'imaginais, marchant vers la maison, ravissante dans sa robe fleurie, gantée de blanc ; je m'élancerais dans l'allée pour l'accueillir en criant : « Maman, maman ! » Elle me prendrait dans ses bras pour m'embrasser, et je respirerais son parfum délicieux ; puis elle retirerait son chapeau pour libérer des boucles aussi rousses que les miennes ; sa chevelure bondirait littéralement hors du chapeau pour se répandre en longues anglaises et elle s'écrierait : « Rose ! Ma chérie ! Comme tu as grandi ! » Puis elle me serrerait très fort contre son cœur et je sentirais sa joue contre la mienne. Nous entrerions pour prendre le thé. Je lui montrerais tous les dessins que j'avais faits d'elle – il y en avait des dizaines – et que je conservais dans une boîte sous mon lit.

Je n'ai jamais rapporté tout ça à maman et papa parce que je savais que ça les blesserait. Je les laissais raconter cette belle histoire sur la façon dont j'étais venue vivre avec eux. Plus tard, j'appris que ce n'était qu'une belle histoire, rien de plus...

Vous voudriez bien que je vous explique, n'est-ce pas ? Désolée, je n'en ai jamais parlé à personne. Pas même à Ted. Ni aux jumelles. Ni à maman et papa, même si je savais qu'ils savaient. J'ai toujours gardé cela pour moi, parce que ça m'a toujours fait vaguement... honte. Parce qu'à l'âge de dix-huit ans j'ai appris les conditions de mon adoption. J'ai cessé de rêver de ma « vraie » mère. J'ai brûlé tous mes dessins d'elle dans un grand feu et j'ai juré de ne jamais chercher à la retrouver. Je ne la verrai jamais.

Les gens qui savent que je suis une enfant adoptée s'étonnent parfois, surtout depuis que mes parents adoptifs sont morts, que je ne veuille pas rechercher ma mère naturelle. Comment peuvent-ils s'imaginer que je veuille rencontrer la femme qui m'a abandonnée ? Ce serait comme si je souhaitais lier connaissance avec le cambrioleur qui a dérobé mes plus précieux bijoux de famille... Alors, merci, mais non merci, ça ne m'intéresse pas. Je n'ai jamais eu que deux parents, et ils sont morts. Je ne pense jamais à ma « mère biologique », comme on dit aujourd'hui. Et, quand j'y pense, c'est avec mépris.

Voilà sans doute ce qui m'a retenue d'avoir des enfants à mon tour. Je n'ai pas la fibre maternelle. Quand j'étais petite, je m'imaginais avec plein de bébés. Plus tard j'ai changé. Certains enfants adoptés réagissent en fondant une grande famille, mais ils ont sans doute une histoire plus agréable que la mienne. Enfin, assez parlé de ma « vraie » mère – vous devez être morts d'ennui. Je m'ennuie moi-même, c'est dire ! Tout ce que vous devez savoir, c'est que j'ai vécu une enfance *idyllique* et que mes parents adoptifs étaient *formidables*.

Cela dit, quand j'étais petite, je me sentais très seule. Je n'aimais pas être une enfant unique. Je me rappelle avoir un jour demandé à maman et papa s'ils ne pouvaient pas m'adopter un frère ou une sœur. Ils m'ont répondu qu'ils avaient déjà bien assez de boulot avec moi ! Le lendemain, alors que je roulais à vélo le long de la rivière, j'ai aperçu deux canards avec huit canetons en train de se chamailler et de pépier, et je me rappelle avoir envié ces canetons comme une folle. Peu de temps après, heureusement pour moi, j'ai rencontré Bella et Béa. Elles se sont installées dans la maison voisine quand j'avais huit ans, et elles six ans et demi. Dès le début elles m'ont fascinée, pas parce qu'elles étaient jumelles, mais parce qu'elles étaient toujours en train de se quereller. C'est même comme ça qu'on s'est connues. Je ne trouvais dans le jardin quand, un jour, j'ai entendu deux petites voix, discutant âprement.

— Barbie est horrible !

— Elle n'est pas horrible, elle est très jolie et gentille. Sindy est laide !

— Non, elle n'est pas laide !
— Si ! Elle a une grosse tête !
— Ça, c'est parce qu'elle est très intelligente. Elle parle français !
— Eh bien, Barbie, elle parle américain !

J'ai escaladé le muret du jardin et je les ai contemplées, hypnotisée. Je n'avais jamais rencontré de jumeaux identiques. Elles portaient les mêmes shorts bleus et tee-shirts roses, avec des Start-Rite marron et un serre-tête rayé rouge et blanc pour retenir leurs courts cheveux blonds.

— Barbie est docteur ! Et astronaute !
— Mais Sindy est vétérinaire !

Lorsqu'elles relevèrent la tête et me virent, elles cessèrent leur querelle aussitôt. L'une d'entre elles me dit : « Et toi, qu'est-ce que tu en penses ? » Je haussai les épaules. Puis, je leur dis que je trouvais les deux poupées idiotes et ça a eu l'air de leur faire plaisir. C'était comme si elles attendaient de moi que je sois leur arbitre. Depuis ce jour-là, c'est le rôle que je joue auprès d'elle.

Je crois que c'est leur façon de s'appartenir l'une à l'autre – comme deux moitiés de noix –, qui m'a d'abord poussée vers elles. Alors que moi, je ne savais pas à qui j'appartenais ou même à qui je ressemblais. Mais Bella et Béa formaient une unité parfaite – Yin et Yang, Dupont et Dupond, Zig et Puce. Elles se disputaient sans arrêt. Et, le plus bizarre, c'est qu'elles le faisaient *en se tenant par la main*. Elles formaient un couple depuis leur conception ; je les imaginais en train de se donner des coups de pied ou des bisous dans l'utérus maternel. Même quand leur mère les habillait différemment le matin, elles s'arrangeaient toujours pour rendre leur tenue identique.

Elles faisaient absolument tout ensemble. Si, par exemple, l'une d'elles voulait aller aux toilettes, l'autre l'attendait devant la porte. Leur mère ne pouvait même pas leur offrir une part de gâteau sans qu'elles se consultent. Parfois, quand je les regardais faire un puzzle, c'était comme si elles ne formaient qu'un seul organisme, tant leurs mains se déplaçaient en parfaite synchronisation. J'étais profondément touchée que, malgré leur autonomie totale, elles veuillent bien me faire une place dans leur vie. J'étais sous le charme de leur réciprocité que j'enviais profondément – ce pouvoir d'être *deux*. Aujourd'hui, ce sont de jolies femmes de trente-sept ans, mais elles n'ont jamais eu de chance avec les hommes. Elles s'en plaignirent amèrement, comme toujours, lorsqu'elles me rendirent visite mercredi soir.

— On ne trouve personne, soupira Bella. Ça finit toujours par foirer.

— Les hommes ne nous considèrent pas comme des individus, renchérit Béa.

— Cela n'a rien d'étonnant, commentai-je. Vous vous ressemblez, vous avez la même façon de parler, la même voix, la même démarche, vous vivez ensemble et, quand le téléphone sonne chez vous, vous répondez : « Les jumelles ! »

— C'est juste une plaisanterie, expliqua Béa. De toute façon, il y a d'énormes différences entre nous.

— Quoi, par exemple ?

— Eh bien, Bella est plus calme que moi.

— C'est vrai, acquiesça Bella avec chaleur.

— Et nous sommes allées dans des facs différentes, et jusqu'à présent nous avons eu des carrières différentes.

Bella était journaliste financière et Béa travaillait pour le Victoria and Albert Museum.

— Et Bella a des cheveux courts tandis que je porte les miens mi-longs ; elle est gauchère et moi droitière ; et nous avons des opinions différentes sur à peu près tout.

— Rien de plus vrai.

— Nous ne sommes pas une seule personne dans deux corps ! protesta Bella avec véhémence. Pourtant, les hommes nous traitent comme si c'était le cas. Et ces questions stupides qu'on nous pose sans arrêt ! J'en ai marre que les mecs nous demandent si on est télépathes, si l'une sent la douleur de l'autre ou si on s'est déjà fait passer l'une pour l'autre.

— Ou si on coucherait avec le même homme ! grogna Béa en roulant des yeux. On voit bien ce qui se passe dans leur petit esprit pathétique lorsqu'ils nous le demandent !

— Parfois, ils nous draguent toutes les deux, s'énerva Bella. Pour essayer de nous diviser.

Voilà le *hic*.

Les jumelles ont beau se plaindre d'être encore célibataires, je connais depuis longtemps la vérité ; bien qu'elles affirment toutes les deux qu'elles voudraient une relation amoureuse stable, en réalité cela ne les intéresse pas vraiment. Parce qu'elles sont très bien comme elles sont, avec leur compatibilité et leur bonne entente, et qu'elles savent qu'un homme briserait tout cela...

— Rudolf Valentino s'est mis à parler, annonçai-je pour changer de sujet de conversation.

Je retirai la couverture de la cage.

— Ne me parle pas comme ça, Ted, grinça Rudy. Hou, hou, hou. Rose, tu es complètement cinglée ! Non, je n'ai pas fait la vaisselle !

— Mon Dieu, frémit Béa. Quelle horreur. C'est le stress du déménagement qui a dû déclencher ça.

— Rose, tu es névrosée ! couina Rudy. Tu as besoin d'un psy ! Non... tu as besoin d'une Madame Détresse !

— Maintenant, vous voyez ce qu'était ma vie avec Ted, déclarai-je d'un ton sinistre tout en offrant un raisin à Rudy.

— Euh, oui.

— Imaginez, devoir entendre des trucs aussi méchants et aussi faux !

— Tu as des problèmes, Rose ! croassa Rudy. Et veux-tu bien arrêter de ranger, c'est ridicule !

— Ridicule, répétai-je en passant mes gants Mapa pour nettoyer sa cage.

— Euh, il vaudrait mieux qu'il se taise si tu invites un mec chez toi, suggéra prudemment Béa tandis que je jetais le journal.

— Hum.

— Ça pourrait, enfin... le refroidir.

Tout en dînant – j'avais acheté une quiche et un sachet de salade –, la conversation s'orienta sur l'argent. Les jumelles espéraient trouver une boutique pour leur agence de déco.

— Pas forcément quelque chose de grand, mais comme ça on aura la clientèle de passage. On cherche à Kensington, mais ça coûte la peau des fesses et on n'a pas beaucoup de liquidités.

— Moi non plus, rétorquai-je. Je vis totalement au-dessus de mes moyens. Mon premier remboursement de prêt immobilier est arrivé ce matin – je vais devoir sortir neuf cents livres par mois.

— Ouille ! C'est une grosse somme pour une seule personne, dit Bella.

— Oui, fis-je avec un pincement à l'estomac. Je le sais bien.

— Mais tu devais déjà le savoir quand tu as acheté la maison ?

— J'étais trop malheureuse pour réfléchir vraiment.

— Et tu as les moyens ?

— Tout juste. Ça ira si je ne mange jamais rien, si je n'achète jamais rien, si je ne pars jamais en vacances et si je ne sors jamais. Neuf cents livres... Je vais être totalement fauchée. Je devrais peut-être essayer de décrocher une autre rubrique au journal.

— Non ! trancha fermement Béa. Tu travailles déjà assez comme ça.

— Alors je vais devoir braquer une banque. Ou gagner au loto.

— Ou prendre un locataire, suggéra Bella.

Je la fixai.

— Prends un coloc' et tu n'auras plus de problèmes.

— Oui, prends un locataire, dit Béa.

Bizarre... Elles étaient d'accord pour une fois !

— Mais je ne supporterais pas de vivre avec quelqu'un, après Ted.

— Tu ne supportais pas de vivre *avec* Ted, précisa Béa. En quoi un locataire pourrait-il être pire ?

— Rose, insista Bella, prends un pensionnaire. Tu as une chambre d'amis à l'étage. Tu pourrais trouver une fille sympa.

— Mais je suis trop vieille pour avoir une coloc', gémis-je. Être obligée d'écrire « Rose Costelloe » sur tous mes œufs, d'établir un roulement pour l'usage de la douche ou pour passer l'aspirateur...

— Tu adores passer l'aspirateur !

— ... et les conflits pour le téléphone ! Je ne suis pas prête à revivre une vie d'étudiante !

— Rose, observa posément Béa, tu n'as jamais été étudiante.

Effectivement. J'allais étudier l'histoire de l'art à l'université du Sussex, mais j'ai loupé mon bac. Comme je l'ai déjà dit, j'ai eu un choc à l'âge de dix-huit ans.

— Bref, à notre avis il faut que tu te trouves un colocataire, répétèrent les jumelles à l'unisson.

— C'est absolument hors de question !

Le lendemain matin, je reçus la lettre suivante.

Chère Rose, un problème me préoccupe et je me demande si vous pouvez m'aider. L'une de mes clientes les plus fidèles a dépassé de loin son découvert autorisé. Elle a actuellement un débit de £3,913.28 alors qu'elle est plafonnée à £2000. Je ne veux pas trop insister parce qu'elle vient de déménager. Mais en même temps, je trouve qu'elle devrait s'occuper de ses finances. Comme vous pouvez l'imaginer, je n'ai pas eu le cœur de lui en parler moi-même et je me demandais si vous pouviez me donner un coup de main. Auriez-vous une idée de la façon dont cette cliente, à laquelle je tiens beaucoup, pourrait diminuer sa dette ? Je vous remercie infiniment de vos conseils en cette affaire si délicate, Rose, et j'attends votre réponse avec impatience. Bien à vous, Alan Drew (directeur de succursale), Banque Nat West, Ashford. P.S. Prière de ne pas publier.

Eh merde ! Presque quatre mille balles de découvert ! C'était le pompon. Les jumelles avaient raison : j'allais droit dans le mur.

Cher M. Drew, écrivis-je, *Merci de votre récent courrier et je suis désolée d'apprendre qu'une cliente aussi appréciée vous cause de tels ennuis. Comme c'est étourdi de sa part de laisser la situation dérailler ! Il se trouve que j'ai une idée dont je compte lui parler, et je suis certaine que sa dette sera bientôt moins importante.*

Je fermai l'enveloppe, y collai un timbre et la postai. Puis j'appelai le *Camberwell Times*.

Lorsque j'ouvris le journal samedi matin à la page *Partage de maisons et d'appartements*, je découvris que ma petite annonce avait été condensée, comme une Toyota dans un compresseur, en hiéroglyphes quasi indéchiffrables.

SE5. Grde ch. ind. ds msn lux près
transp/comm/pc.
Pr célib m/f n-f. £350/m chg incl.
Refs. Tel : 05949 320781

Je n'étais pas entièrement sûre que la « msn » pouvait honnêtement être qualifiée de « lux ». « Lux » laissait imaginer des dallages de marbre et un jacuzzi à robinets en or, mais la dame du journal m'avait dit que j'aurais plus de réponses comme ça. J'étais en train de relire l'annonce en me demandant quel genre de courriers je recevrais, lorsque j'entendis le bruit métallique de la boîte aux lettres. Sur le paillasson, je trouvai un petit colis, adressé à Mme B. McDonald. Je passai donc chez mes voisins pour le déposer. Mais l'ouverture de la boîte aux lettres des McDonald était un peu plus étroite que la mienne et je n'arrivais pas à faire passer le colis. Je ne voulais pas insister pour ne pas l'abîmer. Je lissai donc mes cheveux et pressai la sonnette.

Du coin de l'œil, je crus apercevoir un rideau tressaillir, puis tout à coup la porte s'ouvrit. Un grand labrador jaune avec des pattes comme des soucoupes se tenait devant moi, affichant une expression soupçonneuse. Je tremblai légèrement, car je n'aime pas les chiens ; je me préparais à ce que la chose se jette sur moi en aboyant et en bavant comme Cerbère, lorsque le contraire se produisit. Le chien trottina vers moi, me prit le colis de la main, puis rentra en refermant soigneusement la porte.

Plus étonnée qu'autre chose, et vaguement vexée d'avoir été snobée, je m'apprêtai à repartir. Mais, en poussant la grille, j'entendis de petits coups au carreau de la fenêtre, puis la porte d'entrée se rouvrit. Médor était de retour. Derrière lui, dans un fauteuil roulant, une très jolie jeune femme brune d'environ trente-cinq ans me souriait.

— Bonjour. Je suis Beverley. Vous êtes notre nouvelle voisine, n'est-ce pas ?

— Oui, en effet. Au fait, merci pour votre petit mot. Je m'appelle Rose.

— Et voici Trevor, fit-elle en désignant le chien. Dis bonjour à Rose, Trev.

— Ouah !

— C'est lui, Trevor McDonald ? m'étonnai-je.

Trevor agita la queue.

— Je voulais simplement déposer ce colis, expliquai-je. On me l'a livré par erreur.

— Pourquoi ne pas entrer un instant ? Je vous assure que nous ne mordons pas – en tout cas, pas Trevor !

Avant que j'aie pu inventer une excuse – j'étais sûre qu'elle ne m'invitait que par politesse – Trevor s'était placé derrière moi et me poussait doucement vers l'intérieur, puis il referma la porte des pattes avant. Je suivis Beverley jusqu'à une cuisine semblable à la mienne. Beverley remplit une bouilloire d'eau et me demanda si mon installation se passait bien. Elle m'apprit qu'elle habitait dans la « rue de l'Espoir », comme elle disait, depuis trois ans et demi.

— Vous vivez seule ici ? questionnai-je tandis qu'elle pivotait habilement de gauche à droite.

Je remarquai qu'elle portait des gants de cycliste et je me demandai pourquoi.

— Non, je vis avec Trev. C'est mon compagnon. N'est-ce pas, mon trésor ?

Il se dressa et lui lécha l'oreille.

— Thé ou café ?

— Euh, café s'il vous plaît.

— Va chercher, Trev, tu veux ?

Trevor ouvrit un placard bas en tirant sur une

corde attachée à la poignée, puis, agitant la queue, en tira un petit bocal de Nescafé, qu'il passa à Beverley avant de refermer le placard.

— Vous connaissez le quartier ? demanda-t-elle tandis que je considérais le chien qui fixait sa maîtresse avec adoration.

— Euh, en fait non, répondis-je distraitement. Je vivais à Putney, avant.

— Où, exactement ?

— Blenheim Road.

— Quartier chic. Grandes maisons.

— Oui, fis-je amèrement. En effet.

— Qu'est-ce qui vous a amenée à Camberwell ?

— J'ai... changé de trajectoire.

— Vous voulez dire que vous vous êtes séparée de quelqu'un ?

— Ou... oui.

— Alors, qu'est-ce qui s'est passé ?

Qu'est-ce qui s'est passé ? Mais quel culot !

— Eh bien, je...

— Désolée, dit-elle en riant. Cela ne me regarde pas. Je suis curieuse comme une pie – c'est parce que je m'ennuie, vous comprenez.

— Ça ne me dérange pas de vous le dire, assurai-je, soudain désarçonnée par sa franchise. Mon mari m'a trompée.

— Mon Dieu.

— Je suis donc séparée, en attendant le divorce.

— Vous étiez mariés depuis longtemps ?

— Euh... Moins d'un an.

— Je vois... Alors, que savez-vous de Camberwell ? ajouta-t-elle rapidement, percevant mon malaise.

— Pas grand-chose. J'aimais bien la maison, c'est tout.

— Dans ce cas, je vais vous mettre au parfum. La ville s'appelle Camberwell – le puits de Camber – parce qu'il y avait beaucoup de sources dans le coin, dont l'une où les malades et les paralytiques se rendaient pour être guéris. Ce qui ne m'a pas avancée à grand-chose ! s'exclama-t-elle avec un rire cristallin. Au XVIIIe siècle, il n'y avait que des prés et des ruisseaux. Depuis, ça s'est construit. Mais on aime bien, n'est-ce pas, Trev ? Voulez-vous du lait ?

Trevor lui passa la brique de lait.

— L'avantage, reprit-elle, c'est la jolie architecture géorgienne et les parcs. L'inconvénient, c'est qu'il n'y a pas de magasins dignes de ce nom et que les alarmes de voiture ne cessent pas de sonner.

J'avais du mal à me concentrer sur les propos de Beverley tellement j'étais fascinée par le chien. Le lave-linge venait de s'arrêter et le chien avait ouvert le hublot avec son museau. Il sortait maintenant les vêtements humides avec les dents.

— Merci, Trev, dit Beverley tandis qu'il laissait tomber un soutien-gorge blanc dans une corbeille en plastique rouge. On les suspendra plus tard. Si vous voulez les potins de Hope Street, je sais tout, ajouta-t-elle en éclatant de rire.

— Non, ça ira, mentis-je.

— Bien sûr, que vous voulez savoir. Vous êtes une Madame Détresse, pas vrai ? Je vous ai reconnue. Je lis parfois votre rubrique... En face à droite, au numéro 4, c'est Keith. Il est dans l'informatique

83

et, le week-end, il se fait appeler « Kay ». Le numéro 6 est reporter au JT, je ne sais plus son nom, il est en train de divorcer ; le numéro 9 est comptable agréé et sa femme l'a quitté pour un prêtre. Le numéro 17 est pédicure et il a fait les pieds de Fergie une fois. Et puis au numéro 12, il y a Joanna et Jane, qui sont avocates en droit du travail et vivent en couple.

— Bien. Alors, merci, fis-je distraitement, toujours obnubilée par le chien. Euh... Trevor est très intelligent, non ?

Il venait de fourrer la tête dans le tambour du lave-linge pour en retirer une taie d'oreiller rose.

— Trev est un génie, acquiesça-t-elle. Mais il a également reçu un entraînement spécial. Et au cas où vous vous poseriez la question, j'ai fait un saut de parachute et j'ai mal atterri.

— Euh... Non, je..., balbutiai-je tandis qu'elle m'offrait un gâteau sec.

— Ce n'est pas grave, assura-t-elle. Ça ne me fait rien. C'est une curiosité tout à fait naturelle, alors j'en parle systématiquement. Comme ça, c'est fait. Ça s'est passé voilà deux ans et demi.

— Je suis désolée.

Pauvre petite.

— Ce sont des choses qui arrivent. J'ai pris un risque, c'est tout. Je sautais pour une œuvre caritative et le parachute s'est ouvert trop tard. Je me suis écrasée au sol. Le plus drôle, en fait, ajouta-t-elle en gloussant, c'est que je sautais afin de lever des fonds pour un nouveau service spécialisé dans les lésions de l'épine dorsale !

— Vraiment ?

Enfin, merde, elle ne s'attendait tout de même pas à ce que je me mette à rire ?

— Quelle ironie du sort, vous ne trouvez pas ? reprit-elle gaiement. Cela dit, ça leur a fait une bonne somme. Je leur ai remis le chèque de mon lit d'hôpital. Dix mois de rééducation, puis j'ai dû réapprendre à vivre. Aujourd'hui, ça va, vraiment. Ça va, car cela aurait pu être bien pire. Déjà, je suis vivante et pas morte ; je suis para, et pas tétraplégique ; je n'ai plus de cathéter, je peux vivre indépendante, et on m'a dit que je pourrais encore avoir des enfants.

— Vous êtes avec quelqu'un ?

— Non. Après mon accident, il a tenu neuf mois. J'avais toujours su qu'il partirait, reprit-elle. Dès l'instant où je suis revenue à moi en salle de réa, je me suis dit : c'est fini, Jeff va me quitter. Et c'est ce qu'il a fait. Je trouve quand même qu'il y a été un peu fort, de partir avec mon infirmière préférée, mais bon, c'est la vie !

Mon Dieu. Que de confessions ! On se serait cru dans un talk-show américain.

— Eh bien... j'en suis désolée, fis-je, impuissante.

— Ensuite, j'ai décidé de ne pas bouger. J'adorais cette maison, et le fait qu'elle soit du début de l'ère victorienne m'arrangeait parfaitement. Il n'y a pas de marches à monter pour aller jusqu'à la porte d'entrée et il n'y a pas de cave. Il y a des toilettes au rez-de-chaussée, et un ascenseur d'escalier pour monter à ma chambre, où j'ai un autre fauteuil roulant. La maison a été un peu aménagée. Par exemple, dans la cuisine, les plans de travail sont plus bas. Je peux entrer dans la douche avec le fauteuil et les portes du patio s'ouvrent en coulissant, ce qui facilite les sorties dans le jardin.

— Vous êtes incroyable, reconnus-je, impressionnée par son courage. Mais j'imagine qu'on vous le dit souvent.

— Je suis simplement résignée, voilà tout. Avant, j'étais amère, mais il y a six mois j'ai eu Trevor, par l'association « Helping Paw ». C'était un chien abandonné. On l'a trouvé sur la route à l'âge de trois mois.

— Oh ! Pauvre bébé, fis-je. Pauvre petit bébé.

Cela, alors que je n'aime vraiment pas les chiens.

— Avant, il était chien d'aveugle, expliqua Beverley, mais ça n'a pas marché.

— Pourquoi ?

Elle jeta un coup d'œil à Trevor et baissa le ton.

— Il était *incapable* de traverser la rue. Il avait déjà eu trois maîtres avant moi. Mais ça lui va beaucoup mieux d'être un chien d'assistance, n'est-ce pas Trevor ?

— Ouah !

Je le regardais contempler Beverley, attendant un ordre. C'était comme si elle était une star de cinéma, et lui son fan numéro un.

— Quelle dévotion, m'extasiai-je. Il vous adore.

— Pas autant que je l'aime.

Tout à coup, le téléphone se mit à sonner. Trevor trottina jusqu'au hall d'entrée, revint avec le téléphone sans fil dans la gueule et le remit à Beverley. Elle parla un instant et raccrocha.

— Désolée, c'était la radio locale, expliqua-t-elle. Ils veulent nous interviewer. Ça ne me dérange pas, parce que je ne suis jamais très occupée et que ça fait de la pub à Helping Paw. C'est une nouvelle organisation caritative, et ils ont besoin de promo. Au fait, ça ne vous gênerait pas que j'aie votre numéro de téléphone ? En cas d'urgence.

— Bien sûr.

Je le lui donnai. Elle le programma dans la mémoire du téléphone et Trevor alla reposer le combiné.

— Et qu'est-ce que vous faites comme boulot ? demandai-je en me levant pour prendre congé.

— Téléphone rose.

— *Vraiment ?*

— Non ! Je plaisantais ! J'enseigne l'anglais par téléphone à des étudiants étrangers. C'est ennuyeux à la folie mais ça paie les factures.

— Et que faisiez-vous auparavant ?

Elle secoua la tête et, pour la première fois depuis une heure, le sourire quitta ses lèvres.

— J'étais prof d'éducation physique.

Voilà qui élucide le mystère des crosses de hockey, songeai-je en ouvrant ma porte d'entrée quelques minutes plus tard. J'étais à la fois exaltée par ma rencontre avec Bev et horrifiée de découvrir que Trevor m'avait laissé quelques poils en souvenir. Je les retirai soigneusement un à un avec une brosse, puis une pince à épiler, tout en écoutant mon répondeur.

— Salut ! J'ai vu votre annonce. Je m'appelle Susan... Bonjour, je suis pharmacien et je me nomme Tom... Allô, c'est Jenny, je suis mère célibataire...

J'étais sortie depuis à peine une heure et j'avais déjà trois réponses. Au cours du week-end, j'en reçus douze de plus, parmi lesquelles je choisis cinq candidats.

Le premier était un ingénieur d'allure lugubre, prénommé Steve. Il inspecta la maison tout entière, en ouvrant tous les placards de ma cuisine – quel culot ! – comme s'il avait l'intention d'acheter, et pas de louer une chambre. Puis, Phil débarqua. Il semblait prometteur, mais il passa la moitié du temps à fixer mes jambes. Puis vint un acteur, Quentin, qui avait l'air d'un joyeux drille mais ne supportait pas les oiseaux – en plus il fumait. Après lui, Annie, vingt-trois ans, trouva tout « super », la maison, la chambre et son boulot dans le marketing. Au bout de cinq minutes, j'avais envie de la trucider, mais je me suis contentée de sourire et de lui dire que je lui « ferais savoir ma décision ».

— Super !

Puis il y a eu Scott, fraîchement reconverti au christianisme, qui voulait organiser des réunions de prière le lundi soir, et enfin une étudiante de l'école des Beaux-Arts de Camberwell qui voulait débarquer avec ses deux chats.

Déçue de mes candidats, je me rendis au gymnase local, où je venais de m'inscrire à un cours de boxe thaïe.

— Coup de pied ! Coup de poing ! Coup de pied ! Bloquez ! hurlait notre instructeur, « Norman le Conquérant ». Coup de pied ! Coup de poing ! Coup de pied ! Allez-y, les filles !

Je tapais sur le punching-ball en imaginant que c'était Ted. Je me voyais en train de défoncer sa porte d'un seul coup de pied, et de botter le cul de Mary-Claire Grey jusqu'à Battersea. Sans cette petite intrigante, Ted et moi serions toujours mariés et je ne serais pas en train d'envisager de partager ma maison avec un inconnu que je détesterais sans doute à brève échéance.

— T'es bonne, Rose, me lança Norman, épaté, à la fin du cours.

J'essuyai la sueur qui me dégoulinait sur les yeux avec mon bracelet en éponge.

— Tu as déjà fait ça ?
— Une ou deux fois.
— Eh bien ma grande, tu peux me croire, avec ton coup de pied tu pourrais défoncer un coffre-fort.

Ravie du compliment, je pris ma douche et me rhabillai. Je quittais le club quand je remarquai, sur le tableau d'affichage, une carte en bristol écrite à la main :

RECHERCHE chambre simple en colocation dans le secteur SE5 pour un jeune homme très tranquille et studieux. Jusqu'à £400 par mois. Tranquillité essentielle. Appeler Théo au 07711 522106.

Je notai le numéro, téléphonai et pris rendez-vous avec Théo pour le lendemain soir, à 19 heures. À 17 heures, on sonna et j'ouvris la porte. Je fus étonnée de découvrir sur le seuil non pas un, mais deux jeunes hommes bien mis. Manifestement, Théo avait décidé de venir avec un ami.

— Bonsoir madame, dit poliment l'un des jeunes hommes en me tendant un pamphlet. Connaissez-vous la Bonne Nouvelle ?

Je les fixai froidement. Je veux bien que des sondeurs m'interrogent sur mes opinions politiques ou que des SDF tentent de me vendre un plumeau. Je n'ai rien contre des mômes qui veulent se faire sponsoriser pour un « marchothon » ou les bonnes âmes tendant leur sébile pour les handicapés. Je me soumets sans broncher aux interrogations des sondages marketing et je distribue des bonbons le soir de Halloween. Mais s'il y a une chose que je déteste plus que tout, c'est de trouver des Témoins de Jéhovah sur mon paillasson – ça me pourrit la journée.

— Connaissez-vous la Bonne Nouvelle ? répéta l'homme.

— Désolée, je suis bouddhiste, mentis-je.

— Mais nous aimerions que vous soyez pleine de la gloire de Jéhovah.

— Merci bien, mais non. Au revoir.

— Cela ne prendra que cinq minutes.

— J'ai dit non.

Je refermai la porte. Dix secondes plus tard, la sonnette retentit à nouveau.

— Pouvons-nous revenir un autre jour pour partager le glorieux royaume de Dieu avec vous ?

— Non, c'est inutile.

J'avais envie de leur expliquer que j'avais été assez gavée de religion pour convertir la moitié des incroyants du monde, mais décidai de me taire.

— Bonsoir ! proférai-je fermement.

Je refermai à nouveau la porte et j'étais à mi-chemin du couloir lorsque...

Drrrinnngggg ! Là, ils poussaient un peu !

— Écoutez, j'ai dit « non ». Alors allez vous faire foutre ! lâchai-je par la porte entrebâillée.

— Ah.

Un jeune homme d'environ vingt-cinq ans se tenait, l'air angoissé, sur le pas de ma porte.

— Désolée, bafouillai-je en retirant la chaîne. J'ai cru que vous étiez un témoin de Jéhovah. Je ne les supporte pas.

— Euh, non... Je suis Théo.

— Bien sûr.

Il faisait à peu près un mètre quatre-vingts, avec des cheveux blonds presque rasés, un nez fort et droit, et des yeux bleus à moitié cachés par des lunettes à monture en acier. Il entra timidement. Au moins, il était assez proprement habillé. Lorsqu'il tendit la main, je notai avec satisfaction que ses ongles étaient nets et bien coupés. Tout en lui montrant la maison, je remarquai un léger accent du nord, sans arriver à le situer. Il m'expliqua qu'il était comptable dans une petite société d'informatique de Soho, et qu'il avait besoin d'un logement tout de suite.

— Où vivez-vous actuellement ? lui demandai-je en le faisant passer dans le salon.

— Tout près de Camberwell Grove. Chez un ami. Il a été très gentil et il a un grand appartement mais il faut que je me trouve un endroit à moi. C'est géant, ajouta-t-il poliment tandis que nous montions l'escalier.

Géant ? Quand même pas.

— Vous habitez ici depuis longtemps ?

— Un mois seulement.

La chambre, avec son papier peint rayé jaune citron, la vieille armoire de papa et son petit lit double, sembla lui plaire.

— C'est géant, répéta-t-il en hochant la tête affablement.

C'est là que je compris que « géant », chez lui, voulait dire « très bien ».

— J'aime bien la vue, fit-il en se penchant à la fenêtre.

— Vous venez d'où ? De Manchester ? m'enquis-je avec politesse mais curiosité.

— Non, de Leeds.

Tandis que nous regagnions le rez-de-chaussée, je décidai qu'il était aimable, poli, terriblement ennuyeux et qu'il ferait sans doute parfaitement l'affaire.

— Alors, ça vous intéresse ? lui demandai-je en lui préparant une tasse de café.

— Euh... oui, répondit-il en jetant un coup d'œil à Rudy, qui – Dieu merci – dormait.

— Dans ce cas, je vais être directe. Je suis quelqu'un de très, *très* occupé et j'ai besoin de calme. Si vous emménagez ici, je peux vous assurer que je vais vous laisser tranquille et que je ne vous gênerai en aucune façon, à condition que vous-même, vous ne me gêniez pas... D'accord ?

Il hocha la tête nerveusement.

— Bon, repris-je en sortant ma liste. Avez-vous l'une des habitudes déplaisantes, antisociales et potentiellement dangereuses qui suivent ? Est-ce que a) vous fumez b) prenez de la drogue c) laissez la vaisselle sale dans l'évier d) négligez de nettoyer la baignoire e) crachez du dentifrice partout dans le lavabo f) détestez les oiseaux g) écoutez la musique à plein volume h) chipez le lait des autres i) chipez les œufs, le pain, les timbres des autres j) laissez la lunette des WC relevée k) oubliez d'éteindre le fer à repasser l) laissez des bougies allumées sans surveillance et enfin m) oubliez de refermer la porte à clé ?

— Euh, non, non... non.

Il se tut un instant.

— Non. Non, non... Pardon, vous pourriez me répéter g) ?

Je répétai.

— Alors non. Non, non. Non, non... non et euh... non.

— Bon. Et avez-vous un téléphone mobile ? Je ne veux pas partager ma ligne fixe.

— Oui.

— Vous regardez beaucoup la télé ?

Il secoua la tête.

— Juste une émission scientifique de temps en temps, et les infos. Mais dans la soirée, j'écris... c'est pour cela que j'ai besoin d'un endroit tranquille.

— Je vois. Et enfin, désolée d'aborder le sujet, mais je n'ai pas très envie de voir des femmes passer la nuit ici. Enfin, des petites amies.

Il sursauta.

— Des petites amies ? répéta-t-il. Ah non.

Il inspira, puis grimaça.

— Vous n'avez pas à vous inquiéter de ça. Pas du tout.

— Eh bien dans ce cas, tout est absolument parfait. Je suis ravie de vous annoncer que – si vous me procurez des références satisfaisantes, bien entendu – j'ai décidé que vous pouviez louer la chambre.

— Ah. C'est un peu rapide... Vous ne souhaitez pas réfléchir un peu ?

— J'ai déjà réfléchi.

— Je vois...

— Je me décide vite.

— Hum... Eh bien...

— Vous la voulez ou pas ? coupai-je.

— En fait, je ne suis pas certain.

Mais quel culot !

— Pourquoi n'êtes-vous pas certain ?

— J'aimerais juste prendre le temps de réfléchir, c'est tout.

Le temps de réfléchir ? Quelle lavette !

— Enfin, j'aime bien la chambre, ajouta-t-il d'un ton sincère. Et votre maison est géante, mais je ne croyais pas devoir prendre une décision tout de suite.

— Hélas, c'est comme ça.

— Euh, pourquoi ?

— Parce que, comme je vous l'ai déjà expliqué, je suis *extrêmement* prise et que je veux que tout soit réglé ce soir même.

— Ah. Je vois.

Il avait l'air perplexe. Brusquement, le téléphone se mit à sonner et je me levai. Je crus l'entendre pousser un soupir de soulagement.

— C'est sans doute quelqu'un qui veut la chambre, lançai-je en me rendant dans le hall.

Je refermai soigneusement la porte derrière moi et décrochai le combiné.

— Allô ?

Silence.

— Allô ? Allô ? répétai-je de plus en plus fort.

Je crus déceler un bruit de respiration.

— Al-*lô* ? dis-je une dernière fois avant de raccrocher.

Bizarre. Sans doute un faux numéro ou une ligne défectueuse.

— J'avais raison, fis-je d'un air nonchalant en revenant dans la cuisine. C'était encore quelqu'un qui était intéressé par la chambre. J'ai reçu plus de vingt appels depuis que j'ai fait passer l'annonce. Enfin, où en étions-nous ? Ah oui. Vous désirez prendre votre temps. Vous n'avez pas l'air très décidé. On en reste là, alors ? ajoutai-je d'un ton affable.

— Eh bien... non. Je...

— Écoutez, Théo, je n'ai pas toute la soirée. Vous la voulez, ou pas ? Un simple « oui » ou « non » suffira.

Théo me fixa pendant quelques secondes et cligna des yeux. Puis, soudain, il m'adressa un drôle de petit sourire en coin.

— Eh bien... ou-ui. Je dirais... oui.

4.

— Vous écoutez London FM, annonça Minty Malone. Bienvenue sur *L'Avis de Rose*, notre rendez-vous nocturne bi-hebdomadaire avec la Madame Détresse du *Daily Post*, Rose Costelloe. Vous avez un problème ? Composez le 0200 222222 et demandez conseil à Rose.

Il était 23 h 05 et nous étions déjà à l'antenne depuis une heure. Nous avions reçu l'appel de Mélissa qui ne savait pas si elle devait se convertir au catholicisme, Denise qui était en train de devenir chauve, Neil qui n'arrivait pas à se trouver une petite amie et James qui se demandait s'il n'était pas gay ; il y avait aussi Josh, un jockey surendetté, Tom qui détestait son père et Sally qui était en train de craquer – la routine... Sur l'écran d'ordinateur devant moi, les noms des auditeurs en attente clignotaient.

— Et sur la ligne un, dit Minty, voici Bob, de Dulwich.

— Bonsoir, Bob, fis-je. En quoi puis-je vous aider ?

— Eh bien, Rose, bredouilla-t-il, je suis, enfin, je suis un gars assez costaud...

Bon. Encore un gros en manque d'estime de soi.

— ... et au boulot, on se moque pas mal de moi.

— Je vois.

— Enfin, il y a une fille qui est une vraie bombe et je pense qu'elle m'aime bien parce qu'elle est toujours gentille avec moi. Le problème, c'est que chaque fois que je trouve le courage de lui demander de sortir avec moi, elle invente un prétexte pour se dérober.

— Bob, vous dites que vous êtes assez costaud... Vous pesez combien, exactement ?

— Environ...

Je l'entendis prendre une grande inspiration avant de lancer :

— ... cent vingt kilos.

— Et quelle est votre taille ?

— Un mètre soixante-dix-huit.

— Alors vous allez devoir dégraisser ! Désolée d'être aussi brutale, Bob, pourtant c'est la vérité. Je sais bien que vous préféreriez entendre que cette fille va tomber amoureuse de votre personnalité, mais je pense que c'est votre *personne* qui fait obstacle et, franchement, je suppose que, si elle est gentille avec vous, c'est simplement parce qu'elle a pitié de vous. Bob, croyez-moi, aucune femme qui se respecte – encore moins une « bombe » – ne va sortir avec un type de la taille d'un lutteur de Sumo. Voici le numéro des Weight Watchers...

Je jetai les yeux sur mon carnet de notes.

— ... 0845 712 3000. Je veux que vous les appeliez dès demain matin à la première heure. Vous me le promettez ?

J'entendis un profond soupir.

— Ouais, d'accord, Rose. Je vous le promets.

— Et Bob, je veux que vous me rappeliez dans un mois pour dire à tous nos auditeurs que vous avez perdu cinq kilos.

— Ouais, très bien, Rose. D'accord.

— Bravo, Bob ! s'exclama Minty. Et maintenant, Martine nous appelle sur la ligne trois.

— Allez-y, Martine, déclarai-je.

— Eh bien, dit une voix tremblante, si je vous appelle, enfin, c'est parce que je viens d'apprendre que je ne pourrai pas avoir d'enfants.

Un court silence suivit.

— Martine, quel âge avez-vous ?

— Trente-deux ans.

— Vous avez essayé *toutes* les possibilités ?

— Oui. Mais j'ai eu un cancer quand j'étais adolescente, vous comprenez, et c'est à cause de ça que les médecins ne peuvent rien faire pour moi.

— J'aimerais bien vous aider, Martine, alors restez avec nous. Est-ce de cela que vous voulez parler ? De cette mauvaise nouvelle que vous venez d'apprendre ?

— Non, avoua-t-elle. Ça, je commence à l'accepter. Le problème, c'est que j'aimerais adopter un enfant. Mais mon mari est contre.

— Il a donné une raison ?

— C'est parce que lui-même, il a été adopté, et il a eu des problèmes, et il a peur que les enfants que nous adopterons en aient, eux aussi.

— Tout comme les enfants que vous auriez pu avoir naturellement. Ils peuvent tomber malades, être recalés à l'école, lâcher leurs études... La vie est pleine de difficultés et vous ne pouvez pas renoncer à ce qui ferait votre bonheur, simplement parce qu'il *risque* d'arriver quelque chose.

— Je sais, répondit-elle d'une voix chevrotante. C'est ce que j'ai dit à mon mari.

— Et vous semblez être quelqu'un de formidable, Martine. Je suis sûre que vous feriez une excellente maman.

Il y eut un petit sanglot. Merde. Je n'aurais pas dû dire cela. J'entendais un Niagara de larmes commencer à déferler.

— Moi aussi, je le pense, hoqueta-t-elle. Mon mari est contre l'adoption, alors que, maintenant, je sais que c'est ma seule chance.

Je jetai un coup d'œil à Minty, qui est enceinte de trois mois. La compassion était peinte sur ses traits.

— Martine, êtes-vous heureuse avec votre mari ?

— Oui. À part ça, oui.

— Et quand avez-vous évoqué ce problème pour la première fois ?

— Il y a un mois. Nous n'en avions pas réellement discuté auparavant, parce que nous pensions que j'avais encore une chance de pouvoir être mère. Et puis j'ai reçu les résultats définitifs de l'hôpital, qui confirmaient que je n'avais aucune chance de concevoir un enfant.

— Alors donnez un peu de temps à votre mari. Il a besoin de réfléchir – et les hommes aiment bien se décider à leur rythme. Mon conseil, c'est de ne pas paniquer. Ne lui mettez pas la pression, parce que ça pourrait se retourner contre vous. Je crois cependant que vous devriez parler à quelqu'un à NORCAP, l'Association Nationale de Conseil aux Enfants Adoptés et à leurs Parents. Voici leur numéro : 01865 875 000. Vous les appellerez, Martine ?

— Oui, renifla-t-elle. D'accord.

— La ligne sera peut-être occupée, parce que c'est la semaine nationale de l'adoption, mais laissez-leur votre numéro et ils vous rappelleront. Et Martine, je vais vous faire une confidence : je suis moi-même une enfant adoptée et ça ne m'a jamais posé de problèmes. J'ai vécu une enfance *formidable*, et je suis certaine que ce sera le cas pour vos enfants.

— Merci, Rose, souffla-t-elle. Je l'espère de tout cœur.

J'étais sur le point de prendre l'appel suivant lorsque je l'entendis ajouter :

— ... je crois que, si mon mari est contre l'adoption, c'est parce qu'il n'a jamais retrouvé sa vraie mère.

— Ah...

— Il est encore tellement en colère contre elle, de l'avoir abandonné... C'est comme une plaie qui ne cicatrise pas. Il en parle rarement, mais je pense que c'est ça qui le tourmente. Le fait d'évoquer l'adoption a fait resurgir la douleur.

— Je vois... Merci de votre appel, Martine, et je... euh, je vous souhaite bonne chance. Et maintenant, voici Pam sur la ligne cinq. Quel est votre problème, Pam ?

— Mon problème, c'est que j'ai la trentaine et que je suis célibataire. Je suis maquettiste pigiste et je travaille à la maison.

— Ou-ui...

— Mais récemment, j'ai commencé à bavarder avec mon postier...

— Mmm...

— Et je le trouve vraiment craquant.

— Je vois.

— Je vais jusqu'à me lever tôt pour être sûre de l'apercevoir quand il passe.

— Ce doit être épuisant.

— En effet. J'ai aussi commencé à m'envoyer des colis à moi-même pour qu'il soit obligé de sonner. Je suis complètement dingue de lui !

— Et alors, quel est le problème ?

— Il est marié. Enfin, je crois. Il porte un anneau à l'annulaire gauche, en tout cas.

— Alors oui, il est marié.

— Mais il est absolument craquant, Rose. Je n'ai jamais ressenti ça auparavant. Qu'est-ce que je dois faire ?

— Eh bien, ma cocotte, je crois que vous devriez redescendre sur terre. Je suis sûre que ce postier macho est très séduisant, mais mon conseil, c'est de lui coller l'étiquette « retour à l'envoyeur » et d'essayer de sortir un peu plus. Maintenant, Kathy sur la ligne trois. Quel est le problème, Kathy ?

— Le problème, Rose, c'est que mon mari m'a plaquée !

— Je suis désolée pour vous.

— Je vois pas pourquoi vous seriez désolée, puisque c'est vous qui lui avez conseillé de me plaquer !

— Pardon ?

— Il y a deux semaines, mon mari vous a écrit au *Daily Post* et vous lui avez conseillé de divorcer.

— Je suis navrée, mais je ne comprends rien à ce que vous me racontez.

— Vous lui avez suggéré de me quitter. Il a caché la lettre, mais je l'ai retrouvée. C'était vous. Il s'appelle John.

Mon Dieu, je me rappelais maintenant. C'était la bonne femme qui trompait son mari et qui lui tapait dessus.

— Pour qui vous prenez-vous, Rose, pour dire aux autres ce qu'ils doivent faire ?

— Je ne leur dis pas ce qu'ils doivent faire. Les gens me racontent simplement leurs problèmes. Je les écoute et je leur donne des conseils.

— Eh bien vos conseils, c'est de la merde ! À quoi vous jouez, à recommander aux hommes de quitter leurs femmes, espèce de... briseuse de ménage !

Je me tournai vers Minty qui roulait des yeux en secouant la tête.

— Kathy, répliquai-je, cœur battant, je n'ai pas conseillé à votre mari de vous quitter. D'après ce que je me rappelle, je crois qu'il avait déjà résolu de le faire.

— Mais vous l'avez aidé à prendre sa décision. C'est une couille-molle, et si vous ne lui aviez pas écrit, noir sur blanc, il n'aurait jamais eu le courage d'agir.

— Je n'en suis pas si sûre. De toute façon, s'il est vraiment aussi « couille-molle » que vous l'assurez, alors pourquoi désirez-vous rester avec lui ?

— Parce que c'est *mon* mari, voilà ! Maintenant, il m'a quittée à cause de vous, espèce de... de... traînée !

J'avais le visage écarlate.

— Kathy, si vous lui parlez comme vous le faites en ce moment, je suis étonnée qu'il ne vous ait pas quittée depuis longtemps !

— Vous êtes une méchante, *méchante* femme ! rétorqua-t-elle.

— Et maintenant, sur la ligne trois, nous avons un appel de Fran, interrompit Minty en faisant signe au producteur de couper. Bonsoir, Fran.

— Bonsoir, Minty.

— Vous n'êtes qu'une sale briseuse de ménage, Rose Costelloe...

Pourquoi Wesley ne coupait-il pas ?

— ... et vous allez le regretter !

Si la menace semblait inquiéter Minty, je me contentai de lever les yeux au ciel et de hausser les épaules.

— Bonsoir, Fran, dis-je en avalant une grande gorgée de Frascati. Qu'est-ce qui vous arrive ?

— J'ai été plaquée.

— Quand ?

— Il y a six mois.

— Ça fait un bon moment, non ?

— Je sais. Mais je... je n'arrive pas à m'en remettre.

— Et combien de temps êtes-vous restée avec lui ?

— Près de deux ans. Il m'a quittée pour notre opticienne, ajouta-t-elle d'un ton plaintif. Je n'ai rien vu venir.

Minty réprima un petit gloussement.

— Je suis tellement déprimée... Tous les soirs je reste seule à la maison avec mon chagrin. Je ne parviens pas à... oublier.

— Fran, répondis-je, je sais que c'est plus facile à dire qu'à faire, mais vous devez essayer de tourner la page.

— Je ne peux pas. Je me sens... bonne à rien. J'ai l'impression que c'est ma faute.

— Fran, pourquoi pensez-vous que vous êtes à blâmer ?

Il y eut un silence perplexe.

— Je ne sais pas. C'est comme ça.

— Fran, poursuivis-je fermement, je vous en prie, arrêtez. Si vous devez trouver un coupable, dans ce genre de situation, il est beaucoup plus sain d'accuser quelqu'un d'autre. D'abord, accusez votre ex – cela va sans dire – et puis l'autre femme aussi, bien entendu. Vous pourriez aussi accuser le gouvernement, le destin, un mauvais karma ou un feng shui pas terrible. Si cela ne marche pas, accusez le réchauffement de la planète... mais, je vous en prie, ne vous accusez pas, d'accord ?

— D'accord, dit-elle en riant un peu malgré elle.

— Puis-je m'exprimer ? intervint Minty. Fran, j'ai connu une rupture épouvantable il y a trois ans. J'ai été littéralement abandonnée devant l'autel, le jour de mon mariage.

— Non ! fit Fran, consternée.

— Oui. Pourtant, c'est la meilleure chose qui ait pu m'arriver, parce que j'ai rencontré quelqu'un de beaucoup mieux, et je suis persuadée que ça vous arrivera aussi.

— J'espère, soupira-t-elle. Je suis si malheureuse.

— Fran, repris-je, ça ne durera pas. Un cœur brisé, ça se guérit. Rappelez-vous surtout que, si votre ex est un ex, c'est parce qu'il n'est pas l'homme qu'il vous faut. Sinon, vous seriez toujours ensemble, pas vrai ? Il est compliqué de se remettre d'une rupture, continuai-je en songeant à Ted avec un coup au cœur. Vous avez besoin d'une stratégie pour vous aider à guérir. Y avait-il des choses que vous n'aimiez pas chez lui ?

— Ça, oui, s'exclama-t-elle. Plein !

— Très bien. Dressez-en une liste. Quand vous aurez fini, appelez vos amis et lisez-la. Demandez-leur si vous avez omis quoi que ce soit. Demandez-leur aussi d'ajouter leurs propres commentaires négatifs, et à votre famille aussi. Ensuite, interrogez vos voisins, les commerçants du quartier, puis affichez la liste de façon qu'elle soit bien en vue. Ensuite, bougez-vous ! Allez au gymnase, comme moi, et suivez des cours de boxe thaïe. Rouez votre instructeur de coups, Fran... Croyez-moi, ça vous remontera le moral. Parce que vous ne rencontrerez pas l'homme de votre vie avant de vous sentir heureuse et sûre de vous.

— D'accord, soupira-t-elle. Oui. Vous avez raison. Vous croyez que je devrais contacter certains de mes ex ? Il y en avait un ou deux qui étaient assez amoureux de moi.

— Si vous devez contacter vos ex ? répétai-je lentement. Non. Pas question.

— Ah. Pourquoi ?

— Parce que l'un des Dix Commandements de la Femme Abandonnée est « Tes anciens amoureux tu n'appelleras pas. »

— Pourquoi pas ?

— Eh bien, peut-être ont-ils changé de sexe, ou sont-ils en prison, ou chauves, ou morts. Pis encore, vous risquez de découvrir qu'ils sont à présent heureux et mariés, avec deux gamins adorables ! Alors non, n'approchez pas de vos anciens amoureux, Fran... consacrez toute votre énergie à trouver quelqu'un de nouveau !

— C'est sur cette note pleine d'optimisme que nous devons rendre l'antenne, déclara Minty alors que l'aiguille de l'horloge du studio avançait vers le chiffre « 12 » par saccades. Merci à tous ceux qui nous ont appelées. Rose et moi, nous vous donnons rendez-vous jeudi soir pour une autre séance de *L'Avis de Rose*.

Je poussais la lourde porte du studio d'une main lasse lorsque Wesley m'interpella.

— J'ai un appel pour toi, Rose.

— À condition que ce ne soit pas cette espèce de folle, fis-je, en agitant le doigt en cercle sur ma tempe.

Wesley posa la main sur le microphone.

— Non, ce n'est pas elle. C'est un mec.

— Allô ? dis-je d'une voix hésitante, en me demandant nerveusement si ce n'était pas Ted.

— C'est Rose ?

Ce n'était pas Ted.

— Ici Henry.

Henry ? Ah oui, Henry ! Mon ex moins trois !

— J'ai entendu ta douce voix à la radio... ça m'a rappelé de *très* bons moments... je viens de rentrer d'Oman... oui, je suis toujours dans l'armée de Sa Majesté... j'ai un poste au ministère de la Défense... J'adorerais te revoir... Si on dînait la semaine prochaine ?

Et pourquoi pas ? songeai-je en posant le combiné, souriante. C'est vrai que Henry ne m'avait jamais vraiment tourneboulée. Il était l'équivalent humain d'une lampe à lave – très décoratif, sans être une lumière. Cela dit, il est inoffensif et généreux, il a très bon caractère et, après tout ce que j'ai vécu, une petite sortie ne me déplairait pas. Enfin, quel mal y aurait-il à dîner en tête à tête avec un ancien soupirant ? Oui, je *sais* très bien ce que j'ai conseillé à cette auditrice, mais, finalement, je suis *certaine* que Henry a visité des endroits très intéressants au cours des trois dernières années, et puis j'ai envie de savoir ce qu'il a à raconter sur le rôle des femmes dans l'armée, sans oublier le projet de Force de Défense Européenne d'Intervention Rapide et son effet probable sur les relations entre la Grande-Bretagne et l'OTAN. J'ai donc pris rendez-vous avec lui pour le vendredi suivant, le 10 novembre, le soir où Théo devait emménager.

Théo m'avait prévenue qu'il arriverait vers 18 h 30. J'étais en train d'essayer de dompter ma tignasse lorsque la sonnerie de la porte retentit, à

17 h 50. J'ouvris la fenêtre de ma chambre pour vérifier qu'il ne s'agissait pas de témoins de Jéhovah. Soudain, un feu d'artifice explosa, pailletant la nuit d'étoiles. Je m'émerveillai comme une petite fille avant de pencher la tête. La sienne levée vers moi, Théo était planté au milieu d'une telle quantité de bagages que mon minuscule jardin ressemblait à un carrousel d'aéroport.

— Vous êtes en avance, fis-je d'un ton de reproche en lui ouvrant la porte.
— Oui, euh, pardon.
— Et vous avez beaucoup d'affaires.
— Je... je sais. Ne vous inquiétez pas, tout va rentrer dans ma chambre. Ce sont surtout des livres, expliqua-t-il.

Pendant que je le regardais monter et descendre l'escalier, je remarquai un long étui noir d'une forme bizarre. Qu'est-ce que cela pouvait bien être ? Un instrument de musique ? Il ne manquerait plus que ça. J'aurais dû lui demander s'il allait jouer de la clarinette pendant la moitié de la nuit ou m'arracher les tympans à coups de trombone. Je frissonnai d'appréhension à l'idée d'avoir laissé entrer ce parfait inconnu dans ma maison. J'ai besoin d'argent, me répétai-je fermement, et ses références sont irréprochables. Son patron à Compu-Force m'avait assuré que, loin d'être un meurtrier sorti de prison, Théo était « un garçon gentil et digne de confiance ». « Il a récemment traversé une période pénible », avait-il ajouté sans plus d'explications. Après m'être brièvement demandé ce que ça pouvait bien signifier, j'en étais restée là. Tout ce que j'avais besoin de savoir, c'était qu'il n'allait pas m'assassiner, m'ennuyer, m'évangéliser, me voler, organiser des orgies dans mon salon ou me faire un chèque en bois...

— Je suis sur le point de sortir, expliquai-je en prenant mon sac et en lui remettant un jeu de clés. Je dois être à Fulham à 20 heures.

— Mais il n'est que 18 h 15.

— Je... sais, répliquai-je, énervée par son intervention impertinente et un peu trop directe. Euh... je me réserve toujours une marge assez large.

— Bon, alors bonne soirée, fit-il d'un ton affable. Vous êtes très jolie, ajouta-t-il brusquement.

— Vous trouvez ?

Il y avait des siècles que personne ne me l'avait dit.

— Oui. Surtout vos cheveux. Ils sont vraiment...

Il se mit à tourner l'index autour de sa tête pour illustrer ce qu'il voulait dire.

— Bouclés ? suggérai-je.

— Fous.

— Ah. Eh bien... merci beaucoup.

— Je veux dire qu'ils ont l'air de jaillir de votre tête.

— Je vois.

— C'est un compliment, expliqua-t-il.

— Vous me rassurez, répondis-je d'un ton si glacial que je pouvais voir ma propre haleine embuée.

Je lui tendis cinq pages A4 écrites à l'ordinateur.

— Voici une petite liste de ce qu'il faut faire ou ne pas faire dans la maison, au cas où vous auriez oublié ce dont nous avons parlé la semaine dernière.

— Merci. Est-ce que j'aurai une étoile dorée dans mon cahier si j'ai tout bon ? s'enquit-il en souriant.

— Non, dis-je froidement.

Mais je fus tentée de l'avertir qu'il était sur le point de récolter sa première colle.

— Enfin, faites comme chez vous, lâchai-je avec réticence en reprenant mon sac à main.

— Merci beaucoup. Je... ferai de mon mieux.

— Et si vous avez une question, vous pouvez m'appeler sur mon portable... Tenez.

Je lui tendis ma carte. J'enfilai ma veste en daim caramel et sortis. Théo me suivit pour prendre des affaires. Au même moment, CRAAAAC ! un autre feu de Bengale explosa au-dessus de nos têtes. CRAAAC ! BOUM ! RA-TA-TA-TA ! Chaque détonation illuminait un instant les façades des maisons, qui replongeaient ensuite dans les ténèbres.

— La rue est très mal éclairée, l'avertis-je en fouillant pour trouver mes clés de voiture. Faites attention.

— Oui, j'ai remarqué. Il fait vraiment noir.

— D'ailleurs j'ai l'intention de me plaindre à la mairie.

— Non ! s'exclama-t-il. Je vous en prie, n'en faites rien... Enfin, passez une bonne soirée.

Il ramassa une caisse et rentra.

En mettant la clé dans le contact de ma vieille Polo, je fixai le dos de Théo en m'interrogeant sur cette réplique bizarre. Pourquoi, au juste, ne voulait-il pas que je me plaigne à la mairie du mauvais éclairage de la rue ? Comme c'était étrange... Et si j'avais commis une erreur de jugement épouvantable ? songeai-je en démarrant. « Est-ce que j'aurai une étoile dorée dans mon cahier si j'ai tout bon ? » Je vous demande un peu ! Quel *culot* ! Et puis cette remarque grossière sur mes cheveux... La plupart du temps, on les qualifie de « préraphaélites », de « cascades », de « boucles brillantes », de « frisettes en tire-bouchon » ou même de « frisés »... Jamais on ne les a traités de « fous ». Enfin, vraiment ! Quelle maladresse ! Et cet étui noir d'aspect sinistre... Qu'est-ce que cela pouvait bien être ? Ce n'était peut-être pas un instrument de musique, mais une épée de samouraï ! En attendant au feu rouge, je m'imaginai soudain morte dans mon lit, dégoulinante de sang comme une passoire. Ce serait probablement à la une des journaux. « MADAME DÉTRESSE RETROUVÉE MORTE AU LIT » ; « L'HORREUR DE MADAME DÉTRESSE ! » – non : « LE DERNIER APPEL AU SECOURS D'UNE MADAME DÉTRESSE ! »... Le *Daily Post* mettrait le paquet. Évidemment. R. Soul, reconnaissant qu'un tel sujet lui soit offert sur un plateau, me ferait sans doute lui-même les honneurs du gros titre. Il était doué pour ça. Après tout, c'était bien Ricky qui avait signé le légendaire « CORPS SANS TÊTE RETROUVÉ DANS BAR TOPLESS ! »

Et si mon meurtre ne faisait pas la une ? Ma rupture avec Ted n'avait mérité que la page cinq. Passerais-je au journal télévisé national ? Probablement. J'aurais, disons, deux minutes au 20 heures et au moins, voyons, une minute sur Radio Four ? Tandis que je roulais sur Kennington

Road, je me demandai si j'aurais ma nécro dans la presse nationale. Ils imprimeraient probablement ma photo de rubrique – plutôt flatteuse, soit dit en passant – mais qu'est-ce qu'on écrirait dans l'article ? Ils proposeraient sans doute à une autre Madame Détresse de le rédiger – oh mon Dieu, pourvu que ce ne soit pas Citronella Pratt ! Pas elle, de grâce, non, pas elle ! J'imaginais ce qu'elle pourrait écrire. « Rose Costelloe était une Madame Détresse prometteuse », insinuerait-elle comme pour laisser entendre que je n'étais pas à la hauteur. « Maintenant, hélas, nous ne saurons jamais ce qu'elle aurait pu accomplir si elle avait vécu. » Il faudrait que je contacte tous les chefs des rubriques nécro dès lundi pour leur dire d'appeler les jumelles, si jamais je claquais.

Un peu rassurée, je visualisai mes funérailles, tristes mais dignes. Sur mon cercueil, on poserait une immense gerbe de lys blancs – non, pas des lys, des *roses*, évidemment, comme mon prénom. Et rouges, comme mes cheveux. Les jumelles prendraient la tête du cortège : j'étais persuadée qu'elles s'acquitteraient très bien de leur rôle. Je les voyais en noir, leurs jolies figures baignées de larmes, main dans la main. Il y aurait une immense photo de moi contre l'autel et probablement, disons, une centaine de personnes ? Davantage, si certains de mes lecteurs venaient. Beaucoup plus. Ça pourrait gonfler la foule d'au moins, disons, trois ou quatre cents personnes – voire cinq cents. Je les entendais évoquer leurs souvenirs de moi sur un ton à la fois respectueux et feutré, pendant que l'orgue résonnait sous les voûtes.

— ... Je n'arrive pas à y croire ! C'est si tragique !

— ... elle était si belle, si bonne !

— ... tellement bien roulée.

— ... elle pouvait porter n'importe quoi.

— ... même un pantalon serré.

— ... oui. Et elle donnait de super conseils !

J'imaginai Ted, arrivant en retard, l'air hagard. Mary-Claire avait tenté de l'empêcher de venir, mais il l'avait repoussée.

— Non, avait-il hurlé. Rien ne m'arrêtera ! Et au fait, Mary-Claire... je te quitte !

L'église était tellement bondée – soit dit en passant, j'aimais bien le ruban noir glissé sous le collier de Trev, joli détail – que Ted devait rester au fond. Incapable de se contrôler plus longtemps, il laissait éclater sa détresse. Il pleurait ouvertement, et fort, et les têtes se retournaient. Mes amis et lecteurs étaient déchirés entre leur mépris pour la façon dont il m'avait traitée lorsque j'étais vivante, et leur pitié pour son chagrin de me voir morte.

— Tout est de ma faute ! sanglotait-il. Si je ne l'avais pas trompée, rien ne serait arrivé. Je me le reprocherai toujours !

Satisfaite de cette confession, j'imaginai la foule autour de ma tombe. Ted pleurait toujours comme un bébé en lançant la dernière motte de terre sur mon cercueil.

— ... regardez-le. Il est complètement défait.

— ... il ne s'en remettra jamais.

— ... il ne la méritait pas.

— ... il était incapable de l'apprécier à sa juste valeur.

— ... allez, Ted, il faut y aller.

Maintenant, tout le monde quittait le cimetière de South London. Il faisait noir et j'étais seule. Si j'étais là, c'est parce que j'avais laissé ce désaxé, Théo Dunteam, entrer chez moi. Consternée, je me dis que, oui, en effet, j'avais pris un risque énorme et stupide. Et pour quoi ? Un peu d'argent ? Brusquement, mon téléphone portable sonna.

— Rose ? entendis-je en ajustant mon écouteur.
— Oui ?
— C'est Théo.

Aaarrrgh !

— Je me demandais simplement à quelle heure vous prévoyez de rentrer.
— Pourquoi ?
— Je n'étais pas certain de ce que je devais faire, pour la porte d'entrée.
— Comment ça ?
— Est-ce que je devrais mettre la chaîne ?

Ah.

— Je sais qu'il y a pas mal de cambriolages à Camberwell. Alors je voulais savoir si vous préférez que je mette la chaîne avant de me coucher, c'est tout.
— Non, fis-je en soupirant de soulagement. Ne vous inquiétez pas. Je serai rentrée avant minuit.
— Très bien, fit-il joyeusement. Alors, passez une bonne soirée. Au revoir.

Je poussai un nouveau soupir de soulagement en coupant la ligne. C'est alors que *le* Doute montra à nouveau ses traits répugnants. Et s'il essayait, de façon détournée, d'apprendre si j'avais un mec ? Oui... Sa question sur la chaîne n'était qu'un prétexte. Un leurre. C'est peut-être quand même un dingue... PIN ! PON ! POOOON ! ! !

— Bon, d'accord ! hurlai-je dans mon rétroviseur en démarrant au feu vert.

Je me repris et tentai de chasser Théo de mon esprit tandis que je parcourais les rues londoniennes. Je contournai Brixton pour me diriger vers Clapham. Quand j'aperçus un panneau indiquant Putney, mon cœur se mit à battre la chamade. 18 h 50. Plus d'une heure avant mon rendez-vous avec Henry. J'avais du temps devant moi. Pour me calmer, j'allumai la radio et m'obligeai à écouter une émission ligne ouverte sur LBC. Je reconnus la voix : Lana McCord, la nouvelle Madame Détresse du magazine *Moi !*

— Ce soir, nous parlerons des ruptures, annonçait-elle. Maintenant, nous avons Betsey sur la ligne cinq. Betsey, vous êtes divorcée, c'est bien ça ?

— Oui, mais je préférerais être veuve ! Le deuil, c'est mieux que la trahison.

Comme je la comprends.

— Je suis tellement en colère, reprit-elle d'une voix larmoyante. Je lui ai consacré les plus belles années de ma vie !

Manifestement, elle avait bu.

— Betsey, dit Lana d'une voix douce. Quel âge avez-vous ?

— Quarante et un ans.

— Alors vous avez toute la vie devant vous ! Pourquoi la passer dans l'amertume ?

Exactement.

— Vos pensées négatives vous font-elles plaisir ?

Sûrement pas.
— Contribuent-elles à votre bonheur ?
Bien sûr que non.
— Vous aident-elles à tourner la page ?
Bien vu.
— C'est juste que je n'arrive pas à me remettre de cette blessure d'amour-propre, gémit Betsey.
— Avez-vous tenté de faire quelque chose de positif ? demanda Lana McCord.
— Eh bien, je suis sortie avec quelqu'un pour me consoler, mais ça n'a pas marché.
Surprise, surprise !
— J'ai revu un ou deux de mes anciens fiancés.
N'importe quoi. Quelle idiote !
— Mais j'aimais mon mari et je n'arrive pas à me le sortir de la tête. Ce qui me mine le plus, c'est de penser qu'il est avec *elle*, marmonna-t-elle d'une voix alcoolisée. L'idée qu'ils sont en train de... hou, hou... enfin, vous voyez, ça me rend malade.
— Alors pourquoi vous tourmenter en y pensant ?
En plein dans le mille !
— Parce que je ne peux pas m'en empêcher. Je fais des trucs horribles, confia-t-elle en reniflant.
— Quoi, par exemple ?
— Je l'appelle et je raccroche.
Quelle tristesse.
— Je passe devant son appartement, aussi.
— Seigneur ! soupira Lana.
Mon cœur battant comme un tam-tam, je roulai lentement sur Chelverton Road.
— D'ailleurs, j'y passe tellement souvent que

j'ai usé le bitume devant son immeuble... je ne peux pas m'en empêcher, gémit-elle.

Ma pauvre Betsey, songeai-je en tournant sur Blenheim Road. Dix-sept, vingt-cinq, trente et un – il ne faut pas qu'il me voie – voilà, le numéro trente-sept. La voiture de fonction de Ted était garée devant. Les ténèbres envahirent ma poitrine tandis que je me garais en face et un peu à droite, pour éviter la lueur du lampadaire. Puis j'éteignis les feux, relevai mon col et m'enfonçai dans le siège. Les rideaux du rez-de-chaussée étaient tirés mais un rayon de lumière brillait par l'interstice. Ted était à la maison. Mon mari. Il était de l'autre côté de ce mur. Avec un coup au cœur, je me demandai si *elle* était là, elle aussi. Elle était peut-être devant le four Aga, en train de préparer le dîner. Je m'imaginai en train de me faufiler derrière elle pour l'assommer avec une casserole, la hacher menu, la mélanger à des croquettes pour chat et de la donner à manger au minou du voisin. Cette agréable rêverie fut interrompue par une lumière, allumée dans la chambre de Ted.

— Votre comportement est très autodestructeur, continuait Lana.

Oui, en effet.

— Non seulement vous ne faites rien pour vous en sortir, mais en plus vous semblez déterminée à retourner le couteau dans la plaie.

C'est vrai.

— Enfin, pourquoi vous torturer ainsi ? Pourquoi ?

— Pourquoi ? murmurai-je tandis que le visage de Ted apparaissait soudain à la fenêtre.

— Oui, dites-moi. Pourquoi ?

— Je ne sais pas, sanglotai-je alors qu'il tendait les bras pour refermer les rideaux. Mon Dieu, mon Dieu, je ne sais pas.

En fait, je sais très bien. Vous comprenez, mon comportement était très différent de celui de cette pauvre femme qui téléphonait à la ligne ouverte. Elle, elle était obsédée par son mari – la malheureuse – alors que moi, j'étais en train de m'activer à dissiper son fantôme. Si j'étais capable de rester devant sa maison, raisonnais-je, en ne ressentant absolument *rien*, ça m'aiderait à tourner la page. Alors je suis restée là. Évidemment, au début j'ai pleuré, mais ensuite j'ai essuyé mes larmes et j'ai passé, je ne sais pas, quelque chose comme une demi-heure à l'observer comme si j'étais un ornithologue et lui, une espèce d'oiseau exotique.

Je *peux* y arriver, me répétais-je. Oui, Ted est là, je suis toujours sa femme et *oui*, j'étais folle de lui, mais ce qui compte, c'est que je contrôle la situation.

Me rappelant les conseils de *Luttez contre le stress par la respiration*, je fermai les yeux et inspirai par le nez. J'exhalai en comptant lentement jusqu'à dix. Mon rythme cardiaque ralentit peu à peu. J'avais toujours les yeux fermés lorsque j'entendis le vrombissement d'un taxi qui s'approchait. Je m'attendais à ce qu'il me dépasse mais je l'entendis freiner en crissant des pneus. J'ouvris les yeux. Il s'était arrêté directement devant la maison de Ted. La portière s'ouvrit comme l'aile luisante d'un scarabée noir, et Mary-Claire Grey en sortit. Elle paya le chauffeur, puis se dandina jusqu'à la porte de Ted, en faisant claquer ses talons aiguilles comme des coups de feu de sniper. J'attendis, tripes tordues, qu'elle lève le bras vers la sonnette en cuivre, mais elle ouvrit son sac à main, en tira un trousseau de clés et ouvrit la porte. La *salope* ! Elle entrait dans la maison de Ted – *mon* domicile conjugal – comme si elle y vivait ! Ce qui était manifestement le cas.

Elle a emménagé avec lui, songeai-je, outrée, tandis que la porte se refermait derrière elle. Elle le connaît depuis trois mois seulement et elle vit déjà avec lui.

Ignorant la petite voix qui me rappelait que j'avais emménagé avec Ted un mois seulement après l'avoir rencontré, je fis démarrer la voiture, les mains tremblantes. J'étais tellement énervée que je faillis rentrer dans la voiture de devant. Puis, avec une sensation écœurante d'oppression au sternum, je m'éloignai. Un mélange de panique, de nausée et de souffrance me donnait le vertige. C'est dans cet état que je me rendis chez Ghillie's, sur New King's Road, pour rejoindre Henry.

— Rose ! s'exclama-t-il en me voyant approcher.

Toujours tremblante et nauséeuse, je me laissai broyer les os par l'étreinte familière et enveloppante de Henry.

— C'est génial de te revoir ! dit-il en me plantant un gros baiser sur la joue. Tu es une star des médias, maintenant !

Déjà, j'allais un peu mieux.

— Et toi, tu es commandant !

— Il était grand temps, s'esclaffa-t-il. J'ai toujours été un peu lent à la détente, ajouta-t-il avec un sourire.

Tandis que je sirotais mon champagne, mon stress descendit de son niveau himalayen pour retrouver le plancher des vaches. Qu'est-ce que cela pouvait bien me faire, que Mary-Claire vive avec Ted ? Finalement, ça m'aiderait à l'oublier plus vite, de savoir qu'il avait mis aussi peu de temps à tourner la page. Ted ne compte plus pour moi, me répétais-je. Ted, c'est fini. Notre mariage n'était pas la superproduction que j'avais imaginée. Juste un court-métrage.

Tandis que Henry bavardait, je contemplai son beau visage. Ses cheveux blond-roux commençaient à se dégarnir aux tempes, mais il n'avait pas tellement changé. Les paupières de ses yeux bleu myosotis étaient un peu plus griffées de ridules et deux lignes parallèles s'étaient gravées sur son front. Il avait pris un peu de poids depuis la dernière fois que je l'avais vu et sa mâchoire carrée s'ombrait d'un soupçon de double menton. Cependant, il demeurait très séduisant dans sa veste sport, son pantalon en velours côtelé et ses richelieus bien cirés.

Henry et moi, nous étions rencontrés lors d'un barbecue à Fulham cinq ans auparavant. Nous avions eu une aventure, qui n'avait mené nulle part – il était tout le temps parti. Curieusement, ç'avait été aussi le problème avec mon fiancé précédent, Tom – un pilote de la British Airways sur la route d'Australie. Nous avions eu quelques escales agréables ici ou là mais l'histoire n'avait jamais vraiment décollé. Enfin, Henry avait été en poste à

Chypre pendant un an, puis en Belize, puis à Gibraltar, et notre romance s'était éteinte d'elle-même. Nous étions restés en contact et j'avais toujours gardé un petit faible pour lui. Il y avait deux années que je ne l'avais pas revu. Tout en mangeant, nous évoquions nos souvenirs.

— Tu te rappelles, comme on a rigolé quand on a reproduit les grandes batailles de l'histoire avec tes vieux GI Joe ? demandai-je, attendrie.

— Tu faisais l'artificier !

— Et quand on jouait à la bataille navale au lit...

— C'était toujours toi qui gagnais.

— Et quand on fabriquait des tanks en Lego.

— Mais *oui* !

— Qu'est-ce qu'on s'est amusés !

— Tu peux le dire !

Puis il me parla des manœuvres de l'OTAN auxquelles il avait participé dans les Balkans, de son séjour en Bosnie avec les casques bleus de l'ONU et de sa récente affectation dans les pays du Golfe. Je lui racontai ensuite mes démêlés conjugaux et évoquai Mary-Claire Grey. Il me pressa la main.

— Elle a emménagé chez lui, lâchai-je d'un ton lugubre, à nouveau sous le choc de ma découverte. Je viens de l'apprendre. Je n'arrive pas à le croire, Henry. Il la connaît depuis trois mois seulement.

— C'est dur.

— Enfin, j'imagine que cela fera de moi une meilleure Madame Détresse, concédai-je avec réticence. D'avoir souffert moi aussi, tu comprends. Et toi, alors ?

Le serveur déposa devant moi ma sole meunière.

121

— Eh bien, commença-t-il en prenant son couteau et sa fourchette, moi aussi je viens de me séparer. J'ai été plaqué par ma petite amie.

Mes oreilles se redressèrent. Voilà pourquoi il voulait me voir...

— Je suis désolée, mentis-je.

— Venetia est une fille super... mais ça n'a pas marché.

— Elle ne voulait pas faire l'artificier ?

— Non, gloussa-t-il. Ce n'est pas ça. C'est juste que...

Il soupira, puis repoussa un morceau de steak dans son assiette.

— Tu n'es pas forcé d'en parler si tu n'en as pas envie, suggérai-je doucement.

— Non, vraiment, Rose, j'aimerais t'en parler.

— Alors, qu'est-ce qui s'est passé ?

— Eh bien, poursuivit-il d'un ton embarrassé, c'est qu'il y avait...

Il exhala péniblement puis aspira l'air à travers ses dents.

— ... une autre femme.

Ah. Cela ne ressemblait pourtant pas à Henry... il n'avait jamais été un homme à femmes.

— Et Venetia l'a découvert ?

— Oui. Mais en fait, c'est un peu plus compliqué que ça, précisa-t-il, le visage écarlate. Euh, Rose, ça t'embêterait que... enfin, que je te demande ton avis ? Tu comprends, j'ai... euh... un problème.

Mon cœur se dégonfla comme un soufflé raté. *Voilà* pourquoi il voulait me revoir... Il voulait simplement des conseils.

— Je ne veux pas que tu croies que je t'ai invitée à dîner sous un faux prétexte, dit-il avec un sourire coupable, mais je sais que je peux te faire confiance. Je sais que tu ne vas pas me juger. Je me sentais tellement mal l'autre soir, je n'arrivais pas à dormir et j'ai allumé la radio. À mon grand étonnement, je t'ai entendue. Tu donnais tellement de bons conseils à tous ces gens, que j'ai décidé de t'en demander à mon tour.

Je dévisageai ses traits anxieux, et mon indignation s'évapora comme rosée au soleil.

— Ne t'en fais pas, Henry, murmurai-je. Évidemment que je vais t'aider. Dis-moi seulement quel est ton problème.

— C'est l'autre femme, reprit-il avec un soupir à fendre l'âme. Tu comprends, cette autre femme, en quelque sorte...

Il se racla la gorge.

— ... cette autre femme...

— Oui ?

Il regarda à droite et à gauche pour vérifier que personne ne pouvait nous entendre.

— Eh bien, chuchota-t-il en passant un doigt nerveux sous son col, cette autre femme... c'est... *moi*.

— Pardon ?

Henry était si cramoisi que la chaleur qu'il dégageait aurait pu faire fondre de l'Emmenthal. Il repoussa discrètement sa cravate en soie bleue et défit un bouton de sa chemise rayée. Puis il écarta le tissu pour révéler un centimètre carré de dentelle de Calais noire. Je le fixai, stupéfaite. Henry ? Jamais. Henry ? Pas question ! *Henry* ? Jamais de la vie ! D'un autre côté, me rappelai-je soudain, le transvestisme n'est pas si rare chez les militaires de carrière, ce qui m'a toujours paru étrange. L'idée de ces grands guerriers macho en fourreaux et talons aiguilles...

— Quand est-ce que ça a... commencé ? m'enquis-je sur un ton de curiosité professionnelle, pour dissimuler mon choc.

— Il y a environ un an. J'ai toujours été fasciné par les vêtements féminins, avoua-t-il dans un murmure. D'ailleurs, quand j'étais petit, j'empruntais les jupons de maman. Ensuite, j'ai refoulé ça mais, en vieillissant, j'ai ressenti une pulsion irrépressible... Je ne pouvais plus m'habiller sans avoir passé une petite culotte en dentelle. Mais Venetia m'a surpris en train de fouiller son tiroir à lingerie et elle est devenue folle : elle m'a dit que je devais être gay. Ce qui est faux.

— Évidemment que tu n'es pas gay, dis-je. Quatre-vingt-quinze pour cent des travestis sont totalement hétéro. D'ailleurs, la plupart sont mariés, avec des enfants.

— Je sais que je suis attiré par les femmes, reprit Henry, je l'ai toujours été, mais parfois, j'ai tout simplement envie d'en être une. Je n'arrive pas à m'expliquer pourquoi. Une compulsion étrange s'empare de moi et je sais que je dois passer une robe. Mais Venetia a flippé et elle est partie.

— Pourtant, certaines femmes sont très compréhensives à ce sujet. C'est un... phénomène courant. Tu n'imagines pas le nombre de lettres que je reçois à ce sujet, ajoutai-je d'un ton désinvolte.

— J'ai bien pensé que tu avais vu des cas de ce genre. Tu n'en diras rien à personne ? souffla-t-il.

— Non.

— Tu vois, je ne pouvais en parler à personne d'autre.

Je contemplai le visage honnête de Henry, puis baissai les yeux sur ses grosses pognes en tentant de les imaginer, les ongles peints en Rouge Noir de Chanel. Puis, j'essayai de visualiser un rang de perles sur son cou épais et tendineux. J'ouvris mon sac, en tirai un bout de papier et inscrivis quelque chose dessus.

— Tu devrais contacter la Beaumont Society – c'est un groupe de soutien pour travestis. Je donne le numéro de téléphone si souvent que je le connais par cœur. Si tu les appelles, quelqu'un t'enverra un kit d'information. Tu n'es pas obligé de donner ton vrai nom. Il y a aussi Transformation, une boutique spécialisée sur Euston Place, où tu peux apprendre à remplir ton soutien-gorge, étoffer tes fesses, porter des talons hauts... des trucs dans le genre.

— Mais c'est l'idée d'avoir à acheter tout ça, gémit-il. Enfin, où vais-je trouver des mules en 48 ? Et le maquillage ? Je suis paumé. Je ne peux pas demander à ma mère ou à ma sœur, elles deviendraient folles.

— Si tu veux, je viendrai avec toi. On pourra aller dans un grand magasin et faire semblant que c'est pour moi. On a la même taille – alors ce sera crédible.

— Tu ferais vraiment ça pour moi ?

Je lui souris.

— Mais oui. Évidemment.

Les yeux bleu piscine de Henry se remplirent de larmes.

— Merci, Rose, souffla-t-il. Tu es géniale.

5.

Vous devriez voir certaines des lettres que je reçois. Écoutez ça !

Chère Rose, je suis sous liberté surveillée pour incendie volontaire, mais mon contrôleur judiciaire a changé et les doigts recommencent à me démanger. J'aimerais bien mettre le feu quelque part, alors je ramasse plein d'allumettes et d'essence... Au secours !

Bonté du ciel ! Je n'aime pas agir à l'insu de mes lecteurs – la clause de confidentialité, c'est absolument *sacré* – cependant, je dois le faire parfois. Je viens d'appeler le service social de cette femme et quelqu'un va passer la voir tout de suite.

Et puis, écoutez celle-ci – écrite à l'encre verte, bien entendu :

Chère Rose, les Martiens m'envoient des messages par le radiateur de ma chambre à coucher. Ce n'est pas le problème. Ce qui m'embête, c'est qu'ils le font si fort que je ne parviens plus à dormir la nuit. Je leur ai demandé de baisser le volume mais ils refusent. Comment puis-je les empêcher de perturber mon sommeil ?

Chère Phyllis, répondis-je, *comme cela doit être*

embêtant d'avoir des Martiens bruyants dans vos radiateurs ! Savez-vous que les médecins ont trouvé un truc très efficace pour régler ce problème ? Je vous suggère d'aller voir votre généraliste tout de suite. Cordialement, Rose.

Et puis il y a eu cette lettre de soixante pages, écrite sur papier quadrillé et signée « le roi George ». Les trois suivantes venaient de gens qui avaient des problèmes de colocataires – la routine : *Il traîne devant la télé toute la nuit... elle ne fait jamais la vaisselle... il paie toujours le loyer en retard... elle invite tout le temps ses amis...* Tout en composant mes réponses je songeai à mon propre locataire, Théo. En dépit de mes craintes initiales – et totalement justifiées – je l'ai à peine entr'aperçu. Parfois je l'entends faire les cent pas sur ma tête au petit matin parce que, depuis ma rupture avec Ted, je ne dors pas bien. De temps à autre, Théo sort le soir, uniquement lorsqu'il ne pleut pas. C'est un peu étrange, surtout quand on pense à cette drôle de remarque sur l'éclairage des rues... Enfin, il a l'air trop normal pour être un serial killer, mais justement...

Je réglai les problèmes des colocataires en ajoutant dans les enveloppes la brochure *Pour une cohabitation sereine*, puis j'ouvris ce qui se révéla être l'une des rares lettres de lecteurs qui me donnent des nouvelles sur les effets de mes conseils. Elle venait de Colin Twisk, le Jeune Homme Solitaire.

Chère Rose. Merci beaucoup de votre très, très gentille lettre. Je la garde tout le temps sur moi. Et, chaque fois que je n'ai pas le moral, je la sors et je la relis. Le fait de savoir qu'une personne aussi célèbre et séduisante que vous pense que je suis beau garçon me redonne confiance en moi. Je fais tout ce que vous m'avez conseillé de faire et – devinez ? – je crois que j'ai peut-être trouvé ma petite amie ! Avec toute mon affection, Colin Twisk. XXXX.

Ah, songeai-je, n'est-ce pas formidable ? C'est ce qui donne toute sa valeur à mon boulot. De savoir que j'ai été capable d'atténuer la détresse et la douleur d'un autre être. Je rangeais la lettre de Colin dans mon dossier « Reconnaissance » – un petit clin d'œil à moi-même – quand soudain j'entendis des cris. Ricky, qui s'était absenté deux jours, était de retour.

— Qui m'a pondu ces accroches merdiques ? hurlait-il à Jason Brown, le rédacteur en chef adjoint.

Il pointa du doigt la page qui l'avait offusqué. Mon cœur se serra pour le pauvre Jason, qui était sur le point de se faire « casser les burnes », comme on dit élégamment à la rédaction.

— « Problèmes techniques à l'origine du crash d'après les experts » ? vociféra Ricky. C'est de la merde ! Et ça : « Des prostituées font appel au pape » ? De la merde en barre ! « Tableau volé retrouvé au pied d'un arbre » ? Encore de la putain de merde !

Là, il n'avait pas tort. Il se dirigea ensuite vers la chef du service « vie quotidienne », Linda. Serena et moi échangeâmes un regard d'appréhension.

— Ces rubriques, c'est de la merde ! clama

Ricky. « Faites participer vos enfants quand vous faites des gâteaux » ! N'importe quoi ! « Usages inhabituels pour des objets du quotidien – cirez vos meubles avec de vieux collants et nourrissez vos cheveux avec la crème fouettée de la semaine dernière » ? Tout ça, c'est de la merde, répéta-t-il d'un ton truculent. Un tas de crottes ! C'est du caca de A à Z. Pas étonnant que nos ventes aillent aux chiottes ! Ce dont ce canard a besoin, c'est de « A ».

— De « A » ? s'enquit piteusement Linda.

Nous échangeâmes des regards perplexes.

— Du « A », réitéra posément Ricky. Le facteur « A ». Comme dans « aaaaaaahhhhhh ! »

— Aaahh..., fîmes-nous en chœur.

— Ce que l'on veut, dit-il en tapant du poing dans sa paume, c'est du Triomphe sur la Tragédie, des Mères Courage, des Mômes Héroïques. Et des animaux ! ajouta-t-il en s'animant. Les lecteurs adorent. Et moi aussi. Alors Linda, tu me trouves des ânes espagnols martyrisés, des koalas orphelins, des bébés phoques massacrés...

— Ce n'est pas la saison.

— Je m'en *fous* ! hurla-t-il. Tu me trouves des bébés phoques. Et pendant que tu y es, tu me dégottes des petits chiens avec des pacemakers et des chatons munis de prothèses auditives. Et si je ne vois pas une putain d'histoire attendrissante sur les animaux d'ici une semaine, Linda, tu prends la porte !

— On dirait que quelqu'un s'est levé du mauvais pied ce matin, lâcha Serena tandis que Ricky fonçait vers son bureau. Enfin, tout le monde a ses problèmes. Oui, nous avons tous notre croix à porter, ajouta-t-elle avec un petit sourire résigné.

Je la dévisageai tandis qu'elle se tournait vers la déchiqueteuse.

— Rien de grave, j'espère ?

— Rien qui ne puisse s'arranger, répliqua-t-elle d'une voix sereine. C'est juste que Rob a eu un accident de voiture hier soir.

— Mon Dieu. J'espère qu'il n'a pas été blessé.

— Pas vraiment. Il n'a qu'une grosse bosse sur la tête. Et la porte du garage est malheureusement fichue – il l'a démolie.

— Non !

— Enfin, ce sont des épreuves qu'on nous envoie pour que nous les surmontions, n'est-ce pas ? lança-t-elle d'une voix pimpante.

Je souris bêtement et hochai la tête. Pendant que Serena passait les vieilles lettres à la déchiqueteuse – nous les conservons six mois – je jetai un coup d'œil à Linda, qui était blême. J'avais une idée. Trevor et Beverley. Voilà une jolie histoire d'animal qui fait chaud au cœur... Linda fut du même avis.

— Génial ! s'exclama-t-elle avec reconnaissance quand je lui en parlai. On pourrait faire une double avec plein de photos. Tu peux l'appeler pour moi tout de suite ?

Beverley était à la maison – comme la plupart du temps, la pauvre – et elle parut avoir très envie de le faire.

— Tu es sûre que ça ne vous dérangera pas, Trevor et toi ? lui demandai-je. Tu vas sans doute devoir parler de ton accident, et, si tu as des réticences, je préférerais que tu n'acceptes pas.

— Non, nous serions ravis de le faire, répliqua-t-elle. Ce serait une pub formidable pour Helping Paw.

Après avoir donné le numéro de téléphone de Bev à Linda, je m'attaquai à mon immense pile de courrier. Les semaines qui précèdent Noël sont des périodes très chargées pour les Madames Détresse. Il y avait tant de lettres que je dus rester au bureau jusqu'à 20 heures pour y répondre. En rentrant, j'étais crevée mais, malgré tout, je décidai qu'il était temps de faire le ménage de la cuisine. Je récurai toutes les portes de placard, les plans de travail, sans oublier de vider les miettes du grille-pain ; je passai ensuite au hall d'entrée pour cirer la console du téléphone. J'avais à peine terminé lorsque je remarquai que les barreaux de la rampe d'escalier étaient *répugnants*. Comme ils sont blancs, le moindre grain de poussière apparaît. J'étais en train de les frotter lorsque j'entendis s'ouvrir la porte de la chambre de Théo. Il parlait sur son téléphone portable.

— Ça te dit ? Bon, alors je serai là dans quinze minutes. Ne commence pas sans moi ! disait-il en descendant l'escalier. Ah, salut, Rose ! Il y a longtemps que je ne t'ai vue.

Il fronça les sourcils.

— Mais veux-tu bien me dire ce que tu fabriques ?

Ce que je fabriquais ?

— À ton avis ?

— Euh, tu nettoies les barreaux de la rampe d'escalier.

— Exact.

— Ah.

Il eut l'air curieusement ahuri, je ne sais pas pourquoi.

— Bon, j'allais sortir... Passe une bonne soirée... À plus.

— À plus, répliquai-je.

Après qu'il eut refermé et verrouillé soigneusement la porte derrière lui, je m'interrogeai sur sa remarque : « Ça te dit ? » Hum... cela ne pouvait signifier qu'une chose. Il avait quelqu'un dans sa vie. Je suis ravie pour lui, me dis-je dans un grand accès d'ouverture d'esprit – du moment qu'il vit ses exploits romantiques ailleurs que sous mon toit. Ah ça, pas question qu'il s'envoie en l'air chez moi, décidai-je fermement en passant dans la cuisine pour trouver un sachet de soupe instantanée. « Potage campagnard aux asperges et poireaux. » Dégoûtant. Mais je n'avais pas le choix. J'abhorre la cuisine – je n'ai jamais appris – et de toute façon, je me fiche un peu de ce que j'avale, alors j'achète simplement des trucs rapides à faire. Des Bolinos, par exemple – oui, je sais, je sais... –, ou des tartes toutes faites, ce genre de truc.

— Ici Radio Four ! vociféra Rudy tandis que je vidais la poudre verdâtre dans une casserole. Bienvenue à l'Heure du Jardinier !

Eh merde. Je lui laissais la radio allumée dans la journée et voilà qu'il commençait à régurgiter des morceaux choisis. Hélas, contrairement à la radio, je ne pouvais pas éteindre Rudy. J'ouvris le frigo pour trouver des raisins, afin de le faire taire. D'habitude, il n'y a pas grand-chose dedans. Un bout de fromage, deux ou trois bouteilles de vin, un pain et les fruits de Rudy. Mais, aujourd'hui, le réfrigérateur débordait. Dans le bac à légumes il y avait des tomates en branche, trois grosses courgettes et une aubergine luisante ; sur les grilles, un paquet de beurre de Normandie et une pointe de Brie bien onctueux. Plus deux escalopes de poulet fermier, une barquette de crevettes et quelques tranches de jambon bien rose. Manifestement, Théo aimait les bonnes choses.

Tout en touillant ma soupe, je me demandai avec qui il avait rendez-vous, et à quoi elle pouvait bien ressembler. Ou alors... mais oui. Peut-être n'était-ce pas « elle », mais « il ». Théo m'avait assuré qu'il n'inviterait pas de filles ici – « ce ne sera pas un problème », avait-il dit en riant, puis en grimaçant légèrement, comme si l'idée n'était pas seulement risible, mais vaguement répugnante. Peut-être bien qu'il était gay. Pourquoi n'y avais-je pas pensé plus tôt ? Après tout, tous les indices semblaient le confirmer. Par exemple, le fait qu'il avait vécu avec un « ami », Mark, avant de venir ici. Et son commentaire maladroit sur mes cheveux. Visiblement, il était *totalement* inepte avec les femmes – il ne savait pas leur parler. Et puis il était assez bien fringué et il avait l'air en forme, et son goût pour les produits frais avait quelque chose de trop raffiné pour être honnête. Enfin, je ne crois pas qu'un hétéro – en tout cas, pas un hétéro du Yorkshire – se laisserait surprendre à acheter des tomates en branche ou même des escalopes de poulet fermier. Oui, il était sans doute gay. Quel gaspillage, me dis-je distraitement. Enfin...

Tandis que la soupe commençait à frémir, je me

rendis compte que je ne savais pratiquement rien de Théo. Jusqu'ici, nous avions évité le contact – nous nous contournions prudemment comme des animaux forcés de partager la même cage.

Je repensai à Ted – qui ne quittait jamais vraiment mon esprit – avec un nœud affreux dans l'estomac. Puis, je me rappelai soudain : la boîte à chaussures... Mon Dieu ! Elle était toujours sous le lit de Théo. Cœur battant, je gravis l'escalier quatre à quatre, ouvris sa porte et m'accroupis. Elle était toujours là, intacte. Ouf. Il était peu probable que Théo la trouve, mais je n'allais pas courir ce risque. Je la repêchai. En me redressant, je me retournai et restai figée sur place. Devant la fenêtre, sur un trépied étincelant, se dressait un vieux télescope en cuivre. Hum. C'était donc ça, l'objet contenu dans le mystérieux étui noir. J'écoutai à la porte un instant pour m'assurer qu'il n'était pas rentré à l'improviste. Puis, je m'approchai de l'engin, retirai l'opercule et regardai dans le viseur. L'appareil avait beau être ancien, il était très puissant. À mon grand étonnement, je me retrouvai à contempler l'intérieur des maisons des voisins. Il y avait une femme allongée sur son lit, jambes nues ; je distinguais même le vernis rose sur les ongles de ses orteils. Je déplaçai le télescope vers la gauche et découvris un petit garçon en train de regarder la télé. Dans la maison adjacente, je distinguai une silhouette qui se mouvait derrière la vitre dépolie d'une fenêtre de salle de bain. Alors voilà ce que voulait dire Théo, quand il avait affirmé qu'il aimait « la vue » depuis cette chambre ! C'était un voyeur !

Je le savais depuis le début, qu'il y avait quelque chose qui clochait chez ce type ! C'est pour ça qu'il passait tellement de temps dans sa chambre, et que je l'entendais faire les cent pas tard dans la nuit. Espionner les gens, il n'y a rien de plus *minable*, me dis-je, furieuse, en décidant d'inspecter sa chambre : un foutoir total – je dus lutter contre l'envie de faire le ménage. Le parquet était jonché de vêtements, de piles de vieux journaux, de posters enroulés et de cartons de livres. Sur le bureau, l'ordinateur portable disparaissait pratiquement sous les papiers. Son écriture était consternante... Sur l'un des blocs, j'arrivai à déchiffrer les mots « corps céleste » et il y avait une paire de jumelles – tiens, tiens ! Bon, alors il n'était pas gay, c'était juste, un pauvre type ou alors un Jeune Homme Solitaire. C'est dégoûtant, d'envahir la vie privée des gens comme ça, songeai-je, indignée, en scrutant le reste de la pièce. À côté de drôles de cailloux, un cadre en argent sur la cheminée montrait une jolie blonde d'environ trente-cinq ans. Elle riait, la main pressée sur la poitrine comme si elle venait d'entendre une plaisanterie irrésistible. Je jetai un coup d'œil au lit. Une couette marron était négligemment tirée mais – non, pas encore ! – un bout de soie fleurie en dépassait. Je relevai la couette. Sous l'oreiller se trouvait une petite nuisette en soie de chez Janet Reger. Tiens, tiens, *tiens*... Je me demandais si je ne devais pas laisser la brochure *Suis-je un travesti* traîner comme par hasard, lorsque le téléphone sonna. Je replaçai rapidement la nuisette, remis le télescope en place, saisis la boîte à chaussures et dégringolai l'escalier.

— Allô ? dis-je, à bout de souffle.

Rien.

— Allô ? répétai-je.

Soudain, le silence fut interrompu par une respiration haletante. J'en eus la chair de poule.

— Allô ? fis-je à nouveau d'un ton plus sec. Allô, qui est à l'appareil s'il vous plaît ?

Je me rappelai soudain le coup de fil silencieux que j'avais reçu le soir où Théo était venu pour la première fois. À présent, je n'entendais plus qu'un souffle lourd et lent. Je frissonnai – mon Dieu, c'était dégoûtant. Je fus tentée de lancer une bordée d'injures mais décidai de raccrocher simplement.

— Je crois que je suis victime d'un harcèlement téléphonique, racontai-je à Henry.

Comme promis, je lui consacrais mon samedi après-midi pour une séance de shopping. Je lui tendis un top à col cheminée en dentelle stretch.

— Qu'est-ce que tu dis de ça ?
— Je préférerais un décolleté bateau.
— Je ne te le conseille pas : tu as la poitrine velue.

Je lui désignai une veste rouge en velours frappé – taille 48.

— Tu préfères ça ?

Il secoua la tête.

— Alors, c'est quoi, ces appels ? demanda-t-il tandis que je fouillais dans un portant de robes de grande taille. On te parle ?

— Non. Je n'entends qu'un souffle haletant.

— Quelle horreur ! Et qu'est-ce que tu fais ?
— Ce que je conseille à mes lecteurs en pareil cas. Je ne parle pas, je n'essaie pas d'engager le dialogue, je ne donne pas un coup de sifflet dans l'écouteur. J'attends quelques secondes, sans dire quoi que ce soit, puis je raccroche doucement. Ce qu'ils veulent, c'est te faire réagir – c'est pour cela qu'ils le font. Le mieux, c'est de gâcher leur plaisir. Au bout d'un moment, les petits branleurs se rendent compte qu'ils perdent leur temps et ils arrêtent.
— Combien d'appels as-tu reçus jusqu'ici ?
— Quatre au cours des deux dernières semaines. C'est peu mais déstabilisant. Et maintenant je suis nerveuse quand je réponds au téléphone. Et ceci ?
Je brandis une jupe bleue à fleurs de la taille d'une bâche. Il grimaça.
— Trop chichiteux. En tout cas, si cela continue, il faut que tu portes plainte.
— C'est sans doute ce que je vais faire, mais, à vrai dire, je suis tellement occupée, et ça demande du temps... Non, pas ce rose Malabar, Henry. C'est beaucoup trop Barbie. Essaie en fuchsia. Sans épaulettes, d'accord ?
— D'accord. Et est-ce que tu fais le 3131 ensuite ?
— Évidemment... Ça annonce invariablement qu'il n'y a pas de numéro enregistré.
— Hum, marmonna-t-il. Embêtant.
— En effet. Ça commence à me pourrir la vie.
Nous traversâmes la section « sport » pour nous diriger vers le rayon « robes du soir » au son synthétique de *Vive le vent*.

— Cependant, jusqu'à ce que la personne dise quelque chose de virulent ou de menaçant, repris-je, il est assez difficile de porter plainte.

— Il s'agit peut-être de Ted ? suggéra Henry en palpant subrepticement une robe de bal en taffetas.

— J'en doute. Ce n'est pas son genre. Il n'a même pas mon nouveau numéro de téléphone. On ne s'est plus adressé la parole depuis notre séparation.

— Tu devrais quand même t'en assurer.

— Comment ? Je ne peux pas l'appeler en disant « Salut, Ted, c'est Rose. Je me demandais si c'était toi qui me passais des coups de fil anonymes ces derniers temps ». De toute façon, je suis certaine que ce n'est pas lui.

— Tu t'es brouillée avec quelqu'un dernièrement ?

— Pas que je sache, *quoique*... C'est vrai que j'ai eu un esclandre avec une espèce de folle à mon émission de radio l'autre soir.

— Je sais. J'ai entendu. Je dois dire qu'elle était plutôt agressive.

— Et elle est persuadée que j'ai conseillé à son mari de la quitter. Elle m'a dit que je le « regretterais », alors c'est peut-être elle. Dieu sait comment elle a pu se procurer mon numéro de téléphone...

— C'est le problème, avec le genre de boulot que tu fais, observa Henry en passant un boa en plumes roses sous son menton mal rasé. Il y a vraiment des gens *bizarres* qui te contactent.

— Je sais... Tiens, tu serais à tomber dans ça, fis-je en m'emparant d'une robe en soie noire, taillée dans le biais. Hé, et elle est à moins 30 % !

— Vraiment ?
— Oui. On l'essaie ?

Il hocha la tête avec enthousiasme et nous nous dirigeâmes vers la salle d'essayage.

— Ce n'est pas votre taille, madame, déclara péremptoirement la vendeuse. C'est du 48, et à première vue, vous faites du 40.

— Je préfère les vêtements amples. Mon mari va entrer dans la cabine avec moi, ajoutai-je rapidement, il aime bien voir ce que j'achète.

Je tirai le rideau et Henry se dévêtit à la hâte. Il se harnacha d'une paire de seins en silicone qu'il s'était procurés chez Transformation, puis enfila la robe en se tortillant. Je remontai le zip. Il se contempla dans le miroir en poussant un soupir de satisfaction.

— Oh oui ! s'exclama-t-il en se tournant dans tous les sens. C'est tellement... moi !

Il ressemblait à un gorille en robe de soirée... dos velu !

— Quels accessoires devrais-je porter ?

— Peut-être une écharpe en velours. Ou un rang de perles. Ou mieux encore, un tour de cou, pour couvrir ta pomme d'Adam. Et tu vas avoir besoin de collants noirs. Du 60 deniers au minimum, à moins que tu ne sois disposé à te raser les jambes.

— Je ne peux pas prendre des résilles ?

— Non, Henry. Ça fait pouffe.

— Vraiment ?

Il avait l'air déçu.

— Vraiment. Ta mère serait horrifiée.

— C'est vrai.

Il choisit un sac à main à paillettes, puis nous descendîmes au rayon beauté.

— Les gens de la Beaumont Society t'ont-ils aidé ? m'enquis-je à mi-voix tandis que nous examinions les présentoirs de maquillage.

— Oui, ils ont été formidables. Ils m'ont montré comment éviter d'être pincé quand je sors.

— Tu n'as pas l'intention de porter ces trucs en public ? soufflai-je.

— Non, pas au travail ; je risquerais de coincer mon ourlet dans une chenille de tank. Mais, qui sait, murmura-t-il, quand je suis en perm', si je me sens d'attaque, je m'y risquerai peut-être.

— Mais Henry, tu mesures 1,83 m.

— Et alors, toi aussi !

— Mais je suis féminine.

— Tu n'es pas la seule.

— Bon. Tu as le teint clair, fis-je pour changer de sujet. Je pense que tu devrais prendre ce fond de teint extra-mat, pour dissimuler la repousse de barbe, et bien sûr une poudre translucide... libre ou pressée ? Un rouge à lèvres tirant vers le corail, pour le style « Rose anglaise », et un eyeliner marine plutôt que noir. On va t'acheter une bonne pince à épiler bien solide. Et pendant qu'on y est, un produit pour resserrer les pores.

— Merde, tu as raison, fit-il en se scrutant, horrifié, dans un miroir. Ils sont gros comme des pamplemousses... Et puis j'ai besoin d'une perruque et de parfum.

— Je crois que tu devrais prendre quelque chose de vraiment féminin, comme *Trésor* de Lancôme ou *Femme* de Rochas.

Nous émergeâmes du magasin deux heures plus tard avec six grands sacs.

Henry était aux anges. Il héla un taxi.

— Tu vas être superbe avec tout ça, lui dis-je, alors qu'une voiture s'arrêtait devant nous. Vraiment divine.

— Ah, merci, Rose. Tu es vraiment une amie.

— Tout le plaisir a été pour moi, répondis-je pendant qu'il me serrait contre lui. C'était vrai. Tout en descendant Oxford Street dans la foule, je songeai que le shopping avec Henry m'avait plu, tandis qu'avec Ted, c'était toujours un calvaire. Non pas parce que ça lui déplaisait, mais parce qu'il essayait constamment de faire baisser les prix. Si quelque chose coûtait quatre-vingts livres, il marchandait pour l'obtenir à soixante ; si c'était quinze, il tâchait de l'avoir à dix. « Quel est votre meilleur prix ? » demandait-il pendant que je rougissais en détournant la tête. Une fois, il est parvenu à décrocher un rabais de quatre-vingt-dix livres.

— Pourquoi te donnes-tu cette peine ? le questionnais-je toujours.

— Parce que ça m'amuse. Ça me donne une décharge d'adrénaline.

Je savais qu'il mentait. La vraie raison, c'est que la famille de Ted était très pauvre et qu'ils avaient toujours manqué d'argent. Son père, contremaître dans un chantier de construction, était mort d'asbestose quand Ted avait huit ans. La mère de Ted n'avait obtenu de compensation de l'État que dix ans plus tard, et, souvent, ils avaient à peine de quoi manger. Quand on démarre comme ça dans la vie, ça laisse une marque indélébile et cela expliquait pourquoi Ted agissait ainsi. D'ailleurs, le fait qu'il ait quatre frères et sœurs était l'une des choses qui m'avaient attirée vers lui. Malheureusement, il ne les voit presque jamais. Seules sa mère et l'une de ses sœurs, Ruth, ont assisté à notre mariage ; il a perdu contact avec les autres. J'aimais bien la mère de Ted, et l'idée qu'elle se soit occupée toute seule de ses enfants, en travaillant à plein temps, m'impressionne beaucoup. Alors que certaines femmes sont trop stupides pour s'occuper, ne serait-ce que d'un seul enfant...

Installée dans le bus n° 36, j'ouvris le *Daily Post*. Bev et Trev étaient en photo – à la une et sur une double page à l'intérieur – sous le titre « LABRACADABRANTESQUE ! ». Il y avait des photos d'eux à la maison : « Trevor le magicien » en train d'ouvrir les rideaux ou de rentrer le lait, en train de sortir les vêtements de la machine à laver et de passer les épingles à linge à « Bev la courageuse ». Ou encore en train de lui passer son sac à main pour qu'elle paie au supermarché. Il y avait également une photo d'eux à un guichet bancaire automatique où Trevor retirait l'argent avec ses dents. « Trevor est bien plus que mon assistant canin, disait Bev. Il m'a sauvé la vie. »

Bev avait été modeste en se décrivant comme une prof d'éducation physique. Elle avait été davantage que ça. Oui, elle avait enseigné la gym dans un collège de filles, mais elle avait aussi été une sportive de haut niveau : championne de tennis de son comté à dix-huit ans, et, dans la vingtaine, médaille d'argent de la course de fond aux Jeux du

Commonwealth. Après s'être retirée de la piste elle avait intégré une équipe féminine de hockey et avait fait partie de la sélection nationale ; elle aurait représenté l'Angleterre aux J.O. de Sydney si son accident n'avait pas brisé ses rêves. Elle avait été « suicidaire » et « dévastée » jusqu'à ce que Trevor change sa vie. « C'est mon héros, expliquait-elle. Nous nous adorons. Sans lui, je ne pourrais pas continuer à vivre. » À la fin de l'article, on donnait le numéro de téléphone de Helping Paw.

Lorsque je rentrai, je trouvai Théo à la cuisine en train de préparer un repas. Je pouvais l'entendre chantonner. Dégoûtée à l'idée qu'il ait pu espionner mes voisins, vêtu d'une nuisette à fleurs, je décidai qu'il valait mieux l'éviter. Je retirai mon manteau tout en jetant un coup d'œil à la console du téléphone où mon courrier s'empilait. Sous les factures de téléphone et d'électricité, le catalogue de Noël d'Oxfam et la brochure d'un magasin de cachemire, je remarquai un magazine, style *Time* ou *Newsweek*, enveloppé d'un plastique blanc. Je le retournai et vis qu'il s'agissait du magazine *L'Astronomie aujourd'hui*. Tiens ?

— Bonsoir, Rose, dit soudain Théo.

— Ah, salut !

L'Astronomie aujourd'hui ? Mais enfin, ça n'expliquait pas la nuisette à fleurs.

— Tu as passé une bonne journée ? s'enquit-il poliment lorsque je le rejoignis dans la cuisine.

— Euh, oui. J'ai fait des courses avec... un copain. Tu as du courrier, tu sais ?

Il essuya ses mains, arracha le film plastique du magazine, examina la couverture et le posa.

— *L'Astronomie aujourd'hui* ? lâchai-je d'un ton savamment nonchalant. Je n'ai jamais vu ce canard. Je peux jeter un coup d'œil ?

— Bien sûr. J'ai aussi *Ciel et Télescopes*.

— Alors tu t'intéresses à l'astronomie ?

— C'est ma passion, répondit-il en sortant un couteau. J'en suis fou depuis que je suis gamin, je...

Tout à coup, son téléphone portable sonna. Ou plutôt, il joua la première mesure du « Starman » de Bowie. Il prit l'appel. Manifestement, la conversation était pénible, parce que sa gorge se couvrit de plaques rouges.

— Salut. Oui, ça va, dit-il d'un ton un peu sec. Oui. Parfait. Géant. Comme tu veux. Oui. Oui. Je déposerai les clés à ton bureau, lundi. Non, je ne veux pas passer à la maison. Désolé, fit-il en s'adressant à moi d'un ton faussement désinvolte. Où en étions-nous ?

— L'astronomie.

— Ah oui. C'est ma... passion, marmonna-t-il en tranchant une courgette d'une main tremblante.

— Tu as un télescope ? questionnai-je innocemment.

— Oui. Il est dans ma chambre. Tu peux aller le voir si tu veux.

— Non, non, non, je ne me permettrais pas... Enfin, je ne voudrais pas t'envahir.

— Ça va. Ça m'est égal. Je n'ai rien à cacher. C'est un télescope ancien, mais l'optique est excellente. Il agrandit cent cinquante fois, ajouta-t-il fièrement en sortant la poêle à frire. Il appartenait à mon grand-père, qui dirigeait l'observatoire de Leeds.

Il ouvrit la porte du frigo et en sortit une bière.

— J'ai envie de boire un verre. Et toi ?

Je me sentais si coupable de l'avoir soupçonné que j'acceptai, alors que je ne bois jamais de bière.

— Merci. Je veux bien. Alors, où est-ce que tu fais tes... observations ?

— Le meilleur endroit, c'est dans le Norfolk. J'y allais dans le temps avec mes grands-parents. On peut aussi le faire à Londres, mais il faut choisir l'endroit avec soin, parce que le *sky-glow* est terrible.

— Le *sky-glow* ?

— Le halo de pollution. Cet horrible reflet orangé qui teinte le ciel de la ville, la nuit. Je milite au sein d'une association, Campagne pour un Ciel Noir, reprit-il en me servant une bière. Nous demandons aux conseils municipaux d'installer des éclairages qui dirigent la lumière vers le sol, là où elle est utile, au lieu d'éclairer vers le haut. C'est tragique, que les citadins ne puissent plus apercevoir le ciel nocturne. Ils ratent quelque chose de magnifique. Lève les yeux...

Il venait d'éteindre la lumière, nous plongeant dans l'obscurité. Je regardai à travers la verrière et découvris cinq, non... huit étoiles scintillant faiblement dans un ciel noir d'encre, autour d'une rognure de lune argentée.

— Les citadins ratent tellement de choses, répéta-t-il tandis que je renversais la tête. Combien de fois ont-ils aperçu la Voie lactée et les Pléiades, la Ceinture d'Orion ou la Grande Ourse ? On n'a même pas besoin d'un télescope pour faire de l'astronomie amateur. Les yeux suffisent pour voir.

— Alors c'est pour cela que tu ne voulais pas que je me plaigne du mauvais éclairage dans la rue ?

— Oui, en effet.

Cela expliquait aussi pourquoi Théo sortait par les soirs clairs et secs, et pas par temps humide.

— En fait, ce quartier est parfait pour observer les étoiles, reprit-il en rallumant la lumière. C'est pour ça que j'aime bien vivre ici. Ce petit parc au bout de la rue, par exemple, n'est pas mal du tout.

— Holland Gardens ?

— Oui. J'y ai apporté mon scope deux, trois fois. Il n'y a pas d'édifices élevés aux alentours, alors on voit un grand coin de ciel, et j'ai un filtre qui élimine les reflets. Et mon ami Mark a un grand jardin alors j'y vais parfois aussi. Je l'appelle parfois pour lui demander si ça lui dit.

— C'est un... hobby fascinant, fis-je en souriant de soulagement.

— C'est bien davantage ! J'écris un livre, je suis en train d'y apporter les corrections finales.

— Un livre ? Comment s'appelle-t-il ?

— *Les Corps célestes.*

Ah.

— Un guide des étoiles et des planètes. Il sort en mai. Mais je suis vraiment charrette, et c'est pour cette raison que j'avais besoin de tranquillité.

— Et où vivais-tu auparavant ? lui demandai-je pendant qu'il tranchait l'aubergine.

— Je te l'ai déjà expliqué : chez ce copain, Mark.

— Mais tu m'as dit que c'était temporaire ; qu'il te dépannait. Alors où habitais-tu auparavant ?

— Je vivais à Dulwich...

Le couteau s'arrêta en l'air et il répéta d'une voix sourde :

— Je vivais à Dulwich. Avec ma femme.

— Ah, murmurai-je en essayant de cacher ma stupéfaction. Tu... tu ne m'as pas dit que tu étais marié. Tu as l'air tellement jeune.

— Je ne le suis pas. J'ai vingt-neuf ans. J'ai été marié cinq ans. Mais je ne t'en ai pas parlé parce que... enfin... Parce que c'est trop pénible et qu'à vrai dire ça n'avait rien à voir.

Je me rappelais maintenant la curieuse remarque de son patron, sur le fait qu'il avait traversé une période difficile.

— Pourquoi... Non, désolée, ce ne sont pas mes affaires.

— Pourquoi on s'est séparés ?

J'acquiesçai.

— Parce que j'ai déçu ma femme.

— Vraiment ? En quoi ?

— Elle avait le sentiment que je n'étais pas à la hauteur. Elle est avocate chez Prenderville White à la City, expliqua-t-il. Elle est très ambitieuse, en pleine ascension professionnelle. Elle s'attendait à ce qu'il en soit de même pour moi. Elle désirait que je me donne à fond dans ma carrière de comptable pour réussir aussi bien qu'elle. Ce qui est impossible. J'ai passé tous les concours mais je m'intéresse bien plus à l'astronomie qu'aux chiffres. Alors j'ai quitté mon job chez Price Waterhouse pour prendre un poste moins accaparant, afin d'avoir plus de temps pour l'écriture. Fiona m'accusait de manquer de discipline, elle prétendait que je devais m'en tenir à ma carrière. Elle ne cessait de me le répéter. Sur tous les tons. Mais je ne pouvais plus revenir en arrière. Alors, il y a cinq mois, elle m'a déclaré que c'était fini. D'ailleurs c'était elle, à l'instant, au téléphone. J'ai oublié de lui rendre les clés. Rien que de lui parler, ça me fait mal. Enfin, je comprends ce qu'elle ressent. Je comprends pourquoi on s'est séparés. Mais comprendre, ce n'est pas la même chose que sentir, n'est-ce pas ?

Je hochai la tête. En effet.

— Je lui suis encore profondément attaché. En fait, dit-il en avalant une longue gorgée de bière, je fais un truc idiot parfois... Je... Tu me promets de ne pas rire ?

— Je promets.

— Je dors avec l'une de ses nuisettes sous l'oreiller.

Tiens, tiens. Alors ce n'était pas de ma brochure sur le transvestisme qu'il avait besoin, mais de celle sur les ruptures.

— Je suis désolé, reprit-il avec son petit sourire en coin. On se connaît à peine et je suis là, en train de me dévoiler...

— Ce n'est pas grave, dis-je. Les gens me font souvent des confidences, même en dehors des heures de travail...

— Enfin, voilà ma triste histoire... Et toi ?

— Quoi, moi ? Ah, tu veux dire mon histoire ?

Il opina.

— Eh bien... Je suis obligée ? ajoutai-je, un peu irritée.

— Oui, répondit-il d'un ton assez sec. Donnant, donnant.

Il avait raison. Je lui livrai rapidement les grandes lignes de mon histoire.

— Alors c'est pour ça que tu viens de t'installer ici ? dit-il en arrosant les légumes d'huile d'olive.

— Oui. Je devais tout reprendre à zéro.

— Pourquoi ton mari t'a-t-il trompée, à ton avis ?

— Parce qu'il en avait envie, j'imagine.

— D'habitude, il y a une raison, insista-t-il tandis qu'un délicieux arôme emplissait la cuisine. Enfin, on ne trompe pas sa femme pour rien, non ?

— Je ne sais pas...

— T'es qu'un putain de cauchemar, hurla soudain Rudy avec la voix de Ted. Se marier, c'était une connerie !

Et merde. Je couvris aussitôt sa cage.

— Rudy est un drôle d'oiseau, dis-je en riant. Il a probablement appris ça dans un téléfilm. Enfin, je suis désolée que tu aies été aussi malheureux.

— Moi de même, mais la vie continue. C'est pour ça que j'aime bien cuisiner. Cela me détend.

— Alors tu aimes à la fois l'astronomie et la gastronomie, fis-je remarquer.

Pour la première fois de la soirée, je le vis sourire franchement.

— Et tu prépares quoi ? repris-je.

— Une ratatouille. Tu en veux ?

— Non merci, ça ira.

— J'ai rangé quelques livres de recettes sur l'étagère. J'espère que ça ne t'ennuie pas.

— Pas du tout. Sauf que...

Je m'approchai et me mis à les réorganiser... Jane Grigson... Sophie Grigson... Ainsley Harriot... voilà. Alastair Little... bien mieux : Delia Smith... Rick Stein.

— Veux-tu bien me dire ce que tu fabriques ? demanda-t-il.

— Je les range.

— Mais pourquoi ?

— Parce que j'aime que les livres soient rangés par ordre alphabétique. Les CD aussi – c'est mieux. Tu ne trouves pas ?

— Euh... non.

J'étais sur le point de lui expliquer les avantages d'un système de rangement par ordre alphabétique lorsque j'entendis le bruit métallique de la boîte aux lettres. Sur le paillasson gisaient un nouveau prospectus du Tip Top Tandoori House et deux de Pizza Hut. Je les ramassai et j'étais sur le point de les jeter dans la corbeille à côté de la console lorsqu'un son provenant de la maison voisine me figea. Il était étouffé au début, puis il augmenta. Je restai clouée sur place. Une femme pleurait à fendre l'âme. Mon cœur fondit. Pauvre Bev.

6.

Si j'avais mieux connu Bev, j'aurais téléphoné. Mais je ne me sentais pas le droit d'intervenir. Chaque fois que nous nous étions rencontrées, elle s'était montrée si brave et si joyeuse. Si elle savait que je l'avais entendue pleurer, elle en serait peut-être mortifiée. En plus, je m'en voulais pour cet article dans le *Daily Post*. Peut-être avait-il remué des souvenirs trop douloureux ? C'était peut-être la cause de ses larmes...

Mais je me trompais. Le lendemain après-midi, Bev m'appela pour m'apprendre que l'article avait tellement plu à Ricky qu'il lui avait offert de rédiger une rubrique hebdomadaire.

— Il m'a appelée ce matin pour m'en parler, Rose – un dimanche ! Il pense que ça peut aider à faire remonter les ventes du *Post*.

— Il a sans doute raison.

— Mais je panique, Rose. Je ne suis pas journaliste !

— Et alors ? Tu t'exprimes bien. Tu t'en sortiras.

— Mais il veut que j'écrive du point de vue de Trevor.

Ah. Voilà qui pouvait être un peu plus compliqué.

— Lirais-tu mes brouillons avant que je les lui montre, pour me dire ce que tu en penses ?

— Évidemment.

Le jeudi soir suivant nous nous rendîmes au pub du coin et Bev me montra ses deux premières tentatives. J'avais craint que le ton ne soit un peu trop mièvre ou sentimental. Mais pas du tout. Loin de là. C'était adorablement « mec ». Je les trouvai formidables.

Bev est un peu glauque le matin, alors que moi, je pète la forme. Je lui donne un coup de langue pour la réveiller, parfois un petit câlin, puis je fouille sous le lit pour retrouver ses pantoufles, je les trimballe en tâchant de baver le moins possible dessus et c'est parti pour la journée.

— Génial ! gloussai-je. Ricky va adorer.

Bev descend par l'ascenseur d'escalier pour prendre son petit déj'. Je pique un petit roupillon pendant qu'elle sirote son thé. Mais je suis toujours en état d'alerte rouge. Je peux être en train de ronfler comme un sonneur, dès l'instant que je l'entends bouger, je bondis.

— C'est merveilleux. Tu as un don pour ça.

— C'est comme ça qu'il parlerait... pas vrai, Trev ?

Ça ne s'est pas toujours passé comme ça. Ah non. Au début, c'était d'un pénible... C'était genre « Trevor, fais ci, Trevor, fais ça » et moi, j'étais genre « Pardon ? Tu me rappelles de quoi ton dernier esclave est mort, au juste ? » Ça me rendait dingue. Mais, en même temps, je me sentais un peu coupable parce que, c'est vrai, j'aurais peut-être dû y mettre un peu du mien. Heureusement, Bev a l'âme indulgente et, maintenant, on est fous l'un de l'autre.

— Si ça marche, je reverserai mes piges à Helping Paw, ajouta Bev pendant que nous buvions nos bières. J'ai reçu une prime d'assurance assez importante après l'accident et je n'ai pas besoin d'argent. Et puis ce sera une occasion formidable de faire de la promo pour l'association – à propos, je voulais te demander si tu viendrais à notre première grande soirée de levée de fonds, juste avant Noël ?

— Bien entendu.

— C'est un bal. Un bal costumé.

Costumé ? Aaargh...

— Mais pas n'importe quel costume, expliqua-t-elle en glissant à Trevor un bout de saucisson. Tout le monde doit venir déguisé en œuvre d'art, et le meilleur costume remporte un prix. Tu veux une autre pinte ?

— Je ne refuserais pas un demi.

— Okay. Trev, notre cri de guerre !

Elle fit rouler son fauteuil jusqu'au bar, Trevor aboya pour appeler le barman et elle lui passa son porte-monnaie. Le chien se redressa sur ses pattes arrière et le déposa sur le comptoir. Le barman prit l'argent. Bev rapporta un verre après l'autre pendant que Trevor ramassait la monnaie.

— Je parie qu'il boit de la Carling Black Label, s'esclaffa le barman.

— Non, il ne boit pas, répliqua Bev.

Ainsi, grâce à Beverley, Ricky avait retrouvé sa

bonne humeur. Plus de « cassages de burnes » pour l'instant. Cependant cela n'empêchait pas ma charge de travail d'augmenter de jour en jour, grâce aux dépressions d'avant Noël ; moi-même, j'avais le moral dans les chaussettes. J'avais passé les fêtes de l'an dernier dans un brouillard d'extase romantique ; je passerais celles-ci seule et à moitié divorcée.

— Noël... suicide, fit Serena d'un ton guilleret en classant les lettres d'hier. Noël... je ne supporte pas. Noël, j'ai envie de me flinguer. Noël, j'ai envie de crever...

— C'est bon, Serena, j'ai compris.

— Cela dit, je crains que Noël ne soit assez sinistre pour nous cette année, reprit-elle sereinement en calant une mèche derrière son oreille.

Brusquement, je remarquai qu'elle avait beaucoup plus de cheveux gris qu'auparavant.

— Vous comprenez, il y a tellement de dépenses en cette période de l'année.

Oui, mais enfin, elle et son mari travaillent tous les deux.

— Rob est un peu traumatisé depuis son petit... *accident*. Il n'arrive pas à atteindre ses objectifs de vente. Et avec les frais de scolarité des gamins...

Elle laissa traîner sa phrase avant de reprendre, gaiement :

— Enfin, ne nous plaignons pas ! Quand on voit la vie des autres, on trouve toujours plus à plaindre que soi, n'est-ce pas ?

Est-ce qu'elle avait un tic à l'œil droit ?

À l'heure du déjeuner, j'appelai Henry pour l'inviter au bal. Il accepta, disant qu'il viendrait costumé en Mona Lisa. Les jumelles aussi ont relevé le défi.

— Ça va être marrant, s'enthousiasma Béa. On va peut-être se trouver des clients. Oui, décidément, ça nous dit.

Ça leur dit... ? Oui, songeai-je, pourquoi pas ? Je rendrais un immense service à Théo en l'invitant... Après tout, le pauvre est tellement déprimé...

— Un bal ? s'étonna-t-il lorsque je lui en parlai le jeudi suivant. Ça doit être très mondain, mais bon, d'accord. Ce sera peut-être... drôle. Merci de me l'avoir proposé.

— Je t'en prie. C'est pour une bonne cause.

— Je le note tout de suite dans mon agenda.

Il fouilla dans sa veste et en tira diverses babioles, parmi lesquelles son téléphone portable. Je me rendis compte qu'il était identique au mien, un Motorola 250 Timeport à étui en argent galvanisé.

— Courtauld... Le 20 décembre, marmonna-t-il en écrivant. C'est dans trois semaines. Je viendrai déguisé en tableau abstrait pour ne pas avoir à porter un costume trop chichiteux. Et toi ?

— Je n'ai pas encore décidé. Je pensais à l'œuvre de Damien Hirst, tu sais, sa vache coupée en deux sur la longueur. Elle s'intitule *Mère et enfant, séparés*, ce qui serait très approprié dans mon cas.

Je produisis un petit rire amer, qui suscita un regard perplexe.

— Ou alors, je ne prends aucun risque et je me costume en lit défait de Tracey Emin.

— Je pense que tu ferais une magnifique *Vénus* de Botticelli, dit-il tout à coup.

Je sentis le sang me monter aux joues.

— Enfin, bégaya-t-il, avec tes grands cheveux roux...

C'est alors que la sonnerie de téléphone retentit.

— Allô ?

Silence. Puis un souffle haletant.

— Allô ?

Merde, pas encore ! Je raccrochai brutalement le téléphone et composai aussitôt le 3131. Aucun numéro enregistré. Évidemment.

— Des problèmes ! Toujours des problèmes ! hurla Rudy.

— C'est rien de le dire, répliquai-je.

— Ça va, Rose ? demanda Théo.

— Ça va. Je reçois juste des coups de fil anonymes.

— Quelle horreur. C'est arrivé à ma femme. Elle ne disait rien, elle se contentait de raccrocher. Il paraît qu'ils détestent.

— C'est ce que je fais.

— Avec un peu de chance ça va s'arrêter.

Pendant quelques jours, en effet, il n'y eut pas d'appels et je n'y songeai plus, tellement je croulais sous le boulot. En plus de ma rubrique, j'avais toujours mes émissions de radio, un passage dans un talk-show pour parler des « réconciliations de couple » et une conférence à Bath. Avec tout ça, je n'avais pas eu le temps de réfléchir à mon costume. Et nous étions à dix jours du bal. Qu'est-ce que j'allais bien pouvoir porter ? En feuilletant mon livre sur les peintres préraphaélites, j'eus un accès d'inspiration. Je décidai de me déguiser en *Juin flamboyant*, de Lord Leighton. Le modèle est plus joli que moi, mais elle a des cheveux comme les miens. Beverley me dit qu'elle aussi, elle peinait à trouver un costume alors vendredi soir, je suis passée chez elle avec mes bouquins d'histoire de l'art. Trevor était couché près de son fauteuil, en train de téter béatement la tête de son gorille en plastique.

— Tu préfères le baroque ou le rococo ? lui demandai-je en feuilletant un livre. Tu as un joli front haut, alors tu serais peut-être plutôt dans le style Renaissance...

Je contemplai *la Madone* de Raphaël serrant contre elle l'enfant Jésus et ressentis un pincement au cœur.

— Tu devrais peut-être choisir Gauguin, repris-je. Tu ferais une Tahitienne ravissante. Ou tu préfères peut-être l'impressionnisme ? Et si... oui ! Une baigneuse de Renoir ? Non, tout compte fait, tu es trop mince. Ou bien un joli Gainsborough... qu'en penses-tu, Bev ?

Je relevai les yeux. Elle pleurait.

— Bev ! Qu'est-ce qu'il y a ?

— Je devrais m'habiller comme ça, sanglota-t-elle en me désignant un mendiant de Breughel aux membres difformes. Ou bien ce tableau de Munch, *Le Cri*. Ou l'un des monstres de Jérôme Bosch.

— Beverley, arrête ! Tu es ravissante.

— C'est *faux* ! Je suis une *infirme* ! Je suis une putain d'infirme, Rose !

— N'importe quoi ! Tu es belle.

— Plus maintenant. Tout le monde me trouve si brave. Bev la Brave. Bev la Battante. Mais je ne suis pas comme ça en dedans. Pas du tout. N'en parle à personne, mais parfois, je craque complètement.

— C'est vrai ?

— Oui, renifla-t-elle. Je n'y peux rien. Je sais que jamais plus je ne marcherai, jamais plus je ne courrai ; je dois rester assise jusqu'à la fin de mes jours. Je dis aux gens que je m'y suis faite mais c'est faux : je ne m'y ferai *jamais* !

Je repensai à ses sanglots de l'autre soir et à ses crosses de hockey brûlant dans le jardin.

— ... et quand je vois ces tableaux avec de jolies femmes qui ont de jolies jambes, fortes et parfaites, je...

— Je suis désolée, dis-je tandis que Trevor lui passait un mouchoir. C'est ma faute. Je n'aurais pas dû apporter ces bouquins. Vas-y, pleure tout ton soûl, continuai-je pendant qu'elle enfouissait son visage dans la fourrure du chien. Pourquoi tu ne pleurerais pas ? Il t'est arrivé quelque chose d'épouvantable. Mais Bev, je sais que tu...

Ma gorge me faisait mal : les larmes sont contagieuses chez moi.

— ... je sais que tu t'en sortiras.

Ses sanglots s'apaisèrent, elle releva la tête et essuya ses larmes.

— Oui, fit-elle d'une voix éraillée. Peut-être. Désolée. Je sais que ça pourrait être pire. Vu la façon dont je suis tombée, j'ai de la chance de ne pas être tétraplégique ou morte. Tiens, c'est ça, je devrais peut-être aller au bal déguisée en nature morte, ajouta-t-elle avec un sourire sans joie.

Brusquement, Trevor fila vers le hall d'entrée et

en revint avec le téléphone sans fil dans la gueule. Elle éclata de rire et le serra contre elle.

— Tout va bien, Trev. Rose est là. Chaque fois que je déprime, il va chercher le téléphone pour que j'appelle un ami.

— C'est adorable.

Attendrie, je tendis la main pour lui caresser l'oreille.

— En fait, Rose, reprit-elle en ravalant ses larmes, si je pleure, ce n'est pas tant à cause de mon accident, que parce que je suis très...

Sa voix mourut.

— Je suis très...

Elle haussa les épaules et ses yeux rougis fixèrent le vide.

— Je suis très...

— Seule ? murmurai-je.

Elle hocha lentement la tête puis tourna son regard vers moi.

— Oui. Oui, je suis seule. Je supporterais bien mieux ce qui m'est arrivé si j'avais quelqu'un avec qui partager les choses. Mais je ne suis sortie avec personne depuis que Jeff m'a quittée, et ça commence à me miner.

— Mais tu connais plein de gens, fis-je remarquer. Tu sors.

— Ce n'est pas le problème. Le problème, c'est Trev. Chaque fois que je rencontre un mec sympa, je me rends compte que, s'il s'intéresse à moi, c'est à cause de lui. Tu comprends, ça intrigue. Le duo Bev et Trev. Ça leur fait un sujet de conversation, au pub. Mais si je me présente sans Trevor, ils ont l'air déçus. Ce n'est pas pour moi qu'ils craquent, c'est pour nous deux.

Cette conversation m'était curieusement familière – elle ne rappelait les jumelles.

— J'ai rendez-vous avec un garçon vendredi, reprit-elle, mais je redoute qu'il tombe amoureux de Trev.

— Alors ne le prends pas avec toi.

— Mais ça le rend anxieux. Je n'aime pas le laisser seul.

— Alors il peut venir chez moi. Trevor, tu veux dîner avec moi vendredi soir ?

Il agita la queue.

— D'accord, alors 19 h 30, dîner à 20 heures. Tu me diras si tu es végétarien. Bon – revenons à nos moutons.

Je me remis à feuilleter l'un de mes livres. Je m'arrêtai soudain. Je regardai l'image, puis Bev. Parfait.

— J'ai trouvé, dis-je.

Je lui désignai la ballerine de Degas dans son tutu diaphane, attendant d'entrer en scène.

— C'est ça, non ?

Bev l'examina pendant quelques secondes, puis sourit.

— Oui. Je crois que c'est ça.

— Alors, qu'est-ce qui vous arrive, Sarah ?

C'était le soir de mon émission de radio.

— J'ai trente-neuf ans et je suis morte de trouille à l'idée d'en avoir quarante. Qu'est-ce que je peux faire ?

— Écoutez, mon chou... (J'adopte parfois ce ton un peu canaille à la radio, ça fait partie du show.) Quarante ans aujourd'hui, c'est comme trente ans hier. Tout le monde sait ça. Prenez Madonna... Quadra, c'est l'âge où on s'épanouit ! Et maintenant, sur la 4...

Je jetai un coup d'œil à l'écran d'ordinateur.

— ... Kathy.

Kathy ? Non, c'est pas vrai...

— Je veux que tous vos auditeurs sachent que vous êtes une méchante, méchante femme, Rose Costelloe ! Mon mari m'a plaquée à cause de vous. Vous êtes là, tranquillement assise dans votre studio à donner des conseils comme une espèce de grande prêtresse, alors que vous avez gâché ma vie, espèce de vache ! Et vous allez payer pour ce que vous m'avez fait, salope ! Vous allez *payer* – rappelez-vous, vous allez vraiment regretter d'avoir croisé mon chemin et...

Kathy la dingue fut coupée et j'adressai un regard meurtrier à Wesley à travers la cloison vitrée.

— Hélas, c'est la fin de *L'Avis de Rose* pour ce soir, déclara Minty avec un détachement tout professionnel. Mais j'espère que vous vous joindrez à nouveau à nous. Rappelez-vous : si vous avez un problème, ne vous inquiétez pas... demandez l'avis de Rose.

— Wesley ! gueulai-je en poussant la porte du studio. Tu es gentil, tu ne me repasses plus jamais ce pitbull à l'antenne ! Si je veux me faire insulter ou menacer, j'ai mon rédacteur en chef pour ça.

— Désolé, hennit-il, son crâne chauve luisant sous les spots du studio. Elle s'est glissée entre les mailles du filet.

— Tu as pris son numéro ?

— Il n'est pas apparu.

Tiens, tiens.

— Je crois que c'est elle qui me harcèle de coups de fil anonymes à la maison. Ça commence à bien faire.

Tandis que je rentrais à Camberwell en taxi, je réfléchissais. Et si cette femme n'était pas seulement dingue, mais réellement dangereuse ? Daphné, la Madame Détresse du *Daily Herald*, s'était fait harceler par un obsédé, qui s'était pointé à son bureau avec une hache. Il se paie maintenant de petites vacances à l'hôpital psychiatrique pour criminels... Et si Kathy la Dingue pétait un plomb ?

En attendant, les jumelles me font des cachotteries à propos de leurs costumes pour le bal. Théo est encore en train de réfléchir. Il devrait s'habiller en Giacometti, songeai-je en scrutant subrepticement sa silhouette dégingandée. Entre-temps, Bev et moi sommes allées à la boutique de location de costumes MadWorld sur Gray's Inn Road pour nous équiper. Dans le taxi, elle me raconta son rendez-vous de la veille. Elle n'était pas épatée.

— Il a voulu qu'on paie moitié-moitié ! Quel minable !

— Je paie toujours moitié-moitié, dis-je. Est-ce si important ? N'est-on pas des femmes modernes, maintenant ?

— Je ne veux pas être moderne quand je sors avec un homme pour la première fois, répliqua-t-elle, indignée. Ça casse le romantisme.

— J'ai toujours payé ma part avec Ted.

— Quoi ? Dès le début ?

Je n'y avais jamais vraiment songé.

— Oui. Dès le début. Il venait d'acheter une énorme baraque, alors je trouvais juste de partager.

J'allai choisir des costumes sur les portants pendant que Trevor aidait Bev à se changer. Il lui retira ses chaussures avec les dents, puis tira sur son pantalon de jogging lorsqu'elle lui ordonna : « Tire, Trev, tire ! » Je lui passai le tutu à travers le rideau de la cabine, puis je nouai les rubans de ses chaussons.

— Tu es... ravissante ! m'exclamai-je. Tellement délicate.

— Et toi, tu as l'air d'un coucher de soleil !

Je portais une longue tunique grecque orange flamboyant, au plissé aussi fin qu'une soie de Fortuny.

— Le look préraphaélite te va comme un gant, dit-elle. Tu sais, je crois qu'on va bien s'amuser.

Le soir du bal, la mère de Beverley vint s'occuper de Trevor, parce qu'il n'aime pas la musique trop forte, ni veiller tard. Bev, Théo et moi prîmes un taxi pour nous rendre à l'Institut Courtauld. C'était la première fois que Bev et Théo se rencontraient et ils sympathisèrent aussitôt ; et bien qu'elle soit très indépendante, elle l'autorisa à pousser son fauteuil. Lorsque nous franchîmes l'entrée en arcade de Somerset House pour pénétrer dans la cour immense, j'eus le souffle coupé. Des fontaines illuminées projetaient de grands jets d'eau comme des plumes d'autruche, tandis qu'en toile de fond, sur la patinoire en plein air, des silhouettes glissaient rêveusement au son d'une valse viennoise. D'autres invités arrivaient en même temps que nous. Leurs déguisements rivalisaient de créativité – tout le monde avait mis le paquet. Au vestiaire, nous croisâmes un pape Médicis, un autoportrait de Frida Kahlo et le *Henry VIII* de Holbein. Debout près de l'arbre de Noël, se tenait le jeune *Bacchus* du Caravage, les cheveux enguirlandés de feuilles de vigne et de grappes de raisin. Non loin de là, un Rembrandt très digne bavardait avec une Salomé lascive, qui balançait une tête de saint Jean-Baptiste à bout de bras. Il y avait aussi d'étonnantes œuvres modernes. Une grande femme osseuse avec un long visage anguleux faisait un authentique Modigliani ; une fille tout en courbes vêtue d'un collant et d'un body bleu cobalt était manifestement un Matisse des dernières années. L'autoportrait à l'oreille bandée de Van Gogh discutait avec une femme habillée en Marilyn Monroe. La *Marilyn* de Warhol, avec des cheveux jaune citron, un visage rose et des jambes bleues. Elle avait même passé un fil de fer autour de l'ourlet de sa robe blanche, décolletée à la *Sept ans de réflexion*. Les surréalistes étaient venus en force. Un homme portait le téléphone homard de Dali sur la tête et, plus spectaculaire encore, un autre s'était déguisé en *Thérapeute* de Magritte : à partir de la taille, il était vêtu d'une cage d'oiseaux abritant deux colombes, à moitié dissimulées par des rideaux rouge sombre, mais de la taille aux pieds il portait un pantalon à rayures banquier et une paire de chaussures noires vernies.

— Ces costumes sont extraordinaires, soufflai-je. Et on dirait que vous faites salle comble.

— En effet, répondit Bev. J'ai réussi à vendre

les deux dernières tables hier seulement, à un cabinet d'avocats de la City.

— Quel cabinet, au juste ? s'enquit Théo avec une désinvolture étudiée.

— Prenderville White.

Le cabinet où travaillait sa femme ! Il ne manquait plus que ça. Je jetai un coup d'œil dérobé à Théo. Il était rouge pivoine.

— Tu es là, Rose !

Les jumelles déboulèrent, flûtes de champagne à la main.

— *Juin flamboyant* ! s'écrièrent-elles ensemble.

— Et vous... Vous êtes quoi ? Mais bien sûr ! Vous êtes des tubes de peinture à l'huile !

— Exactement !

Elles portaient des salopettes de travail identiques, avec les mots « Windsor et Newton » imprimés recto verso, et des ceintures colorées. Leurs têtes étaient coiffées de chapeaux blancs, plats et hexagonaux – disons plutôt des bouchons – avec une rayure assortie à la ceinture.

— Je suis Terre de Sienne brûlée, expliqua Bella.

— Et moi Écarlate, dit Béa. Tu aurais dû venir en Rose Shocking, Rose ! Ça te serait bien allé, tu sais !

— Voici ma voisine Beverley.

— Tu... tu es sublime ! s'écria Bella.

Et c'était vrai. La robe en mousseline blanche de Beverley, assez décolletée et ceinturée d'un ruban de satin bleu, s'arrêtait à mi-mollet. Ses jambes immobiles étaient frêles mais élégantes dans leurs collants opaques satinés ; ses pieds, dans leurs chaussons roses lacés de rubans de satin, étaient soigneusement posés sur l'appui du fauteuil. Elle avait relevé ses cheveux en chignon et noué un ruban de velours noir autour de son cou gracile.

— Et voici Théo, mon colocataire.

Théo sourit poliment aux jumelles en leur serrant la main, mais je le sentais triste et tendu.

— Alors, Théo, comment ça se passe, la vie sous le régime de Rose ? gloussa Béa. Elle est tellement maniaque de propreté, qu'elle ne nettoie pas la maison, elle lui fait un peeling !

— Béa !

Je l'adore, même si elle raconte vraiment n'importe quoi.

— Sincèrement, Théo, tu ne trouves pas qu'elle est un peu maniaque ?

— Rose !

Grâce au ciel, Henry fonçait vers nous, vêtu comme une duchesse d'opérette.

— Qu'est-ce que c'est drôle, non ? dit-il en secouant ses anglaises argentées. Hou, attention à ma mouche !

— Madame de Pompadour ? me risquai-je.

— Non, Marie-Antoinette.

Je présentai Henry aux filles, qui le fixaient, médusées. C'est vrai qu'il avait l'air un peu spécial...

— Je crois que je vais aller retrouver mes amis, Sue et Phil, annonça Bev un peu gauchement. Je ne les ai pas encore salués.

— Tu veux que je t'accompagne ? proposa Théo.

— Si tu es sûr que ça ne t'embête pas, je veux

bien, sourit-elle. Dans une telle foule, c'est plus facile de se déplacer avec quelqu'un qui pousse le fauteuil.

Je vis Théo fendre la foule en la scrutant anxieusement. Ce serait horrible que sa femme fût là. Il n'avait même pas l'avantage d'être accompagné de gens qu'il connaissait bien. Enfin, inutile de me torturer pour lui, décidai-je : soit elle est ici, soit elle n'y est pas. Tout en circulant avec Henry et les jumelles, j'observai tous les couples s'amuser... Des couples, des couples, rien que des couples. Déjà un peu grisée par le champagne, je me demandai brusquement pourquoi aucune de mes histoires n'avait marché. Mis à part la trahison de Ted, je n'avais pas fréquenté que des salopards. Avant Henry, il y avait eu Tom, le pilote de ligne ; et avant Tom, Brian, un caméraman qui était toujours parti en tournage. Avant lui, Toby, qui avait fondé sa propre boîte de consultant et qui ne cessait de faire l'aller-retour aux USA. Avant Toby – là, ça fait déjà un bail – il y a eu Frank, grand reporter pour ITN. Et avant Frank – ça doit bien remonter au milieu des années 80 – Nick, un acteur toujours en tournée. C'était tous des types bien. Je ne sais pas pourquoi ça n'a jamais duré.

À quelques mètres de moi, Beverley bavardait avec ses amis. Théo examinait les plans de table.

— Ça va ? lui demandai-je.

— Oui, fit-il avec un sourire soulagé. Ça va. J'ai consulté la liste des invités et elle n'est pas là !

Un gong résonna pour annoncer que le dîner allait être servi. Sachant que Théo n'avait plus rien à craindre, je me détendis. Finalement, la soirée ne se passait pas si mal. Tandis que nous gagnions lentement nos tables, une fille habillée en danseuse de French-Cancan de Toulouse Lautrec nous demanda si nous voulions acheter des tickets de tombola.

— Nous avons des lots géniaux. Le ticket coûte cinq livres, mais si vous en achetez quatre le cinquième est gratuit.

Je lui tendis vingt livres.

— J'en prendrai cinq moi aussi, dit Bev.

— J'en veux dix, annonça Théo.

Bev lui adressa un sourire de reconnaissance.

— Nous sommes à la table seize, ajouta-t-il. Je crois que c'est par-là, près de la colonne, vers le fond.

— Et vous, monsieur, désirez-vous un ticket de tombola ? proposa la jeune fille derrière nous.

— Non merci, répondit une voix familière.

C'était comme si on venait de me précipiter d'une falaise.

— Vous êtes sûr ? insista la jeune fille tandis que mon cœur roulait comme un tambour.

— Tout à fait sûr, merci, dit Ted.

Cruelle ironie du sort... Le sang me monta au visage. Si la femme de Théo n'était pas là, mon mari, en revanche l'était.

— Ça va ? s'inquiéta Théo en me fixant. Qu'est-ce qui se passe ?

— Mon ex-mère, murmurai-je d'un ton pitoyable.

— Ton ex-mère ?

— Je veux dire... mon ex-mari. Il est juste derrière nous.

— Rose ! soufflèrent les jumelles en se faufilant jusqu'à moi comme deux conspiratrices de mélodrame, Ted est là !

— Oui, je sais. J'imagine qu'*elle* est avec lui.

— Oui, chuchota Bella, hélas oui. Mais elle est hideuse. Elle est en *Jeune Fille à la perle* de Vermeer et ça ne lui va pas du tout.

— Non, tu te goures, fit Béa. En fait, c'est le *Portrait d'une jeune femme*. Les deux personnages se ressemblent beaucoup mais la coiffure est légèrement différente.

— Je me fous qu'elle soit déguisée en Vermeer ou en urinoir de Duchamp, grinçai-je. Et lui ?

— Il est en *Cavalier Riant* de Van Dyck.

— Il a l'air un peu triste, fit observer Bella.

— Il a l'air con, surtout, précisa Béa.

— Je craque, marmonnai-je, au comble de la détresse. Je vais rentrer chez moi.

— Non ! protestèrent les jumelles. Fais comme s'ils n'étaient pas là et essaie de t'amuser !

— Quelqu'un a du Lexomil ? bredouillai-je avec un rire amer.

En l'absence de tout produit pharmaceutique je m'anesthésiai au champagne.

— Ne t'en fais pas, murmura Bella d'un ton de comploteuse tandis que nous cherchions notre table, ils sont assis à des kilomètres de nous.

Le souffle court derrière mon menu en forme de palette, je scrutai discrètement l'assemblée à travers les fleurs du centre de table. Ted était bien là, avec le Pokémon humain, à côté de la fenêtre, de l'autre côté de la salle. Ils étaient assis avec mes ex-voisins, Pam et Doug, costumés en *Mariage des époux Arnolfini* de van Eyck.

169

— Santé ! fit Henry chaleureusement en versant du chablis à tout le monde.

Puis il se mit à questionner les jumelles sur leur boîte de décoration intérieure, et à leur parler d'une boutique à louer qu'il avait remarquée près de High Street Kensington. Je tentai de faire la conversation aux amis de Bev, Sue et Phil, mais j'avais du mal à me concentrer. Non seulement parce que Ted était dans la salle, mais parce que, par un hasard particulièrement vicieux, il y avait un an pour jour que nous nous étions connus. C'était notre premier anniversaire, songeai-je amèrement. Merveilleux. Génial.

Je jetai un coup d'œil à Pam et Doug. Si seulement je n'étais pas venue chez eux, à leur soirée, l'an dernier... Je m'étais tâtée, parce que j'étais très prise et que je ne les connaissais pas très bien. Si je n'y étais pas allée, je n'aurais jamais rencontré, ni épousé Ted, il ne m'aurait jamais trompée avec notre conseillère conjugale et je ne serais pas déprimée et presque divorcée à l'heure qu'il est. J'habiterais toujours mon joli petit appartement sur jardin de Clapham, avec une hypothèque gérable, au lieu d'une maison à Camberwell bien au-dessus de mes moyens.

Après le canard – je n'y avais pas touché –, l'une des marraines de l'association, la très glamour mais assez irritante animatrice télé Ulrika Most, prononça un discours. Elle était habillée en Klimt, avec une longue robe Art Nouveau en velours dévoré pailleté d'or. Elle remercia les sponsors du bal, les fabricants de nourriture pour chiens Dogobix, avec son léger accent scandinave, puis expliqua le travail de l'association.

— Des milliers de personnes souffrent de graves handicaps, disait-elle. Une Patte Tendue peut changer leur vie... indépendance accrue... nouvelle vie... l'entraînement de chaque chien coûte huit mille livres... merci de nous avoir soutenus ce soir.

Après cinq – non, six – verres de vin, je m'étais enfin décrispée. J'allais m'en sortir. Oui, je pouvais gérer. Que Ted et sa boule de suif aillent se faire foutre !

— Ted aurait dû se déguiser en Roué de Hogarth, soufflai-je aux jumelles pendant qu'on servait les crèmes brûlées. Quant à cette pygmée qu'il saute, ajoutai-je gaiement, je l'aurais bien vue en pile de crottes d'éléphants... Vous savez, ce truc qui a remporté le Turner Prize !

Amusée par mes propres commentaires caustiques, j'émis un rire creux. En même temps, je savais bien que *moi*, j'aurais dû me déguiser en *Femme qui pleure* de Picasso.

Lorsque Henry se leva pour aller se repoudrer le nez, les jumelles commencèrent à se chamailler.

— Tu le dragues, Bella, veux-tu bien arrêter !
— Mais non ! Tu es parano !
— Tu le dragues ! Tu essaies toujours de tout gâcher, pas vrai ?

Le début de la vente aux enchères coupa court à leur querelle. Dans mon ivresse, je tentai d'acquérir un tableau, heureusement en vain car je n'avais pas les moyens de l'acheter. Puis on tira au sort les gagnants de la tombola. Pas de chance. Je fixai d'un œil piteux mes tickets roses. Puis l'orchestre attaqua. Sue et Phil se précipitèrent vers la piste de danse et les jumelles – toujours en train de se disputer les attentions de Henry – l'entraînèrent ensemble sur la piste de danse. Théo était en grande conversation avec Beverley – ça collait vraiment bien entre eux, et... Bou... hou... hoouuu ! Quelqu'un venait de ficher un pieu mal taillé dans mon cœur – Ted était en train de danser avec son petit tas. Je vidai mon verre et détournai les yeux. Malheureusement, c'était comme quand on passe devant un accident de la route : je ne voulais pas voir mais je ne pouvais pas m'empêcher de regarder. Ted était tellement sublime, malgré sa ridicule perruque noire, que je crus que mon cœur allait se fendre. Je tentai, par la pure force de l'esprit, de contraindre le grand lustre en cristal de tomber sur Miss Jambonneau pour l'écrabouiller, tout en suivant d'une oreille distraite la conversation animée de la table voisine.

— Oui, il a reçu un coup de fil, comme ça, tout d'un coup.

— De qui ? De sa mère ?

— Oui. Elle ne l'avait pas revu depuis trente-cinq ans.

— Pas possible. Trente-cinq ans ?

— C'est ça.

— Et alors, qu'est-ce qui s'est passé ?

— Apparemment, elle avait très peur qu'il lui dise d'aller se faire foutre, mais il l'a rencontrée et maintenant ils sont très proches.

C'était le comble. Voilà que je me tapais une histoire de réconciliation familiale... Je me reversai du vin. Après sept – ou était-ce huit ? – verres, les danseurs commencèrent à se confondre sous mes yeux. De grands Giacometti, maigres comme des thermomètres, dansaient avec des Rubens plantureux ; des Gilbert and George à lunettes faisaient tournoyer des Fragonard froufroutantes ; un baigneur de Seurat en maillot rouge entraînait un Tissot en faux-cul. Je me tournai vers Théo et Bev, toujours en train de bavarder comme s'ils se connaissaient depuis un siècle. Hum...

— Non, je crois vraiment que les hommes viennent de Mars et les femmes de Vénus, soutenait-elle obstinément.

— Ce n'est pas vrai, répliqua-t-il. Tout d'abord, il n'y a pas d'eau sur Mars et l'atmosphère est constituée en majeure partie de dioxyde de carbone, ce qui rend toute vie impossible. De même pour Vénus, qui est constamment balayée de pluies d'acide sulfurique.

Bev gloussa et leva les yeux au ciel.

— Tu veux danser ? ajouta Théo.

— J'adorerais, répondit-elle, mais il y a un peu trop de monde sur la piste. Peut-être plus tard, lorsqu'il y aura un peu plus d'espace.

— Tu es sûre ?

Elle hocha la tête.

— Et toi, Rose ? Rose ?

— Que... ?

Je posai mon verre.

— Tu veux danser ? demanda-t-il poliment.

— Euh...

— Tu aimerais danser ?

— Si j'aimerais...

— Ben... d'accord. Pourquoi pas ?

Tandis que Béa revenait s'asseoir avec Henry

– Bella dansait avec un Jackson Pollock –, Théo m'entraîna vers la piste de danse.

— Alors il n'y a pas de vie sur Mars, c'est ça que tu disais ? l'interrogeai-je d'une voix pâteuse. Je suis très déçue.

— Il n'y en a pas, du moins en semaine. Mais le samedi soir, il paraît que c'est la folie...

Je gloussai, puis j'aperçus Ted et m'arrêtai aussitôt. Lui et Miss Piggy se tenaient à moins de deux mètres. Je les ignorai héroïquement.

Le tempo ralentit et je vis les petits bras porcins de Mary-Claire entourer le cou de Ted. J'enlaçai Théo.

J'aperçus ses petits pieds de porc qui lui caressaient le dos – eh bien, on pouvait être deux à jouer ce petit jeu-là.

Je la vis se mettre sur la pointe des pieds pour grogner des mots doux à ses oreilles. J'en chuchotai donc à Théo.

— C'est chouette, hein ?... sympa.

J'eus un violent hoquet.

— Pardon.

— Je suis ravi que tu t'amuses, fit Théo, un peu gêné.

— J'm'éclate !

— Ton costume est géant, au fait.

Géant. Quel joli mot.

— Ah ! Merci bôcoup.

Nouveau hoquet. Ça faisait mal. Soudain épuisée, je posai mon front sur l'épaule de Théo. Et ma tête se mit à tourner.

Quand je relevai la tête, j'aperçus Bev un instant. Elle avait l'air consterné, tendu, et fronçait les sourcils. Qu'est-ce qui... ? Mon Dieu – bien sûr. Elle avait parlé avec Théo toute la soirée et ça lui déplaisait de me voir danser avec lui. Je voulus me précipiter vers elle pour lui assurer qu'elle n'avait pas à s'inquiéter puisque *a)* il était de dix ans mon cadet – c'était un bébé, pour l'amour du ciel ! et que *b)* on ne faisait que danser. Il avait simplement eu pitié de sa pauvre vieille proprio, alors il lui avait fait faire un petit tour de piste. À notre gauche, Henry et Béa avaient l'air de *très* bien s'entendre : ils dansaient joue contre joue. Hum... Et maintenant, Théo et moi passions juste à côté de Ted et Miss Lardon. Heureusement que Théo était beau garçon, au moins. Enhardie par le vin, j'eus le courage de croiser le regard de Ted. Rien qu'une fraction de seconde. Droit dans les yeux. Malgré mon ivresse, je vis qu'il était blessé. Eh bien, c'était de sa faute, songeai-je amèrement. Soudain, je ressentis une douleur violente au front.

— Ouille !
— Qu'est-ce qu'il y a, Rose ? chuchota Théo.
— J'ai vraiment mal au crâne.
— Tu voudrais t'asseoir ?
— Oui, je t'en prie. Non !

Parce que maintenant, l'orchestre jouait *Every little thing she does is magic*, l'une de mes chansons préférées. Henry faisait tourner Béa dans tous les sens, puis je le vis foncer vers Bev, la faire rouler jusqu'à la piste et danser avec elle en faisant des pirouettes autour de son fauteuil, qu'il faisait tournoyer vigoureusement. Puis, soudain, il l'attrapa par la taille, la souleva et la fit virevolter. Sa ceinture de satin bleu flottait derrière elle comme la queue d'une comète, tandis qu'elle renversait un visage ravi ; il la fit tourner encore deux fois, avant de la déposer sur son fauteuil, écroulée de rire. Théo s'interposa et dansa avec Beverley tandis que Henry dansait avec Béa et moi. Que Ted et Miss Rillettes aillent se faire foutre ; on s'amusait comme des fous. Je me serais mieux amusée, pourtant, si je n'avais pas eu si mal au crâne. J'étais sur le point d'aller me rasseoir lorsque Ulrika Most monta à nouveau sur le podium.

— Mesdames et messieurs, je me permets de vous interrompre juste un instant pour décerner les prix des meilleurs costumes.

Au son des trompettes et au roulement des tambours, nous nous retirâmes jusqu'aux limites de la piste de danse.

— La tâche n'a pas été facile, dit Ulrika en brandissant trois enveloppes dorées. Vous êtes tous superbes. Mais le comité organisateur et moi-même avons tout de même voté pour les invités les mieux déguisés. Je vais donc annoncer les gagnants, en ordre décroissant. Le premier prix est attribué...

Elle ouvrit l'enveloppe.

— Au *Thérapeute* de Magritte !

Nous applaudîmes à tout rompre l'étonnant personnage, mi-cage d'oiseau, mi-businessman, qui s'avançait lentement pour recevoir son prix.

— Et le deuxième prix est attribué à... la *Marilyn* de Warhol !

Nous acclamâmes la Marilyn sérigraphiée qui s'avança pour recevoir son enveloppe. Elle pivota deux fois sur elle-même et s'inclina profondément.

J'avais l'impression que quelqu'un essayait de me percer la tête avec une Black & Decker mal aiguisée. Je fermai les yeux. Mais ça me donnait le tournis et je les rouvris. Théo avait posé une main sur mon bras.

— Et le troisième prix, annonça Ulrika, est attribué à un très authentique *Juin Flamboyant* de Lord Leighton... *Juin Flamboyant ?*

— C'est toi, souffla Théo.

— Ah. Oui.

Je me faufilai à travers la foule et traversai la piste, qui semblait soudain très éloignée du podium. Ce faisant, j'étais vaguement consciente de trois choses. Un, que ma tête était sur le point d'exploser comme une grenade. Deux, que les chaussures d'Ulrika étaient vraiment scintillantes sous les spots. Et trois, que l'homme auquel j'étais toujours mariée était là. Je jetai un coup d'œil vers Ted. Faux – il n'était plus là. Lui et Miss Rillons étaient en train de sortir.

— Félicitations, dit poliment Ulrika en me tendant une main élégante.

Je l'agrippai plus que je ne la serrai, de peur de m'écrouler. Le visage d'Ulrika se brouilla, puis redevint net un instant.

— Bravo, dit-elle avec un sourire crispé.

— Meuurci, gémis-je en prenant l'enveloppe dorée qu'elle me tendait.

— Est-ce que ça va ? demanda-t-elle.

— Quoi... ?

Ma tête me faisait tellement mal que j'aurais voulu qu'on me guillotine sur place.

— Ça... va, marmonnai-je. Ça va très bien.

J'étais sur le point de faire demi-tour quand je sentis la salive jaillir dans ma bouche. Je me penchai en avant, agrippant le pied du micro un instant et fermai les yeux. Quand je les rouvris, je fus stupéfaite de découvrir une flaque de vomi jaune poussin sur les chaussures pailletées d'Ulrika Most.

7.

Je ne me souviens pas très bien de ce qui s'est passé après ça. J'eus vaguement conscience d'un cri d'horreur collectif, puis de voix individuelles.

— Mon Dieu, elle est bourrée.
— Elle est peut-être malade.
— Appelez un médecin !
— Non, appelez Charles Saatchi ! Il paierait une fortune pour ça !

Je me rappelle aussi vaguement qu'on m'a sortie du Courtauld dans le fauteuil roulant de Bev – qui était assise sur mes genoux – les jumelles me félicitant d'avoir vomi sur les pieds d'Ulrika, plutôt que sur sa robe.

— C'étaient de si jolies chaussures, gémis-je pendant que nous cherchions un taxi sur la Strand. Elles étaient vraiment brillantes. Mon Dieu !

— De toute façon, Klimt est un peu indigeste, observa Bella.

— Oui, c'est dégoûtant, au fond, cette décadence, renchérit Béa.

— Ne t'inquiète pas, Rose, ajouta Henry pour me rassurer. Des tas de gens étaient déjà partis avant que tu gerbes.

— Ted était parti, vous en êtes sûrs ?
— Oui, dirent les jumelles.
— Sûres et certaines ?
— Sûres et certaines.
— Merci mon Dieu !

Néanmoins, j'étais effondrée. Et tout était de la faute de Ted. S'il n'avait pas été là avec Miss Goret, mon comportement aurait été irréprochable.

Lorsque je me réveillai le lendemain matin, tout habillée, ensevelie sous un linceul de gueule de bois, je compris que Théo m'avait aidée à grimper l'escalier, qu'il avait retiré mes chaussures, tiré la couette sur moi et placé une carafe d'eau, ainsi qu'un seau, au pied de mon lit.

— Merci, gémis-je en avalant deux Nurofen dans la cuisine. Et... Pardon. J'ai dû te faire honte.
— Un peu, répondit-il franchement.

Ce gars-là ne mâche pas ses mots.

— Ha ha ha ! vociféra Rudy.
— Je vais m'obliger à relire ma brochure sur l'abus d'alcool, ajoutai-je d'une voix pâteuse. Je n'avais pas été aussi pétée depuis mes dix-huit ans. C'était le stress.
— À cause de ton ex-mari ?
— Enfin, mon futur ex-mari, oui.
— Tu l'as appelé ton « ex-mère » hier soir.
— C'est vrai ?
— Qu'est-ce que tu voulais dire par là ?
— Rien. Ma langue a fourché. Enfin, tu t'es bien amusé ? m'enquis-je en sirotant mon thé nature.
— Oui. C'était géant.

Il m'adressa son petit sourire en coin.

— Tes amis sont sympa, reprit-il. Au fait, j'ai récupéré ceci.

Il me tendit une enveloppe dorée. Elle contenait un chèque-cadeau pour un dîner au River Café. Je le portai à Bev. Je voulais me faire pardonner de m'être arsouillée, et d'avoir flirté avec Théo, alors que je savais qu'il lui plaisait.

— Mais c'est à toi ! protesta-t-elle lorsque je lui remis mon prix. Tu l'as gagné.

— Je veux te l'offrir.

— Pourquoi ?

— C'est ma pénitence, expliquai-je, penaude, tandis que Trevor me faisait entrer. Je t'en prie. J'ai gâché ta soirée. Ça ne serait pas arrivé si Ted n'avait pas été là. J'ignore pourquoi il y était, d'ailleurs. Ça m'a fait un choc monstrueux.

— Je crois que je sais, dit Bev prudemment en remplissant la bouilloire. J'ai remarqué qu'ils étaient à la table de l'un des membres du comité, Gill Hart. Je devais parler à Gill ce matin et elle m'a dit qu'elle et... l'amie de ton mari...

— Sa maîtresse, tu veux dire. Qui a d'abord été notre conseillère conjugale.

Bev grimaça.

— Oui. Tu m'as raconté. Enfin Gill m'a dit qu'elle et cette fille étaient allées en fac ensemble. Et, bon, tu sais combien je suis curieuse. Je n'ai pas pu m'empêcher de demander à Gill ce que devenait Mary-Claire. Elle m'a appris qu'elle est sur le point d'être radiée, pour avoir transgressé le code déontologique de Résoudre. Apparemment, ils ont mené une enquête interne et, après Noël, elle va être virée à grands coups de pied dans le...

— Génial ! Ils me laisseront peut-être les administrer moi-même. Mon prof de boxe thaïe dit que j'ai un sacré coup de pied... Enfin, si j'avais su qu'ils seraient là, je n'y serais pas allée.

— Je comprends. Si Jeff s'était pointé avec sa nouvelle amie, j'aurais été dans le même état. Mais c'est compliqué, à Londres ; les gens se connaissent. Tu sais ce qu'on dit : il n'y a que six degrés de séparation entre chaque personne sur terre.

— Six ? Là, c'est plutôt trois, ou même deux. Enfin, je suis désolée d'avoir pourri ta soirée, ajoutai-je pendant qu'elle me resservait du café. Voilà ce que j'étais venue te dire.

— Tu n'as rien gâché du tout. J'ai passé une soirée merveilleuse. Gill dit que nous avons collecté quarante mille livres – de quoi entraîner cinq chiots – et j'ai trouvé tes amis très sympa.

— À propos, l'interrompis-je, inquiète, je voudrais juste te prévenir que, si j'ai flirté avec Théo, c'est seulement parce que Ted était là avec Mary-Claire.

— Ah, fit-elle d'une petite voix. Je vois.

— En plus, j'étais complètement ivre, comme tu le sais. Mais je n'ai aucun intérêt pour lui, sauf en tant que propriétaire, alors...

— Oui ?

— ... la voie est libre. Je voulais te le dire, pour que les choses soient claires.

— Mais qu'est-ce qui te fait penser que ça m'intéresse ?

Sa susceptibilité et le point rose qui s'était allumé sur chacune de ses pommettes la trahirent.

— Eh bien, parce que... tu as passé la soirée à

parler avec lui, et puis... Écoute, quand je dansais avec lui, j'ai remarqué que tu ne paraissais pas précisément enchantée.

— Ah bon ?

Elle semblait sincèrement étonnée.

— Non. En fait, tu avais l'air assez contrarié. C'était un slow, j'y suis allée un peu fort dans la boisson, alors je me suis dit...

— Eh bien tu te trompes, soupira-t-elle. C'était à cause de cette chanson, qui dit « Si seulement je pouvais voler ». Ça me déprime toujours, parce que je sais très bien que je ne peux pas voler, même pas marcher. Et l'idée d'être bloquée dans ce fauteuil, déguisée en ballerine, à me dire « je ne peux pas danser »...

— Je suis désolée. Je pensais juste que tu l'aimais bien, alors je voulais te rassurer, c'est tout.

— Théo est en effet adorable, acquiesça Bev en caressant la tête de Trevor. Et très mignon, en plus.

J'y réfléchis un instant.

— En effet. Je n'y avais jamais songé.

— Et il a été très malheureux ces derniers temps.

— Il t'en a parlé ? De sa femme ?

— Oui. Tu sais, Rose, j'ai simplement envie qu'on soit amis, lui et moi. Je n'éprouve pas le moindre sentiment amoureux pour lui. J'espère que tu me crois.

— Évidemment, mentis-je.

Je vis que j'avais touché un point sensible et décidai de changer de sujet.

— Les jumelles se sont bien amusées, repris-je. Bella s'est fait draguer par un Jackson Pollock – un beau mec – et Henry s'entend très bien avec Béa.

— Oui, dit-elle en touillant son café.
— Et tes amis avaient l'air de s'amuser, eux aussi.
— Oui, c'est vrai.

Un silence embarrassé nous enveloppa quelques instants.

— Rose, reprit Bev d'un ton faussement détaché, je voulais te demander quelque chose.
— Tout ce que tu veux.
— Je me demandais...
— Oui ?
— Eh bien, c'est plutôt gênant, en fait.
— Ne t'inquiète pas. Demande.

Elle fixa le parquet, puis releva les yeux.

— Je me demandais si... si ça ne te dérangerait pas de rapporter mon costume à la boutique, c'est tout.
— Mais bien entendu.

Qu'est-ce qu'il pouvait bien y avoir de gênant à ça ?

Trois jours ont passé depuis le bal et j'ai tenté d'oublier mes exploits. J'ai présenté mes excuses à tout le monde et envoyé un gros chèque à Ulrika. Alors pourquoi continuer à me torturer ? Je me suis auto-analysée jusqu'à en conclure que, même si je me suis très mal conduite, je ne peux pas revenir en arrière. Mieux vaut donc oublier. De toute façon, je suis très douée pour refouler les souvenirs désagréables. Je les enferme dans un compartiment de mon esprit, dont je verrouille la porte. C'est un talent que j'ai acquis enfant. Je ne rumine pas mes humiliations... C'est terminé, ce qui est fait est fait. De plus, la soirée a eu des effets positifs alors, malgré tout, je suis ravie d'y être allée.

Tout d'abord, Théo et Beverley ont fait connaissance. Oui, je sais ce qu'elle prétend mais je ne la crois pas – pourquoi, sinon, toutes ces dénégations ? Et puis, sans vouloir paraître prétentieuse, je suis assez douée pour lire entre les lignes. Et je parie que Bev est simplement gênée par l'écart d'âge de six ans entre elle et Théo. En outre, elle a de bonnes raisons d'être prudente, après ce que Théo a vécu. Je n'ai d'ailleurs aucun mal à les imaginer ensemble. C'est comme s'ils avaient une sorte de lien karmique. Tout en balayant les feuilles mortes dans le jardin, j'eus soudain la vision d'un mariage dans, quoi, dix-huit mois ? Trevor était le garçon d'honneur, avec un ruban blanc autour du cou. La réception avait lieu au Planétarium, ou bien peut-être à l'Observatoire de Greenwich. Nous venions de terminer le déjeuner nuptial et Théo faisait un discours.

— C'est un jour merveilleux pour moi, fit-il, la voix tremblante d'émotion, après une période douloureuse et difficile. Mais tout a changé quand j'ai rencontré Bev : elle a ramené le soleil dans ma vie. Notre bonheur n'aurait jamais été possible sans...

Il se tournait vers moi :

— ... sans notre chère amie, Rose Costelloe. À Rose Costelloe ! disait-il en levant son verre, tandis que je souriais en rougissant.

Je voyais maintenant la naissance de leur premier enfant. Ils me demanderaient d'être la marraine du bébé. Et, devinez quoi ? Elle porterait mon prénom ! J'étais si émue que, tout en déterrant un énorme pissenlit, j'eus du mal à retenir mes larmes. Quel privilège, de pouvoir faire le bonheur des autres ! Quelle joie, de régler leurs problèmes ! Henry et Béa, par exemple : c'est grâce à moi, aussi, qu'ils s'étaient rencontrés. Soudain, j'assistais à leur mariage, à Ashford, où les parents des jumelles habitent toujours. D'ailleurs – oui, évidemment – c'était un double mariage, parce que Bella épousait le Jackson Pollock qu'elle avait *aussi* rencontré grâce à moi, indirectement. Les jumelles portaient des robes de mariée identiques en soie crème, signées Vera Wang, et, bizarrement, Henry aussi... J'étais en train de me représenter le spectacle lorsque le téléphone sonna.

— Salut, dit Béa. Tu fais quoi ?
— Mariage. Euh, je veux dire jardinage.
— En décembre ? Tu es folle. Enfin, j'ai quelque chose à te dire. À propos de Henry.
— Laisse-moi deviner. Il t'a demandé de sortir avec lui ?
— Non. C'est moi qui le lui ai proposé, en fait.
— C'est très culotté de ta part.
— J'ai décidé qu'il était inutile de traîner. J'ai trente-sept ans, il me plaît beaucoup, alors je vais être franche et directe. Et puis Henry est tellement marrant, gloussa-t-elle. Enfin, quel sens de l'humour, de se déguiser en femme !
— Euh, oui.
— Tu n'avais pas l'intention de le reprendre, Rose ? s'enquit Béa soudain alarmée. Après tout, tu l'as connu avant moi.

Je revis Henry dans sa robe de cocktail en soie noire, ses mules et son boa en cygne.

— Non. Il est génial, dis-je. Mais c'est fini entre nous.

— Et tu sais qu'il nous a parlé d'une boutique à louer sur High Street Kensington ? Avec Bella, nous sommes allées la voir hier, et ce matin on signe le bail. C'est un peu loin du centre, alors on en a obtenu un bon prix. Elle est parfaite.

— Que de bonnes nouvelles... Et comment va Bella ?

— Elle est folle de son nouveau mec. C'est Sean par-ci et Sean par-là – il y a de quoi gerber. Mais je m'en fiche, parce que j'ai rencontré Henry. Cela se voit, quand on plaît à un homme, non ? reprit-elle gaiement. On a tout de suite flashé. À propos, j'ai eu l'impression que Théo et Bev s'entendaient bien...

— Oui, acquiesçai-je. En effet. Beverley fait sa timide, et lui, il traîne quelques casseroles avec sa séparation, mais... affaire à suivre.

— Je voulais te demander ce que tu faisais à Noël, fit Béa. Tu veux venir à la maison avec nous ? Nous partons demain.

Noël à Ashford ? Non merci.

— C'est très gentil, Béa, dis-je prudemment. Je ne suis pas sûre de vouloir retourner là-bas. Tu comprends, tous ces souvenirs...

— Hum. Je pensais bien que tu me répondrais ça. Alors tu vas faire quoi ?

— Rester ici. Seule.

— Mais c'est sinistre !

— Non, ça ne m'ennuie pas.

— Et Bev ?

— Elle va voir ses parents à Stevenage demain, puis elle part en Écosse.

— Et Théo ?

— À Leeds, chez ses parents. Mais je pourrai parler à Rudy, et puis j'ai une tonne de courrier en retard. Sincèrement, Béa, ça ira.

— Oh, quand j'entends chanter... Noël ! roucoulait Rudy le 24 décembre. Bonsoir, voici notre bulletin d'information !

J'entendis le bruit métallique de la boîte aux lettres et allai ramasser la deuxième livraison de courrier. Il y avait une invitation pour le prochain déjeuner des Madames Détresse en janvier et une poignée de cartes de Noël. Une du bureau de la rédaction en chef, signée – ou plutôt tamponnée – par Ricky et son adjoint, Pete. Une de la compta, signée par quinze personnes que je n'avais jamais rencontrées. Une de notre astrologue, Cynthia, contenant ma charte astrologique pour l'année à venir. Grâce à la « générosité de Jupiter » je pouvais m'attendre à des « changements étonnants » dans ma vie. Je ne veux plus de « changements étonnants », songeai-je. J'en ai eu plus que ma part cette année. J'ai déjà déménagé deux fois et raté mon mariage. Dans la série des traumatismes majeurs, il ne me manque plus que le chômage et un décès. Il y avait aussi cinq cartes de vœux envoyées par les services de presse de divers éditeurs. Les autres me venaient d'amis. « J'espère que ça va », en était le leitmotiv – référence pleine de tact à mon futur divorce. Autre refrain : « Il faudra qu'on se voie bientôt. » Je griffonnai quelques réponses à ces vœux tardifs. De toute façon, je m'en fichais. Ma seule concession à la saison des fêtes, cette année, était une guirlande passée à travers les branches de mon saule pleureur. Si j'en avais eu les moyens, je me serais réfugiée, seule, sur une île lointaine du Pacifique... La dernière carte que j'ouvris venait de London FM. Elle représentait un arbre de Noël décoré de cœurs rouges : *À ma très chère Rose, ma Madame Détresse préférée du monde entier et une amie très spéciale. Avec toute mon affection, Colin Twisk. XXXXX. P.S. Vos merveilleux conseils ont marché !* Je fixais avec un certain malaise les petites croix près de sa signature lorsque le téléphone sonna.

— Allô ?

Silence. Puis un souffle, plus rauque encore que la dernière fois. J'inspirai profondément, raccrochai et hurlai :

— Espèce de branleur !

J'entendis soudain les pas de Théo dans l'escalier.

— C'est à moi que tu parles ? sourit-il.

— Non. Je viens d'avoir un autre appel anonyme. Ça n'arrête pas, Théo, c'est...

— Exaspérant ?

— Oui.

Je composai le 3131. Numéro inconnu.

— Tu devrais appeler British Telecom ou bien la police.

— Je ne peux pas. Je n'ai pas encore reçu de menaces.

— C'est ce que je ferais, à ta place. Enfin, je pars rejoindre le... euh... cocon familial ! annonça-t-il en levant les yeux au ciel. Je rentrerai le 28. J'espère que ça va aller, Rose.

— Ça ira très bien, murmurai-je. Merci.
— N'oublie pas de mettre la chaîne à la porte.
— Non.
— Et filtre tes appels.

Je hochai la tête, émue par son inquiétude.

— Bon, bien alors je t'abandonne, lança-t-il gaiement en passant son manteau.

Je ressentis comme un coup de couteau au plexus.

— Qu'est-ce qu'il y a, Rose ? Tu as l'air de souffrir ? Qu'est-ce qui t'arrive ? J'ai dit quelque chose ?
— Oui.
— Quoi ?
— En fait, je déteste cette expression.
— Laquelle ?
— Je t'abandonne.
— Ah, et pourquoi ?
— Parce que Ted n'arrêtait pas de l'employer. Et c'est précisément ce qu'il a fait.

Théo me dévisagea.

— Dans ce cas, je vais me contenter de te souhaiter un très joyeux Noël.
— C'est mieux. Merci. Toi aussi.

L'absence de Théo me troublait curieusement – on s'habitue aux gens, pas vrai ? – et je décidai de faire un peu de rangement. Ça me change toujours les idées. Je me suis attaquée à mon dressing – j'aime que mes vêtements soient soigneusement triés par couleur (et saison, évidemment) – puis j'alignai mes chaussures. Je fis le ménage dans mon sac à main, remettant chaque article dans son compartiment. Puis, je fis celui de la maison. En passant l'aspirateur sur le palier, je remarquai que la porte de la chambre de Théo était entrouverte. Je décidai de passer un coup rapide d'aspirateur sur sa moquette. Il avait un peu rangé depuis la dernière fois. Les livres étaient sortis de leurs cartons et posés sur les étagères et les posters, affichés au mur. Il y avait une carte des étoiles, blanches sur un fond bleu nuit. Je contemplai les constellations : la Grande Ourse, la Petite Ourse, Castor et Pollux – les Gémeaux, c'est mon signe. Je n'avais jamais entendu parler des autres : Bellatrix, Carina, Delphinus, Sculptor, Phoenix, Aquila et Lynx. Il y avait aussi une grande carte de la Lune, avec sa surface grise, tavelée de cratères aux noms poétiques. *Oceanus Procellarum*, *Mare Humorum*, *Mare Serenitas*... J'aimerais bien moi aussi me sentir sereine, songeai-je en examinant le reste de la chambre.

La nuisette en soie dépassait toujours de sous l'oreiller – le pauvre. Je contemplai la photo dans son cadre d'argent : c'était sa femme, sans doute. Elle était blonde, ravissante, avec un visage ovale et un sourire superbe. Je fus soudain frappée par sa ressemblance avec Théo – il est vrai qu'on est souvent attiré par son propre type physique. À mon grand étonnement, elle n'avait pas l'air dur et ambitieux, comme je m'y attendais, mais pleine d'humour, comme si un rien pouvait l'enchanter ou l'amuser. Pauvre Théo. Il devait l'adorer. Leur rupture avait dû être l'enfer pour lui. Je refermai sa porte et descendis. Le voyant rouge du répondeur clignotait – le bruit de l'aspirateur avait dû masquer la sonnerie.

— Rose, c'est Henry ! entendis-je, à mon immense soulagement. Je suis dans le Wiltshire avec ma famille. Merci de m'avoir invité à ce bal. Ça a été... une soirée très spéciale. J'imagine que tu sais que Béa a rappelé, ajouta-t-il avec un rire embarrassé. C'est une fille super. Très marrante. Je vais la revoir très bientôt. En tout cas, je te souhaite malgré tout de passer un joyeux Noël, Rose. Et une merveilleuse année.

Suivit un petit air de Noël chanté en baryton, et un long bisou qui ressemblait au bruit de l'eau aspirée par la bonde dans la baignoire, et il raccrocha.

Si j'étais sûre d'une chose, c'était bien de ne pas passer un « joyeux Noël ». Mais qu'y pouvais-je ? J'avais eu raison de ne pas retourner dans le Kent. À vrai dire – je ne sais d'ailleurs pas pourquoi je vous en parle –, je n'ai jamais réellement apprécié mes Noël là-bas. Nous restions la moitié de la journée à l'église, il n'y avait pas la télévision parce que mes parents étaient contre. Nous écoutions la reine à la radio et, quand l'hymne national jouait, il fallait se lever ! Puis les deux vieilles tantes célibataires de maman nous rejoignaient. Elles étaient ennuyeuses à pleurer. J'entendais le rire des jumelles à travers le mur, et le bruit de leur télé. Je pressais tellement mes parents d'aller jouer chez les voisins, qu'ils finissaient par y consentir. « À condition que tu ne déranges pas », disait maman.

Elle le répétait tout le temps. « Il ne faut pas que tu déranges », m'avertissait-elle chaque fois qu'on m'invitait quelque part. « J'espère qu'elle n'a pas dérangé ? » demandait-elle anxieusement quand elle passait me reprendre. Et les autres mamans disaient toujours très gentiment : « Mais non, pas du tout. Elle est sage comme une image. »

En y repensant, je crois que c'était vrai. J'étais beaucoup trop timide pour faire des bêtises. Ma haute taille me complexait affreusement. Cela ne me gêne plus maintenant – au contraire, j'aime beaucoup – mais, enfant, je détestais être aussi grande. Et puis c'était comme si mes parents devaient toujours s'excuser pour moi ; comme s'ils avaient honte de leur « fille » à l'aspect si bizarre, dont on devinait au premier coup d'œil qu'elle n'était pas d'eux. Mais ils ne pouvaient pas savoir, en m'adoptant, que je ferais pratiquement un mètre quatre-vingts dès l'âge de douze ans. De toute façon, je n'étais pas invitée très souvent, parce que ma mère ne permettait presque jamais à mes amis de revenir chez nous. Comme je l'ai déjà dit, maman était une ménagère fanatiquement propre et elle n'aimait pas trop le « bruit » et le « désordre ».

Pour être parfaitement et, oui, brutalement franche, je ne crois pas que mes parents aimaient tellement les enfants. Au point que je me demandais souvent pourquoi ils m'avaient voulue. Enfin, pourquoi un couple de quarante-trois ans, sans enfants après quinze ans de mariage, avait-il brusquement décidé d'adopter un bébé ? Je ne découvris la réponse qu'après leur décès, alors que je triais leurs papiers.

Par contraste, Noël l'an dernier avait été l'extase. Ted et moi, on était restés en tête à tête sans quitter la maison. En allumant la radio, je repensai amèrement à lui et à ma « successeuse » porcine, confortablement installés au coin du feu. Je la vis soudain sur l'un de nos plats de service Wedgwood, ficelée, farcie et glacée au miel, affichant une expression de stupéfaction sur sa petite figure de porcelet, avec une grosse pomme dans la gueule...

Bon, rien de tel que les problèmes des autres pour oublier les siens.

Il ne veut plus de moi, je n'en peux plus, lus-je. *Ma femme a rencontré un homme sur le Net... Mon fils ne veut plus me voir depuis douze ans... les querelles de mes voisins m'empêchent de dormir toute la nuit...*

J'avais déjà rédigé vingt réponses quand je me rendis compte qu'il faisait noir. Je descendis au salon pour tirer les rideaux, lorsque j'entendis le grincement caractéristique de la grille d'entrée. Je regardai par l'œilleton. Non. Pas encore. Les pêcheurs d'âmes...

— Bonsoir, madame ! dit le premier poliment en soulevant son chapeau.

— Je suis désolée, mais je vous ai déjà demandé de ne pas passer.

— Mais nous voudrions partager avec vous la joie de l'amour de Dieu. Avez-vous cinq minutes de votre précieux temps à nous accorder ?

— Non.

— Mais Jéhovah attend de vous accueillir dans son Royaume glorieux !

— Il attendra longtemps.

— Mais Jésus vous aime, Miss Costelloe !

— Ils disent tous ça...

Hein ?

— ... comment savez-vous mon nom ?

— Parce que vous êtes sur la liste électorale.

Ah. Évidemment.

— Écoutez, dis-je d'une voix lasse, vous perdez votre temps. Je n'aime pas la religion organisée et je ne crois pas en Jésus. Joyeux Noël. Au revoir.

Je fermai la porte à double tour, remis la chaîne et m'installai devant la télé. Un Jimmy Stewart euphorique apparut à l'écran, courant à travers Bedford Falls. « Joyeux Noël à tous ! criait-il. Joyeux Noël ! »

La vie est merveilleuse, n'est-ce pas ? Non.

Le lendemain, pendant que la majorité de mes compatriotes se bâfraient, regardaient la télé et s'engueulaient, je travaillais. À 19 h 30, je glissai dans un sac trente-trois réponses prêtes à être postées et m'ouvris une bouteille de vin. Oui, je sais, c'est censé être très dangereux de boire seule, on glisse sur la mauvaise pente, etc. Mais, pourquoi pas ? C'est Noël. Je suis furieuse et j'ai bossé nonstop toute la journée. Quarante minutes plus tard, j'avais descendu presque toute une bouteille d'assez bon merlot, lorsque j'entendis la grille grincer à nouveau. Puis on sonna et je me raidis, prête à d'autres emmerdements.

Bergers rassemblons-nous..., chantaient des voix enfantines. Soulagées, je tendis le bras vers mon sac. *Allons voir le Messie...* Mais où était-il ? Ah, ici. *Regardez, il nous appelle tous...* Je regardai par l'œilleton et retirai la chaîne. *Noël, fils de Marie...* Ils étaient cinq sur le pas de ma porte, âgés de sept à douze ans. Des gamins du quartier qui voulaient se faire un peu d'argent de poche. Mais leurs voix étaient cristallines et douces... J'ouvris mon portefeuille. Cinq livres, ça devrait aller. Mais je n'avais qu'un billet de vingt... Ah, et puis tant pis.

— Vous partagerez entre vous, dis-je en le tendant au garçon le plus âgé. Et n'achetez pas de cigarettes avec.

— Non, non ! Merci, madame.

— Ouais. Merci, fit un garçon plus jeune. Si vous voulez, on peut vous en chanter une autre.

— Même deux autres, renchérit généreusement une petite fille.

— Ça va. Une, ça suffit.

— Joyeux Noël ! clamèrent-ils en partant. Dieu vous bénisse !

— Et que Dieu vous bénisse aussi, répliquai-je. Bon, Rudy, je crois que je vais me coucher, dis-je un peu étourdie par le vin.

Je recouvris sa cage.

— Bonne nuit !

Il n'était que 20 h 50 mais j'étais morte de sommeil ; le travail, le vin et la mélancolie des fêtes m'avaient épuisée. Ma tête tomba sur l'oreiller comme une brique. Je fis des rêves bizarres. J'ai rêvé de ma mère – ma « vraie » mère, plus précisément. Nous nous rencontrions enfin. À la prison Old Bailey. Elle était sur le banc des accusés. J'étais l'avocate de la partie publique, coiffée d'une perruque, et je lui faisais subir un contre-interrogatoire. Ma voix, d'abord timide, devint de plus en plus forte jusqu'à ce que je sois littéralement en train de l'accuser de m'avoir abandonnée et en lui disant ne plus jamais, jamais revenir. « Comment as-tu pu faire ça ? criais-je. Comment ? Comment ? »

Elle semblait honteuse et consternée. Je fais de temps en temps ce rêve et il me met toujours de bonne humeur, comme si on m'enlevait un poids. Puis j'eus un rêve érotique avec Ted, ce qui me perturba, et ensuite un cauchemar avec Citronella Pratt. Elle me regardait d'un air compatissant et disait : « *Pauvre* Rose. Tu as *tellement* de problèmes, n'est-ce pas ? Ah, je suis tellement triste pour toi. »

J'étais sur le point de lui demander pourquoi elle me prenait de haut comme ça, alors qu'il était de notoriété publique que son mari l'avait quittée pour un homme, sans oublier le fait qu'elle avait perdu sa rubrique merdique dans le *Sunday Semaphore* et qu'elle en était maintenant réduite à faire la Madame Détresse dans un hebdo bas de gamme, *Get ! Magazine*, quand quelque chose me réveilla.

Je me redressai toute droite dans mon lit, fixant l'obscurité, tendant l'oreille. J'avais bien entendu quelque chose. J'en étais sûre. Quoi ? Voilà que ça recommençait ! Le grincement de la grille d'entrée. Ça recommençait puis ça s'arrêtait, comme si quelqu'un essayait de l'ouvrir sans être entendu. Je jetai un coup d'œil au cadran lumineux de mon réveil et mon cuir chevelu picota – il était 2 h 30. Le cœur battant, je tentai de me rappeler si j'avais remis la chaîne à la porte. Je l'avais retirée quand les petits chanteurs étaient venus. Avais-je pensé à la remettre ? J'étais tellement épuisée, déprimée et pétée que j'avais peut-être oublié.

Je bondis vers la fenêtre et, en faisant attention de ne pas toucher les rideaux, je regardai à travers l'interstice minuscule. La grille était bien ouverte, mais je ne voyais personne – peut-être un chat ou un renard. Je guettai le jardin pendant une minute environ, puis poussai un soupir de soulagement – plus rien. J'allumai ma lampe de chevet et me préparais à descendre pour vérifier si la chaîne était sur la porte lorsque l'escalier grinça. Mon Dieu... Encore un grincement... Encore un. Il y avait quelqu'un dans la maison. Terrorisée, j'essayai de me rappeler où j'avais laissé mon téléphone portable. Puis je me souvins – il était dans la cuisine, en train de recharger. Eh merde, *merde* ! Je cherchai frénétiquement un objet avec lequel je puisse me défendre : un appuie-livre en marbre, peut-être, un parapluie ou ma lampe de chevet en albâtre. Je me demandai si j'arriverais à me défendre grâce à la boxe thaïe... Et s'il avait un couteau ? J'entendis encore une marche grincer, puis une autre. J'étais au bord des larmes tellement j'avais peur. Si je n'avais rien vu de la fenêtre, c'était parce que l'intrus était déjà à l'intérieur. J'avais bel et bien oublié de remettre la chaîne. Et j'allais le payer de ma vie.

Mon pouls avait doublé de vitesse et je haletai. Je m'allongeai par terre et rampai sous mon lit, tâchant de respirer silencieusement par le nez : les pas dans l'escalier s'approchaient de plus en plus. L'adrénaline filait dans mes veines, tel un incendie. Mes tripes se tordaient et je sentais la sueur me piquer les yeux. Mon cœur battait si fort que j'avais l'impression qu'il allait me crever la poitrine. Pendant un instant, les grincements s'arrêtèrent et le silence tomba... Il était à ma porte. Mes côtes me faisaient mal à force de retenir mon souffle. J'attendis que la poignée tourne. Mon Dieu, aidez-moi, je vous en supplie, priai-je. Je suis désolée d'avoir dit que je ne croyais pas en vous mais on m'a tellement gavée avec ça quand j'étais petite. Je vous en prie, s'il vous plaît, s'il vous plaît, s'il vous plaît, s'il vous plaît, *s'il vous plaît*, ne me laissez pas mourir. Et tandis que je prononçais mentalement ces mots, les pas reprirent, puis s'estompèrent légèrement quand l'intrus entra dans mon bureau. Il était dans mon bureau. Il fouillait mon bureau. Ensuite, il reviendrait ici et me trouverait. Il reviendrait ici et il me trouverait et il me tuerait... Brusquement, je sus quoi faire. Je me précipiterais en bas – en un éclair j'aurais gagné la rue.

Je me traînai de dessous mon lit, tâtonnai en tremblant pour trouver mes baskets et attendis une seconde en silence. Maintenant ! Je me précipitai hors de ma chambre et dégringolai l'escalier deux marches à la fois, pour atteindre le rez-de-chaussée en trois ou quatre bonds. Je fonçai vers la porte d'entrée et tirai, mais – mon Dieu, mon Dieu – elle était fermée à clé ! Je n'arrivais pas à le croire – cette saleté de fils de pute ! Il m'avait enfermée ! J'étais prise au piège ! Soufflant comme une forge, je fouillai la console de l'entrée pour trouver la clé de secours... Où était-elle ? Mon Dieu... Impossible de mettre la main dessus – *merde* ! Soudain, j'entendis des pas – doux Jésus ! – il descendait. Il fallait que je m'échappe par la porte du jardin et que je saute par-dessus la clôture. Sprintant vers la cuisine en ahanant comme un vieux basset, j'entendis les pas se rapprocher. Ma main tremblante venait de se poser sur la poignée de la porte du jardin quand...

— Veux-tu bien me dire ce que tu fabriques ?
Quoi ? Je fis volte-face.
— Qu'est-ce que tu veux dire, qu'est-ce que je fabrique, et toi, qu'est-ce que tu fabriques, espèce de *maniaque*, à rentrer en douce comme ça au beau milieu de la nuit sans m'avertir, j'ai failli crever de peur, merde !
— Désolé, dit Théo, consterné. Tu n'as pas eu mes messages ?
— NON !
— Mais je t'ai appelée, il y a quelques heures, pour te prévenir que je rentrais et que j'arriverais tard dans la nuit. J'ai laissé deux messages sur ton répondeur et un sur ton téléphone portable pour te demander de ne pas mettre la chaîne. Comme elle n'était pas mise j'ai cru que tu les avais eus.
— Non ! Je n'ai rien eu ! J'étais couchée.
Je m'effondrai, encore tremblante, sur une chaise, et me mis à sangloter.
— Je me suis couchée très tôt, alors je n'ai pas entendu le téléphone. J'ai cru que tu étais un cambrioleur, ou même l'obsédé du téléphone. J'étais complètement terrorisée.
— Désolé, murmura-t-il.
Il avait l'air blafard et épuisé. Il arracha une feuille de Sopalin pour me la tendre.
— Ne pleure pas.
— Et pourquoi es-tu entré dans mon bureau ?

demandai-je d'une voix d'une octave plus aiguë que d'habitude.

— Parce que tu avais laissé une lampe allumée. J'essayais de l'éteindre mais je ne trouvais pas l'interrupteur.

— Mais veux-tu bien m'expliquer pourquoi tu es ici ? Tu m'as dit que tu rentrais le 28.

— Eh bien...

Il soupira, me regarda, puis détourna les yeux.

— J'étais inquiet... pour mon livre. J'ai encore des tonnes de travail à faire, alors... j'ai pensé que je ferais aussi bien de rentrer.

— Alors tu es parti ?

— Euh oui. Voilà.

— Mais tu venais d'arriver.

— Je sais. Mais je me suis rendu compte que j'avais commis une erreur en y allant et que je ferais mieux de travailler.

Bizarre.

— Mais, Théo, comment as-tu fait pour aller de Leeds à Londres le jour de Noël alors que tu n'as pas de voiture ?

Il haussa les épaules.

— J'ai fait du stop.

8.

Au cours de la semaine qui suivit, je ne fis qu'apercevoir Théo ; il travaillait et moi aussi. La maison respirait la concentration, comme dans une bibliothèque universitaire avant les examens de fin d'année. Théo était beaucoup plus renfermé que d'habitude depuis ses vacances de Noël abrégées. Si je me faisais un thé, il attendait que je sois remontée dans mon bureau avant d'aller dans la cuisine. Si je regardais la télé, il ne me rejoignait pas au salon, comme auparavant. Il n'avait aucune envie de parler – c'était manifeste : il portait un panneau autour du cou qui disait « prière de ne pas déranger ». Son téléphone portable sonna à quelques reprises, mais il abrégeait toujours la conversation. Et puis, finalement, un soir, il refit surface...

Il était un peu plus de 22 heures et j'étais allongée sur le canapé, en train de lire la lettre d'une mamie terrible qui divorçait pour la quatrième fois et qui se demandait si sa fille enceinte n'était pas lesbienne, lorsque j'entendis ses pas dans l'escalier.

— J'ai terminé mon livre, annonça-t-il.

— Félicitations.

— J'ai révisé le manuscrit sept fois, et chaque fois j'ai trouvé des erreurs. Mais maintenant, je suis sûr qu'il est impeccable. Plus une pétouille. Il part à l'impression la semaine prochaine.

— Et il sort quand ?

— En mai.

— C'est rapide.

— Je sais.

Il se rendit à la fenêtre et écarta les rideaux.

— La nuit est belle.

— Vraiment ? marmonnai-je en griffonnant des notes sur mon bloc.

— Oui. Je crois que je vais sortir.

— Tu as une soirée de la Saint-Sylvestre ?

— Non. Je n'ai jamais apprécié ces réjouissances forcées du Nouvel An. Non, je vais simplement regarder le ciel.

— Bon.

— Tu veux venir avec moi ? demanda-t-il brusquement.

— Pardon ?

— Ça te dit ? ajouta-t-il en souriant. Le ciel est vraiment dégagé et la lune n'est pas trop pleine, alors je crois qu'on verra pas mal de choses.

— Eh bien...

— Allez. Pourquoi pas ?

Pourquoi pas ? Bonne question. La mamie terrible pouvait bien attendre.

— D'accord. Ça me dit, répondis-je avec un rire.

— Habille-toi chaudement, me conseilla-t-il. En astronomie, on passe beaucoup de temps sans bouger.

J'enfilai mon pull le plus épais, mon manteau et mes gants ; Théo apparut avec ses jumelles et son grand étui noir contenant le télescope. Les pavés étaient pailletés de gelée et nos souffles formaient des nuages cotonneux. Le gazon glacé de Holland Gardens crissait sous nos pas.

— Je vais l'installer près du terrain de jeux, précisa Théo. Il faut placer le télescope sur une surface plane ; s'il n'est pas stable, on ne voit rien du tout.

Pendant qu'il ajustait le trépied, je m'assis sur une balançoire et renversai la tête.

— On voit un grand morceau de ciel, d'ici, fit-il. Et il fait vraiment très sombre.

C'était vrai. Par-dessus le halo couleur Fanta de la ville, le ciel était d'un noir d'obsidienne percé de petits points de lumière.

— Combien d'étoiles, là-haut ? lui demandai-je.

— Tellement que l'esprit humain ne peut pas l'appréhender. Rien que dans notre propre galaxie, la Voie lactée, il y a plus de cent milliards d'étoiles – ce qui rend notre système solaire comparable à neuf grains de sable dans une cathédrale.

Neuf grains de sable dans une cathédrale...

— Je ne sais pas grand-chose de l'astronomie, regrettai-je.

— Je parie que ça te passe à des kilomètres au-dessus de la tête.

— Je serais incapable de distinguer un astéroïde d'un trou noir.

— Eh bien j'espère qu'après ce soir tu en sauras un peu plus.

— Alors tu comptes me dévoiler les mystères de l'univers ? m'enquis-je en riant.

— Je ferai de mon mieux. Tu sais ce que c'est qu'une galaxie ?

— Plus ou moins.

— C'est une ville d'étoiles. Il y a plus de cent milliards de galaxies dans l'univers. Certaines sont elliptiques, d'autres irrégulières, d'autres en forme de spirale, comme la nôtre. Notre galaxie a quatre bras, comme un soleil, avec une excroissance au milieu. Tu peux distinguer la Voie lactée ?

Si je renversais la tête et plissais les yeux, je pouvais tout juste apercevoir une bande très pâle.

— Je pense que je la vois, mais ce n'est qu'une sorte de tâche très pâle.

— On l'appelle ainsi parce que les Grecs trouvaient qu'elle ressemblait à une rivière de lait, *gala* en grec. D'accord...

Il retira ses lunettes et regarda par le viseur.

— C'est parti. Jette un coup d'œil.

Je me levai d'un bond, retirai mon gant droit, tirai mes cheveux en arrière et regardai. Je faillis m'évanouir d'émerveillement en me retrouvant face à face avec la lune. C'était comme si j'étais tout contre elle : c'était si net que je pouvais distinguer tous les cratères, les ombres et les mers.

— C'est sublime ! soufflai-je. C'est tellement... beau !

— C'est vrai. La Lune a des terres hautes et des terres basses, expliqua-t-il tandis que je me régalais les yeux. Les terres hautes sont couvertes de cratères créés par l'impact de météorites, il y a des milliards d'années ; cet énorme cratère vers le milieu, à gauche, c'est Copernic – tu le vois ?

— Mais oui !

— Les terres basses sont des zones où les cratères les plus grands ont été comblés par de la lave solidifiée, pour former les mers lunaires. Cette zone sombre au-dessus de Copernic, c'est la *Mare Imbrium*, et à côté, c'est la *Mare Serenitas* ou Mer de Sérénité.

— C'est incroyable de penser que nous sommes allés là-bas ! m'exclamai-je en me redressant pour regarder la Lune à l'œil nu. Je me rappelle parfaitement les premiers pas de l'homme sur la lune, repris-je avec enthousiasme. C'était en juillet 1969, nous avons regardé à l'école. C'était tellement excitant, tu te rappelles ?

Et puis, je me souvins.

— Je n'étais pas né, à l'époque.

Évidemment.

— J'aurais adoré le voir en direct, comme toi, mais je suis né en 1972.

Et moi, maintenant, j'avais l'impression d'avoir cent vingt ans.

— Bon, on va essayer autre chose, reprit-il.

Théo fit pivoter le télescope vers la droite, l'ajusta puis déclara :

— Oui... ah oui... très joli...

Je n'avais qu'une hâte : qu'il dégage pour me laisser regarder.

— C'est Saturne, agrandi trente-deux fois. Tu devrais pouvoir distinguer les anneaux.

Je me penchai sur le télescope et un disque brillant, encerclé d'un anneau argenté, remplit mon champ visuel.

— C'est incroyable !!! m'écriai-je. Mon

Dieu ! Je vois les anneaux ! Je peux voir les anneaux de Saturne ! répétai-je, incrédule. C'est tellement... magique !

J'avais envie de danser.

— Ils sont faits de quoi ? demandai-je, l'œil toujours collé au télescope.

— Ce sont des particules de glace pas plus grosses qu'un carré de sucre. Les Assyriens croyaient que c'étaient des serpents enroulés.

— Et c'est grand comment ?

— Saturne est gigantesque. C'est un géant gazeux, composé essentiellement d'hydrogène liquide. Donc, très léger. Si l'on pouvait trouver une baignoire assez vaste pour contenir cette planète, elle flotterait. Bon...

Il retira le viseur et en ajusta un autre.

— La voici, agrandie quatre-vingt-seize fois.

— Mais c'est fantastique ! m'étranglai-je en regardant. Je peux même voir l'espace entre les anneaux !

— On appelle ça la division de Cassini. Tu devrais aussi pouvoir distinguer les satellites. Ce gros machin à gauche, c'est Titan, la plus grande des lunes. Tu vois ?

— Oui. *Oui* !

— Saturne a dix-huit lunes, expliqua-t-il. L'une d'entre elles, Japhet, est noire sur une face et blanche sur l'autre. Bon, alors maintenant, cap sur Jupiter.

J'attendis en trépignant que Théo déplace à nouveau le télescope, le visage et les doigts engourdis de froid.

— Bien, dit-il alors que je tapais du pied. Mate ça.

— Ooooohhh ! gémis-je en regardant à travers le viseur. Aaaaaahhhh ! ! C'est incroyable, Théo. Elle est *énorme* !

— En effet. Jupiter est plus de mille fois plus grande que la Terre. D'ailleurs, elle occupe un volume supérieur à toutes les autres planètes réunies.

— Mais c'est insensé ! Elle est tellement *grosse* ! ! !

— Rose, ne crie pas, souffla-t-il en gloussant. Les gens vont se demander ce qu'on fabrique.

— Qu'est-ce que tu veux dire ?

— Tes... euh, tes bruits d'extase...

— Ah, pardon, c'est plus fort que moi, m'esclaffai-je.

Intérieurement, j'étais aussi bouleversée qu'un aveugle à qui l'on vient d'accorder la vue. J'avais envie de sauter dans tous les sens en riant. J'avais vu des photos des planètes dans les journaux, évidemment, mais les voir de mes propres yeux, c'était très différent.

— Jupiter est sublime, déclarai-je en regardant à nouveau par le télescope. Cet effet marbré, c'est étonnant.

— Ce sont des gaz. Jupiter tourne sur elle-même à une vitesse incroyable, ce qui produit des bandes de nuages colorés qui changent constamment. Tu peux voir les lunes ?

— Oui ! ! !

— Celle à droite, c'est Io – qui est très volcanique – et à gauche, c'est Europe. Les deux qui sont très rapprochées, plus bas, s'appellent Callisto et Ganymède.

— Callisto et Ganymède, répétai-je rêveusement. Quels noms ravissants. C'est céleste. Littéralement. Je me sens... dépassée.

Théo sourit.

— J'en suis heureux. Je pense souvent que les gens qui ne sont pas émus par le spectacle du ciel nocturne n'ont pas d'âme. Bon, alors maintenant, on va regarder les étoiles. La constellation d'Orion est toujours une valeur sûre à cette époque de l'année.

Il repositionna le télescope, y jeta un coup d'œil, puis recula pour me laisser regarder.

— Tu distingues la ceinture d'Orion ? Ces trois étoiles qui sont alignées ?

— Oui.

— Descends vers la droite, à cinq heures, tu vois la grosse blanche ? C'est Rigel, l'étoile la plus brillante d'Orion. Elle est soixante mille fois plus lumineuse que notre soleil... Et là, en haut et un peu vers la gauche, cette plaque un peu floue autour de quatre étoiles en trapèze ?

— Oui. Tout juste.

— C'est la nébuleuse d'Orion. Une sorte de pouponnière stellaire. C'est là que les nouvelles étoiles naissent.

— Des bébés étoiles ! Comme c'est adorable ! Comment ça naît, ces petits choux ?

— Ça ne fonctionne pas tout à fait comme la reproduction humaine, objecta-t-il très sérieusement. On n'a pas besoin d'une maman et d'un papa étoiles.

— Ah bon ?

— Non. Les étoiles naissent de la condensation

d'un nuage tourbillonnant de gaz et de poussière. La gravité pousse ces agrégats les uns vers les autres et la pression au centre dégage de la chaleur. Une fois les dix millions de degrés atteints, les réactions nucléaires se déclenchent, ce qui libère de gigantesques quantités d'énergie, et la combustion de l'étoile. Elles brûlent pendant environ quelques milliards d'années. Par exemple, notre soleil brûle depuis à peu près cinq milliards d'années et il a encore environ cinq milliards d'années devant lui.

— Alors il est au mitan de sa vie.

— Oui.

— Comme moi, ajoutai-je avec un rire sardonique.

— Non, dit-il doucement. Pas comme toi. Bon, alors au-dessus à gauche d'Orion, on trouve une étoile très lumineuse, Bételgeuse, avant d'arriver aux Gémeaux.

— C'est mon signe.

— Tu vois les deux étoiles très brillantes, là-haut ?

— Lesquelles ? Il y en a beaucoup.

— Ici. Suis ma main.

Il se plaça derrière moi et posa sa main gauche sur mon épaule – son contact soudain me fit un pincement au cœur. Puis il allongea le bras droit devant moi, et la manche de son blouson de ski frôla ma joue. Malgré le froid cinglant, je sentis une chaleur monter de ma poitrine vers mes joues.

— Tu vois maintenant ? me chuchota-t-il doucement.

Lorsqu'il parlait, je sentais la tiédeur de son

haleine contre mon oreille. Étrangement troublée, je scrutai le ciel et distinguai enfin deux étoiles de taille égale.

— Ce sont Castor et Pollux, les jumeaux célestes, dit-il. Les fils de Léda, qui furent transformés par Zeus en constellation afin qu'ils ne soient jamais séparés l'un de l'autre.

Je songeai à Bella et Béa.

— Et Orion, c'était un chasseur, non ?

— Oui. Il s'est vanté de pouvoir tuer n'importe quelle créature sur terre. Mais il avait oublié le Scorpion, qui est sorti de terre et qui l'a tué. Quand les dieux ramenèrent Orion à la vie pour le placer dans les cieux, ils y placèrent aussi le Scorpion, mais le plus loin possible de lui pour qu'ils ne se croisent jamais plus.

Il tira une fiasque en argent de sa poche.

— Tiens, c'est du brandy. Tu en veux une gorgée ?

— Tu as mis toutes ces références classiques dans ton bouquin ? l'interrogeai-je en avalant une rasade.

— Oui, bien sûr. Les gens adorent les histoires et les mythes. Tu vois cette étoile clignotante, par-là ? C'est Algol, qui marque la tête de la Gorgone, ce monstre à cheveux de serpents tué par Persée. Algol est en fait une étoile binaire. Les binaires ressemblent à une seule étoile de loin, mais en réalité elles sont deux, l'une étant plus brillante que l'autre. Chacune est dans l'orbite de l'autre, liée par la gravité dans une sorte d'étreinte éternelle à l'autre.

— Et la gravité, d'où ça vient ? lui demandai-je

tandis que nous nous asseyions côte à côte dans les balançoires.

— Tout ce que nous savons, c'est que la gravité est l'attraction mutuelle entre chaque parcelle de matière de l'univers. Et plus ces matières sont proches, ajouta-t-il doucement, plus la force d'attraction est puissante.

— Ah, murmurai-je. Je vois.

Un curieux silence nous enveloppa pendant une ou deux minutes. Pendant que nous nous balancions doucement, Théo me parla des galaxies qui s'embrassent et s'entrechoquent ; des super-novas, ces étoiles agonisantes qui explosent en dégageant la lumière de milliards de soleils. Il me parla des nébuleuses, ces gigantesques nuages de gaz lumineux qui semblent flotter à travers l'espace comme de vastes méduses.

— C'est... stupéfiant, conclus-je à défaut d'autre terme, tout en regardant le ciel. C'est étourdissant d'immensité.

— C'est vrai. Par exemple, l'étoile la plus proche de nous, Alpha du Centaure, n'est qu'à quatre années lumière de distance, ce qui n'a l'air de rien, sauf quand on pense qu'il s'agit en fait de vingt-cinq trillions de miles. Et notre galaxie à elle seule est tellement vaste que le soleil met deux cent vingt-cinq millions d'années à accomplir une seule révolution. Ce qui est encore plus lent que le métro de Londres.

— Incroyable ! soufflai-je.

— Ça remet nos petits problèmes quotidiens en perspective, non ? ajouta-t-il en riant. Les impôts, les contraventions, les rendez-vous chez le dentiste... même le divorce.

— Tu as raison.

Ma colère contre Ted me parut soudain ridicule et absurde. Nous n'étions l'un et l'autre qu'un milliardième d'une particule sub-atomique, à l'échelle cosmique.

— C'est géant, dis-je. C'est le seul mot qui convienne.

— Oui, c'est géant. Et le plus intéressant, c'est que, lorsque nous contemplons les étoiles, nous contemplons en fait le passé.

— En quoi ?

— À cause du temps que met leur lumière pour atteindre nos yeux. Par exemple, lorsque nous regardons Sirius, l'étoile la plus brillante du ciel – c'est celle-là – ce que nous voyons n'est pas Sirius maintenant, mais ce qu'elle était il y a huit ans, parce qu'elle est à huit années lumière d'ici. Et certaines des galaxies photographiées par Hubble sont situées à des milliards d'années lumière. Leur lumière voyage dans l'espace depuis si longtemps qu'elles n'existent peut-être même plus à l'heure qu'il est. C'est ça, l'astronomie, reprit-il. C'est regarder en arrière. Rechercher nos origines.

— Rechercher nos origines..., répétai-je doucement. Ô mon astre, dis-je brusquement.

— Quoi ?

— C'est l'anagramme d'astronome – ça vient de me sauter aux yeux.

— Ô mon astre... C'est joli. Tu es plutôt douée pour les anagrammes, non ?

— C'est un tour d'esprit. Trouver des sens parallèles en réorganisant les lettres ; en les arrangeant autrement.

213

— Tu aimes bien arranger les choses, n'est-ce pas, Rose ?

Je haussai les épaules.

— Oui, c'est vrai. Par exemple, je fais souvent l'anagramme des prénoms des gens.

— Et l'anagramme de Rose, c'est...

— Oser.

— En fait, j'allais dire Eros.

Je me tournai vers lui.

— Oui. Ça aussi.

Soudain, un trait phosphorescent traversa le ciel.

— Oh ! Un météorite ! m'exclamai-je. Euh, non ! Un feu d'artifice.

Je jetai un coup d'œil à ma montre. Il était 23 h 50.

— Tu veux encore un peu de brandy ? proposa Théo.

Nous entendions au loin des bruits de fête.

— Nous devrions être en train de boire du champagne à l'heure qu'il est, reprit-il. Enfin, je ne serai pas fâché de voir la fin de cette année.

Je soupirai.

— Moi aussi.

— Je me demande ce que cette nouvelle année va nous apporter...

— Si tu étais astrologue plutôt qu'astronome, tu le saurais.

— Je vais avoir trente ans, dit-il sérieusement.

— Quand ?

— Le 1er août.

— Le 1er août ? répétai-je.

— Oui, pourquoi ? Il y a quelque chose de spécial ?

— Non... rien.

Je ne savais pas pourquoi, j'étais toujours très déprimée ce jour-là.

— C'est ton anniversaire aussi, c'est ça ?

J'eus un rire sombre.

— Non, le mien est en juin. Alors... que va-t-il t'arriver d'autre cette année ? demandai-je pour changer de sujet.

— Mon livre va sortir en mai, et mon divorce sera prononcé.

— C'est irréversible, alors ?

— Oui. Fiona me l'a nettement fait comprendre. À vrai dire, je crois qu'elle a rencontré quelqu'un.

— Vraiment ?

Il hocha la tête.

— Elle ne me l'a pas dit pour ne pas me narguer, mais j'en ai l'impression.

— Toi aussi tu vivras peut-être une nouvelle histoire, fis-je en pensant à Beverley.

— Oui. Peut-être. Je ne sais pas. Tout ce que je sais, c'est que l'univers ne reste jamais statique et que je veux que ma vie bouge, elle aussi. Ma femme me manque, ajouta-t-il. Ça a été... affreux. Mais il est évident que ses sentiments pour moi ont changé.

— Je peux te poser une question, Théo ? m'enhardis-je soudain.

Il se tourna vers moi.

— Si tu veux.

— Es-tu vraiment rentré en avance de Leeds rien que pour travailler ?

— Ou-ui, répliqua-t-il en descendant de la balançoire pour regarder par le télescope.

— Tu étais si pressé que tu es parti le jour de Noël ?

— C'est exact.

— Tu ne pouvais même pas attendre jusqu'au lendemain matin ? Ou jusqu'à ce qu'il y ait un train ?

— C'est exactement ça. Je ne pouvais pas attendre.

— Tu as mis combien de temps en stop ?

Il réfléchit.

— Cinq heures et demie, plus ou moins. Comme il n'y avait pas beaucoup de circulation, j'ai dû attendre pour trouver une voiture.

— Et tu es parti en pleine nuit ?

— Oui.

— Mais pourquoi ?

— Parce que... je me suis mis tout à coup à paniquer, pour le livre.

— Alors pourquoi n'as-tu pas tout simplement emporté le manuscrit avec toi pour y travailler chez tes parents ?

— J'avais... j'avais peur de le perdre ou... de l'oublier dans le train.

Je le dévisageai, incrédule.

— Tu ne me crois pas, c'est ça ?

— Non. En effet.

Il s'assit au pied du toboggan et posa son menton sur ses mains.

— D'accord, je vais te dire la vérité. La vraie raison de mon départ précipité, c'est que la journée de Noël a été horrible. Il fallait que je parte.

— Tu t'es disputé avec tes parents ?

— Non. Je me suis disputé avec la femme de mon père.

— Avec ta belle-mère, tu veux dire ?

— Non, justement. Le mot « mère » ne lui convient en aucune façon ; c'est juste la femme qu'il a épousée, c'est tout.

— Et ta mère ? Elle est où ?

— Ma mère est morte. Elle est morte quand j'avais neuf ans.

Comme c'est étrange, songeai-je. En six semaines, j'ai appris tellement de choses sur Théo. Je connais sa marque de dentifrice préférée, sa marque d'après-rasage, ses goûts musicaux et alimentaires. Je sais qu'il passait ses vacances dans le Norfolk quand il était petit. Je sais même pour qui il vote. Je sais pourquoi sa femme l'a quitté. Et pourtant, je ne savais pas que sa mère était morte.

— Je n'en parle jamais, reprit-il doucement. Elle est morte d'une hémorragie cérébrale. Elle n'avait que trente-six ans. Mon père est resté très longtemps seul. Mais il y a trois ans, il a épousé Jane... que je déteste.

— Pourquoi ?

— Parce qu'elle est... ignoble. Elle n'éprouve rien pour les autres, elle n'a aucune compassion.

— Qu'est-ce qu'elle a fait, au juste ?

— Elle a éradiqué toute trace de ma mère. Il n'y en avait pas tellement – mon père n'est pas insensible – mais Jane ne permet même pas qu'il y ait une seule photo de ma mère dans la maison.

— Même si elle est morte il y a... quoi ?... vingt ans ?

— Oui. C'est difficile à comprendre, je sais. Elle est du genre jaloux ; elle sait que mon père aimait profondément ma mère. En plus ma mère était très belle, contrairement à Jane.

— Mais qu'est-il arrivé, concrètement, pour que tu veuilles partir ?

Ses épaules s'abaissèrent tout d'un coup, puis il poussa un long soupir.

— Le déjeuner s'était à peu près bien passé. Mais, quand nous nous sommes installés dans le salon pour regarder la télé, j'ai remarqué qu'un petit portrait de ma mère avait disparu du mur. J'en ai parlé à papa qui a eu l'air gêné. J'ai donc directement posé la question à Jane, qui a prétendu qu'elle ne savait rien. Je l'ai taraudée tant et si bien qu'elle a fini par avouer qu'elle l'avait jeté. Elle a jeté ma mère à la poubelle, conclut-il d'une voix fêlée. Elle a jeté ma mère.

— Mais pourquoi ton père tolère-t-il ce genre de comportement ?

— Parce qu'il a soixante-trois ans et elle trente-sept.

Pour la deuxième fois de la soirée j'eus l'impression d'être une antiquité – la belle-mère de Théo était plus jeune que moi !

— Papa a peur qu'elle le quitte... et de se retrouver seul à son âge. Mais, quand j'ai su ce qu'elle avait fait, j'ai enfilé mon manteau et j'ai marché jusqu'à l'autoroute.

— C'était loin ?

— Six miles.

— Dis donc...

— Ma mère était... adorable. Elle était toujours en train de plaisanter, de rire, elle avait un sourire ravissant. Puis, par un vendredi tout ce qu'il y a d'ordinaire, elle s'est effondrée et je ne l'ai plus jamais revue.

Je me rendis compte soudain que la femme de la photo dans la chambre de Théo n'était pas son épouse, mais sa mère.

— Je suis désolée, murmurai-je. C'est terrible. Je voyais bien que tu n'avais pas le moral depuis ton retour.

— C'est vrai. J'étais très malheureux, alors je me suis étourdi de travail.

— On rentre ? suggérai-je au bout d'un moment. On gèle.

— Oui... Est-ce que je peux te poser une question maintenant ?

Ça ne me disait rien de bon. Je lui glissai un regard en biais.

— Qui est ton « ex-mère » ?

Eh *merde*.

— Mon ex-mère ? répétai-je. Je ne vois pas ce que tu veux dire.

Je jetai un coup d'œil à ma montre. 23 h 50. Je me levai pour partir.

— Ma mère est morte il y a trois ans, expliquai-je. Alors c'est mon « ex-mère » dans ce sens-là, j'imagine.

— Ce n'est pas ce que je veux dire, insista Théo. Au bal, tu as parlé de ton « ex-mère ». Tu as dit que c'était un lapsus, mais je ne suis pas convaincu. L'expression « ex-mère » a quelque chose de très amer. Qui est-elle ?

Je cillai.

— Pourquoi veux-tu savoir ?

— Parce que... disons que je suis curieux. À vrai dire, je sais toutes sortes de choses sur toi, Rose. Je connais ta marque de shampooing, de dentifrice, de savonnette et de parfum. Je sais ce que tu manges – ou plutôt, ce que tu ne manges pas vraiment – et je connais quelques détails sur ton mariage, et tes amis. Mais je ne sais rien de ta famille et je me suis demandé qui ton « ex-mère » pouvait bien être.

— Eh bien...

Je me tus et soupirai. Merde, merde.

— Tu es adoptée ?

Je le dévisageai.

— C'est une question très directe.

— Désolé. Je suis quelqu'un de direct. Alors, c'est ça ?

Mon cœur fit le saut du cygne.

— Oui.

— C'est ce que je me suis dit. Je regardais la photo de tes parents dans le salon, et j'ai pensé que vous n'étiez pas du même sang. En plus, il y a de petites choses que tu as laissé échapper, alors j'en ai déduit que ton « ex-mère » devait être ta vraie mère.

— C'est ma mère biologique, en effet.

— Tu n'as jamais cherché à la retrouver ?

— Non.

— Pourquoi ?

Décidément, il ne prenait pas de gants.

— Parce que, enfin... c'est très personnel, dis-je. Tout le monde ne le fait pas.

— Mais la vie est trop courte pour passer à côté de quelque chose d'aussi énorme.

— La vie est aussi trop courte pour être gaspillée. Pour mériter le nom de mère, il faut materner un peu, non ? Avant, j'avais envie de la retrouver, confiai-je en regardant le ciel. Quand j'étais petite, je scrutais les foules pour voir si je trouvais une femme qui aurait pu être elle. Une fois, j'en ai suivi une dans un supermarché pendant des heures parce que je trouvais qu'elle me ressemblait. J'étais persuadée que ma vraie mère viendrait me chercher un jour. Je savais que, si elle ne le faisait pas, je partirais à sa recherche. Je foncerais sur elle comme un missile à infrarouges, et je la retrouverais où qu'elle soit. Mais, quand j'ai eu dix-huit ans, j'ai découvert quelque chose de... pas bien sur elle, et j'ai changé d'avis. J'ai fait le vœu de ne jamais la rechercher ; je ne l'ai jamais fait, je ne le ferai jamais.

De l'une des maisons à gauche du parc, j'entendais le compte à rebours de la nouvelle année commencer.

— Dix... Neuf... Huit...

— Qu'est-ce que tu as découvert ? me demanda Théo.

— Mêle-toi de ce qui te regarde !

Je le vis ciller.

— Pardon, murmura-t-il. J'ai touché un point sensible.

— Ce n'est pas un point sensible, répliquai-je brusquement. C'est simplement que tu es extrêmement direct. J'ai répondu à tes questions, même si je ne voulais pas y répondre, et maintenant je ne joue plus.

— Six... Cinq...

— Je te demande pardon, dit-il en se relevant pour démonter le télescope. Tu as tout à fait raison. Mais c'est parce que j'ai perdu ma mère si jeune.

J'envie ceux qui ont encore la leur. Et l'idée que ta mère puisse encore être là, quelque part, peut-être tout près...

J'en avais la nausée.

— Enfin elle aurait quoi ? Cinquante-cinq, cinquante-six ans ? Peut-être même moins.

— Trois... Deux...

— Je ne veux pas la chercher. Un point c'est tout, d'accord ?

— Un...

— Mais tu ne te demandes jamais ce qu'elle devient ? insista-t-il tandis que je m'éloignais.

— Zéro !

— Non ! lançai-je par-dessus mon épaule. Jamais.

Au loin, j'entendais des carillons et les chants des fêtards.

— Tu ne penses jamais à elle ?

— Jamais !

— Quel âge as-tu, Rose ? me demanda-t-il en me rejoignant. Trente-six ? Trente-sept ?

— Trente-neuf.

— Alors tu as encore la moitié de ta vie devant toi.

— Peut-être.

— Si j'étais toi, reprit-il alors que nous traversions le parc, je traverserais des continents. Je retournerais chaque pierre.

— Tu dis ça parce que ta mère était quelqu'un de bien. Pas la mienne.

— Comment le sais-tu ?

— Je le sais. J'ai assez... d'informations sur ce qu'elle a fait pour savoir que je n'irai jamais frapper à sa porte. De toute façon, c'est beaucoup trop tard.

— Mais non.
— Mais si !
— Il n'est jamais trop tard, Rose.
Je me retournai pour lui faire face.

— Si, il est trop tard. Elle a tout raté, Théo ! Tu comprends ? Ma mère a tout raté il y a près de quarante ans. Et si elle avait voulu me retrouver et se mettre à genoux pour me supplier de lui pardonner, elle l'aurait pu... mais elle ne l'a pas fait !

C'était comme si nous avions marché sur une mine – notre complicité avait été pulvérisée. Tandis que nous franchissions les grilles du parc dans un silence embarrassé, je regrettai d'être venue avec lui. Oui, c'était charmant de découvrir l'univers, mais son interrogatoire m'avait flanqué le cafard. Ce n'était pas comme si on était de vieux amis. Il n'avait aucun droit de me questionner comme ça. Théo devait s'être rendu compte qu'il était allé trop loin. Lorsque nous rentrâmes, il se dirigea tout de suite vers sa chambre.

— Je vais me coucher, lança-t-il depuis la première marche. Merci d'être venue.

— Je t'en prie.

— C'était une nuit très claire, reprit-il, et j'ai vu des choses très... intéressantes. Enfin, bonne nuit, Rose.

— Bonne nuit.

— Et, j'oubliais... bonne et heureuse année !

9.

— Bonne et heureuse année, dis-je à Serena en revenant travailler deux jours plus tard.

— J'espère bien qu'elle sera heureuse, répondit-elle. Encore qu'elle ne commence pas spécialement...

Elle se tut brusquement.

— Ça va, Serena ?

— Si, si, gazouilla-t-elle. Je vais très bien. Sauf qu'on a eu un dégât des eaux le lendemain de Noël. Le lave-linge a explosé. Je l'avais programmé sur le cycle « délicat » avant d'aller déjeuner chez la mère de Rob. Quand on est rentrés la maison ressemblait à la Tamise. Les moquettes sont à jeter. Enfin, il ne faut jamais désespérer.

— Vous êtes bien assurés ?

— On l'était... mais, hélas, on n'avait pas renouvelé parce qu'on était un peu juste... Peu importe, ajouta-t-elle, pimpante de platitude. Ça ne sert à rien de se plaindre. Il y a toujours pire.

Elle affichait un petit sourire tendu, mais héroïque.

— Non, vraiment, Rose, tout va bien. Tout va

par-fai-te-ment bien. Ce n'est pas comme nos pauvres lecteurs...

— Qu'est-ce qu'on a aujourd'hui ?

— Querelles à Noël, ennuis d'argent, acné, pipi au lit, adultère par Internet et... ceci.

Avec une petite grimace, elle me remit un minuscule sachet en plastique où, en scrutant attentivement, j'arrivais tout juste à distinguer deux... machins noirs. Cela semblait de nature organique, mais je n'avais aucune idée de ce que ça pouvait être.

— Qu'est-ce que c'est ? fis-je, avec une grimace. Des araignées ?

Serena secoua la tête.

— Des fourmis ?

— Non.

— Des tiques ?

— Non.

— Des puces ?

— Pas tout à fait.

— Que dit la lettre ?

Serena rougit et s'éclaircit la voix :

— « Chère Rose, j'ai trouvé ceci dans mes poils pubiens ce matin et je me demandais... »

— *Quoi* ?

J'eus soudain envie de gerber.

— Mon Dieu ! Mais c'est dégoûtant ! C'est un canular ?

— Non. C'est tout à fait sérieux. Il y a une adresse.

— Alors répondez en précisant que je m'occupe du courrier du cœur, pas d'un service de diagnostic pour MST. C'est bien la lettre la plus répugnante que j'aie reçue depuis que je travaille ici ! Quelle horreur !

En même temps, je savais bien que ça ferait une histoire à pisser de rire pour le prochain déjeuner des Madames Détresse. Pourtant, Dieu sait qu'on en a toutes des gratinées à raconter. Oui, mais celle-là était de compétition. Un instant, je me demandai vaguement si je devais conserver les preuves afin de confondre les sceptiques. Je décidai que c'était vraiment trop dégueulasse. Pendant que Serena s'en débarrassait, je jetai un coup d'œil à la pile de nouveaux livres. *Comprendre l'obésité* – vendeur, comme titre. *Tu veux que je te fasse quoi ?* Charmant. Et, tiens, celui-ci avait l'air assez intéressant : *Aimer un homme plus jeune – nouveaux codes pour nouveaux couples*. Hum... je pourrais peut-être en parler dans ma chronique, me dis-je en allumant mon ordinateur.

Mon icône Outlook Express tourna sur elle-même plusieurs fois comme une minuscule comète, puis me délivra mes e-mails avec un petit « pop ». Je les parcourus rapidement.

Quand nous sommes au lit, mon mari m'appelle parfois Gary, je ne sais pas pourquoi... Je suis tombée amoureuse de mon patron... J'ai un taux de spermatozoïdes très bas (douze millions)... Ma belle-mère est partie avec mon père.

Il y avait un message du jeune homme obèse qui m'avait appelée à la radio, pour me dire qu'il venait de perdre cinq kilos ; un autre des parents de la petite fille qui avait reçu sa transplantation des poumons et du cœur, pour me dire qu'elle allait bien. Puis j'ouvris le dernier message, titré « ATTENTION ! »

Chère Mlle Costelloe, puisque il m'est désormais impossible de vous joindre sur votre saleté de ligne ouverte, j'ai décidé de vous joindre ici pour vous dire que j'espère que vous avez passé des fêtes absolument horribles et pour vous souhaiter une affreuse nouvelle année. Mme K. Jenkins.

— Avez-vous pris des résolutions pour la Nouvelle Année, Rose ? me demanda Serena.

— Oui. En effet. De ne pas me laisser intimider par les connards.

Je lui montrai le message, puis lui parlai de mes coups de fil anonymes.

— Il y a vraiment des gens ! s'indigna Serena. Enfin, quel culot ! Et vous recevez souvent ces appels ?

— On dirait que c'est aléatoire. Je peux en recevoir trois jours d'affilée, puis rien pendant dix jours. Par exemple, je n'ai rien eu à Noël, mais j'en ai eu un autre hier soir.

— Vous croyez vraiment qu'il s'agit de cette Kathy ?

— Oui. C'est probable.

— Quoique..., dit Serena pendant que j'appuyais sur « Supprimer ». Si elle est toujours aussi agressive quand elle vous appelle à la radio, pourquoi se tairait-elle quand elle vous appelle chez vous ?

Je dévisageai Serena. Cette femme était un génie. Bien sûr ! Ça ne collait pas. Tandis que je descendais à la cantine pour prendre un cappuccino, je me rappelai un autre détail. Le premier appel silencieux datait du premier soir où Théo était venu – plusieurs jours *avant* le premier coup de fil de Kathy à la radio. Tout en fixant la Tamise à travers les fenêtres, je tentai de débrouiller le mystère. Ce n'était pas Kathy. C'était quelqu'un d'autre. Qui ? Homme ou femme ? Comme la personne ne parlait jamais, je ne le savais même pas. Et son attitude envers moi était-elle simplement hostile ? Ou celle d'un obsédé sexuel... ?

Ah.

Je songeai soudain à Colin Twisk, le Jeune Homme Solitaire. Il m'avait envoyé plusieurs missives assez bizarres ces derniers temps, y compris cette carte de vœux couverte de bisous. Je n'avais répondu à aucune d'entre elles. Il se sentait peut-être rejeté. Cela dit, ça pouvait être absolument n'importe qui. Trois millions de personnes lisent ma rubrique, cinq cent mille écoutent mon émission. Si, ne serait-ce que 0,0001 pour cent d'entre eux étaient dingues – en calculant largement – ça faisait déjà plusieurs personnes. Ce qui m'inquiétait le plus, c'est que mon harceleur ait découvert mon numéro de téléphone personnel. Comptait-il simplement m'intimider à distance, ou avait-il l'intention d'aller plus loin ? Et s'il découvrait l'endroit où je vivais, et débarquait chez moi ? L'idée alimenta ma parano et je décidai d'intensifier mon entraînement de boxe thaïe – pourvu que je n'en aie pas besoin, mais qui sait...

— Frappe ! Bloque ! Frappe ! hurlait « Norman le Conquérant » le lendemain soir. Plus fort ! Plus fort !

Le visage ruisselant de sueur, je frappai le punching-ball de mes poings gantés de cuir avec acharnement.

— Coup de pied ! Bloque ! Coup de pied ! Coup de poing ! Sers-toi de tes poings ! De tes pieds maintenant ! Plus fort ! Plus fort !

Je m'effondrai en râlant comme un pékinois asthmatique dès que le rythme assourdissant de la musique techno cessa.

— Dis donc, Rose, tu es une vraie furie aujourd'hui ! fit observer Norman avec admiration. C'est impressionnant.

— Merci, ahanai-je en prenant ma serviette.

— Je ne me risquerais pas à te provoquer, ma grande – tu me botterais le cul jusqu'à Tombouctou.

J'essuyai mon front en souriant.

— Alors, c'est qui, le punching-ball ? ajouta-t-il en riant tandis que je m'envoyais une bouteille d'Évian tout entière.

— Quoi ?

— Qui est le punching-ball ?

— Qu'est-ce que tu veux dire ?

— Eh bien, j'enseigne depuis cinq ans et je n'ai jamais vu une femme donner des coups de pied aussi fort. Tu frappes comme si c'était vraiment personnel, Rose.

— C'est vrai ?

— Oui, ma grande, absolument. Comme si tu avais vraiment envie de frapper.

— Ah.

— Alors, sur qui tu frappes, ma grande ?

Je le fixai d'un œil vide.

— À vrai dire, je n'en suis pas sûre.

— Je ne suis pas tout à fait... convaincue, répondis-je posément à Ricky quelques jours plus tard.

Je faisais de grands efforts pour ne pas exploser.

— Eh bien, réfléchis, dit-il en posant ses pieds sur son immense bureau. Je n'arrête pas de répéter qu'il faut plus de sexe dans le canard, et un roman-photo ferait parfaitement l'affaire.

Un roman-photo ? L'une de ces bandes vulgaires où des filles à moitiés nues aguichent des garçons débiles, avec des bulles qui leur sortent de la bouche ? Je voyais ça d'ici. L'horreur. Je me ratatinai comme une limace salée.

— Les lecteurs adoreraient, poursuivit Ricky avec enthousiasme.

Tu veux dire que *toi*, tu adorerais, espèce de vieux cochon.

— Sans vouloir te contredire, Ricky, risquai-je, je crois qu'un roman-photo donnerait un côté bas de gamme à la page, et au journal tout entier. Après tout, le *Daily Post* fait de la presse populaire de qualité.

Mon rédac-chef avait placé ses mains derrière sa tête, dévoilant sous ses bras deux taches sombres de la taille de la France. Je sentais d'ici les remugles aigris de sa transpiration.

— De la presse populaire de qualité ? répéta-t-il d'un ton moqueur. Conneries ! C'est un torchon populiste.

— Mais s'il y avait un roman-photo, j'aurais moins d'espace pour répondre aux lettres des lecteurs, objectai-je, ce qui est mon premier devoir envers eux.

— Encore des conneries ! proclama-t-il d'une voix de stentor. Ton premier devoir est envers moi. Je suis ton rédacteur en chef, alors tu fais ce que je te dis. Ton contrat doit être révisé bientôt, pas vrai ? ajouta-t-il d'un ton nonchalamment menaçant.

Seigneur, ce qu'il pouvait être minable.

— Écoute, Ricky, repris-je en tentant d'avoir l'air raisonnable, je suis prête à un compromis. Laissons l'idée du roman-photo entre parenthèses pour l'instant, et je suis prête à faire des messages téléphoniques un peu plus chauds. Ce qui, évidemment, rapporterait de l'argent au journal puisque ça coûte une livre la minute.

Ricky se renversa à nouveau dans sa chaise et contempla le plafond. Puis il afficha soudain un grand sourire.

— Oui... pas mal. On pourrait faire Sexe Hot, Sexe à trois, Sexe échangiste.

— Le sexe après bébé.

— Le sexe pendant la grossesse, fit-il avec un sourire égrillard.

— Les fantasmes. Les fétiches.

— Oui, répéta-t-il, ravi. J'aime bien l'idée. Mais on reparle du roman-photo dans six mois.

— Très bien. Alors c'est réglé. Aïe ! Je dois y aller, j'ai un déjeuner...

Ce type est un obsédé sexuel, songeai-je avec mauvaise humeur en prenant l'ascenseur. Et quoi encore ? Une fille à poil en page trois ? Mais je venais de gagner six mois. Avec un peu de chance, si les ventes n'augmentaient pas, Ricky serait peut-être viré d'ici là.

Le déjeuner des Madames Détresse avait lieu chez Joe Allen, à Covent Garden. Je le redoutais un peu – certaines de ces bonnes femmes sont d'un égotisme ! – mais d'un autre côté, je trouvais marrant d'échanger des histoires. On serait au moins dix, peut-être plus. Qui serait là ? me demandai-je dans le taxi qui filait sur la Strand. Pas Citronella Pratt, de grâce ! Elle était là la dernière fois, et elle n'avait pas caché qu'elle me détestait cordialement. Elle convoitait mon poste depuis qu'elle avait perdu son horrible chronique société au *Semaphore* et je sais pertinemment par Serena qu'Edith Smugg, dont j'avais pris la place, n'était morte que depuis deux heures quand Citronella s'était proposée pour la remplacer. Elle était même venue pour un entretien, mais Linda n'avait pas été impressionnée. Citronella a une peau en Téflon sur laquelle les brimades ne collent pas. Elle doit sa petite notoriété à sa langue de vipère et au fait qu'il y a trois ans, son mari est parti avec un homme. C'est pour ça qu'elle a réussi à décrocher une page dans *Get ! Magazine*. Cela dit, ses conseils sont nuls. Ce ne sont pas des conseils, c'est de l'apitoiement – de la pure méchanceté. Recevoir les confidences d'inconnus remonte le moral de Citronella. Comme elle est elle-même très malheureuse, elle se nourrit de la souffrance des autres. Alors que moi, si je suis une Madame Détresse, c'est tout simplement parce que j'aime aider les gens dans le besoin. Mes motifs sont totalement altruistes ; je souhaite réconforter et donner des conseils, c'est tout.

Le taxi se rangea sur Exeter Street et – non...

si ! – elle était là, en train de marcher d'un pas éléphantesque, derrière en arrière, dans l'une de ses robes-sacs qui en faisaient l'image même de l'inélégance. Je lui tournai discrètement le dos en payant le chauffeur de taxi pour ne pas avoir à lui sourire. Je la suivis à l'intérieur du restaurant en maintenant une distance respectable entre nous et trouvai notre table au sous-sol. Douze Madames Détresse s'y faisaient des bisous avec enthousiasme, alors que la moitié d'entre elles se détestent et se jalousent. Celles des magazines préféreraient travailler dans les quotidiens, et celles des quotidiens bossent comme des brutes.

Je constatai avec irritation que j'avais été placée juste en face de Citronella. Je parvins à peindre un sourire aimable sur mon visage, mais mes salutations courtoises ne reçurent aucune réponse. Je discutai donc un moment avec June Snort du *Daily News* ; nos journaux ont beau être en concurrence féroce, je suis toujours correcte avec elle. Nous consultâmes nos menus dans une atmosphère polie, respectueuse et pleine de tact.

La conversation ne s'anima que lorsque nous abordâmes le sujet des lecteurs instables qui nous harcelaient parfois... C'est l'un des risques du métier.

— Le mien a été arrêté à la réception avec un couteau.

— J'en ai eu deux, tous deux équipés de battes de baseball.

— Et moi, trois. Tous armés de Ruger 44 semi-automatiques.

— Sans blague ?

— Non. Je plaisante ! Mais deux de mes lecteurs ont abouti dans la prison haute sécurité de Rampton.

— Et pendant qu'on y est, quelqu'un a-t-il déjà entendu parler d'un certain Colin Twisk ? demandai-je à la cantonade. Un peu ringard mais assez mignon, trente-cinq ans, informaticien, incapable de trouver une petite amie. Le Jeune Homme Solitaire classique.

— Oui, je l'ai eu, dit Katie Bridge. J'ai commis l'erreur de lui répondre et je l'ai eu sur le dos pendant six mois.

— Ah, fis-je faiblement. Tu crois qu'il pourrait être... dangereux ? ajoutai-je avec une fausse désinvolture.

— Peut-être. Disons que je n'étais pas prête à courir le risque, alors j'ai demandé une interdiction d'approcher.

Au dessert, la conversation tourna sur les lettres les plus dégoûtantes que nous ayons reçues.

— J'ai eu une lettre d'un homme qui disait que son pénis était trop gros. Avec une photo pour le prouver !

— Qu'est-ce que tu as fait ?

— Je lui ai envoyé mon adresse perso, évidemment !

— À moi, on a envoyé une souris morte.

— Et moi, un *rat* mort.

— Moi, un vieux slip.

— Et moi, un vieux slip avec des traces...

— Eh bien moi, dis-je pendant qu'elles s'étranglaient collectivement, j'ai reçu des morpions la semaine dernière !

— *Non* !

Elles étaient choquées et moi, curieusement triomphante.

— Il y en avait trois, dans un petit sachet en plastique. Dégueulasse.

Qui dit mieux ?

— Moi, j'ai eu des célébrités qui m'ont écrit.

— Qui ?

— Évidemment, je ne peux pas le révéler.

— Non, bien entendu.

— Mais disons qu'il s'agit d'une chanteuse pop australienne très connue.

Nous nous entre-regardâmes.

— Vous plaisantez.

— Écoutez, rien que parce que les gens sont beaux et bourrés de fric, ça ne veut pas dire qu'ils sont heureux... Même les stars ont besoin de conseils.

— Moi, j'ai eu Madonna une fois. Elle s'inquiétait pour Guy !

— Ouais. Et moi le pape ! Il s'inquiète pour sa vie amoureuse !

L'ambiance était maintenant nettement plus relâchée. Même Citronella était pétée.

— Mais Seigneur, Seigneur, quel boulot d'être Madame Détresse !

— Vous trouvez ?

— Pourquoi prenons-nous en charge les souffrances des autres ? Pourquoi ?

— Parce qu'on peut changer leur vie, répondis-je. On peut sauver des couples, et même des vies. C'est pour ça qu'on le fait.

— Je ne suis pas d'accord. Je crois qu'on aime être voyeuses de la vie des autres. Ça nous rassure.

— Non, c'est une vocation, insistai-je. Nos lecteurs ont *besoin* de nous.

— Non. C'est *nous* qui avons besoin d'eux. Soyons honnêtes, les filles, si nous faisons cela, c'est parce que nous souffrons, nous aussi. En aidant les autres, nous nous aidons nous-mêmes à guérir. Moi, par exemple, j'ai eu une enfance épouvantable. Mes parents ont divorcé quand j'avais huit ans.

— Ce n'est rien : les miens ont divorcé quand j'en avais deux.

— Je suis en thérapie depuis l'âge de dix ans.

— Et alors ? Moi, je vois un psy depuis que j'ai cinq ans !

— Moi, j'ai pris à peu près toutes les drogues imaginables.

— ... quand j'étais petite on ne s'occupait pas de moi.

— ... ma mère était anorexique. On avait toujours faim.

— ... mon père était un ivrogne !

— ... ma mère ne voulait pas que j'aie un animal. Même pas un chaton ! ! !

— ... eh bien moi, mon petit chien est mort le jour de mon cinquième anniversaire !

— Et moi, les autres enfants me martyrisaient à l'école, annonça Citronella d'une voix pâteuse et hypocritement douce.

Nous nous tûmes. Son visage rond et légèrement goitreux était ramolli par l'auto-apitoiement. Martyrisée par les autres gamins ? À d'autres ! C'était sans doute elle qui les martyrisait.

— Ils étaient ignobles, reprit-elle. Et le pire, c'était que nous étions dans une école très chère.

Décidément, elle ne ratait jamais une occasion de se vanter, même quand elle voulait se faire plaindre.

— Ils étaient jaloux de moi, parce que j'étais tellement plus intelligente qu'eux. C'était... affreux, conclut-elle avec les larmes aux yeux.

— Ma pauvre, dis-je sur le ton qu'elle empruntait habituellement pour plaindre les autres.

Je n'avais pas pu résister. Elle me contempla haineusement, puis redressa la tête, comme un cobra sur le point d'attaquer. Elle retroussa ses lèvres minces et je fus momentanément distraite par le spectacle de ses dents. Elles étaient grandes, carrées, jaunes et bizarrement creusées de rainures, avec une verrue au centre de la gencive supérieure.

— Cela dit, Rose, souffla-t-elle avec le sourire, vous aussi, vous avez eu vos problèmes, n'est-ce pas ? Votre mari qui vous quitte après sept mois de mariage, pour votre conseillère conjugale. Ça fait désordre, non ? Quand on exerce un métier comme le nôtre.

Ouais.

— Mais *vous*, votre mari vous a quittée pour un coiffeur, Citronella.

— Un coiffeur *international* ! rétorqua-t-elle.

— Eh bien moi, mon mari m'a quittée pour sa secrétaire, après trente ans de mariage.

— Mon père battait ma mère.

— Ce n'est rien. Mon père a *mangé* ma mère.

— Mes parents ne m'ont jamais dit qu'ils m'aimaient. Pas une seule fois.

— Mes parents préféraient mon hamster à moi !

— Ma mère m'a dit qu'elle aurait préféré me voir morte !

237

Bon. J'en avais marre de leur festival de pleurnichage. Je me levai.

— Écoutez, les filles, ce que ma mère m'a fait, *à moi* ! hurlai-je.

Elles se tournèrent vers moi, bouche bée. Mes jambes tremblaient et ma tête tournait. Je me rendis compte que j'avais trop bu.

— Qu'est-ce qu'elle t'a fait, ta mère ?
— Oui, quoi ?
— On veut savoir ! Allez, Rose, dites-le-nous !

Bon, très bien alors. J'allais le dire.

— Elle...

Je soupirai.

— Elle...

J'aurais pu le leur dire là, tout de suite. J'aurais pu le dire tout haut et me soulager enfin. J'en fus incapable.

— Peu importe. C'est pas grave. Faut que j'y aille.

Un peu honteuse, je payai ma note et sortis d'un pas incertain, pour héler un taxi un peu trop vigoureusement, comme font les gens quand ils ont bu.

— Vauxhall Bridge, s'il vous plaît, dis-je. L'édifice d'Amalgamated Newspapers.

Je m'effondrai sur la banquette. Soudain, mon téléphone portable sonna.

— Rose ! C'est Bella.
— Salut.
— Ça va ?
— Ça va. Je sors de déjeuner. Comment se sont passées tes vacances ?
— Géniales. Écoute, Rose, je ne peux pas te parler longtemps parce qu'on est en train de déco-

rer la boutique, mais veux-tu dîner avec moi la semaine prochaine ? Je voudrais te présenter Sean.

Sean ? Quel Sean ? Ah, bien sûr. Son nouveau mec.

— Le Jackson Pollock ?
— C'est ça. Il est adorable.
— Alors ça se passe bien ?
— Ouuui ! C'est pour ça que je n'ai pas appelé. Alors tu viens dîner avec nous la semaine prochaine ? Mercredi ?
— Ouais. 'Sûr.
— Rose, tu as bu ?
— Si j'ai bu ? Ouais !
— Je peux te donner un conseil ?
— Nan. C'est *mon* boulot.
— Eh bien... fais gaffe, tu veux ?

Je rangeai mon téléphone avec un soupir éméché. Bella avait raison. Je bois trop ces derniers temps. À la moindre excuse, je lève le coude. Je suis comme ça depuis la mort de mes parents – je ne sais pas pourquoi au juste. Mais je vais devoir me prendre en main, me dis-je pendant que nous traversions la Tamise. Quel déjeuner, quand même... Mais cette théorie selon laquelle nous faisions les Madames Détresse parce que nous étions malheureuses, quelle connerie. Elles, peut-être. Moi, je fais ça parce que mes lecteurs ont besoin de moi.

— Ça fait combien ? demandai-je en tâtonnant pour trouver mon sac.

Impossible de mettre la main sur mon porte-monnaie.

— Combien ? bredouillai-je à nouveau en farfouillant parmi les reçus et les emballages de bonbons.

— Rien, répondit le chauffeur.

— Pardon ?

— Rien, répéta-t-il. Je sais qui vous êtes. Vous êtes Rose Costelloe.

— Ouais.

— J'écoute votre émission quand je fais la nuit. J'ai appelé, il y a six mois, et vous m'avez donné un conseil génial. D'ailleurs, je dois vous avouer que vous avez sauvé mon couple.

— Vraiment ? J'en suis tellement contente.

— Vous m'avez donné un conseil gratuit, Rose, alors ce trajet l'est aussi.

— Eh bien... c'est vraiment gentil.

Voilà ! Qu'est-ce que je disais ? Les gens ont besoin de moi. Je peux changer le cours de leur vie. J'avais sauvé un couple. Mon cœur chanta.

— Alors merci, Rose, me dit-il en souriant.

Je sentis mes yeux se remplir de larmes de gratitude.

— Non. Merci à *vous*.

10.

— Vous écoutez Radio Four, annonça chaleureusement Rudy ce jeudi-là. Et maintenant « Les disques que vous emporteriez sur une île déserte » !

Il avait seriné ça toute la soirée, ce con d'oiseau.

— Et votre premier disque ?

Hum. Je regardai ma liste. Mon choix devait-il être plutôt chic ou plutôt popu ? Un sain mélange des deux, c'était mieux. Côté culture, j'étais certaine de vouloir le mouvement lent du *Concerto pour piano* de Scriabine et le quatuor « Soave sia il vento » de *Cosi*. Un lied de Schubert, ce serait bien, et l'une de ces sublimes *Chansons d'Auvergne*. Un truc Latino pour plaire aux foules, peut-être le Buena Vista Social Club. Ça fait combien de disques jusqu'ici ? Cinq. J'en ai encore trois. Côté pop, j'aime bien *Stars* de Simply Red et j'adore *Here comes the sun* des Beatles. On me demanderait sans doute de choisir un morceau qui ait une signification particulière pour moi. Je ricanai. *Bye Bye Baby*, chanté par Marilyn ? Évidemment. Ou alors, si je voulais taper fort dans l'allusion voilée, *Mamma Mia* ! Mais enfin, l'émission de Sue Lawley n'était pas Le Divan. Et quelle chanson évoquerait ma carrière ? Hum... *Bridge over troubled waters* de Simon et Garfunkel. Parfait ! Ça ferait pleurer dans les chaumières. Je réévaluai mes choix avec un profond sentiment de satisfaction. Un mélange agréablement éclectique.

Bon, je n'allais sans doute pas être invitée à l'émission dès demain, mais enfin il valait toujours mieux être prête. Édith Smugg avait pratiquement quatre-vingts ans lorsqu'elle est passée. J'espérais ne pas avoir à attendre aussi longtemps. Je devrais peut-être demander à Serena de lancer quelques subtiles allusions à la productrice de l'émission ? Soudain, j'entendis le déclic de la clé dans la porte et Théo rentra. J'avais été un peu froide avec lui depuis son interrogatoire de la veille du jour de l'An, mais ma rencontre avec le chauffeur de taxi m'avait remonté le moral. Je me sentais chaleureuse et pleine d'indulgence.

— Salut. Tu as passé une bonne journée ? s'enquit-il aimablement.

— Oui, merci. Pas si mal.

Il désigna ma pile de lettres.

— Toujours en train de bosser ?

— Eh oui.

— C'est dingue, Rose... Tu n'arrêtes jamais. Je n'ai jamais rencontré personne – à part ma femme – qui travaille autant que toi. Pourquoi est-ce que toutes les femmes de ma vie sont accro au boulot ?

Les femmes de sa vie ? Je souris en sirotant mon vin blanc.

— Je ne peux pas laisser les lettres s'accumuler. Quand quelqu'un a trouvé le courage de m'écrire, le moins que je puisse faire, c'est de lui répondre rapidement.

Théo posa son journal sur la table et sortit une casserole.

— Tiens ? Je ne savais pas que tu lisais le *Daily Post* ?

— Non, je ne le lis pas, répondit-il en ouvrant le frigo. Quelqu'un l'a laissé dans le bus. Au fait, j'ai lu ta rubrique.

— Oui, et... ?

— Je l'ai trouvée géante. Mais je ne pense pas que Carol de Coventry devrait donner une autre chance à son jules.

— Ah ?

— Il l'a trompée.

— Je sais. Mais ils ont trois enfants et il a été sous pression ces derniers temps.

— C'est vrai...

— Et puis elle a eu une aventure il y a cinq ans, souviens-toi.

— Hum, marmonna-t-il, c'est juste.

— Je suis généralement très sévère dans les histoires d'infidélité. Cependant les couples doivent parfois remettre les choses en perspective, et tenter de surmonter le problème.

— Peut-être. Mais en tout cas, je ne crois pas que le fait d'intégrer un programme de soutien va aider Lisa à affronter les problèmes d'addiction de Luton.

— Ah, vraiment ? Tu me le dis, si tu as besoin d'un coup de main avec tes trous noirs, tes quasars ou quoi que ce soit, d'accord ?

Théo leva les deux mains devant lui pour mimer la reddition, puis sourit.

— Tu veux une bière ? proposai-je.

— Merci. Ça doit être bizarre d'essayer d'arranger les problèmes des autres, jour après jour.

Il ouvrit le journal à la page de ma rubrique.

— Il me semble qu'il doit y avoir des limites à ce qu'une personne peut écrire à propos des désordres alimentaires, de l'infidélité, de l'alcool et de la calvitie.

— En fait, Théo, c'est faux. Quand on est grand connaisseur des fragilités humaines, comme moi, dis-je avec une emphase moqueuse, crois-moi, ce n'est jamais ennuyeux.

— Tu n'en as jamais marre ? m'interrogea-t-il en sortant une casserole.

— Non. C'est comme si je te demandais si tu n'en avais jamais marre de scruter les mêmes vieilles planètes, ou les mêmes pluies de météorites.

— Je trouve l'astronomie infiniment passionnante.

— Pour moi, c'est le cœur humain. C'est ce qui fait la vie des gens. Alors que, sans vouloir t'offenser, ce que tu fais, bien que fascinant, n'a aucune dimension personnelle. Tu te détournes des autres êtres humains pour contempler des étoiles froides et sans vie.

— Elles ne sont pas froides. En fait, elles sont incroyablement chaudes, précisa-t-il en versant du riz dans sa casserole. Quant à être sans vie... qui sait ?

— Je sais que je peux changer la vie des gens, poursuivis-je sans l'écouter.

— Mais tu ne rencontres pas tes lecteurs, non ? Être Madame Détresse, ce n'est pas aussi humain qu'être, disons, médecin ou travailleuse sociale ou infirmière. C'est trop facile de donner des conseils à des gens que tu ne verras jamais.

— Mais je m'en fais pour eux ! Je n'en dors pas de la nuit, à me demander si leurs vies se sont arrangées pour le mieux et si mes conseils les ont aidés.

— Je répète, tu n'entres jamais en contact avec eux, pas vrai ?

— Effectivement. Et c'est justement parce que nous ne nous connaissons pas qu'ils trouvent le courage de me faire des confidences.

— Tu sais, ce qu'il y a de bien en astronomie, c'est qu'il s'agit d'une science fondée sur des lois mathématiques précises, expliqua-t-il. Ce qui signifie qu'il existe toujours une solution.

Il existe toujours une solution ? Comme c'est bien...

— Je prépare un risotto, déclara-t-il soudain. Tu en veux ?

— Eh bien, je...

— Allez, Rose, tu manges à peine. J'espère que tu n'es pas en train de faire un régime.

— Non. C'est juste que la bouffe ne m'intéresse pas tant que ça. Je prends des vitamines pour compenser.

J'indiquai une étagère où étaient soigneusement rangés par ordre alphabétique des flacons de suppléments nutritionnels, de A à Zinc.

— Prendre des vitamines, ce n'est pas la même chose que bien se nourrir. Je ne t'ai jamais vue cuisiner.

— Je ne peux pas, je ne veux pas cuisiner, fis-je, hautaine. Je n'ai pas cuisiné depuis 1988.

— Alors comment t'es-tu débrouillée quand tu étais mariée ?

— Traiteurs. Ted se plaignait du prix – c'est vrai que c'est cher – mais ça allait vite et je n'avais pas de temps à perdre. Il a un énorme Aga dans sa cuisine mais je ne me suis jamais servie que du micro-ondes. Ça le rendait fou.

— Tu es exactement comme ma femme, dit-il par-dessus son épaule. Elle non plus, elle ne faisait pas la cuisine, parce qu'elle travaillait tout le temps. Alors c'est moi qui m'en chargeais. J'ai dû apprendre et j'ai découvert que ça me plaisait. Je peux te montrer si tu en as envie.

— Euh... d'accord. Merci.

Il se retourna et sourit. Et pendant un instant, je fus soudain submergée de bonheur. Voilà le genre de vie domestique qui me plaisait. De partager ma maison avec un jeune homme qui n'était ni mon mari, ni mon amant, et que je n'avais pas besoin d'impressionner. Pas de tension érotique ou romantique entre nous pour tout gâcher. Brusquement, son téléphone portable sonna.

— Salut, mon chou ! s'exclama-t-il.

Ah. Et qui c'était, ça ?

— Ouais, je grignote un truc. Je serai là dans une demi-heure.

— Tu as un rencard ? demandai-je, nonchalante, lorsqu'il glissa son téléphone dans sa poche.

— Pas exactement. Je vais à côté. Bev a besoin que je lui change quelques ampoules.

— Trevor ne peut pas le faire ?

— Il ne monte pas sur les escabeaux.

J'éclatai de rire.

— Tu es un bon voisin, dis-je avec désinvolture.

— Je suis content de pouvoir l'aider. Bev est une fille super, déclara-t-il avec chaleur. C'est quelqu'un de très spécial.

J'éprouvai soudain un coup de poignard de peur et de douleur. Tandis qu'il servait le risotto crémeux dans les assiettes, j'eus une idée odieuse. J'espérais que Théo et Beverley mettraient du temps avant de se rapprocher – sinon, il risquait de me quitter. N'était-ce pas minable à moi, rien que d'avoir une telle idée ? Mais, comme je l'ai déjà dit, on s'habitue aux gens... Si Théo s'en allait, il me manquerait.

— C'est l'anniversaire de ma femme, m'apprit-il en saupoudrant son plat de parmesan râpé.

— Son trentième ?

— Oh non.

Mon cœur se serra. Elle était donc beaucoup plus jeune que lui. Vingt-cinq ans, sans doute. Peut-être même vingt-trois. Je me préparai au pire.

— Elle a trente-huit ans.

Ma fourchette s'immobilisa dans les airs.

— Ta femme a huit ans de plus que toi ?

— Brillant calcul. Oui, en effet. Et alors ? Ça ne fait pas de moi un gérontophile, que je sache ? De toute façon, c'est la personne qui importe. La plupart de mes copines avaient environ mon âge, mais avec Fiona il y avait un petit écart. Tu n'es jamais sortie avec quelqu'un de plus jeune, Rose ?

— Non, jamais.

— Tu pourrais facilement séduire un homme de mon âge, Rose.

— Tu crois ?

— Bien sûr que si.

Ah.

— Je peux te poser une question indiscrète, Théo ?

— Pourquoi pas ? Je t'en ai bien posé, moi.

— Ta femme ne voulait pas d'enfants ?

— Non, répondit-il en me passant la salade. Mais ce n'est pas pour cela qu'on a rompu. J'aurais accepté sa décision. Pourtant, j'aimerais bien avoir une famille. Et toi ?

Hum... Et moi ?

— Eh bien, la question ne s'est jamais vraiment posée. J'étais tellement occupée, et Ted s'en foutait. Il disait que le fait d'avoir grandi dans une famille de cinq enfants l'avait refroidi. Toutes ces disputes avec ses frères et sœurs, le bruit, le manque perpétuel d'espace... En plus, il disait qu'il trouvait ça trop cher.

— Ah.

— J'imagine que ça coûte cher d'avoir des enfants. Avant, j'en voulais. Quand j'étais gamine. Mais ensuite, tout a changé.

— Pourquoi ?

— Ça a changé, c'est tout.

— À cause de ce que tu as découvert sur ta mère ? me demanda-t-il d'une voix douce.

— De toute façon, j'ai trente-neuf ans et le temps m'est compté.

Un silence inconfortable nous enveloppa jusqu'à la fin du repas. Puis Théo se leva.

— Bon, je vais t'aimer... euh, pardon, je veux dire te laisser.

— Je vais faire la vaisselle. Merci pour le dîner. Embrasse Bev et Trev de ma part.

Théo prit le journal qui était toujours ouvert sur ma rubrique. Je crus qu'il allait l'emporter dans sa chambre. Mais il le replia deux fois et posa le pied sur la pédale de la poubelle.

— Non ! lançai-je. Ne fais pas ça.

Il se tourna vers moi.

— Ne fais pas quoi ?
— Ne le jette pas.
— Pourquoi pas ?
— Parce que je ne veux pas que tu le jettes, c'est tout.
— Désolé. Je croyais que tu aimais que tout soit bien rangé.
— Ce n'est pas ce que je veux dire.
— Ah, tu recycles ? Je ne savais pas.
— Non, dis-je en rougissant. Non. C'est juste que...
— Quoi ? Qu'est-ce qu'il y a ? Rose ?

Mes yeux s'étaient subitement remplis de larmes muettes.

— Il y a ma rubrique, là-dedans, gémis-je d'une voix fluette.
— Je suis désolé. Je n'ai pas réfléchi. J'ai cru que tu en avais un exemplaire.
— J'en ai un.
— Ah.

Il parut complètement perplexe.

— Alors pourquoi est-ce que je ne peux pas jeter celui-ci ?

249

— Parce que... enfin... je ne veux pas, c'est tout.

— Pourquoi pas ? Tu en as déjà un.

— Oui, mais ce n'est pas le problème.

— C'est quoi, le problème ?

Mon Dieu. Comment allais-je pouvoir lui expliquer ça ?

— Rose, qu'est-ce qu'il y a ?

— Je ne peux pas t'en parler.

— Pourquoi pas ?

— Parce que tu vas trouver ça idiot.

— Non, je te promets.

— Si.

— Dis voir.

Je m'éclaircis la voix.

— Allez, m'encouragea-t-il doucement.

— Eh bien...

J'avais la gorge serrée et j'arrivais à peine à parler.

— ... c'est une lubie...

— Quoi ?

— Parce que ma photo et mes mots sont dans ce journal, j'ai l'impression que c'est moi qu'on fout à la poubelle.

— Ah. En effet, c'est idiot. C'est même un peu cinglé.

— Je sais, mais c'est plus fort que moi ! gémis-je.

— Tu ne crois pas que tu exagères un peu ?

Ce culot !

— Non, en fait. Je n'exagère *pas du tout*, Théo !

— D'accord, d'accord, tu n'exagères pas.

— Enfin, est-ce que tu considères que tu as exagéré, quand ta belle-mère a jeté la photo de ta mère ?

— Mais Rose, c'était la *seule*. Alors qu'il y a des millions d'exemplaires de ce canard, ce qui veut dire que tu es *tout le temps* jetée à la poubelle.

— Oui, mais quand c'est par des gens que je ne connais pas, ce n'est pas grave. Toi, je te connais. C'est comme si toi aussi, tu me mettais à la poubelle !

Réagissant à la tension de ma voix, Rudy se mit à s'ébrouer.

— Tu as besoin d'un psy ! dit-il avec la voix de Ted en sautillant sur son perchoir.

— Je suis désolé, Rose. Je n'avais pas l'intention de te blesser. Tiens...

Il me remit le journal et passa sa veste.

— Bon, il vaut mieux que j'y aille.

— Oui, il vaut mieux ! Il vaut mieux que tu ailles tout de suite changer les ampoules de Bev – mais moi aussi, j'ai des ampoules, tu sais !

— Rose, lança-t-il en s'arrêtant sur le pas de la porte. Ne le prends pas mal, mais je crois que Rudy a raison.

— Je te remercie beaucoup ! hurlai-je tandis qu'il refermait la porte derrière lui.

J'étais clouée sur place, muette de rage, quand le téléphone sonna. Si c'était mon obsédé, il allait se faire exploser les oreilles cette fois, me dis-je en décrochant.

— Allô ! aboyai-je.
— Euh... Rose ?
— Ah, salut, Henry.

— Je voulais simplement... te demander quelque chose de... euh, disons, de...

— Oui ? Quoi ?

— Rose... ça va ?

— Non. Ça ne va pas. En fait, je suis verte de rage ! Rudy m'a conseillé de consulter un psy et Théo est de son avis ! Tu imagines l'impertinence !

— Enfin... pourquoi t'a-t-il dit ça ?

Je relatai l'incident du journal.

— Ah, fit-il lentement. Je *vois*.

— Mais toi, tu n'as jamais jeté mes articles, pas vrai, Henry ?

— Non, non, non, non. D'ailleurs, je crois que je les ai tous. Dans un dossier quelque part. Oui, j'en suis sûr.

— Vraiment, Henry ? Comme c'est adorable... Mais Théo n'a pas du tout compris. Il a dit que j'exagérais. Quel crétin insensible. Il manque vraiment de tact, tu sais.

— J'espère qu'il ne peut pas t'entendre, Rose.

— Non. Il est chez Bev.

— Bev ?

— Beverley, tu te rappelles, au bal ?

— Ah oui, la fille habillée en Degas.

— Elle vit à côté. Elle et Théo s'entendent comme larrons en foire, précisai-je piteusement.

— C'est vrai ?

— Oui ! C'est vrai ! Il passe son temps chez elle ! Il saisit le moindre prétexte ! Il y est en ce moment ! En train de changer ses ampoules, s'il te plaît ! Encore un peu, et il emménage carrément, et je vais me retrouver toute seule. Henry ? Tu es là ?

— Oui. C'est juste que je viens de faire tomber mon sac à main.

— Enfin, qu'est-ce que tu voulais me demander ?

— Oui, euh... quoi donc, en effet ? Ah oui. Je dois voir Béa samedi, expliqua-t-il. J'ai rendez-vous avec elle au musée impérial de la Guerre.

Quel romantisme.

— Je pensais que nous pourrions dîner quelque part ensuite et je me demandais quelle sorte de cuisine elle préfère ? C'est pour ça que je t'appelle. Pour savoir.

— Ah. Je ne sais pas.

— Je veux dire, est-ce qu'elle aime la cuisine italienne ? Française ? Indienne ? Thaïlandaise ? Ou est-ce qu'elle préfère le chinois, le turc, voire le polonais ?

Mais de quoi il parlait ?

— Henry, pourquoi est-ce que tu ne lui poses pas la question ?

— Oui, c'est une très bonne idée. Quelle excellente stratégie ! C'est ce que je vais faire. Le lui demander. Nous pourrions peut-être dîner au Club de l'Armée et de la Marine ? Ils font de délicieuses profiteroles.

— Bon, bien pendant que tu roucoules avec Béa, je vais tenir la chandelle à Bella. Elle veut que je rencontre son nouveau mec.

— Ah oui, dit Henry. Béa m'en a parlé. Pas spécialement en bien...

« C'est un merdeux et un branleur ! » Voilà, en fait, ce qu'avait dit Béa. Mais évidemment, Béa ne peut pas tomber raide dingue de lui, songeai-je en allant rejoindre Bella et Sean samedi soir. Elle et Béa ont une relation si étrange. Elles sont comme ces étoiles binaires dont m'a parlé Théo, captées malgré elles dans leurs orbites réciproques – en concurrence constante mais rassurante. La codépendance personnifiée. Quant à la réussite de leur boîte de déco, j'étais dubitative. D'accord, Bella est douée pour l'argent puisqu'elle était journaliste financière, et Bella a du goût. Mais la décoration intérieure est très vulnérable au climat économique ; au moindre signe de récession, elles devront mettre la clé sous la porte. On ne songe pas à repeindre les murs d'une maison qui va être saisie par la banque.

Durant mon trajet en métro – j'avais décidé de ne pas prendre la voiture –, je songeai à Henry et Béa, en me demandant si le fait qu'ils sortaient ensemble m'embêtait. C'est le genre de situation qui se retrouve souvent dans les lettres que je reçois. J'étais parvenue à la station de South Kensington lorsque je décidai que cela m'était parfaitement égal. Si Béa et Henry voulaient vivre heureux et avoir beaucoup d'enfants, je leur souhaitais bonne chance – la vie est courte. D'ailleurs, la vie devient de plus en plus courte, me dis-je en songeant à mon prochain anniversaire. Quarante ans. L'avenir ne se déroulait plus devant moi comme une vaste prairie... Mais que dirait Béa du penchant de Henry pour les jolies robes ? Sous ses apparences de fille moderne, elle est assez vieux jeu et je ne crois pas qu'elle réagirait très bien. Enfin, c'est à lui d'en parler, pas vrai ? Je n'ai pas à m'en mêler. Et Sean, comment était-il ? Le fait que Béa n'en raffole pas était à prendre avec des gants. Elle lui trouverait des défauts même s'il avait l'intelligence d'Einstein, le physique de Brad Pitt et la fortune de Bill Gates. J'étais certaine qu'il était très bien, ce garçon. Après tout, il avait choisi de se déguiser en toile de Jackson Pollock, ce qui dénotait à la fois de l'imagination et du goût.

Nous nous étions donné rendez-vous dans un restaurant branché, le Pharmacy. Je n'y avais jamais mis les pieds, mais je le repérai rapidement grâce au physionomiste baraqué qui gardait l'entrée.

— J'ai réservé, précisai-je en franchissant le cordon mauve.

La porte coulissante s'ouvrit avec un soupir asthmatique et je me dirigeai vers la foule qui se pressait au bar.

— Rose ! glapit Bella en agitant la main comme une concurrente de jeu télévisé qui vient de trouver la bonne réponse. Rose ! Hé ! On est là !

Quand Bella ne parle qu'en points d'exclamation, c'est qu'elle est excitée comme une puce.

— Rose ! Voici Sean ! Sean ! Rose !

Elle suintait l'adrénaline par tous les pores, comme le miel suinte d'un rayon de ruche. Il est vrai que la pauvre petite n'avait pas eu de vrai fiancé depuis plus de quatre ans.

Je tendis la main en souriant.

— Ravie de vous rencontrer, Sean.

— Râââ-vi de vous rencontrer moi aussi, Rose. On m'a bôôô-coup parlé de vous.

— Ah oui ? Euh... moi aussi, on m'a beaucoup parlé de vous.

Je n'avais pas tellement détaillé Sean le soir du bal costumé. Ce soir, il portait un costard genre minet des sixties à la coupe tellement acérée que j'aurais pu m'y couper un doigt, et des lunettes rondes teintées à la Jarvis Cocker. Ses cheveux sombres étaient lissés au gel et ses pieds, chaussés de boots pointues en croûte de porc. En fait, il était la fois lisse et pointu, décidai-je.

— On boit des vodkas avec du jus d'airelle, dit-il. Et vous, Rose ?

— La même chose.

— Et toi, lapin, tu remets ça ? demanda-t-il à Bella.

— Oh oui, tu serais gentil ! roucoula-t-elle.

— Lapin ? répétai-je d'un air interrogateur pendant que Bella minaudait.

— C'est mon petit nom pour elle, fit-il en souriant.

— Ah... pourquoi ?

— Parce qu'elle est toute douce et mignonne et qu'elle me rappelle le lapin que j'avais quand j'étais petit, pas vrai, lapin ?

Pour l'amour du ciel ! Quel ringard !

— Au fait, j'adôôôre votre rubrique, Rose, ajouta-t-il d'un air pénétré. Je la lis toujours.

— Vraiment ?

Après tout, je pouvais peut-être attendre avant de juger.

— Quel endroit... original, observai-je en regardant autour de moi.

— Je sais ! s'exclama Bella. C'est mortel !

En fait, on aurait dit une pharmacie. Il y avait d'énormes flacons de pilules partout. Des boîtes de médicaments s'alignaient sur les étagères, et tandis que Sean se frayait un chemin jusqu'au bar je déchiffrai les noms : Tagomet, Ventoline, Betnovate, Warfarin et – tiens, charmant ! – Anusol. Je me demandai vaguement s'il y avait du Valium, pour Bella. Elle affichait le sourire maniaque du chimpanzé de la pub Omo.

— Nous *adorons* cet endroit ! dit-elle.

Ainsi, elle en était déjà à dire « nous » ! En tout cas, pour ma part, je n'en raffolais pas. C'était tapissé de mômes bruyants qui me donnaient la sensation d'être complètement décrépite. Quant à la déco, je trouvais le thème « pharmacie » complètement absurde. Et quoi encore ? Un restaurant appelé « Morgue » avec des tables d'autopsie et des scalpels à la place de couteaux ?

— C'est génial ! mentis-je. Qu'est-ce que c'est drôle.

— On vient souvent. Sean a un appart' sublime tout près d'ici.

Je souris.

— Tu ne le trouves pas complètement craquant ? me souffla-t-elle.

Je le détaillai.

— Hum... Pas mal. Il a quel âge ? Trente-sept ?

— Non, *quarante*-sept.

Ça alors !

— On dirait qu'il prend de bonnes vitamines.

— Je sais, gloussa-t-elle. C'est vrai qu'il fait jeune. Et heureusement, reprit-elle à mi-voix, il n'a *jamais* été marié.

Hou là.

— C'est vrai, c'est une chance. Et qu'est-ce qu'il fait dans la vie déjà ?

— Il travaille dans la pub.

Bon sang, mais c'est bien sûr.

— Il connaît le Tout-Londres, ajouta-t-elle, admirative.

C'était sûrement vrai. Tandis qu'il attendait nos consommations, Sean saluait les autres clients avec autant d'enthousiasme qu'un homme politique un jour de sondage.

— Attention, il revient !

— Désolé, les filles, fit-il en levant les yeux au ciel pour simuler l'exaspération. J'ai plein d'amis ici ce soir. Bon, eh bien santé ! Ravi de vous connaître, Rose !

Tout en sirotant mon drink, je constatai que les « amis » de Sean, à moins qu'ils n'aient passé un pacte avec le Diable, semblaient tous avoir une bonne vingtaine d'années de moins que lui. J'avais l'impression d'être une retraitée dans une discothèque pour lycéens. Sean, en revanche était comme un poisson dans l'eau.

— J'adore cet endroit, Rose. C'est branché, et puis c'est commode.

Pas si on habite Camberwell.

— Oui, Rose. Notting Hill Gate est un endroit *insensé*. Ce que j'aime ici, c'est qu'il y a plein de *vrais gens* – ils sont vraiment *vrais* – vous voyez ce que je veux dire ?

— Hum. Alors, vous travaillez dans la pub ?

— Oui, Rose. Exactement.

— Côté créatif ?

— Ce que je fais est très créatif, en effet, Rose.
— Vous êtes dans quelle agence ?
— Je ne suis pas dans une agence, Rose. Je travaille à la télé.
— Pour Channel 37, s'empressa de préciser Bella.
— C'est un boulot très exigeant, Rose, mais je suis entouré d'une équipe géniale.
— C'est drôle, dis-je, le mari de mon assistante, Rob Banks, bosse pour Channel 37. Du côté de la vente d'espace publicitaire. Vous ne le connaissez pas, j'imagine ?
— Rob Banks ? Il bosse pour moi. C'est un crétin, lâcha Sean avec une cruelle désinvolture. Il est nul. Il va se faire virer.
— Alors vous faites de la *vente*, dis-je sans relever sa scandaleuse indiscrétion. Vous vendez de l'espace publicitaire.
— Oui, Rose, je suis dans la pub, comme je viens de le dire.

Maintenant, je savais pourquoi il n'arrêtait pas de m'appeler par mon prénom.

— Ah, salut, Kim ! lança-t-il en bondissant pour faire la bise à une jolie blonde. Ouais, on s'appelle et on déjeune ! Désolé, fit-il en se rasseyant et en roulant des yeux. Au fait, c'était Kim Medcalf – vous l'avez sans doute reconnue – qui joue dans *EastEnders*. Bon, on mange ?

Inutile de préciser que le dîner fut un enfer. Entre deux bouchées de polenta, Sean citait assez de noms célèbres pour emplir un annuaire de téléphone. Il nous régala du récit de ses cocktails avec « Kate » (Winslet) et « Joan » (Collins), pérora sur l'avenir amoureux de « Jerry » (Hall) – « tu l'adorerais, Rose » –, nous apprit qu'il passait « un temps fou » avec « Guy » (Ritchie) et qu'il était « très proche » de Sting. Tandis qu'il soliloquait, je fus frappée par son visage curieusement juvénile. Cet homme approchait de la cinquantaine mais il avait le front aussi lisse qu'une boule de billard ; et ses pattes-d'oie, qu'est-ce qu'il en avait fait ? Il y avait quelque chose de louche, là-dedans. Sean avait l'air vaguement vitreux que j'avais déjà vu aux femmes qui... mais oui, bien sûr. Les hommes s'en font faire aussi, pas vrai ? Des injections de Botox. Ou il avait peut-être subi un lifting... Tandis qu'il poursuivait son monologue sur « Lee » (Alexander McQueen), « un garçon adorable, Rose » et « Stella » (McCartney), je me rendis compte de deux choses : premièrement, il n'avait manifesté aucun intérêt pour Bella ou pour moi de toute la soirée ; deuxièmement, en qualifiant Sean de « merdeux » et de « branleur », Béa l'avait sérieusement sous-évalué. C'était, en fait, un petit branleur mesquin, narcissique et prétentieux de cinquième zone. Tout en regardant Bella renverser la tête en riant aux éclats de ses mots d'esprit lourdingues, je lui hurlai mentalement « Je sais que tu es désespérée, *lapin*, mais veux-tu bien me dire ce que tu fous avec ce connard ? » Tout en leur souriant aimablement. Quand la serveuse, une assez jolie fille, s'approcha pour débarrasser, je remarquai autre chose – Sean la détaillait de la tête aux pieds en s'attardant avec complaisance sur ses seins.

— Desserts ? demanda-t-elle.

Je secouai la tête.

— Et lapin surveille sa ligne, pas vrai, lapin ? ajouta-t-il en enfonçant un index taquin dans la hanche de Bella.

Elle rosit et gloussa, tandis que je me retenais à quatre mains pour ne pas poignarder Sean avec ma fourchette.

— Bella a une très jolie silhouette, tu sais, prononçai-je d'un ton de reproche. Elle n'a pas besoin de mincir.

— Mais bien sûr que si, pas vrai, lapin ? dit-il en lui pinçant les joues comme à un bébé.

Enfin, la soirée touchait à sa fin. J'avais accompli mon devoir et je pouvais repartir. Camberwell était loin, songeai-je avec découragement, et je n'avais pas les moyens de m'offrir un taxi. Tandis que Sean réglait l'addition – « Je peux le passer en note de frais, Rose, puisque tu es journaliste », m'expliqua-t-il élégamment – je me demandai pourquoi diable il avait fallu se traîner jusqu'ici ? J'avais proposé un lieu de rendez-vous plus central mais Sean avait insisté pour que ce soit à Pharmacy. J'avais d'abord cru qu'il s'agissait simplement de paresse, mais pas du tout. Si nous nous étions rencontrés en terrain neutre, il n'aurait pas pu me montrer à quel point il avait « réussi » socialement. Il voulait que je le voie en train de faire des mamours à la terre entière dans un resto à la mode de Notting Hill. Car, après nous être levés pour partir, il recommença son manège, saluant les clients de la tête en disant « Salut » et en faisant tourner son index pour mimer un coup de fil – j'avais l'impression d'être flanquée d'un sémaphore mondain.

— Oui, oui, je te « phone », articulait-il. On s'appelle et on se fait un déj' !

— Merci d'être venue, Rose, me glissa Bella.

Je la dévisageai avec pitié.

— J'ai été ravie de te voir, répondis-je. Merci pour cette soirée intéressante, Sean. Et pour le dîner.

— Tout le plaisir était pour moi, Rose. On recommence très vite !

Ça, plutôt *crever*, tête de nœud, me dis-je en reprenant le métro pour traverser la ville...

Il était 22 h 55 lorsque je parvins chez moi. Les lumières de Beverley étaient encore allumées au rez-de-chaussée mais ma propre maison était silencieuse et sombre. En ouvrant la porte, je remarquai que la veste de Théo n'était pas accrochée à la patère. Alors, il était à côté. Hum... Je ne mis pas la chaîne, pour qu'il n'ait pas besoin de sonner en rentrant, puis je recouvris la cage de Rudy et je me couchai.

Je dormis mal à cause de la vodka, et m'éveillai au milieu de la nuit, morte de soif. J'entendis confusément un léger bruit en bas, mais je ne paniquai pas comme la dernière fois parce que je savais que c'était simplement Théo qui rentrait. Je me demandai comme sa soirée avec Beverley s'était passée et m'assoupis à nouveau, tout en me disant que l'anagramme de « Sean », c'était « nase ».

Je me réveillai vers 7 heures, un peu vaseuse, et descendis me faire du thé. Théo avait foutu le souk en rentrant : rien n'était à sa place. Le tiroir de la console d'entrée était ouvert – il avait dû fouiller pour trouver un stylo – et l'un de mes portraits pendait de guingois. Et puis... eh merde !... La porte ! Non seulement il n'avait pas mis la chaîne, le vilain, mais il l'avait même laissée entrouverte ! Quel *foutu* irresponsable ! J'allais devoir lui parler, me dis-je, furieuse, en allant refermer. J'étais en train de me demander comment j'allais formuler ça – je n'avais pas envie de me fâcher avec lui – quand quelque chose attira mon regard dans le salon. Je m'approchai. C'était le foutoir. Je savais que Théo était désordonné, mais qu'est-ce qu'il avait bien pu fabriquer ? Une petite table était renversée et mes CD éparpillés par terre ; mon secrétaire avait été ouvert et vidé, et qu'est-ce que... ? Ah. *Merde*. Le téléviseur brillait par son absence.

— Bordel de merde ! hurlai-je. J'ai été cambriolée !

— Rose ? Ça va ?

Théo dégringola l'escalier et déboula dans le salon, uniquement vêtu d'une serviette blanche.

— Désolé, dit-il d'un air embarrassé, j'étais sous la douche et... Qu'est-ce qui se passe ?

— J'ai été cambriolée, voilà !

— Non !

— Oui ! Et s'ils ont pu entrer, c'est parce que tu n'as pas remis la putain de chaîne sur la putain de porte !

— Mais c'était parce que tu n'étais pas rentrée. *Quoi ?*

— Je croyais que c'était toi qui n'étais pas rentré ! Je suis arrivée vers minuit, et comme la maison n'était pas éclairée j'ai cru que tu étais toujours chez Bev. En plus, ta veste n'était pas au crochet.

— Ah, c'est parce que je l'ai retirée dans ma chambre. Je me suis mis au lit très tôt hier soir.

— Vers quelle heure ?

Il fronça les sourcils.

— Je suis rentré vers 22 heures, j'ai regardé un peu la télé et je me suis couché à la demie. J'étais tellement crevé que je me suis endormi tout de suite. Je savais que tu étais sortie et je n'ai pas mis la chaîne.

Je pris ma tête à deux mains. Mon Dieu.

— Mais j'ai cru que *toi*, tu n'étais pas encore rentré. Je suis désolée, Théo. C'est ma faute, pas la tienne. Je n'ai pas remis la chaîne et ils sont entrés.

— Tu avais refermé à clé ?

— Bien entendu. Mais ces gens sont des pros – ils ont des tas de passe-partout. J'ai même entendu du bruit, mais je ne suis pas descendue parce que je pensais que c'était toi qui rentrais.

Puis j'eus une pensée affreuse. Les cambrioleurs étaient venus pendant que nous dormions – nous aurions pu être assassinés dans nos lits. On entend toujours parler de gens qui sont là quand les cambrioleurs entrent chez eux, jusque dans leur chambre à coucher, à la recherche d'argent et de bijoux et – mon Dieu ! *Mon Dieu* ! Je bondis jusqu'à l'étage, cœur battant, et ouvris brutalement mon tiroir à lingerie. Je repoussai les slips et les soutiens-gorge soigneusement rangés pour fouiller jusqu'au fond. J'en tirai mon coffret à bijoux en cuir, plein de tout un bric-à-brac et du seul objet auquel je tienne. Si vous saviez ce que c'était, vous éclateriez de rire. Ce n'est qu'une babiole, mais pour moi, il vaut tout l'or de Fort Knox. Les doigts tremblants, j'ouvris la minuscule boîte en plastique bleu, soulevai l'ouate et me détendis enfin. Je rangeai le coffret et redescendis, tremblante comme un chihuahua enrhumé. Théo était en train d'appeler la police.

— Ils seront là dans dix minutes, m'annonça-t-il en raccrochant.

— Ils n'ont rien pris à toi ?

— Non. Mon télescope et mon ordinateur sont toujours là. Je crois qu'ils ont juste pris la télé et le magnétoscope.

— Et cent livres qui étaient dans mon secrétaire. Dieu merci, je n'avais pas laissé mon sac à main en bas, sinon ils auraient pris mes cartes de crédit. Ça aurait pu être pire, ajoutai-je, beaucoup plus calme. Je peux me racheter un téléviseur d'occasion.

— Tu n'es pas assurée ?

Je secouai la tête.

— J'essayais d'économiser. Au moins, ils n'ont rien pris qui ait une quelconque valeur sentimentale.

— Rose, je suis désolé de te le dire, mais je crois que si. La photo de tes parents... elle a disparu.

Je me tournai vers le buffet. Elle n'était plus là.

— Ah bon, fis-je en haussant les épaules.

— Tu dois être triste. Je suis désolé.

— Ce n'est pas grave. Le cadre était seulement plaqué argent. Enfin, je vais faire du thé. Je crois que c'est de tradition dans ce genre de circonstances ? Qu'est-ce qu'il y a, Théo ?

Il me dévisageait bizarrement.

— Euh... rien. Je... je ferais mieux de m'habiller.

Maintenant que le choc était passé, je remarquai à quel point sa taille était mince, et ses épaules larges ; combien sa poitrine était étonnamment musclée, et sa peau lisse. Tout à coup, je me dis qu'il aurait pu aller au bal déguisé en David de Michel-Ange – avec une feuille de vigne, évidemment. Quand il se retourna, je vis que le haut de son dos était constellé de taches de rousseur pâles, comme des galaxies lointaines, et qu'il avait des mollets musclés. J'allai à la cuisine, vaguement troublée, puis ouvris le frigo pour donner des fruits à Rudy.

— Tu veux du raisin, ce matin, Rudy ? lui demandai-je sans me retourner. Ou préférerais-tu un peu de pêche ? J'ai une demi-banane, si tu veux. Ou une très belle poire. Tu en dis quoi, Rudy ?

Il était plutôt taciturne ce matin. Bizarre. Ça ne lui ressemblait pas du tout. Je me retournai lentement et découvris, horrifiée, que Rudolph Valentino avait disparu.

11.

— Je suis vraiment navrée, dis-je à Béa en lui apprenant la disparition de Rudy le lendemain soir. Je me sens affreusement coupable.

— Ce n'est pas ta faute. Je suis simplement stupéfaite que tu ne l'aies pas entendu crier « Au secours ! On m'enlève ! »

— Il était sans doute trop choqué pour parler. Les cambrioleurs ont dû soulever sa housse, constater qu'il valait cher et décidé de l'emporter. On est en train de distribuer son signalement à quatre-vingt-trois animaleries dans le sud-est de Londres.

— Tu as précisé ce qu'il dit ?

— Oui. Ses références fréquentes à la programmation de Radio Four devraient permettre de l'identifier.

— Ainsi que les rediffusions intégrales de tes querelles avec Ted. Enfin, j'espère qu'on le retrouvera. Bella va être dans tous ses états. Mais ne te fais pas de reproches, Rose. Ce sont des choses qui arrivent. Cela dit, tu vas devoir installer un système d'alarme... Dis donc, c'est le bordel, ici, non ? ajouta-t-elle en inspectant la cuisine. Le jeune Théo serait-il un porc ?

— Non, ce n'est pas lui, fis-je honteusement. Hélas, c'est moi.

Je contemplai à mon tour les piles d'assiettes sales et de tasses non lavées.

— Je n'étais pas tellement d'humeur à faire le ménage, expliquai-je.

— *Vraiment* ? dit-elle en me regardant curieusement. Ne t'inquiète pas. Ce doit être le choc. Tu souffres de stress post-traumatique, annonça-t-elle avec assurance tandis que je retirais notre pizza de son carton.

— Ouais. Ça doit être ça. Bon, alors dis-moi comment s'est passée ta soirée avec Henry ?

— Mais très bien ! Au début, j'avais l'impression qu'il était un peu gêné, mais finalement, nous nous sommes bien amusés. Il a beaucoup parlé du bal costumé... il a adoré.

— Oui, c'est ce qu'il m'a dit. Et le musée impérial de la Guerre, c'était intéressant ?

— Formidable, répondit-elle tandis que je mettais le carton de Pizza Hut à la poubelle.

— Où avez-vous mangé ?

— Dans un restau indien, le Veeraswamy. Puis on a pris un verre au In and Out Club.

Je nous servis chacune une large part de pizza. Béa poussa un long soupir avant de reprendre :

— Henry est tellement adorable. Ce que j'aime surtout chez lui – c'est vraiment étonnant chez un mec aussi viril – c'est son rapport à sa propre féminité. En fait, il est très au courant de la mode.

— Vraiment ?

— En même temps, c'est un homme. Un vrai. Tu vois ce que je veux dire, Rose ? Évidemment, que tu vois, s'empressa-t-elle d'ajouter. Je ne sais pas pourquoi tu ne l'as pas gardé pour toi.

— Je n'en ai jamais eu le temps, dis-je en sortant les serviettes en papier. Il était toujours parti avec son régiment, à Chypre, Oman, Belize ou je ne sais où...

— C'est justement pour cette raison que tu sortais avec lui, non ?

Je la dévisageai.

— Qu'est-ce que tu insinues ?

— Je veux dire que tu as toujours choisi des hommes avec lesquels tu ne pouvais avoir qu'une relation à distance.

— Ne sois pas absurde, rétorquai-je en lui passant le moulin à poivre. Ted n'allait jamais nulle part, que je sache.

— Exactement. Alors c'est toi qui l'as chassé.

— Je n'ai pas « chassé » Ted, Béa. Comme tu le sais parfaitement, il m'a trompée avec notre conseillère conjugale moins de sept mois après notre mariage.

— Ce ne sont pas les sept mois qui sont graves. C'est le simple fait que vous ayez eu besoin d'une conseillère conjugale. Tu n'es pas capable de vivre en couple.

Quel culot ! Et elle, elle est incapable de vivre *hors* du couple – celui qu'elle forme avec sa sœur jumelle.

— C'est ça, ton problème, Rose. Stratégie d'évitement classique.

— Écoute, veux-tu bien arrêter de me psychanalyser, Béa ? Je viens d'être cambriolée. Lâche-moi les baskets.

— D'accord. Enfin, Henry m'a annoncé qu'il devrait peut-être aller au Moyen-Orient le mois prochain. Ça me déprime.

— C'est l'un des risques du métier, hélas. Attends, c'est le téléphone.

Je courus décrocher. C'était Beverley, qui désirait me réconforter après le cambriolage.

— Si seulement j'avais pu faire quelque chose ! dit-elle. Je me suis couchée très tard. J'étais incapable de dormir – et j'ai bien cru que j'entendais du bruit vers 2 h 30. Mais Trev ronflait si fort que je n'en étais pas sûre.

— Tu veux passer ? suggérai-je. On a commandé une pizza. Y'en a pour un régiment.

— Vraiment ? Pourquoi pas ?

— Théo est parti contempler les étoiles, expliquai-je, mais Béa est là.

— Ah. Eh bien... en fait, Rose, je crois que je ne viendrai pas.

— Mais tu ne seras pas de trop, Bev, sincèrement. Elle est en train de me raconter sa soirée avec Henry. Pourquoi tu ne passes pas ? Allez !

— C'est gentil, mais à la réflexion, j'ai des tas de trucs à faire. Il faut vraiment que je travaille.

— Bon, soupirai-je. C'est toi qui décides. Mais viens si tu changes d'avis. Tu veux que je dise à Théo que tu as appelé ?

— Euh, oui, dit-elle prudemment. S'il te plaît.

— Beverley était prête à passer, racontai-je à Béa, mais quand j'ai dit que Théo était sorti, elle a changé d'avis. Elle est folle de lui. Elle le nie obstinément, mais j'en suis convaincue. Et je sais qu'il l'aime bien, parce qu'il l'a appelée « mon chou » et qu'il va au pub avec elle et qu'il passe son temps à l'aider et qu'il est toujours fourré chez elle.

— C'est donc une affaire à suivre, non ?

— Oui, en effet, répondis-je avec un petit pincement au cœur. En tout cas, je suis ravie que tu t'entendes si bien avec Henry.

— À tel point qu'on se revoit ce week-end. Il m'emmène assister à une conférence sur les nouvelles directives en matière de Sécurité européenne et de Politique de Défense, à l'Institut international de recherches stratégiques. C'est chouette, non ?

Je hochai la tête avec enthousiasme.

— Je crois qu'il veut que j'en sache autant que lui sur les affaires militaires, reprit-elle gaiement. Pour qu'on puisse en discuter. Je viens de lire la biographie du maréchal Barker-Ffortescue. Tu sais qu'il portait parfois des robes ?

— Non !

— C'est *horrible*, non ?

— Oui. Comme tu dis.

Je ne pouvais pas lui parler du goût de Henry pour les atours féminins. C'était à lui d'aborder la question avec Béa si leur histoire devenait sérieuse.

— Au fait, qu'as-tu pensé de l'affreux Sean ? me demanda-t-elle.

— Qu'il était chiant. On devrait l'utiliser comme anesthésique général dans les hôpitaux – en trente secondes, il vous met K.O. Et sa façon de sortir des noms de célébrités à tout bout de champ ! Pathétique ! Je parie qu'il n'a même jamais rencontré ces gens-là.

— Je pense que si. Channel 37 est une petite chaîne, alors il est invité à toutes les soirées. Remises de prix, fêtes, projections privées... C'est pour cela qu'il a l'impression d'être dans le coup.

— J'ai toujours cru que Bella avait bon goût. Qu'est-ce qu'elle lui trouve ?

— Il est assez séduisant, il l'emmène dans des soirées chic et des restos à la mode. Et elle était tellement désespérée de ne pas avoir de mec qu'elle est flattée d'avoir attiré son attention.

— Je serais prête à parier qu'elle n'est pas la seule à en bénéficier, fis-je remarquer en avalant une gorgée de margarita. Il a l'œil baladeur, c'est évident.

— Je sais, acquiesça Béa en picorant une rondelle de salami. Je l'ai constaté moi-même. Au fait, tu mérites un Oscar : Bella est persuadée que tu l'adores.

— Vraiment ? Mon Dieu. Enfin, il ne faut pas la blesser... Ce type est un cauchemar ambulant, mais elle fait ce qu'elle veut. Et qui sait, ça pourrait peut-être marcher.

Une expression de panique abjecte envahit le visage de Béa à cette perspective.

— Marcher ?

Elle cligna des yeux à plusieurs reprises très rapidement.

— Non, non. Ça ne marchera pas du tout, d'après moi... Toi, tu penses vraiment que ça peut marcher ?

Je haussai les épaules.

— Peut-être.

Elle secoua la tête.

— Pas question. En fait, je n'ai pas le cœur de le lui dire, mais je crois que Bella va droit dans le mur.

Je ne soufflai mot à Béa de la remarque horriblement indiscrète de Sean au sujet du mari de Serena, mais cela me tourmentait.

Pauvre Serena, compatis-je en la voyant arriver au travail lundi matin. Rob va perdre son poste. Je souffrais d'être au courant de la situation. Elle avait déjà assez de problèmes. Quand elle suspendit son manteau, je constatai combien il était usé. Son pull avait besoin d'être reprisé. J'étais sûre qu'elle se faisait faire des mèches auparavant, et maintenant ses cheveux étaient décidément gris. Je résolus de demander une augmentation pour elle à Ricky.

— Alors, comment ça va ? m'enquis-je gentiment.

— Comme ci comme ça. Mais après la pluie, le beau temps, n'est-ce pas ?

— Serena, qu'est-il arrivé à votre main ? m'étranglai-je. Ce pansement !

— Eh bien, fit-elle avec un ricanement nerveux. C'est juste une petite... brûlure. Johnny s'est amusé à mettre la théière en Inox dans le four à micro-ondes. Quand je suis allée dans la cuisine, j'ai cru que la machine allait exploser. Alors j'ai ouvert la porte et j'ai été assez bête pour toucher la théière. Inutile de vous dire qu'elle était brûlante. Enfin, le toubib des urgences a dit que ce n'était qu'une brûlure au deuxième degré.

— Mon Dieu !

— Vraiment, ce n'est pas si grave. Et puis, vous savez, les garçons..., ajouta-t-elle, stoïque.

— Je suis désolée, Serena. Ça doit vraiment vous faire souffrir.

— C'est ça la vie de famille. Il y a du bon et du moins bon. Heureusement, ça se passe bien au travail, pour Rob.

— Vraiment ? fis-je en essayant de cacher mon étonnement.

— Mais oui ! Son patron, Sean, lui a dit qu'il se débrouillait comme un as !

— Incroyable ! Je veux dire, formidable !

Pour épargner la main de Serena j'ouvris les enveloppes contenant la livraison de livres du jour. *Le régime de Dieu – une méthode divinement simple pour perdre du poids.* Je poussai un soupir. Ces livres de régime écrits par des célébrités sont d'un ennui... *500 idées formidables pour tout organiser !* – rien à foutre. *Votre bébé : 101 conseils essentiels.* Je le feuilletai distraitement. *Conseil n° 5 : n'oubliez pas votre bébé dans le bus.* Terrassant. Je me tournai ensuite vers le courrier du jour, le cœur étrangement lourd. *Chère Rose, j'ai de terribles problèmes d'argent... Chère Rose, je crois que je suis homosexuel... Chère Rose, je ne suis pas sorti de chez moi depuis cinq ans... Chère Rose, mon mari boit...*

Et ça ne t'ennuie jamais ? me soufflait la voix de Théo à l'oreille, comme Satan. *Toujours les mêmes problèmes ?* Évidemment pas, me dis-je brusquement. J'étais juste un peu déprimée aujourd'hui, voilà tout. À cause du cambriolage. Et de Rudy. J'étais terriblement inquiète pour lui. Tout en prenant une autre pile de lettres, je m'obligeai à me secouer. Elles étaient toutes écrites par des gens qui divorçaient. Leurs lamentations et leurs ressentiments se confondaient dans une immense jérémiade matrimoniale.

J'ai des problèmes de visite... il ne remplit pas ses obligations... ma mère est de son côté et les enfants ne veulent plus me parler, mais il y a pire encore... ma femme est partie avec notre fille au pair...

C'était comme si mes épaules étaient trempées de leurs larmes. Je ne comprenais pas pourquoi j'étais aussi négative, – cela ne me ressemblait pas du tout –, peut-être parce que j'étais sur le point d'entamer une procédure de divorce, moi aussi. C'est difficile, de donner des conseils aux autres lorsqu'on traverse la même épreuve qu'eux. J'ai contacté une avocate, Frances ; la demande partira la semaine prochaine.

Frances m'a précisé que, puisque j'avais payé la moitié des remboursements pour la maison de Putney pendant neuf mois, j'avais le droit de demander une compensation. Mais je trouve que ça manquerait de dignité, et puis ça ferait traîner les choses. Je suis peut-être fauchée, mais je n'ai aucune envie de prolonger ma souffrance par des embrouilles financières – je veux juste que tout soit fini le plus vite possible. L'an dernier, à la même époque, songeai-je avec amertume, je mettais au point les derniers détails de mon mariage ; à peine douze mois plus tard, me voici prête à demander mon jugement provisoire de divorce. Je me souvins brusquement que le premier anniversaire de mariage, ce sont les noces de papier – de « papiers » dans notre cas. Comme nous avions été imprudents de nous marier le jour de la Saint-Valentin : maintenant, la fête des amoureux me rappellerait éternellement l'échec de ma vie sentimentale...

Je me penchai sans enthousiasme sur la lettre suivante, à l'écriture devenue hélas trop familière :

Chère Rose, je veux simplement vous faire savoir que, bien que vous n'ayez pas répondu à mes onze dernières lettres, vous êtes toujours ma Madame Détresse préférée et une Amie Très Spéciale. Vos conseils sont tellement géniaux, et j'adore écouter votre émission de radio ! Vous savez, vous avez réellement transformé ma vie ! Avec toute l'affection de votre fan le plus dévoué, Colin Twisk. Six croix suivaient sa signature, puis, en bas de la page : *P.S. Pourquoi ne nous verrions-nous pas un de ces jours... ?*

Je fixai la phrase avec un mélange d'inquiétude et de dégoût, puis relevai la tête et contemplai le ciel pluvieux de février. C'est lui, me dis-je. C'est Colin Twisk. C'est lui, mon obsédé du téléphone. Il est en train de faire une fixation sur ma personne. Je me rappelai ce qu'avait dit ma collègue Katie Bridge. Que Colin Twisk était potentiellement « dangereux » et qu'elle n'était pas prête à « courir ce risque ». Je demandai donc à Serena de retrouver toutes ses lettres précédentes, afin de les ranger dans un dossier séparé. S'il n'arrêtait pas de me harceler ou s'il devenait méchant, j'en aurais peut-être besoin comme preuves – pourvu que non ! En tout cas, une chose est certaine, c'est qu'il aime le son de ma voix. Parfois, quand je rentre, je découvre qu'il a appelé mon répondeur. Mais comment s'est-il procuré mon numéro de téléphone ? Et s'il découvrait mon adresse ? Les Témoins de Jéhovah l'ont apprise par le registre électoral. S'ils en ont été capables, lui aussi le peut.

Pour me remonter le moral, je lus la dernière rubrique de Trevor – *Une vie de chien* – qui paraît le lundi dans le cahier « Vie quotidienne » du *Post*. Linda a demandé à Bev de rendre le ton un peu plus personnel – voire intimiste – et elle s'est exécutée.

« Une semaine riche en événements », écrivait Trevor.

Mardi, nous avons appris que votre serviteur était parvenu jusqu'au deuxième tour de l'Ordre du Mérite Canin. Pourtant, Bev file un mauvais coton. La pauvre est amoureuse. Elle ne veut pas me dire le nom de l'objet de son affection, mais elle affiche tous les symptômes classiques. Elle est agitée, ne mange plus, dort mal, s'énerve à la moindre contrariété. Par exemple, jeudi dernier, je lui achetais des socquettes chez Marks & Spencer quand elle a complètement pété les plombs. « Non, Trev ! a-t-elle hurlé. Je t'ai déjà dit que je voulais les marine, pas les noires ! » Elle a même désigné la liste de courses pour le prouver – tout le magasin nous regardait. J'ai failli mourir de honte ! Ça m'a complètement dévissé le karma, je vous jure : mon professionnalisme avait été mis en cause. Je suis donc retourné au rayon des bas pour les échanger, mais j'étais vraiment un pauvre toutou. Je voulais lui dire, allez Bev, cool, respire par le nez et dis-moi ce qui t'arrive. Mais cette idiote ne veut pas cracher le morceau. Je passe mon temps à poser la tête sur ses genoux et à la fixer avec les grands yeux les plus implorants qu'un chien puisse faire – tout en tentant de contrôler mes bavouillements, bien entendu – mais elle ne crache pas sa Valda. Elle pense peut-être que je vais raconter ça à tous mes potes dans le parc. Mais je ne me permettrais jamais le moindre aboiement sur la vie privée de Bev... Nous avons rencontré un ou deux types sympa le soir de la Saint-Sylvestre, ce pourrait être l'un d'eux. Enfin, je lui ai bien parlé de cette mignonne petite Labrador chocolat pour qui j'en pinçais, non ? Mais je ne peux pas l'obliger à en faire autant. Tout ce que je sais, c'est que nous sommes allés faire des courses hier et qu'elle a acheté une carte de la Saint-Valentin. Elle a cru que je ne la voyais pas. J'ai fait semblant d'être fasciné par les peluches, mais j'ai des yeux tout autour de ma tête. Je l'ai vue choisir une grande carte avec « Aimez-moi ! » écrit dessus en grosses lettres rouges brillantes et je me suis demandé pour qui ça pouvait bien être.

— La rubrique de Trevor est géniale, dis-je à Linda. J'adore la chute en forme de suspense.

— Oui, il écrit vraiment bien. On reçoit des tonnes de réactions positives des lecteurs et les cotes de satisfaction se sont vraiment améliorées – tu as eu une idée formidable, Rose, en me présentant Bev. Au fait, n'oublie pas d'enregistrer tes nouveaux messages téléphoniques pour les « *hot line* », tu veux bien ? Ils doivent être mis en place d'ici la fin de la semaine.

Je grimaçai. Quelle horreur... Enfin, n'importe quoi pour ne pas avoir Ricky sur le dos. Je me rendis donc dans le studio avec cinq nouveaux textes de trois minutes.

— Bonjour, fis-je chaleureusement dans le micro, ici Rose Costelloe du *Daily Post*. Merci d'avoir appelé notre *Hotline* pour savoir « Comment épicer votre vie sexuelle ». Vos ébats manquent-ils d'enthousiasme ?... Votre plus grande émotion entre les draps, vous l'avez éprouvée pour la dernière fois quand vous avez perdu la télécommande... ? d'abord admettre que vous avez un problème... ne pas accabler votre partenaire... faire un effort... se détendre... massage... intimité... musique douce... plumes et soie... Si jamais vous avez d'autres problèmes, écrivez-moi en toute confidentialité. Merci et au revoir. Bonjour, ici Rose Costelloe du *Daily Post*. Merci d'avoir appelé notre *Hotline* pour en savoir plus sur « Les Fétiches sexuels ». Tout d'abord, sachez qu'il n'y a *aucune* raison de vous inquiéter...

J'émergeai une heure plus tard, profondément écœurée. Enfin, franchement, je ne crois pas que ce soit mon rôle de dire aux gens ce qu'ils peuvent faire avec des cagoules en latex, des fouets ou des talons aiguilles. J'étais d'autant plus mal à l'aise que j'imaginais Colin en train d'écouter les messages en respirant lourdement... J'eus envie de vomir.

— Courrier !

Le postier au visage d'adolescent me croisa dans le couloir avec la seconde livraison de la journée.

— Ah, il n'y aurait pas un petit quelque chose

pour moi par hasard ? fis-je ironiquement en me penchant sur son trolley.

Je savais bien qu'il y aurait au moins dix lettres.

— Oui, mademoiselle Costelloe, ceci.

Il me passa une seule enveloppe en vélin crème où on lisait : « *Privé* et *Confidentiel. Ne doit être ouvert que par le destinataire seulement.* » Soudain, je décelai les miasmes corporels de Ricky... Il me sourit chaleureusement – l'augmentation des ventes le mettait de bonne humeur – et je décidai de battre le fer tant qu'il était chaud.

— Ricky, je peux te dire un mot, s'il te plaît ?

— Ouais, bien sûr, Rose. Que puis-je faire pour toi ? me demanda-t-il aimablement.

Nous venions d'entrer dans son vaste bureau, orné des prix professionnels qui lui avaient été décernés, des « unes » encadrées de ses grands titres préférés et des photos des nombreux animaux maltraités que Ricky avait sauvés grâce à ses campagnes auprès des lecteurs. Il y avait un âne espagnol vivant maintenant dans un sanctuaire du Devon, deux bébés phoques hélitreuillés de leur banquise canadienne, un bébé chimpanzé sauvé d'un zoo bosniaque et trois kangourous rescapés d'une campagne pour éliminer le surplus de population...

— Quelles jolies photos, dis-je.

— Oui, Rose. C'est vrai.

Il se leva soudain pour décrocher la photo d'un cochon vietnamien dont l'énorme ventre traînait au sol et dont les yeux disparaissaient sous d'épais bourrelets de graisse.

— Voici Audrey. Ma préférée.

— Audrey, en l'honneur d'Audrey Hepburn ? m'enquis-je poliment.

Il secoua la tête.

— Non. Elle s'appelle Audrey, c'est tout. Elle a été achetée quand elle n'était qu'un tout petit porcelet, mais quand elle a grandi, ses propriétaires ont trouvé qu'elle prenait trop de place alors ils ont essayé de la vendre. Mais personne n'en voulait parce qu'elle mangeait trop. Alors ils ont décidé qu'il ne restait plus qu'une chose à faire...

La voix lui manqua. Visiblement, c'était trop difficile à dire.

— Tu t'imagines, Rose ? reprit-il, le menton plissé. Que la pauvre petite chose était destinée à la casserole ? Tu *t'imagines*, Rose ? L'horreur de manger son cochon de compagnie ?

Brusquement, je me rendis compte que j'étais morte de faim. Je n'avais pas déjeuné.

— Tu t'imagines, Rose ? répéta Ricky, l'œil humide.

— Oui. Enfin, non. Quelle cruauté !

— C'était totalement inhumain, acquiesça-t-il en déglutissant péniblement. Heureusement, un lecteur au grand cœur nous a signalé le cas d'Audrey. Nous avons rassemblé assez d'argent pour la racheter et nous l'avons installée dans une ferme pour enfants du Surrey où elle peut enfin...

Sa voix défaillit à nouveau.

— ... être libre. Où elle est heureuse, Rose et où...

Il se mordit la lèvre inférieure.

— ... où elle est aimée.

Quel homme bizarre. Lui qui pouvait parler de

la mort de la princesse Diana comme d'un « événement médiatique fabuleux » s'émouvait aux larmes du destin d'un cochon vietnamien obèse. Mais bon, on dit aussi que Hitler adorait son chien.

— C'est une histoire merveilleuse. Quel heureux dénouement !

— C'est clair.

— Tu lui as sauvé la couenne, dis-je en souriant.

Il se permit de répondre à mon sourire, puis se rassit en reniflant un peu, avant de se ressaisir.

— Enfin, que puis-je faire pour toi, Rose ?

— Ce n'est pas pour moi, expliquai-je tandis qu'il se renversait sur son fauteuil en cuir. En fait, c'est pour Serena.

Je repensai à son manteau usé jusqu'à la corde.

— Je vais aller droit au fait. Peux-tu lui accorder une augmentation de salaire, s'il te plaît ?

Ricky haussa un sourcil.

— Pourquoi ?

— Eh bien, parce qu'elle travaille dur et que, d'après moi, elle le mérite.

— Comme nous tous, non ? répliqua-t-il avec un éclat de rire.

— Mais elle bosse dans ce journal depuis quinze ans et j'aimerais qu'elle en retire un peu plus à la fin du mois. Ses circonstances familiales font que...

Inutile d'entrer dans les détails à propos de Rob.

— ... enfin, elle subit un stress énorme. Elle a trois enfants, des frais de scolarité... ce n'est pas facile pour elle.

J'eus soin de ne pas ajouter qu'elle était à deux

doigts de la dépression nerveuse – je ne crois pas que la compassion de Ricky s'étende jusqu'aux êtres humains.

— Elle reçoit une augmentation annuelle, fit-il remarquer, indigné.

— Oui, mais c'est seulement trois pour cent. Je pense qu'elle mérite plus – peut-être une prime pour bons et loyaux services. Quelque chose qui lui donnerait le sentiment d'être reconnue. Je sais qu'elle n'irait jamais réclamer auprès du comité d'entreprise, alors j'ai pensé qu'on pourrait en parler directement...

Soudain, l'un des téléphones de Ricky se mit à sonner et il décrocha.

— Ouais... ouais... ouais..., fit-il d'un ton irrité. Non, on a Posh et Becks, nous aussi. Qu'est-ce qu'ils font sur la nouvelle poule de Rod Stewart ? M'en fous, débrouille-toi – et puis ce type qui a tringlé la tarte aux pommes... ? D'accord... d'accord... ouais. Un archevêque pédé ? Bof. Geri Halliwell ? Elle me fait mal aux seins. Nan, je me fous de Vanessa Mae...

Je devinai aussitôt que Ricky parlait à l'une de ses « taupes » chez notre grand concurrent, le *Daily News*. Tous les journaux populaires ont leurs agents dans les bureaux de leurs rivaux pour qu'ils puissent se pomper des scoops – c'est bien connu. On ne sait jamais qui c'est, évidemment. Ricky s'énervait de plus en plus et j'avais l'impression que la conversation allait s'éterniser. Je me rappelai soudain la lettre que je tenais à la main. Autant la lire pendant que Ricky parlait. Je glissai le pouce sous le revers et tirai trois feuilles d'un vélin de luxe, recouvertes d'une écriture élégamment penchée vers l'avant. Je la parcourus rapidement et décidai qu'il s'agissait d'une crise conjugale comme j'en vois tous les jours.

Mes sentiments à l'égard de mon mari ont commencé à changer... nous nous sommes éloignés... le stress insensé que nous subissons... la pression constante de vivre sous le regard du public. Tiens donc. *Plusieurs tentations dans mon métier... Séduction... attrait magnétique... incapable de résister.*

— Nan, ne cherche pas à me refiler tes vieilles merdes, poursuivait Ricky. On veut quelque chose d'énorme. On veut une femme prêtre qui fait du strip-tease ; on veut Fergie en train de se taper le Dalaï Lama ; on veut le mariage secret de Liz Hurley avec Steve Bing. Autrement dit, on veut un scoop !

Je continuais à lire avidement, l'estomac noué et le cuir chevelu picotant. *Je me suis fourrée dans un tel pétrin... tellement seule quand on est numéro un... des amis m'ont trahie dans le passé... je ne sais plus vers qui me tourner... vous donnez de si bons conseils, Rose... je me suis dit que vous pourriez peut-être m'aider.*

— Écoute, disait Ricky. Je veux un truc *méga*. Je veux une *exclu*, petit con ! Oui, absolument, j'ai le droit de te parler sur ce ton, parce que je te paie bien assez cher, non ? Alors grouille ton petit cul maigrichon !

Je regardai la signature pour confirmer ce que j'avais déjà deviné, avant de lire le reste de la lettre. Quand j'arrivai à la dernière page, je crus que les yeux allaient me sortir de la tête. *C'est la première fois que je suis amoureuse d'une femme...*

— Une excluuuuuuu ! ! hurlait Ricky.

Mais elle est si bonne pour moi – c'est la première fois depuis des années que je me sens aussi vivante. Je prends un risque énorme en vous écrivant, Rose, mais je sais d'instinct que je peux vous faire confiance – c'est pourquoi je m'en remets à vous.

Ricky venait de raccrocher brutalement le téléphone. Je fixai une fois de plus la signature sans y croire, puis regardai l'adresse. C'était effectivement la sienne. Son manoir du XVIIe siècle. Près de Moreton-in-the-Marsh. Il lui a coûté cinq millions de livres. J'avais lu des articles dans *OK ! magazine*. Putain de merde !

— Qu'est-ce qui t'arrive, Rose ? s'étonna Ricky. Tu fais une drôle de tête. Il se passe quelque chose ?

— Euh, non, non, non, bredouillai-je en repliant la lettre d'une main tremblante. Où en étions-nous déjà ? Ah oui, l'augmentation de Serena.

— L'augmentation de Serena ? Écoute, je ne suis pas d'humeur à ça pour l'instant. J'ai autre chose en tête. Je te ferai savoir ma décision par e-mail, d'accord ?

— D'accord.

J'étais trop sous le choc de ce que je venais de lire pour insister. Je voulais simplement sortir de là, le plus vite possible. Tout en me précipitant vers mon bureau, je me dis qu'il n'y avait qu'une chose à faire. En tant que salariée d'Amalgamated

Newspapers, j'étais tenue de révéler à Ricky ce scoop fabuleux. Mais ma loyauté va d'abord à mes lecteurs – quels qu'ils soient – et il n'était pas question que je trahisse.

C'était quand même incroyable. *Electra* ! Elle avait de quoi s'acheter sa propre Madame Détresse. *Electra*, avec tout son argent et son glamour, m'avait écrit, à moi – à *moi* ! – parce qu'elle croyait que je pouvais l'aider. Incroyable, me répétai-je pour la cinquantième fois. Un instant... Peut-être que... Peut-être que c'est en effet in-croyable. Littéralement. Que c'est un canular...

Je respirai profondément et réfléchis. Facile d'imaginer un employé mécontent volant son papier à en-tête pour concocter ce genre de missive compromettante. Cela dit, je reçois assez de lettres fausses pour être capable de les flairer. C'est facile : les auteurs de canulars en font toujours trop. Par exemple, je reçois une lettre de quelqu'un qui prétend s'appeler, disons, « Ricky Soul », qui se plaint de ses problèmes d'odeur corporelle, d'acné, de mauvaise haleine, d'hémorroïdes, qui dit que tout le monde le déteste et qu'il n'a pas eu de copine depuis quinze ans... Le but, c'est que je réponde au *vrai* Ricky en écrivant, *Cher M. Soul, je suis désolée d'apprendre que vous avez des problèmes terribles d'odeur corporelle, d'acné, de mauvaise haleine et d'hémorroïdes, que tout le monde vous déteste et que vous n'avez pas eu de copine depuis quinze ans...* afin que le destinataire soit affreusement humilié. Mais cela ne ressemblait pas à un canular. L'écriture aurait trahi l'auteur. J'avais vu des exemples de l'écriture d'Electra dans un article – il n'y avait qu'à comparer. Je m'installai derrière mon bureau, encore secouée, et enfermai la lettre à clé dans mon tiroir. Celle-ci n'allait pas être tamponnée et classée comme les autres. Elle allait être lue, recevoir une réponse et être immédiatement passée à la déchiqueteuse – par mes soins – quand tout le monde serait parti.

— Serena, dis-je. Je dois donner une conférence sur la graphologie...

— Ah bon ? Vous ne m'en avez pas parlé. Où ça ?

— Pour le... Club Féminin de Hackney.

— Quelle date ? demanda-t-elle en sortant l'agenda.

— Euh, le 30 février, répliquai-je. J'ai... j'ai besoin de relire cet article sur l'écriture des célébrités que le *Post* a publié, il y a quelques mois. Ça vous ennuierait d'aller à la doc pour le retrouver ? Merci.

Serena revint vingt minutes pour tard avec la coupure de presse et je passai dans la salle d'interview pour être seule. Electra m'avait suppliée d'être d'une « discrétion totale » et j'allais la lui procurer, à deux cents pour cent. Je scrutai l'article sous une bonne lampe, puis étudiai la lettre. Je ne pouvais évidemment pas comparer la pression sur le papier, mais je pouvais constater que l'écriture était exactement la même. Aucun doute – la lettre était authentique. Maintenant, qu'est-ce que j'allais bien pouvoir faire ?

Je voulais lui répondre de chez moi. Mais si on me volait mon sac, avec la lettre dedans ? Après tout, j'avais bien été cambriolée. Je la laissai donc sous clé dans mon bureau et décidai que je resterais tard pour m'en occuper dans la soirée.

À 17 heures, je revins des W.C. dames pour trouver un nouvel e-mail à l'écran, de la part de Ricky, intitulé *L'augmentation de Serena*. *Désolé*, avait-il écrit. *Impossible*. Je résolus de revenir à la charge dans quelques jours, lorsque j'aurais des préoccupations moins pressantes. Ce n'était pas uniquement l'altruisme qui me poussait à agir, c'était mon propre intérêt – Serena devait être heureuse pour bien faire son boulot. De toute façon, je n'allais pas permettre à Ricky de refuser ma requête. Le *Daily Post* fait des profits énormes, Serena est loyale et travaille beaucoup – elle le mérite. À 18 h 30, elle passa son manteau.

— Je pars, Rose. Je rentre à la maison. Vous travaillez tard ?

— Oui. Vous savez ce que c'est.

— Bon, je vais y aller. À demain.

Elle quitta le bureau, en même temps que la majorité de l'équipe du service « vie quotidienne ». Maintenant que tout le monde était parti, je pouvais souffler. Je laissai la lettre sous clé – une clé que je suis seule à posséder – et descendis à la cantine pour grignoter un truc. Quand je remontai une demi-heure plus tard, je savais quoi lui dire.

À mon grand étonnement, il me fut très facile d'être ferme. Je refusais de me laisser impressionner par la célébrité mondiale d'Electra : c'était simplement une lectrice qui m'appelait au secours. Je lui écrivis donc – évidemment, le secret professionnel m'empêche de vous révéler ce que je lui ai écrit ; enfin, je lui laissai entendre que son béguin pour sa choriste avait très peu de chances d'être durable. Je lui demandai aussi de songer à l'effet que cela aurait sur ses enfants – les pauvres agneaux. J'imaginais les larmes sur le visage rond de la petite Cinnamon, sans parler des cris du bébé, Alfie. Je rédigeai la lettre, scellai l'enveloppe, puis passai sa lettre à elle à la déchiqueteuse. Je me rendis ensuite aux W.C. dames et fis disparaître les confettis de lettre dans les toilettes. Je ne laissai évidemment pas ma réponse dans la bannette des courriers à affranchir, c'était trop risqué : je lui mis un timbre et la postai en rentrant chez moi.

Tout en marchant jusqu'à l'arrêt de bus, je songeai à la valeur de cette lettre. C'était comme de tenir un diamant de cinq carats dans la main. Vous pensez peut-être que j'aurais dû la donner à Ricky, mais être Madame Détresse, c'est un peu comme être un prêtre. *Écrivez-moi dans la plus stricte confidentialité* indiquait ma rubrique. Mes lecteurs savent qu'ils le peuvent. Les secrets qu'ils me confient, je les emporterai avec moi dans la tombe. Édith Smugg aurait été fière de moi.

12.

La confiance d'Électra m'avait remonté le moral. Pourtant, la Saint-Valentin approchait et je redoutais d'entamer la procédure de divorce, qui impliquait un contact – fût-ce indirect – avec Ted. Mais je n'avais qu'à repenser à sa cruelle indifférence aux souffrances de mes lecteurs pour me conforter dans ma résolution. Comment aurait-il caractérisé Electra, me demandais-je ironiquement : « Glauque dans le Gloucestershire » ? « Catastrophée dans les Cotswolds » ? « Mortifiée à Moreton-in-the-Marsh » ? Cette nunuche de Mary-Claire Grey allait certainement l'abreuver de kitscheries le 14 février – peut-être un cœur en chocolat avec son nom ou un nounours « mignon » avec les pattes tendues, ou bien l'un de ces coussins bon marché en satin rouge avec « Je t'M ! » écrit dessus. Eh bien, le seul billet doux qu'il allait recevoir de moi, ce serait une demande de divorce, sur un vélin crème simple et de bon goût, citant son adultère. Je l'avais déjà signé et Frances pouvait l'envoyer : c'était comme un missile de croisière, prêt au lancement.

Je ne savais pas à quoi je pouvais m'attendre,

moi, pour le 14 février... La tradition voulait qu'on envoie une carte anonymement à celui ou celle qu'on aimait, et le grand jeu, pour le destinataire, était de deviner l'identité de l'envoyeur... Mais en matière de petits mots tendres, je n'attendais pas grand-chose. En passant devant les vitrines dégoulinantes de niaiseries sentimentales, je détournais la tête : pourquoi m'infliger pareille torture ? Quant à tous ces petits messages codés dans les journaux, il y avait de quoi gerber. Rien que de la purée pour bébés. Comme si l'amour ne pouvait s'exprimer que par un babillage régressif ! Enfin, qu'est-ce qu'on en a à foutre, que Lèvres-en-feu aime son Poulet-doré, songeai-je, irritée, en ouvrant le *Times* à l'arrêt de bus mardi matin. On s'en tamponne, que Bouboule craque pour La-Reine-du-tango. Le fait que Tigrou adore sa Crevette-en-Sucre ou que Caramel-Mou envoie de gros poutous à Loulilou est dépourvu du moindre intérêt. Et, non, je n'en ai rien à cirer que *Lapin trouve que son Sean adoré est vraiment trop chou !* Ce ne sont que des conneries sentimentales tout juste bonnes à faire vomir. Lapin ? Je fixai le journal, les yeux comme des balles de ping-pong. Alors que tous les autres messages étaient format « petites annonces », celui-ci était gigantesque, et encadré. Il hurlait ses flatteries absurdes en lettres grasses de trois centimètres. Je fouillai dans mon sac – c'est vraiment le souk, là-dedans – pour trouver mon téléphone et appeler Béa.

— Tu dois emmener Bella chez le psy, dis-je. Je viens de voir.

— Je sais, ça lui a coûté trois mille livres.

— *Quoi ?*

J'entendais des bruits de marteau et de scie.

— Ça aurait payé la moitié de nos frais d'installation. Nous venons de nous payer la pire de toutes les engueulades et elle est partie de la boutique en furie. Elle dit que c'est son argent à elle, pas celui de la société, et qu'elle peut en faire ce qu'elle veut – j'ai pété les plombs ! Pis, elle prétend qu'elle « ne regrette rien » parce que Sean est « l'amour de sa vie ».

— Qu'est-ce que tu vas faire, Béa ?

— Je ne sais pas. Ça va être déjà assez difficile de démarrer la boîte et de la gérer sans que Bella parte en vrille. On se dispute sans arrêt. Elle dit qu'elle n'est pas heureuse de tenir la boutique et de faire les comptes... qu'elle veut faire de la déco, elle aussi. Mais la réalité, c'est qu'en matière de design, Bella serait incapable de trouver son propre derrière avec ses deux mains. Enfin, l'autre jour elle m'a demandé la différence entre le style provincial suédois et le rustique guatémaltèque !

— Mouais. Ça s'annonce mal.

— Tout ça à cause de cet imbécile de Sean. Elle est tellement excitée d'avoir un amoureux – même une sous-merde comme lui – qu'elle ne sait plus où elle habite. Aïe, on change de sujet, Rose, elle vient de rentrer.

— D'accord... Tu as envoyé quelque chose à Henry pour la Saint-Valentin ?

— Oui. Une très jolie carte.

— Et tu en as reçu une de lui ?

— Non, dit-elle nonchalamment. Enfin, pas encore.

— Je suis sûre que tu recevras quelque chose, la rassurai-je. C'est quelqu'un de très attentionné.

— Oui, bien sûr, fit-elle gaiement. Je ne suis pas inquiète. Pas du tout inquiète. Est-ce qu'il t'a envoyé une carte de Saint-Valentin quand tu sortais avec lui ?

— Non.

En fait, il m'avait envoyé deux douzaines de roses rouges et une énorme boîte de chocolats. J'entendis Béa pousser un soupir de soulagement.

— Et toi, tu as reçu quelque chose aujourd'hui ? s'enquit-elle anxieusement.

— Absolument rien. Rien dans le courrier de ce matin à la maison, et je suis en route pour le bureau. Je sais bien que je ne recevrai rien mais je m'en fiche... Qu'est-ce qu'on en a à foutre, hein, Béa ?

Ouais, qu'est-ce qu'on en a à foutre ? me répétai-je en montant l'escalier d'Amalgamated House. Le 14 février n'est qu'une fête imbécile inventée par les fabricants de cartes de vœux, les confiseurs et les fleuristes. Ce n'est pas du romantisme, mais du mercantilisme. On devrait appeler ça la Fête Interflora, le Jour Hallmark ou la Journée Veuve Clicquot. Je vais tout simplement faire comme si de rien n'était, comme à Noël, décidai-je en arrivant à mon bureau. Quant à être invitée à un dîner en tête à tête... non merci ! Roucouler avec vingt couples pour obéir aux diktats du calendrier ? Débile. La Saint-Valentin, c'était aussi le jour d'un massacre à Chicago, non ? Non, vraiment, je n'en avais rien à *branler*, me répétai-je en parcourant rapidement le courrier du jour. Lettre, lettre, lettre, prospectus, lettre, lettre, lettre, carte postale, lettre, lettre, lettre, invitation, lettre, lettre, lettre, courrier aérien, lettre, lettre, lettre, lettre, *carte de Saint-Valentin* ! ! Ouaaaaaais !

— J'en ai une ! m'écriai-je au grand étonnement de Serena.

— Une quoi ?

Je brandis une grande enveloppe rouge en souriant.

— Une carte de la Saint-Valentin. Ouf. Dieu merci !

Je remarquai alors que la carte était étrangement épaisse, presque caoutchouteuse. Hum.

— Rob vous en a donné une ? m'enquis-je.

— Non. Il a beaucoup de soucis au boulot. Vous savez ce que c'est.

Grâce à Sean, je le savais, en effet.

— Je suis sûre qu'il vous offrira quelque chose, la rassurai-je en ouvrant l'enveloppe.

Serena semblait encore plus tendue que d'habitude et il n'était que 9 h 30.

— Ça va ? lui demandai-je tandis qu'elle rangeait son tiroir.

— Oui, à part la pluie d'hier soir. On a eu une grosse fuite.

— Mon Dieu.

— J'ai passé toute la nuit à vider des seaux d'eau et je suis assez fatiguée. Enfin, conclut-elle, philosophe, c'est ma faute. Je n'ai pas fait les réparations à temps. En plus, on prévoit encore des averses pour cette nuit.

La carte résista légèrement lorsque je tentai de l'extraire de son enveloppe. Je tirai donc d'un coup sec. Une pluie de quelque chose – je ne sais pas quoi – s'éleva soudain dans les airs.

— Mais qu'est-ce que... ?

De minuscules bouts de papier de soie s'envolèrent puis flottèrent en léger nuage, comme des confettis, pour couvrir mes cheveux et mes vêtements.

J'étais prise dans un blizzard de serpentins bonzaï.

— Qu'est-ce que cela peut bien être ? s'étonna Serena.

Elle en prit un sur son pull et l'examina.

— Il y a quelque chose d'écrit dessus, regardez !

Des lettres rouges soigneusement tracées, recto et verso, formaient le mot « JPATTLT ».

— JPATTLT, lus-je, perplexe. C'est quoi ? Du tchèque ?

— Non.

— Polonais ?

— C'est un SMS, expliqua Serena. Attendez, j'ai un petit bouquin pour les décoder...

Elle ouvrit son tiroir et en tira un minuscule dictionnaire.

— Voilà. JPATTLT, c'est « Je pense à toi tout le temps ».

— Ah. Je vois.

Il y en avait des centaines – peut-être mille. Tout en soufflant pour les enlever de mon clavier et en balayant ma chaise, je me demandai qui pouvait bien m'avoir envoyé ça. Je regardai à l'intérieur de la carte, qui portait le même curieux message, encerclé par un cœur. Il n'y avait aucune signature, juste deux croix et un grand point d'interrogation. Au revers de la carte se trouvait le nom de la société, Confettimail, dont le slogan était « Répandez la nouvelle ». Pour ça, c'était réussi. Il y en avait partout. J'appelai le numéro, donnai mon nom et demandai à savoir qui avait envoyé la carte.

— Hélas, nous ne sommes pas en mesure de divulguer cette information, dit la femme qui m'avait répondu.

— Vous ne pouvez même pas me donner un indice ?

— Désolée, c'est confidentiel.

J'eus un trait de génie.

— Moi aussi, j'aimerais lui envoyer quelque chose. En fait, je crois que je sais de qui il s'agit, mentis-je, mais je dois en être absolument sûre.

— Dans ce cas, je peux vous donner un tout petit indice. L'homme qui a placé la commande semblait assez nerveux, et il a dit que vous seriez « fâchée » si vous saviez qui il était.

Mon cœur s'enfonça jusque dans mes chaussures. C'était ce que je redoutais. Colin Twisk. J'espérais me tromper, mais qui d'autre aurait eu une telle idée ? Quelque chose qui pouvait à la fois attirer mon attention et me mettre hors de moi ? Il avait dit que je serais « fâchée ». Je l'étais ! Mais aussi épouvantablement déçue, songeai-je en extirpant les bouts de papier de mes cheveux. De la part de n'importe qui d'autre, ça m'aurait fait plaisir ; mais venant de Colin le Collant, c'était un symbole de mon impossibilité à me débarrasser de ce type. Comme ces confettis, il était partout, envahissant, atteignant tous les recoins de ma vie.

J'en retrouvai toute la journée. J'allais aux toilettes et il y en avait au moins six qui tombaient en tourbillonnant de ma petite culotte ; j'en avais même deux dans le soutien-gorge. Ils s'étaient fourrés dans mon chemisier, dans mes chaussures, dans mes oreilles – partout. Chaque fois que je pensais m'en être débarrassée, j'en retrouvais d'autres.

Fait chier, songeai-je amèrement en extirpant délicatement un confetti de ma narine gauche. J'étais d'autant plus déprimée qu'un an auparavant mes amis m'avaient lancé de vrais confettis, sur les marches de la mairie de Chelsea. Tout ce que j'aurais voulu aujourd'hui, c'était une simple carte de la Saint-Valentin pour avoir l'impression d'être un peu aimée... Trevor, au contraire, en avait reçu dix-huit de sa nouvelle armée de fans dévoués. Je me retrouvai dans la position inédite et difficile d'être jalouse d'un chien.

— Encore cinq pour Trev, m'annonça Linda après la deuxième livraison du jour. Je vais les lui envoyer.

— Non, ne les mets pas à la poste, je peux les lui apporter. Comme ça il les recevra aujourd'hui.

— D'accord, merci. À la réception, ils ont appelé pour dire qu'on lui a fait livrer un bouquet, alors n'oublie pas de le prendre.

— D'accord.

— Et une boîte de chocolats Bon Garçon !

— Vu.

— Et un jouet en caoutchouc.

— Ok...

Vers 17 heures, j'appelai Frances à propos de

ma demande de divorce. Elle me dit qu'elle n'avait pas été envoyée.

— Mais je croyais qu'il la recevrait aujourd'hui !

Je fus d'abord effondrée – j'avais espéré faire un geste théâtral – puis étrangement soulagée.

— Il faut avoir été marié depuis un an et un jour, m'expliqua France, ce qui veut dire qu'il ne la recevra pas avant le 16.

En raccrochant, je me rendis compte que je n'avais pas parlé à Ted depuis près de cinq mois. J'avais décidé de l'exclure totalement de ma vie, et j'y étais parvenue. J'étais fière de mon self-control, mais toute la journée je m'étais demandé s'il était en train de penser à moi et à notre cérémonie de mariage, un an auparavant, jour pour jour. En rentrant à la maison, je réfléchis aux raisons qui nous avaient poussés à nous marier. Nous nous plaisions, c'est sûr, et puis nous étions parvenus à un moment de la vie où nous avions envie de nous marier. Nous étions libres, aussi. Quand je l'ai rencontré, je n'arrivais pas à croire que quelqu'un d'aussi séduisant et sympathique que Ted soit toujours célibataire. Je ne sais pas pourquoi ses histoires précédentes n'avaient jamais duré. Nous n'en avions jamais discuté. Bien sûr, il avait eu des femmes dans sa vie – comme je l'ai déjà dit, il est beau à tomber – mais elles n'étaient jamais restées plus de quelques mois. Peut-être qu'il les avait trompées, elles aussi ?

Je repensai à la maison de Putney avec un soupir d'amertume. La première fois que je l'ai vue, j'ai été stupéfaite qu'un célibataire sans enfants – et sans intention d'en avoir – ait choisi de vivre dans une aussi grande baraque. Mais Ted m'avait expliqué qu'il avait toujours rêvé d'avoir une maison comme celle-là, quand il était petit et terriblement pauvre. Après la mort de son père, la famille avait dû s'installer dans une maison avec deux chambres, dans la banlieue de Derby. Il m'en avait montré la photo, une fois – c'était minuscule. Je ne sais pas comment ils avaient tous pu tenir là-dedans. Ted partageait une chambre avec ses deux petits frères et sa mère dormait avec les filles. Il disait que c'était insoutenable tellement ils étaient les uns sur les autres, et que, depuis, il avait été obsédé par l'idée d'avoir de l'*espace*. À tel point qu'il est capable de calculer instantanément la surface en mètres carrés de n'importe quelle propriété où il met les pieds. Je m'étais parfois dit qu'il aurait dû être agent immobilier.

Au cours des quinze dernières années il avait acheté de plus en plus grand, déménageant sans arrêt jusqu'à ce qu'il trouve enfin Blenheim Road. Je le taquinais souvent au sujet de son « Palais à Putney ». Ne vous méprenez pas, c'est une très belle maison d'époque victorienne, semi-indépendante, avec une façade en stuc blanc, mais c'est vraiment un peu grand pour une personne seule. Un papier peint jaune moucheté dans le salon, avec des meubles vert pâle ; un rouge sang de bœuf très chic sur les murs de la salle à manger, un corail très doux sur les plinthes, sous l'escalier. Et sa chambre, bleu pervenche et crème, avec une banquette sous la fenêtre dans les mêmes tons. Tout était discrètement élégant et magnifiquement comme il faut. Il y avait quatre autres chambres, dont deux avec salle de bain, et la cuisine était un rêve. De ravissantes tomettes en terre cuite par terre et un four Aga d'un bleu sombre distingué. Je soupirai. Hope Street, malgré son charme déglingué, ne pouvait se comparer à Blenheim Road. Je levai la main pour sonner chez Beverley mais Trevor m'avait devancée.

— Bonne Saint-Valentin, Trev, lui dis-je tandis qu'il me faisait entrer.

Je lui remis le sac de courrier.

— Tu es très populaire, comme garçon !

En secouant la queue, il m'accompagna jusqu'au salon, où lui et Bev regardaient la télé.

— Il a reçu vingt-trois cartes, annonçai-je pendant qu'il s'installait sur un fauteuil-haricot.

Je remis à mon amie le bouquet et les cadeaux.

— Bien joué, Trev, s'esclaffa Beverley. Certains d'entre nous ont dû se contenter d'une seule carte ! Non pas que je me plaigne, ajouta-t-elle avec un sourire.

Je me tournai vers sa carte de Saint-Valentin, posée au centre de sa cheminée. Elle disait simplement « Tu es mon étoile ! » Le mot trahissait son auteur – c'était évidemment Théo. Qui d'autre ? Il trouvait Bev « spéciale » et « merveilleuse » et il l'appelait « mon chou ».

— Comme c'est joli, dis-je en réprimant un pincement au cœur.

— Je ne sais pas qui l'a envoyée, mentit-elle.

— Je parie que si.

— Mais non !

— Pourtant, Trevor a révélé dans sa rubrique

que tu avais envoyé une carte à quelqu'un, répliquai-je avec nonchalance.

— C'est vrai ?

Elle esquissa un sourire énigmatique. Mais je savais à qui Bev avait destiné sa carte – elle l'avait achetée pour Théo, bien évidemment. « AIMEZ-MOI ! », intimait-elle en grandes lettres rouges brillantes. Il avait dû la recevoir depuis. Tout en aidant Bev à exposer les cartes de Trev – certaines contenant des photos de filles chiens pleines d'espoir –, je contemplai ses trophées, ses médailles et ses plaques. D'habitude, on s'assoit dans sa cuisine quand je passe la voir et je ne les avais jamais vues auparavant. Il y en avait douze, toutes à son nom.

— Mais tu *es* une étoile, Bev, assurai-je doucement. Tu es incroyable. Tu as réussi, pas seulement dans un sport, mais dans trois.

Elle haussa les épaules.

— Pourquoi es-tu passée de l'athlétisme au hockey ?

— Parce que je devenais trop vieille. En plus, je ne suis pas vraiment une individualiste, tu sais, Rose. Je voulais jouer en équipe. C'est encore le cas. Je déteste le fait de travailler ici toute seule toute la journée, même si je suis avec Trev. Je rêve d'avoir un boulot qui me fasse sortir de la maison, ajouta-t-elle avec une férocité soudaine. Je suis tellement, désespérément seule ici. Ça me rend folle...

Sa voix mourut. Tout à coup, Trevor se leva, alla dans le hall et en revint avec le téléphone sans fil, qu'il tenta de poser sur ses genoux.

— C'est bon, Trev, fit-elle gentiment. Je n'ai

pas besoin d'appeler un ami, Rose est là. Rapporte-le.

— Tu es triste ?

— Pas vraiment, soupira-t-elle, mais je me sens très isolée parfois, et ça me déprime un peu de travailler à domicile, et... enfin, assez parlé de ça. Tu as des nouvelles de Rudy ?

Je secouai la tête.

— La police fait des recherches, mais je ne crois pas que je le reverrai.

En rentrant chez moi, je contemplai l'espace vide où la cage de Rudy était suspendue ; sans lui, la cuisine était affreusement silencieuse. Son babillage non-stop m'avait énervée, mais à présent qu'il était parti, il me manquait beaucoup. J'espérais simplement que celui ou celle qui l'avait maintenant s'en occupait bien et lui pelait ses raisins, comme moi ; qu'il était bien au chaud, qu'il avait assez d'eau, que sa cage était nettoyée tous les jours. J'espérais qu'on lui parlait, et qu'on lui mettait la radio dans la journée. En retirant mon manteau je vis que les manches étaient couvertes des poils dorés de Trevor. Au moment où je tendais machinalement la main vers la brosse à vêtements – en fait, je m'en fichais – j'entendis un énorme « BOUM ! » et jetai un coup d'œil à l'extérieur. Le demi-crépuscule avait viré au noir et d'immenses cumulo-nimbus s'amoncelaient. La pluie frappa aux fenêtres comme le crépitement d'une mitrailleuse – sauf que ce n'était pas de la pluie, mais de la grêle. Des cailloux blancs dégringolaient avec une telle force que je crus qu'ils fracasseraient les carreaux. Je me précipitai dans le jardin pour ramasser mes outils de jardinage – je suis tellement désordonnée ces derniers temps – et en rentrant, je levai les yeux. La fenêtre de Théo était grande ouverte. La grêle allait entrer. Je décidai d'aller la fermer pour protéger son ordinateur et son télescope – ça ne l'ennuierait sûrement pas, que j'entre. Je m'élançai dans l'escalier et en m'approchant de la fenêtre je constatai que son bureau était déjà passablement inondé ; les pages de son journal, resté ouvert, ondulaient d'humidité. En refermant la fenêtre je détournai les yeux pour ne pas être indiscrète, mais j'avais aperçu un mot. Mon prénom.

Rose est très... – son écriture est tellement illisible que ça aurait aussi bien pu être écrit en espéranto –... *nte*. Différente, évidemment. Quelque chose... *mère... problèmes... de la peine pour elle...* Sur la page de droite, j'arrivais tout juste à déchiffrer *et Henry craque vraiment pour Béa*.

Je me refusai à en lire plus, malgré la curiosité qui me dévorait ; lire le journal intime d'un copain, c'est minable. J'étais en train de quitter sa chambre quand son téléphone portable sonna. Il l'avait laissé sur le lit. L'écran affichait « BEV » – il avait mémorisé son numéro... Puis la sonnerie s'arrêta et quelques secondes plus tard j'entendis le gazouillis signaler qu'il avait un message sur sa boîte vocale. Je regardai fixement le téléphone. Ma main s'avança malgré moi pour le saisir, appuyer sur le bouton de consultation de la boîte vocale et porter l'appareil à mon oreille. C'était plus fort que moi.

— Vous avez un nouveau message. Message reçu aujourd'hui à 18 h 30 : Salut trésor, disait

Bev, c'est moi ! Je t'appelais juste pour bavarder. J'espère que tu as passé une belle Saint-Valentin ! Moi, oui ! gloussa-t-elle. On se parle plus tard, chéri ! Salut !

Je posai le téléphone. Théo était le « trésor » et le « chéri » de Beverley. Tiens, tiens... Je ne sais pas pourquoi elle se donne la peine de nier qu'il lui plaît – à quoi ça sert, de faire sa mijaurée comme ça ? La carte qu'elle avait achetée était pour lui, j'en étais certaine. Où pouvait-elle bien être ? Il ne l'avait pas posée sur sa cheminée, ni sur son bureau. Je me précipitai dans le hall pour vérifier le courrier, mais je ne trouvai rien. Il était peut-être trop timide pour l'afficher. Il l'avait peut-être cachée dans un tiroir. Ou bien Beverley l'avait envoyée à son bureau, c'était très probable, pour ajouter au plaisir et à l'énigme. La sonnerie de mon propre téléphone me détourna de mes spéculations. Je décrochai. Ça reniflait bruyamment au bout du fil. Mon estomac se serra. Encore mon obsédé ! Puis, je me rendis compte qu'il s'agissait de Béa, en larmes.

— Qu'est-ce qui t'arrive ? dis-je.

— Henry ne m'a rien envoyé ! sanglota-t-elle. Voilà ce qui m'arrive. Même pas une carte. Pas même une malheureuse rose à moitié fanée.

— Tu en es sûre ?

— Oui.

— C'est vraiment important ?

— En tout cas, c'est mauvais signe. Alors que Sean a envoyé à Bella un énorme bouquet de fleurs.

— Quand dois-tu revoir Henry ?

— La semaine prochaine.

— Il ne te demanderait pas de sortir avec lui s'il n'était pas intéressé, tu ne crois pas, Béa ?

Il y eut un silence momentané, puis un reniflement mouillé.

— C'est moi qui le lui ai proposé, hoqueta-t-elle.

— Ah. Enfin, il n'aurait pas accepté si tu ne l'intéressais pas. Il aurait inventé une excuse pour se défiler.

Je l'entendis se moucher.

— C'est vrai.

— Je suis sûre qu'il t'aime bien, sinon il t'éviterait.

— Vraiment ?

— Bien entendu.

— Ah, Rose, tu es une Madame Détresse *géniale*. Je vais tellement mieux maintenant. J'étais malheureuse parce que Sean et Bella sont allés dîner en tête à tête et que moi, je n'ai personne ce soir. Mais tu m'as vraiment remonté le moral. Je ne vais pas me laisser aller. Je vais passer la semaine à lire *Jane's Defence Weekly*, il y a un article génial sur les missiles Tomahawk. Comme ça, la prochaine fois que je verrai Henry, on aura des tonnes de choses à se raconter, non ?

— Bien sûr, acquiesçai-je.

Je levai les yeux vers l'horloge.

— Hou là. Je n'ai pas le temps de parler. J'ai mon émission. Le taxi va arriver dans une seconde.

En me relevant, je vis qu'il fallait remettre les coussins en place et trier les vieux journaux, mais je n'en avais pas l'énergie. Il y avait une épaisse couche de poussière sur la cheminée et les fenêtres étaient répugnantes... Je gémis. Le taxi arrivait. Je sortis en courant et, au moment où je m'installais sur la banquette, mon sac sonna.

— Rose !

C'était Henry.

— C'est drôle, fis-je en refermant la porte. Je viens de parler à Béa.

— Vraiment ? répondit-il d'un ton suspicieux. De quoi ?

— De... la boutique. C'était très gentil de les aider à trouver un emplacement. Tu vas aller à la fête d'inauguration ?

— Je ne sais pas. En fait, Rose, j'ai quelque chose à te demander... c'est pour ça que je t'appelle. J'ai l'intention de t'en parler depuis un bon bout de temps.

Je me penchai vers l'avant et refermai la cloison en verre qui me séparait du chauffeur.

— D'accord, je suis tout ouïe.

— C'est au sujet de Béa. Tu sais, c'est une fille super...

— Oui, en effet, approuvai-je en regardant à travers la vitre les rues balayées de pluie.

— Mais... je ne sais pas... je n'ai pas l'impression que cela soit... vraiment ça.

Béa aurait le cœur brisé. Je ressentis un pincement de douleur pour elle.

— Je l'aime bien, et tout, reprit-il, mais la vérité, c'est que...

— Elle ne te plaît pas ?

— Si, ce n'est pas le problème. C'est juste que je ne vois pas où ça va nous mener parce que, enfin, tu vois, le problème c'est que...

— Écoute, tu n'as pas besoin de t'expliquer, coupai-je. Je sais pourquoi c'est compliqué avec Béa.

— Ah bon ?

— Bien sûr. Et je ne pense pas que Béa va bien le prendre, fis-je remarquer. Enfin, cette histoire de transvestisme, ce n'est vraiment pas son truc.

— Pardon ?

— Ton transvestisme, répétai-je. Ça ne lui plaira pas. Elle est beaucoup trop vieux jeu.

— Ah. Hum. C'est exact.

— Il vaut peut-être mieux être honnête. Enfin, c'est entièrement à toi de décider de lui parler ou non de... Henriette. Mais si Béa ne t'intéresse pas, tu ne devrais pas te cacher dans les jupes de... Oups ! gloussai-je, désolée ! Enfin, tu vois ce que je veux dire.

Il y eut un moment de silence au cours duquel je n'entendis plus que les pneus sur l'asphalte.

— Tu as raison, Rose, soupira Henry. J'ai envie de tout, sauf de la mener en bateau. Surtout avec cette grande fête qu'elles donnent. Elle n'arrête pas de me répéter qu'elle a hâte de me présenter à tous ses amis, mais ça me met mal à l'aise. En plus, elle m'a envoyé une carte de la Saint-Valentin.

— C'est vrai ? fis-je hypocritement.

— Oui.

— Mais comment le sais-tu ?

— Parce que j'ai reconnu son écriture sur l'enveloppe. Mais moi, je ne lui ai rien envoyé.

— Aïe.

— Tu as raison, Rose. Je dois saisir le taureau

par les cornes. Je lui parlerai avant de partir pour le golfe Persique en mars. Et, toi, comment va ton coloc ? me demanda-t-il soudain.

— Théo ? Très bien. Beverley et lui me font des cachotteries mais les cartes et les mots doux pleuvent de partout. Ah, je suis arrivée. Désolée, je dois couper. Je suis à l'antenne dans dix minutes. Sois honnête avec Béa, Henry, ce sera moins blessant pour elle.

— Oui... oui, dit-il d'une voix accablée. Tu as raison.

En sortant du taxi je me rappelai soudain la prédiction de Béa, certaine que Bella allait certainement « se prendre le mur » de plein fouet. Et Théo, qui avait écrit dans son journal que « Henry craquait vraiment pour Béa »... Évidemment, ils n'ont pas le même talent que moi pour lire entre les lignes. Je ne sais pas pourquoi – sans doute le contrecoup du cambriolage ou alors j'avais trop profité de la bibine offerte aux invités de la station –, je n'étais pas vraiment d'humeur à prendre des appels. Je me sentais toute drôle et assez caustique.

— Bienvenue sur London FM si vous venez de nous rejoindre, annonça une Minty enceinte jusqu'aux dents. Et bonne Saint-Valentin à vous tous. Vous écoutez *L'Avis de Rose*, avec Rose Costelloe du *Daily Post*. Nous avons maintenant Tanya sur la ligne un.

— Bonjour, Rose !

— Salut, Tanya, en quoi puis-je vous aider ?

— Voilà, j'aimerais larguer mon jules mais l'ennui, c'est qu'il ne m'a pas téléphoné ces derniers temps.

— Je vois, répliquai-je en sirotant mon Frascati. D'après moi, il vaut toujours mieux que l'homme soit là quand on essaie de le virer.

— Devrais-je l'appeler pour lui dire que c'est fini ?

— Non. C'est beaucoup trop rudimentaire comme méthode. Moi, si j'étais vous, je l'inviterais à passer sous un prétexte quelconque – pour vous aider à déboucher vos tuyaux ou à faire démarrer la bagnole, par exemple. Ensuite, vous le remerciez avec effusion en lui disant à quel point il est merveilleux. Puis, vous lui annoncez aussi gentiment que possible que malheureusement, vous ne souhaitez plus le revoir. Il ne saura plus quoi penser, et en plus, ça va le foutre en rogne. Et vous, ça vous mettra en joie ! Maintenant, nous avons un appel d'Alan, dont la femme fume trop. Elle en est à combien par jour ?

— Quarante, expliqua-t-il. C'est répugnant, mais elle refuse d'arrêter. Je lui parle tout le temps des risques pour la santé mais elle ne m'écoute pas, qu'est-ce que je peux faire ?

— Arrêtez de lui parler de cancer. Visiblement, ça ne marchera jamais. Je vous suggère plutôt de mentir. Dites-lui simplement qu'une nouvelle étude vient de démontrer que la cigarette fait enfler les chevilles des fumeuses. Je vous garantis qu'elle va arrêter aussi sec.

Il était 23 h 50 et j'étais crevée. J'avalai une autre rasade de vin blanc.

— Et maintenant, dit Minty, nous avons Martine sur la quatre. Que voulez-vous demander à Rose ?

— Je n'ai rien à lui demander, je veux simplement la remercier de m'avoir donné des conseils formidables.

— Rappelez-nous votre histoire, vous voulez ? s'enquit Minty.

Moi, je m'en souvenais déjà. Je n'oublie jamais celles-là.

— J'étais désespérée parce que je ne peux pas avoir d'enfants, expliqua Martine. Je voulais adopter. Mais mon mari n'était pas d'accord parce que lui-même est un enfant adopté. Mais maintenant, grâce à Rose, il a accepté.

— C'est merveilleux, la félicita Minty.

— Vous voyez, reprit Martine, son problème, c'est qu'il n'avait jamais vraiment accepté d'avoir été abandonné.

Je tripotai nerveusement le pied de ma coupe de vin.

— Les psychologues appellent cela la « blessure première », n'est-ce pas, lorsqu'un enfant est enlevé à sa mère. Mais sur le conseil de Rose, mon mari est allé consulter quelqu'un chez NORCAP et on dirait que ça l'a... libéré. Ça lui a permis de partir à la recherche de sa mère.

Je levai mon verre et avalai une grande gorgée de vin. Je n'avais pas envie de savoir.

— Et le plus fou, c'est qu'il l'a retrouvée, il y a dix jours !

Eh merde.

— Il a retrouvé sa mère, et il l'a appelée. C'était comme si un mur venait de s'abattre dans son esprit.

Mon visage était maintenant brûlant et je ressentais une douleur familière dans la gorge.

— Ils se sont rencontrés la semaine dernière pour la première fois depuis trente-sept ans. Et maintenant, il comprend pourquoi elle a fait ce qu'elle a fait.

Je remarquai avec une sorte de détachement scientifique que les notes inscrites sur mon bloc commençaient à se brouiller.

— Il portait sa haine dans son cœur depuis si longtemps. Et, maintenant, c'est enfin fini...

Une larme éclaboussa la page et le feutre commença à couler.

— ... alors je voulais tout simplement dire un grand merci à Rose, parce qu'à présent je peux espérer être mère.

Il y eut un moment de silence, puis Minty intervint :

— C'est une belle histoire, n'est-ce pas, Rose ?

Elle fit glisser un Kleenex sur la table matelassée.

— Oui, croassai-je. Très belle.

— Alors, merci à tous ceux qui nous ont appelés ce soir, ajouta-t-elle avec chaleur. Rendez-vous avec Rose et moi-même jeudi prochain et en attendant, bonne soirée. Ça va, Rose ? s'inquiéta-t-elle dès que nous eûmes quitté l'antenne.

— Pardon ?

— Je te demande si ça va.

— Ça va.

— C'était une histoire très émouvante, dit-elle doucement pendant que nous sortions du studio. J'étais moi-même au bord des larmes. Ce doit être formidable, de savoir qu'on peut aider les autres à résoudre leurs problèmes.

— Mouais, acquiesçai-je en reniflant. C'est... C'est merveilleux.

J'avais mal à la gorge. Si seulement quelqu'un pouvait m'aider à résoudre mes problèmes à moi...

Je descendis lentement l'escalier. Les paroles de Martine résonnaient toujours dans ma tête. *Jamais vraiment accepté... blessure première... porter sa haine en lui...* Il pleuvait à verse. Je poussai la porte vitrée. *Il a vu sa mère pour la première fois depuis trente-sept ans... comme si un mur venait de s'abattre dans son esprit.* Tandis que le taxi traversait la City dans un brouillard de pluie et de lumières clignotantes, j'essuyai distraitement la buée sur la vitre du revers de la main. *Et maintenant, il comprend pourquoi elle a fait ce qu'elle a fait. On dirait que ça l'a... libéré.* Je fixai droit devant moi. Je n'étais plus consciente que de l'oscillation de métronome des essuie-glaces et de la chaleur surprenante de mes larmes.

13.

Le prochain qui me remercie de l'avoir « aidé » va me faire gerber ! C'est encore arrivé ce matin. J'étais assise dans le 36 à faire les mots croisés, quand Bella m'a téléphoné, suintant la gratitude.

— C'est grâce à toi que j'ai rencontré Sean, fit-elle avec effusion. Sans toi, je ne serais jamais allée à ce bal.

— Dans ce cas, c'est Beverley que tu devrais remercier, objectai-je. Après tout, c'est elle qui a organisé la soirée. Pas moi.

— Oui, mais c'est toi qui m'as invitée, Rose. Dire qu'en me préparant ce soir-là, je ne savais pas que j'allais rencontrer le Destin ! Je suis si heureuse, s'extasiait-elle. Je t'ai dit qu'on allait skier après demain ? À Klosters. Tu sais, là où va le prince Charles.

— Tu pars skier ? Mais la boutique ?

— Ah, ce n'est que pour une semaine !

— Comment Béa se débrouillera-t-elle, sans toi ?

— Très bien. De toute façon, c'est elle qui organise presque tout, Rose. Et ça lui plaît comme ça... tu la connais. Pour être honnête, j'ai pris conscience que mon bonheur personnel m'importait davantage que mon succès professionnel... Mais, en fait, j'ai quelque chose d'autre à te dire, Rose.

— Ah ? Quoi ?

— Tu sais, le mari de Serena qui travaille pour Sean ?

— Oui, Rob, dis-je en regardant par la vitre les touffes de jonquilles dans le parc.

— Il va être viré. Je regrette.

Viré ?

— Mais ils ont trois jeunes enfants ! protestai-je, indignée.

— Je sais, soupira-t-elle. Mais apparemment, il est nul au boulot. Si je t'en parle, c'est au cas où Serena aborderait le sujet, parce qu'elle risque de dire du mal de Sean, ce qui m'embêterait beaucoup.

— Ne t'inquiète pas, Bella, répondis-je posément. Quoi que Serena me dise sur Sean, cela n'affectera en aucune manière mon opinion sur lui.

— Ouf ! Qu'est-ce que je suis soulagée de te l'entendre dire ! souffla Bella.

Je fus tentée de lui faire part de mon avis sur Sean lorsqu'elle reprit :

— Bon, il faut que j'y aille ! On se voit à la fête, Rose ! Salut !

En arrivant au travail je vis que Serena était au téléphone. Elle portait toujours son manteau – tiens, bizarre – et chuchotait, l'air bouleversé. Elle leva les yeux, m'aperçut et raccrocha si fort qu'on aurait cru que le combiné était chauffé à blanc.

— Bonjour, Serena, lançai-je avec un sourire si éblouissant que j'aurais pu lui abîmer les rétines. Comme allez-vous aujourd'hui ?

— Mais très bien, répliqua-t-elle nerveusement. Très bien. Oui, oui, oui... oui. Je vais bien, très bien, balbutia-t-elle, incapable ce matin de sortir un seul cliché consolant. Évidemment. Pourquoi me posez-vous la question ?

— Euh... parce que je vous la pose tous les jours.

— Je vais absolument bien, répéta-t-elle. Très bien. Absolument. Je... Bon, fit-elle en saisissant une pile de lettres. Au boulot.

Elle se mit à déchirer les enveloppes, les mains tremblantes et les yeux sortis de la tête. Pauvre Serena ! Ce dernier coup dur pouvait lui faire totalement perdre les pédales. Mais elle ne désirait visiblement pas se confier. Aussi fis-je semblant de ne rien savoir. Pendant qu'elle tamponnait les dates de réception sur les lettres, j'envoyai un second e-mail urgent à Ricky concernant son augmentation, et reçus aussitôt une réponse venimeuse. *Rose, si tu continues de m'emmerder avec ça je ne renouvellerai pas ton contrat en mars. Pour ton information le* Daily Post *est un journal national, pas une organisation caritative pour les losers de la vie. R.*

Je me penchai sur le courrier du jour. Acné, pipi au lit, rougeurs intempestives, ménopause masculine, ronflements et calvitie. Il y avait une nouvelle lettre de Colin Twisk. Je reconnus aussitôt son écriture et poussai un profond soupir. Ce serait quoi, aujourd'hui ? Une autre pluie de confettis ?

Une invitation à dîner ? D'autres compliments extravagants jusqu'à l'absurdité ?

Chère Mlle Costelloe, lus-je, *je vous écris pour vous faire part de ma déception.* Tiens ?... *Je n'arrive pas à croire qu'une femme pour laquelle j'ai toujours eu le plus profond respect puisse se comporter de façon aussi dépravée.* Quoi ? *Lorsque j'ai vu les nouvelles Hotlines de votre rubrique, j'en ai été choqué jusqu'à l'âme – et dégoûté. Comment épicer votre vie sexuelle ? Les fétiches ? J'avais peine à croire que vous êtes responsable de telles saletés. Mais j'ai appris depuis que non seulement vous aviez enregistré ces articles franchement pornographiques, mais que vous aviez été jusqu'à les rédiger vous-même ! Nonobstant les excellents conseils que vous m'avez jadis prodigués – qui ont conduit, je suis heureux de le dire, à une relation heureuse avec ma nouvelle amie, Pénélope Boink – je dois vous informer qu'à partir d'aujourd'hui, je ne lirai plus votre rubrique. Je vous préférerai désormais l'une de vos rivales, June Snort du* Daily News. *J'interromps aussitôt derechef ce qui avait été jusque-là une très agréable relation épistolaire avec vous. Votre dégoûté – Colin Twisk.*

Je relus, stupéfaite, puis relevai la tête et souris à Serena.

— Hourra et alléluia ! déclarai-je. Je viens de recevoir d'excellentes nouvelles.

— Vous avez bien de la chance, répliqua-t-elle avec amertume.

— Colin-Pot-de-Colle me lâche les basques. Il est dégoûté par les nouveaux messages téléphoniques. Ça va me mettre de bonne humeur pour la journée, ça. Maintenant, je vais en faire des vraiment dégueulasses, ajoutai-je avec véhémence. Pour être sûre qu'il ne m'emmerde plus jamais. Qu'est-ce que je pourrais faire, Serena ? L'amour à trois ? Non, l'amour à six ! Non, l'amour à *seize* ! Les jouets érotiques. Les jeux sexuels. Le sexe entre femmes. Le sexe orgiaque. Les perversions sexuelles. La fessée. L'échangisme. Alors, qu'en pensez-vous, Serena ?

— Eh bien, les nouveaux messages ont du succès, en tout cas, précisa-t-elle, un peu plus calmement. D'après la compta, on a eu des milliers d'appels.

Auquel cas Ricky pouvait certainement l'augmenter un peu, me dis-je, furieuse. J'irai le voir dès demain et je n'accepterai aucun refus – d'ailleurs je l'engueulerai. Je me calmai à nouveau en songeant que j'étais débarrassée de Colin. Plus de lettres couvertes de bisous. Plus d'appels silencieux. Plus d'inquiétude qu'il se pointe chez moi. Plus de Confettimail. Je relus sa lettre et rédigeai rapidement une réponse cinglante, pour lui apprendre combien j'étais ravie de ne plus jamais entendre parler de lui, ni par lettre, ni par téléphone à la maison, ajoutai-je pour lui faire comprendre que je n'étais pas dupe. Je lançai la réponse dans la corbeille du courrier aussi joyeusement que j'aurais fait ricocher un galet plat sur la surface d'un lac. Ragaillardie, rassérénée et requinquée, je téléphonai à mon avocate, Frances, pour savoir où en était mon divorce.

— Nous n'avons pas encore reçu l'accusé de réception, m'expliqua-t-elle.

— Ça prendra combien de temps ?

— Il doit être retourné dans un délai de huit jours ouvrables. Apparemment il y a eu à Putney une grève des postiers qui a duré deux jours, ce qui veut dire qu'il n'aura rien reçu avant le 18. Alors, en tenant compte du fait qu'on est aujourd'hui mercredi, nous devrions recevoir la réponse d'ici le 27.

— S'il ne la renvoie pas, il faudra que vous contactiez son avocat.

— Il n'en a pas... il s'occupe lui-même de l'affaire.

— Pourquoi ?

— Sans doute parce que ça n'a rien de compliqué, et surtout parce qu'il veut économiser quelques milliers de livres.

À l'heure du déjeuner je ne descendis pas à la cantine, me contentant de grignoter un sandwich à mon bureau. Serena sortit, ce qui n'est pas dans ses habitudes. Avec tout ce stress, elle avait sûrement besoin de s'aérer la tête. J'étais en train de mastiquer lorsque Béa m'appela sur mon portable, pleurant à torrents.

— Qu'est-ce qui se passe ? C'est Henry ? soufflai-je.

— Non. C'est ce putain de voyage de ski. Je suis folle de rage. Bella est d'un tel égoïsme !

— Elle ne le fait pas pour t'embêter. (Je ne prends jamais parti, avec les jumelles.) Disons simplement que, pour l'instant, elle ne sait plus où elle habite.

— Tu m'étonnes. Et comment vais-je me débrouiller toute seule, moi, geignit Béa, avec la fête de lancement la semaine prochaine ? J'ai fait passer un entretien à une intérimaire ce matin, mais elle était totalement crétine. J'ai besoin de quelqu'un d'*intelligent*.

— Je t'aiderais bien, moi, Béa, si je n'avais pas tant de boulot ici. Je peux passer ce soir.

— Merci, mais c'est dans la journée que j'ai besoin d'aide. Je ne sais plus de quel côté me tourner, reprit-elle, désespérée. Je n'ai même pas eu le temps de voir Henry... Il a téléphoné et m'a invitée à déjeuner. J'étais ravie, bien sûr, mais je suis vraiment trop occupée, alors on a décalé de quelques jours. Les peintres sont encore là et j'ai dû faire plusieurs allers-retours à la supérette pour acheter à boire pour la fête. En plus, j'ai des rendez-vous avec des clients. J'ai besoin de quelqu'un qui ait le sens des responsabilités, pour surveiller les travaux pendant quelques jours quand je suis sortie, et pour répondre au téléphone. Mais qui ? Je ne connais personne.

— Moi non plus...

Hé, un instant ! *J'adorerais trouver du boulot à l'extérieur. Je me sens tellement seule.*

— Mais oui, je sais... Bev !

— Quoi ?

— Bev serait d'accord. Elle est à la maison toute la journée et la semaine dernière, elle me disait que ça la rendait folle. En plus, elle n'a pas tellement d'élèves en ce moment. Pourquoi ne lui demandes-tu pas un coup de main ?

— Tu crois qu'elle accepterait ?

— Laisse-moi lui poser la question. Je te rappelle tout de suite.

Je joignis Bev aussitôt – j'ai mémorisé son numéro sur mon portable – et lui expliquai la situation. À mon grand étonnement, elle n'accepta pas aussitôt et sembla même hésiter.

— J'aimerais bien vous aider, Rose, parce que c'est toi, mais à vrai dire, je ne suis pas certaine de pouvoir.

— Je croyais que tu voulais sortir de chez toi.

— Oui, oui, en effet. Ce n'est pas ça. C'est simplement...

Je me rendis soudain compte de ce qui n'allait pas. Quelle gourde j'étais. En fait, Beverley n'aimait pas Béa.

— Je sais que Béa est parfois un peu envahissante, mais elle est vraiment gentille, tu sais.

— Mouais.

— Elle te paiera, évidemment.

— Ce n'est pas la question, Rose.

— Elle a désespérément besoin d'un coup de main.

— Je sais...

— Et, tout à fait entre toi et moi, Bev, elle a des problèmes de cœur en ce moment.

C'était très indiscret de ma part, je sais. Mais je ne suis pas entrée dans les détails. Je cherchais simplement à susciter la sympathie de Bev pour Béa, afin qu'elle accepte de l'aider.

— Elle a des problèmes de cœur ? répéta Bev. La pauvre.

— En plus, Bella vient de se barrer à Klosters, ajoutai-je, alors ça commence à faire beaucoup. Elle a seulement besoin de toi deux ou trois jours pour surveiller les travaux. Tu le feras ?

— Alors d'accord. Je vais où ?

— La boutique est sur St. Alban's Grove juste derrière Kensington High Street. Béa enverra un taxi pour te prendre.

Deux minutes plus tard, j'apprenais à Béa que tout était arrangé.

— Envoie un taxi au numéro trois de Hope Street demain matin à 8 h 45.

— Merci, Rose ! Tu es géniale.

Je rentrai chez moi ce soir-là, à la fois vaguement triomphante et apaisée. J'avais banni Colin-Pot-de-Colle sans le faire exprès et j'avais dépanné Béa. Beverley serait ravie de sortir de chez elle, et en plus, j'étais à jour dans mon courrier. Qui plus est, ma procédure de divorce était enfin entamée : j'allais pouvoir tourner la page et entamer un nouveau chapitre de ma vie. Enfin, j'avais l'impression d'être guérie de Ted. J'avais suivi mes propres conseils. J'allais de l'avant. J'étais forte. Le seul nuage à l'horizon, c'était Serena. Elle avait l'air tellement triste en me disant au revoir ce soir, la pauvre.

En ouvrant la porte je fus frappée par l'odeur suave du pain sortant du four. Trois miches brunes s'alignaient sur la table de la cuisine, encore chaudes, avec un mot de Théo : *Bev et moi sommes au pub. Viens nous rejoindre !* Mais j'étais fatiguée, et en plus je n'avais pas envie de m'immiscer. Décidément, entre eux, ça colle. Sinon, pourquoi seraient-ils tout le temps ensemble ? Je me mis au lit avec le nouveau P.D. James et ne revis Théo que le lendemain matin.

— Tu es chic, remarquai-je en versant de l'eau dans la bouilloire.

En fait, il était superbe.

— Merci. J'ai une réunion ce matin avec mon éditeur et ceci est mon seul costume. Tu ne manges rien ? me demanda-t-il tout à coup alors que je m'asseyais devant ma tasse de thé nature.

— Non, c'est trop d'effort. Je grignoterai un bagel en arrivant au travail.

— Tu devrais essayer quand même, Rose, fit-il avec sa franchise habituelle. Tiens, prends ça.

Il beurra la tranche de pain qu'il venait de faire griller, la tartina de marmelade et me la tendit.

— Merci. Mmm, c'est délicieux, soufflai-je en savourant le pain au goût de noisette.

— Alors, pourquoi n'es-tu pas venue au pub hier soir ? me reprocha-t-il soudain.

— J'ai fini tard.

— Rien d'étonnant.

— Et... je ne voulais pas être de trop, avec toi et Bev.

Il eut son petit sourire en coin.

— Ce n'est pas du tout ce que tu crois, Rose, dit-il en rougissant. Bev et moi, nous sommes bons amis, rien de plus.

C'est ça.

— Est-ce qu'elle est contente de travailler à la boutique ? m'enquis-je.

Il acquiesça.

— Tant mieux, parce qu'elle hésitait au début. Mais je sais pourquoi.

— Ah bon ?

Il eut l'air étonné.

— Je ne croyais pas qu'elle t'en avait parlé. Elle vient seulement de me l'apprendre.

— Non, elle n'a rien dit, mais j'ai compris en lisant entre les lignes. Je sais que Béa n'est pas toujours facile à vivre.

— Ah. Hum.

— Mais je suis persuadée qu'elles vont très bien s'entendre.

Théo me scruta en plissant les yeux, puis hocha lentement la tête. J'entendis le « teuf-teuf » d'un moteur diesel de taxi.

— C'est pour elle, dit-il en posant sa tasse. Je vais aller lui donner un coup de main.

En quittant la maison deux minutes plus tard, je vis Théo aider Beverley à monter dans le taxi, puis il lui passa la laisse de Trevor. Beverley avait l'air très chic, mais un peu inquiète. J'étais sûre que tout irait bien. De toute façon, elle ne verrait pas tellement Béa puisque cette dernière serait en rendez-vous à l'extérieur presque toute la journée.

— Je te passerai un coup de fil à l'heure du déj' ! lui lançai-je en agitant la main. Amuse-toi bien !

Elle fit une grimace comique. Je venais de refermer la grille pour me diriger vers l'arrêt de bus quand j'entendis Théo m'appeler.

— Rose ! Ton téléphone sonne !

Zut.

— Ils n'ont qu'à me joindre au boulot, criai-je.

Je n'avais pas envie de faire demi-tour. J'avais envie d'aller de l'avant. J'étais d'humeur à positiver. Les récents orages avaient dégagé le ciel, désormais d'un bleu pur et net. Les jardins étaient illuminés de forsythias dorés et les bourgeons gluants montraient déjà des lamelles de vert. Pour la première fois depuis mon installation à Camberwell, j'étais de bonne humeur et optimiste. Grâce au loyer de Théo j'avais été capable de rester dans les limites de mon découvert et tout se passait bien au boulot. Je m'étais fait de bons amis dans le quartier et j'avais géré le stress de ma rupture avec Ted. Il y avait pourtant encore une ou deux ombres au tableau. Tout d'abord, mon quarantième anniversaire – rien qu'à cette idée, mon cœur s'affolait. En plus, j'étais toujours chagrinée à cause de Rudy. Et puis il y avait cet autre problème... J'aperçus mon reflet dans une vitrine, avec mes cheveux « fous » et ma silhouette dégingandée. Oui, j'ai encore un problème...

— Mais ça pourrait être bien pire, marmonnai-je en m'arrêtant au kiosque à journaux.

Je me penchais pour prendre un exemplaire du *Times* lorsqu'un gros titre me sauta aux yeux.

« LE CHOC ELECTRA ! » hurlait la une du *Daily News*. « L'ADULTÈRE LESBIEN D'UNE STAR TRAHIE PAR MADAME DÉTRESSE ! *Exclusif ! Voir pages 2, 3, 4, 5, 6, 7, 12, 19, 28 et 43* », précisait le sous-titre.

Ma main se tendit vers le journal. J'avais à la fois chaud et froid.

Electra... crise conjugale... séduisante choriste, Kiki Cockayne... son mari a quitté le manoir des Cotswold... la star en larmes accuse la Madame Détresse du Daily Post... *« J'avais confiance en Rose Costelloe... je me sentais vulnérable... elle m'a cyniquement trahie. »* Et là, s'étalant sur la moitié de la page deux, se trouvait une reproduction de la lettre qu'Electra m'avait adressée. Mais *comment* ? Soudain, mon téléphone portable se mit

à vibrer – par chance, j'avais dû presser le bouton
« silence ». Je fouillai dans mon sac. J'avais reçu
six appels dans la nuit.

— Rose ! !
— Oui ?

Eh merde. Ricky.

— J'essaie de te joindre depuis 2 heures du
matin !
— Je ne savais pas. Je suis désolée.
— Tu vas l'être. *Très* désolée. Je te veux dans
mon bureau *maintenant* !

— Alors ? exigeait-il de savoir une demi-heure
plus tard.
— Je ne sais pas. Je n'arrive pas à m'expliquer
ce qui s'est passé. C'est un abus de confiance
épouvantable.
— C'est à moi que tu dis ça ? C'est un abus de
confiance épouvantable entre toi et le *Daily Post* !

Sur son front livide et luisant perlaient de
grosses gouttes de sueur.

— Comment la concurrence a-t-elle mis la
main sur le scoop de l'année ? Pourquoi pas *nous* ?
demanda-t-il en dardant son index vers le *Daily
News*. Tu reçois une lettre d'Electra qui raconte
qu'elle craque pour une femme et tu ne me l'apportes pas ?
— Non, répliquai-je fermement.
— Pourquoi pas ?
— Affaire de conscience.
— Affaire de *conscience* ?

Il me dévisagea comme si j'étais malade. Sa

bouche s'ouvrit et se referma deux fois comme celle d'un cabillaud frappé de perplexité.

— Tu te prends pour qui – un prêtre ?

Il s'agitait tellement que la pièce tout entière était imprégnée des relents de sa transpiration.

— Je ne sais pas ce qui s'est passé, répétai-je piteusement.

— Dis donc, je crois qu'on a une petite taupe, n'est-ce pas, Rose ? C'est peut-être toi !

— Quoi ?

— C'est peut-être *toi* qui as vendu la lettre au *Daily News*.

— Veux-tu bien me dire pourquoi je ferais une chose pareille ?

— Parce qu'elle valait bien quatre vingt-mille livres – c'est exactement ce que je l'aurais payée. Tu as des problèmes d'argent, c'est ça, Rose ?

— Pour rien au monde je ne me serais abaissée à faire quelque chose d'aussi minable. De toute façon, pourquoi compromettre ma carrière ? J'adore mon boulot et je le fais bien, Ricky – ta supposition est complètement absurde.

— Non, je vais te dire ce qui est absurde. Ce qui est absurde, c'est de t'imaginer que tu vas garder ton boulot après ça. J'ai parlé à la DRH. Ton contrat se termine dans dix jours et, si tu espères qu'il sera renouvelé, tu te trompes.

Je retournai à mon bureau dans un état proche de la catatonie. Mon visage était tartiné à la une d'un quotidien populaire national et j'allais perdre mon job. J'avais les jambes molles, les joues brûlantes et le souffle court. Mais qu'est-ce qui avait bien pu se passer ? me demandai-je pour la millième fois. J'avais gardé cette lettre comme Cerbère les Enfers ; j'en avais pris un tel soin ! Mais quelqu'un avait mis la main dessus, l'avait copiée et vendue. *Je pense qu'on a une petite taupe...* Mais qui ?

Tout en traversant la rédaction, consciente des regards qui se tournaient discrètement vers moi, je revis mentalement tout ce que j'avais fait ce jour-là. Personne d'autre n'avait eu la lettre entre les mains, et je l'avais personnellement passée à la déchiqueteuse. Personne d'autre ne l'avait vue : je l'avais eue avec moi tout le temps. *Sauf...* Je me rappelai être descendue à la cantine pour une demi-heure, mais j'avais enfermé la lettre à clé dans mon tiroir. Personne d'autre n'avait la clé, et la mienne était dans mon sac à main. De toute façon, qui aurait pu deviner l'importance de cette lettre-là, alors que j'en recevais des sacs entiers toutes les semaines ? Qui que ce soit, il ou elle avait eu une raison de soupçonner qu'il y avait quelque chose de particulièrement intéressant à l'intérieur du tiroir...

Linda m'adressa un sourire de sympathie lorsque je passai devant son bureau – c'était peut-être elle. La voyante Cynthia me regarda avec compassion – elle avait peut-être eu l'intuition qu'Electra avait écrit. Ou alors, c'était ce postier maussade qui m'avait remis la lettre, qui avait des yeux en rayons X ?

Je songeai à Electra, publiquement humiliée et trahie. Maintenant, le monde entier allait connaître son béguin, la pauvre fille. Je poussai un lourd soupir. En m'asseyant derrière mon bureau, je feuilletai à nouveau le *Daily News. Rose Costelloe... faute professionnelle grave... Madame Détresse contrainte à la confidentialité...* Il y avait un billet cul-pincé de June Snort, affirmant que jamais elle n'aurait fait ça. *Mes lecteurs savent qu'ils peuvent m'écrire en toute confidence*, écrivait-elle avec fatuité – Ah ! Lors du déjeuner des Madames Détresse, elle avait essayé de nous convaincre qu'elle avait reçu une lettre de Kylie Minogue !

Le *Daily News*, ravi qu'on lui ait tendu un si gros bâton pour battre le *Daily Post*, prétendait sans plus de précisions que la lettre d'Electra était « tombée entre leurs mains ». On ne laissait nulle part entendre que j'étais l'auteur de la fuite, mais ma réputation était finie. « Comment Miss Costelloe a-t-elle pu laisser cette lettre hautement sensible, si pleine de sentiments déchirants, hors de sa portée ? » s'enquérait-on pompeusement. Il y avait une photo de moi, évidemment, et une bio sur doc' dans laquelle le journaliste se demandait comment une femme dont le mariage n'avait duré « que sept mois » pouvait se permettre de conseiller les autres sur leur couple. Les autres articles étaient consacrés à l'histoire en elle-même. Il y avait des photos floues de la choriste à sa fenêtre, plusieurs d'Electra lors de sa dernière tournée et de son mari acteur, Jez, en train de quitter leur immense demeure avec un sac de voyage, l'air sinistre. Il y avait un article rédigé par le chef du service show-biz, Bazza Bomberger, évaluant la carrière d'Electra. Et puis il y avait les considérations convenues sur les autres stars lesbiennes, comme Anne Heche.

Je levai les yeux vers l'horloge. 9 h 50. Mon courrier s'empilait dans ma corbeille ; pendant une fraction de seconde je fus tentée de me lever et de tout plaquer, là, tout de suite. J'allais être virée dans dix jours, alors merde – pourquoi ne pas me casser maintenant ? Le côté théâtral du geste me séduisit un instant, mais la raison prévalut. Ce serait totalement injuste envers Serena, qui avait déjà assez de problèmes comme ça. Et puis j'avais encore du travail à faire. Mes problèmes ne me donnaient pas le droit de négliger ceux des autres. Quand on est Madame Détresse, on a une responsabilité *immense* envers ses lecteurs et je n'avais pas l'intention de fuir les miennes. J'ouvris la première enveloppe, qui venait de l'interne. Je trouvai une lettre à l'intérieur, avec le mot *Personnel* tracé par une écriture familière.

Chère Rose. Je vous écris ceci parce que je vous le dois bien et pour vous demander pardon. Je sais que vous ne méritez pas ça, mais j'ai eu tellement de difficultés ces derniers temps. J'avais déjà le tuyau concernant la lettre d'Electra, et quand j'ai vu l'e-mail que Ricky vous a adressé hier matin, hélas, ce fut la goutte d'eau qui fait déborder le vase. Mais j'espère sincèrement que vous ne souffrirez pas des conséquences de mon geste et que vous arriverez à me pardonner un jour.

Tiens, songeai-je. Tiens, tiens, *tiens*. Quelle idiote ! Je n'avais même pas envisagé que ça puisse être Serena ; la pimpante, la joyeuse, la stoïque Serena. Quels clichés réconfortants m'aurait-elle sortis tout en se préparant à passer au *Daily News* ? « Après la pluie le beau temps ? » ou peut-être « Un tiens vaut mieux que deux tu l'auras ? ».

Une lettre de démission était jointe, que je fis passer à la DRH par courrier interne. Je fixai longuement le fleuve par la fenêtre. J'étais en état de choc, mais étrangement calme. Quelle naïveté de penser que je ne souffrirais pas des « conséquences » de son acte ? Elle avait purement et simplement anéanti ma carrière. J'étais sur le point de perdre ma rubrique, mon émission de radio suivra sûrement, et qui me redonnerait un poste de Madame Détresse ? Je songeai à l'énorme perte de revenus qui s'ensuivrait et mon cœur se serra – il faudrait que je vende Hope Street et que je m'achète un petit appartement. Je pensai soudain que je ne vivrais plus avec Théo et à cette idée, je ressentis un terrible pincement. Mais bon, comme je l'ai déjà dit, on s'habitue aux gens, pas vrai, et je me suis habituée à lui. Je repensai à l'arôme du pain frais quand j'avais ouvert la porte hier soir, et levai la tête vers le ciel. Curieusement, on apercevait une demi-lune fantomatique dans l'immense étendue de ciel bleu. Théo serait capable de m'expliquer pourquoi.

Je me tournai vers le bureau de Serena – il était beaucoup mieux rangé que d'habitude. Elle avait préparé sa fuite. J'ouvris ses tiroirs. Vides. Je me rappelai l'avoir vue faire le ménage. Et puis hier matin, elle était tellement nerveuse quand elle parlait au téléphone... C'était sans doute après avoir vu le deuxième e-mail de Ricky qu'elle avait finalement décidé d'aller au *News*. C'est pour ça qu'elle avait l'air triste en me disant bonsoir : elle savait que nous ne nous reverrions plus jamais.

— Prenez soin de vous, Rose, avait-elle dit en m'adressant un curieux sourire coupable.

J'ouvris son tiroir à crayons. Il y avait deux jeux de clés. L'un pour son bureau, naturellement ; j'essayai l'autre sur le mien. Il fonctionnait. Donc, à mon insu, elle avait un double de la clé de mon bureau. Ce devait être celui d'Édith Smugg. Serena avait dû ouvrir mon tiroir quand j'étais descendue à la cantine. Je pensais qu'elle était rentrée chez elle mais elle était restée dans les parages en attendant que je m'absente.

Je relus le *Daily News*. Du côté d'Electra, personne ne niait quoi que ce soit. Kiki Cockayne, la choriste, avait simplement répondu « sans commentaire », alimentant les spéculations sur la véracité de l'histoire. Avec raison, puisque tout était vrai. Electra s'était adressée à moi pour me demander conseil, et elle avait été trahie. Il fallait que je lui écrive pour lui demander pardon.

— Rose ! Le *Sémaphore* veut te parler ! s'écria Linda alors que je me dirigeais à nouveau vers le bureau de Ricky. Et le *Daily Planet* et le *Sunday Star*. Et Radio Five veut t'interviewer.

— Je ne parle à personne, répondis-je. Ils vont seulement m'accabler encore plus.

Je frappai un coup sec à la porte de Ricky.

— C'est Serena, dis-je lorsqu'il leva les yeux. J'ai reçu une lettre d'elle.

— Cette salope ! Je la vire !

— Elle a déjà démissionné. Tu aurais dû lui donner cette augmentation. C'est pour ça qu'elle l'a fait. Son mari vient d'être viré. Elle travaille ici depuis quinze ans et elle avait besoin de se sentir reconnue... Quand elle a vu ton e-mail la qualifiant de *loser* elle a su que tu la méprisais. Et en voilà la conséquence.

— Donne-moi cette lettre, m'ordonna-t-il en tendant une main bouffie. Donne-la-moi !

— Pourquoi ?

— Parce que je vais lui faire un procès, voilà pourquoi ! On va la coincer sur la clause de confidentialité dans son contrat – on lui fera recracher ses quatre-vingts bâtons. On la poursuivra, on gagnera et on lui fera payer tous les frais. Rose ? Qu'est-ce que tu fous ? Donne-moi cette lettre – c'est une preuve !

Mais j'avais déjà actionné la déchiqueteuse de son bureau et j'y faisais passer la lettre de Serena.

— Putain, pourquoi tu as fait ça ?

Ricky fixait, bouche bée, les lamelles de papier recrachées par la machine.

— Parce que la lettre m'était adressée. C'est ma propriété personnelle, Ricky, et je peux en faire ce que je veux.

— Mais tu ne veux pas qu'elle paie, cette salope ?

— Non. Après tout, ce qui s'est passé est ma faute. C'est moi qui ai laissé la lettre tomber entre ses mains, c'est aussi moi qui n'ai pas supprimé tes e-mails assez vite. Alors c'est moi qui dois payer, pas elle. Mon contrat prend fin le 10 mars, me semble-t-il, ce qui te donne environ deux semaines pour me trouver une remplaçante.

En retournant à mon bureau, je songeai avec amertume à Sean. S'il n'avait pas viré Rob, Serena n'aurait presque certainement pas fait ce qu'elle avait fait. Elle était désespérée – elle n'avait vu que des gros billets – et maintenant elle était plus riche de quatre-vingt mille livres. Plus de toits qui fuient. Plus de manteaux usés jusqu'à la corde. Et plus de lettres à trier pour moi. *Merde*. Les deux semaines à venir allaient être épouvantables, sans elle.

— Tu voudrais une intérimaire ? me demanda Linda.

— Non, je ne peux pas être certaine de sa discrétion. Ce qui est un comble venant de moi, ajoutai-je amèrement. De toute façon, ce serait trop long de la former. Je me débrouillerai seule.

Avant la fin de la matinée, j'avais compris à quel point il était difficile de gérer trente problèmes par jour sans assistante. Beverley m'appela vers 14 heures pour m'offrir son soutien mais je n'avais pas envie de parler.

— Mais j'ai quelque chose à te dire, insista-t-elle.

— Désolée, Bev, je n'ai vraiment pas le temps de papoter. Je suis très en retard dans mon courrier, mon téléphone n'arrête pas de sonner. En plus, je suis effondrée d'avoir perdu mon job.

En posant le récepteur, je songeai à tous ceux qui me connaissaient et qui s'interrogeraient sur les mensonges du *Daily News* à mon sujet. Ted. Mary-Claire Grey. Cette saleté de Citronella Pratt. Elle serait vraiment folle de joie : elle avait toujours convoité mon poste. À 17 heures, Bev rappela. Elle me dit qu'elle avait passé une journée passionnante, mais qu'elle voulait vraiment me parler de quelque chose.

— Ça ne peut pas attendre ? demandai-je en consultant mes pamphlets *Adolescence, Santé Mentale* et *Jalousie*. Je suis encore débordée. C'est vraiment urgent ?

— Pas à ce point-là. Pas encore. Mais ça va le devenir, alors dis-moi quand on peut parler.

— Quand tu veux. Mais pas maintenant.

C'est en voyant mes collègues partir pour la soirée que je compris combien ils me manqueraient, combien j'adorais ce travail. Le bruit et le tintamarre de la rédaction me manqueraient. Et même les embrouilles quotidiennes avec les secrétaires de rédaction. Je regardai le crépuscule par la fenêtre en repensant à la lettre de Serena. Curieux... Sur le coup, j'étais tellement traumatisée que je n'avais pas fait attention mais maintenant, je me rappelais : Serena m'avait écrit qu'elle avait eu un « tuyau » à propos de la lettre d'Electra. Un tuyau ? Mais de qui ? Et *pourquoi* ?

14.

Chère Mlle Costelloe, votre dernière lettre et sa scandaleuse insinuation que j'aurais pu vous téléphoner « à la maison » m'ont laissé sans voix. Je peux catégoriquement affirmer que je ne l'ai jamais fait et que de toute façon, je ne possède pas votre numéro de téléphone personnel. Je ne m'étonne plus que vous traversiez de telles difficultés professionnelles, si vous êtes capable de vous tromper aussi gravement sur mon compte. Puis-je vous suggérer de consulter un psychothérapeute ? Sincèrement vôtre, Colin Twisk.

P.S. : Ayez l'amabilité de ne pas transmettre cette lettre au Daily News.

— Branleur ! crachai-je en jetant la lettre à la poubelle.

Et menteur, en plus. Qui d'autre, sinon lui ? Il faisait une fixation sur moi depuis six mois. Enfin, au moins, il ne m'embêterait plus.

Je regardai ma corbeille de courrier, accablée : sans Serena, j'en avais pour un siècle. Il y avait les nouvelles lettres à enregistrer et celles auxquelles j'avais répondu à classer, ensuite je devais renouveler mon stock de brochures. Les téléphones sonnaient sans arrêt, le fax bourdonnait et j'avais une pile gigantesque de lettres à passer à la déchiqueteuse. Tout cela avant d'avoir résolu le moindre problème. Sans mes amis, j'aurais perdu la tête. Béa m'avait appelée ce matin pour savoir comment j'allais.

— Ça va, mentis-je. Comment ça se passe à la boutique ?

— Je pense qu'on est sur la bonne voie. Beverley revient ce matin, Dieu merci. Je lui ai dit que j'avais un déjeuner important – en réalité, c'est avec Henry – et elle a accepté de faire une journée supplémentaire. Au fait, tu as vu les journaux ?

— Évidemment, gémis-je.

— À croire qu'ils n'ont rien de plus intéressant à écrire...

Parce que l'affaire Electra se poursuit. Les journaux sérieux – qui considèrent que les Madame Détresse sont des incompétentes se mêlant de ce qui ne les regarde pas au risque d'aggraver les problèmes – disaient qu'Electra avait commis une monumentale erreur de jugement en se confiant à quelqu'un comme moi. Les journaux people continuaient à se repaître des restes du mariage de la star. Il y avait plusieurs photos des enfants d'Electra et d'autres de la choriste Kiki Cockayne, franchement torrides. Il y avait aussi une photo du petit ami de Kiki Cockayne, l'air abattu. Ça continuait pendant des pages entières, jusqu'à l'écœurement. En outre, maintenant que j'étais seule, je ne rentrais jamais chez moi avant 22 heures, pour m'affaler, hébétée de fatigue, devant mon minuscule téléviseur noir et blanc.

— Tu regardes quoi ? me demanda Théo hier soir en s'asseyant à côté de moi sur le canapé.

— Rien. Je suis trop crevée. Je laisse simplement les images défiler devant mes rétines.

Théo retira ses chaussures et plaça ses pieds nus près des miens sur le tabouret. Je les observai : ils étaient beaux, forts et nerveux, avec des orteils droits, pas noueux.

— Jolies chevilles, déclara-t-il tout à coup.

— Merci, fis-je avec un regard en coin. J'espère que cela compense mes cheveux « fous ».

— Je t'ai insultée en te disant ça ?

— Oui, si tu veux savoir.

Il rosit.

— Mais, à présent, je suis habituée à ta franchise.

— Désolé. Je crois que tu me faisais un peu peur.

— Je vois. Et tu as encore peur ?

Il me contempla.

— Non. Plus maintenant.

Je zappai pour écouter les infos.

— J'aime bien la télé en noir et blanc, commenta Théo au bout d'un moment. Ça me rappelle l'époque où j'étais étudiant.

— Je vais devoir me réhabituer, lâchai-je d'un ton lugubre. Je ne pourrai plus m'offrir un nouveau téléviseur après ce qui m'est arrivé cette semaine.

Je m'imaginai comme Serena, avec des trous dans mon toit et un manteau usé jusqu'à la trame, l'air stoïque dans ma névrose.

— Ne t'en fais pas, me rassura Théo. Je suis sûr que tu retrouveras autre chose.

Il posa sa main sur la mienne un moment, puis la retira.

— Oui, soupirai-je, sans doute. Mais ce ne sera pas aussi intéressant, ni aussi bien payé. Je vis déjà au-dessus de mes moyens, alors je vais sans doute devoir vendre la maison et acheter un appartement.

— Vraiment ?

Il eut l'air triste.

— Oui.

— Bon, nous aviserons quand nous en serons là, dit-il.

Je souris de sa façon fraternelle d'utiliser la première personne du pluriel.

— Oui. On verra.

Puis, petit à petit, tandis que je fixais l'écran, mon cerveau se mit à bourdonner, mes yeux se fermèrent... et je sentis mon menton tomber vers ma poitrine.

— Hé.

On me poussait doucement entre les côtes.

— Hé, Rose.

— Quoi ?

— Le téléphone sonne.

— Ah.

Je traînai les pieds dans le hall et tendis une main lasse vers le récepteur.

— Allô ? Allô ?

Je repris brutalement mes esprits. Une fois de plus, j'entendais un souffle lourd, délibéré, bruyant.

J'avais bossé douze heures de suite. J'étais crevée. Je n'en pouvais plus. Tant pis pour les conseils de la compagnie téléphonique.

— Allez vous faire foutre ! hurlai-je.

Je raccrochai violemment le combiné et composai le 3131. Numéro inconnu.

— Qui insultais-tu comme ça ? me demanda Théo distraitement alors que je revenais dans le salon, radioactive d'indignation.

— Mon obsédé. Colin Twisk.

— Colin Twisk ?

— Oui, Colin Twisk.

— Mais je le connais ! dit Théo. Il travaille chez Compu-Force. C'est un informaticien. Il est un peu givré, mais d'après moi il est inoffensif. Tu crois que c'est lui qui t'appelle ?

— Oui.

Je lui expliquai. Ma réponse. Ses lettres. Les confettis de la Saint-Valentin. Sa proposition de me rencontrer...

— Et puis... Mais oui ! C'est comme ça qu'il a eu mon numéro ! m'exclamai-je. À cause de toi ! Il sait que tu vis avec moi parce que tu as dû en parler avec tes collègues, et tu as donné mon numéro au service du personnel en cas d'urgence, et Colin l'a lu sur l'annuaire interne.

Théo secoua la tête.

— Désolé, Rose. Tu te trompes. D'abord, je n'ai jamais parlé de toi à quiconque au boulot.

— Jamais ?

— Non.

J'en fus curieusement déçue.

— Pourquoi ?

— Je ne parle jamais de ma vie privée, je reste tranquillement derrière mon bureau et fais semblant de m'intéresser aux chiffres en pensant au

Big Bang. Et je n'ai jamais communiqué le numéro de la maison, je n'utilise que mon portable. En plus, franchement, je ne crois pas que ce soit Colin Twisk, parce qu'il vient de nous présenter sa nouvelle petite amie, Pénélope Boink. Il l'a rencontrée durant un séminaire pour vaincre sa timidité. Il semble qu'elle ait toujours été minée par son nom ridicule... Non, Rose, je doute fort qu'il s'agisse de Colin. Il est bien trop heureux.

— Ah. Eh bien qui, alors ?

— Je n'en ai aucune idée. Pourquoi ne fais-tu pas filtrer tes appels ?

— Parce que, pour filtrer ses appels, il faudrait d'abord que je connaisse son numéro !

— Je n'en suis pas certain... tu devrais appeler la compagnie téléphonique. Tu pourrais aussi changer ton numéro.

— Pas question. Ce serait lui donner le dernier mot. En outre, ça fait trois fois que j'en change depuis l'an dernier, avec toutes mes péripéties conjugales. Pas question de recommencer. De toute façon, je suis trop crevée pour y penser ce soir.

— Moi aussi. Au dodo.

Théo éteignit les lumières, vérifia que la porte du jardin était bien verrouillée et mit la chaîne sur celle de l'entrée. Puis nous montâmes l'escalier ensemble pour aller nous coucher. Je trouvai curieux d'entendre nos pas conjugués sur les marches grinçantes. Mais je me sentais trop fatiguée pour en être embarrassée. Et cette intimité soudaine me parut plutôt agréable, amicale. Soudain, je nous vis au lit, ensemble – platoniquement, bien sûr – en train de bouquiner tranquillement. Un Stephen Hawking pour lui et un Ruth Rendell pour moi. J'aime bien les polars. Plus il y a de fausses pistes mieux c'est. Je me rends généralement compte de ce qui se passe, parce que, comme je l'ai déjà dit, je suis capable de lire entre les lignes.

— Bonne nuit, Rose, fit poliment Théo lorsque je m'arrêtai devant la porte de ma chambre.

Il me sourit. Je lui souris en retour.

— Bonne nuit. Tiens, au fait, comment ça s'est passé pour Bev aujourd'hui ? lui demandai-je. J'ai été trop débordée pour la rappeler.

— Je lui ai parlé ce matin. Elle n'avait pas le moral. Elle préférerait travailler avec toi.

— Vraiment ? m'étonnai-je, la main sur la poignée de porte. Et moi, j'aurais bien besoin de quelqu'un comme elle. D'ailleurs, je... Hé, quelle idée *géniale* !

Dans ma joie, j'eus un geste inattendu : je m'avançai vers Théo et je l'embrassai sur la joue. Ce fut plus fort que moi.

— Théo, tu es un génie ! Bonne nuit.

— J'adorerais ! s'exclama Bev le lendemain matin. Mais tes patrons ?

— Je viens d'obtenir l'accord de Linda, mon chef de service, et je me fous de ce que pense Ricky. Je suis submergée, mais j'ai le sentiment qu'aussi longtemps que les gens m'écrivent à moi, personnellement, j'ai le devoir de leur répondre. Et je reçois beaucoup plus de lettres à cause de cette affaire Electra.

— Très bien, alors. J'arrive. Je suis l'intérimaire de Hope Street, ajouta Bev dans un éclat de rire.

— Et comment ça s'est passé avec Béa, hier ? lui demandai-je.

— Euh... bien, répondit Bev sans plus de précisions.

Je crus déceler une légère tension dans sa voix. Béa avait dû manquer de tact sans s'en rendre compte. Je ne cherchai pas à en savoir plus.

— Elle avait l'air comment, quand elle est rentrée de son déjeuner avec Henry ?

— Eh bien... assez heureuse, je dirais.

— Vraiment ? Et Henry, quelle tête faisait-il quand il est passé la prendre ?

— Il avait l'air... assez heureux lui aussi. Il souriait énormément, en tout cas.

— Tiens. Intéressant. Finalement, ça va peut-être marcher entre eux.

Avant l'heure du déjeuner, je sus que je me trompais.

— Je me suis débiné, m'annonça Henry.

Il m'appelait de son portable depuis le département de lingerie du magasin de l'Armée et de la Marine, où il était en train de s'acheter un corset.

— J'allais lui parler, mais elle n'arrêtait pas de me prendre la tête avec sa fête, et sa sœur avec qui elle est fâchée parce qu'elle est partie skier, et son connard de nouveau mec, et Beverley qui l'a tellement aidée...

— Si bien que tu n'as pas pu en placer une.

— Exactement. Et je suis attendu de pied ferme à la fête de lancement. Difficile de me dérober. Non, ce n'est pas pour mon épouse, c'est pour ma mère, l'entendis-je préciser à la vendeuse. Oui, c'est ça, ma *mère*. Non, elle aime les bordures en marabout.

— Tu vas devoir trouver le moyen de parler à Béa, insistai-je. Sinon, elle va continuer d'espérer, et l'espoir tue.

— Je sais. Oui, elle est très jeune d'esprit – soixante-huit ans en mai. Tu as raison, Rose. Je vais lui parler dès que possible. Si Joan Collins en porte, pourquoi pas ma mère... ?

Dix minutes plus tard, j'avais Béa en ligne.

— Henry et moi, on a eu un déjeuner *super* ! Ça s'est très bien passé. Il avait l'air un peu nerveux au début mais on s'est très vite mis à bavarder. Il vient à la fête, c'est bon signe, n'est-ce pas ?

— En effet.

— Tu crois qu'il m'aime bien ? me demanda-t-elle, anxieuse. Il t'a dit quelque chose... ?

— Mais non, on n'a pas du tout parlé de toi. Mais je suis sûre que... oui. Euh, écoute, Béa, je ne peux pas te parler parce que Bev arrive d'un instant à l'autre. Maintenant que tu n'as plus besoin d'elle, c'est moi qu'elle aide pour quelques jours.

— Toi aussi ? Elle est vachement sympa. Je l'aime beaucoup, ajouta Béa chaleureusement, et Trevor est un amour. Henry a l'air de l'adorer. C'est bien, un homme qui aime les animaux, tu ne trouves pas ?

Je songeai à Ricky.

— Ça dépend.

— Bon, il faut que j'y aille, Rose. On se voit à la fête.

Dix minutes plus tard Bev était installée au

bureau de Serena avec Trevor. Je lui expliquai la routine.

— Le boulot n'est pas trop difficile, conclus-je, juste un peu prenant, et j'espère que tu supporteras le bruit.

— Le supporter ? Je l'*adore* !

Elle regarda autour d'elle l'activité frénétique de la salle de rédaction en secouant la tête, comme si elle n'arrivait pas à y croire.

— Je suis dans un bureau, Rose. Avec plein de gens. C'est... géant !

Et je me dis qu'en effet, c'était géant, et que ça allait vraiment me manquer. Une vague de panique et de tristesse me submergea.

En une heure, Beverley avait tout compris et ma charge de travail se trouva ainsi diminuée de moitié. Je n'avais même pas besoin de répondre au téléphone – elle se débrouillait parfaitement. Trevor, vêtu de son manteau rouge de Helping Paw, était tranquillement installé à côté de son fauteuil roulant, à téter la tête de son gorille en plastique. C'est comme ça qu'il lutte contre le stress.

— J'aime bien la petite poche dans son manteau, dis-je à Bev. Je n'avais pas remarqué.

— Oui, c'est utile pour ranger des choses. Il va avoir de la matière pour sa rubrique cette semaine, ajouta-t-elle.

— Qu'est-ce qu'on a aujourd'hui ?

— Alzheimer, pipi au lit, contraception, dépression, personne disparue, cleptomanie et stress.

— D'accord, je vais m'y mettre.

— Et il y a une femme avec une LED.

— C'est quoi ?

— Pardon. Lésion de l'épine dorsale. Elle a été paralysée à partir de la taille après avoir été heurtée par une voiture. Elle a vingt-neuf ans, elle est désespérée, son petit ami l'a quittée et elle a des envies de suicide... Je sais exactement ce qu'elle ressent.

— Alors c'est toi qui vas lui répondre.
— Quoi ?
— Écris-lui.
— Vraiment ?
— Oui. Je devrai signer la lettre, évidemment, puisque c'est à moi qu'elle a écrit, mais pourquoi ne fais-tu pas le premier jet ?
— Parce que je ne suis pas une Madame Détresse, Rose.
— Mais tu répondras mieux que je ne le pourrai jamais.

Beverley sourit.

— Alors d'accord. Si c'est ce que tu crois, je vais essayer.

Elle prit son bloc et commença à écrire. Nous travaillâmes en silence côte à côte pendant un bout de temps. Puis, je me rappelai... J'avais été trop débordée de travail et de soucis pour y penser auparavant.

— Beverley, l'autre jour tu voulais me dire quelque chose.
— Ah. Ou-ui.

Elle se tortilla légèrement dans son fauteuil et son cou rougit.

— Oui, effectivement. Ce n'est peut-être pas si grave après tout, mais je ne savais pas si je devais te mettre au courant ou pas...

— À quel sujet ?
— À propos de... Enfin... Tu comprends... C'est une situation assez délicate.

Mais de quoi parlait-elle ?

— Ça te concerne ? lui demandai-je.

Elle secoua la tête.

— Ça me concerne, moi ?
— Plus ou moins. Enfin, oui. Ou plus précisément, ça concerne Ted...

— Mais merde, à quoi elle pensait, au juste, Bella ? demandai-je à Béa au téléphone cinq minutes plus tard. Elle a complètement perdu la tête cette fois.

Je baissai la voix. Je ne voulais pas mettre tout le bureau au courant.

— Enfin, partir à la neige dix jours avant l'inauguration, c'est déjà assez grave, mais inviter mon futur ex-mari à la fichue fête de lancement, c'est le comble !

— Seigneur ! s'étrangla Béa. Elle n'a pas fait ça ?

— Si ! Bev vient de me l'apprendre. Elle classait les cartons de réponse en cochant les noms sur la liste d'invités quand tout d'un coup elle a vu « Ted Wright ». Elle se demandait si elle devait m'en parler, elle savait que je serais furieuse... Elle a pensé que je devais être mise au courant.

— Et il a répondu ?
— Apparemment non – c'est pour cela que Bev hésitait à m'en parler.

— Il est très peu probable qu'il vienne...

— J'espère que tu as raison, parce que s'il vient, je ne peux pas venir.

— Mais c'est impossible ! Tu es notre meilleure amie ! Je suis sûre qu'il n'acceptera pas, insista-t-elle.

— Non, parce que tu vas annuler l'invitation, d'accord ?

— Rose, je ne peux pas... c'est trop grossier !

— Je sais. Mais tu n'as pas le choix, parce que c'est lui ou moi. Voici son numéro ; tu as trois jours. Je ne veux pas qu'il soit là, Béa, d'autant qu'il risque de venir avec *elle*.

— Je suis vraiment désolée, Rose, mais Bella rentre demain, et comme c'est elle qui l'a invité, c'est à elle de le décommander.

Ma fureur contre Bella dura toute la journée.

— Comment a-t-elle pu faire ça ? me plaignis-je à Beverley pour la vingtième fois tandis que nous rentrions à Camberwell en taxi.

— Parce qu'elle est tellement folle de bonheur qu'elle veut que tout le monde le soit aussi. C'est l'insensibilité égoïste de l'extase, conclut-elle sagement. La béatitude rend incapable de percevoir la douleur des autres.

Je me tournai vers Beverley. Elle avait raison. Je me rendis compte à cet instant-là de sa sagesse et de sa clairvoyance.

— C'est pour ça que je n'étais pas certaine de devoir t'en parler, reprit-elle. Je ne voulais pas provoquer un conflit entre Bella et toi : je ne savais pas s'il accepterait ou pas. S'il avait simplement refusé, je n'aurais pas abordé le sujet avec toi. Mais s'il venait sans qu'on t'ait prévenue, alors...

Enfin, tu n'as pas très bien réagi le soir du bal pour Helping Paw, ajouta-t-elle avec délicatesse.

Je me recroquevillai de honte.

— Non, je me suis bourré la gueule. Enfin, je suis contente que tu m'en aies parlé, dis-je alors que nous arrivions sur Hope Street. Ça aurait pu être un choc affreux. Tu entres un moment ?

— Non merci. Je dois me changer. Je sors.

— Avec Théo ? lui demandai-je négligemment malgré un pincement au cœur.

— Non. Avec Hamish. Un type adorable. Je l'ai rencontré, il y a cinq ans. Nous nous sommes revus au Nouvel An. Il habite Edimbourg et il est à Londres pour une semaine de répétitions. Il est chef d'orchestre. On va dîner.

Trevor avait peut-être raison. Ce n'était pas Théo, mais Hamish, qui était l'objet de l'affection de Beverley. C'était peut-être à lui qu'elle avait envoyé la carte de Saint-Valentin. Mon cœur me sembla plus léger, parce que, comme je l'ai déjà dit, je me suis habituée à Théo.

En rentrant, j'entendis le tintamarre des casseroles. Théo s'affairait à la cuisine.

— Tu rentres tôt, fit-il observer en fouillant le placard sous l'évier.

— Oui, parce que Beverley m'a énormément aidée. Elle a même rédigé un premier jet de certaines réponses. Cela me fait gagner un temps fou et ses conseils sont excellents.

— Oui, acquiesça-t-il avec emphase. Elle est *très* fine mouche. D'ailleurs, elle m'a donné de bons conseils.

Je n'avais pas le courage de lui demander à quel sujet. Sa séparation, sans doute.

— Et Trevor, qu'est-ce qu'il a fait ? Il a léché les enveloppes ?

— Non, elles sont auto-collantes.

— Gagné ! s'écria-t-il, triomphant, en se relevant avec un wok à la main. Je savais bien que j'en avais vu un quelque part. Mince ! Il est propre comme un sou neuf ! Tu n'as jamais utilisé ce wok, pas vrai ?

— Non... Tu attends quelqu'un ?

Les couverts étaient mis pour deux, avec des serviettes de table en lin.

— En effet.

— Qui ?... Pardon, ce ne sont pas mes affaires, fis-je avec détachement.

— Ce sont *tes* affaires. Parce que c'est toi. On va manger un curry de poulet. Thaï, si tu veux savoir. Au fait, c'est toi qui le prépares.

— Moi ? Mais je ne suis qu'une cuisinière passive, Théo, tu le sais bien.

Il me lança un tablier.

— Allez.

Cinq minutes plus tard j'étais en train de préparer joyeusement une sauce au gingembre et à la citronnelle. Les arômes m'avaient creusé l'appétit.

— C'est géant, dit Théo en inspectant mon travail. Maintenant, écrase les gousses d'ail... Bon, hache la coriandre finement...

Il versa de l'huile dans le wok tout en chantant. Je souris. Il avait une assez jolie voix. Et visiblement, il était de bonne humeur. Le riz bouillonnait et l'huile crépitait. Théo me passa la cuiller en bois.

— Bon, tu fais frire l'ail pendant environ quarante secondes, puis tu ajoutes la citronnelle et le gingembre. Et ensuite la pâte de curry vert. Vite !

— Ça vient, ça vient, cesse de me donner des ordres ! Combien ?

— Deux cuillers à soupe, ça devrait aller. C'est ça. N'en mets pas trop. Continue de remuer. Il ne faut pas que ça attache, nigaude ! Bon, maintenant le poulet.

Il jeta les cubes de chair rose, qui virèrent au blanc dans le wok.

— Continue de touiller, conseilla Théo. Maintenant, verse le lait de coco...

Je me tournai vers lui. Ses lunettes étaient embuées. Il les retira, les essuya et m'adressa un sourire de myope. Je remarquai qu'il avait de beaux yeux, très bleus.

— Voilà, fit-il en remettant ses lunettes et en jetant un coup d'œil au mélange. C'est bon.

— Vraiment ? Ce n'est pas long. Je croyais que c'était super long et super compliqué de faire des currys.

— Pas les currys thaïs. Les currys indiens demandent beaucoup d'épices. Là, on n'a besoin que de quelques herbes aromatiques fraîches. Maintenant, on laisse mijoter gentiment pendant huit minutes, puis on ajoute des champignons grossièrement hachés.

Théo retira le riz du feu et me montra comment le rincer, puis il le remit sur la cuisinière.

— Quand le riz sera à point, le curry sera prêt.

— Ça sent merveilleusement bon ! m'exclamai-je. Je *meurs* de faim.

Théo éteignit les spots et alluma les bougies.

— Je suis ravi de te l'entendre dire.

Cinq minutes plus tard il versa une mixture crémeuse sur le riz parfumé. Je plongeai la fourchette et fermai les yeux.

— Je n'ai jamais rien mangé d'aussi délicieux de toute ma vie, soufflai-je.

— Meilleur que de la soupe en sachet, pas vrai ?

— C'est divin. Quelles saveurs merveilleuses !

— J'en faisais pour ma femme.

— Ça doit lui manquer.

— J'en doute. Elle a téléphoné aujourd'hui pour dire qu'elle veut entamer la procédure de divorce.

Je le dévisageai.

— Elle a rencontré quelqu'un. J'avais raison. Elle pense que c'est sérieux.

— Je suis désolée, Théo. C'est dur. Pourtant, tu as l'air d'assez bonne humeur.

— C'est l'humour des condamnés... Enfin, c'est sans doute pour le mieux. Fiona et moi, on est dans les limbes depuis sept mois. Mieux vaut tourner la page.

— Je suis désolée, répétai-je.

— Ça va. Ça va même beaucoup mieux que je ne l'aurais cru. Et ça veut dire que je vais pouvoir récupérer ma part de la maison, Fiona va me la racheter. Après cinq ans, cela doit représenter pas mal d'argent. En tout cas, suffisamment pour m'acheter un appart correct.

J'eus comme un coup au cœur.

— Ah... C'est bien. D'autant plus que je vais sans doute devoir revendre ma baraque. Si ça se trouve, c'est moi qui vais te demander d'être ta coloc' !

— Ce serait sympa. Mais il faudrait obéir à mes règles à moi !

J'éclatai de rire.

— Qui sont ?

— Interdit d'être trop maniaque.

— Ouais.

— Et obligation de manger de la vraie nourriture. Voilà, c'est à peu près tout.

— Tu es un proprio accommodant, on dirait.

— Sans doute.

— Enfin, je suis heureuse que tu ne sois pas trop triste, pour Fiona.

— C'est drôle, mais à présent que c'est arrivé, ça va. Pendant des mois j'étais tellement perturbé que j'arrivais à peine à fonctionner, mais maintenant j'ai l'impression que je peux gérer. J'ai découvert qu'il y a une vie après une histoire d'amour, Rose, ajouta-t-il doucement.

J'éprouvai un curieux papillonnement dans l'estomac.

— Oui, tu as raison.

Je baissai les yeux vers mon assiette. Elle était vide.

— On se ressert ? proposa-t-il. Tu en reveux ?

— Quoi ? Ah. Oui. S'il te plaît.

Tout en tendant mon assiette je lui racontai comment Bella avait invité Ted à la fête de lancement des jumelles. Théo eut l'air consterné.

— C'est atroce, dis-je en contemplant le carton d'invitation doré aux noms de *Rose et Théo*, fixé à mon tableau d'affichage. Il faut qu'elle le décommande. Je suis folle furieuse.

— Tu as raison. On n'a aucune envie qu'il se pointe, lança-t-il vertement.

— Euh, non, acquiesçai-je. On n'en a aucune envie.

Il vit que j'étais étonnée.

— Tu le prendrais mal.

— C'est vrai. En effet.

— Et comment ça se passe, au *Post* ? demanda-t-il en se rasseyant.

— Grâce à Bev, c'est supportable... mais je termine la semaine prochaine.

Mon cœur se serra. Un gouffre professionnel s'ouvrait devant moi.

— Mon contrat se termine le 10. Mon rédac chef est déjà en train d'essayer de me trouver une remplaçante. Tout ça me rend malade. Je me suis tellement investie dans ce boulot, Théo. C'est toute ma vie. Ma raison d'être.

— Oui, répondit-il, pensif. Je sais.

— La façon dont Serena m'a trompée est affreuse, d'autant que j'essayais de lui obtenir une augmentation... Mais tu sais, c'est curieux...

Je lui parlai de ce « tuyau » qu'elle prétendait avoir obtenu.

— Tu penses à quelqu'un ?

Je secouai la tête.

— La seule chose que je sais, c'est que ça sent mauvais. Je suppose que quelqu'un voulait démolir la réputation d'Electra.

— En tout cas, ça n'est pas à son avantage. Une rockeuse sur le retour qui a une aventure lesbienne... Peut-être le mec de la choriste ? Simple affaire de vengeance amoureuse. Ou alors... quelqu'un qui veut ta peau. Tu y as songé ?

Je le regardai et mon cœur se serra. Il pouvait avoir raison.

— Finalement, tu as souffert de tout cela autant qu'Electra.

— Oui, en effet, conclus-je amèrement.

Qui pouvait me vouloir du mal ? et pourquoi ? Et quel rapport pouvait avoir cette personne avec Electra ? J'avalai une gorgée de vin blanc. J'étais trop fatiguée pour réfléchir. Mon assiette était à nouveau vide. Je la tendis.

— Quoi, encore ? s'esclaffa Théo.

— Oui, s'il te plaît. Il en reste ?

Il se pencha sur la casserole.

— Une lichette. La prochaine fois, nous en ferons deux fois plus.

Nous. Nous en ferons... Tandis que Théo me servait, je lui souris, il me sourit en retour et retint mon regard un moment. À cet instant-là, je me demandai si la présence de Ted à la fête des jumelles m'importait, après tout...

15.

Le lendemain matin, mon indignation était revenue à la charge.

— Comment as-tu osé me faire ça ? déclarai-je à Bella lorsque je lui téléphonai à 10 heures du matin.

— Je suis navrée, Rose, couina-t-elle. Je suis si heureuse que je me suis laissé emporter. Je voulais que tout le monde soit de la fête. Et quand j'ai vu le nom de Ted dans mon carnet d'adresses il y a deux semaines, je l'ai invité sur un coup de tête. Mais je n'ai pas mis son nom à elle.

— Très délicat de ta part, Bella. Merci.

— Je ne sais pas comment me faire pardonner, Rose.

— En l'appelant pour lui demander de ne pas venir.

— Aïe, ça va être gênant, souffla-t-elle.

— Je m'en fous. Tu le fais ou je ne viens pas.

— D'accord, soupira-t-elle. Mon Dieu, tout le monde est furieux contre moi en ce moment. Sauf Sean ! Enfin, je le ferai, Rose, ne t'inquiète pas. Je suis vraiment navrée. On se voit à la fête.

Mercredi soir, je finis mon boulot à 17 h 30,

après une énorme engueulade avec une secrétaire de rédaction qui avait charcuté ma rubrique à la scie sauteuse, pour faire de la place à une pub merdique.

— Voilà une chose qui ne me manquera pas, fis-je remarquer à Beverley alors que nous nous dirigions vers les WC dames afin de nous changer pour la fête. Tous ces pinaillages avec les secrétaires de rédaction. J'en ai marre que l'on massacre mes lettres. Tu as besoin d'un coup de main ?

— Non, ça va.

Beverley sortit des toilettes, belle à ravir dans son cardigan gansé de velours, et sa jupe à mi-mollet en soie noire. Elle se maquilla, évaluant le résultat dans le miroir à plusieurs reprises. Elle mit des boucles d'oreilles et releva ses cheveux en chignon comme le soir du bal.

— Je suis vraiment ravie de t'avoir décidée à venir, dis-je alors que nous descendions prendre notre taxi. Ça va être marrant.

— Peut-être, fit-elle en haussant les épaules. La « bombe » Ted a-t-elle été désamorcée ?

— Oui, Bella a téléphoné.

Nous filions dans Pimlico quand Beverley me demanda anxieusement :

— Ce rouge à lèvres, tu es sûre qu'il me va ?

Je hochai la tête.

— Je n'ai pas mis trop de mascara ?

— Non.

— Tu en es sûre ? Je ne veux pas avoir l'air d'une pouffiasse.

— Oui. J'en suis tout à fait sûre. Tu es sublime, Bev. Et Trev aussi.

Elle rangea son poudrier et sortit une petite brosse de la poche du manteau de Trevor pour lisser son pelage.

— C'est drôle, mais, au début, avec Trevor, tu étais assez nerveuse. Comme si tu n'aimais pas les chiens.

— Je n'en ai jamais eu, c'est pour ça. Ma mère n'aurait pas supporté les poils et le désordre.

Je me tournai vers la vitre.

— Tu étais proche de tes parents, Rose ?

Je fis comme si je n'avais rien entendu et ajoutai :

— Mais j'aime beaucoup Trev, tu sais.

En passant devant Victoria Station, nous entendîmes le carillon de Big Ben. Je demandai à Bev combien de personnes il y aurait à la fête. Elle se repoudra une énième fois le nez et répondit :

— Elles en ont invité trois cents, y compris quelques célébrités et des journaleux. Elles s'attendent à en voir environ la moitié. J'espère qu'il n'y en aura pas plus, parce que la boutique n'est vraiment pas très grande. Et je suis contente qu'on y aille de bonne heure... on pourra se trouver un bon poste d'observation.

Nous prîmes à gauche vers Hyde Park Gate, puis nous nous faufilâmes dans de petites rues pour parvenir à St. Alban's Grove. C'était une charmante petite rue de carte postale.

— Quelles boutiques adorables ! m'exclamai-je. On dirait une ville de poupées.

— Nous y voici. C'est au numéro 2.

La boutique Duo Design, au numéro 2... Les jumelles y avaient évidemment vu un présage de succès. La façade, couverte de guirlandes de lumières, semblait irradier dans le crépuscule. Les vitrines débordaient d'objets élégants – coussins en velours, boîtes en cuir rose, cadres ornés de strass. Quand nous poussâmes la porte, une clochette en cuivre tinta au-dessus de nos têtes, puis un parfum de peinture fraîche et de champagne mêlés nous saisit. Il y avait environ une douzaine de personnes, arrivées tôt comme nous, qui bavardaient par petits groupes. Bev et moi acceptâmes une coupe et allâmes saluer Béa, qui paraissait nerveuse.

— Bravo !

Bella s'avança vers nous, très bronzée, avec des marques de lunettes, flanquée de l'ignoble Sean. Je songeai à Serena et à tous les problèmes dont j'avais souffert parce qu'il avait viré Rob. Et dire qu'il avait persuadé Bella de partir à la neige au moment où Béa avait le plus besoin d'elle !

— Bonsoir, Rose ! fit-il en me tendant la main. Ravi que tu aies pu venir.

Ravi que j'aie pu venir ! Mais quel culot ! Comme si c'était sa soirée !

— Désolé pour ton petit, cuh... contretemps au boulot, ajouta-t-il avec un manque de tact absolu. On l'a appris par les journaux pendant qu'on était là-bas. En fait, je connais assez bien le mari d'Electra, Jez.

Ben voyons.

— ... Ça n'a pas dû lui plaire, qu'elle se tape une gonzesse.

Je lui adressai un petit sourire glacé et le présentai à Bev.

— Beverley a été le bras droit de Béa ces derniers temps, fis-je d'un ton lourdement insistant. Elle était totalement débordée et avait besoin d'un coup de main, en l'absence de Bella...

— Vraiment ? lâcha-t-il d'un ton blasé.

Bella me pressa contre elle, l'air coupable.

— Tu as tout réglé, pas vrai ? lui demandai-je à mi-voix.

— Oui. J'ai laissé un message à Ted chez lui et au bureau, pour être sûre. Sa secrétaire a dit qu'il était dans le coin. Impossible qu'il ne l'ait pas eu.

Je poussai un soupir de soulagement.

Sean et Bella s'éloignèrent pour bavarder avec d'autres invités et Béa papotait avec Bev. J'en profitai pour faire un petit tour dans le magasin. Au rez-de-chaussée se trouvaient les jolis objets que les jumelles allaient vendre – un service à thé écossais, des vases en verre soufflé, des plats en nacre : un véritable régal pour les yeux. Au sous-sol il y avait des catalogues d'échantillons de tissus, de papier peint et des nuanciers montrant différents effets de peinture : tout était d'une élégance à la fois impeccable et bohème. Béa avait réalisé un boulot formidable. Quand je remontai, la rumeur des conversations était plus forte et le carillon de la porte ne cessait de tinter joyeusement.

— ... Divin, non ?

— ... Oh, regarde cette causeuse adorable.

— ... Classique, mais décalé.

— ... Klosters ? Mais c'est d'un chic !

— ... On vient de rentrer de Val-d'Isère.

Je comprenais pourquoi Beverley avait hésité à venir : la clientèle des jumelles était passablement mondaine. Enfin... Je repris une gorgée de champagne. Et alors ? S'ils avaient de l'oseille, quelle importance. Chaque fois que le carillon tintait, Béa se tournait nerveusement vers l'entrée tout en bavardant avec ses invités. Je savais bien pourquoi. Soudain, dans un tintement joyeux, elle s'ouvrit sur Théo. Le visage de Bev s'illumina.

— Salut ! dit-elle. Enfin.

— Pourquoi ? Je suis en retard ?

Il consulta sa montre.

— Non, je suis parfaitement à l'heure, remarqua-t-il.

Henry ne s'était toujours pas manifesté. Le visage de Béa accusait un stress croissant. Tandis qu'elle accueillait les gens et discutait des mérites comparés de la peinture craquelée et des effets réalisés à l'éponge sèche, elle semblait avoir la tête ailleurs.

Deux ou trois célébrités s'étaient maintenant mêlées à la foule. Sean leur parlait avec une animation frénétique, alors qu'il avait à peine adressé la parole à Bev. Pour lui, elle n'était qu'une femme en fauteuil roulant et ne présentait par conséquent aucun intérêt. Quelle petite merde, celui-là... Beverley et Théo bavardaient avec enthousiasme, comme d'habitude... Je me mis à observer Sean plus attentivement. Chaque fois qu'une jolie fille entrait dans son champ visuel, elle se faisait discrètement reluquer de la tête aux pieds puis des pieds à la tête. Soudain, il se jeta sur une brune ravissante pour lui faire la bise.

— Ce n'est pas la fille qui anime cette émission du matin ? demandai-je à Bev.

— En effet, c'est Emily Maynard, la présentatrice de *Bonjour Grande-Bretagne*.

Même dans le brouhaha je distinguais des bribes de la conversation de Sean :

— Tu es superbe... Ouais, on vient de rentrer... Klosters... Ouais, on a vu le prince Charles... Will est un gars sympa, tu sais... Ouais, je l'ai rencontré. Harry aussi.

Beurk !

— Il y a pas mal de journalistes de la presse magazine, précisa Bev. Cette grande nana, là-bas, celle qui ressemble à Naomi Campbell... C'est Lily Jago, la rédactrice en chef de *Moi ! magazine*. Et la femme à qui elle parle, c'est Faith Smith, qui fait la météo sur AM-UK !

— Tu as raison. Dis donc, tu es excellente à ce petit jeu-là.

— C'est le fait d'être en fauteuil roulant, fit-elle tristement. On regarde beaucoup la télé.

Béa circulait entre les invités et ne cessait de lancer des coups d'œil en direction de la porte. Enfin, son visage s'illumina. Un peu comme si elle était Marie Madeleine et Henry, le Christ ressuscité. On entendit presque une chorale chanter *Alléluia* quand elle s'avança vers lui, un sourire jusqu'aux oreilles. Henry, quant à lui, affichait une expression que je connaissais bien : l'air anxieux de quelqu'un qui s'efforce de faire croire que tout va bien. Béa l'embrassa, puis passa son bras autour de celui de Henry. Je le vis rougir, mais je fus étonnée, une fois de plus, par son manque d'intérêt pour elle. Pourquoi est-ce qu'elle ne lui plaisait pas ? Après tout, elle était très jolie. Et, malgré ses tendances autoritaires, elle avait si bon cœur... Mais je doutais qu'elle aille jusqu'à lui prêter ses robes de soirée... Non, ça ne collerait jamais entre eux. Henry devait lui dire la vérité, même si ça faisait mal. Il aurait dû simplement venir travesti...

— Salut, Rose !

Henry m'adressa un sourire contrit, incapable d'échapper à la poigne de Béa, qui le présentait à tous ses amis.

Pauvre Henry. Mais c'était un peu sa faute, aussi... J'étais plantée auprès de Bev et Théo depuis une éternité. Il fallait que je me mêle un peu aux invités. Je bavardai avec deux journalistes du *Sunday Semaphore* qui me plaignirent de mes récents démêlés avec la presse. Je parlai ensuite à une dame de *Country Living* qui allait faire un papier sur les jumelles. Ensuite, j'échangeai quelques mots avec une journaliste blonde prénommée Claudia, qui écrivait pour le magazine *Heat* et dont la spécialité était la musique pop.

— J'ai été la première cliente des jumelles, expliqua-t-elle. J'ai acheté une lampe ici hier, avant l'ouverture officielle de la boutique, alors Béa a eu la gentillesse de m'inviter ce soir. Pardon, mais votre visage m'est familier... Oh ! Ça y est. Vous êtes la fameuse Madame Détresse, pas vrai ? Dans l'affaire Electra ? La presse ne vous a pas loupée.

— Oui, c'est vrai. Electra non plus. Elle a autant souffert que moi.

— Ah, pour ça, je n'en suis pas si sûre, ricana Claudia. Oh non, pas sûre du tout.

— Que voulez-vous dire ? La presse a tiré à boulets rouges sur elle.

— Eh bien...

Tout à coup, quelqu'un tapa dans ses mains et le brouhaha diminua.

— Mesdames et messieurs, bienvenue chez Duo Design, annonça Sean.

Hé ! Mais c'était la fête de qui, là ? m'indignai-je.

— ... Un peu de silence s'il vous plaît pour Bella et Béa.

Les jumelles contemplaient la foule, roses de plaisir. Je jetai un coup d'œil au profil de Claudia. Qu'est-ce qu'elle pouvait bien vouloir dire ? Je ne pouvais pas lui poser la question, parce que Béa était sur le point de parler. Mains jointes devant elle comme une première communiante, elle se lança dans une série de remerciements, à son banquier, à moi, à Bev et Trev...

— Mais surtout, ajouta Béa, je voudrais remercier mon petit ami, Henry...

Aaaarrrrgggghhhh !

— ... qui nous a parlé le premier de cette boutique. Nous cherchions un local depuis des siècles, mais rien ne nous convenait vraiment. Quand nous avons vu celui-ci... Ça a été le coup de foudre.

Elle adressa un sourire faussement timide à Henry.

— Je vous propose donc de lever vos verres à Duo Design, et je vous en prie, parlez-en à tous vos amis !

Je jetai un coup d'œil à Henry pendant le toast. Il avait viré au rouge tomate sicilienne et s'était collé un sourire poli à la Superglu. Comment Béa pouvait-elle être aussi imprudente ? N'avait-elle pas lu entre les lignes ? Elle allait se briser le cœur, à force de ne pas regarder les choses en face. La réalité, c'était que Henry ne lui avait jamais vraiment couru après. C'était elle qui lui avait fait la cour. Et les hommes – surtout les machos comme Henry – n'aiment pas être le gibier. Ce qui, je le soupçonnais, était la véritable raison de son absence d'intérêt pour Béa. Quand Henry parvint à se libérer d'elle pour me rejoindre, il affichait toujours un rictus et son front luisait de sueur.

— Bon sang ! me souffla-t-il en passant un mouchoir sur sa nuque. Tu parles d'une manière de se faire présenter.

— Je t'avais prévenu ! chuchotai-je en retour.

— C'est vrai. Mais ça donne une impression complètement fausse de la situation, ajouta-t-il en parcourant des yeux la foule.

— Tant pis, fis-je en haussant les épaules. Ce n'est pas si grave, non ? Tu ne connais personne, ici. C'est bien pire pour elle.

— Mais si, c'est grave ! fit-il en regardant anxieusement autour de lui. Très grave !

— Hen-ryyyy !

Béa le hélait. Il reprit une expression affable et disparut. Si seulement Béa savait qu'il portait un slip sexy en dentelle noire sous son pantalon en velours côtelé, elle ne serait pas amoureuse. Je me tournai vers Claudia, la journaliste pop.

— Désolée. On parlait d'Electra. Vous vouliez dire quoi, exactement ?

— Rien. Vous aviez l'air de croire qu'elle avait souffert de cette affaire...

— C'est vrai.

— Alors que d'après moi, elle en sort gagnante. Où voulait-elle en venir, pour l'amour du ciel ?

— Pardon, mais je ne comprends pas. Son mari l'a quittée et elle a été tournée en ridicule.

— Ah oui ! Pauvre chérie. Mais son single sera au n° 1 du hit-parade dimanche prochain.

— C'est vrai ? Comment le savez-vous ?

— Parce qu'un premier hit-parade sort en milieu de semaine. Je l'ai vu il y a trois heures. Il est établi à partir des ventes de certains magasins. D'après les chiffres de la semaine, *Shame on you* se dirige droit vers le top.

— Je ne connais rien à la musique pop, répondis-je. Enfin, tant mieux pour elle.

Claudia me scruta d'un air avisé.

— Mais vous ne trouvez pas cela intéressant ?

— Quoi ?

— Qu'elle va avoir un single au n° 1 du hit-parade, quand le dernier s'est planté ?

Je la considérai bêtement.

— Je vous explique. Deux semaines avant la sortie de sa nouvelle chanson, Electra se fait une promo maximum, non seulement dans les tabloïds, comme elle pouvait s'y attendre, mais aussi dans la grande presse.

— Oui, et... ?

— C'est un peu louche, vous ne trouvez pas ? Enfin, pourquoi Electra vous écrirait-elle pour vous raconter ses problèmes, à votre avis ?

Je me dressai sur mes ergots.

— Parce qu'elle pense que je donne d'*excellents* conseils. C'est ce qu'elle a écrit.

— Vous n'avez pas trouvé ça surprenant, qu'elle se confie à vous ?

— Enfin... oui, effectivement. Mais elle avait l'air vraiment désespérée.

— Elle l'était, dit Claudia. Mais pas pour sa vie privée. Cette bonne femme a une armée de psys ! Pourquoi aurait-elle eu besoin de vous ?

Une loupiote commença à clignoter dans ma tête.

— Une de mes amies écrit une biographie non autorisée d'Electra, m'expliqua Claudia en dégustant son champagne. Alors je suis au courant de pas mal de trucs. Je crois que toute cette affaire est un coup monté, pour se faire de la promo, conclut-elle.

Ah. Je lui appris alors ce que m'avait écrit Serena à propos d'un tuyau. Les sourcils élégamment épilés de Claudia se haussèrent.

— Mais d'où a pu venir ce tuyau ? dis-je. Le copain de Kiki Cockayne est furieux d'avoir été largué. C'est peut-être lui.

— J'en doute, répliqua Claudia en extirpant de son sac un paquet de Marlboro Light. Je crois que ça vient d'elle.

Je continuai de la fixer stupidement.

— Mais si Electra veut simplement se faire de la pub, repris-je, pourquoi me mêler à tout ça ? Elle n'a qu'à tuyauter la presse toute seule à propos de sa liaison avec Kiki, et bingo ! Les paparazzi débarquent.

— Je crois que c'est plus élaboré que ça, fit Claudia pensivement, en exhalant la fumée de sa cigarette par le nez. Vous voyez, en vous impliquant, l'histoire fait d'autant plus de bruit que vous êtes assez connue, vous aussi. Et puis la presse a tenu toute la semaine sur le débat « pour ou contre les Madames Détresse », sur le débat entre la loyauté d'une Madame Détresse à son rédacteur en chef ou à ses lecteurs, sur les qualifications professionnelles des Madames Détresse et sur la qualité des conseils qu'elles dispensent. Ça fait tout un éventail d'angles à traiter, renvoyant tous à Electra, ce qui lui garantit une promo en continu.

— Mais comment savaient-ils que je ne remettrais pas la lettre directement à mon rédac chef, ce qu'auraient fait beaucoup de Madames Détresse ?

— Aucune importance. Le scoop serait passé dans le *Daily Post*, voilà tout. Mais de cette façon, c'était encore mieux : l'attaque du *Daily News* contre une chroniqueuse star de son ennemi mortel, ça ajoute encore au scoop. Vous avez joué un rôle clé dans cette histoire, Rose.

— Oui, conclus-je amèrement. Je sais.

— Je crois qu'ils savaient que vous ne remettriez pas la lettre à votre rédac chef.

— En effet. Les seuls cas où je trahis la clause de confidentialité, c'est quand je crois que la personne fait courir un danger à autrui ou à elle-même. Je l'ai répété publiquement plusieurs fois.

— Alors ils ont décidé de vous attaquer par le truchement de votre assistante. Elle n'avait pas autant à perdre que vous. Ni titre ronflant, ni gros salaire... elle a été tentée, et elle a cédé.

Je sentis mes lèvres se pincer comme jadis celles de ma mère.

— J'adore les théories de conspiration, poursuivit Claudia, et je crois que je sais qui se trouve derrière celle-ci. Je ne peux pas le prouver, évidemment, mais vous pourriez essayer de le faire, puisque vous avez perdu votre job.

J'entendis le carillon tinter une fois de plus ; il était tard, les gens commençaient à s'en aller.

— Qui est-ce, alors ?

— D'après moi, je crois que c'est...

Soudain, une légère pression au coude me fit me retourner et j'eus la sensation d'être aspirée dans un gouffre. J'étais nez à nez avec Ted.

— Rose, fit-il doucement.

Je me tournai vers Claudia, qui fixait Ted avec la stupeur que généralement il suscite chez les femmes.

— Claudia, bredouillai-je, le cœur battant si fort que j'étais convaincue qu'elle pouvait l'entendre, puis-je vous passer un coup de fil un de ces jours ?

— Bien sûr. De toute façon, je dois y aller, mais voici...

Elle ouvrit son sac et me tendit sa carte de visite.

— Appelez-moi.

— Rose, répéta Ted. Je...

Il haussa les épaules, gêné, puis sourit.

— Tu as l'air... très en forme. En fait, tu es ravissante.

Je le dévisageai, les jambes tremblantes. Rien à faire. Ted était tellement séduisant qu'il éclipsait tous les autres hommes de la pièce.

— Ted, articulai-je avec une politesse assassine. Quelle surprise !

Des blocs de glace protecteurs se dressèrent autour de moi et je le vis ciller en entendant le ton de ma voix.

— Je croyais que tu ne viendrais pas, ajoutai-je en avalant une gorgée de champagne.

— Eh bien, fit-il avec un sourire coupable, je me suis incrusté. Je sais que je ne suis pas censé être ici.

Je cherchai des yeux Mary-Claire, sans l'apercevoir. Mais mon regard croisa celui de Bella, qui semblait tétanisée. Ted avait lu dans mes pensées.

— Je suis venu seul.

— Ah. Je vois. Et pourquoi donc ?

— Comme ça..., voilà tout.

Curieux. Pourquoi la naine n'était-elle pas là ? Une épidémie de peste porcine à Putney l'aurait-elle clouée au lit ?

— Alors, pourquoi es-tu venu ? lui demandai-je.

— Parce que je, enfin, je voulais simplement, enfin...

Il se racla la gorge.

— ... en fait, je voulais te voir.

— Ah, lâchai-je avec dédain. Comme c'est gentil.

J'étais si froide avec lui que je risquais d'attraper des engelures. À vrai dire, j'étais plutôt intriguée.

— Mais pourquoi veux-tu me voir, Ted ? m'enquis-je d'un ton affable.

— Parce que... tu as des difficultés en ce moment. Ça m'a vraiment fait de la peine de te voir attaquée ainsi dans la presse. Je suis mieux placé que quiconque pour savoir à quel point tu es dévouée à ton travail, ajouta-t-il avec un petit rire amer. Je voulais simplement t'offrir, disons, mon soutien, c'est tout.

— Ah.

La chaleur de ses paroles était en train de faire fondre mon igloo et de larges flaques se formaient à mes pieds.

— Eh bien... merci. Mais alors, pourquoi n'as-tu pas simplement téléphoné ?
— Je n'ai pas ton numéro.
— Tu sais où je travaille.
— En effet. Mais j'ai pensé que tu ne désirais peut-être pas me parler. Alors quand j'ai reçu l'invitation pour ce soir, j'ai été stupéfait, et j'ai cru que tu avais peut-être demandé aux jumelles de m'inviter. Ça m'a fait un tel plaisir, Rose, parce que, enfin...

Il soupira.
— Oui ?
— Tu m'as... manqué.
— Ah.
— D'ailleurs, je pense tout le temps à toi, murmura-t-il avec tellement d'urgence qu'on aurait dit qu'il souffrait.

Mon igloo était devenu un petit lac dont je tentais désespérément d'émerger.

— Puis j'ai reçu les messages de Bella me demandant de ne pas venir, et j'ai compris que je me trompais. Je sais que je n'aurais pas dû... Je suis désolé, je voulais juste te revoir.

J'étais sur le point de me lancer dans un petit discours glacial lui exprimant ma reconnaissance pour ses généreux sentiments, quand soudain il ajouta :

— Voilà, c'est tout ce que je voulais te dire. Au revoir.

Sur ce, il m'embrassa sur la joue, puis alla voir les jumelles pour les féliciter, m'adressa un petit sourire triste et partit. Je restai plantée là à le regarder disparaître dans la rue, toujours consciente de la légère pression de ses lèvres sur ma joue. Je regardai autour de moi. Henry batifolait avec Trevor, Théo parlait à Bev... Puis les jumelles s'extirpèrent de leurs conversations respectives et me rejoignirent.

— Rose, souffla Béa, les yeux comme des soucoupes. Est-ce que ça va ?

— Ou-ui, mentis-je. Ça va. Je... enfin, c'était assez bizarre.

En fait, c'était comme si j'avais été renversée par une voiture.

— Au moins il n'est pas resté longtemps, fit observer Béa. C'était très correct de sa part.

— Qu'est-ce qu'il voulait ? me demanda Béa.

Ce qu'il voulait ? Je la fixai.

— Je ne sais pas vraiment. Il m'a simplement dit qu'il voulait que je sache qu'il pensait à moi tout le temps, avec cette histoire d'Electra.

— Et *elle*, elle était où ?

— Bonne question.

— Il l'a peut-être larguée, dit Bella.

Mon cœur se dilata soudain.

— Oui, il a dû la plaquer, réitéra Béa. Il ne faut pas que tu retournes avec lui, Rose. Ce serait désastreux.

— Oui, fis-je. En effet. En tout cas, euh... c'était sympa. Là, je pense que je vais rentrer.

Henry était en train de s'en aller, après s'être excusé auprès de Béa. Il me salua amicalement de loin. Théo et Beverley déclarèrent qu'ils avaient eux aussi envie de partir.

Sur le chemin du retour, dans le taxi, je remarquai que Théo me regardait fixement.

— Ça va, Rose ?

Je détournai la tête.

— Ça va. Ça a été bizarre de parler à mon mari pour la première fois depuis six mois, c'est tout.

Beverley tendit la main pour prendre la mienne.

— Pourquoi... fis-je d'une voix si faible que je la reconnus à peine. Pourquoi est-ce que c'est toujours au moment où l'on pense être remis d'une histoire, que l'autre resurgit dans votre vie ?

— Qu'est-ce qu'il a dit ? demanda Beverley.

— ... Qu'il pensait tout le temps à moi.

— Ah.

Le taxi s'arrêta et Théo déploya la rampe pour le fauteuil roulant. Les paroles de Ted défilaient dans ma tête comme sur la bande au bas de l'écran de CNN. *Tu m'as manqué, Rose... je voulais te revoir...* Je payai le chauffeur pendant que Théo aidait Beverley à rentrer, puis j'ouvris la grille du jardin.

« C'est un cauchemar de vivre avec toi ! »

Non, Ted n'avait jamais dit ça.

« Tu es folle ! »

Non, il n'avait jamais dit ça non plus. Il n'avait jamais dit que des choses gentilles.

« Tu travailles tout le temps, Rose. Non, je ne vais pas débarrasser ! »

Mais qu'est-ce... ? Je regardai sur le seuil de la porte. Un grand cube couvert d'un sac poubelle noir fendu sur les côtés y était posé.

— Trahi sur le Trent ! Déprimé à Dagenham !

Je relevai prudemment le sac poubelle. Rudy me fixait de ses petits yeux vitreux. En ouvrant la porte pour entrer avec lui, je vis qu'une note était attachée à la cage.

Chère Rose, avait-on écrit au crayon papier, *(nous supposons que c'est votre prénom). Désolés, mais on n'a pas pu garder l'oiseau. Toutes ces disputes, ça nous flanquait le moral à zéro. En fait, nous avons beaucoup de sympathie pour Ted. Bien à vous, les cambrioleurs.*

Mon indignation devant tant d'impertinence céda à mon soulagement.

— Rudy est de retour ! criai-je à Théo qui entrait dans la cuisine. Ils me l'ont rendu !

Je regardai sa cage. Elle était impeccablement nette et tapissée de journaux propres, et il y avait de l'eau dans son bol. Une demi-pomme gisait au fond avec deux gros raisins noirs. Tandis que Théo m'aidait à remettre la cage en place, j'avais la tête qui tournait. Quelle soirée. Je venais d'apprendre que l'affaire Electra était un coup de promo et mon mainate volé venait de m'être rendu. Plus curieusement encore, mon futur ex-mari s'était pointé par surprise et il avait été aussi charmant qu'affectueux avec moi. *Je pense tout le temps à toi*. Ah.

16.

— Je n'arrive pas à le croire, sanglotait Béa le lendemain matin.

Elle pleurait tellement fort que j'arrivais à peine à la comprendre.

— Je me sens comme une idiote... je le trouvais tellement gentil... s'est foutu de moi... qu'est-ce que mes amis vont penser ?... il m'a appelée ce matin... le choc total...

— Comment est-ce qu'il a... disons, présenté ça ? lui demandai-je.

Cette question suscita une nouvelle crise de larmes, si violente que Trevor l'entendit et vint à mon bureau pour enquêter ; il est vrai que ce chien est particulièrement sensible aux pleurs.

— Il a dit, il... hou, hou, il a dit... qu'il y avait... hou, hou, hou... une autre femme !

— Une autre femme ? répétai-je, perplexe.

Je jetai un coup d'œil à Beverley qui ouvrait des lettres. Elle essayait de ne pas avoir l'air d'entendre, mais elle savait que c'était Béa, puisqu'elle avait pris l'appel. Une autre femme... ? Ah. Bien sûr. C'était comme ça que Henry m'avait parlé pour la première fois de son penchant pour le travestissement.

— Je suis très triste pour toi, Béa. Je sais que tu tenais beaucoup à lui...

— Si je tenais à lui ? Mais je l'*adorais* ! s'écria-t-elle. Et tout le temps que j'ai perdu à lire ses histoires militaires ! Avec qui je vais discuter d'El Alamein maintenant, hein ?

— Ça peut toujours être utile un jour... On ne sait jamais.

— C'est trop horrible, gémit-elle. Je n'ai rien vu venir. Comment ai-je pu être aussi aveugle ?

En effet.

— Je sais qui est cette autre femme, ajouta-t-elle d'un ton menaçant.

Je n'avais aucune intention de le lui révéler.

— Béa, à ta place je ne m'en ferais pas trop pour ça. Il y a plein d'autres mecs bien, et puis de toute façon Henry va partir pour le golfe Persique pendant six semaines. Honnêtement, tu n'aurais pas été heureuse avec lui, il est toujours parti. Et puis, ça te tente vraiment d'être femme d'officier ?

Ses pleurs s'atténuèrent.

— Probablement pas... hou, hou. Mais ce n'est pas le problème ! s'indigna-t-elle aussitôt.

— Alors c'est quoi ?

— Le problème, c'est que maintenant, Bella a quelqu'un et pas moi !

Ah, songeai-je en raccrochant. Pauvre Béa, elle était tombée de haut. Mais elle est comme un éléphant dans un magasin de porcelaine – son manque de circonspection est affligeant. Certaines personnes n'ont aucun recul sur leur propre comportement, n'est-ce pas ? Cette pauvre Béa n'a jamais su lire entre les lignes. Enfin, au moins Henry avait eu le courage de parler... Tandis que Beverley me remettait le lot de problèmes du jour, je repensai aux événements étranges de la veille. J'avais parlé avec Ted pour la première fois depuis six mois et j'en avais déduit que le Confettimail était de lui, ce qui ne pouvait signifier qu'une chose : il s'était séparé de Mary-Claire Grey.

— Beverley, fis-je en allumant l'ordinateur, tu sais, ton amie, celle du comité organisateur du bal, celle qui connaît la copine de mon mari...

— Oui, Gill Hart.

— Tu pourrais enquêter discrètement pour savoir ce qui se passe ?

— Bien sûr. Je vais lui passer un coup de fil.

Je tentai péniblement de me concentrer sur mon travail. En vain. J'étais à la fois étonnée et, – oui – heureuse d'avoir revu Ted. Il avait pris un risque énorme en venant à la fête des jumelles, sachant que je le battrais froid. Et j'avais bien essayé de rester froide... À présent, je ne pouvais plus me payer le luxe de l'indignation : une voie de communication s'ouvrait entre nous. Ted regrettait notre rupture et voulait faire amende honorable. Mais moi ? Je décidai de le chasser de mes pensées pour l'instant, et tout en passant des lettres à Beverley pour qu'elle rédige des brouillons de réponses, je repensai à ce qu'avait dit Claudia. Je fouillai dans mon sac – quel foutoir là-dedans ! – pour retrouver sa carte de visite. Je l'appelai à la rédaction de *Heat*.

— Je suis désolée que nous n'ayons pas achevé notre conversation hier soir, dis-je.

— Ne vous en faites pas, je comprends parfaitement. Qui est cet Apollon ?

Je la renseignai.

— Veinarde ! Enfin, revenons à nos moutons.

— Alors vous pensez que la compagnie de disques d'Electra est derrière tout ça ?

— Oh non, ça va plus loin que ça. Si vous voulez mon avis, ce coup-là est signé Rex Delafoy.

Rex Delafoy ? Le roi des Relations publiques ? Le fouille-merde des tabloïds ?

— Je croyais qu'il était plutôt branché sur les politiciens en disgrâce. Pourquoi s'est-il mêlé de cette histoire ?

— Parce qu'il voulait faire la promo d'Electra et du même coup vous atteindre.

— Mais pourquoi ?

— Je l'ignore. L'avez-vous déjà contrarié ? Il est célèbre pour ses rancunes.

— Non. Quoique... J'ai fait un portrait de lui l'an dernier, pour le *Post*, juste avant de devenir Madame Détresse. Ce n'était pas hyper-gentil, mais je n'ai rien écrit sur lui qui n'ait déjà été dit. J'avais travaillé sur doc.

— C'était signé ?

— Non, ce genre de papier ne l'est jamais.

— Mais il aurait pu découvrir que c'était vous.

— Sans doute.

Ah. Mais oui. La sœur de Serena travaille pour Rex Delafoy. Serena lui avait sans doute révélé que j'étais l'auteur du papier.

— Ma petite Rose, répliqua Claudia, si j'étais vous je relirais attentivement ce portrait.

J'allai à la doc et feuilletai l'épaisse liasse de

coupures sur Delafoy pour retrouver mon article. *L'absence de scrupules légendaire de Delafoy... grand manipulateur des médias... fournisseur professionnel de scandales... fait et brise les réputations... la presse populaire lui mange dans la main...* Et puis, j'avais ajouté dans un moment d'inspiration : *Ses cheveux sont d'une abondance suspecte tandis que ses paupières curieusement lisses et sans poches laissent croire qu'il est passé sous le bistouri.*

Je rappelai Claudia pour lui lire le papier.

— Mon Dieu, qu'est-ce qu'il a dû détester ! s'exclama-t-elle.

— Quoi ? Que je parle de son absence de scrupules ?

— Non, le dernier passage. Tout le monde sait qu'il est vaniteux comme un paon. En outre, vous avez mis dans le mille : il s'est fait poser des implants capillaires et a subi un lifting... Il ne vous pardonnera jamais de l'avoir écrit. Si j'étais vous, j'en parlerais à mon rédacteur en chef. Bonne chance !

Cinq minutes plus tard, j'étais dans le bureau de Ricky.

— Il semble que l'affaire Electra soit un coup monté. Je crois que j'ai été piégée.

Ricky se pencha sur son bureau, crâne luisant sous les spots, tandis que je lui expliquais la théorie de Claudia.

— Mais la lettre était authentique, pas vrai ?

— Uniquement dans la mesure où Electra l'a écrite de sa main.

— Alors elle n'est pas gouine ?

Son visage exprimait un curieux mélange de stupéfaction et de déception.

— Non, je ne crois pas. Je crois que Rex Delafoy a inventé toute l'affaire pour créer un événement médiatique autour d'Electra et faire la promo de son nouveau single, tout en m'atteignant par ricochet. Ce sont les gens de Delafoy qui ont filé le tuyau à Serena.

Ricky me fixa puis se frotta les tempes de l'index et du majeur, comme si ça aidait les rouages de son cerveau à tourner.

— Mais comme pouvait-il savoir avec certitude que Serena vendrait la mèche ?

— Parce que sa sœur travaille chez Rex Delafoy. C'est pour cela que les gens de Delafoy se sont servis de Serena. Ils savaient qu'elle était fauchée. Tout ce qu'elle a eu à faire, c'est de s'emparer de la lettre, la photocopier, l'apporter au *Daily News* et empocher le fric.

Ricky croisa les bras et fixa le vide, avec une expression d'étonnement enfantin.

— Comment l'a-t-elle eue entre les mains ? Tu prétends que tu as pris toutes les précautions possibles ?

Je lui appris que Serena possédait, à mon insu, un double de mes clés.

Ricky m'écouta, le front plissé de concentration et la bouche pincée jusqu'à ne former qu'un trait.

— Pourquoi les gens de Delafoy ne se sont-ils pas contentés de remettre à Serena une copie de la lettre ?

— Parce qu'ils avaient besoin qu'elle croie que c'était une vraie lettre. Elle ne l'aurait pas apportée au *News* si elle avait douté de son authenticité.

— Mouais. Shirley ! hurla-t-il à sa secrétaire, apportez-moi tous les derniers papiers sur Electra !

Il empoigna son téléphone.

— Je vais mettre mes enquêteurs sur le coup.

Une vague de soulagement m'envahit. Après tout, je ne perdrais peut-être pas mon job.

En revenant à mon bureau, Beverley parlait au téléphone.

— Merci, Gill... on se rappelle. Rose, j'ai appris ce qui s'était passé avec Mary-Claire Grey, dit-elle tandis que je m'asseyais. D'après Gill, Ted ne l'a pas plaquée.

— Non ?

— Non. C'est elle qui l'a quitté.

— *Quoi ?*

— Il y a un mois que c'est arrivé, apparemment, mais Gill ne sait pas pourquoi. Elle dit qu'elle n'a pas parlé à Mary-Claire depuis un bout de temps – apparemment elle est partie vivre à Newcastle – mais quand elle aura son nouveau numéro de téléphone elle nous en racontera davantage.

Alors c'était Mary-Claire qui avait laissé tomber Ted. Intéressant. Mais pour quelle raison ?

— Peut-être qu'il ronfle, suggéra Béa le surlendemain, dans ma cuisine. Mon Dieu, ce curry est fantastique, Rose ! Je n'arrive pas à croire que c'est toi qui l'as fait.

Je n'arrivais pas à le croire non plus. Théo était parti donner une conférence sur les « Taches solaires, aurores boréales et autres désordres cosmiques », alors je l'avais fait sans aide. À mon grand étonnement, ça n'avait pas été difficile.

— Ted ne ronfle pas.

— Est-ce qu'il sent mauvais ?

— Non, il sent l'eau de Cologne au citron vert de chez Penhaligon's.

— Il n'est pas chiant, dis-moi ?

— Non, il est assez drôle, fis-je en lui passant le pain nan.

— Il a des opinions politiques inavouables ?

— Pas que je sache.

Bella fronça les sourcils.

— Alors qu'est-ce que ça peut bien être ?

— Il n'est pas secrètement travelo ou quelque chose dans le genre ? grimaça Béa en avalant une large rasade de vin blanc. Ça, pour moi, ce serait l'horreur totale.

Depuis le début de la soirée, elle noyait son chagrin.

— Tu es folle ou quoi ?

Les jumelles poursuivirent leurs spéculations. Je feuilletai un catalogue de parution resté sur la table. *Corps célestes* devait paraître en mai. Il y avait une photo de Théo, appuyé contre ma porte d'entrée, un halo dans ses cheveux blonds éclairés par le soleil.

— Peut-être que Ted a trompé Mary-Claire à son tour, Rose, conjectura Bella.

— J'en doute, mais... oui, peut-être.

— En tout cas, c'est un sacré mystère. Tu n'es pas contente, Rose, qu'elle soit partie ?

— Si on veut. Mais même si j'ai passé les six derniers mois à la détester, tout ça me fait un drôle d'effet. J'étais en train d'oublier Ted – je ne lisais même plus son horoscope – et, à présent, ce salaud est revenu dans ma vie.

— C'est ma faute, soupira Bella. Cependant, d'après ce que tu nous dis de sa carte de Saint-Valentin, il se serait peut-être manifesté de toute façon.

— Peut-être.

Béa haussa les épaules.

— Tu lui manques, c'est tout. Enfin, vous étiez quand même amoureux, au départ.

— Oui. C'est vrai. J'étais folle de lui.

— On peut dire que tu as une curieuse façon de le montrer, Rose. Regarde les choses en face : tu l'as totalement négligé.

L'alcool et le chagrin la rendaient brutalement franche.

— C'est bien pour ça qu'il t'a trompée, poursuivit-elle. Parce que tu consacrais trop de temps à ton travail. C'est ce qu'on se disait à l'époque, Bella et moi. Franchement, les cambrioleurs n'ont pas tort.

— En tout cas, je trouve que ce sont des cambrioleurs très gentils de t'avoir rendu Rudy, intervint Bella, diplomate, en lui donnant un grain de raisin. Qu'est-ce qu'on était inquiètes pour toi ! Comment va-t-il depuis son retour ? A-t-il été traumatisé par son enlèvement ?

— Non, sauf qu'il souffre du syndrome de Stockholm : il a l'air de s'être bien amusé chez les cambrioleurs. Mais il n'arrête pas de crier « une voyelle, s'il vous plaît, Carole » et « vous êtes le maillon faible »... Ils devaient passer toute la journée devant la télé.

— Parce qu'ils passent leurs soirées à cambrioler, fit remarquer Bella.

— Où est Beverley ? demanda Béa d'une voix éméchée. J'aurais bien aimé la voir. Elle est gentille.

— Elle a un dîner.

— Elle a bien de la chance, dit amèrement Béa. Qui est l'heureux élu ?

— Je crois que c'est cet Écossais, Hamish, qu'elle a revu au Nouvel An. Elle est sortie avec lui la semaine dernière. Il est chef d'orchestre. Apparemment, il voyage dans le monde entier.

— Mais je croyais qu'elle était folle de Théo ? s'étonna Béa.

— Oui, en un sens, puisqu'ils se voient beaucoup – mais je ne sais pas ce qui se passe. Quand il s'agit de sa vie amoureuse, Beverley ne se confie pas à moi et je n'aime pas la tarauder là-dessus.

Brusquement, Rudy se mit à agiter la tête de haut en bas et à secouer ses ailes.

— Il faut qu'on vire cette saleté de mainate, Dave ! s'écria-t-il en sautillant sur son perchoir. Ce fichu volatile me rend fou !

— Dave ? Intéressant ! s'exclama Bella. Le cambrioleur s'appelle Dave.

— J'ai essayé, John ! hurla Rudy. J'ai essayé ! Mais personne n'en veut, mon pote !

— Et John, ajouta Béa. Tu as noté ?

Tandis que je m'exécutais, je résolus de téléphoner à la police le lendemain matin, tout en me demandant distraitement si Rudy pouvait être un témoin à charge lors d'un procès.

— J'espère que Sean passe une bonne soirée,

reprit Bella tandis que Béa gémissait en roulant des yeux. Il est à une cérémonie de remise de prix, mais les conjoints n'étaient pas invités. Enfin, je le verrai demain.

— Et le lendemain, fit Béa vicieusement en débarrassant nos assiettes. Et le surlendemain, et le sur-surlendemain, et le jour d'après, et tu le verras la semaine prochaine, et le mois prochain, et l'an prochain, et la décennie prochaine et le putain de siècle prochain, qu'est-ce que j'en sais ?

— Béa, ne sois pas comme ça, supplia Bella. Essaie d'être heureuse pour moi.

— Je ne peux pas ! Je viens d'être plaquée ! Alors que toi, tu vas épouser Sean, pas vrai ?

— Enfin, rougit Bella, je ne sais pas. Je...

— Bien sûr que si ! hurla Bella en lâchant les assiettes dans l'évier. Tu vas t'en aller pour épouser Sean et vivre avec lui et me laisser *toute seule* !

Elle fit furieusement gicler du Paic sur les assiettes. Bella et moi échangeâmes des regards nerveux.

— Ne t'inquiète pas, Béa, assura doucement Bella. Je sais que tu rencontreras quelqu'un bientôt. Henry n'était pas le bon, c'est tout. Sinon il n'y aurait pas eu d'« autre femme », pas vrai ? Il serait avec toi. Sean connaît tellement de monde, ajouta-t-elle d'un ton rassurant. Je vais lui demander de te trouver quelqu'un de bien.

Béa grogna et porta la main droite à son front.

— Mon Dieu, gémit-elle, je suis malheureuse comme les pierres et complètement bourrée... Il vaut mieux qu'on y aille.

Plus tard, en me couchant, je songeai à ce qui se

passerait si Bella se mariait. C'est dans l'air et, quand ça arrivera, Béa va être totalement incapable de gérer. Je la voyais déjà dans l'église, sanglotant bruyamment au premier rang, ou levant le doigt lorsque le prêtre demanderait s'il y avait un quelconque « empêchement » à unir ce couple par les liens sacrés du mariage. Elle hurlerait : « Oui ! Moi ! » Il est vrai qu'elle a pratiquement toujours vécu avec Béa. Il y avait maintenant un véritable risque que ce lien soit rompu et Béa se sentait en danger. Tout en me brossant les dents, je l'imaginai, toute seule dans leur appartement de Brook Green... Je recrachai dans la vasque, puis ouvris l'armoire à pharmacie. Mes quelques affaires sont sur l'étagère du bas : ma crème hydratante, mon dentifrice et mon parfum. Celles de Théo sont sur celle du haut. Comme moi, il n'a pas grand-chose : rien qu'un rasoir, une lotion after-shave, un déodorant et un petit flacon d'eau de Cologne. Tout en refermant l'armoire je scrutai anxieusement le miroir, comme je le faisais si souvent ces derniers jours. J'étudiai mes yeux, dont les paupières commencent à se plisser légèrement, et les petites rides qui se tracent sur mon front. Sous mon menton, la chair commence à s'affaisser insensiblement, mais mon cou est encore raisonnablement lisse. Je passai une crème hydratante sur mon visage puis allumai le petit transistor, qui est toujours réglé sur London FM. Minty était à l'antenne, en train de présenter *Capitalise*, le magazine de la rédaction.

— Et maintenant, nous sommes avec Pat Richardson, directrice de Réunir, une agence de recherche pour les enfants adoptés. Pat a consacré sa vie à les réunir avec leurs parents naturels.

Je montai le volume.

— Chaque fois, cela lui rappelle le jour où, mère célibataire de seize ans, on lui a arraché des bras sa fillette âgée de neuf semaines... Pat, merci d'être avec nous.

Tout en faisant lentement pénétrer la crème dans ma peau, j'écoutai cette femme expliquer qu'elle avait recherché sa fille pendant trente ans, jusqu'à ce qu'elle la retrouve enfin en mai 1994. Mais, à son grand étonnement, les retrouvailles n'avaient pas été joyeuses : sa fille était restée froide et distante. Il y avait eu trois entretiens téléphoniques. Puis plus aucune nouvelle.

— Le jour où je l'ai recontactée, j'étais folle de joie, disait doucement Pat. J'étais comme sur un nuage. Je n'avais jamais imaginé qu'elle puisse ne pas vouloir me connaître.

Vous auriez dû.

— Qu'est-ce qui déclenche le désir de recherche de ses origines ? questionna Minty.

— Très souvent, c'est quand l'enfant adopté met au monde son premier bébé. Ou ce peut être un anniversaire important. Le problème reste en sourdine pendant des années, puis soudain, on arrive à trente ou à quarante ans et on passe enfin à l'acte.

— Avec nous dans le studio, poursuivit Minty, nous avons Lucy, trente-deux ans, qui a retrouvé sa mère il y a dix-huit mois grâce à Réunir. Pour Lucy, le catalyseur a bel et bien été un anniversaire, son trentième. Mais votre histoire a un dénouement beaucoup plus heureux, n'est-ce pas ?

— Oui, absolument, acquiesça Lucy. Grâce à l'agence de Pat, j'ai en effet pu rencontrer ma mère et nous sommes devenues amies. Je voulais la retrouver depuis l'âge de douze ans.

— Tous les enfants adoptés ne souhaitent pas forcément retrouver leurs parents, intervint Minty. Pourquoi cette démarche ?

— Pour deux raisons. Premièrement, j'avais l'impression qu'il y avait d'énormes pièces manquantes dans ma vie. Et deuxièmement, bien que mes parents adoptifs soient adorables, j'avais constamment l'impression d'être un clou carré dans un trou rond. J'ai toujours eu conscience de ne ressembler en rien, ni à eux, ni à mes frères et sœurs non adoptés. Ça m'a toujours rongée, et j'en suis arrivée au point où, pour le meilleur ou pour le pire, il *fallait* que je sache.

— Que vouliez-vous savoir plus que tout ? demanda Minty. Savoir pourquoi votre mère vous avait abandonnée ?

Il y eut un moment de silence.

— Non, reprit Lucy. Je croyais que ce serait le plus important, mais non. Je voulais juste savoir...

À nouveau le silence.

— Je voulais juste savoir...

Je l'entendis ravaler ses larmes.

— ... pourquoi je suis comme je suis.

Tandis qu'elle recouvrait son sang-froid et continuait à parler, je contemplai mon long nez, avec son bout retroussé, mon menton résolu, la courbe de mes sourcils et le petit creux entre mon nez et ma lèvre. Oui, c'est *ça* que j'aimerais savoir. Pourquoi mes cheveux sont roux, et tellement frisés – ou plutôt, « fous » – et mes yeux vert pâle. Je veux savoir pourquoi je mesure plus d'un mètre quatre-vingts et pourquoi mes clavicules sont un peu saillantes. Je veux savoir pourquoi ma lèvre supérieure retrousse un peu au centre et pourquoi mes mains ont cette forme. D'où viennent ces caractéristiques physiques ? D'*elle* ou de ses parents ; ou est-ce que je lui ressemble, à *lui* ? Mon caractère, est-il à elle ? ou à lui ? ou est-ce tout simplement le mien ? Ai-je certaines de leurs manières, est-ce qu'ils aiment les mêmes choses que moi ? Est-ce que je ris, est-ce que je pleure comme eux, ma voix est-elle semblable à la leur ? J'aurai quarante ans dans moins de trois mois et je ne connais la réponse à aucune de ces questions.

— Merci d'avoir été avec nous aujourd'hui, déclara Minty. Le numéro de Réunir est le 0870 333111. Je répète...

Involontairement, je tendis la main vers mon crayon à lèvres et commençai à noter le numéro sur le miroir lorsque je m'arrêtai soudain.

— Non, marmonnai-je. À quoi bon ?

— Retrouvez-nous demain à la même heure, conclut chaleureusement Minty.

C'était l'heure de la pub. *La Fête des Mères approche, alors pourquoi ne pas gâter votre maman avec des truffes en chocolat de Chocomania ? Allez, faites-lui la surprise ! Vous savez qu'elle le mérite !*

J'eus un sourire sinistre et j'éteignis le poste. La Fête des Mères. Quelle blague.

« La semaine a mal commencé », écrivit Trevor dans sa chronique, ce lundi-là :

J'ai dû prendre un bain (l'horreur) et en plus, Bev s'est mis en tête que les croquettes sèches étaient meilleures pour moi – je préférerais manger des tampons Jex ! Sans oublier ce petit vicieux de Persan de l'autre côté de la rue qui me reluque d'un œil méchant. Puis nous sommes allés au musée dimanche et une bonne femme est venue me tapoter le crâne ; ensuite elle a dit à Bev : « Ça doit être horrible d'être aveugle, mais au moins vous avez un chien-guide adorable. » Aussitôt, Bev a rétorqué : « C'est VOUS qui devez être aveugle de le prendre pour un chien-guide, alors que c'est écrit Helping Paw sur son manteau en grosses lettres ! » J'en serais mort de honte. La pauvre fille est tellement susceptible ces derniers temps, avec ses incertitudes côté cœur. Cependant, toutes ces petites contrariétés ne sont rien comparées avec ce que Bev et moi avons vu cette semaine. On a prêté la patte au département courrier du cœur du Post *et croyez-moi, rien de tel que les problèmes des autres pour vous faire oublier les vôtres. Ces lettres ! Dépression, addiction, insomnie, maladies graves – ça remet les choses en perspective, vous savez. Cela dit, moi-même je suis un peu la Madame Détresse de Bev depuis quelques jours. Comme je viens de le dire, cette fille est aussi nerveuse qu'un Jack Russell sous amphétamines – ce qui me fait une vie de chien assez compliquée. L'objet de son affection – j'ai deviné qui c'est maintenant, c'est cet Écossais – quitte Londres la semaine prochaine, alors je vais bientôt devoir éponger les larmes. Espérons que Bev ne se défoulera pas trop sur moi... Enfin, au moins je suis parvenu à la dernière éliminatoire de l'Ordre du Mérite Canin, mais la concurrence est rude. Chiens d'aveugle, chiens sauveteurs, chiens renifleurs d'explosifs (total respect, les gars) ; enfin, avec tout ça je ne vois pas comment je pourrais gagner. Im-pos-si-ble. « Mais l'important, ce n'est pas de gagner, pas vrai, Trev ? » me répète Beverley chaque fois que ça me stresse trop. « C'est de participer. » « Ouaf » que je réponds, en me croisant secrètement les pattes. Évidemment que je veux gagner ! En tout cas, le fait de bosser au bureau m'a procuré une diversion bienvenue, et j'aime bien ; à part le rédac chef qui n'arrête pas de me baver dessus. Béni soit-il, il aime les animaux, mais j'ai mes limites, et me faire embrasser par un homme, c'est trop. Enfin, ce n'est pas bon pour mon image, quoi ! Et moi qui pensais avoir un problème de contrôle salivaire...*

— Trevor est un peu insolent avec Ricky, avertis-je Beverley.

— Je sais, répondit-elle avec un grand sourire.

Elle agita un index de remontrance vers Trevor :

— Fais attention, on ne veut pas se faire virer.

Soudain, mes narines détectèrent l'Eau de Ricky. Effectivement, il se dirigeait vers nous.

— Tu vas y passer maintenant, Trev, lui dis-je alors qu'il déposait nerveusement son gorille en plastique. Il ne faut jamais insulter le patron.

— Trevor mon chou ! s'exclama Ricky en ouvrant grand les bras. Nos ventes ont encore augmenté, et c'est *uniquement* grâce à toi. Là !

Il se mit à quatre pattes et entoura le chien stupéfait de ses bras.

— Je vais te donner un *gros* bisou.

— Ça t'apprendra à être insolent, Trevor, lança Beverley dignement.

— Ce chien écrit comme un ange, s'exclama Ricky tandis que Trevor lui léchait poliment l'oreille. Je songe à l'inscrire au concours du chroniqueur de l'année – le *Post* est fier de lui. Et comment ça va, au département des peines et misères, Bev ? Merci de nous filer un coup de main.

— Mais très bien, répliqua-t-elle. En fait, j'ai passé presque toute la matinée à ouvrir des lettres de réconfort pour Rose. Elle en reçoit au moins dix par jour. Vous voulez voir ?

Elle lui en passa une qu'il parcourut rapidement, en hochant la tête. Il la lui rendit.

— Rose est extrêmement soutenue par les lecteurs, ajouta Bev d'une voix sucrée.

— Eh bien oui, je, euh... je vois ça. D'ailleurs je reçois pas mal de lettres du même genre, moi aussi... Quand finis-tu, Rose ?

— Jeudi.

— D'accord, eh bien, ne prends pas de décisions trop rapidement. Mes enquêteurs progressent régulièrement – je te tiendrai au courant.

Cet après-midi-là, Théo téléphona pour attirer mon attention sur un petit article paru dans la rubrique média de l'*Evening Standard*, intitulé « Qu'est-ce qui branche Electra ? » Je le lus en diagonale. *On soupçonne un coup monté dans le lynchage médiatique de la Madame Détresse du*

Post... *la main de Rex Delafoy... le triangle amoureux lesbien n'était qu'un scandale publicitaire... Electra a été aperçue en train de roucouler au Groucho Club avec son mari, Jez... les rumeurs saphiques pourraient se révéler fausses... cela remet-il en question la disgrâce de notre consœur du* Post ? *Affaire à suivre.*

Le soir, j'étais en train de relire l'article à la maison, calée dans le canapé devant la télé avec Théo, quand on frappa à la porte.

— Qui cela peut-il être ? dit Théo. Il est plus de 23 heures.

Il regarda par la fenêtre.

— C'est un coursier en moto. Tu attends un pli ?

— Non.

Théo ouvrit la porte puis revint avec une grande enveloppe adressée à mon nom. À l'intérieur se trouvait un premier tirage du *Daily Post*. « LA HONTE ! » titrait la une au-dessus d'un énorme portrait d'Electra. *La star simule une idylle lesbienne pour booster les ventes de son single ! Le roi de la promo a monté le coup !* Il y avait une photo d'Electra, bras dessus bras dessous avec son mari, arborant un petit sourire triomphant ; plus bas, une photo de moi, plus petite, titrée : *L'honneur retrouvé d'une Madame Détresse*. Je lus l'article. Théo regardait par-dessus mon épaule. Je sentais la pression tiède de son bras sur le mien. *Le mari d'Electra a sanctionné le coup de pub de Rex Delafoy, dont toutes les parties – sauf Rose Costelloe du* Post *– devaient sortir gagnantes. Le single d'Electra est au numéro un du hit-parade... la cho-*

riste profite de la pub pour entamer une carrière en solo... son petit ami était dans le coup... Rex Delafoy, rendu furieux par un portrait rédigé par Costelloe, était ravi de la voir attaquée dans la presse... Le bureau de Delafoy a orchestré la fuite avec l'assistante, Serena Banks, qui a transmis la lettre au Daily News. *Rose Costelloe avait pris toutes les précautions possibles pour protéger l'anonymat de la star mais elle a été dupée par une imposture cynique...*

— « Son comportement a été irréprochable », lut Théo à haute voix dans la colonne leader de la page édito. « Elle conserve la confiance absolue du *Daily Post*. »

Il caressa affectueusement mon avant-bras.

— Et voilà !

L'article soulignait ensuite avec une joie sournoise que le plus grand perdant de l'affaire était le *Daily News* qui a) s'était ridiculisé en se laissant duper et qui b) avait payé quatre-vingt mille livres pour un « scoop » qui n'était qu'une imposture. Il y avait ensuite un tableau comparant les ventes des deux journaux, le *Daily Post* prétendant avoir gagné quatre cent mille nouveaux lecteurs au cours des trois derniers mois.

— « Le *Daily News* n'a réussi qu'à augmenter l'immense popularité de notre merveilleuse Madame Détresse, Rose Costelloe, lut Théo avec le sourire. Elle sera toujours là pour résoudre vos problèmes avec sa compassion habituelle, alliée à un solide bon sens. »

Je lisais tout cela avec une sorte d'intérêt détaché, comme si cela arrivait à quelqu'un d'autre. Un petit mot de Ricky était fixé à la une par un trombone :

Désolé pour toute cette histoire, Rose. Je comprends maintenant que tu avais raison de ne pas me remettre cette lettre. On verra pour ton nouveau contrat demain matin à la première heure.

— Mon Dieu, il me présente ses excuses ! m'émerveillai-je.

— On va lui demander une sérieuse augmentation après tout ça, me conseilla Théo. Vingt pour cent, minimum.

— Cinq, dit Ricky le lendemain matin.

— Vingt, répétai-je d'une voix suave.

— C'est un peu raide.

— Je m'en fous. J'ai été blessée, ma réputation a été mise en pièces et on a douté de ma parole.

— Alors dix.

Va te faire foutre, pensai-je. Je me tournai et m'apprêtai à quitter le bureau.

— Quatorze ?

Ma main se posa sur la poignée.

— Quinze ?

Je l'ouvris et fis un pas.

— Bon, alors d'accord. Seize.

Je jouai le tout pour le tout.

— Dix-sept et demi ? cria-t-il d'un ton plaintif. Bon, d'accord, d'accord, on dit vingt.

Je me retournai.

— Merci, Ricky. Et la même chose pour Beverley ?

— Pourquoi ?

— Parce qu'elle ne fait pas que de l'administratif, elle rédige aussi le premier jet de certaines réponses.

Il soupira.

— Ouais, alors d'accord. Parce que c'est elle.

— Et tu lui rembourses ses taxis ?

Il hocha la tête.

— Voilà, dit-il en poussant le contrat vers moi. Signe sur la ligne pointillée. Encore un an, avec un mois de préavis d'un côté ou de l'autre, non pas qu'on veuille te voir partir. Tu es désormais la Madame Détresse la plus connue du pays. Nos ventes ont explosé.

En retournant à mon bureau, je fus étonnée de constater que ce nouveau contrat ne me remplissait pas de joie. J'étais simplement soulagée de ne pas avoir à vendre la maison.

— Comment ça s'est passé ? demanda Beverley.

Je lui racontai. Elle fut ravie.

— La DRH te fait un contrat en ce moment même, lui annonçai-je.

Soudain mon téléphone sonna.

— *Daily Post*, courrier du cœur, répondis-je joyeusement.

— Rose ?

Mon cœur fit un double salto.

— C'est Ted.

— Ah. Ted. Salut, parvins-je à dire d'un ton détaché alors que mon estomac virevoltait comme un sèche-linge. Comment ça va ?

— Très bien. Je viens de lire les journaux et je voulais juste te dire que je suis heureux pour toi. Enfin, tu es toujours ma femme...

— Pour l'instant, rétorquai-je.

— Pour l'instant, oui – et ça m'a brisé le cœur de les voir s'acharner sur toi comme ça. Je sais à quel point ton travail compte pour toi et je suis heureux qu'on te l'ait rendu.

Je tirai distraitement mon tiroir à stylos et deux petits bouts de Confettimail en sortirent en flottant.

— Merci, Ted, dis-je en les regardant tournoyer gracieusement vers la moquette. C'est très gentil de ta part.

J'en ramassai un et l'étudiai. JPATTLT... Il y eut un silence gênant. Ni lui ni moi n'osait raccrocher le premier.

— Je dois me remettre au travail, l'avertis-je. Je suis assez débordée.

— Oui, évidemment, tu dois probablement répondre à une lettre de Posh Spice, répliqua-t-il avec un rire un peu forcé.

— En fait, c'est Mick Jagger.

— Ha ha ha !

— Et Gwyneth Paltrow.

— Évidemment.

— Alors... au revoir, Ted.

— Au revoir, Rose.

— Au revoir...

— Au revoir.

— On a fini de se dire au revoir, Ted ?

— Euh, oui.

— Parce que tu es toujours en ligne.

— Ah. Eh bien, euh, c'est parce que... je viens de me rappeler quelque chose.

— Oui ? Quoi ?

— J'ai fait du rangement récemment et j'ai découvert des affaires à toi, et je me demandais si tu, euh... si tu...

— Oui ?

— ... si tu voudrais que je te les rapporte ?

17.

Mercredi soir à 19 heures, de la fenêtre de ma chambre, je me mis à guetter Ted discrètement, l'estomac noué, le souffle court. À 19 h 05, sa BMW de fonction se rangea devant ma maison. Il sortit, bipa pour ouvrir le coffre et en tira une grande boîte en carton. Quand j'entendis la grille grincer, je me regardai dans le miroir, inspirai profondément et descendis pour ouvrir. Il était là, beau à tomber dans son pantalon kaki, son blaser marine et sa chemise à carreaux. Mais il y avait des ombres sous ses yeux bruns si expressifs, comme s'il n'avait pas bien dormi.

— C'est très gentil, fis-je poliment. Tu n'aurais pas dû.

Je jetai un coup d'œil dans la boîte et éclatai de rire.

— Non, vraiment, tu n'aurais pas dû ! Tu aurais dû apporter tout ça à Oxfam !

La boîte contenait un tableau hideux que j'avais acheté à Rome, un affreux vase en céramique que j'avais réalisé à mon cours de poterie, mes vieilles vidéocassettes de *Doctor Who*, des dossiers de lycée et une douzaine de vieux vinyles.

— J'ai pensé que ça pouvait avoir une valeur sentimentale pour toi.

— En tout cas, merci. Où as-tu retrouvé tout ça ?

— Dans le grenier.

— Ah oui. J'avais oublié que j'avais des affaires là-haut.

Il me remit la boîte et nous restâmes plantés là à nous sourire bêtement, comme des ados dans une boum de lycée. J'étais si tendue que j'en avais mal aux mâchoires.

— Euh, tu veux entrer ?

— Si tu es sûre que je ne te dérange pas.

— Ça va. Je ne suis pas en train de travailler.

— Ah *non* ?

— Non.

— Je croyais que tu travaillais sans arrêt ?

— Plus maintenant. J'ai une nouvelle assistante incroyable, Beverley, qui m'aide à faire les premiers jets des lettres, ce qui divise ma charge de travail en deux.

— Ben ça, alors, c'est formidable, sourit Ted.

Je déposai la boîte dans le hall et Ted entra. Je contemplai son nez aquilin, ses lèvres fines et ourlées et les deux lignes courbes tracées comme des parenthèses de chaque côté de sa bouche.

— Comment va Rudy ? s'enquit-il poliment en me suivant dans la cuisine.

— Il va bien. Il a été volé mais on me l'a rendu un mois plus tard parce que les voleurs le trouvaient trop bavard. Tu vois, il parle, maintenant.

— Vraiment ? Qu'est-ce qu'il raconte ?

— Toutes sortes de choses, rien de bien original.

Je me penchai vers sa cage.

— Il dort en ce moment, il a beaucoup parlé aujourd'hui et ça l'a crevé, mais il va se réveiller d'ici peu. Tu veux un verre ? ajoutai-je. Je peux t'offrir du vin ou bien...

Je fouillai dans le frigo et en tirai une bouteille de bière.

— Ça.

— Je ne savais pas que tu buvais de la bière, Rose, dit-il en s'asseyant.

— Pas vraiment, elles sont à Théo, mais on partage... ça ne le dérangera pas.

— Et... qui est Théo exactement ?

— Mon colocataire. Il est astronome. Son livre sort en mai. *Corps célestes. Le guide des étoiles et des planètes*, expliquai-je, étonnée de la fierté que j'éprouvais à le dire. Il connaît tout des astéroïdes, des galaxies en spirale et des occultations lunaires. Théo est génial.

— Et... il a quel âge ?

— Vingt-neuf.

— Ah.

Une expression de soulagement passa brièvement sur les traits de Ted. Je décapsulai sa bière.

— Et où est-il en ce moment ?

— À la Royal Astronomical Society. Il donne une conférence sur les pluies de météorites. C'est un orateur absolument fascinant. Je suis allée l'entendre une ou deux fois.

— Je vois. Jolie maison, dit Ted aimablement en regardant autour de lui. Ça a du style.

— Ce n'est ni aussi grand, ni aussi chic que chez toi, évidemment, mais on ne peut pas tout avoir.

— Tu as combien de chambres ?
— Trois.
— Alors ça fait, disons, cinq cents mètres carrés ?
— Aucune idée.
— Il y a un jardin ?
— Tout petit. Semi-pavé.

Je vis le regard de Ted parcourir le plan de travail encombré.

— Désolée, c'est le souk dans la cuisine, je n'ai pas vraiment eu le temps de faire le ménage ces derniers temps, j'étais trop occupée à me faire clouer au pilori par la presse nationale. De toute façon, Théo et moi vivons dans une sorte de joyeux chaos la plupart du temps, ajoutai-je gaiement.

Ted me regarda comme si j'étais malade.

— Tu as changé, Rose.

Il secoua la tête, comme s'il n'y croyait pas.

— Tu es tellement... différente.

— Ah bon ? Oui, c'est vrai, j'ai peut-être changé. Sans doute l'effet Camberwell. C'est très bourgeois-bohème, ici. Au fait, tu as faim ? J'allais me préparer quelque chose.

Ted faillit recracher sa bière.

— Tu... quoi ?

— Tu veux manger quelque chose ? Je pourrais préparer un risotto, rapidement.

— Je veux bien. Mais... Rose, tu n'as jamais fait la cuisine.

— Théo m'a appris à préparer quelques petits trucs. C'est un cuistot génial ! précisai-je avec chaleur en sortant les sachets de riz arborio. Il est à la fois astronome et gastronome !

Je me penchai pour sortir la poêle.

— Alors il paraît que notre conseillère conjugale s'est envolée ? m'enquis-je.

— Qui te l'a dit ?

— Je ne sais plus... Qu'est-ce qui s'est passé, au juste ? lui demandai-je sur le ton de la curiosité amicale.

Je pris la planche à légumes pour découper un petit oignon. Ted soupira.

— Ce ne serait pas galant d'en parler.

— Allez, Ted, raconte-moi.

— Non... D'accord. Elle... elle me tapait sur les nerfs.

— Je dois reconnaître qu'elle me tapait aussi sur les nerfs, mais je croyais que tu en étais amoureux. Après tout, elle s'est installée chez toi, non ?

— Seulement pour deux mois.

— Je vois... Alors, qu'est-ce qui t'agaçait, chez elle ? Ne me dis pas : elle n'était pas à la hauteur !

Je ricanais. Il fit la grimace.

— Franchement, Rose, elle n'était pas si petite que ça. Pour toi, tout le monde est petit parce que tu es si grande.

— Je sais, c'est mesquin de ma part. Surtout qu'elle doit être au trente-sixième dessous en ce moment.

— Allez, Rose.

— Voyons les choses en face, elle n'a pas besoin de moi pour la descendre, gloussai-je. Non vraiment, Ted. Sérieusement, quel était le problème ?

— Elle... elle n'arrêtait pas de se plaindre.

— De quoi ?

— Toutes sortes de choses. Ça a fini par m'énerver, alors je l'ai priée de partir.

Je me retournai pour le dévisager.

— Comme ça, c'est toi qui l'as plaquée ?

Il rougit.

— Oui. Tout à fait.

Ah bon, songeai-je en faisant légèrement suer l'oignon. Voilà qui était un peu décevant. J'espérais que son orgueil viril en avait pris un coup.

— De toute façon, je n'ai pas envie d'en parler, conclut-il piteusement. C'est fini.

— D'accord... Et comment va ta mère ?

— Bien.

— Et les autres ?

— ... Bien. Que je sache. Je ne les vois pas beaucoup.

— J'ai toujours trouvé ça regrettable, fis-je observer en versant le riz. L'une des choses qui m'ont attirée chez toi, c'était ta grande famille. Et Jon ? Celui qui nous a envoyé cette jolie lampe en albâtre quand nous nous sommes mariés ?

Ted se tortilla sur son siège.

— Je crois que... ça va. Je ne l'ai pas vu depuis des années, Rose. Tu sais bien. On a eu des... mots.

— Oui, tu m'avais raconté...

Ils s'étaient querellés pour une affaire d'argent et ne se parlaient plus depuis six ans. J'avais vu une photo de Jon chez la mère de Ted. Il enseignait l'histoire dans un lycée de Hull.

— Merci de m'avoir renvoyé les documents pour le divorce, repris-je en mouillant le riz de vin blanc. Et merci pour la carte de Saint-Valentin.

Je lui souris par-dessus mon épaule tout en touillant le riz.

— Pendant des jours et des jours, j'ai retrouvé des confettis partout. Tu es vraiment un cachottier, Ted. Je n'avais aucune idée que ça venait de toi. Je croyais que c'était mon obsédé.

— Ton obsédé ?

Il sembla horrifié.

— Enfin, pas vraiment, rien qu'un lecteur un peu collant. J'ai cru que c'était lui et j'étais folle de rage, mais ensuite j'ai compris que c'était toi. Je dois avouer que tu as piqué ma curiosité.

— Comment as-tu deviné ? m'interrogea-t-il avec un petit sourire.

— C'est ce que tu as dit le soir de la fête des jumelles. Tu as prétendu que tu pensais à moi tout le temps et j'ai enfin percuté.

Je lui tournai à nouveau le dos pour continuer à remuer le risotto, dont montait un fumet appétissant.

— C'est vrai, Rose. Je pense à toi tout le temps. Tu me manques. Après tout, tu es toujours ma femme.

— Pour l'instant, répliquai-je froidement en versant le bouillon.

— Oui, je sais. Pour l'instant. Et quand je t'ai vue au bal, je mourais d'envie de te parler mais j'étais coincé avec Mary-Claire. Elle aurait fait une crise de nerfs si je t'avais adressé la parole, alors j'ai dû me contenter de te regarder de loin. Et je me disais : cette femme sublime, là-bas, c'est *ma* femme, et elle danse avec un autre. Qui était-ce, au fait ? s'enquit-il prudemment tandis que je lavais la salade.

— C'était Théo.

— Théo ? Ah, je vois. Alors vous êtes... ?

— Nous sommes quoi ? Ah... *non*. Non pas que ça te regarde, Ted. Je te l'ai déjà dit, il est mon locataire, rien de plus. Nous vivons simplement sous le même toit.

— Vous semblez très proches.

— En effet. Théo m'a beaucoup appris, si tu veux savoir.

— Quoi, par exemple ?

— Eh bien, que notre galaxie à elle seule est tellement immense, que le soleil met deux cent vingt-cinq millions d'années juste pour tourner une fois autour de son centre. Incroyable, non ?

— Mouais, fit-il en fronçant les sourcils.

— Imagine, la dernière fois qu'il a complété un circuit, les premiers dinosaures marchaient sur la terre. Je me demande ce que la planète sera devenue dans deux cent vingt-cinq millions d'années...

— Je me le demande aussi, répéta-t-il du ton du plus profond ennui.

— J'ai appris que certaines galaxies volaient des étoiles à leurs voisines.

— Que fait la police ?

— Et que la galaxie d'Andromède est en cours de collision directe avec la nôtre. Elle va percuter notre Voie lactée dans un milliard d'années.

— Ça va fiche en l'air le prix de l'immobilier.

Je souris.

— J'ai aussi appris que le télescope Hubble est si puissant qu'il pourrait déceler une allumette à Londres depuis Tokyo. Tu sais, c'est *fabuleux*, l'astronomie... Ça remet les choses en perspective.

— Mouais. Je n'ai pas envie de parler d'astronomie, Rose. Je voudrais qu'on parle de nous deux.

J'avais fait chauffer les assiettes et mis le couvert. La voix de Ted me parvenait comme dans un rêve.

— J'aimerais simplement qu'on revienne en arrière... on s'est mis dans le pétrin... Je me suis conduit comme un con, Rose... Mais je me sentais tellement négligé... Et j'ai tenté de t'en parler mais tu n'écoutais pas... tu étais obsédée par ton travail. Je voulais que tu t'occupes de moi, conclut-il. Mais tu t'y refusais, alors j'ai essayé de t'y obliger, et Mary-Claire était très tenace et alors...

— C'est vrai, je t'ai négligé, concédai-je en retirant le risotto du feu. Je n'ai pas été une très bonne épouse, pas vrai ?

— À vrai dire, non. Tu étais difficile à vivre.

— Oui, sans doute.

— Comme si ça ne te plaisait pas vraiment de vivre avec moi. Tu étais tellement crispée.

Soudain, Rudy s'éveilla et se mit à se secouer les ailes.

— Ted, je t'ai déjà dit de retirer tes chaussures quand tu rentres ! hurla-t-il avec ma voix.

J'éclatai de rire.

— Tu as raison, j'étais difficile à vivre. La preuve !

— C'est un putain de cauchemar de vivre avec toi ! cria Rudy en prenant la voix de Ted.

L'horreur se peignit sur les traits de Ted.

— Je te parlais vraiment comme ça ?

— Oui, mais je t'avais provoqué. Je suis désolée, je n'ai pas été une bonne épouse, soupirai-je en éparpillant des lamelles de parmesan sur le riz. Tu méritais mieux, mais j'étais tellement absorbée par mon nouveau travail...

Je tournai la salade et nous passâmes à table, sans parler pendant quelques minutes. Le simple fait d'être assis l'un en face de l'autre, en train de dîner tranquillement, ne nous était pratiquement jamais arrivé.

— Rose..., murmura-t-il. Je sais que je n'ai aucun droit de te poser la question, mais y a-t-il quelqu'un ?

Je le dévisageai. Pourquoi lui répondre ?

— As-tu rencontré quelqu'un ? insista-t-il.

— Eh bien, hum... Non. Pas encore. Pourquoi cette question ?

— Parce que, disons que... J'aimerais bien qu'on attende un peu, pour le divorce. C'est ça que je suis venu te dire.

— Pourquoi ne pas me l'avoir dit au téléphone ?

Il posa la main gauche sur la table et inspira profondément.

— Parce que je savais que je ne pouvais te le dire qu'en tête à tête. Ça a été atroce, de recevoir la demande de divorce. Si j'ai mis longtemps à la signer, c'est parce que je n'en avais aucune envie.

Alors voilà pourquoi les papiers étaient revenus si tard.

— Et quand je t'ai vue te faire massacrer dans la presse, ça m'a bouleversé ; j'ai compris à quel point je tenais à toi. Je voulais te protéger, et j'en étais incapable. S'il te plaît, Rose, est-ce qu'on ne pourrait pas tout recommencer ? Je t'en prie, Rose.

Je t'aime encore, et j'ai le sentiment qu'on ne s'est jamais vraiment donné la chance de réussir. On s'est mariés beaucoup trop vite et puis tout a volé en éclats, tu es partie. Et depuis je suis malheureux. Et toi, tu as été heureuse, Rose, depuis notre séparation ?

Je plongeai mes yeux dans son regard caressant, et sentis quelque chose fondre à l'intérieur de moi.

— As-tu été heureuse ? répéta-t-il.

— Pas vraiment, Ted. J'ai géré, c'est tout. J'ai fait ce que je conseille à mes lectrices quand elles ont le cœur brisé. Je me suis habillée tous les matins pour aller travailler et j'ai essayé de ne pas penser à toi.

Je me rappelai la petite cérémonie d'exorcisme réalisée six mois auparavant. J'avais tenté de faire partir Ted avec l'aide de la chasse d'eau mais il n'arrêtait pas de revenir à la surface... et maintenant, il était là.

— J'ai balancé mon alliance dans la cuvette des toilettes, lui racontai-je.

Il cilla comme si je l'avais giflé.

— Je voulais t'arracher de mon cœur.

— Je ne t'ai pas manqué ?

— Bien sûr que si. C'était horrible au début... Ça me torturait. Mais ma colère tenait mes sentiments à distance.

— Tu es toujours en colère contre moi ?

Il posa sa fourchette. Étais-je toujours en colère contre lui ?

— Non. Plus maintenant.

Il sourit et soupira de soulagement.

— Alors tu penses qu'on pourrait commencer à

se revoir, en prenant les choses comme elles viennent, un jour après l'autre ? Qu'on pourrait se donner une seconde chance ?

Une seconde chance ? Je fixai son assiette vide.
— Tu remets ça ?
Il m'adressa un sourire un peu moqueur.
— Si je remets ça ? Volontiers. Oui.

Parfois les gens m'écrivent pour se plaindre que, même s'ils n'ont pas de problème particulier, ils ne sont pas heureux, alors qu'ils ont le sentiment qu'ils devraient l'être. Donc ils me demandent comment devenir heureux. Je leur réponds habituellement que, d'après moi le bonheur, c'est vouloir ce qu'on a déjà, pas ce qu'on n'a pas. Maintenant, je n'en suis plus si sûre. Par exemple, je voulais ravoir Ted – ça m'obsédait depuis des mois – et maintenant, à mon grand étonnement, il était là à me supplier de lui accorder une seconde chance. Bizarrement, le fait d'obtenir ce que j'avais si ardemment désiré ne me rendait pas heureuse – je me sentais curieusement vide. Si Ted était venu en octobre dernier, il aurait fait de moi ce qu'il aurait voulu. J'aurais tout oublié, tout pardonné et je serais revenue – enfin, qui a envie de divorcer ? Mais il y avait six mois que nous avions rompu. Ma vie avait changé, et maintenant j'étais complètement perdue.

— Il veut seulement rempiler parce qu'il n'a pas aimé le goût de la liberté, suggéra Bella, avec mépris, lorsque je passai à la boutique le samedi suivant. J'espère que tu ne vas pas le revoir ?

— C'est un peu fort venant de toi ! protestai-je. C'est toi qui l'as invité à ta soirée, après tout !

— Je sais. Je n'étais pas dans mon état normal. Est-ce que tu vas le revoir ?

Je soupirai.

— Je ne sais pas. Je l'ai prévenu que j'avais besoin de réfléchir et il a galamment laissé la balle dans mon camp. Il s'est montré adorablement contrit, gentil, et puis il a rompu avec cette fille... Maintenant que j'ai compris mes erreurs, nous pourrions peut-être essayer à nouveau. Le divorce, ça donne un tel sentiment d'échec.

— À ta place je ferais très attention, m'avertit Bella en secouant la tête. Il t'a déjà trompée une fois, rappelle-toi.

— Mais il avait des circonstances atténuantes, Bella : j'étais absolument nulle, comme épouse.

— Je ne sais pas. C'est ta vie, mais j'ai toujours dit qu'il y avait quelque chose chez Ted qui me déplaisait.

J'eus envie de dire : « Regarde la grosse merde de cinquième catégorie avec qui tu sors avant de parler. » Mais je me mordis les lèvres.

— Alors, comment ça se passe ? demandai-je.

— Très bien. Béa est en rendez-vous avec des clients en ce moment. Apparemment, ils veulent du Minimalisme Letton... Moi, je suis coincée ici. En fait, c'est sans doute préférable. On ne s'entend pas très bien ces derniers temps.

— C'est-à-dire ?

— Béa est infernale.

Elle baissa la voix car une cliente venait d'entrer et examinait les tasses à motifs écossais.

— Par exemple, hier soir, Sean et moi sommes allés au cinéma. Et Béa est venue avec nous.

— Et alors, où est le mal ? soufflai-je.

— C'était un peu gênant.

— Elle se sent très seule.

— Je sais. Les meubles sont au sous-sol, madame, si vous voulez regarder...

— Et elle souffre encore, à cause de Henry, ajoutai-je. Elle a besoin d'un peu de distraction.

— Oui, et je la comprends. Mais lundi, Sean et moi on est allés dîner chez Quaglino et, là aussi, Béa s'est pointée.

— Vraiment ?

— Oui. Et puis on a assisté à une première mardi et elle a insisté pour nous accompagner. Ça ne plaît pas tellement à Sean.

— Je vois.

— Je pense qu'elle est en train de devenir un peu barjo, tu sais.

Tu peux parler.

— Enfin, Rose, que devrais-je faire à ton avis ?

Mais pourquoi est-ce toujours à moi de résoudre les problèmes des autres ?

— Ma cocotte, fis-je en sentant mes lèvres se pincer, tu vas devoir être dure. Ou alors, ne lui dis pas où tu vas quand tu sors.

— Mais elle m'interroge toujours. Ou alors elle m'appelle sur mon portable et m'oblige à le lui dire. Je ne sais plus quoi faire.

— C'est assez compliqué, en effet. Avec un peu de chance, plus la boîte aura du succès, plus elle se concentrera là-dessus. Béa éprouve un sentiment d'insécurité en ce moment. Elle est terrorisée à l'idée que tu la quittes.

Bella grimaça.

— Je sais. On a toujours su que ce serait notre pire problème. Enfin, si jamais Sean voulait vivre avec moi, j'imagine parfaitement Béa essayant de s'installer chez nous. Moi, d'une certaine manière, j'en serais ravie, mais Sean ne serait jamais d'accord. Il n'aime pas tellement Béa, en réalité. Probablement parce qu'il a l'impression qu'elle ne l'aime pas.

— Ah non ? dis-je hypocritement.

J'étais stupéfaite qu'il soit assez sensible pour déceler l'aversion de Béa.

— Non. Elle ne l'aime pas du tout. Elle prétend que, si elle vient avec nous, c'est pour « l'avoir à l'œil ».

— Hmmmm...

— D'ailleurs, elle a dit un truc horrible sur lui.

— Vraiment ? Quoi ?

— Elle a laissé entendre qu'il pourrait me décevoir.

— En étant infidèle ?

Bella hocha la tête.

— Je sais que c'est impossible. Puis-je vous aider ? demanda-t-elle poliment à la cliente, qui remontait avec un coussin en velours à motifs de gueules-de-loup et de digitales.

— Oui, je voudrais ceci. C'est ravissant.

— Je sais, fit Bella en l'enveloppant dans du papier de soie. Il est superbe. C'est pour vous ?

La femme sourit.

— Non, c'est pour ma mère. J'essaie toujours de lui offrir un cadeau original pour la Fête des Mères.

Quand je rentrai à la maison deux heures plus tard, j'avais un message de Henry.

— Rose, je pars demain pour le golfe Persique. Je suis désolé qu'on ne se soit pas vus beaucoup ces derniers temps. J'ai été, disons, très pris. J'espère que Béa ne me déteste pas trop et je te rappellerai en mai quand je rentrerai.

J'accrochai mon manteau et inspectai la maison. C'était un bordel sans nom. De la poussière sur toutes les étagères, la moquette immonde, les coussins complètement aplatis sur le canapé, des tasses de café vides un peu partout. Plusieurs journaux attendaient d'être jetés sans avoir été ouverts et la vaisselle s'empilait dans l'évier.

Théo et moi, on est devenus de vrais souillons, me dis-je. Je ne sais pas pourquoi, mais je suis beaucoup moins soignée qu'avant. Par exemple, je savais qu'il fallait passer l'aspirateur mais c'était au-dessus de mes forces. Je préférais fouiller dans la boîte de vieux machins que Ted m'avait rapportés. Je plaçai les vinyles dans le salon, puis emballai le tableau et le vase pour les donner à Emmaüs. Je parcourus mes vieux dossiers du lycée. Jusqu'au bac, que des bonnes notes. Puis, le premier jour des examens écrits... J'avais fixé les questions comme si c'était du sanscrit ou du japonais. J'avais l'esprit aussi vide qu'un téléviseur après la mire, gris, bourdonnant, sans image. Je m'étais donc contentée de faire des petits dessins jusqu'à ce qu'il soit l'heure de rendre sa copie.

Les jumelles pensaient que je n'avais pas révisé les bonnes questions, mais ce n'était pas du tout ça. J'avais travaillé très dur, j'étais bien préparée, mais j'avais commis une erreur fatale. J'avais demandé à consulter mon extrait de naissance et on me l'avait montré la veille. Si, comme moi, on a été adopté avant 1975, il faut d'abord voir un travailleur social, qui vous prépare à ce que vous risquez de découvrir. Je me rendis donc aux services sociaux d'Ashford pour rencontrer une dame très gentille et très professionnelle, qui m'expliqua que ce que j'allais voir risquait d'ouvrir une boîte de Pandore. Étais-je certaine à cent pour cent de vouloir connaître la vérité, alors que j'étais encore si jeune ? J'ai dit oui. J'avais attendu ce moment toute ma vie. Puis elle m'a demandé si mes parents adoptifs étaient au courant de ma démarche. J'ai répondu oui. Je leur avais raconté que je voulais avoir mon certificat parce que j'allais demander un passeport, mais c'était faux. La vérité, c'est que je voulais, enfin, après si longtemps, lire les noms de mon père et de ma mère biologiques. Mais, lorsque la travailleuse sociale me remit le bout de papier, et que je vis ce qu'il y avait dessus, j'ai reçu le plus grand choc de ma vie. Le lendemain, j'ai réussi à me traîner jusqu'au lycée pour les examens écrits et j'ai vu mes rêves d'aller en fac s'envoler en fumée...

J'entendis le déclic de la clé de Théo dans la serrure. Il revenait de chez Beverley, qu'il avait aidée pour sa déclaration de revenus.

— Regarde ces vieilles galettes vinyle ! s'exclama-t-il. Elles sont à toi ? Les Partridge Family... C'est qui ?

Je me sentis soudain très vieille.

— Et les Jackson Five ! Mon Dieu – Michael

Jackson était encore noir, à l'époque ! Et qu'est-ce qu'il y a ici ? Les Bay City Rollers... Et celui-ci ? Marie Osmond ! Mais ces vieux trucs doivent valoir une fortune, Rose !

— Arrête. J'ai l'impression d'être une antiquité.

— Je suis désolé, sourit-il. Je n'arrêtais pas de taquiner ma femme là-dessus, ça la rendait folle.

— Elle est presque aussi vieille que moi, pas vrai ?

— C'est vrai.

— Comment va Beverley ? dis-je pour changer de sujet.

— Pas trop mal. Un peu déprimée.

— Son jules est parti ? L'Écossais ? Le chef d'orchestre ?

— Ah oui ! Hamish. C'est vrai. Il est à l'étranger, alors elle n'a pas trop le moral. En plus, Trevor a chopé un rhume.

— Elle veut venir grignoter un truc avec nous ? Je peux faire la cuisine.

— Je le lui ai déjà proposé et elle a refusé.

J'avais déjà remarqué que Beverley préférait demeurer seule quand elle était d'humeur sombre. Théo et moi passâmes donc une soirée tranquille à jouer au Scrabble. J'étais justement en train de penser à mes appels téléphoniques anonymes, qui semblaient avoir cessé, lorsque par un curieux hasard ou un phénomène de télépathie, j'en reçus un. Le téléphone sonna à 23 heures, je décrochai et entendis à nouveau le souffle lourd.

— Qui était-ce ? me demanda Théo.
— Le Souffleur Empoisonné.

Il grimaça.

— Ah non ! Pas encore !
— On dit que respirer, c'est la santé.
— Ça n'a pas l'air de te préoccuper, Rose.
— Non. Je commence à m'en ficher.
— Et cette fois, c'était comment ?
— Lourd et asthmatique. J'ai presque eu de la peine pour lui. Tu sais, dis-je en m'asseyant et en contemplant mes lettres de Scrabble, il y a quelque chose d'un peu bizarre dans tout ça. Dans la plupart des cas, les harceleurs appellent plusieurs fois d'affilée alors que, là, ça s'arrête toujours après un seul appel.

— Bon, alors c'est un harceleur délicat.
— Ou bien une harceleuse. Je ne le sais toujours pas.
— Je croyais que tu allais filtrer tes appels ?
— J'ai essayé mais la ligne du service clientèle des Telecom est toujours occupée. J'ai raccroché hier après vingt minutes de *Jeux interdits*, façon synthétique. Bon, à qui le tour ? À moi. Non, ne regarde pas les lettres quand tu les prends, Théo, c'est de la triche.

— Mais j'ai besoin de voyelles. Alors, tu as quoi ?

J'examinai mes lettres. Deux *e*, un *p*, *r*, *a*, *o*, *h* – ça pouvait donner « Oprah » ou « Harpo » mais les noms propres n'étaient pas autorisés.

— Bon, alors j'ai... ça.

Je posai « ORPHE » au-dessus du « LIN » de Théo.

— Orphelin. Ça te donne... vingt-quatre points.
— Ça tombe bien. Je suis orpheline, fis-je en souriant tristement.

— Pas si sûr, ajouta-t-il en avalant une autre gorgée de bière.

Il prit ses lettres et mit « ARENTS » à côté du P d'ORPHELIN.

— Ta mère naturelle est sans doute toujours en vie. Et, qui sait ? Ton père aussi, peut-être.

Je le dévisageai.

— Ils n'ont peut-être même pas soixante ans. Si c'est le cas, ils ont encore une vingtaine d'années devant eux.

Si quelqu'un d'autre m'avait parlé de mes parents naturels, je lui aurais envoyé une giclée d'azote liquide à la tête, mais, de la part de Théo, cela ne me dérangeait pas. Il prit le magazine du *Times*. « *Fêtez les mamans en beauté !* » proclamait la couverture en lettres roses. « *Le maillon le plus fort !* »

— Je pense toujours à ma mère à cette période de l'année, déclara Théo en feuilletant le journal.

— Moi aussi.

— Ta mère adoptive ?

Je secouai la tête.

— Ça t'ennuie de me parler de tes parents adoptifs ? questionna-t-il dans un accès de diplomatie qui ne lui ressemblait pas.

— Non, ça ne m'ennuie pas. Que veux-tu savoir ?

— Tu ne sembles pas avoir été très proche d'eux.

— Non.

— J'ai compris à la façon dont tu as réagi quand on a volé leur photo.

Je haussai les épaules.

— Rose, comment étaient-ils ?

— Comment ils étaient ? Eh bien... Ils mesuraient environ trente centimètres de moins que moi. Et... ils étaient très coincés, bigots, même. On passait tous nos week-ends dans la chapelle baptiste de Bethesda. C'est pour cela qu'aujourd'hui je ne vais plus à l'église. Ils voulaient bien faire, c'étaient des gens décents, mais...

— Mais quoi ?

Je soupirai et mordillai ma lèvre supérieure, comme toujours lorsque je suis stressée.

— Il y a plusieurs choses. Tout d'abord – et je n'ai jamais dit ça à personne, Théo, pas même aux jumelles – j'ai l'impression de n'avoir jamais été à ma place chez eux. Mon père était cordonnier-bottier, il faisait des chaussures sur mesure : quand je le voyais mesurer les pieds de ses clients, en long, en large et en travers, examiner leur voûte plantaire et leur cou-de-pied, pour que tout soit absolument parfait, je me disais que je n'étais pas à leur mesure.

— Parce que tu ne leur ressemblais pas ?

— Non, ce n'est pas pour ça. Si le lien avait été plus fort, cela n'aurait eu aucune importance. C'était parce qu'ils ne se comportaient pas vraiment... disons comme des parents. Je ne manquais de rien, ils n'étaient pas méchants, mais ils n'ont jamais manifesté leur... affection. J'avais l'impression d'être une invitée chez eux. Je voyais la mère des jumelles les serrer dans ses bras quand elle venait les prendre à l'école et j'avais un coup au cœur, c'était atroce. De plus, mes parents ne savaient pas jouer avec moi. Je devais m'occuper toute seule. En fait, ils ne supportaient pas les enfants. Ils me disaient toujours de ne pas déranger.

— C'est sans doute pour ça que tu es si maniaque. Encore que...

Il regarda autour de lui.

— Le niveau a baissé ces derniers temps.

— Mouais. Je me demande bien pourquoi.

— Parce que tu te détends, Rose.

Je me rendis compte qu'il avait raison.

— Parle-moi encore de tes parents, reprit-il doucement.

— Je m'interrogeais souvent sur ce qui avait motivé mon adoption... et j'ai découvert la réponse après leur mort.

— Qu'as-tu découvert ?

Je fixai le plateau du Scrabble, en me demandant si j'allais répondre.

— J'ai découvert qu'ils m'avaient adoptée pour une mauvaise raison.

— Qui était ?

— La pitié.

Théo me considéra longuement.

— Comment le sais-tu ?

— Après leur mort, j'ai trié leurs papiers. Dans le bureau de mon père, j'ai trouvé un classeur dont j'ignorais l'existence, et qui concernait mon adoption. Il contenait des lettres des services sociaux, de la correspondance familiale et d'autres bricoles. Quand j'étais petite, mes parents me disaient qu'ils avaient toujours rêvé d'avoir un beau bébé comme moi et qu'ils m'avaient choisie, moi, spécialement... C'était un mensonge. Ils m'ont adoptée par charité chrétienne. Ce sont exactement leurs termes. J'ai retrouvé une lettre écrite par mon père à l'agence d'adoption où il disait qu'il avait le sentiment d'accomplir son « devoir en accueillant cette pauvre enfant ».

— Je ne comprends toujours pas, dit Théo. Pour t'adopter, ils avaient dû déposer une demande longtemps auparavant auprès des services sociaux. Ils ne t'ont pas *choisie*.

— En 1962, c'était très différent. Aujourd'hui, chaque année, il y a moins de cinq cents bébés à adopter dans le pays ; à l'époque, il y en avait *vingt-sept mille* tous les ans – on pouvait choisir le bébé qu'on voulait, il n'y avait pas des listes d'attente interminables et des enquêtes pointilleuses comme aujourd'hui. C'est seulement depuis la Loi sur l'avortement de 1967 qu'il est devenu plus difficile d'adopter, pour des raisons évidentes... Enfin, je me suis toujours assez bien entendue avec mes parents, même si nous n'avons jamais été proches. Mais, lorsque j'ai lu ces lettres, mes sentiments à leur égard ont totalement changé. Ce fut comme si un chapitre de ma vie s'était refermé.

— Tu n'as pas eu l'impression qu'un nouveau chapitre pouvait s'ouvrir ?

— Je... je ne vois pas ce que tu veux dire.

— Cela ne t'a pas donné envie de retrouver ta vraie mère ?

Je le considérai sans rien dire.

— Tu n'as pas envie de la rencontrer ? insista-t-il.

Si j'avais envie ?

— Je crois que tu en as envie.

— Eh bien...
— Tes quarante ans, c'est quand ?
— Le 1er juin. Je crois.
— Tu crois ?
— Je n'en suis pas absolument sûre. C'est la date qui se trouvait sur mon certificat de naissance, en tout cas.

Théo fronça les sourcils.

— Je crois que ton quarantième anniversaire est le catalyseur. Tu veux connaître ta vraie mère, pas vrai, Rose ?

J'avalai une gorgée de bière.

— Je crois que tu en as envie depuis longtemps. C'est ça, ton problème. Tu veux et en même temps tu ne veux pas.

— Tu te trompes, répondis-je calmement. Je n'ai aucune envie de la retrouver, et je sais parfaitement pourquoi.

— Tu ne lui as jamais pardonné de t'avoir abandonnée.

— Si seulement c'était aussi simple.

Je me mordis la lèvre.

— Rose, on dit toujours que la vraie vie commence à quarante ans, alors pourquoi est-ce que tu ne prends pas ce tournant comme un nouveau départ ? Tu ne veux pas connaître ta mère ?

Je le regardai, la gorge serrée.

— Tu ne veux pas découvrir son visage ?

Les larmes me picotaient les yeux.

— Tu ne veux pas lui parler et lui poser des questions ?

Mes joues brûlaient et les traits de Théo s'étaient brouillés.

— Tu en meurs d'envie, Rose, insista-t-il. Je le sais.

Je fixai mes genoux.

— Oui, articulai-je douloureusement. C'est vrai. Je veux la connaître. Je veux la retrouver. Évidemment. Mais je ne peux pas.

— Mais si !

— Non, je ne peux pas. Ce n'est pas aussi simple.

— Pourquoi pas ?

— Je ne peux pas te le dire.

Théo me passa son mouchoir, que je pressai contre mes paupières.

— Rose, je ne veux pas te blesser, mais je crois que je sais pourquoi.

— Tu ne peux pas savoir, soufflai-je d'une voix rauque. C'est impossible.

— Je crois que si. J'ai deviné.

— Deviné quoi ?

— Que tu as peur. Tu as peur que ta mère ne veuille rien savoir de toi. Tu ne le supporterais pas, ce serait comme si elle t'abandonnait une deuxième fois.

— Désolée, docteur Freud... votre diagnostic est erroné.

— Si, je crois que j'ai raison. Et cela est totalement compréhensible, parce que tu as déjà l'impression d'avoir été cruellement rejetée par ta mère une première fois.

— Ce n'est pas une *impression*... Elle m'a vraiment rejetée, protestai-je vivement. Mais ça n'a rien à voir...

De grosses larmes brûlantes roulèrent sur mes joues.

— Pourquoi ne peux-tu pas la retrouver, Rose ? Il y a plein d'agences spécialisées, de détectives privés et de gens qui font des recherches sur Internet. Cela serait assez facile, il me semble ?

— Non !

— Pourquoi pas ?

— Parce que...

— Parce que quoi ?

— Parce que non, c'est tout.

Le visage de Théo exprimait un mélange de compassion et de totale incompréhension.

— Rose, reprit-il patiemment, parle-moi avec des mots que je puisse comprendre. Pourquoi ne peux-tu pas rechercher ta mère ? Elle t'a confiée à l'adoption, il doit y avoir des papiers permettant de l'identifier ?

— Non, aucun. Justement. Il n'y a aucun document. Rien du tout.

— Pourquoi ? Ils ont été détruits dans un incendie ?

Je secouai la tête.

— Alors pourquoi ? *Pourquoi* ne peux-tu pas tenter de la retrouver ?

— Parce que...

Une vague de ténèbres déferla sur moi.

— ... parce que je n'ai pas été « confiée à l'adoption », comme tu dis.

— Je ne comprends pas.

Je le fixai, le cœur battant à tout rompre. Très bien, alors, me dis-je. C'est le moment. *Maintenant*.

— J'ai été *trouvée*. J'ai été... trouvée. J'ai été abandonnée.

Je couvris mon visage de mes mains.

— Rose...

Il y eut quelques secondes de silence, puis Théo prit mes mains dans les siennes.

— J'ai été jetée. Comme une ordure. On s'est débarrassé de moi. On m'a laissée tomber. On m'a jetée à la poubelle. On m'a laissée là comme un excédent de bagage. Voilà, sanglotai-je. Maintenant tu sais ce qui m'est arrivé, Théo.

Je pleurais tellement que ma bouche me faisait atrocement mal. Je ne respirais plus que par hoquets.

— Rose, répéta-t-il. C'est affreux... mais où ? Où as-tu été retrouvée ?

— Dans un putain de chariot de supermarché dans une saleté de parking ! gémis-je.

— Merde. Et quand... quand l'as-tu appris ?

— Quand j'ai eu dix-huit ans, soufflai-je en prenant un Kleenex. J'ai vu mon certificat de naissance pour la première fois le jour de mon dix-huitième anniversaire. À la place du nom de la mère, il y avait « inconnue », à celle du nom du père, « inconnu », lieu de naissance, « inconnu ». Puis il y avait « trouvée dans le parking du Co-Op de Chatham, dans le Kent, le 1-8-62. » À la date de naissance, il y avait « inconnue, sans doute autour du 1-6-62 » parce qu'on estimait que j'avais environ huit semaines.

— Huit semaines ?

— Oui. Elle m'a gardée huit semaines, sanglotai-je. Huit semaines, deux mois... et puis elle a fait *ça*. C'est ce qui m'a toujours fait le plus mal. De savoir qu'elle m'a gardée aussi longtemps. De savoir qu'elle m'a nourrie, tenue dans ses bras, câlinée...

Je me tus. Il vint s'asseoir à côté de moi dans le canapé et je sentis ses bras m'enlacer.

— Pauvre Rose, murmura-t-il, ma pauvre Rose.

— Lorsque je suis rentrée chez moi et que j'ai raconté à ma mère ce que j'avais découvert, elle m'a répondu : « Ah oui, je me rappelle vaguement une histoire dans les journaux, de bébé abandonné. » Mais elle n'en a jamais reparlé, ni papa. Et je n'en ai jamais reparlé non plus... J'étais trop pleine de haine. Je ne voulais plus rechercher ma vraie mère. Je ne parvenais pas à croire qu'elle m'avait fait ça. Je l'ai retranchée de mon cœur. Je l'ai excisée comme une tumeur, Théo... je l'ai fait disparaître, parce que c'était la seule manière pour moi de survivre. Je l'ai rangée dans un compartiment de ma tête et j'ai refermé la porte. Et, depuis, la porte est verrouillée.

— Tu as vécu avec cela pendant plus de vingt ans..., murmura-t-il. Et tu n'en as jamais parlé à personne ?

Je hochai la tête.

— Mais, Rose, c'est tragique.

— Pour moi, oui.

— Pour elle aussi. Pauvre femme... Avoir été aussi désespérée. Elle doit penser à toi tous les jours. Alors tes parents adoptifs avaient appris ton existence en lisant le journal ?

— Oui, chuchotai-je. Ils vivaient à Ashford – à environ trente miles de là – et quelqu'un avait laissé un exemplaire du journal de Chatham dans la boutique de mon père. Ma mère travaillait pour la mairie et connaissait la dame des services sociaux du Kent. Alors, ils ont demandé à m'adopter. Ils avaient le sentiment d'accomplir leur « devoir de chrétiens ». Quand j'ai lu ça dans la lettre de mon père, j'ai senti une porte se refermer dans mon cœur.

— Et ta mère naturelle ne s'est jamais manifestée ?

— Jamais. Ils ont attendu quatre mois, mais elle n'est jamais venue.

— Elle devait avoir trop honte pour faire quoi que ce soit...

— Je n'ai aucun moyen de savoir ce qu'elle a ressenti.

— Mon Dieu, Rose, tu es une enfant trouvée, fit-il avec une sorte d'émerveillement. Une enfant trouvée. C'est curieux, c'est tellement plus beau que de dire « abandonnée ».

— Oui, je suis une enfant trouvée, Théo. J'ai été trouvée. Et j'ai l'impression d'avoir été perdue toute ma vie.

Nous restâmes silencieux pendant une minute. Seuls mes sanglots étouffés rompaient le silence.

— Comment t'a-t-on trouvée ?

Je pressai le mouchoir sur mes yeux.

— Je veux dire, qu'est-ce que tu avais avec toi ?

— Je l'ai su après la mort de mes parents. Dans ce classeur, j'ai découvert l'article de journal. J'ai lu que j'étais enveloppée dans une couverture en coton – on était en août, il ne faisait pas froid – et qu'il y avait une note épinglée à cette couverture, demandant à ceux qui me trouveraient de prendre soin de moi, et disant que je m'appelais Rose. Il y avait aussi une petite boîte en plastique bleu.

— Qu'est-ce qu'il y avait dedans ?

J'inspirai profondément.

— Je vais te montrer. Je n'ai jamais fait voir ça à personne.

Je montai dans ma chambre, ouvris mon coffret à bijoux, pris la boîte et redescendis.

— C'est peut-être la seule chose qu'elle possédait, dis-je en la montrant à Théo. Une petite breloque en or.

Elle représentait une lampe d'Aladin. Je la frottais parfois, dans l'espoir qu'un génie apparaîtrait et me la ramènerait.

— C'est comme ça que je saurai, expliquai-je posément. C'est comme ça que je saurai avec certitude qu'il s'agit d'elle, et elle, qu'il s'agit de moi. C'est ce que les femmes faisaient à l'époque victorienne. Quand elles abandonnaient leurs bébés dans des hôpitaux pour enfants trouvés, elles laissaient quelque chose – un bout de broderie, un collier, une carte à jouer ou même une noix – au cas où elles reverraient un jour leur enfant, afin de pouvoir l'identifier sans l'ombre d'un doute.

Je jetai un coup d'œil à l'horloge. Il était minuit. Le dimanche de la Fête des Mères.

— Ma pauvre Rose, murmura Théo en secouant la tête. Tu portes cela en toi depuis si longtemps. Je comprends tellement de choses sur toi maintenant. Je comprends cette histoire de journal, par exemple.

Je levai les yeux.

— Et puis, je comprends pourquoi ton mariage n'a pas marché.

— Ça, c'est sûr. Quel gâchis. Il m'aimait et il m'a abandonnée, dis-je amèrement. Exactement comme elle.

— Je crois que c'est toi qui l'as poussé à t'abandonner.

Il marqua une pause, comme un battement, comme un soupir en musique – silencieux mais évocateur – pendant que je réfléchissais à ce qu'il venait de dire.

— Je l'ai poussé à m'abandonner ?

— D'après ce que tu m'as raconté, je crois que oui. Comme si, inconsciemment, tu essayais de recréer une situation dans laquelle on te rejetterait à nouveau. Comme si, au plus profond de toi, tu pensais que c'était tout ce que tu méritais.

Je le regardai dans les yeux.

— C'est vrai. Au fond, c'est peut-être ce que je pense.

Je me mordis la lèvre inférieure en reniflant.

— Cherche-la, Rose. Il n'est pas trop tard. Essaie de la trouver, conseilla gentiment Théo.

— Je le ferais bien, mais c'est impossible. Il n'y a absolument aucun point de départ, aucun document. C'est elle qui doit me chercher. Les bébés abandonnés ne sont pratiquement jamais réunis avec leur mère biologique.

— Tu devrais quand même essayer. Je vais t'aider, Rose.

— C'est vrai ?

Il hocha la tête.

— Oui. Je t'aiderai. J'ai perdu ma mère quand j'avais neuf ans, alors j'aimerais t'aider à retrouver la tienne. Tu pourrais placer une petite annonce dans le journal de Chatham.

— Mouais.
— Ça vaut le coup d'essayer, non ?
— Peut-être.
— Tu veux au moins essayer, n'est-ce pas, Rose ?
Mes yeux s'emplirent à nouveau de larmes.
— Oui.

18.

Quand on parle de ce genre d'affaire dans les journaux, vous vous doutez bien que je dévore l'article. Bébé garçon abandonné sur un terrain de golf, bébé fille retrouvé dans un cabas, nourrissons dénichés dans des haies, des entrées de magasin et des parvis d'église, et, récemment, dans une benne à ordures. Ce ne sont pas des contes de Grimm, mais, hélas, une grimaçante réalité. Bizarrement, il y en a plus que jamais : soixante-cinq chaque année en Angleterre – dont un quart n'est jamais réclamé. Les nouveau-nés reçoivent souvent le prénom du policier qui les a découverts ou de l'infirmière qui les ramène à la vie. Et puis il y a tous les enfants trouvés des contes de fées et des pièces de théâtre. Perdita dans le *Conte d'hiver* de Shakespeare ou Hansel et Gretel, abandonnés dans la forêt. Le bébé Moïse recueilli par la fille de Pharaon ; Rémus et Romulus nourris par une louve. Je connais tous ces personnages et ces récits à fond ; je me suis identifiée à tous.

Parfois j'ai été tentée de tout raconter aux jumelles, mais un profond sentiment de honte m'a retenue. Comme s'il avait fallu que je sois un vilain bébé, pour que ma mère me rejette à ce point. Alors pourquoi ai-je choisi de parler à Théo ? Peut-être parce qu'on était à la veille de la Fête des Mères, et que le sujet me taraude plus que jamais ce jour-là. Peut-être parce que je le trouve sympathique ; peut-être encore parce qu'il m'a eue à l'usure. Mais je ne le regrette pas. Je me sens plus légère. Enfin, *enfin*, quelqu'un sait.

D'après ce que j'ai lu, peu d'enfants trouvés ressentent de l'animosité envers leurs mères. Rien qu'un besoin de comprendre. Moi, j'ai toujours nourri une véritable haine envers la mienne ; non pas parce qu'elle m'a abandonnée, mais parce qu'elle m'a d'abord gardée avec elle huit semaines. Si elle m'avait donné le jour au pied d'une haie et qu'elle m'ait laissée là, j'aurais pu lui pardonner. Même avoir pitié d'elle. Mais elle a bien pris soin de moi, avant de me jeter. C'est cela que je ne comprends pas.

Dans ma situation, on se raccroche à n'importe quoi. Par exemple, je ne connais pas exactement ma date de naissance, mais, en revanche, je sais que je me prénomme vraiment Rose. Les services sociaux m'avaient donné un patronyme temporaire, Stuart, celui de l'homme qui m'avait trouvée. J'ai lu l'histoire d'un bébé qu'on a retrouvé enveloppé dans une serviette dans une aire de stationnement du Yorkshire. Il a été nommé William Daniel Redhill. William, pour Shakespeare dont c'était l'anniversaire de naissance ; Daniel comme l'ambulancier qui s'était occupé de lui, et Redhill comme la route où il a été retrouvé par un couple en promenade. Tout compte fait, il ne s'en est pas si mal tiré. Il aurait pu s'appeler William Daniel B105. Et pensez au bébé retrouvé dans l'entrée d'un Burger King...

Aujourd'hui, j'ai montré mes affaires à Théo. Les papiers des foyers pour enfants où j'avais vécu trois mois, le temps que mes parents fassent les démarches pour m'adopter, et la note que ma mère avait laissée. Les vêtements que je portais, et l'exemplaire jauni et friable du *Chatham News* où je figurais en page deux.

— « Bébé abandonné dans un parking », lut Théo à haute voix. C'est probablement pour cette raison que tu es devenue journaliste, commenta-t-il. Parce que tu as démarré dans la vie en faisant les gros titres. « Le bébé, âgé d'environ huit semaines, a été retrouvé gazouillant gaiement là où on l'avait laissé, dans un chariot de supermarché. La découverte a été faite à 16 h 30 le 1er août par le gérant adjoint du Co-Op, Stuart Jones. » Le 1er août. Alors c'est pour ça que tu es triste ce jour-là.

Je hochai la tête.

— Je me rappelle, tu m'en avais parlé la nuit de la Saint-Sylvestre. J'avais cru que c'était ton anniversaire de naissance.

— Non. C'est l'anniversaire de ma découverte.

— « La fillette, enveloppée dans une couverture en coton, était en bonne santé. Elle portait une barboteuse blanche et avait un biberon de lait. Les services de police demandent à quiconque se trouvait dans ce parking à ce moment-là, et qui aurait vu une femme avec un bébé, de les contacter. »

— Personne ne l'a jamais fait.

Je pris la barboteuse pour y enfouir mon visage, comme si je pouvais encore y humer une trace du parfum de ma mère, un résidu qui pourrait me conduire jusqu'à elle, comme un chien de chasse, quarante ans plus tard. Mais je ne décelais que l'odeur de renfermé un peu rancie du vieux coton, et le parfum sec de la poussière et du temps.

— Tu as bien formulé ta petite annonce ? me demanda Théo.

Je la lui montrai.

— « Le 1er août 1962, lut-il, une petite fille âgée de huit semaines a été retrouvée dans le parking du supermarché Co-Op derrière Chatham High Street. Savez-vous quelque chose sur les circonstances de l'abandon de ce bébé ? Si c'est le cas, prière d'écrire le plus vite possible à la boîte postale 2152. Confidentialité assurée. »

Théo appela le *Chatham News* et paya l'annonce avec sa carte de crédit. Je lui remboursai la somme. Je ne voulais pas qu'on reconnaisse mon nom et qu'on fasse un papier là-dessus. Les réponses devaient être adressées à Théo, qui demanda qu'on lui envoie un exemplaire du journal. Il le reçut dans la semaine. Trente mille personnes avaient lu mon annonce – l'une d'entre elles savait sûrement quelque chose ; ou peut-être pas. Combien de fois avais-je reçu des lettres de collégiennes affolées, enceintes de six mois, qui ne s'étaient pas rendu compte de leur grossesse ? Cela semble incroyable, mais ça arrive encore de nos jours.

— Quelqu'un sait sûrement quelque chose, déclara Théo, mais la question est de savoir si cette personne parlera. Ta mère leur a peut-être demandé de garder le silence.

— Peut-être bien... Puis-je te demander le silence, à toi aussi, Théo ? Je ne veux pas qu'on sache avant que j'aie des nouvelles, si jamais j'en reçois. Tu ne diras rien à Beverley, n'est-ce pas ? J'ai beaucoup d'affection pour elle mais je ne veux pas qu'elle soit au courant.

— Bien sûr que non. Je suis très discret. T'ai-je déjà répété ce qu'elle me confie ?

Je secouai la tête.

— En tout cas, je crois que nous devrions faire passer l'annonce pendant au moins un mois, ajouta-t-il fermement.

Le mot « nous » me fit sourire. J'étais touchée par sa détermination à m'aider à retrouver ma mère ; c'était comme s'il trouvait un intérêt personnel à cette quête.

Pendant la première semaine, je fus au supplice. Je m'éveillais aux aurores, malade d'anxiété, guettant le bruit métallique de la boîte aux lettres. Puis, je me précipitais au rez-de-chaussée pour voir si Théo avait reçu des lettres de Chatham, estampillées « confidentiel »... Toujours rien. Dans la journée, mon cœur s'emballait à l'idée de l'aventure dans laquelle je m'étais lancée. C'était comme d'attendre les résultats d'un examen médical.

— Ça va, Rose ? me demanda Beverley ce mercredi matin tandis que nous épluchions nos lettres.

— Pardon ?

— Tu n'as pas l'air dans ton assiette.

— Non, non. Tout va bien.

— Tu n'as pas la tête à travailler.

— Vraiment ? Mais non, ce n'est rien.

— Et cette réponse que tu viens de rédiger, dit-elle, je la trouve mauvaise.

— Quoi ?

— Je trouve que tes conseils ne sont pas bons.

Elle me passa la lettre et je la lus.

Chère Rose, je suis tombée amoureuse d'un guichetier de la banque de mon quartier, mais je ne sais pas comment le lui dire. Je ne suis pas très douée pour les relations amoureuses depuis que j'ai été violée à l'âge de vingt ans. Depuis, j'évite les hommes.

— Et je lui ai répondu quoi ?

— Tu lui as conseillé de lui glisser un petit mot.

— Ah.

— Mais ce n'est pas la question, n'est-ce pas, Rose ?

Je poussai un soupir douloureux.

— Non, en effet.

— La question, c'est de lui ouvrir les yeux sur la nature de son choix : un homme planqué derrière un panneau de verre. Il faut aussi lui rappeler en douceur que son viol l'affecte toujours, et lui conseiller de trouver une aide psychologique à ce sujet.

Le visage de Beverley exprimait un mélange de déception et de surprise. J'avais l'impression de mesurer environ cinq centimètres.

— Tu as raison, Bev, marmonnai-je. Mon conseil était nul. Tu peux rédiger cette réponse ?

— Oui, bien entendu.

— C'est vrai que je n'ai pas la tête au boulot, concédai-je. Ce n'est pas une excuse, mais je n'ai pas les idées claires.

— À cause de Ted ? me demanda-t-elle gentiment.

Je tripotai mon agrafeuse. Je ne pouvais pas lui parler de ma mère.

— Oui, en partie. J'avais décidé que c'était fini avec lui et j'avais presque hâte de tourner la page. Mais, à présent qu'il a resurgi dans ma vie je ne suis plus sûre de rien. Je ne vois plus les choses de la même façon.

— Tu penses vraiment que vous pourriez remettre ça ?

Je haussai les épaules.

— C'est ce que je me demande. J'étais une compagne *épouvantable*, Bev. Je le sais maintenant... Et, pour la première fois, je crois que je sais aussi pourquoi. Et Ted veut vraiment qu'on essaie à nouveau.

— Et toi ?

Je me mis à faire des petits dessins sur mon bloc.

— Toi, tu veux essayer à nouveau ? insista-t-elle.

— Bev, un sondage récent révèle que soixante-quinze pour cent des couples mariés restent ensemble après un adultère. Apparemment, le succès de l'union après une liaison extraconjugale réside dans l'acceptation, de part et d'autre, d'une responsabilité mutuelle de la situation, et d'un désir sincère de changement.

— Comme c'est intéressant ! fit Beverley en me regardant d'un œil perçant. Mais Rose, *toi*, tu veux remettre ça avec Ted ?

Je me tournai vers la fenêtre.

— Oui, je crois, mais...

— Mais quoi ?

— Je ne... sais pas.
— Qu'est-ce qui te fait hésiter ?
— Je n'en suis pas sûre.

J'avais griffonné deux étoiles sur mon bloc, et Saturne avec ses anneaux.

— Tu dois choisir ce qui te semble bien pour toi.

— Tu as raison. Au fait, tu as eu des nouvelles de ton amie, tu sais, celle qui connaît Mary-Claire Grey ? Je veux savoir pourquoi elle a quitté Ted. Il prétend qu'il l'a virée parce qu'elle n'arrêtait pas de se plaindre, mais ce qu'elle a à dire m'intéresse.

— Je ne crois pas que Gill lui ait parlé, mais je te le ferai savoir dès que je l'aurai.

— Et toi, comment vont tes amours ? lui demandai-je tandis que nous glissions des brochures dans les enveloppes. Tu m'as interrogée sur les miennes. Donnant, donnant.

— En effet. Disons que... je ne sais pas. On a du mal à se retrouver en ce moment.

— Oui, c'est dommage que Hamish vive en Écosse, dis-je en cherchant ma brochure sur les Rougeurs intempestives. En plus, il voyage beaucoup, non ?

Elle hocha la tête en soupirant.

— Les relations à distance ne sont jamais faciles, lâchai-je d'une voix lasse.

— Oui, répliqua-t-elle avec chaleur. Je sais.

Samedi, j'avais rendez-vous avec Ted pour voir le dernier film de Nicole Kidman. Il m'emmena ensuite dîner dans un restaurant chinois, Poons.

— Tu as l'air heureux, Rose, observa-t-il en grignotant des algues croustillantes.
— Je le suis.

Je repensai à mon annonce. Il n'y avait toujours pas de réponse mais j'étais optimiste – enfin, *enfin* j'avais de l'espoir. J'aurais voulu me lever, ici, dans ce restaurant, pour crier : « Écoutez-moi tout le monde, je cherche ma mère, et je vais peut-être la retrouver ! » Mais je me mordis la langue.

— Tes yeux brillent, fit remarquer Ted.
— C'est parce que... je suis contente de te voir.

Il sourit.

— Tu as changé. Tu es redevenue la femme que j'ai rencontrée. Heureuse, vive, pétillante. Quand tu es devenue Madame Détresse, brusquement, rien d'autre n'existait dans ta vie que les problèmes de ces inconnus.
— Je sais, soupirai-je en sirotant mon thé vert. Mais je suis différente à présent.
— Pourquoi, à ton avis ?
— Il y a plein de raisons, répliquai-je vaguement. Ted, savais-tu que l'étoile la plus proche, Alpha du Centaure, est si éloignée que l'on mettrait cent mille ans à l'atteindre ?
— Non, je l'ignorais.
— Et savais-tu qu'il y a des petites étoiles à neutrons – les noyaux de super-novas explosées – qui sont tellement denses qu'un morceau de la taille d'un trombone pèserait plus que le mont Everest ?
— Ah.
— Et qu'il y a plus d'étoiles comme le soleil, – dans ce qu'on peut observer de l'univers – qu'il n'y a de brins d'herbes sur cette terre ?

— Mouais. Comment sais-tu tout ça ?

— Théo m'a laissé lire les épreuves de son livre. C'est fascinant, l'astronomie, tu sais. Enfin, est-ce que tu te rends compte que tous les atomes, toutes les particules qui nous composent ont été créés lors du Big Bang il y a quinze milliards d'années. Tu ne trouves pas ça *hallucinant*, Ted ?

Il haussa les épaules.

— Ben... Oui.

— Et savais-tu que, sur Jupiter, il y a un orage aussi grand que la Terre ? Et des éclairs qui font des centaines de kilomètres ?

— C'est vrai ?

Le serveur nous apporta nos gambas.

— Tu ne trouves pas cela insensé, Ted, de penser à ces milliards d'étoiles ?

Il haussa à nouveau les épaules.

— J'avoue que je n'y pense pas souvent. Pour moi, elles sont un peu comme le papier peint – elles sont là, c'est tout. Ou plutôt, vu le temps qu'il fait à Londres, elles n'y sont pas. Je vois que le jeune Théo a fait forte impression sur toi, ajouta-t-il, un peu vexé, en se servant de nouilles.

— C'est quelqu'un de très intéressant.

— Et je suppose qu'il a un énorme télescope ?

— Oui, en fait c'est un réfracteur, pas un réflecteur moderne et je... Vraiment, Ted. Ne sois pas si puéril. Il n'y a rien entre nous.

— À t'entendre, on pourrait le croire.

— On se tromperait. Je te le répète, Ted, nous ne sommes que colocataires, c'est tout.

— Non, il est davantage que ça pour toi.

Mon cœur s'emballa.

— N'est-ce pas ? insista-t-il.

— D'accord, concédai-je. Tu as raison. Théo est bien plus qu'un colocataire, c'est un ami. Il a de l'affection pour moi, mais cela ne va pas plus loin que ça. Ne gâche pas notre soirée, Ted, je t'en prie. On est tellement bien.

— D'accord, acquiesça-t-il. C'est vrai. Excuse-moi, Rose, dit-il en se massant la tempe. Je sais que je n'ai pas le droit de t'interroger, mais je ne peux pas m'empêcher de me sentir possessif à ton égard. Enfin... tu es toujours ma femme.

— Ça va, soupirai-je. Je ne suis pas fâchée. Théo est comme... un petit frère.

Cela sembla satisfaire Ted, qui parvint à sourire.

— Comme un petit frère, répétai-je.

Mais curieusement, je le revoyais le matin du cambriolage, nu sous sa serviette. Ted demanda l'addition. Il l'étudia et fronça les sourcils.

— Toujours la même arnaque, fit-il avec un sourire forcé.

— Quoi ?

— « Un supplément optionnel de 12,5 % a été ajouté à votre addition pour le service. » S'ils l'ont déjà ajouté, ce n'est plus une option, pas vrai ?

— Franchement, Ted, on s'en fout.

Je souris *in petto* de son indignation, parce que je sais d'où elle vient. Je sais d'où vient Ted et je sais d'où je viens. Nous trimballons tous notre enfance avec nous.

— Serait-il trop audacieux de te demander de passer chez moi prendre un café ? me demanda-t-il. Après tout, nous sommes mariés.

— Merci, Ted. Non merci.

— C'est un « non merci, jamais de la vie » ? fit-il d'une voix mate.

— Non. Juste non merci, comme dans « pas maintenant ».

— Tu joues les coquettes ?

— Pas vraiment. Je veux simplement prendre les choses tranquillement.

— Tu as raison. Après tout, nous les avons précipitées la première fois. Peut-être peut-on se revoir dans quelques jours ?

— Oui, répondis-je joyeusement. Bien sûr !

Ted m'offrit de me raccompagner chez moi mais je hélai un taxi. Je le serrai dans mes bras et montai. En me calant sur la banquette, je sentis un bonheur profond m'envahir, avec une sorte de gratitude. Voilà qu'on m'offrait la chance de corriger tout ce qui n'allait pas dans ma vie. J'avais la possibilité de connaître enfin ma mère – ma *mère* ! – et racheter mon mariage raté à Ted.

Quand je rentrai, je trouvai Théo installé à la table de la cuisine, en train de lire le *Guardian*. Il leva les yeux vers moi et, malgré notre récente intimité, m'adressa un sourire légèrement froid et distant.

— Tu as passé une bonne soirée ? s'enquit-il avec une politesse forcée.

— Oui, je... suis allée au cinéma.

— Avec Ted ?

— Oui, c'est ça, avec Ted.

— Ton mari.

— Mon mari, répétai-je en écho. Ça me faisait bizarre de dire ça.

— Tu vas te remettre avec lui, alors ?

J'étais habituée à la franchise de Théo mais sa question me prit de court.

— Je ne sais pas. La seule chose dont je sois sûre, c'est que j'ai réfléchi à ce que tu me disais l'autre soir. C'est vrai, j'ai peut-être inconsciemment tout fait pour que mon mariage soit un échec. Alors...

— Tu veux remettre ça.

Je haussai les épaules.

— En fait, je n'en ai aucune idée.

— Alors il vaut mieux que je commence à me chercher un nouvel appart, conclut-il d'un ton prosaïque.

Il prit la section « immobilier » du journal et se mit à la feuilleter avec un intérêt exagéré.

— Le printemps, c'est un bon moment pour acheter.

Alors c'était donc ça. Il n'aimait pas que je revoie Ted parce qu'il s'inquiétait de devoir partir.

— Honnêtement, Théo, rien ne presse. Ma situation ne va pas changer de sitôt et... enfin, j'aime bien que tu sois là.

— C'est vrai ?

Il leva les yeux de son journal.

— Oui, c'est vrai. Tu es tellement... Théo, tu es si gentil. J'ai dû être cauchemardesque quand tu es arrivé ici.

— En effet.

Je cillai. Comme je l'ai déjà dit, Théo est un peu déficient côté diplomatie.

— Mais si j'étais « cauchemardesque », c'est que j'étais terrifiée à l'idée de vivre avec un total inconnu. Et j'étais très malheureuse.

— Je sais, fit-il en refermant son journal.

— Maintenant c'est différent, en grande partie grâce à toi. Et, honnêtement, je n'ai pas l'intention de retourner vivre avec Ted pour le moment. Je suis...

Brusquement mon téléphone portable se mit à sonner.

— Oui, je viens de rentrer. Oui, c'était une soirée agréable, murmurai-je. À bientôt. Bonne nuit. Désolée, Théo. Où en étais-je ? Ah oui, Ted. Je prends les choses comme elles viennent.

— Si je te parlais d'appart, c'est parce que je vais bientôt recevoir le chèque des avocats de ma femme. Alors je pensais qu'il vaudrait mieux que je me trouve un endroit à moi.

Ma bonne humeur s'évapora soudain. Je ressentis un pincement douloureux. Et si je retournais avec Ted, mais en gardant ma maison, et lui la sienne ? Comme ça je pourrais continuer de vivre avec Théo. Oui, voilà la solution, me dis-je joyeusement. J'aurais le meilleur de deux mondes. Ted et moi pourrions être comme Woody Allen et Mia Farrow avant que cela tourne mal... chacun d'un côté de Central Park. J'étais en train de me demander comment tout ça pourrait s'arranger lorsque le téléphone sonna. Il était 11 h 40. Je décrochai le combiné en m'attendant à entendre un souffle lourd, mais c'était Bella, en larmes, sur son portable.

— Qu'est-ce qui se passe ?

— C'est Béa, souffla-t-elle. Sean et moi, on est sortis dîner en tête à tête et elle s'est incrustée. J'ai essayé de lui cacher l'endroit où on allait, mais elle m'a suivie.

— Aïe.
— Il était furieux. La soirée s'est mal terminée et il est parti en furie. Elle est impossible ! Elle me rend folle. Je ne sais plus quoi faire.
— Tu veux que je lui parle ?
— Non, parce qu'elle saurait que je me suis plainte d'elle auprès de toi. Rose, elle refuse de comprendre. Ça ne gênerait pas si elle appréciait Sean, mais elle le déteste ; elle cherche seulement à me gâcher mon plaisir.
— Je ne crois pas. En fait, elle se sent en concurrence avec Sean. Elle ne veut pas qu'il te prenne à elle. Elle ne se rend pas compte à quel point c'est égoïste de sa part... Bella, tu vas devoir être plus maligne pour la semer.
— Hum, soupira-t-elle. Tu as raison. Enfin, comment s'est passée ta soirée avec Ted ?
— Pas si mal.
— En tout cas, tu sembles plus heureuse que tu ne l'as été depuis longtemps.
— Je sais.

J'étais plus heureuse que je ne l'avais été depuis longtemps. Grâce à Théo. Durant ces trois dernières années – depuis la mort de mes parents –, l'idée de rechercher ma mère ne cessait de me tourmenter. Je me trouvais dans un dilemme affreux, parce que, même si j'en avais envie, je lui en voulais trop. Maintenant que Théo m'avait poussée à le faire, je me sentais libérée. Qu'est-ce que je lui dirais si je la rencontrais ? me demandai-je en raccrochant. « Salut, m'man ! Ça fait un bail qu'on ne s'est pas vues » ? Est-ce que je l'appellerais « maman » ? Ou par son prénom ? Qu'est-ce que je pouvais faire, après si longtemps ? Lui montrer mes bulletins scolaires ? Lui offrir quarante cadeaux d'anniversaire et de Noël d'un seul coup ? Combien de temps mettrions-nous à nous raconter nos vies ? Des jours. Non, des semaines. Non... des *mois*.

— Vous êtes le maillon faible ! entendis-je Rudy hurler.

Oui, en effet. Elle avait été le maillon faible alors qu'elle aurait dû être le plus fort. Mais aujourd'hui nous avions la possibilité de tout arranger.

— Théo, mille fois merci pour ton soutien, à propos de ma mère, dis-je en retournant dans la cuisine. Je te suis très reconnaissante. Jamais je ne me serais mise à sa recherche sans toi.

Sa raideur disparut soudain et il m'adressa son petit sourire en coin.

— C'est bon, Rose. Je suis désolé de t'avoir taraudée. Mais, j'étais convaincu que tu désirais vraiment la trouver... disons que j'ai lu entre les lignes.

Je lui rendis son sourire. Voilà qu'il me battait à mon propre jeu...

— Tu risques d'être déçue, ajouta-t-il. Il vaut mieux que tu t'y prépares.

— Je sais. Mais même si je ne la retrouve jamais, le seul fait de la rechercher me fait tellement de bien... Le fait de ne plus la détester.

— Je ne crois pas que tu l'aies jamais détestée. Tu étais en colère contre elle, c'est tout.

— Oui, en effet. Folle furieuse. Je crois que c'est pour cela que j'étais tellement coincée. À présent, c'est comme si j'avais abattu un mur dans ma tête. Le seul fait d'entendre sa voix serait comme une résurrection, comme si elle était morte puis revenue à la vie.

— Tu sais, Rose, cela peut prendre des mois avant que tu apprennes quoi que ce soit – si jamais tu y arrives –, alors n'espère pas trop. Tu as besoin de te fixer d'autres buts à plus brève échéance, pour te distraire de ton attente.

— Tu as absolument raison.

Je jetai un coup d'œil au tableau où était épinglée l'invitation de Beverley à la remise de l'Ordre du Mérite canin, adressée à *Théo et Rose. Théo et Rose*, avait-elle écrit. *Théo et Rose*. J'aimais bien voir nos noms liés l'un à l'autre comme ça.

— Cette soirée, par exemple ! dis-je en prenant le carton. Tu viens ?

Théo sembla indigné que je pose la question.

— Évidemment ! C'est le grand soir, pour Trevor !

La cérémonie avait lieu le mardi suivant au Kensington Roof Gardens. Théo et moi prîmes le même taxi que Beverley et Trevor, qui avaient tous les deux les nerfs en boule.

— Ce n'est pas le fait de gagner, Trev, lui répétait-elle une fois de plus. C'est de participer.

Il leva un sourcil sceptique tandis que Beverley sortait sa brosse pour lisser son pelage.

— Il est sublime, déclarai-je. S'il y avait un prix pour le plus beau toutou, il l'obtiendrait. Qui remet les prix ?

— Trevor McDonald.

— Quoi, le vrai ? *Sir* Trevor ? L'animateur télé ?

— Tu veux dire *l'autre*, me corrigea-t-elle.
— Bon, fit Théo, on est arrivés.

En sortant du taxi dans le crépuscule, nous aperçûmes les autres concurrents – setters, colleys, chiens d'arrêt, épagneuls, carlins et cavaliers King Charles... Nous prîmes l'ascenseur jusqu'au dernier étage, où le champagne coulait déjà à flots. En entrant, nous tombâmes sur une boîte gigantesque de *Chocochien*, les sponsors du concours. Il y avait des photographes partout.

— Les toutourazzi sont présents en force, ce soir, glissai-je à Théo, qui poussait le fauteuil de Beverley à travers la foule. Et il y a une équipe de tournage. Combien de finalistes, Bev ?
— Douze. Tiens.

Elle me tendit un communiqué de presse.

— Voici la concurrence.

Je jetai un coup d'œil aux autres nominations. George, un bull mastiff, qui avait alerté des passants quand sa maison avait pris feu, et sauvé les vies de ses compagnons, un chat et un hamster, en aboyant jusqu'à ce que les pompiers aillent les chercher. Whiskey, un labrador aveugle dont le passe-temps préféré était l'escalade et qui espérait faire bientôt l'ascension du Mont-Blanc. Et puis Rupert, visiteur des hôpitaux, qui avait encouragé un garçonnet que l'on croyait muet à parler. Un retriever appelé Popeye qui avait sauvé son maître en appelant le SAMU quand ce dernier avait eu un infarctus. Et Storm, un chien des douanes, qui avait repéré un colis de cocaïne d'une valeur d'un million de livres. Il y avait des chiens d'aveugle, d'autres qui avaient sorti des gens de rivières bouillonnantes, ou retrouvé des enfants perdus dans les collines galloises. Pas étonnant que l'anagramme de « DOG », ce soit « GOD », songeai-je en lisant la dernière nomination sur Trevor...

Un gong résonna et nous fûmes invités à passer à table. L'atmosphère était de plus en plus tendue.

— ... Ne t'inquiète pas, Trixie... tu es un petit chien très spécial.

— ... Patch, ne te mords pas les griffes !

— ... Arrête, Fido ! Arrête, tout de suite !

— ... Mon Dieu, il vient de vomir !

— ... C'est les nerfs.

Plus le vin coulait, plus l'ambiance tournait à la compétition.

— ... Snoopy a aussi été finaliste aux Os d'Or, vous savez.

— ... Shep également.

— ... Eh bien Frisky est arrivé deuxième dans sa catégorie au Monde des Chiens l'an dernier.

— ... Et Whiskey sait compter.

— ... Wags, lui, sait compter *et* écrire. Des mots assez compliqués, d'ailleurs.

— ... Trudy, elle, peut taper à la machine. Et vite.

Bev se tourna vers moi et leva les yeux au ciel. J'essayai de parler à mon voisin mais il était déjà en rivalité acharnée avec sa voisine de droite.

— ... je parie qu'il n'a pas sa licence de pilote !

— ... non, mais il est en train de passer son permis !

Théo se retenait de rire. Beverley semblait vaguement consternée. Ce n'étaient pas tant les maîtres des chiens nominés, que les autres propriétaires de chiens qui avaient payé pour assister à la soirée. Soudain, il y eut un bruit de verres entrechoqués pour demander le silence, et Sir Trevor McDonald se leva pour lire les nominations.

J'écoutai le célèbre animateur en triturant ma serviette de table. Heureusement, son discours fut de courte durée. Il brandit enfin une enveloppe dorée.

— Mesdames et messieurs, déclara-t-il, je sais que vous êtes tous impatients, et je serai bref. Je suis ravi de vous annoncer que le gagnant de l'Ordre du Mérite Canin Chocochien cette année est...

Il tira le bristol de l'enveloppe et le silence se fit.

— ... mon homonyme, Trevor McDonald ! pouffa-t-il.

Je poussai un cri de joie. Théo serra Beverley dans ses bras, puis se leva pour pousser son fauteuil à travers la foule jusqu'à la scène, sous les applaudissements. Sous les acclamations polies, j'entendais déjà les commentaires venimeux.

— C'est un coup monté, chuchotait-on derrière moi. C'est parce qu'ils ont le même nom.

— C'est à cause de ses relations dans les médias, ajoutait quelqu'un d'autre. Vous savez, il a sa rubrique.

— ... vous ne croyez pas que c'est lui qui l'écrit, quand même ?

— Non, je crois que c'est elle.

— On s'en fout, mon chéri, on retentera le coup l'an prochain.

— Il reste quelque chose à boire ?

Beverley était montée sur le podium avec Trevor à son côté qui agitait gaiement la queue.

— Mesdames et messieurs, commença-t-elle timidement. J'aimerais d'abord remercier Chocochien qui nous a invités ici, et les juges qui ont désigné Trevor comme récipiendaire du prix de cette année. Il est plus fier et plus ému que je ne puis l'exprimer. Il m'a demandé de faire un court discours pour lui, pour dire...

Elle inspira profondément :

— ... qu'il refusait le prix...

Les invités s'étranglèrent en chœur.

— ... pour la simple et bonne raison qu'il trouve que ce n'est pas une bonne chose de placer un chien brave et intelligent au-dessus d'un autre, poursuivit-elle, voix tremblante. Il aimerait donc partager le prix avec tous les autres nominés, ce qui veut dire que nous garderons le trophée pendant un mois chacun. Quant au chèque de £1000, je propose qu'il soit remis à une fondation d'aide aux animaux de notre choix. Merci beaucoup à tous, et...

Elle sourit et haussa les épaules.

— ... voilà. C'est tout.

— Ouaouh ! s'exclama quelqu'un derrière moi.

Beverley fut entourée de photographes et de journalistes.

— Insensé !

— Un poil provocateur, non ?

— Quel gentil chien !

— Quelle gentille dame !

— Je trouve qu'ils n'ont pas tort.

Les invités, remis du choc, se mirent à applaudir

frénétiquement Beverley et Trevor. Elle appela tous les autres chiens à monter sur scène, mitraillée par les flashes des photographes. C'est alors que je la vis sortir son téléphone portable. Un immense sourire éclaira son visage.

— Salut ! l'entendis-je répondre, car son micro était encore agrafé à sa veste. Il a gagné ! Il a gagné ! hurla-t-elle. Désolé, la ligne est mauvaise. Il a gagné mais il a refusé.

Elle était en train de raconter à Hamish ce qui s'était passé.

— ... non, je le soutiens à cent pour cent. Et comment ça va, là-bas ? Il fait chaud ? Tu en as, de la chance.

J'ouvris le *Times* le lendemain matin pour découvrir une photo de Beverley et Trevor en page deux sous le titre « COUP DE GUEULE POUR UN PRIX DE CHIEN ». Le *News* tournait l'affaire en facétie tandis que le *Daily Post* affichait une énorme photo des deux Trevor McDonald. Je me tournai vers Beverley qui ouvrait le courrier du jour.

— Bev, vous êtes célèbres, Trev et toi.

Elle haussa les épaules.

— Nous avons eu nos quinze minutes de gloire, c'est tout. Ça va se calmer, fit-elle posément. Puis la vie reprendra son petit train-train.

— Tout le monde parle de Trevor, annonça Béa quand elle m'appela plus tard dans la matinée. Il est en train de devenir une star. Avant longtemps, il fera les ouvertures de supermarché ! Je devrais le faire revenir à la boutique, il attirerait les foules.

— Désolée, Béa, mais j'en ai besoin ici. Alors, comment vont les affaires ?

— Assez bien, en fait. On a eu trois nouvelles commandes cette semaine. Le seul ennui, c'est que Bella ne parvient pas à se concentrer, ajouta-t-elle amèrement. Elle n'a pas la tête au boulot. Elle passe beaucoup trop de temps à penser à ce crétin. Je sais que ça va mal finir.

— Si tu ne les laisses pas souffler, c'est certain. Ne gâche pas tout pour Bella. C'est à elle de décider avec qui elle doit sortir. Et c'est peut-être la chance de sa vie...

— Je ne cherche pas à tout gâcher, protesta Béa, véhémente. Je la protège, et un jour elle m'en remerciera. Honnêtement, Rose, je sais très bien que Sean va la laisser tomber comme un vieux ballot un de ces jours.

— Laisse-la en juger par elle-même, Béa. Je suis d'accord, c'est un connard, mais – dis-moi de me mêler de ce qui me regarde – je crois que tu devrais laisser Béa aller jusqu'au bout de ses propres erreurs.

— Mouais. On pourrait dire la même chose pour Ted et toi. Tu ne vas pas réemménager avec lui, Rose ?

Je jouai avec le cordon du téléphone.

— Non, bien sûr que non. Ne sois pas absurde.

— J'aimerais que tu reviennes vivre à la maison, déclara Ted le lendemain soir.

Nous sirotions au Sauvignon chez Bertorelli. Il prit ma main dans la sienne et la porta à ses lèvres.

— Tu me manques, Rose. Je me sens si seul sans toi.

— Ted, c'est trop tôt. Après tout, il n'y a pas d'urgence, non ? Je suis déjà soulagée que l'on s'entende si bien.

Il caressa mes doigts et soupira.

— Mais on se voit depuis un mois. C'est déjà assez long.

— Non, Ted. C'est court.

— Mais nous sommes *mariés*, Rose.

— Ça n'a rien à voir.

— Pourquoi hésites-tu ? me demanda-t-il tendrement en embrassant à nouveau ma main. Ne pourrait-on pas enterrer le passé ?

Je ne sais pas pourquoi, je vis soudain Théo, dans Holland Gardens, la main sur mon épaule, son souffle tiède sur ma joue, en train de me montrer les étoiles.

— Pourquoi hésites-tu, Rose ? répéta doucement Ted.

Je tripotai mon verre de vin.

— Je ne sais pas.

— Tu sais sûrement.

— Il y a déjà eu un tel gâchis... Je veux être certaine qu'on ne fiche pas tout en l'air une seconde fois.

— J'ai une idée, dit-il. C'est bientôt Pâques, pourquoi ne partons-nous pas ensemble ?

— Heu...

Je me sentis rougir.

— Juste pour un long week-end.

— Je vois.

— Ce serait bien, non ?

— Hummm.

— Qu'est-ce que tu en penses ? Rien que toi et moi, pour une petite escapade de Pâques dans un endroit ensoleillé, hein ?

Jusque-là, Ted et moi n'avions eu que des relations purement platoniques. Si nous partions ensemble, ce serait fini. Bien qu'il soit toujours mon mari et que je le trouve toujours follement séduisant, quelque chose me faisait hésiter.

— On pourrait aller à Paris, reprit-il. Je connais un petit hôtel sympa.

— Le Crillon ? lançai-je en riant.

— Euh, non. Pas tout à fait. Ou Florence, si tu préfères. Ou Rome.

— Mais... qui s'occuperait de Rudy ?

— Théo.

— Et s'il veut partir, lui aussi ? Il donne parfois des conférences en province. Il s'est fait une bonne réputation sur le circuit, tu sais. C'est un orateur génial.

— Réfléchis, Rose, et fais-le-moi savoir. Tu veux un autre verre ?

Je secouai la tête. Je bois moins ces derniers temps.

— Ted, repris-je soudain, je suis très contente qu'on se revoie et qu'on sorte ensemble mais...

— Mais quoi ?

— Explique-moi, pourquoi est-ce que tu veux que je revienne ? J'ai besoin de le savoir. Est-ce simplement parce que moi, tu me connais ? Que tu n'as pas envie de tout recommencer avec quelqu'un d'autre ? Parce que si tel est le cas, cela ne suffit pas.

— Non, fit-il avec un petit sourire. Pas du tout.
Il inspira profondément.

— La vérité, c'est que je t'aime, Rose. Ton départ m'a bouleversé – même si je le méritais, et que j'aurais voulu tout arranger. La vie est trop courte, et trop précieuse, pour vivre avec des regrets. Je crois que nous avons une vraie chance d'être heureux ensemble. Pense à Pâques, conclut-il en prenant l'addition. J'ai des tas d'air miles : on peut aller où tu veux.

Au cours des jours suivants, je réfléchis – c'était une idée séduisante. On aurait pu aller à Prague, Barcelone, Madrid, Venise, Nice... Je nous voyais rouler sur la corniche, déjeuner à Antibes ; nous balader dans le Prado ou sur la place Saint-Marc ; grimper sur une colline en Toscane dans un océan de fleurs des champs. Nous n'étions jamais allés nulle part quand nous vivions ensemble, parce que je n'avais pas le temps. Aujourd'hui, il me paraissait incroyable d'avoir été aussi obsédée par mon travail. Édith Smugg ne répondait pas personnellement à toutes les lettres, elle se contentait de répondre au plus grand nombre possible. Et si l'une de mes lectrices se conduisait comme je m'étais conduite avec Ted, je lui aurais dit que ça ne se faisait pas.

Théo avait raison. C'était clair comme de l'eau de roche. Dans un désir « pervers » d'être rejetée, j'avais négligé les besoins de Ted ; il méritait une seconde chance. Les gens ne trompent pas sans raison. Cela n'arrive pas comme ça, par hasard. Ted n'était pas amoureux de Mary-Claire, elle avait représenté un appel au secours. À présent, je pouvais être une meilleure compagne, décidai-je, parce que j'avais enfin compris des choses importantes sur moi-même. Comme si Théo avait éclairé les ténèbres de mon esprit pour me montrer le nid de guêpes qui s'y logeait.

Le jour suivant, je décidai de dire à Ted que j'aimerais bien partir avec lui. On passerait un week-end sublime à l'étranger. De toute façon, j'avais vraiment besoin de faire une pause – je n'avais pas pris de vacances depuis plus d'un an. Partir avec Ted ne m'engageait pas à la vie commune, c'était seulement une étape. Je me trouvais à mon bureau, en train de rédiger des réponses et de faire mentalement ma valise pour le Cap Ferrat, Vienne ou Rome, quand le téléphone sonna.

— Courrier du cœur du *Daily Post*, j'écoute, répondit aimablement Beverley. Non, non, ce n'est pas elle. De la part de qui ? Oh.

Son ton se transforma soudain.

— Je vois.

Je lui glissai un regard. Elle avait l'air sérieux.

— Je vais vous la passer.

— Qui est-ce ?

— L'hôpital Chelsea et Westminster.

Ah. Ils voulaient sans doute m'enrôler dans un quelconque comité. La barbe.

— Madame Wright ? dit une voix féminine efficace.

— Oui, répondis-je, prise de court qu'on s'adresse à moi par mon nom de femme mariée.

— Ici l'infirmière en chef Howells.

— Oui ?

— Votre mari a eu un accident. Je crois que vous devriez venir.

19.

En une demi-heure j'étais là. Tout ce que je savais, c'était que Ted avait une méchante fracture du bras, deux côtes brisées et une grosse contusion. Il était tombé d'une échelle, d'une hauteur de quatre mètres. S'il n'avait pas atterri sur du gazon, il aurait pu se tuer, avait précisé l'infirmière. J'en étais malade. Le taxi se gara devant l'entrée principale de l'hôpital et je courus jusqu'à l'accueil du quatrième étage. Ted se trouvait au fond de la salle, près de la fenêtre. J'écartai le rideau mauve. Il avait les yeux fermés, un énorme hématome sur le front semblable à un nuage d'orage, le visage gris et marbré. Je touchai doucement sa main et ses paupières clignèrent, puis s'ouvrirent lentement.

— Rose, souffla-t-il. Tu es ici. Je...

Il fut interrompu par un spasme de douleur. Il serra les mâchoires et les ligaments de son cou se tendirent comme des arcs-boutants, tandis que son front s'inondait de sueur.

— Ted, tu as de la chance de t'en être tiré vivant.

— Je sais.

— Mais qu'est-ce que tu fabriquais là-haut ?

— J'enlevais les feuilles mortes de la gouttière, coassa-t-il.

Sa bouche avait l'air sèche. J'approchai un verre d'eau de ses lèvres.

— J'avais une journée de congé, expliqua-t-il, et j'essayais d'arranger des trucs dans la maison.

— Pourquoi tu n'as pas demandé à un ouvrier de le faire ?

Il leva les yeux au ciel.

— Je ne sais pas. Ne m'engueule pas, murmura-t-il, je souffre le martyre.

Je regardai son bras dans sa coque de fibre de verre. C'était le droit. Merde.

— L'infirmière prétend que ton humérus est cassé.

— C'est pour cette raison que je ne ris pas, grogna-t-il.

— Et que tu t'es fêlé deux côtes, et que tu as une vilaine entorse au poignet.

Je regardai ses doigts rouges et gonflés qui sortaient de son plâtre.

— Ça va être dur, Ted.

— Je sais. Quand j'ai dit qu'on devrait faire un break pour Pâques je n'avais pas vraiment ça en tête. Tu aurais dû entendre le bruit quand mon bras s'est cassé, Rose. C'était assourdissant. Aïïïe...

— Qui t'a secouru ? le questionnai-je en l'aidant à prendre une gorgée d'eau.

— Mon téléphone portable était dans ma poche et j'ai réussi à composer le 18 avec ma main gauche. Ensuite, je suis tombé dans les pommes. J'étais inconscient quand ils sont arrivés.

— L'infirmière dit que tu as eu de la chance de

ne pas avoir besoin de chirurgie, que c'est une fracture fermée. Ton bras va pouvoir guérir sans broches.

— Dieu merci.

Il frémit.

— Je n'aurais pas pu supporter une opération. Je n'aurais pas pu le supporter, répéta-t-il avec véhémence. Les piqûres. Je hais les hôpitaux. Sors-moi d'ici, Rose. Je les *hais*.

— Je sais.

Ted a toujours eu la phobie de l'hôpital depuis une appendicite mal soignée quand il était petit. Une péritonite avait failli l'emporter.

— Ici c'est un bon hôpital, le rassurai-je.

— Non, ce n'est pas un bon hôpital, c'est un hôpital épouvantable. Ils sont tous épouvantables, Rose, sors-moi d'ici.

— D'accord, d'accord... tâche de rester calme.

— Madame Wright ?

On écarta le rideau. C'était la garde Howells.

— Je peux vous parler ?

Je la suivis dans le couloir.

— Tout se passera bien pour votre mari, me chuchota-t-elle. Nous allons simplement le garder cette nuit en observation parce qu'il a pris un vilain choc à la tête. Mais ça nous inquiète qu'il rentre seul chez lui. D'après ce que j'ai cru comprendre, vous êtes séparés mais en bons termes.

J'acquiesçai.

— Il va avoir besoin d'aide pendant au moins dix jours.

— Je vois.

— Les côtes vont se réparer toutes seules avec

le temps. En revanche, la fracture du bras est assez grave. Il n'y a pas de lésions neurologiques, mais il va être handicapé pendant un moment. Vous serait-il possible de l'aider ?

— Euh. Oui. Évidemment.

— Il sortira demain après la visite. Pourriez-vous passer le prendre à midi ?

Je regardai Ted. Il avait fermé les yeux. Les antidouleur le faisaient somnoler.

— Ted, murmurai-je en me penchant sur lui, je vais rentrer avec toi et rester là pendant quelques jours pour t'aider.

Il sourit faiblement.

— Ah, c'est bien. On croirait que j'ai fait exprès, pour que tu reviennes, mais non...

— Je sais bien que non, fis-je en souriant à mon tour. Tu veux quelque chose avant que je parte ? Un journal ? Des bonbons ? Un jus d'orange ?

Il secoua la tête.

— Je veux juste dormir.

Je lui caressai le front.

— D'accord. Je dois retourner au canard maintenant. Je passerai te prendre demain. Et ne t'inquiète pas, Ted...

Je déposai un baiser sur sa joue.

— Tu as eu de la chance et tout ira bien.

En rentrant au bureau je décidai de ce que j'allais faire. Je passerais deux jours chez Ted, et rentrerais chez moi pour une nuit. Puis je retournerais chez Ted encore deux jours et ainsi de suite, pour qu'il ne reste pas seul trop longtemps.

— Tu pourrais prendre ton ordinateur portable et travailler là-bas pendant que je garde la boutique, suggéra Bev quand je revins au bureau. De toute façon, c'est le week-end de Pâques et il ne se passera pas grand-chose. Et je suis certaine que Théo s'occupera de la maison.

Quand je rentrai, Théo était aux fourneaux. Il portait un tee-shirt avec une photo de la galaxie en spirale M33. Il leva les yeux et me sourit.

— Théo, fis-je, je vais habiter chez Ted pendant quelques jours. Tu comprends...

— Alors ça roucoule, les amoureux ? répliqua-t-il d'un ton méprisant.

— Non. Pas du tout. Il s'est fracturé le bras.

J'expliquai ce qui était arrivé à Ted et Théo parut se détendre.

— Je vois. Manque de bol.

— Alors je vais passer deux jours chez lui puis revenir pour une nuit, et ensuite retourner à Putney. Je te serais vraiment reconnaissante de t'occuper de Rudy pendant mon absence.

— Bien sûr.

— Toujours pas de réponses à mon annonce ?

— Non, je t'aurais prévenue tout de suite. Mais elle passe encore pendant deux semaines. Il y a toujours de l'espoir.

Le lendemain à midi, je vins prendre Ted en taxi et nous rentrâmes à Blenheim Road. J'avais demandé au chauffeur d'aller le plus doucement possible mais, à chaque nid-de-poule, Ted grimaçait de douleur. Quand nous arrivâmes devant le numéro trente-sept je payai le chauffeur, sortis les clés de Ted et ouvris la porte. C'était bizarre de revenir chez lui, après sept mois. En introduisant la clé dans la serrure, je me rappelai la manière dont j'étais partie en septembre dernier – avec mes cartons et mes valises, crachant des insultes comme des jets de lave. Puis, en poussant la porte, je me souvins d'être restée à guetter la maison en novembre en pleurant comme une madeleine...

Ted resta dans le hall à se tenir le bras pendant que je reprenais mes repères. Le grand couloir, la cuisine donnant sur le jardin, le salon jaune à gauche, le grand escalier, la salle à manger rouge sombre à droite. J'avais l'impression d'être Jane Eyre ramenant M. Rochester dans son manoir après l'incendie... J'installai Ted dans le canapé avec une tasse de thé.

— Si seulement j'étais ambidextre, gémit-il.

Il éleva maladroitement la tasse à ses lèvres et je compris, la mort dans l'âme, qu'il aurait besoin d'aide pour tout – s'habiller, se laver, se baigner, se raser, écrire, faire ses courses... la totale. Ce dont il aurait vraiment eu besoin, c'était d'un chien assistant, me dis-je en me demandant distraitement si Trevor avait des potes.

— La douleur, ça va ?

— Terrible. Surtout les côtes. Ça me fait mal de respirer.

— Je vais te donner un autre analgésique. Tiens.

— J'en voudrais deux.

— Tu n'as droit qu'à un, c'est très fort comme produit. Veux-tu téléphoner à quelqu'un ?

— Oui, ma mère.

Je lui apportai le téléphone sans fil et composai le numéro. Pendant qu'il parlait, je me rendis dans la cuisine pour préparer à déjeuner. Je regardai par la fenêtre, le grand jardin entouré de murs. Les glycines étaient en pleine floraison. Mary-Claire, elle aussi, s'était tenue devant la même fenêtre. Mais elle était partie... c'était comme si elle n'avait jamais existé. C'était moi que Ted voulait.

L'échelle gisait sur la pelouse. Je sortis, la pliai et la rangeai dans l'appentis. Quand je rentrai, Ted était toujours au téléphone. J'ouvris le frigo. Des œufs et du saumon fumé. Bon, ça irait pour déjeuner. En refermant la porte, quelque chose attira mon attention dans le ton de la voix de Ted. Il était en train de s'énerver.

— Maman, ne m'engueule pas. Je viens de me casser le bras, bon sang... Écoute, on en a parlé cent fois et tu sais ce que j'en pense... Je suis navré, mais c'est comme ça... Non, je ne peux pas... Parce que c'est comme ça. Il n'a qu'à trouver quelqu'un d'autre.

Jon voulait peut-être encore un prêt. Il avait emprunté de l'argent à Ted six ans auparavant et il ne l'avait toujours pas remboursé. Je crois que c'est pour cette raison qu'ils ne se parlent plus. Je n'ai jamais posé la question.

— Oui, Rose est là. Oui. Peut-être, maman. Je ne sais pas.

Je l'entendis raccrocher et j'allai reprendre le téléphone.

— Ta mère va bien ? Elle doit être soulagée qu'il ne te soit rien arrivé de pire.

— Elle va bien.

Il ne semblait pas vouloir en dire plus à propos de leur conversation. Je reposai le combiné et commençai à préparer le déjeuner.

— Des œufs brouillés au saumon, ça te dit ? demandai-je.

— Parfait. Mais pourras-tu me couper tout ça en petits morceaux ?

— Bien sûr. Je te l'apporte au salon, si tu veux, sur un plateau.

— Non, ça va, je vais venir dans la cuisine.

Je l'aidai à se lever et l'accompagnai jusqu'à la table. Nous mangeâmes en regardant le jardin, sans parler.

— C'est comme dans le bon vieux temps, hein, Rose ?

— Pas tout à fait.

— Non. Pas tout à fait. Et ce n'est pas aussi bien que Venise, pas vrai ?

Je souris.

— Ne t'inquiète pas, reprit-il, nous irons quand je serai remis.

— Mouais.

— Et où vas-tu dormir ? me demanda-t-il pendant que je découpais son saumon.

— Dans la chambre jaune.

Il eut un sourire dépité.

— Pas avec moi ?

— Non.

— Dommage.

— Raisonnable.

— Vous êtes très sévère, infirmière Costelloe, fit-il d'un air déçu. Et combien de temps vas-tu rester ?

Je lui expliquai que je resterais pendant une semaine au moins.

— Tu retourneras sans doute au travail dans une dizaine de jours, pas vrai, Ted ?

— Oui, soupira-t-il. Sans doute. Merci de m'aider, Rose.

Il prit ma main droite dans sa gauche et la porta à ses lèvres.

— Ça vaut la peine de souffrir puisque je t'ai ici avec moi. J'espère que tu resteras toujours.

Mon cœur se retourna en entendant ses paroles affectueuses et je me dis, pourquoi pas...

Je fus étonnée de constater à quel point la maison de Ted m'était rapidement redevenue familière. Je cuisinais pour nous deux, les recettes de Théo – même si l'Aga demandait certains ajustements – et aidais Ted à se déshabiller pour se mettre au lit. Je le levais le matin et protégeais son plâtre d'un sac en plastique pour qu'il prenne son bain. Je lui frottais le dos, lui lavais les cheveux et lui tendais une serviette quand il sortait. Je mettais le dentifrice sur sa brosse à dents et la mousse à raser sur ses joues. Je faisais son lit. Je comprenais ce que Trevor devait ressentir avec Beverley. Cette brusque intimité était troublante, alors que j'étais restée si distante auparavant. Le simple fait de le revoir nu... Je me disais que j'étais simplement son aide-soignante. Sauf que... J'étais sa femme.

Lundi soir, je rentrai à Camberwell. Je voulais voir comment tout se passait à la maison et récupérer mon ordinateur portable. Théo était sorti mais avait laissé sur la table un tas de prospectus d'agences immobilières. Il avait entouré certaines annonces à l'encre rouge – une petite maison à Kennington, un appartement avec jardin à Stockwell. Cela me paniqua et m'attrista à la fois. Je ne désirais pas qu'il s'en aille. Théo est adorable. Tellement adorable, me répétais-je. Il a changé ma vie. Mon Dieu, ça ne va pas du tout. Je ne sais pas quoi faire.

J'aurais simplement souhaité que ma vie redevienne ce qu'elle était, cohabiter joyeusement avec Théo, faire la cuisine, jouer au Scrabble, plaisanter ; aller au pub avec Bev et Trev, admirer les étoiles par des nuits claires et froides. Je levai les yeux vers le toit vitré. Le crépuscule tombait et je parvenais tout juste à distinguer Vénus, très bas dans le ciel bleu marine. Rudy se réveilla soudain et commença à babiller et à se lisser les plumes. Je le nourris et nettoyai sa cage. Théo serait sans doute parti dans quelques semaines... Je me consolai en me disant qu'un achat immobilier pouvait prendre du temps. Il fallait d'abord trouver – et Théo est très occupé en ce moment. Puis faire expertiser les lieux. Et puis il y avait les procédures et les négociations avec les propriétaires. Il fallait attendre que les occupants déménagent. Peut-être quelqu'un ferait-il une offre plus élevée, espérai-je avec un pincement de culpabilité. De toute façon, il mettrait, quoi ? au moins deux mois à déménager. Peut-être même trois. Je poussai un soupir de soulagement...

Le lendemain matin, dès la première heure, je me rendis en voiture à Putney pour pouvoir aider Ted à se lever. En ouvrant, je trouvai quelques enveloppes dispersées sur le paillasson. Il y en avait une écrite à la main, avec un cachet de poste de Hull. Elle venait sans doute de Jon. Mais, lorsque Ted descendit et l'aperçut sur la table de la cuisine, il la jeta directement à la poubelle.

— Tu n'as pas l'intention de la lire ? lui demandai-je.
— Non.
— Pourquoi pas ?
— Inutile. Je sais ce qu'elle contient.
— C'est de Jon ?
— Oui.
— Tu ne lui parles toujours pas ?
— Non.
— Je sais que ça ne me regarde pas, dis-je en prenant les toasts du grille-pain, mais je trouve cela très dommage.
— Tu as raison, répliqua Ted. Ça ne te regarde pas.

Je tiquai.

— Excuse-moi, Rose. J'ai été grossier. Tu n'es pas responsable de mes histoires de famille.
— Je trouve que tu as bien de la chance d'avoir un frère avec lequel te quereller, repris-je en ouvrant le pot de marmelade. J'aimerais bien avoir un frère.

Puis, je songeai que j'en avais peut-être un. J'en ai sans doute un, et je vais peut-être le rencontrer. J'en frissonnai, tellement j'avais hâte.

Des documents envoyés par l'employeur de Ted se trouvaient également dans le courrier. Il s'assit dehors, à la table du jardin, pour les lire dans la douceur du soleil printanier, pendant que je travaillais sur *L'Avis de Rose* à l'intérieur.

— Appelle si tu veux une autre tasse de café, lançai-je en allumant mon ordinateur.

— Merci.

J'étais en train d'annoter certaines lettres quand la mine de mon crayon se cassa. Je pris mon taille-crayon et me plaçai au-dessus de la corbeille à papier. Soudain, je remarquai une lettre déchirée, portant la même écriture que celle de ce matin. Jon doit être absolument désespéré, pensai-je. Je me penchai pour en ramasser un morceau. *Je t'en supplie, Ted*, disait-il d'une petite écriture nette. *Je sais que nous avons eu nos désaccords, mais tu es mon dernier espoir*. Le pauvre, il devait être aux abois. J'aurais bien aimé que Ted fasse quelque chose pour l'aider. Il est vrai que je ne pouvais pas intervenir, ne connaissant pas la situation. Et je n'avais jamais rencontré Jon. Je remarquai autre chose dans la corbeille, un bout de papier avec une liste de chiffres : l'écriture de Ted. Il avait calculé quelque chose, *Hypothèque, Putney*, avait-il écrit. £300 k. Pas étonnant qu'il ne veuille pas prêter d'argent à son frère. Puis, en dessous, je lus, *Fonds propres de R. Camberwell. £200k ? Si R. met, disons, £150k, alors hypothèque Putney = £150 k = £700 par mois*. Mon cœur se serra. Je sortis.

— Ted, c'est quoi, ça ? m'enquis-je en déposant le bout de papier devant lui.

— C'est quoi ? Ah.

Il rougit.

— J'ai trouvé ça dans la corbeille à papier. Je suis tombée dessus sans faire exprès. Tu pourrais m'expliquer ?

— Oui, bien entendu. Je suis quelqu'un de pratique, tu le sais bien, ma chérie, s'exclama-t-il avec chaleur. Je veux que tu reviennes vivre avec moi, ce n'est pas un secret. J'étais simplement en train de calculer ce qui se passerait si tu revendais ta maison.

— Mais je ne veux pas revendre ma maison, protestai-je. J'aime bien y vivre.

— Je sais. C'est *totalement* hypothétique à ce stade, bien entendu. Néanmoins si, plus tard, tu la vendais et que nous partagions les frais ici – ce qui, après tout, est absolument normal pour un couple marié, Rose – alors nous aurions assez pour vivre une vie vraiment agréable. Nous aurions de quoi voyager, partir à la montagne, nous amuser, faire tout ce qu'on n'a jamais pu faire auparavant. Ou si tu ne veux pas vivre ici, je serais ravi de revendre et d'acheter une maison dans le même genre ailleurs. Nous pourrions repartir de zéro, Rose. Je faisais juste quelques calculs pour voir comment tout cela pourrait se goupiller. Ce n'était qu'un petit rêve innocent, c'est tout.

Mon indignation s'évapora comme rosée au soleil.

— En tout cas, je n'ai pas l'intention de prendre de décisions importantes pour l'instant.

— Je sais bien. Et ce n'est pas nécessaire. Après tout, il n'y a pas d'urgence.

Je rentrai pour m'attaquer à mes e-mails. J'aime bien les liquider à mesure qu'ils arrivent, sinon ils s'accumulent. Il y avait plusieurs brouillons de réponses de Beverley pour approbation, puis un autre message d'elle : « Gill a parlé à Mary-Claire, écrivait-elle, mais je préférerais te raconter ce qu'elle sait en personne, si ça t'intéresse toujours. » Oui. En effet, ça m'intéresse. Mary-Claire s'était jetée sur Ted, elle me l'avait volé et puis elle l'avait jeté. J'étais curieuse d'apprendre pourquoi.

Ce soir-là je me rendis à London FM pour mon émission du mardi soir, pas avec Minty qui est en congé de maternité mais avec sa remplaçante, Tess. Nous abordâmes les problèmes liés à l'alcool, au deuil, aux procès en paternité, aux belles-mères, à la violence conjugale et à l'horreur des congés.

À vrai dire, tout ça m'emmerdait un peu. Lorsque je pris le taxi pour rentrer, j'étais crevée. Je me demandais si Beverley ne pourrait pas me remplacer de temps en temps – si ça l'intéressait, et ça l'intéressait sans doute. C'est alors que Béa m'appela, en larmes. Elle avait encore dû se disputer avec Bella. Je me préparai au pire.

— Oui, qu'est-ce qu'il y a, Béa ?
— Il est arrivé quelque chose d'épouvantable.
— Quoi ?
— Un... houhou... désastre.
— Quoi ?
— Je ne sais pas comment on va s'en sortir.
— Se sortir de quoi ?
J'en étais malade d'anxiété.
— C'est... *effrayant*...
— *Qu'est-ce* qui est effrayant ?
Des sanglots frénétiques me répondirent.
— Parle, pour l'amour du ciel ! Vous avez été cambriolées ?
— Non, hoqueta-t-elle.
— C'est la boîte ?
— Non. C'est Bella.

— Qu'est-ce qu'elle a ?
Nouveaux pleurs. Je n'en pouvais plus.
— Mais *parle* !
— Elle s'est fait *plaquer* !

La nouvelle mit un certain temps à parvenir à mon cerveau.

— Sean l'a quittée ?
— Oui. Oui. Le *salaud* !
— Quand ?
— Ce soir. J'attendais que tu aies fini ton émission.
— Alors qu'est-ce qui s'est passé ? lui demandai-je.

En fait, je pouvais deviner. Il en avait eu marre d'avoir Béa en tiers, et il avait décidé qu'il n'en pouvait plus.

— C'est vraiment un goujat, sanglotait amèrement Béa. Je savais bien qu'il la laisserait tomber.

Ah bon ?

— Il l'a quittée pour une autre femme ?
— Non. Ce n'est pas la raison.
— Alors quoi ?

Re-sanglots.

— Mais quoi ? la pressai-je. Pourquoi a-t-il fait ça ?
— Parce que Bella est *enceinte* !

20.

— Je te l'avais bien dit, sanglotait Béa dans sa cuisine le lendemain soir. Je te l'avais dit qu'il la plaquerait, et maintenant il l'a fait.

En effet, Béa avait bien prédit que Bella « irait droit dans le mur » avec ce type. Mais ce qui m'étonnait le plus dans ce drame, c'était la réaction de Béa. Loin d'être soulagée, voire ravie, elle était folle de douleur.

— C'est *horrible*, ne cessait-elle de répéter. Se faire plaquer comme ça. Je ne sais pas comment je pourrai le supporter.

— Comment tu vas pouvoir le supporter, toi ? Mais ce n'est pas toi qui t'es fait plaquer !

Je me tournai vers Bella, qui n'avait pas prononcé un mot ni versé une larme tant elle était sous le choc.

— C'est comme si c'était moi, sanglota Béa.

— Veux-tu bien me dire pourquoi ?

— Parce qu'on se ressemble tellement, évidemment ! Mon Dieu, c'est horrible !

— Mais tu le détestais !

— Je sais...

— Alors qu'est-ce que ça peut bien te faire qu'il soit parti ?

— Il a blessé ma jumelle, donc il m'a blessée aussi. Le pire, c'est qu'il l'a accusée d'essayer de le piéger ! Il a prétendu qu'elle avait fait exprès ! C'est ignoble, non ?

— Oui, m'indignai-je. Ignoble.

— C'est vrai, je l'ai fait exprès, déclara calmement Bella.

Je la dévisageai, stupéfaite. C'était la première fois qu'elle ouvrait la bouche depuis mon arrivée.

— Quoi ? s'exclama Béa.

— Je l'ai fait exprès, répéta posément Bella. Je lui ai dit que je prenais la pilule. J'ai menti.

Je me tournai vers Béa dont la bouche dessinait un *o*.

— Mais je n'essayais pas de le piéger, reprit Béa. Je voulais simplement avoir un bébé. Et, à présent, je suis enceinte. À vrai dire, une fois le premier choc passé, je me fiche assez d'avoir perdu Sean.

— Mais je te croyais folle de lui ? protestai-je.

— Oui, en effet, je l'étais. Mais ces derniers temps, je m'étais refroidie.

— En tout cas, tu as bien trompé ton monde, grogna Béa.

— Parce que j'espérais que ça s'arrangerait. Je feignais l'enthousiasme parce que j'essayais de me convaincre moi-même, et lui en même temps. Je voulais surtout tomber enceinte, conclut-elle. Et voilà, c'est fait.

— Ce n'est pas un peu cynique, comme démarche ? renifla Béa.

— Pas vraiment. J'aurais été ravie qu'il reste. Mais le fait qu'il soit parti à toutes jambes ne me gêne pas tant que ça. Ça ne m'étonne même pas. J'ai fini par comprendre que Sean était totalement immature, et que la paternité détruirait ses illusions de jeunesse. Sinon, pourquoi serait-il toujours célibataire à l'âge de quarante-sept ans ?

— En effet, acquiesçai-je. Et le bébé, c'est pour quand ?

— Début novembre... Je sais que c'était affreusement égoïste à moi de partir skier, Béa, et j'en suis vraiment désolée. Je savais que j'allais ovuler cette semaine-là... Ne t'en fais pas pour moi. Si Sean veut se comporter en père, j'en serai enchantée. Sinon, tant pis. J'ai trente-huit ans, et je savais que je n'aurais pas beaucoup d'autres chances de tomber enceinte. J'ai décidé de saisir l'occasion.

Finalement, Bella n'avait pas perdu la tête. Loin de là. Elle avait poursuivi son objectif de façon totalement rationnelle.

— Je comprends, fit Béa tout bas.

— C'est pour cela que j'étais furieuse, quand tu t'incrustais dans nos soirées, reprit Bella. J'avais peur que tu fasses fuir Sean avant que je ne tombe enceinte. Et tu y es presque arrivée.

— J'essayais seulement de te protéger.

— Contre quoi ?

— La déception.

— Je suis loin d'être déçue, objecta Bella.

— Pourquoi ne m'en as-tu pas parlé auparavant ? questionna Béa, vexée.

— Parce que tu ne m'aurais pas approuvée. Tu es beaucoup plus vieux jeu que moi, Béa...

— Mais la boutique ? intervins-je. Ça ne va pas être compliqué, avec le bébé ?

— Non, répondit Bella, il n'y aura aucun problème. Nous aurons besoin de quelqu'un pour me remplacer pendant quelques semaines. Ensuite, il y a une garderie au coin de la rue. Ne t'en fais pas, Béa, je vais continuer à travailler avec toi. Je ferai les comptes et je m'occuperai de la boutique.

Visiblement rassérénée, Béa se moucha vigoureusement.

— Alors c'est génial ! J'irai aux classes de préparation à l'accouchement avec toi, et je t'aiderai à t'occuper du bébé. On l'élèvera ensemble.

— Oui, dit Bella. On l'élèvera ensemble, et on sera ses deux mères. On sera une double mère. Qu'est-ce qu'il aura de la chance, d'avoir deux mères, c'est...

Soudain, elle perdit son sang-froid et ses yeux se mirent à briller.

— Ah, Béa !

Elle regarda sa sœur et se jeta à son cou. Elles étaient toutes les deux en larmes.

— Bella, je suis tellement heureuse ! Je croyais que j'allais te perdre !

— Ne sois pas idiote. Je ne te quitterai jamais.

— On va avoir un bébé ! sanglotait Béa. On va avoir un bébé !

Ma dernière séance avec les jumelles m'avait laissée sur les rotules. J'enviais ce bébé qui aurait deux mères à lui tout seul. Je l'imaginais, bercé par quatre bras, écoutant ses comptines en stéréo, jouant avec toutes les deux dans la baignoire. Il aurait une double portion d'amour maternel, le petit veinard. Je repensai à ma mère en me demandant si nous nous rencontrerions un jour. J'avais commencé à croire que cela n'arriverait jamais – on était presque en mai et il n'y avait pas eu une seule réponse.

— Tu veux continuer pendant quelques semaines ? me demanda Théo quand je rentrai à Camberwell.

Je secouai la tête.

— Quatre, ça suffit.

Il sortit une bière du frigo et m'en offrit une.

— Tu as sans doute raison. Tu as téléphoné à NORCAP ?

— Oui. Ils m'ont répondu que mes chances de la retrouver étaient pratiquement nulles.

— Vraiment ?

— Oui. Parce que la plupart des femmes qui ont abandonné leur bébé ont vécu dans le remords et la tristesse toute leur vie. Elles n'ont pas envie que tout remonte à la surface plusieurs dizaines d'années plus tard, tu comprends ? Enfin, comment ma mère pourrait-elle me regarder dans les yeux après ce qu'elle m'a fait ?

— Mouais. Tu es sûre de ne pas vouloir faire de pub nationale ? me demanda-t-il en s'accoudant au plan de travail.

Je secouai la tête.

— Je pourrais facilement écrire un article ou demander à quelqu'un de m'interviewer, mais je redoute que les gens soient au courant, je ne veux pas qu'on la juge. Je veux la protéger de ça. Et je veux me protéger de la déception, au cas où je ne la rencontrerais jamais. Je n'ai aucune envie qu'on me pose des questions là-dessus jusqu'à la fin des temps. Je préfère qu'on ne soit pas au courant.

— Je crois néanmoins que *quelqu'un* doit être au courant, objecta Théo en sirotant sa Becks. Enfin, on ne peut pas cacher un enfant. Au fait, enchaîna-t-il maladroitement, je suis allé voir un appart à Stockwell aujourd'hui.

Je ne tiquai pas.

— Et alors ?

— Il m'a plu.

— Bon.

Je fixai mes chaussures, le cœur battant.

— D'ailleurs, j'ai fait une offre.

— Je vois.

J'eus l'impression de m'enfoncer dans le sable mouvant. Il haussa les épaules.

— J'ai proposé une somme dérisoire, et je crains que les propriétaires ne l'acceptent pas.

— Bon, alors croisons les doigts.

— Tu comprends, je suis ici depuis six mois...

Six mois ? On aurait dit six semaines. Et pourtant, j'avais l'impression qu'il avait toujours été là. Il faisait partie de ma vie.

— Alors tu pars ? murmurai-je, envahie par la tristesse.

— Eh bien... oui. De toute façon, Rose, ta vie est en train de changer.

— Tu crois ?

— Tu passes beaucoup de temps avec Ted.

— Seulement parce qu'il est souffrant.

— Vraiment ?

Je hochai la tête.

— Mais tu vis pratiquement avec lui, maintenant.

— C'est parce qu'il a besoin de mon aide. C'est temporaire.

— Vraiment ?

J'acquiesçai de nouveau.

— Tu avais déjà commencé à passer pas mal de temps avec lui avant qu'il se casse le bras, et alors...

— Quoi ?

— Alors, disons que ça m'a un peu déstabilisé.

— Mais pourquoi partir aussi précipitamment ?

— Parce que... Écoute, Rose, je suis sur le point de démarrer un nouveau bouquin et je ne veux pas de bouleversements affectifs pendant que j'écris.

— Des bouleversements affectifs ?

— Je veux dire des bouleversements, se reprit-il. Alors j'ai pensé qu'il valait mieux que je trouve un appart maintenant.

— D'accord, soupirai-je, c'est toi qui vois.

Je me consolai à nouveau à l'idée qu'il mettrait sans doute plusieurs semaines avant de déménager.

— Tu me tiendras quand même au courant, si tu as des nouvelles de ta mère, d'accord ?

— Oui, évidemment. Si elle se manifeste.

— Ça doit être dur pour toi, d'attendre. Tâche de ne pas trop y penser.

Théo avait raison. De toute façon, j'avais d'autres sujets de préoccupation – une nouvelle émotion venait de s'ajouter à mon curieux cocktail de sentiments conflictuels. Depuis que j'avais appris la grossesse de Bella, je n'étais plus tout à fait la même. Je me rappelais maintenant ma première réaction, lorsque Béa me l'avait annoncée. D'instinct, je n'avais été ni choquée, ni surprise, mais envieuse. Ce qui me déconcertait. Bella allait avoir un enfant et je me rendais compte, pour la première fois de ma vie d'adulte, que moi aussi, j'aurais aimé être mère. Je me surprenais à regarder les bébés dans leurs landaus, à remarquer les femmes enceintes dans les bus, à lire des articles sur les bébés dans les journaux et à feuilleter des livres sur le sujet. Bella avait été plaquée, mais, en fin de compte, elle ne s'en était pas si mal sortie.

Après avoir découvert que j'avais été abandonnée, j'avais cru que je ne pourrais jamais avoir d'enfants. Comment le pourrais-je, sachant ce que ma mère avait fait ? Je m'imaginais, je ne sais pourquoi, que moi aussi je serais capable d'abandonner mon enfant. Comme si je ne me jugeais pas digne de confiance. J'avais donc fermé mon cœur à l'idée d'avoir des enfants. Maintenant, je sentais la porte s'entrouvrir. J'avais trente-neuf ans, presque quarante, alors je n'avais plus tellement de temps devant moi. Ted était peut-être ma dernière chance, raisonnai-je. Nous avons eu nos difficultés mais il veut que je revienne à lui. Je pourrais avoir un enfant de lui. Cela dit, il n'avait jamais été emballé à l'idée d'avoir des enfants. Cependant, lui aussi pouvait changer d'avis...

Entre-temps, il guérissait lentement, même s'il souffrait encore beaucoup. Je l'amenai à l'hôpital pour qu'on lui pose un nouveau plâtre. Ses os commençaient à se réparer. Il s'était assez bien adapté à la vie avec un seul bras, et espérait retourner au travail la semaine suivante.

— C'est tellement bien que tu sois là, Rose, me chuchota-t-il gentiment, alors que nous traînions dans le jardin un jeudi matin.

Je contemplais les camélias avec leurs grosses fleurs roses et les pétales écarlates du cognassier japonais. Il se pencha vers moi pour m'embrasser.

— Je ne veux plus jamais que tu me quittes.
— C'est envisageable.

Je regardai une mésange bleue voleter dans le nid suspendu au lilas, un gros ver au bec.

— J'espère que tu vas rester, dit Ted en m'embrassant de nouveau. J'espère que tu resteras toujours.

— Ted, je peux te poser une question à propos de Mary-Claire ?

Il hocha la tête.

— Il y a quelque chose qui me taraude, repris-je. Elle n'était pas enceinte, dis-moi ?

Ted parut choqué.

— Non. Pourquoi cette question ?
— Je m'interrogeais sur la vraie raison de votre séparation.

— Non, je te l'ai déjà dit, elle... râlait tout le temps. De toute façon, Rose, ce n'était pas une véritable histoire, c'était...

Il passa la main gauche dans ses cheveux.

— ... une connerie. Mais pourquoi me poses-tu la question ?

— Parce que je crois que j'aimerais avoir un bébé.

— Vraiment ?

Il se tourna vers moi.

— Mais, avant, tu n'en voulais pas.

— Je sais.

Je regardai la mésange bleue s'envoler du nid. Sa partenaire devait couver les œufs.

— C'est parce que Bella est enceinte ?

— Oui, en partie. Mais pas seulement. Ce sont mes sentiments par rapport à la maternité qui ont changé. Avant, ça ne me disait rien... À présent, je crois que je suis prête ; seulement, toi, tu as toujours dit que tu ne voulais pas d'enfants.

— Pas vraiment, soupira-t-il. Je me rappelle à quel point ma propre enfance a été pénible. On était tellement de gosses, à se battre pour si peu. La vie de famille était horriblement stressante. Je n'ai aucune envie de revivre ça.

— Nous, nous n'aurions pas ce genre de stress, Ted. On a assez d'argent, pas vrai ?

— Mouais. Mais quand même..., répondit-il avec une grimace. L'un de mes collègues a des jumeaux de trois ans et rien que pour la garderie, ça lui coûte vingt mille livres par année. Vingt mille livres, Rose... et ce sont des enfants en bas âge ! Imagine ce que ça va coûter quand ils vont grandir. On n'aurait pas un mode de vie aussi agréable si on avait des enfants, tu ne crois pas ?

— Je m'en fous. Je pense que je veux un enfant, répétai-je. Si jamais – avec un grand « Si » – je revenais vivre avec toi, il faut que tu le saches.

— C'est une condition ? me demanda-t-il.

— Formulé comme ça, on dirait du chantage. Disons simplement que c'est un désir.

— Bon, d'accord, je vais y penser.

Il me prit la main.

— Je suis tellement heureux que tu sois là,

Rose. Je crois que j'ai eu de la chance, de tomber de cette échelle, puisque tu es revenue à la maison.

À la maison ?

— Tu n'es pas heureuse d'être ici, Rose ?

Il me caressa les doigts.

— Oui.

Le lendemain, je laissai de quoi manger à Ted dans le frigo avant de partir au bureau. Beverley était grippée, la pauvre. Je me plongeai sans enthousiasme dans les problèmes de belles-mères, de pipi au lit, de jeu, de jalousie, de poux et d'alcool. La monotonie n'était rompue que par les SMS de Ted – il adore ça. VVCAMS ? lus-je juste avant d'aller déjeuner. Késaco ? Je feuilletai le dictionnaire laissé par Serena. *Voulez-vous coucher avec moi ce soir ?* JTM apparut une demi-heure plus tard. Pas besoin de traduction. Puis, JTDLPO à quinze heures trente : Je t'ai dans la peau.

À 18 heures, j'étais de retour sur Hope Street pour nourrir Rudy et prendre le courrier. En ouvrant la porte, je vis que le répondeur clignotait : trente secondes de souffle haletant remplissaient la bande, accompagné cette fois de curieux cliquetis. Je rappelai la compagnie de téléphone pour savoir s'il était possible de filtrer mes appels mais, comme d'habitude, toutes les lignes étaient occupées. Je n'étais pas d'humeur à écouter *La lettre à Élise* pendant trois quarts d'heures. Je raccrochai pour lire mon courrier. Il y avait une carte postale de Henry qui était toujours dans le golfe Persique et une brochure annonçant de nouveaux cours de boxe thaïe. Rien à foutre. J'allai dans la cuisine pour m'occuper de Rudy et aperçus le courrier de

Théo posé sur la table. Sur le dessus, une lettre ouverte et dépliée provenant de l'agence immobilière Liddle et Cie annonçait que son offre pour l'appartement avait été acceptée. Hé merde ! *Comme les propriétaires doivent partir pour l'étranger ils souhaiteraient que la vente se réalise sous dix jours*. Dix jours ? D'habitude, ça prenait dix semaines !

— Je ne veux pas qu'il parte, marmonnai-je en réchauffant mes mains sur ma tasse de thé. Théo est adorable. Je veux qu'il reste.

Je levai les yeux vers le tableau d'affichage. J'y découvris le carton d'invitation pour le lancement de son livre à la Royal Astronomical Society, mercredi prochain. Je fixai son nom. Théo Dunteam... Soudain j'entendis le gazouillement de mon téléphone portable. C'était Ted. Il paraissait excité et heureux et il voulait savoir quand je rentrais. Je nettoyai la cage de Rudy, lui donnai à manger et à boire et retournai à Blenheim Road. Alors que j'attendais au feu rouge, je me rappelai combien j'étais énervée quand Théo avait emménagé et combien j'aurais préféré être avec Ted. Maintenant, j'étais plutôt irritée à l'idée d'emménager avec Ted. Je préférais rester avec Théo.

— Je suis dans un *état*, marmonnai-je d'un ton sinistre. Je devrais écrire à une Madame Détresse.

Comment signerais-je ? « Confuse à Camberwell » ?

Je garai ma voiture à l'emplacement habituel et j'étais en train de fouiller dans les détritus de mon sac à main pour extraire mes clés lorsque la porte d'entrée s'ouvrit.

— Rose, dit Ted. Viens ici.

Il m'attira contre lui de son bras gauche, referma la porte d'un coup de pied et m'embrassa.

— C'est tellement bien de te revoir, murmura-t-il dans mes cheveux.

— On ne s'est quittés que ce matin ! fis-je en riant.

— Je sais, mais tu m'as vraiment manqué. Et j'ai quelque chose à te dire. J'avais hâte de t'en parler.

— Me parler de quoi ?

— Eh bien, j'ai passé toute la journée à réfléchir à ce que tu m'as dit et...

Il m'adressa un sourire à faire fondre.

— ... la réponse est « oui ». Je crois que nous devrions faire un bébé.

Je le regardai fixement.

— Ah bon ?

— J'ai retourné ça dans ma tête toute la journée. Et si c'est le prix pour te garder, alors je suis plus qu'heureux de le payer.

— Mais *toi*, est-ce que tu veux vraiment un enfant, Ted ?

— Bien sûr. Si tu en veux un.

— Mais tu dois en avoir envie pour toi-même, pas seulement pour moi.

— Je le veux pour *nous*, dit-il. Tu me crois ?

Je hochai lentement la tête.

— Alors viens.

Il me prit par la main.

— On va s'y mettre tout de suite.

— Ted, dis-je en montant l'escalier derrière lui, je ne veux pas que tu me fasses un enfant rien que pour me garder.

— Mais non. Je veux te faire un enfant pour te rendre heureuse, et te rendre heureuse me rendra heureux.

Il m'embrassa à nouveau. Nous entrâmes dans sa chambre. Il tira les rideaux de la main gauche. Je me rappelai à quel point j'étais malheureuse en novembre dernier, quand je l'avais vu accomplir le même geste : c'était comme s'il m'excluait. Mais maintenant, j'étais ici avec lui et je l'aidais à se déshabiller. Il grimaça lorsque je lui retirai sa chemise en tirant doucement sur l'épaule gauche. Je défis son pantalon, qu'il enjamba tout en retirant ses mocassins. Je retirai mon pull en coton et mon chemisier. Il m'embrassa, nous nous allongeâmes sur le lit, il guida ma main vers le bas et son souffle s'accéléra. Puis il m'embrassa à nouveau et tenta de se glisser sur moi. Je sentis son plâtre râper ma peau. Brusquement, son visage se contracta de plaisir... Non, pas de plaisir.

— Eh merde ! Mon *bras* ! souffla-t-il. Aïïïeee !

Il grimaça, rouge de douleur, et redistribua son poids.

— Bo-ordel de merde ! répéta-t-il en fermant les yeux.

— Peut-être qu'on ne devrait pas, enfin, avant que tu sois guéri ?

— Non, ça va. Bon, où en étions-nous ? On réessaie ?

Nous changeâmes de position, jambes entrelacées, et il se tourna prudemment sur le dos pour essayer de m'attirer sur lui. Tout à coup, son visage se crispa à nouveau.

— Ted, qu'est-ce qu'il y a ?

Je posai la main sur sa poitrine.

— Mes côtes. Aïe ! Ne les touche pas – ça fait un mal de chien – je n'arrive plus à respirer !

— Écoute, on laisse tomber, dis-je. Tu as trois os cassés. Et si on faisait un câlin à la place ?

Il hocha la tête, vaincu, et m'attira contre lui.

— D'accord, mais c'est frustrant, non ?

— Hum.

En réalité, j'étais soulagée. Nous restâmes allongés pendant une demi-heure, ma main sur sa poitrine, à moitié assoupis. Curieusement, je me mis à me demander comment ce serait, d'être allongée comme ça avec Théo, face à face, nos membres entrelacés comme des cordes. Je me souvins du dessin des taches de rousseur pâles, comme des galaxies lointaines, qui pailletaient son dos... Son torse mince, ses épaules larges, ses mains et ses pieds nerveux, ses mollets musclés et je... Mais à quoi je pensais, là ? J'étais folle. Tu es folle, Rose, me grondai-je. C'est de la folie. Sois réaliste. Tu fantasmes sur Théo parce qu'il part, mais ta vie est en train de changer, à toi aussi. Tu veux un bébé ; Ted est ravi de t'en faire un, alors tu vas revenir vivre avec lui, un point c'est tout !

Je convoquai toute une foule de clichés pour justifier mon retour chez Ted. J'avais l'impression de me transformer en Serena, dans ma recherche de maximes réconfortantes : « Un tiens vaut mieux que deux tu l'auras. » « À cheval donné on ne regarde pas la bride. » « Il faut prendre le meilleur avec le pire. » « *Carpe diem* ». Soudain, le téléphone sonna.

— Oui ? Ah, salut, Ruth.

C'était sa sœur.

— Oui, je me remets lentement, merci.

D'après le ton de sa voix, elle lui demandait quelque chose.

— Oui, elle me l'a dit. Écoute, tu ne tombes pas très bien, Ruth. Oui, je sais. Je sais. Je sais tout ça.

Il parlait d'un ton de plus en plus irrité et j'entendais la voix de Ruth qui devenait de plus en plus aiguë.

— Je ne peux pas. Non. Parce que... Je viens de sortir de l'hôpital et je ne vais pas... oui, oui, je sais. Il aurait dû y penser il y a six ans, non ? Écoute, je ne peux pas te parler.

Il raccrocha, puis fixa le plafond, la mâchoire crispée. Une petite veine bleue battait près de son œil.

— Tu veux en parler ? lui demandai-je en contemplant son profil.

— Non.

— C'est encore à propos de Jon ?

Il hocha la tête.

— Qu'est-ce qui se passe ?

— Toute la famille... s'acharne sur moi. Ils me mettent la pression. Comme si je n'en avais pas assez fait pour lui.

— Il veut encore de l'argent ?

— Quoi ? Mouais. On parle d'autre chose, tu veux ?

Il m'enlaça de son bras gauche.

— On parle de quoi ? reprit-il.

— Je ne sais pas.

— Moi, je sais, dit-il en souriant. Parlons des prénoms de bébé.

« Vous parlez d'une semaine », écrivait Trevor dans sa chronique ce lundi-là :

Le brouhaha autour de l'affaire de l'Ordre du Mérite Canin s'est enfin calmé mais je suis crevé parce que a) nous avons fait remplacer la moquette du hall par un chouette parquet, ce qui m'a obligé à faire le ménage et que b) notre Bev n'est pas dans son assiette. Elle a eu la grippe. Ouais. En mai. Je vous demande un peu ! Elle était complètement flagada, la pauvre. Votre serviteur a donc dû mettre les bouchées doubles, avec toutes les allées et venues à la pharmacie – je n'ai pas eu un instant pour voir mes potes. J'ai passé mon temps à cavaler dans l'escalier pour trimbaler paracétamol, boîtes de mouchoirs, et j'en passe. En plus de lui apporter ses lettres tout en prenant soin de ne pas baver dessus, et le téléphone, et les journaux qu'elle n'avait pas la force de lire... Heureusement, sa mère est venue passer quelques jours, ce qui m'a permis de rattraper la lessive et le jardinage en retard. Mais Bev a très peur de ne pas être rétablie à temps pour assister au lancement du livre de notre ami Théo cette semaine. Il a écrit un guide d'astronomie génial intitulé Corps célestes, *largement illustré et disponible pour la modique somme de dix livres. Enfin, Dieu merci, le chéri de Bev a téléphoné pour dire qu'il était de retour à Londres pour un mois, ce qui a remonté le moral à la pauvrette. Comme je vous l'ai déjà dit, elle en a vu de toutes les couleurs avec celui-là parce qu'elle n'était pas sûre de lui plaire, et puis il n'était jamais là. Mais il est venu dîner chez nous et je dois dire qu'il a l'air d'un type bien, correctement dressé, l'œil clair, le pelage luisant, et elle est folle de lui, alors je croise les pattes...*

— C'est gentil de parler du bouquin de Théo, Trevor, lui dis-je tandis que Beverley et moi nous rendions à la réception de lancement trois jours plus tard.

Nous avions bossé comme des dingues – c'était le premier jour de retour au travail de Bev – et n'avions pas eu une seconde pour bavarder. Maintenant, nous pouvions enfin nous détendre sur la banquette arrière du taxi qui filait vers St. James.

— Tu sais bien que Trevor adore Théo, fit remarquer Bev. Il ferait n'importe quoi pour lui. Aïe, des poils de chien sur ta manche, Rose ! Désolée !

— Vraiment ? Ça m'est complètement égal.

En regardant Trev je compris soudain pourquoi, malgré mon ancienne aversion pour les chiens, j'aimais tant celui-ci. C'est parce que j'avais compris que Trevor et moi avions beaucoup en commun.

— C'est affreux de penser que Trevor a été abandonné sur l'autoroute, comme ça, déclarai-je. Le pauvre petit.

— Je sais, soupira Bev. C'était un bébé. Il a eu de la chance de survivre.

— Hum.

— Je crois que ça a eu un effet psychologique immense sur lui, reprit-elle. Je suis certaine que c'est pour cela qu'il a choisi son métier. Il a besoin qu'on ait besoin de lui.

— Tu crois ?

— Pas toi ?

— Je... je ne sais pas. Tout ce que je sais, c'est que Ted aurait bien besoin d'un chien comme toi, Trevor.

— Au fait, comment va-t-il ? J'avais l'intention de te le demander, mais nous n'avons pas eu une minute pour parler. Son bras, ça va mieux ?

— Oui, merci. Il retourne au bureau lundi. Il a été arrêté pendant deux semaines. Ça n'a pas été facile.

— Théo dit que tu as passé pas mal de temps là-bas.

Je haussai les épaules, puis hochai la tête.

— Alors ça se passe bien entre vous ? questionna Bev.

— Non, pas vraiment. D'ailleurs, il déménage. J'aurais préféré qu'il reste, lâchai-je d'un ton lugubre.

Beverley me jeta un coup d'œil scrutateur.

— Je te parlais de Ted, Rose, pas de Théo. Je te parlais de *Ted*.

— Ah... ah oui, bien sûr.

— Ça se passe bien entre vous ? répéta-t-elle.

Je détournai la tête.

— Si on veut, oui. En quelque sorte.

— J'espère ne pas te perdre comme voisine, dit-elle doucement.

— Je ne sais pas, Bev. Peut-être bien...

— Tu vas retourner vivre avec lui, alors ?

— Non... enfin... En tout cas, pas tout de suite. Je...

Soudain, en tournant sur Piccadilly, j'aperçus une femme en train de pousser un landau. Elle irradiait le bonheur, comme si rien ne pouvait l'atteindre.

— En fait, oui, repris-je. Oui, il est très possible que je retourne avec Ted. Je suis en train d'essayer de... d'y voir clair dans tout ça. À vrai dire, je ne sais plus quoi penser.

Je me tus un moment.

— Tu sais, je t'avais demandé pourquoi Mary-Claire Grey avait quitté Ted.

Elle hocha la tête.

— Finalement, j'ai décidé que je ne voulais pas le savoir.

— Ce n'est pas grave, répondit-elle. J'avais deviné, parce que tu ne m'en as plus reparlé.

— Pour moi, c'est du passé.

Elle se tourna vers moi et acquiesça.

— Bien sûr.

— D'ailleurs elle aurait probablement raconté des horreurs sur lui. Je n'ai aucune envie d'entendre ça.

— Tu as raison. De toute façon, poursuivit Bev en jouant avec la laisse de Trevor, j'ai... j'ai oublié la raison, je ne sais plus ce que c'est. Alors tout change, hein ?

C'était plutôt une observation qu'une question. J'imaginai la chambre de Théo, qui serait bientôt vide.

— Oui, tout change.

Le taxi se rangea devant l'entrée de la Royal Academy. Je poussai le fauteuil de Beverley sur les pavés de la cour de Burlington House, puis nous traversâmes le hall aux pilastres bleu Wedgwood de la Royal Astronomical Society, avec son sol en damier de marbre noir et blanc. Nous suivîmes la foule jusqu'au salon réservé aux membres de la société, lambrissé de chêne et orné de portraits d'éminents astronomes. La salle était déjà pratiquement comble. À droite, se trouvait une vitrine abritant des télescopes anciens et à gauche, une table où s'empilaient des exemplaires du livre de Théo. C'était la première fois que je le voyais, tellement il avait été édité rapidement. Beverley et moi en achetâmes chacune un, avant de nous frayer un chemin dans la foule en majorité masculine. Trevor trottinait devant nous, nous ouvrant la route comme un chien de berger dispersant des moutons.

— Hé ! s'exclama Théo en nous apercevant, mes deux femmes préférées !

— Félicitations !

Il vit que nous tenions chacune un exemplaire de son ouvrage.

— J'espère que vous ne les avez pas achetés !

— Mais bien sûr que si, dit Bev. C'est un très beau livre.

— En effet. Mais on a failli ne pas l'avoir à temps pour le lancement. Les exemplaires ne sont arrivés de l'imprimerie que cet après-midi.

— On aimerait que tu y apposes ta griffe. Mais, je t'en prie, Théo, soigne ton écriture, elle est illisible, gloussa Beverley. Tu peux nous le dédicacer à moi et à Trev ?

— Quelles belles images, murmurai-je en feuilletant l'ouvrage.

Si belles que j'en avais mal à l'âme... Je soupirai, puis ouvris le livre pour que Théo le signe. Il l'avait dédié à son grand-père maternel, Hugh Adams, « le premier qui m'ait encouragé à relever la tête ». Sur la page d'en face il y avait une liste de remerciements où je fus étonnée de reconnaître mon nom.

— Merci Théo, fit Beverley en découvrant sa dédicace. C'est vraiment gentil.

— Théo, dis-je à mon tour, tu n'avais pas besoin de me remercier. Je n'ai rien fait.

— Mais si. Tu m'as laissé vivre chez toi, cela m'a rendu beaucoup plus heureux et m'a permis de travailler.

Je souris. La main de Théo flotta au-dessus de la page un instant, puis il se mit à écrire. Pendant qu'il écrivait, je le regardais, en songeant qu'il allait bientôt me quitter et s'éloigner de mon orbite. Les conversations environnantes s'évanouirent, tandis que je me remémorais les six mois passés.

— *Tu serais formidable en* Vénus *de Botticelli...*

— *Tu pourrais facilement séduire un homme de mon âge...*

— *Ça te dit... ?*

— *Une galaxie, c'est une ville d'étoiles...*

— *L'idée que ta mère puisse être là, quelque part...*

— *Il y a une vie après toutes les histoires d'amour, Rose...*

— *Je peux t'apprendre, si tu veux...*

— *Maintenant, tu ajoutes la citronnelle et le gingembre...*

— *Cherche-la... il n'est pas trop tard.*

— Tiens, me dit-il en me rendant le livre.

Je lus l'inscription. *À la céleste Rose, qui m'a attiré dans sa charmante orbite. Avec amour et reconnaissance, Théo.*

— C'est tellement... gentil, bafouillai-je, impuissante à m'exprimer.

Des larmes me picotèrent les yeux.

— C'est tellement beau, Théo, je ne sais pas quoi dire.

Nous restâmes plantés là à nous sourire bêtement, attirés l'un vers l'autre par la gravité – ou simplement rapprochés par la pression de la foule.

— Rappelle-moi quand tu pars ? demandai-je.

— J'ai signé aujourd'hui et l'appartement est libre, alors ce sera dans un jour ou deux.

— Je ne croyais pas que ça irait si vite, dis-je. Tout cela m'a vraiment prise de court.

— Moi aussi. Je pensais en avoir pour plusieurs mois... Tu vas me manquer, Rose, ajouta-t-il brusquement.

Mon cœur fit un saut périlleux.

— Moi aussi, tu vas me manquer, chuchotai-je.

— Vraiment ?

Je hochai la tête.

— Alors on va s'ennuyer l'un de l'autre.

— On dirait bien.

— Ouais, fit-il avec son drôle de petit sourire en coin. On dirait bien.

— J'ai été très heureuse de vivre avec toi.

— Vraiment ?

J'acquiesçai.

— Tu as changé ma vie.

— Tu crois ?

Je hochai à nouveau la tête, incapable de parler. Théo allait me quitter.

— Rose, dit-il.

— Oui ?

Mes yeux brûlaient et ma gorge me faisait mal.

— Rose, je...

— Théo !

Une jolie blonde s'était approchée et avait posé la main sur son bras. Elle travaillait pour l'éditeur ; son allure était efficace et officielle.

— Ah, salut, Camilla, dit-il.

— Théo, je peux t'enlever un moment pour te présenter ce type de Channel 4 dont je t'ai parlé ? Il t'a entendu faire des conférences et il estime que tu as de l'avenir à la télé. Et puis il y a Felicity du *Mail* qui veut t'interviewer. Elle prétend que tu vas faire pour l'astronomie ce que Jamie Oliver a fait pour la gastronomie !

Théo éclata de rire.

— Et je voudrais te présenter Clare de la chaîne Discovery, elle a des idées dont elle aimerait discuter avec toi.

— Désolé, Rose, murmura Théo en haussant les épaules. Il faut que j'aille parler à ces gens.

— Bien sûr. Vas-y.

Il disparut dans la foule, comme aspiré par un trou noir. Je ne le voyais plus. Tout autour de moi, les gens ne parlaient que de lui.

— Ce garçon ira loin.

— Il va décrocher une série télé, j'en suis certain.

— C'est vrai qu'il est très télégénique.

— Oh oui.

— Et il a un accent tellement mignon.

— C'est un vulgarisateur, mais d'un point de vue scientifique, c'est du solide.

La vie de Théo va être irrémédiablement transformée, pensai-je soudain. Ce livre marque un tournant. Plus rien ne sera pareil ensuite. On va sans doute rester en contact quelque temps. Puis les coups de fil vont se raréfier peu à peu avant de cesser totalement. J'ouvrirai un jour la rubrique mondaine du *Post* pour apprendre ses fiançailles. Cela me fera un grand coup au cœur. Je n'aurai pas le moral pendant plusieurs jours et mes amis se demanderont ce qui m'arrive. Finalement, je déciderai d'être raisonnable, et de me souvenir de lui comme d'un gentil garçon que j'ai hébergé quelques mois, et qui m'a appris à relever la tête... Théo était à la croisée des chemins. Sa vie allait changer. La mienne aussi, car j'étais également à la croisée des chemins. Il n'y avait aucun doute sur la direction que je devais prendre.

21.

Je vis à peine Théo au cours des trois jours suivants. Il donnait des interviews, tout en faisant des allers-retours entre ses avocats et l'agence immobilière. Et moi, je m'occupais encore de Ted. Mais lundi, Ted retourna au travail. Je l'accompagnai en voiture, pour lui éviter les bousculades du métro. Comme il devait être là avant 9 heures, j'arrivai au bureau plus tôt que d'habitude. Pour épargner Beverley, j'ouvris les lettres.

— Qu'est-ce qu'on a aujourd'hui ? me demandai-je tout haut en déchirant la première enveloppe.

Chère Rose, lus-je, *je souffre d'immatriculation prématurée et ma petite amie menace de me quitter. Pouvez-vous m'aider ?* Encore un qui avait ronflé durant ses cours d'anglais. Je soupirai, rédigeai une courte réponse, y joignis la brochure *ad hoc*, classai la lettre et ouvris la suivante.

Chère Rose, je ne sais pas quoi faire. Je me sens coupable, parce que depuis deux ans j'ai une liaison avec un homme marié, mais ça n'était pas intentionné. Ben voyons.

Chère Rose, je viens d'épouser un homme qui a

un nom de famille assez embarrassant. Quand je me présente les gens ricanent et font toutes sortes de remarques idiotes. J'aimerais reprendre mon nom de jeune fille mais je sais que cela blessera mon mari et sa famille. Que devrais-je faire ? Mme Derche.

Pourquoi est-ce qu'elle n'y avait pas pensé auparavant ? Pour lui éviter de blesser son mari, je lui suggérai de mettre un trait d'union entre leurs deux patronymes – à moins que son nom de jeune fille ne soit « Gros ».

La lettre suivante m'interrogeait sur l'étiquette d'un mariage dont les deux conjoints avaient déjà été mariés. *Je me marie pour la troisième fois et ma fiancée pour la quatrième, et la cérémonie nous inquiète. D'autant qu'il s'avère que l'avant-dernier ex-mari de ma fiancée est déjà sorti avec la nouvelle copine de mon père et que cela s'est mal fini. En outre, mon ex-belle-fille menace de boycotter le mariage si le nouveau jules de son père est là, mais je ne peux pas ne pas l'inviter parce que mon ex-femme est sa comptable et qu'elle connaît des détails compromettants sur mes déclarations de revenus. Je n'en dors pas la nuit, Rose, à force d'imaginer les échauffourées du jour J. Que devrais-je faire ?* Ne vous mariez pas, fus-je tentée de répondre. Avec un palmarès comme le vôtre, à quoi bon ? Je lui suggérai plutôt de n'inviter personne à la cérémonie mais de donner une fête, plus tard, dans une très grande salle, afin que les factions ennemies puissent être tenues à l'écart les unes des autres.

Je jetai un coup d'œil à l'horloge. 9 h 50. Beverley allait arriver bientôt. Il y avait une ou deux lettres sur le travestissement. Je les lui laissai, elle savait s'y prendre avec eux. Puis j'ouvris une autre lettre sur papier bleu vergé, dont l'écriture, quoiqu'un peu tremblante, m'était vaguement familière. Soudain, mon téléphone portable sonna pour m'annoncer l'arrivée d'un nouveau SMS. « JTM, mon O :-) Ted. » Intriguée, je consultai le dico de Serena. « Je t'aime mon ange... » J'étais carrément de bonne humeur quand je me penchai sur la lettre que je venais d'ouvrir.

Chère Rose, j'ai un problème et j'espère de tout mon cœur que vous pourrez m'aider. Je ferai de mon mieux. *Il y a un peu plus d'un an, on m'a diagnostiqué une leucémie. Vous pouvez imaginer le choc. À part un saignement de nez de temps en temps et quelques infections, je n'avais aucune idée de mon état. J'avais trente-cinq ans, j'étais censé être dans la force de l'âge et ma femme venait d'accoucher de notre premier enfant. Le traitement principal, pour la leucémie myéloïde aiguë, est la chimiothérapie. J'en ai subi trois cycles et j'ai bien réagi chaque fois, mais malheureusement mes périodes de rémission ont été de très courte durée.*

— Salut, Rose, dit Beverley gaiement. Rose ? Ça va ?

Je relevai la tête.

— Ah. Salut, Bev. Salut Trev.

— Tu fais une drôle de tête. C'est la lettre ?

— Oui, répliquai-je en continuant à lire. C'est triste.

Les médecins m'ont déclaré que la maladie était

passée de l'état chronique au stade accéléré. Mon seul espoir, c'est le don de moelle osseuse. Mais j'ai un groupe sanguin rare et, jusqu'ici, aucun donneur compatible n'a été trouvé, ni dans ma famille ni dans le fichier national des donneurs de moelle. Tous les membres de ma famille ont été testés – ma mère, mon oncle, mes tantes, mes cousins, ma sœur et mes frères. Sauf un. Il refuse de le faire parce que nous nous sommes brouillés depuis plus de six ans et qu'il ne me parle plus depuis.

La peau sur ma nuque se mit à picoter. Je m'entendais respirer.

Rose, il est temps de tomber le masque. Je sais par ma mère que vous revoyez Ted et, bien que nous ne nous soyons jamais rencontrés, j'imagine que vous avez une certaine influence sur lui. Les médecins m'ont averti que, sans donneur, de moelle, je n'avais plus que quatre à six mois à vivre. Je vous écris maintenant, par désespoir, afin de vous demander d'intercéder pour moi. La lettre se mit à trembler entre mes mains.

— Rose, ça va ?
— Quoi ?
— Tu as l'air bouleversée.
— En effet.
— C'est une lettre très triste, alors ? ajouta-t-elle en se tournant vers son ordinateur.
— Oui, murmurai-je. Très.

Ted n'a pas répondu aux trois dernières lettres que je lui ai adressées. Ma mère, ma sœur Ruth et mes deux frères ont alors tous essayé de le convaincre, sans succès. Mais Ted est du même groupe sanguin que moi et il a toutes les chances d'être un donneur compatible. Rose, j'aime ma femme et ma fille et je ne veux pas les quitter. Je voudrais voir Amy faire ses premiers pas. Je voudrais la pousser sur la balançoire dans le parc. J'aimerais l'accompagner à l'école. J'aimerais pouvoir vivre ma vie, mais le temps m'est compté. Alors s'il y a quoi que ce soit que vous puissiez dire, pour faire changer d'avis mon frère, nous vous en serions très reconnaissants. Jon Wright.

Les mots se brouillèrent. Je retournai les pages et relus l'adresse. Infirmerie Royale, Hull.

— Rose, ça va ? répéta Beverley.

Je me tournai vers la fenêtre, contemplant d'abord le ciel, puis la Tamise.

— Ça va ? insista-t-elle doucement.

— Non, Bev. Ça ne va pas.

— Qu'est-ce qui se passe ?

Je ne pus répondre. Je ne trouvais pas mes mots. Je me rappelais les appels de la mère et de la sœur de Ted et son refus obstiné d'accéder à leurs prières. Je me rappelais la lettre qu'il avait jetée sans la lire, et les morceaux déchirés que j'avais trouvés dans la corbeille à papier. *S'il te plaît, Ted, je sais que nous avons eu nos différends, mais tu es ma dernière chance...* J'avais imaginé que Jon demandait de l'argent. Mais il ne s'agissait pas d'argent. C'était sa vie qu'il lui demandait.

Comment Ted pouvait-il refuser ? Comment pouvait-on être aussi égoïste, aussi mesquin ? Ce mot suffisait à peine à exprimer une étroitesse d'esprit aussi épique, un manque de cœur aussi monumental.

— Ça t'ennuie que je lise ?

Je lui remis la lettre et je vis son expression passer de la compassion à la stupéfaction, puis à l'incompréhension ahurie.

— Son propre frère ?

Ses yeux s'écarquillèrent d'indignation.

— Rose !

Nous nous regardâmes, muettes et affolées. Elle secoua la tête.

— Je le savais. Je savais qu'il était mesquin. Mais ça, c'est pire que tout.

— Comment pouvais-tu le savoir ? lui demandai-je. Tu ne l'as jamais rencontré.

— À cause de Mary-Claire. Mon amie Gill m'a raconté que c'était pour cela que Mary-Claire avait quitté Ted – elle le trouvait affreusement mesquin. Il lui faisait payer un loyer quand elle vivait avec lui. Il lui faisait tout payer moitié-moitié, il ne l'invitait jamais, il ne laissait jamais de pourboire. C'est le plus bel homme qu'elle ait rencontré, mais son manque de générosité l'a dégoûtée.

Voilà pourquoi Ted trouvait Mary-Claire « râleuse ». Pas étonnant qu'il n'ait pas voulu m'expliquer pourquoi elle l'avait quitté.

— Mais tu as dû le constater toi-même, Rose, déclara posément Beverley. Tu l'as quand même épousé.

— Oui, j'avais remarqué, plus ou moins. Mais au début j'étais tellement folle de lui que j'ai dû faire comme si je n'avais rien vu. Ensuite, j'ai commencé le courrier du cœur et j'ai été si occupée que ça me passait au-dessus la tête. Et puis j'étais indulgente, parce je savais que Ted avait eu une enfance difficile... ce qui peut laisser des traces indélébiles.

— Ça n'a rien à voir avec son enfance ! s'exclama Bev, furieuse. Je connais des gens qui ont eu une enfance épouvantable et qui sont incroyablement généreux. Hamish, par exemple. Il est né dans un taudis de Glasgow et il s'est battu pendant des années pour continuer à étudier la musique, mais il insiste toujours pour payer. Le passé de Ted n'est pas en cause. Il fait simplement partie des gens qui sont *incapables* de donner.

Oui. Elle avait raison. Comme d'habitude, Bev avait mis dans le mille. Ted est incapable de donner. Il ne peut pas donner ou plutôt il ne peut pas donner, parce qu'il ne *veut* pas.

Il ne donnait jamais rien aux œuvres caritatives, ni aux sans-abri. Il essayait toujours de négocier les prix. Il déclarait trouver « humiliant » de laisser un pourboire aux chauffeurs de taxi. Il essayait de m'empêcher d'apporter une bouteille de champagne quand nous étions invités, sous prétexte que cela « insulterait » nos hôtes, à leur âge. Et il se plaignait quand j'envoyais un chèque de temps en temps à mes lecteurs, alors j'avais arrêté de lui en parler. Après tout, c'était mon argent, je pouvais bien en faire ce que je voulais. Mais il me traitait de « crédule incorrigible ». Je pris mon sac.

— Rose, où vas-tu ?
— Je sors. Je serai de retour avant déjeuner.

Tout en traversant Blackfriars Bridge vers la City, je repensai à tout ce que j'avais refusé de reconnaître, tellement j'étais folle de Ted. La bague de fiançailles, par exemple. Celle que je n'avais jamais reçue. Ted avait prétendu que ce n'était « pas la peine » puisque nous ne serions fiancés que six semaines. Et puis notre lune de miel au rabais, à Minorque, hors saison, dans le studio de sa mère. *Vous voulez des billets de tombola, monsieur ? Non merci.* C'est comme ça que j'avais reconnu sa voix, le soir du bal costumé. Et son objection principale au fait d'avoir un enfant... ça coûtait cher. Je me souvenais maintenant de ce qu'il m'avait dit : s'il fallait un bébé pour que nous restions ensemble, il était prêt à en « payer le prix ».

Je me garai devant un parcmètre derrière Liverpool Street, gravis les marches menant aux grandes portes vitrées de Paramutual Insurance, et pris l'ascenseur jusqu'au dixième étage.

Ted Wright, directeur des ressources humaines, annonçait la plaque sur sa porte. *Ressources humaines* ? Laissez-moi rire.

— Votre mari est-il au courant de votre visite, madame Wright ? s'enquit la secrétaire.

— Non, répliquai-je tout sucre tout miel. C'est une surprise.

Je frappai une fois, puis entrai sans attendre.

— Rose !

Ted semblait surpris. Son bureau sentait le cuir et la cire. Il y avait plusieurs grands fichiers sur son bureau. Il se leva et s'avança vers moi.

— Je suis gâté. Qu'est-ce qui peut bien t'amener ici ?

— Ted, fis-je en refermant la porte, j'ai besoin de ton aide, pour une lettre que j'ai reçue ce matin.

— Un problème d'un de tes lecteurs ?

— Oui.

— Et tu penses que je peux le résoudre ? demanda-t-il, perplexe.

— Oui.

— C'est flatteur. Je ferai de mon mieux. Ça doit être urgent, ajouta-t-il tandis que je m'asseyais en face de lui.

— Très.

Je tirai la lettre de Jon de mon sac et la fis glisser sur son bureau.

— Tu peux la lire s'il te plaît ?

Il la prit de la main gauche et se rassit. Lorsqu'il reconnut l'écriture, ses traits se figèrent et il releva la tête.

— Écoute, Rose, je...

— Lis !

— Mais...

— Lis ! Lis-la. Jusqu'au bout.

— Bon, d'accord, soupira-t-il.

Il parcourut rapidement la lettre, pinça les lèvres et la replia.

— Pourquoi ne l'as-tu pas fait, Ted ?

Il poussa un nouveau soupir douloureux.

— Tu ne peux pas comprendre.

La mâchoire m'en tomba.

— Qu'est-ce que je ne peux pas comprendre ? Ton frère est en train de mourir, Ted. Il n'y a rien d'autre à comprendre.

— Jon et moi, on ne s'entend pas. Oui, tout cela est très triste, mais nous n'avons plus aucun rapport. On ne s'est pas parlé depuis six ans.

— Et *alors* ?

— Alors je n'ai plus tellement l'impression d'être son frère. Ça ne m'affecte pas parce que... eh bien...

Il haussa les épaules.

— ... parce que. C'est comme ça. On n'a plus de rapports.

— Mais ça n'a rien à voir, Ted. Et de toute façon c'est faux. Jon nous a envoyé une jolie lampe pour notre mariage, tu ne t'en souviens pas ? Même si tu ne l'avais pas invité. Lui, il a gardé la porte ouverte.

— Mais...

— Il n'y a pas de « mais ». Ton frère est malade, son cas est désespéré, il a besoin de ton aide et tu vas l'aider, un point c'est tout.

Ted soupira et secoua la tête comme s'il s'agissait d'une affaire regrettable, plutôt que d'une question de vie ou de mort.

— Je ne peux pas, Rose. C'est... impossible. Je ne le ferais pas pour un étranger, et Jon est devenu un étranger. Je suis désolé, mais c'est trop tard.

— Ce n'est pas trop tard. Pas encore. En revanche, cela le sera bientôt si tu ne vas pas à Hull.

— Ils peuvent encore lui faire de la chimiothérapie, il peut s'en remettre.

— Il dit que ça ne marche jamais longtemps.

— Ou bien ils peuvent extraire des cellules souche de son propre sang. C'est une nouvelle technique, j'ai lu ça dans le journal.

— S'il y avait une chance pour que cela marche, tu ne crois pas qu'ils auraient déjà essayé ?

— De toute façon, je *déteste* l'hôpital, fit-il en frémissant. Je l'abhorre. Tu le sais. Tu sais que c'est une phobie chez moi. Je viens de sortir de l'hosto et je n'ai aucune intention d'y retourner.

D'ailleurs, je souffre encore énormément, conclut-il en touchant son plâtre.

— Tu sais quoi, Ted ? Je m'en fous. De toute façon, c'est ta faute, parce que tu as été trop pingre pour payer un ouvrier pour déboucher la gouttière.

— C'est faux ! protesta-t-il en rougissant.

— Si, c'est vrai !

— Ils demandaient quatre-vingt-dix livres de l'heure !

— Et ça les valait, Ted. Vois tout ce que cela t'a coûté. Et à moi.

— J'espère que tu n'es pas en train de regretter de m'avoir aidé, fit-il, vexé.

Je le regardai.

— Oui. En fait, oui. Je le regrette, maintenant que je sais que tu as refusé d'aider Jon. Je trouve ça...

Je cherchai le mot juste pour exprimer un égoïsme aussi inconcevable.

— ... *ahurissant*, que tu aies pu ignorer ses appels aussi longtemps. Où est ton cœur, Ted ? En as-tu seulement un ? Ou bien es-tu une espèce de monstre de la nature ?

— Mais le don de moelle est très pénible, Rose. Ils te font des tas de piqûres dans le bassin. C'est très douloureux.

— Qu'est-ce que c'est, comparé à la mort ? Jon va mourir si tu ne l'aides pas. Tu n'as pas le choix.

— Si. En fait j'ai le choix ; celui de ne pas le faire. Comme j'ai essayé de t'expliquer – mais tu refuses de comprendre – je ne me sens pas assez... impliqué.

— Tu as raison, poursuivis-je en me rasseyant.

Je ne comprends pas. Je ne comprends pas du tout. J'ai toujours cru que les liens du sang étaient plus forts que tout. Ce n'est pas ton cas, à ce que je vois.

— Non, dit-il lentement. C'est vrai. Les liens du sang ne sont pas plus forts que tout. C'est vrai pour toi aussi, Rose, parce que si c'était le cas, ta mère naturelle ne t'aurait pas donnée, pas vrai ?

J'en eus le souffle coupé, comme si j'avais reçu un coup de poing au plexus.

— Parfois, Rose, les relations familiales peuvent se rompre sans réparation possible. Tu devrais le comprendre, mieux que quiconque.

— Cela n'a *rien* à voir avec moi. Ma mère... m'a donnée, expliquai-je prudemment, quand j'étais toute petite. Nous n'avions pas de vrais liens. Mais Jon est ton frère depuis trente-six ans. Ton refus de l'aider est méprisable. J'ai honte pour toi.

— J'en suis désolé, Rose, répondit-il calmement. De toute façon tu perds ton temps à m'insulter, peut-être ne suis-je même pas compatible.

— Non, en effet. Mais tu pourrais tout aussi bien l'être, puisque vous avez le même groupe sanguin. Jon mourra peut-être faute d'avoir trouvé un donneur compatible ; mais s'il meurt parce que son propre frère a refusé de l'aider, c'est autre chose. Fais-le, Ted.

— Non. Je... je ne peux pas.

— Fais-je aujourd'hui. Appelle l'hôpital. Appelle tout de suite. Voici le numéro.

Je lui tendis un papier avec tous les détails.

— Demande-leur ce qu'il faut faire. Tu sais,

ajoutai-je, tu ne te rends pas compte à quel point tu as de la chance.

— En quel sens ?

— Tu as reçu la chance de faire quelque chose de vraiment extraordinaire pour quelqu'un d'autre ; quelque chose de...

Je cherchai le bon mot. Puis, je pensai à Théo et je le trouvai tout de suite :

— ... quelque chose de *géant*. Il n'y a pas beaucoup de gens qui ont la chance de faire quelque chose qui donne un sens à leur vie, plutôt que de rester dans leur petite bulle d'égoïsme. Tu devrais saisir cette chance, Ted, et tu dois la saisir, parce qu'elle fera de toi un homme meilleur.

— Je... je ne peux pas, c'est tout.

Tandis qu'il secouait la tête, je me redressai.

— Si tu le *peux*, et tu le *feras* ! Ou est-ce que tu es trop mesquin ?

— Je ne suis pas mesquin !

— Oh, oui ! C'est pour ça que Mary-Claire Grey t'a quitté, pas vrai, Ted ?

Il rougit.

— Elle était pénible. Elle n'arrêtait pas de geindre. Elle s'attendait à ce que je la subventionne, précisa-t-il, la bouche tordue par le dégoût. Comme si je n'avais pas assez de charges. Cette maison me coûte une fortune.

— J'en suis certaine. Mais c'est toi qui as souhaité acheter une maison immense. Du coup, tout ton argent y passe.

— Exact. Et je ne vois pas pourquoi j'aurais hébergé Mary-Claire gratuitement.

— Tu sais, Ted, je n'aurais jamais cru qu'un

jour, je sympathiserais avec Mary-Claire Grey, mais maintenant, je suis de son côté. C'est pour cela que toutes tes anciennes copines t'ont quitté, n'est-ce pas ? Parce que tu n'es qu'un pauvre grippe-sou. Tu es incapable de générosité, Ted. J'étais tellement folle de toi que je n'avais pas remarqué, mais ce n'est plus le cas. Pour rien au monde je ne resterai avec toi maintenant, Ted. C'est fini. Je ne reviendrai pas.

— Je croyais que tu désirais un bébé, remarqua-t-il calmement.

— Pas avec toi. Plus maintenant.

— Ne me quitte pas, Rose, supplia-t-il tout à coup.

Il avait l'air abattu.

— Je t'en prie. Ne me quitte pas. Nous pouvons repartir de zéro. Nous pouvons être heureux, comme aux premiers jours.

— Non. C'est faux. J'ai fait mon temps avec toi, Ted, et je reste sur Hope Street. C'est là, mon vrai chez-moi. Pas ta grande baraque prétentieuse de Putney. C'est pour cela que tu voulais que je revienne, pas vrai ? Tu pensais que si je vendais ma maison et revenais vivre avec toi, tes traites seraient plus légères. C'est ça, ta petite combine. Eh bien ça ne m'intéresse plus de vivre avec toi, Ted. Plus jamais. Mais tu peux appeler l'hôpital – maintenant.

Il me considéra fixement.

— Fais-le, répétai-je. Pendant que je suis là. Appelle.

Ted se tourna vers la fenêtre avant de se retourner vers moi.

— Tu penses que tu es quelqu'un de formidable, n'est-ce pas, Rose ? reprit-il calmement. Rose au grand cœur, la Madame Détresse des chaumières, toujours en train d'aider les autres avec ses conseils. De régler leurs problèmes.

— Non, ce n'est pas ce que je pense. J'ai parfaitement conscience de mes défauts, mais au moins je n'ai jamais été mesquine. Toi, en revanche, c'est ton trait de caractère principal, Ted. Tu es incapable de donner... sauf à toi-même.

— Et toi ? Tu peux ?

Je le regardai, stupéfaite.

— Mais oui. Je suis capable de donner. Je donne. Je donne à mes lecteurs. Je veux les aider. Ça, c'est donner.

— Ah, vraiment, Rose ? Ne te fais pas d'illusions. Tu donnes, pour être aimée et admirée. Tu donnes parce que tu veux qu'ils te remercient, qu'ils te trouvent merveilleuse. Tu ne donnes pas gratuitement. En retour, tu désires être reconnue, et qu'on te soit reconnaissant. Pas vrai ? Bon sang, tu as même un dossier « Lettres de reconnaissance » !

Mon visage était devenu brûlant.

— Je le sais. Je l'ai vu. Quand tu as déménagé.

— C'est simplement... une plaisanterie. De... l'ironie.

— Foutaises. Tu attends que les gens te soient reconnaissants, et qu'ils aient besoin de toi... Parce que, toute ta vie, tu ne t'es jamais sentie à la hauteur, parce que ta propre mère n'a pas voulu de toi. Tu ne m'en as jamais parlé, mais tu crois que je n'ai pas deviné ça tout seul ?

— Arrête de retourner la discussion sur *moi*, aboyai-je. On parle de toi. Et je ne suis pas en train de te « conseiller », Ted, je suis en train de te *dire* que tu vas aider Jon, un point c'est tout. Appelle ce numéro tout de suite.

— Tu ne peux pas m'y obliger, déclara-t-il calmement.

— Non. En effet. Mais je serai ravie d'écrire à ton supérieur si tu ne le fais pas.

— Ah oui ? Pour lui dire quoi ?

— Pour le prévenir que tu dois prendre quelques jours de congé pour aller à l'hôpital, afin de tenter de sauver la vie de ton frère. Tu n'oseras plus refuser après cela.

— Mais je viens de revenir au travail.

— Je m'en fiche ! Je vais lui écrire. Non, je vais lui téléphoner. Si j'apprends que tu n'as pas contacté l'hôpital de Jon d'ici 18 heures, ce soir.

J'attrapai mon sac.

— C'est tout ce que j'avais à dire. Voici tes clés.

Je les posai sur son bureau.

— J'y vais.

— C'est ça, vas-y, répliqua-t-il. Rentre à Camberwell. Retourne voir ton petit gigolo d'astronome avec son beau gros télescope.

— Ne sois pas si minable !

— Tu es amoureuse de lui, ça crève les yeux. Je vous souhaite un bon big bang !

Je le regardai en silence.

— Je vais demander à mon avocate de reprendre la procédure de divorce, repris-je. Tu vas devoir te débrouiller tout seul à présent. Adieu !

C'est terminé, me dis-je en prenant l'ascenseur. Cette fois, c'est vraiment fini. Pas de retour en arrière. Jamais. Mes genoux tremblaient et je crus que j'allais pleurer, mais Ted me dégoûtait tant que je parvins à contenir mes larmes. Son propre frère... Quelle pauvre âme. Les portes coulissantes s'ouvrirent et je me sentis soudain envahie par une bouffée de liberté. J'avais envie de le crier au monde. C'était comme si j'étais libérée. Plus de dilemmes, de pour et de contre, d'allers et de retours : j'avais pris ma décision. J'étais libre. Au même instant, je m'aperçus que j'avais toujours su, au fond, que je ne pourrais jamais revenir avec Ted. Maintenant, je comprenais pourquoi. Je n'étais pas étonnée des méchancetés qu'il avait proférées – comme ces idioties sur les raisons pour lesquelles je suis une Madame Détresse. Si je suis Madame Détresse, c'est parce que je désire sincèrement aider les autres. Parce que je suis douée pour ça. Soudain, mon téléphone portable sonna. C'était Théo.

— Salut, fis-je en déverrouillant la porte de ma voiture.

Mon cœur se dilata. J'étais tellement heureuse d'entendre sa voix.

— Rose, j'ai quelque chose à te dire.

Son ton était sérieux. Mon cœur se serra, puis s'allégea à nouveau – il n'avait pas signé les papiers pour l'appart ! Il s'était fait doubler par plus offrant que lui ! Il ne partait pas !

— Oui. Qu'est-ce qu'il y a ?

— Je suis à la maison, et le courrier vient d'arriver. J'ai reçu une réponse à ton annonce.

22.

Je fonçai chez moi. Tout en roulant, j'appelai Beverley pour lui demander de garder la boutique.

— D'accord, mais ne sois pas trop longue. Qu'est-ce que je dis si on te demande ?

— Que je suis à une conférence.

— À quel sujet ?

— Je ne sais pas... L'éducation des parents.

— Et où es-tu, pour de vrai ?

— Dans la City. Je viens d'aller voir Ted. Mais j'ai une urgence à la maison et il faut que je rentre.

Théo n'avait pas ouvert la lettre. Je me demandais ce qu'elle contenait. « Chère boîte postale 2152, j'ai lu votre petite annonce dans le *Chatham News* et je voudrais vous avouer que c'est moi qui vous ai abandonnée dans le parking du supermarché il y a quarante ans. J'en suis terriblement navrée et je sais que vous devez m'en vouloir, mais... » Mais quoi ? Quelle excuse pouvait-elle avoir ? « Mais j'avais treize ans et je ne savais pas que j'étais enceinte / J'étais mariée et l'enfant n'était pas de mon mari / J'avais quarante ans et déjà six enfants à nourrir. »

J'avais si souvent spéculé sur l'identité de ma

mère. Et, à présent, j'allais la découvrir. L'adrénaline consumait mon corps : j'avais le vertige et la nausée. Chaque fois que je devais m'arrêter à un feu rouge je frappais le volant de la main. Si la voiture devant moi traînait pendant une fraction de seconde, je klaxonnais. L'attente me faisait souffrir le martyre. En plus, j'étais morte de peur. Pendant toute ma vie d'adulte, j'avais tourné le dos à mon passé : maintenant mon passé revenait me chercher.

Je m'étais si souvent demandé quelle aurait été mon autre vie, celle que j'aurais eue avec ma mère si elle ne m'avait pas abandonnée... Les possibilités étaient infinies. Était-elle pauvre ou riche, anglaise ou étrangère, grosse ou mince, intelligente ou bête ? J'étais sur le point de remplacer des décennies de fantasmes par la réalité. Mais la réalité serait peut-être difficile à avaler. Elle serait peut-être amère. Et si c'était une prostituée, par exemple ? Ou si j'avais été conçue lors d'un viol ? D'un inceste ? Si ma mère était alcoolique ou droguée ? Et *lui* ? Mon père ? J'étais sur le point de découvrir son identité, à lui aussi. J'avais toujours pensé que ce devait être un don juan pourri de charme, de dix ans plus âgé qu'elle... Peut-être mes parents étaient-ils des ados amoureux, comme Roméo et Juliette, à qui il était interdit de se fréquenter. Ses parents à lui ne la trouvaient pas assez bien – quel culot ! – et ils l'avaient obligé à la laisser tomber. Alors elle avait perdu la tête et elle m'avait abandonnée dans un chariot de supermarché par une journée ensoleillée.

J'étais aussi, sans doute, sur le point de

connaître ma véritable date de naissance. Ce n'était peut-être pas le 1ᵉʳ juin mais le 8 ou le 12. Je n'avais ni histoire, ni identité, autres que celles qu'on m'avait attribuées, et maintenant j'allais savoir.

J'apprendrais aussi si j'avais des frères et sœurs. D'une certaine manière, je l'espérais, mais dans le même temps, je le redoutais – ça m'aurait crucifiée de découvrir qu'elle avait eu d'autres enfants et qu'elle les avait gardés, *eux*, après m'avoir abandonnée, *moi*. Et puis, où avait vécu ma mère après m'avoir virée, et qu'avait-elle fait ensuite ? Elle était peut-être restée dans le coin – on aurait pu se croiser dans la rue – ou peut-être était-elle partie vivre en ville. Ou alors, taraudée par la culpabilité, elle s'était plongée dans le travail pour devenir femme d'affaires, scientifique ou juge. En arrivant sur Hope Street, toutes ces hypothèses se bousculaient dans mon cerveau.

— Ta mère s'est inscrite aux Beaux-Arts et elle est devenue peintre.

— Non, elle est allée à l'Académie Royale d'Art Dramatique et est devenue une star.

— C'était une pianiste !

— Sois réaliste – c'était une alcoolo qui couchait avec tout le monde !

— Non, non, elle est devenue obstétricienne.

— N'importe quoi ! Elle a travaillé pour la BBC !

Je garai la voiture et me précipitai dans la maison. Les cartons de Théo, soigneusement empilés et étiquetés, étaient rangés dans le hall en attendant le déménagement du lendemain. Mon cœur se serra.

— Théo ! m'écriai-je, hors d'haleine.

Je contournai sa grosse valise pour le rejoindre dans la cuisine.

— Bonjour, Rose, fit-il doucement. Tu es prête ?

Je hochai la tête. Retenant mon souffle comme si j'étais sur le point de plonger dans une rivière, je déchirai la grande enveloppe brune, portant les mentions « privé » et « confidentiel » et en tirai une plus petite enveloppe crème. Elle était adressée à la boîte postale en grandes lettres bleues majuscules. En la palpant mon cœur se serra. J'avais cru qu'elle serait épaisse, qu'elle contiendrait plusieurs pages d'explications, d'excuses et une histoire de famille détaillée. Mais elle était désespérément mince. Semblable aux lettres que l'on reçoit quand on n'est pas retenu pour un poste. Je la remis à Théo.

— Ouvre-la, toi.

— Non, c'est pour toi. C'est à toi de le faire.

— Je veux que tu le fasses, Théo. Après tout, c'est toi qui es à l'origine de tout.

Il pinça les lèvres.

— Alors d'accord.

Il passa le pouce sous le revers et sortit une page en vélin blanc, écrite d'un seul côté. Il la parcourut, hocha lentement la tête, haussa un sourcil puis me la passa.

Cher annonceur, j'ai lu votre annonce dans le Chatham News *avec un grand intérêt. Mais avant que j'aille plus avant dans mon enquête, je voudrais savoir deux choses. La petite fille dont il est question se prénommait-elle « Rose », par hasard ? Et cette personne a-t-elle un signe particulier qui puisse permettre de l'identifier ?*

La lettre était signée par Mme Marjorie Wilson. Il n'y avait pas de numéro de téléphone, juste une adresse à Chatham.

— Tu crois que c'est ma mère ? demandai-je à Théo.

Il examina à nouveau la lettre.

— Non. Si c'était le cas elle n'aurait pas eu besoin de se faire confirmer ton prénom. Ta mère sait comment tu t'appelles, l'endroit où elle t'a laissée et le jour où elle l'a fait. En outre, l'écriture est tremblante, ce qui me fait penser que cette femme est trop âgée pour être ta mère. Je pense qu'elle la connaît, tout simplement. Ou bien qu'elle l'a connue.

Mon cœur fit un triple saut périlleux. Elle connaissait ma mère. Cette lettre venait d'une femme qui *connaissait ma mère* !

— Il vaut mieux que tu lui répondes tout de suite.

— Devrais-je lui proposer de la voir ?

— Pas encore. Précise-lui simplement que tu t'appelles Rose et vois ce qu'elle raconte.

J'acquiesçai et allai à mon secrétaire.

Chère Mme Wilson, écrivis-je d'une main tremblante de nervosité. *Merci beaucoup de m'avoir écrit. Oui, l'enfant se prénommait Rose – c'est toujours mon prénom – et j'ai bien un signe particulier, une tache de naissance qui a la forme de l'Inde en haut de ma jambe gauche. Si vous avez la moindre information concernant ma mère biologique, que j'essaie de retrouver, pourriez-vous s'il vous plaît me téléphoner le plus vite possible à l'un des deux numéros ci-joints et je vous rappellerai tout de suite. Merci encore mille fois d'avoir répondu, et j'espère avoir de vos nouvelles très bientôt.* Je signai « Rose Wright » pour préserver mon anonymat, au cas où elle lirait le *Post*. Après tout, je suis toujours Rose Wright, raisonnai-je en collant le timbre. Ou plutôt Rose Wrong : je m'étais lourdement trompée en pensant que je pourrais revivre avec Ted. Nous étions à des années-lumière l'un de l'autre.

Je courus à la boîte aux lettres du coin de la rue et jetai un coup d'œil à ma montre. Il était 14 h 30. Il fallait que je retourne au bureau. Mais je m'en sentais incapable. Je venais de passer des heures tellement tumultueuses...

— Quelle matinée, déclarai-je en poussant la porte de la cuisine.

Brusquement, le stress des événements me rattrapa. La lettre de Jon, le fait de savoir qu'il était en train de mourir à l'hôpital ; le souvenir de ma dispute – et de ma rupture définitive – avec Ted ; l'idée que cette Mme Wilson pouvait me conduire jusqu'à ma mère – ma mère ! Ma *mère* ! Théo qui me quittait... Un raz de marée d'émotion s'abattit sur moi comme un tsunami. Je m'effondrai sur une chaise de la cuisine.

— Rose ! fit Théo.

Il récupérait ses livres de cuisine sur l'étagère.

— Rose, qu'est-ce qui se passe ?

— C'est... enfin, tout...

Je regardai l'étagère à moitié vide et je sentis mes yeux se mouiller.

— La journée a été...

Ma gorge était tellement nouée que j'arrivais à peine à parler.

— ... mouvementée.

Théo tira une chaise et vint s'asseoir près de moi, couvrant ma main gauche de la sienne.

— Je comprends. C'est flippant. Tu sais que ta mère n'est plus très loin et ça te fait peur.

J'approuvai.

— Tu as bien fait de la rechercher, vraiment, Rose. Ne pleure pas.

— Je ne pleure pas à cause d'elle, sanglotai-je. C'est tout le reste.

— Comme quoi ?

Je secouai la tête.

— Je ne peux pas te dire... J'ai eu...

Je levai les yeux vers le plafond.

— ... la journée la plus extraordinaire.

J'avais trop honte de Ted pour parler à Théo de la lettre de Jon.

— En plus, tu t'en vas ! gémis-je.

Je regardai les cartons amoncelés dans le hall d'entrée et ma bouche se tordit de chagrin.

— Tu me quittes, Théo. Comme tout le monde. Tout le monde m'abandonne... comme *elle* !

Son bras m'enlaça les épaules. Je pleurais tellement fort que je sentais mes larmes s'accumuler dans le creux de mes clavicules.

— Excuse-moi, hoquetai-je tandis qu'il me tendait un morceau de Sopalin. Tu vas me prendre pour une pleurnicheuse.

— Non.

La serviette en papier était trempée d'une mixture de larmes et de mascara.

— Je dois être affreuse.

— Oui.

Théo tendit la main et passa le pouce sous mon œil droit, puis sous le gauche.

— Mais tu es adorablement affreuse, Rose.

Je tentai de sourire. Tout en regardant son visage, je compris à quel point il allait me manquer. Ses yeux bleus derrière les petites lunettes à monture métallique, et la petite ride d'expression sur son front. Sa mâchoire forte, légèrement piquetée de barbe naissante, et la courbe généreuse de ses lèvres. Ted avait les lèvres minces, mais celles de Théo étaient pleines, je le voyais maintenant ou plutôt, je le *sentais*. Car d'instinct, j'avais penché ma tête vers la sienne, juste un peu, et il avait plongé les yeux dans les miens. Puis j'avais incliné la tête un peu plus. C'était plus fort que moi. Comme si j'étais attirée vers lui par la force de la gravité. Tout à coup, j'avais senti la douce pression de sa bouche sur la mienne.

— Pardon ! dis-je en me reculant, choquée par moi-même. Je t'ai embrassé.

— Oui, dit-il. J'avais remarqué.

— Tu vois, je ne suis pas tout à fait moi-même aujourd'hui, bredouillai-je.

— Tu n'avais pas envie de m'embrasser, alors ?

Je plongeai à nouveau mon regard dans le sien et je remarquai les petites paillettes vertes, perdues dans le bleu de l'iris.

— Tu n'en avais pas envie ? Dis-moi, Rose ?

— Si, murmurai-je. J'en avais envie.

— Alors tout va bien, chuchota-t-il. Parce que j'aimerais assez t'embrasser, moi aussi.

Une décharge électrique me parcourut lorsqu'il prit mon visage entre ses mains. Puis il pressa sa bouche contre la mienne et sa barbe naissante érafla ma peau. Il m'embrassa à nouveau, d'abord doucement, puis plus fort, écartant mes lèvres de sa langue. Nous sommes restés comme ça pendant quelques minutes, rien qu'à nous embrasser.

— Ah, Rose, murmura-t-il en me relevant pour m'embrasser encore. Rose...

Je sentis ses mains explorer sous mon chemisier et baisser les bretelles de mon soutien-gorge. Mes mains descendirent jusqu'à sa taille et commencèrent à ouvrir son jean. Il fit glisser mon chemisier sur mes épaules sans arrêter de m'embrasser. Puis nous avons gravi l'escalier d'un même pas, j'ai ouvert la porte de ma chambre, je l'ai attiré à l'intérieur, et nous sommes tombés sur le lit, membres entrelacés. Il m'enleva ma jupe, retira son jean puis arracha rapidement sa chemise. J'admirai ses épaules larges, sa poitrine, son ventre plat et musclé.

— Ah, Rose, soupira-t-il embrassant mes seins l'un après l'autre.

Puis il se redressa et plongea en moi. À ce moment-là, je compris... Enfin. J'avais enfin compris quel était l'anagramme de Théo Dunteam. « L'homme attendu ». L'homme attendu, pour l'enfant trouvée...

— C'est l'homme que j'attendais, soupirai-je tandis qu'il se mouvait sur moi. C'est enfin lui, répétai-je lorsqu'il jouit dans un grand frémissement. Théo Dunteam – l'homme attendu.

Il retomba, haletant, le dos trempé de sueur, la

joue pressée contre la mienne. Nous restâmes immobiles pendant quelques minutes. Puis il se retourna et je nouai les bras autour de sa poitrine, mes genoux calés dans le creux des siens, ses fesses contre mon ventre. Je contemplai les taches de rousseur dorées qui pailletaient son dos, comme des étoiles. Je suivis leur tracé du bout du doigt, en tentant d'imaginer de quelles constellations il pouvait bien s'agir. Celle-ci, sur son épaule gauche, ressemblait un peu à Orion et l'éclaboussure sur son épaule gauche, à la Grande Ourse. Le « W » à la base de sa nuque pouvait être Cassiopée et ces quatre-là, la Croix du Sud.

— Cela fait tellement longtemps que j'avais envie de ça, avoua-t-il tout bas.

— Vraiment ?

— Oui. Mais tu ne t'en rendais pas compte. Pas vrai ?

— Non. Je pensais juste que tu étais... gentil avec moi, murmurai-je. Gentil et compréhensif.

— Tu n'as pas su lire entre les lignes.

— Non. On ne dirait pas. Et quand est-ce que tu... pour la première fois... ?

— Je ne sais pas. Il y a plusieurs mois.

— Vraiment ?

J'étais sciée.

— Je sentais confusément que tu me plaisais quand je suis venu visiter la maison, murmura-t-il. C'était sûrement le cas, parce que tu étais une sacrée emmerdeuse, et, pourtant, je ne me suis pas laissé décourager.

Il se retourna vers moi pour me regarder.

— Mais c'est quand nous sommes allés regarder les étoiles ensemble, la nuit de la Saint-Sylvestre. C'est là que j'ai compris. Ta réaction était tellement passionnée. J'ai senti que tu avais une belle âme...

— Merci.

— Et que je l'avais touchée.

— C'était le cas.

— Mais je te trouvais un peu folle. Tu avais quelques épines, Rose.

J'éclatai de rire.

— C'est ce qu'on dit.

— Tu me semblais légèrement névrosée, alors je me méfiais un peu de toi. J'avais assez de problèmes à l'époque avec Fiona, je n'avais pas envie de courir de risque. De plus, tu étais ma proprio... Puis Ted s'est manifesté, je ne savais pas ce que tu ressentais, ni ce que tu avais vraiment envie de faire. Je voulais simplement un signe de ta part, qui me fasse comprendre que tu m'aimais bien, Rose. Un signe. Mais tu ne m'en as pas donné. Jusqu'à maintenant.

Nous restâmes une minute à nous regarder dans les yeux.

— Tu es une telle énigme pour moi, Rose, ajouta-t-il doucement. Un tel... puzzle.

— Moi-même, je n'en ai pas encore rassemblé les morceaux.

— Je sais. Et c'est pour cela que tu aimes bien les anagrammes, parce que toi-même, tu en es un.

C'était vrai. J'étais toute mélangée, telle une poignée de lettres de Scrabble, et Théo m'avait aidée à trouver un sens à tout cela.

— Eros, dit Théo. C'est ça, ton anagramme. Et

tu sais, c'est vrai que tu ressembles à la *Vénus* de Botticelli.

Il fit courir son doigt le long de mes clavicules.

— Tu as des clavicules ravissantes.
— Vil flatteur.
— Et de jolies chevilles.
— Tu trouves ?
— Oh oui.
— N'oublie pas que mes cheveux sont fous.
— Fous à lier. Complètement cinglés, précisa-t-il en tortillant une mèche autour de son doigt. Tu es ravissante, Rose. Je l'ai toujours pensé. Un peu folle, mais ravissante.

Je levai mon visage vers le sien.

— Quelle journée, soufflai-je. Je ne l'oublierai jamais. Jamais. Quatre trucs énormes et totalement inattendus me sont arrivés. Et tout ça avant déjeuner.

Je secouai la tête.

— Comme quoi ?
— Comme... ça. Et puis la réponse à mon annonce.

Mon cœur chavira et le visage imaginaire de ma mère flotta au-dessus de moi.

— Quoi d'autre ?

Je soupirai et lui racontai, pour la lettre du frère de Ted. Il en resta bouche bée d'horreur.

— C'est épouvantable. Et qu'est-ce que tu as fait ?
— Je suis allée voir Ted à son bureau, et je lui ai dit qu'il fallait qu'il aide son frère. Et je l'ai quitté. Pour de bon. Ça, c'est l'autre chose qui m'est arrivée aujourd'hui. C'est fini, avec Ted.

— Tu l'as quitté ?
— Oui.
Il me serra encore plus fort contre lui.
— Bien. Pas de regrets ? demanda-t-il.
— Non ! Pas de regrets. C'est terminé.
— À cause de ce que tu venais de découvrir ?
Je hochai la tête.
— J'en ai été malade. Comment aurais-je pu rester avec lui, Théo, en sachant cela ? En plus, il a été ignoble avec moi.
— Ah bon ?
— Oui. Il se sentait acculé, alors il m'a sorti des trucs *immondes*.
Je me ratatinai, rien que d'y repenser.
— Comme quoi ?
— Il m'a accusée d'être une Madame Détresse pour toutes les mauvaises raisons. Il a prétendu que je le faisais pour moi. Par égoïsme.
— Vraiment ?
— Vraiment, répétai-je, irritée. C'est ce qu'il a dit. N'importe quoi !
L'indignation montait à nouveau en moi.
— Et ce n'est pas vrai ? s'enquit posément Théo.
Je levai les yeux au plafond et découvris une fissure.
— Non, répliquai-je fermement. C'est faux.
— Alors pourquoi le fais-tu ?
— Parce que j'en suis capable.
— Je vois.
— C'est tout, Théo.
— Mais ça doit te plaire.
— Oui, bien sûr. Je ne dis pas le contraire. Être

une Madame Détresse, c'est un peu comme allumer un feu pour un homme qui gèle – ça vous réchauffe un peu aussi. Et, oui, c'est une sensation très agréable... D'après Ted, je le fais pour que les gens me soient reconnaissants, pour qu'ils aient besoin de moi, qu'ils m'aiment et qu'ils m'admirent, parce que je ne me sens pas... à la hauteur.

— C'est ça qu'il a dit ?

Mes lèvres se pincèrent.

— Oui.

— Ce n'était pas très gentil.

— C'est le moins qu'on puisse dire.

— Pourtant, il y a peut-être une part de vérité.

— Quoi ?

— Il y a peut-être une part de vérité dans ce que Ted t'a dit.

— Ah. Merci beaucoup. Tu as toujours autant de tact, à ce que je vois. Alors toi aussi tu penses que ma carrière n'est qu'une béquille ?

— Non. Pas tout à fait, répliqua-t-il. Mais le fait est que depuis vingt ans tu trimbales un fardeau énorme que tu commences tout juste à déballer...

— Bon, d'accord. J'ai en effet un... problème, concédai-je.

Je me vis soudain, comme une fourmi transportant une charge de quatre fois son poids.

— Et je me demande simplement si tu aurais fait ce travail, si tu n'avais pas eu ce problème ?

Je le regardai, surprise.

— Oui. Oui, j'en suis sûre.

— Vraiment, Rose ?

Tu parles d'un culot !

— Écoute, j'espère que tu n'es pas dans le

camp de Ted, m'indignai-je en m'asseyant. Parce que ce qu'il a dit, c'était vicieux et mesquin.

— Ne sois pas idiote, Rose. Ne le prends pas comme ça. Je dis simplement que d'après ce que j'ai appris de toi – aussi merveilleuse sois-tu –, si tu fais le courrier du cœur, c'est probablement autant pour toi que pour tes lecteurs. Ted n'a pas tout à fait tort.

— Merci bien ! m'exclamai-je en tendant le bras vers mon chemisier. C'est agréable de savoir que tu partages son excellente opinion à mon sujet.

— J'ai en effet une excellente opinion de toi.

— Ah ouais ?

— Évidemment ! Tout ce que je dis, c'est que tu pourrais avoir un peu d'honnêteté, et reconnaître que tes motivations ne sont pas uniquement altruistes.

— Parce que je ne veux pas avouer que je suis une espèce d'infirme du cœur qui se sert des problèmes des autres comme béquille ?

Comment aurais-je pu l'avouer ? Enfin, merde ! Ça signifierait que je ne valais pas mieux que Citronella Pratt !

— Si je suis une Madame Détresse, répétai-je en me levant, c'est parce que je veux aider les gens, c'est tout.

— Rose, je n'en doute pas. C'est le *pourquoi* qui m'intéresse.

— Pourquoi ?

— Oui, pourquoi tu veux aider les gens ?

— Parce que... je suis douée pour ça. Et parce que je sais que je peux vraiment changer le cours de leur vie. J'ai sauvé des mariages.

Je songeai à la pyromane prête à rechuter.

— ... et peut-être même des vies. J'ai sauvé mes lecteurs de leurs problèmes. Ils comptent sur moi.

— Je suis désolé, Rose, mais je crois que ce n'est pas vrai. Je crois que c'est toi qui, dans une certaine mesure, comptes sur eux.

— Ah, merci, Théo ! Formidable !

— Écoute, il n'y a pas de quoi avoir honte. Nous avons tous des motivations profondes qui nous poussent à faire ce que nous faisons. Il n'y aucune honte à le reconnaître.

— Je vois. Alors tu trouves que je devrais raconter à tout le monde que, si je suis une Madame Détresse, c'est parce que je ne suis qu'une pauvre fille pathétique ? C'est ça ?

— Non, je ne dis pas ça.

— Je le fais par altruisme.

— Vraiment ?

— Évidemment ! Sinon, qui passerait sa journée à penser aux problèmes déprimants, ennuyeux, sordides et souvent pathétiques des autres, sans y être obligé ?

— Justement, Rose. C'est agréable, de sentir qu'on a besoin de vous. Il n'y a rien de mal à ça. Après tout, tu dois avoir le sentiment d'avoir été inutile pour ta mère...

— Non. En effet. Elle n'a eu aucun besoin de moi. Alors elle m'a jetée !

— Le sentiment que tes lecteurs ont besoin de toi compense peut-être ce rejet.

— Enfin, tu n'as pas autre chose à faire que de m'emmerder ? m'exclamai-je en zippant ma jupe.

— Je ne t'emmerde pas, Rose, objecta-t-il en se

levant. Je pense simplement que tu devrais avoir un peu de lucidité sur toi-même. Tu as presque quarante ans. Tu ne te connais pas encore à cet âge-là ?

— Si, je me connais ! J'ai *beaucoup* de recul sur moi-même.

— Je n'en suis pas si sûr. Tu as des points aveugles, Rose. Sur des trucs énormes.

— Ah, je vois, dis-je, le pouls emballé. Alors non seulement je suis une Madame Détresse pour de mauvaises raisons, mais en plus je ne suis pas très douée pour le métier. En fait, si je te comprends bien, je ne suis qu'une merde !

— Non ! Mais je ne suis pas certain que tu sois Madame Détresse par nature, comme l'est Bev, par exemple.

— Bev !

C'était comme s'il m'avait giflée.

— Oui. Elle est vraiment fine. Elle ne laisse rien passer. Peut-être parce que son handicap a fait d'elle une grande observatrice. Elle est faite pour être une Madame Détresse.

— Je te remercie beaucoup, répliquai-je en remettant mon chemisier. C'est vraiment génial. Non seulement je suis une Madame Détresse de merde, qui travaille sous de faux prétextes, pour me consoler de m'être fait jeter par ma mère il y a quarante ans, mais en plus Bev est meilleure que moi, c'est ça ?

— Non, ce n'est pas ce que je voulais dire.

— Alors si Beverley est aussi merveilleuse, pourquoi tu ne sors pas plutôt avec elle ? marmonnai-je en boutonnant mon chemisier. J'ai toujours pensé qu'elle te plaisait. J'en ai été convaincue pendant plusieurs mois. « Mon chou » !

— Oui, en effet, j'aimais bien Beverley. Je l'aime beaucoup. Mais pas comme ça.

— Et elle, elle t'aime bien, ça saute aux yeux ! « Mon chéri » ! En tout cas, après ce que tu viens de me dire, elle peut bien te garder, je m'en fous !

— Rose, je peux t'assurer que Beverley n'est pas le moins du monde amoureuse de moi et qu'elle ne l'a jamais été.

— Écoute, dis-je en me rechaussant. On oublie tout. Tu me fais l'amour, et puis après tu me rentres dedans et tu me descends et tu fais de ton mieux pour me déprimer. Je sais que tu es un gars du Yorkshire mal dégrossi, mais je ne comprends pas.

— Je ne te rentre pas dedans, Rose. Je te trouve merveilleuse.

— Alors pourquoi es-tu si méchant avec moi ?

— Je ne suis pas méchant.

— Comment ça, pas méchant ? Tu es grossier, méchant, carrément insultant. J'ai déjà eu ma ration pour la journée avec Ted, je ne vais pas me laisser injurier par toi maintenant. Alors fais-moi plaisir... va te faire FOUTRE !

Il cilla. Je l'avais choqué.

— Va te faire foutre ! répétai-je.

— Ne t'inquiète pas, Rose, dit-il d'un ton glacial. Je m'en vais. Tu as raison. On a fait une erreur.

Nous nous fixâmes. Mon cœur battait si fort que j'avais l'impression qu'il pouvait l'entendre. Tout d'un coup, j'entendis une petite musique... *Star-*

man, de Bowie. Théo tâtonna pour trouver son téléphone dans sa chemise.

— Allô ? Oui, c'est moi. Ah, bonjour. C'est vrai ? Ah. Eh bien c'est géant. Je croyais que c'était pour demain. Il se trouve que ça m'arrange parfaitement. Oui. Je pars tout de suite.

— Tu vas où ? lui demandai-je pendant qu'il enfilait son caleçon.

— Chez l'agent immobilier. C'était mon avocat. Il vient de me prévenir que les papiers sont arrivés pour l'appart, avec une journée d'avance. Je vais prendre les clés.

— Tu reviens ici après ?

Il passa son jean et sa chemise.

— Non. Je vais me rendre directement à l'appart. J'avais l'intention de partir demain, mais comme toutes mes affaires sont emballées, je peux aussi bien partir aujourd'hui. D'autant que maintenant, je sais à quel point tu es impossible. Oublions tout, Rose, ajouta-t-il en empochant son téléphone. Tu es vraiment dans un sale état.

— Oui ! hurlai-je tandis qu'il sortait de la chambre. On oublie ! Disparais ! Tu prétends m'aimer, dis-je alors qu'il montait dans sa chambre, mais tu m'as vraiment fait mal !

— Je ne t'ai pas fait mal, dit-il en reparaissant avec sa couette. J'ai simplement essayé de te rendre un peu plus honnête avec toi-même, c'est tout.

— Ça ne te regarde pas, que je sois honnête ou pas !

— Non, en effet. Tu as tout à fait raison, Rose. Cela ne me regarde pas. Enfin, il vaut mieux que j'y aille. J'ai plein de trucs à faire.

— Ouais, vas-y ! criai-je pendant qu'il descendait l'escalier. Tu m'as aimée, maintenant tu m'abandonnes ! Pas vrai ? Pas *vrai* ?

— Adieu, Rose.

— Oui, adieu ! Adieu, et bon débarras, espèce de salaud ! Va te faire foutre ! Va te faire foutre et ne remets plus JAMAIS les pieds ici !

Je l'entendis prendre ses cartons dans le hall d'entrée et les mettre dans le coffre de sa voiture. Puis il claqua la porte d'entrée, la grille grinça et j'étais en train de me demander si je devais courir pour le rattraper quand mon téléphone portable sonna. C'était Bev.

— Rose, tu ne viens pas au bureau ? demanda-t-elle, inquiète.

Et merde. Je regardai ma montre. 16 heures.

— Aïe... Je ne pense pas. Je suis mal.

— Mais je suis submergée. J'ai besoin de toi !

— Désolée, Bev, mais j'ai eu une journée très dure et ça ne fait qu'empirer.

— Rose, je ne sais pas ce qui t'arrive en ce moment, mais j'ai l'impression que tu n'as pas la tête au boulot.

— En effet. J'ai trop de trucs qui se passent dans ma vie en ce moment pour arriver à m'occuper de celle des autres.

— Tu veux en parler ? Je peux peut-être t'aider.

— Non merci, Bev. Je veux juste me mettre au lit, m'endormir et ne plus jamais me réveiller. Théo vient de partir, on s'est disputés, et le pire, c'est que c'est lui.

— C'est lui ?

— L'homme attendu. Théo Dunteam.

J'entendis soudain sonner à la porte.

— Désolée, il faut que j'y aille.

Je courus à la porte et l'ouvris, espérant découvrir le visage contrit de Théo et ses bras grands ouverts. Mais ce n'était pas lui.

— Bon après-midi, madame.

C'étaient eux. Ils étaient revenus.

— Avez-vous entendu la Bonne Nouvelle ?

Je les fixai.

— Avez-vous entendu la Bonne Nouvelle ? répétèrent poliment les Témoins de Jéhovah.

— Non ! aboyai-je. Je n'ai pas entendu la bonne nouvelle. Je n'ai entendu que de mauvaises nouvelles. Je suis tellement déprimée... vous ne voulez pas entrer ?

Ils entrèrent et me suivirent dans la cuisine.

— Vous voulez une tasse de thé ? demandai-je.

En mettant la bouilloire sur le feu je vis l'étagère vide et ressentis une douleur violente à la poitrine, comme si quelqu'un essayait de me scier le sternum.

— Vous comprenez, c'est lui, expliquai-je d'un ton plaintif. Je ne m'en étais pas rendu compte jusqu'ici. Mais c'est lui que j'attendais.

— Oui, madame. C'est lui. Le seul et unique.

— Je sais. Et j'ai mis tout ce temps à comprendre.

— Ne vous inquiétez pas, car Il vous pardonnera.

J'eus un rire sinistre.

— Je ne crois pas. Il est très fâché. Vous comprenez, je l'ai vraiment offensé, mais je l'aime tellement... Tout ce que je veux, c'est qu'il revienne.

— Alors priez, madame. C'est tout ce qu'il y a à faire. Priez, et Il reviendra.

— C'est vrai que j'ai envie de prier, dis-je, les yeux pleins de larmes. Je n'ai jamais été très accro à la religion, mais, là, je suis franchement désespérée...

Je saisis un bout de serviette en papier pour me tamponner les yeux.

— Ne vous inquiétez pas, madame, dit la femme. Il est tout amour.

— Oui, dis-je en prenant la théière. C'est vrai. Il est bon et aimant, et vous savez, c'est lui que j'attendais. Je viens tout juste de le comprendre aujourd'hui. Vous comprenez, je sais que c'est lui que j'attendais parce que je le lui ai dit.

— Vous Lui avez dit que vous L'attendiez ?

— Non, pas ça. Je lui ai dit, pour ma mère, et c'est pour ça qu'il est celui que j'attendais, parce que c'est à *lui* que j'ai choisi de le dire, et à personne d'autre. Vous comprenez, je lui ai raconté quelque chose d'extrêmement important sur mon passé.

— Vous pouvez tout Lui dire. Il vous entend.

— Oui, fis-je en prenant les tasses. Il m'entend ou plutôt, il m'entendait. Si seulement je m'en étais rendu compte avant.

— Parfois on met longtemps avant de parvenir à Dieu, murmura l'homme.

— Non, pas Dieu. Théo.

— Oui, Théo. Théo, ça veut dire Dieu. Vous pouvez l'appeler Théo, Dieu, Jéhovah – ce que vous voulez. Nous vous comprenons, et Lui aussi.

— Non, je parle de Théo, mon colocataire... c'est lui, l'homme que j'attendais.

Ils se tortillèrent sur leurs chaises, mal à l'aise.
— Et je l'ai blessé.
— Mais Il vous pardonnera.
— Vous croyez vraiment ?
— Oui, Il vous pardonnera, me réconforta l'homme. Parce qu'Il est votre ami.
— Oui, c'est vrai. Il est mon ami, dis-je. C'est exactement ça. Earl Grey, ça vous va ?
— Vous devez Lui faire confiance, suggérèrent-ils.
Je sortis le lait.
— Je sais que je peux lui faire confiance. Mais vous comprenez, aujourd'hui on a couché ensemble pour la première fois, et je venais de rompre avec mon mari avec lequel je m'étais temporairement réconciliée, mais avec lequel j'ai *définitivement* rompu parce que j'ai découvert qu'il refusait de faire un don de moelle osseuse à son jeune frère qui est en train de mourir de leucémie – je sais, c'est horrible, j'arrive à peine à le croire moi-même – et puis je suis rentrée parce que Théo avait une lettre importante pour moi – à propos de ma mère, au fait, que je n'ai jamais connue – et j'étais complètement bouleversée par tout ça, et Théo a mis le bras sur mes épaules et puis je l'ai embrassé et tout d'un coup, on s'est retrouvés au lit ! Mais *ensuite*, tout a foiré parce qu'il m'a accusée d'être une Madame Détresse pour de mauvaises raisons, pour me consoler du fait que ma mère n'a pas voulu de moi – ce qui est évident, sinon elle ne m'aurait pas abandonnée dans un chariot de supermarché quand j'étais bébé – et, vous comprenez, je venais de rompre avec Ted

– mon mari – que j'ai finalement plaqué ce matin après avoir failli me réconcilier avec lui, et j'ai dit « non, Théo, c'est faux. Je suis une Madame Détresse parce que j'aime sincèrement venir en aide aux gens » mais il soutenait que je me mentais à moi-même. Alors j'ai crié et il est parti chez l'agent immobilier pour prendre les clés de son nouvel appartement, parce qu'il déménage aujourd'hui. Et, vous comprenez, ce qui est affreux, c'est le fait que je ne connaissais pas ses sentiments pour moi. Ou plutôt, je ne *voyais* pas : je n'étais pas capable de lire entre les lignes. Il m'a dit aujourd'hui qu'il m'aimait depuis des mois, mais je ne m'en étais pas rendu compte parce que j'étais aveugle ; et puis nous nous sommes disputés affreusement et je lui ai dit de fiche le camp ; et tout ça est un gâchis horrible et maintenant il est parti et je reste toute seule ici. Je vais rester toute seule ici, sans lui, et c'est insupportable, et je ne sais plus quoi faire !

Ils se levèrent.

— Mon Dieu, je n'ai que des problèmes !

— Des problèmes, des problèmes ! s'écria Rudy.

— J'ai eu une journée absolument incroyable. J'avais besoin de quelqu'un à qui parler. Vous voulez des gâteaux secs ?

— Non merci, madame. Nous devons partir.

— Mais vous venez à peine d'arriver ?

— Pardon, dirent-ils en se dandinant, mais nous avons d'autres visites à faire.

— Alors reprenez du thé.

— Non merci, vraiment. Dieu vous bénisse,

madame, et ne vous inquiétez pas. Jéhovah vous aime. Au revoir.

— Vous reviendrez ? demandai-je tandis qu'ils ouvraient la porte. S'il vous plaît. Vous reviendrez ? Revenez vite, vous voulez ?

Mais ils avaient déjà ouvert la grille et s'éloignaient à toute vitesse.

Je regardai l'horloge. Il était 17 h 30. Trop tard pour rentrer au bureau. Je montai dans la chambre de Théo et, cœur battant, j'ouvris la porte. L'armoire était entrouverte et les cintres métalliques cliquetaient doucement dans la brise. Il n'y avait plus rien sur la cheminée, le contour de la photo de sa mère se dessinait dans la poussière. Son télescope n'était plus devant la fenêtre, ni ses affaires sur le bureau. Je me rappelai son journal intime, et la fois où j'avais refermé sa fenêtre durant l'orage. Son écriture était tellement difficile à déchiffrer, mais je me souvenais de ce que j'avais lu. *Rose est très... nte* – ça devait vouloir dire « séduisante », pas « différente », je le comprenais maintenant. Je fixai son lit. Le matelas était nu. Je m'y allongeai. Posant la tête sur l'oreiller sans taie, je fermai les yeux. Je l'imaginais allongé ici, nuit après nuit, alors que j'étais juste en bas. Je glissai la main sous l'oreiller et sentis quelque chose – un vieux tee-shirt.

— Ah, Rose, dis-je. Tu as tout fait foirer.

Je me sentais aussi abandonnée qu'un immeuble condamné qui attend le premier coup du boulet de démolition. Pour couronner le tout, j'allais devoir faire mon émission ce soir... En attendant, je ne pouvais pas rester seule. Je devais parler à quelqu'un. Je jetai un coup d'œil à ma montre. 18 h 40. Bev devait être rentrée. Elle ne m'en voudrait pas de rester chez elle jusqu'à ce mon taxi passe me prendre. Je me levai pour aller me laver la figure dans la salle de bain. Il y avait un cheveu de Théo dans le lavabo. J'ouvris l'armoire à pharmacie : l'étagère du dessus était vide. Ma brosse à dents était toute seule. Ma serviette aussi. Je descendis, pris mes clés et sonnai chez Bev. Trevor parut en remuant la queue.

— Salut, Trev !

Il s'effaça pour me laisser passer. Je le suivis dans le couloir. Ses griffes cliquetaient sur le nouveau parquet. Je lançai :

— Salut, Bev ! Ce n'est que moi. Je suis venue bavarder, et pour te dire que je suis vraiment désolée de ne pas être retournée au bureau aujourd'hui parce que tu vois...

Je m'arrêtai.

— Ah ! Bonsoir.

Je sentis mes joues s'enflammer.

— Bonsoir, Rose, me répondit Henry.

23.

Je ris pour cacher mon étonnement et ma gêne. Henry s'avança pour me faire la bise.

— Henry ! m'exclamai-je. Qu'est-ce que tu... ?

Je me retins juste à temps. En les voyant tous les deux, c'était évident. Le visage de Beverley irradiait de bonheur.

— On prenait un verre avant de dîner, expliqua Beverley. Tu veux te joindre à nous ? Henry, mon chéri, tu peux faire un grand gin tonic à Rose ? Je crois qu'elle a passé une très mauvaise journée.

Trevor sortit le gin du bar et Henry prit le Schweppes dans le frigo. Je souris et haussai les épaules.

— Voulez-vous bien me dire pourquoi vous m'avez caché ça ?

Beverley rosit.

— Plein de raisons. Notamment parce que nous n'en avons été sûrs que tout récemment.

— C'est-à-dire quand ?

— Tu veux vraiment savoir ?

— Oui. Si ça ne te gêne pas d'en parler.

— À la soirée des jumelles.

Je tentai de me souvenir. Que je sache, Henry n'avait pas adressé la parole à Beverley.

— En rentrant à la maison, j'ai retiré le manteau de Trevor et j'ai trouvé la carte de visite de Henry dans la poche. Il l'avait glissée là en partant.

— Exactement.

— Il avait griffonné « appelle-moi ! » au dos. Je l'ai appelé le lendemain. Et on a déjeuné.

Ils échangèrent un sourire.

— On s'est revus deux, trois fois après ça...

— Mais j'ai dû partir pour le golfe Persique.

— On s'est écrit, et on s'est parlé au téléphone.

C'était donc ça, le coup de fil que Bev avait reçu à la soirée de l'Ordre du Mérite Canin. Oui, bien sûr, je l'avais entendue dire à son interlocuteur qu'il faisait chaud, là où il était...

— Bon sang, dis-je en souriant. Mais quand est-ce que tout a...

— ... commencé ? compléta Bev.

J'acquiesçai.

— Au bal costumé, expliqua Henry en laissant tomber des glaçons dans mon verre. J'ai bien regardé Beverley et je me suis dit, quelle fille géniale. Dans ton joli costume de ballerine, précisa-t-il en lui caressant la main.

Je me rappelai tout d'un coup que Henry l'avait soulevée de son fauteuil pour la faire tournoyer, et qu'elle riait aux éclats. Mais bien *sûr*.

— Ce soir-là, Béa flirtait comme une folle avec moi, ajouta-t-il en me tendant mon verre. Ensuite, elle m'a demandé de sortir avec elle.

— Je le savais par toi, Rose, dit Bev. Je ne pouvais donc pas te confier que moi aussi, j'aimais bien Henry, parce que j'avais peur que tu en parles à Béa. Et puis, d'après ce que tu me racontais, j'avais l'impression que ça collait entre eux.

— C'est ce que je croyais, dis-je.

Henry sourit et leva les yeux au ciel.

— Alors c'est pour cette raison que j'avais l'impression que tu n'aimais pas Béa ?

— C'est ça. J'étais jalouse comme une tigresse. Quand tu m'as demandé de lui donner un coup de main dans la boutique, je pouvais difficilement répondre « non » mais je n'avais aucune envie de le faire. Mais je suis ravie, finalement, parce que c'est comme ça que j'ai revu Henry. Il est passé la prendre pour déjeuner. Qu'est-ce que j'étais mal... Mais quand elle est descendue prendre son manteau, j'ai constaté à mon grand étonnement que Henry était... enfin... très attentionné envers moi, n'est-ce pas ?

Il sourit.

— Tout à fait. J'ai fait semblant de m'intéresser à Trevor. C'était sincère, je le précise !

— Tu m'as un peu draguée... ça m'a étonnée, et fait très plaisir.

— Mais j'étais trop gêné pour me déclarer, dit Henry. De plus, je ne voulais pas blesser Béa. Il fallait d'abord que je lui parle. Et, comme je ne suis pas très courageux sur ce front-là, j'ai mis du temps.

Alors il y avait vraiment une autre femme, pensai-je. Une vraie.

— En plus, je ne savais pas si je plaisais à Beverley ou pas.

— J'étais dingue de toi ! gloussa-t-elle.

— Comment aurais-je pu le savoir ? Je pensais que tu craquais pour Théo !

— C'est ce que je pensais aussi, déclarai-je. Je croyais que toi et Théo, ça marchait du feu de Dieu. Quand j'ai dansé avec lui, tu me regardais d'une drôle de façon.

— Mais, Rose, ce n'était pas toi que je regardais. C'était Henry. Il dansait joue contre joue avec Béa, j'en étais malade.

Je me tournai vers le tableau d'affichage de Bev et vis que la carte de la Saint-Valentin y était épinglée.

— Et ça aussi, je pensais que ça venait de Théo, dis-je en la désignant.

Elle secoua la tête.

— C'était de moi, intervint Henry. Je savais que Beverley était ta voisine, ce qui m'a permis de connaître son adresse. Mais je n'ai pas eu le courage de t'avouer qu'elle me plaisait. J'ai essayé à une ou deux reprises, mais chaque fois que je me lançais, tu me racontais aussitôt que Beverley et Théo s'entendaient bien.

— C'est ce que je croyais. Et j'ai continué à le croire, Bev, parce que tu passais tellement de temps avec lui.

— Il vient pour bavarder. Je le trouve sympathique et drôle, en plus il m'aide dans la maison.

— Mais il t'appelait « mon chou », et toi tu lui disais « mon chéri » !

— C'était pour rire ! Tu n'as pas pris cela au sérieux, Rose ?

— En fait, si.

— Tu aurais dû lire entre les lignes. C'est facile

de flirter avec quelqu'un, quand ni l'un ni l'autre n'est intéressé. C'est bien plus difficile avec quelqu'un que l'on aime.

Henry sourit.

— Mais attends, et cet Écossais ? Hamish ? Celui dont Trevor n'arrêtait pas de parler dans sa rubrique ?

— Fausse piste !

— Il n'existe pas ?

— Si, si. C'est un vieil ami, et on s'est vraiment revus dernièrement parce qu'il répétait à Londres. Mais je voulais faire diversion, pour Henry, parce que j'étais déjà totalement accro. Nous étions inquiets pour Béa, alors j'ai fait semblant d'être amoureuse de Hamish. Mais j'ai dit la vérité à Théo, en lui faisant jurer de ne rien répéter.

Ah.

— En tout cas, il ne m'en a jamais parlé.

— Il est très discret.

Je me rappelai soudain ce qu'il avait écrit dans son journal intime. Sauf qu'avec l'écriture épouvantable de Théo, j'avais lu « Béa » au lieu de « Bev ». Théo avait tout compris ce soir-là, alors que je n'avais rien vu.

— De toute façon, ajouta Bev, Henry et moi ne savions pas nous-mêmes si notre histoire irait plus loin, n'est-ce pas mon chéri ? Alors on a pensé tous les deux qu'il valait mieux ne rien dire.

— Alors ça n'a jamais été Théo ? fis-je.

— Jamais.

— Je me suis gourée.

— Eh oui. De toute façon, Rose, c'était évident – et il a fini par me l'avouer – que Théo était fou de toi. Mais tu n'avais pas l'air de t'en rendre compte.

— Non, répondis-je amèrement. Je n'ai rien vu.
— Tu n'as pas su lire entre les lignes.

On ne cessait de me répéter ça, aujourd'hui.

— C'est vrai, fis-je en émettant un rire sans joie.

— Rose, parfois tu as des points aveugles, dit gentiment Bev. Sur des trucs énormes.

Je la dévisageai.

— C'est précisément ce que Théo m'a dit. Mais comment pouvais-je me figurer qu'il s'intéressait à moi ? Il a dix ans de moins !

— Et alors ? Sa femme a bien trente-huit ans.

— Je ne l'ai appris que plus tard. Je le trouvais mignon, mais je pensais qu'il avait envie de sortir avec une fille de son âge. Je sais bien que tu as six ans de plus que lui, Bev, mais enfin dix ans, je trouvais que ça faisait un peu beaucoup.

Elle haussa les épaules.

— Pas vraiment. Vingt-neuf ans et trente-neuf ans, ça n'est pas Harold et Maude, quand même. Vous êtes tous les deux des adultes.

— Tu as raison. Mais je n'étais jamais sortie avec un type plus jeune que moi. Pourquoi ne m'as-tu pas prévenue que je lui plaisais ? Ça m'aurait simplifié la vie.

— J'ai essayé de te le laisser entendre, mais tu ne voulais rien savoir. De toute façon tu restais obsédée par Ted. Et puis tu en avais plein les bras, avec cette histoire d'Electra et de Serena. Ensuite, Ted est revenu, alors je n'ai pas voulu encourager Théo. N'oublie pas qu'il a eu le cœur brisé, lui aussi... Je lui ai juste donné des conseils.

— Lesquels ?

— Je lui ai simplement recommandé de passer du temps avec toi. De faire des trucs de couple, des trucs quotidiens. De t'apprendre à faire la cuisine, par exemple.

— En effet, il m'a enseigné la cuisine.

— De regarder la télé et de jouer au Scrabble avec toi.

— On l'a fait.

— C'est en passant du temps avec l'autre, en partageant les petits gestes du quotidien, qu'on se rapproche. La proximité peut engendrer l'intimité.

— Hum, soupirai-je. Je sais. La gravité est la force d'attraction réciproque entre toutes les parcelles de matière de l'univers. Et plus les parcelles sont proches, plus l'attraction est forte. C'est Théo qui m'a expliqué ça.

— C'est vrai.

— Mais tout a foiré. Théo vient de déménager, et... je viens de coucher avec lui.

Je pris ma tête entre mes mains.

— Après, on s'est disputés.

— À propos de quoi ?

— Je venais de quitter Ted – à cause de la lettre de Jon – et Ted m'avait accusée d'être une Madame Détresse pour de mauvaises raisons.

— Vraiment ? murmura Beverley. Qu'est-ce qu'il a dit ?

Je le lui répétai.

— Ted a dit ça ?

— Oui. Je l'ai raconté à Théo, et il était d'accord avec lui.

— Je vois, énonça-t-elle prudemment.

— Il a vraiment choisi son moment, tu ne trouves pas ?

— Théo est adorable mais il peut parfois manquer de tact.

— Tu m'étonnes !

— Les gars du Nord sont un peu bruts de décoffrage, tu sais.

— Je sais. Mais il m'a vraiment fait mal. Alors je lui ai dit d'aller se faire foutre et de ne plus jamais remettre les pieds chez moi.

— Rose ! s'exclama Beverley.

— Je sais. Il venait de signer pour l'appart alors il a déclaré qu'il s'en allait aujourd'hui plutôt que demain. Maintenant il est parti. Je vis un cauchemar, Bev.

Le souvenir de sa chambre vide me noua l'estomac.

— En plus, j'ai mon émission ce soir et je suis tellement mal et... quelle journée, répétai-je bêtement en sirotant mon verre. Quelle journée ! Il m'est arrivé tellement de trucs extraordinaires, et ça continue. Maintenant je dois aller au studio, essayer d'avoir l'air cohérent et de m'intéresser aux problèmes des autres.

Je repensai à ma mère et à la lettre de Mme Wilson. Mes yeux s'emplirent de larmes.

— Excusez-moi, sanglotai-je. C'est le gin. C'est ma vie. C'est *tout*. Mon Dieu, qu'est-ce que je suis malheureuse... Excusez-moi tous les deux. Je suis ravie que vous soyez heureux, mais je suis tellement mal...

Tout à coup, je sentis le museau humide de Trevor sur ma main. Comme s'il essayait de pousser quelque chose sur mes cuisses. Je relevai la tête. C'était le téléphone.

— C'est bon, Trev, dit doucement Bev. Rose n'a pas besoin de téléphoner maintenant. Elle nous a, Henry et moi.

Je regardai les grands yeux inquiets de Trevor et enfouis mon visage dans son pelage.

— Trevor, fis-je en riant et en pleurant à la fois. Merci ! C'est adorable !

Beverley lui remit le téléphone.

— OK, Trevor, rapporte. Bon chien.

Je relevai la tête vers l'horloge. 20 h 55. Ma voiture arrivait à 21 h 10. Je me levai.

— Il faut que j'y aille.

— Ça va aller, Rose ? s'enquit Henry.

— Oui. Ça va aller. Merci pour... tout. En tout cas, quelle journée ! Je me demande ce qui peut encore arriver ?

— Rien de plus, m'assura Beverley. Statistiquement, c'est impossible.

Je rentrai. La maison semblait vide. Moi aussi, je me sentais vide, comme si on avait vidé ce que j'avais à l'intérieur à l'aide d'une grande cuiller. Il ne me restait plus que la carapace. En refermant la porte d'entrée, je vis que la lumière du répondeur clignotait. Mon cœur tressaillit. C'était peut-être Théo qui m'appelait pour me dire qu'il était désolé de m'avoir blessée, et qu'il voulait me voir, m'inviter à passer chez lui ? Ma main bondit vers le bouton « lecture ». Bon sang ! Pas *encore* ce *bâtard* qui me harcelait avec son souffle lourd ! Cela continua pendant environ dix secondes. J'étais sur le point d'appuyer sur le bouton « stop », puis « effacer », quand j'entendis autre chose. Un reniflement. Comme si on pleurait. Bizarre.

C'est bon, Trev. C'était Beverley ! *Rose n'a pas besoin de téléphoner maintenant.* Mais qu'est-ce que... ? *Elle nous a, Henry et moi.*

Ah, Trevor, m'entendis-je dire. *Merci. C'est adorable.*

— *Vous n'avez plus aucun message*, entonna la voix électronique. Je fixai la machine. Je repassai le message. Et encore. Et encore. Et une fois de plus. Et je compris enfin. Je décrochai pour composer le numéro de Bev.

— C'est moi. Écoute, tu as bien mémorisé mon numéro sur ton téléphone, n'est-ce pas ?

— Oui. D'ailleurs, c'est le premier de la liste. Pourquoi ?

— Parce que je viens de comprendre qui était mon harceleur.

— Vraiment ? Alors tu devrais appeler la police.

— Non, ce n'est pas la peine.

— Pourquoi ?

— Parce que c'est Trevor.

— *Quoi ?*

— C'est Trev.

— Mais qu'est-ce que tu veux dire ? Trev ne se permettrait jamais de passer des coups de fil anonymes ! s'indigna-t-elle.

— Je sais bien. Mais il doit parfois mordre accidentellement le bouton mémoire quand il va chercher le téléphone. Et c'est pour ça que j'entendais ahaner. Et c'est pour ça aussi que l'autre jour c'était bien pire, parce qu'il avait un rhume. Mais je viens d'entendre nos voix aussi... Veux-tu bien m'expliquer comment il a réussi chaque fois à cacher le numéro d'appel ?

— Parce que j'ai fait pré-programmer le téléphone. Je me sens plus en sécurité, en sachant que mon numéro n'apparaît pas.

— Bon, conclus-je faiblement. Voilà le mystère résolu, Bev. Merci.

En raccrochant le téléphone je repensai à la fréquence des appels. Maintenant, tout était logique. Trevor était très sensible aux pleurs – comme je l'avais moi-même constaté ce soir – et il n'apportait le téléphone à Beverley que quand il la savait malheureuse. Ce qui expliquait le côté aléatoire des appels. Et le fait qu'ils soient devenus plus rares ces derniers temps, puisqu'elle était heureuse du retour de Henry. C'est pour cela aussi que j'entendais ces espèces de cliquetis récemment. Bev avait de la moquette, auparavant, mais elle venait de faire poser du parquet. Encore une révélation extraordinaire à ajouter à toutes celles de la journée. J'avais été harcelée par un chien.

Je regardai par la fenêtre. Ma voiture venait d'arriver. J'attrapai mon sac et sortis, le moral dans les chaussettes à l'idée de devoir faire mon émission. Je n'en aurais pas la force ce soir. En passant devant un panneau routier pour Stockwell, mon cœur chavira. J'imaginais Théo dans son nouvel appartement. L'adresse était gravée dans ma mémoire : 5a, Artémis Road. Je l'avais vue dans les papiers de l'agence immobilière. Il devait être en train de déballer ses boîtes, de remplir les étagères, de trier ses affaires. J'eus soudain l'espoir insensé qu'il écouterait London FM. Qu'il serait tellement ému par le son de ma voix qu'il se sentirait obligé de m'appeler pour me demander de lui pardonner sa franchise déplacée, et m'inviter à dîner demain soir. Je répondrais : « Bien sûr, Théo. Parce que j'ai compris que tu étais l'homme que j'attendais. »

Je soupirai en voyant l'enseigne lumineuse de London FM à l'angle de City Road. Je me rappelai que la journée avait commencé par la lettre de Jon. J'appellerais l'hôpital dès demain matin. Ce soir, je n'avais plus qu'à me concentrer sur mes appels, mais j'avais du mal.

— Oui, je suis sûre que votre belle-mère est une « vieille vache » mais, si vous l'appelez comme ça, vous ne risquez pas d'améliorer vos rapports, vous ne trouvez pas ?... Écoutez, soyez réaliste, le fait qu'il ait demandé une défense d'approcher vous concernant n'est pas très bon signe, non ?... Boucher ses oreilles et crier « Je n'écoute pas, je n'écoute pas » n'est pas la meilleure méthode de résoudre les conflits avec votre partenaire... Oui, hélas, si vous n'avez pas de relations sexuelles vous ne risquez pas de tomber enceinte...

Leurs voix bourdonnaient dans mes écouteurs comme des abeilles ; ou plutôt, elles couinaient comme des moustiques, et m'énervaient tout autant. Pourquoi ne peuvent-ils pas régler leurs maudits problèmes tout seuls ? J'avais l'impression d'être une oreille géante.

— Et sur la cinq, annonça Minty qui venait de rentrer de son congé de maternité, nous avons Jane de Croydon, dont le mari a des exigences inacceptables pour elle.

— Qu'est-ce qu'il vous demande, Jane ? m'enquis-je d'une voix lasse.

— Il veut que...

Elle s'arrêta, puis toussota pour masquer sa gêne. Bon sang. Ça devait être dégoûtant. Je me préparai à entendre des horreurs.

— Il veut que je porte un costume de plongée, précisa-t-elle délicatement. Et finalement cela ne me dérangerait pas tant que ça, mais j'ai l'impression que je me sentirais un peu ridicule. Vous croyez que je devrais accepter ?

— Si vous avez l'intention de faire de la plongée ou de la planche à voile c'est sans doute une excellente idée, dis-je. Autrement, je vous le déconseille, Non.

— Et... maintenant, signala Minty en me regardant d'un drôle d'air, nous avons Derek de Luton, qui vient d'être quitté par sa femme. Allez-y, Derek.

— C'est horrible, commença une voix nasillarde. Ma femme vient de se barrer avec son connard de moniteur de tennis. Je vous demande un peu ! Il a vingt-huit ans, elle en a quarante-cinq. Je ne vois pas ce qu'elle lui trouve.

— Moi non plus, je n'en ai pas la moindre idée, dis-je. Mais il a peut-être un service foudroyant. Et quel est notre prochain appel, Minty ?

— Euh, eh bien, c'est Margaret de Wimbledon qui a des problèmes de voisinage, fit Minty d'une voix hésitante.

— Alors, quel est votre problème, Margaret ?

— Eh bien, pour commencer, ils ne s'occupent pas bien de leur jardin, fit-elle d'une voix sentencieuse.

Mon Dieu que je déteste ce genre de bonnes femmes.

— Mais ce qui m'énerve vraiment, c'est qu'ils ne cessent de lancer des escargots dans mon jardin par-dessus la clôture ! Qu'est-ce que je peux faire pour qu'ils arrêtent ?

— Je vous suggère de contre-attaquer avec quelques projectiles de votre cru. L'escargot géant africain serait parfaitement adapté à cet usage, mais attention, Margaret, il pèse environ quatre kilos et on pourrait vous arrêter pour voies de fait.

Minty me jeta encore un regard perplexe, puis examina l'écran de son ordinateur.

— Bon, lança-t-elle gaiement, nous pouvons prendre une dernière question.

— Salut, je m'appelle Nathalie et je suis de North Fields. Je voudrais savoir si je dois me marier. Mon copain en a envie, mais je serais tout à fait satisfaite de continuer à vivre avec lui en concubinage. Alors je me demande quoi faire.

— Vous désirez savoir si vous devez épouser votre copain ou pas ?

— Oui.

— Et vous voulez que je vous le dise.

— Oui, tout à fait.

Je baissai les yeux sur les sorties imprimante qui jonchaient la table.

— Je ne peux pas.

— Qu'est-ce que vous voulez dire ?

— Je veux dire que je ne sais pas.

— Qu'est-ce que cela signifie... vous ne savez pas ?

— Exactement. Je ne sais pas. Si vous, vous ne savez pas, comment diable voulez-vous que je le sache ?

— Parce que vous êtes une Madame Détresse. Je pensais que vous pourriez me donner un conseil.

— Désolée, Nathalie, je ne peux pas. Épousez-le si vous le souhaitez ; ne l'épousez pas dans le cas contraire. C'est votre vie. C'est à vous de décider.

— Mais il faut que vous m'aidiez à prendre cette décision ! C'est pour cela que je m'adresse à vous.

— Ne me posez pas la question. Je n'en ai pas la moindre idée.

— Vous ne pouvez donc pas m'aider ?

— Non. Ma vie est complètement sens dessus dessous en ce moment, alors je ne vois pas comment je pourrais aider quelqu'un d'autre.

— Mais c'est pour ça qu'on vous appelle, insista Nathalie. On veut l'avis de Rose !

— Ne demandez pas l'avis de Rose. Ne demandez plus jamais rien à Rose, parce que franchement, Rose ne sait rien, et Rose ne veut plus rien savoir.

Les yeux de Minty étaient comme des paraboles satellites. Tout à coup, les mots de Katie Bridge au déjeuner des Madames Détresse me revinrent. *Si nous sommes devenues des Madames Détresse, c'est parce que nous essayons de réparer quelque chose de brisé en nous*. C'était vrai, je le comprenais maintenant. C'était *vrai*.

— Aujourd'hui, on m'a accusée d'être une Madame Détresse pour de mauvaises raisons, dis-je posément. Pas par altruisme, mais par égoïsme. Ça m'a indignée. Mais en fait, là, maintenant, je me rends compte que je ne m'intéresse pas le moins du monde à vos problèmes. En fait, je me demande pourquoi vous ne prenez pas vos vies en main. C'est vrai, je suis devenue une Madame Détresse parce que cela me plaisait qu'on ait besoin de moi. Je croyais que j'étais douée pour lire entre les lignes. Que je comprenais à fond la nature humaine. Que j'avais une intuition formidable. Mais en réalité, je suis nulle.

— Je crois que vous vous jugez un peu durement, Rose, fit Minty en rosissant.

— Non, je ne crois pas. Je voulais aider les gens... je me figurais même que je les sauvais de leurs problèmes. Mais celle qui a besoin d'être sauvée, c'est moi.

Je regardai les tirages des e-mails et les déchirai lentement en deux.

— J'en ai marre des SOS, déclarai-je. Je ne veux plus être dans la détresse.

— Nous devons maintenant rendre l'antenne, annonça Minty d'une voix tonique. Merci à tous ceux qui nous ont appelées. Et rendez-vous la semaine prochaine pour *L'Avis de Rose*, avec Rose Costelloe du *Daily Post*.

— Non, dis-je. Pas de rendez-vous. Désolée, je ne serai pas là.

Je me retournai lentement et vis, par la cloison vitrée, les yeux de Wesley qui me fixaient sembles à ceux d'un cabillaud ahuri.

— Veux-tu bien me dire à quoi tu joues ? tonna-t-il dès que j'eus franchi la lourde porte du studio.

— Pardon, Wesley. Je sais que je ne me conduis pas en pro.

— En effet !

— Mais, tu comprends, je suis complètement sous pression en ce moment. J'ai tellement de problèmes. Je n'arrive plus à m'en sortir.

Je jetai les e-mails déchirés dans la corbeille.

— J'en ai marre, Wesley. Je n'en peux plus.

— Mais tu ne peux pas nous laisser dans la panade. Qui vais-je trouver pour te remplacer du jour au lendemain ?

Qui ? C'était évident.

— Beverley McDonald. Elle est faite pour ça.

24.

Je ne dors pas bien en ce moment. Il est vrai que j'ai beaucoup de soucis. Je reste allongée les yeux ouverts dans le noir, à écouter le silence sans confort de la maison et le lent tic-tac du réveil. Si la BBC World ne m'a pas expédiée dans les bras de Morphée avant deux heures du mat', je compte les étoiles – c'est mieux que les moutons. Je visualise les constellations – grâce au livre de Théo j'en connais plein, maintenant – et je les énumère. La Grande Ourse, la Petite Ourse, Cassiopée, le Capricorne... le Cygne, le Bélier, le Lynx... le Verseau, Persée, les Poissons, Pégase... les Pléiades, le Sagittaire... – plus que quatre-vingt-dix-neuf virgule neuf, neuf, neuf milliards à compter, me dis-je. Ensuite, je fais la liste des plus brillantes, Sirius, Canope, Véga, Aldébaran... la Chèvre, l'étoile Polaire, la Croix... Rigel, Bételgeuse, Alpha du Centaure... Puis, je m'attaque aux galaxies par type. La Voie lactée (spirale), Andromède 1 (elliptique), le petit nuage de Magellan (irrégulier), le grand nuage de Magellan (spirale irrégulière), NCG 6822 (irrégulier), M33 (spirale). Et si ça ne marche pas, je me fais une liste de toutes les comètes célèbres – Halley, Hale-Bopp, Shoemaker-Levy, Temple-Tutell, Ikeya-Seki, Schwasmann-Wachmann. Puis celle des satellites de Jupiter : Io, Europe, Ganymède, Callisto... Adrasthée, Métis... Himalaya, Amalthée, Lysithée, Léda... Ananké, Pasiphaé... Si je suis encore lucide, je me tape aussi les lunes de Saturne... Mais, à ce stade, en général, je suis KO.

Les Corps célestes a très bien marché. Il est au numéro cinq dans la liste des best-sellers pour les essais et se vend apparemment au rythme de deux mille exemplaires par semaine. J'aimerais bien féliciter Théo, mais je n'ai pas eu de ses nouvelles et je ne trouve pas le courage de lui téléphoner. Je sais ce que vous pensez, mais c'est plus fort que moi... je suis comme ça. Si quelqu'un m'a fait du mal je me recroqueville dans ma coquille, comme un escargot. Et je ferme la porte à clé.

De toute façon, Théo est très occupé. Je le sais par Bev. Elle me dit qu'il fait la promo de son livre, qu'il aménage son appartement et qu'il écrit le pilote d'une nouvelle série, *La Tête dans les étoiles*, pour Radio Four. Moi, je n'ai pas grand-chose à faire. Parce que Ricky a entendu mon émission la semaine dernière.

— Alors, Rose, dit-il en m'accueillant dans son bureau. Bien, bien, bien. Sacré petit numéro, hier soir.

— Oui. Je sais. Je suis désolée, Ricky. J'étais... dans tous mes états.

J'attendis qu'il me dise de disparaître dans l'instant, en emportant mes cliques et mes claques. Mais, à mon grand étonnement – et soulagement –, il se montra compréhensif.

— Je ne vais pas te virer. Tu as été trop précieuse au *Post*. Mais tu es en train de péter les plombs, et je te propose de prendre trois semaines de congé.

J'étais trop heureuse d'obéir, n'ayant pris aucun congé depuis quinze mois. Et, avec tout ce qui s'est passé – et l'approche de mon quarantième anniversaire –, j'étais ravie d'avoir du temps pour réfléchir. Alors Beverley a repris ma rubrique avec l'aide d'une intérimaire, ainsi que l'émission. Je l'ai écoutée jeudi et elle était géniale. Je l'imaginais dans le studio avec Trevor, tous deux coiffés d'écouteurs, à prendre des notes tandis que Trahie à Tottenham ou Dégarni du Devon se lamentaient un bon coup. J'imaginais aussi Henry en train d'écouter, en robe de velours et talons aiguilles, souriant de fierté. Henry et Bev. Bev et Henry. Comment n'avais-je rien remarqué ?

Je n'ai pas encore décidé de ce que je vais faire : Ricky dit qu'on en parlera quand je reviendrai au travail. Mais pendant que je réfléchis à mon avenir, je re-décore la maison. Rien de révolutionnaire, juste un coup de peinture. Et je m'occupe du jardin. J'ai fait remettre de nouveaux pavés dans le patio, acheté des pots en terre cuite, installé une pergola et de nouvelles plantes. Je suis allée voir quelques expos, des films et des pièces de théâtre, et j'ai pas mal bouquiné. Hier, entre deux couches de peinture dans le salon, j'ai lu *Une brève histoire du temps*. J'étais ravie, parce que je comprenais tout – en tout cas, j'en avais l'impression. Savez-vous que si vous étiez aspiré dans un trou noir, vous seriez transformé en « spaghettis » – que tous les atomes de votre corps s'étireraient en ficelles infinies ? Et si vous y surviviez, il est tout à fait possible que vous passiez par un « trou de ver » et que vous vous retrouviez dans un autre univers. Parce que notre univers n'est pas forcément le *centre* de l'univers : ce n'est peut-être pas le seul. Il y a peut-être un « multivers », comme des rayons de miel ou des bulles de savon agglutinées ensemble. Peut-être autant d'univers que d'étoiles dans le ciel, chacun avec ses propres lois physiques. Donc je pense au cosmos, je bavarde avec Rudy, j'essaie de ne pas penser à ma mère et au fait que j'aurai quarante ans la semaine prochaine. Quatre. *Zéro*...

Avant, je pensais à la quarantaine comme à la Terre de Feu. On sait qu'elle est là, sur la carte, quelque part, très loin. Et maintenant, à mon grand étonnement, j'y étais.

— Qu'est-ce que tu vas faire ? me demandait Bella il y a quelques jours.

On faisait des courses chez Natalys avec les jumelles. Le ventre de Bella commence tout juste à s'arrondir.

— Quoi ?

— Il faut bien que tu fasses quelque chose, observa Bea.

— Tu devrais fêter ça, renchérit Bella en examinant de minuscules grenouillères.

— Qu'est-ce qu'il y a à fêter ?

— Quarante, c'est juste un chiffre, Rose.

— Plutôt élevé, signalai-je d'un ton lugubre.

— Ça pourrait être bien pire.

— Oui, fit Bella en regardant les peluches. Cinquante ans, par exemple.

— Ou soixante.
— Ou quatre-vingt-trois.
— Mouais. C'est vrai.
— Quarante ans, ce n'est rien de nos jours, assura Béa. D'ailleurs, avoir quarante ans aujourd'hui, c'est comme avoir vingt ans.
— Non, trente ans, la corrigea Bella.
— Non, non, maintenant c'est vingt ans, je l'ai lu dans *Vogue*.
— Ne vous disputez pas, tranchai-je. Pour moi, quarante ans c'est quarante ans.
— Nous aussi, on aura quarante ans l'an prochain, déclara Bella d'un air dégagé en prenant un petit lapin blanc avec un ruban bleu autour du cou. Et on s'en foutra. On le dira à tout le monde, et on fera une fête énorme, pas vrai Béa ?
— Certainement.
— On invitera au moins cent personnes.
— Non, c'est trop. Cinquante.
— Cent.
— Cinquante.
— Mais j'en veux cent !
— Il faut que tu fasses une fête, Rose ! s'exclamèrent-elles à l'unisson.
— Pourquoi ?
— Parce qu'on te le dit.
— Mais je n'ai pas assez de temps. Mon anniversaire, c'est samedi prochain. C'est trop tard pour prévenir les gens. Qui viendra ?
— Ceux qui t'aiment. Fais une fête, Rose, dit Bella.
— Fais une fête, ajouta Béa.
Bon, d'accord. Je fais une fête.

Alors voilà. Je donne un pot ou plutôt, une « Entrée en Quarantaine ». J'ai envoyé des e-mails à cinquante personnes, dont environ la moitié ont répondu qu'elles viendraient. J'aurais voulu prendre un traiteur, mais ils sont tous bookés – ou trop chers – alors je vais devoir faire la cuisine moi-même. Quand je dis « cuisine », je ne parle pas de vrais plats. Je vais simplement réchauffer des petits fours. Je les achèterai tout faits, ça ira plus vite. Plus deux caisses de champagne, et plusieurs litres de Pimms. On pourra sortir dans le jardin s'il ne pleut pas. Les jumelles ont raison. On ne doit pas passer son quarantième anniversaire sous silence. C'est le contraire de la quarantaine, en somme.

Hier matin, j'ai reçu quelques cartes d'anniversaire et, à mon grand étonnement, un exemplaire du magazine *Ciel et télescope*. Le courrier de Théo est ré-acheminé, mais celui-là a glissé entre les mailles du filet. Tout en griffonnant son adresse sur l'étiquette, je me demandai si je devais y ajouter un petit mot amical. Mais je n'en ai pas eu le courage. De toute façon il n'y avait plus assez de place. Et puis c'est clair, Théo ne veut pas me parler. S'il le voulait, il aurait facilement pu me téléphoner ou m'envoyer un e-mail ou un mot. Il ne l'a pas fait.

J'aurais aimé l'inviter à la fête mais je serais incapable de le revoir, après notre dispute. C'était trop horrible. Je n'arrête pas de repenser à son manque de tact – et à ma méchanceté – ça m'en donne la chair de poule. C'est pour ça que je dors mal. À part hier soir. Je ne sais pas pourquoi, je me suis endormie tout de suite et j'ai dormi onze heures d'affilée. Vu mes insomnies récentes, j'en étais ravie. Car j'avais plein de choses à faire, vu que c'était le jour de mon anniversaire. Toutes les courses de bouffe, par exemple. Je les avais remises au jour même parce que je n'ai pas un grand frigo. Je bondis hors du lit, passai les premiers vêtements qui me tombèrent sous la main sans même me doucher, puis me mis à l'ouvrage. Je m'attelai frénétiquement au ménage, puis je pris la voiture pour me rendre au supermarché.

Comme on était samedi, c'était bondé et il n'y avait personne à qui demander où se trouvaient les petits fours. Quand j'ai fini par trouver la bonne allée, environ quatre kilomètres plus loin, les rayons étaient désespérément vides. Il a fallu que je trouve un vendeur pour aller me chercher des saucisses de cocktail et des mini-roulés, et ça a pris des heures ; ensuite j'ai fait une queue interminable à la caisse et la bonne femme devant moi avait un problème avec sa carte de crédit. Ça a mis vingt minutes à se régler. Il était déjà plus de 15 heures lorsque je titubai dehors avec mes soixante-deux sacs. Il fallait encore que je passe prendre la boisson et les verres. J'ai fini à 16 heures et j'attendais mes invités pour 19 heures. J'appelai donc Bev tout en revenant vers Hope Street pour lui demander si Henry pouvait me donner un coup de main.

— Non.
— Pardon ?
— Non. Il ne peut pas. Il est occupé. Il est très occupé cet après-midi et il ne peut pas te donner un coup de main.

— Ah. Mais c'est simplement pour une heure, rien que pour me dépanner. Tu pourrais peut-être venir un peu plus tôt, Bev... ?

— Non, désolée. Je ne peux pas. Moi aussi, je suis très occupée, tu comprends.

— Et Trevor ?

— Il est très occupé, lui aussi. Il fait des courses.

— Ah, soupirai-je. D'accord. À plus tard.

J'espérai que mon ton pimpant avait masqué ma déception. Puis j'appelai les jumelles. C'était occupé. Je dus ressayer trois fois avant de les avoir.

— Les jumelles ! s'exclama gaiement Béa en décrochant.

— Salut, c'est moi. Tu pourrais venir un peu plus tôt ce soir ? Je suis hyper en retard et je suis totalement paniquée.

— J'en serais ravie, dit-elle.

Génial.

— Mais je ne peux pas.

— Tu ne peux pas ?

— Je suis vraiment navrée, Rose. Mais je suis occupée.

— Tu fais quoi ?

— Je travaille.

— Samedi ?

— Oui.

— Ah. Et Bella, elle pourrait passer ?

— Hélas non.

— Pourquoi ?

— Parce que... parce qu'elle bosse, elle aussi.

— Mais je suis complètement speed, dis-je. En fait, c'est la panique.

— Hélas, nous sommes prises toutes les deux et nous ne pouvons pas t'aider.

— Mais cette fête, c'était votre idée ! Et j'ai invité plein de gens et je viens tout juste de finir de faire les courses !

— Ne t'inquiète pas, Rose. Tout ira très bien. Au fait, bon anniversaire, ajouta-t-elle joyeusement. À plus tard ! Salut !

— Merci bien ! crachai-je en arrachant mon écouteur.

Quelles branleuses, celles-là ! Je garai la voiture, ouvris le coffre et sortis les sacs. Bras chargés jusque par-dessus tête, clé entre les dents, je réussis à ouvrir.

— Merde, merde, merde ! jurai-je en titubant dans le hall.

— Bienvenue à *L'Heure des Femmes* ! lança Rudy.

Pendant qu'il pérorait sur l'excision, je refermai la porte d'entrée d'un coup de pied et regardai la console du téléphone. Génial. Le courrier était arrivé. Mieux vaut tard que jamais, me dis-je en contemplant la pile de cartes de vœux. Je les ouvrirai plus tard, décidai-je. Puis soudain, je m'arrêtai net. Eh, un moment... Comment diable les lettres avaient-elles réussi à sauter du paillasson à la console et à s'y entasser toutes seules ?

— Sérieux problème de santé et de droits de la personne... besoin de législation...

Mais pourquoi Rudy parlait-il toujours d'excision ? Et qu'est-ce que c'était que ce bruit ? Et pourquoi sentais-je une odeur de fromage grillé ? Ce devait être Henry. Évidemment. Quel amour !

Il avait décidé de m'aider. Bev voulait juste me taquiner. J'entrai dans la cuisine et restai bouche bée.

— Bon anniversaire, Rose, fit Théo joyeusement.

Mon cœur fit un triple salto et cinq pirouettes.

— Tous mes vœux. Tu as choisi une belle journée ensoleillée, en plus, ajouta-t-il chaleureusement.

— ... résistance à la transgression de coutumes et traditions des autres cultures...

Je me tournai vers Rudy. Il dormait. C'était vraiment la radio.

— Qu'est-ce que tu fabriques ici, Théo ? l'interrogeai-je fraîchement.

Il portait son tee-shirt *Les astronomes le font toute la nuit !*

— Qu'est-ce que je fabrique ? Des bâtonnets au fromage.

— Ce n'est pas ce que je voulais dire.

— Je pensais que tu aimerais bien quelques vols-au-vent. Disons quatre-vingts ? Ça fera deux par personne – tu attends plus de trente invités, non ?

— Je veux dire...

— Et j'ai pensé qu'il te fallait des douceurs, alors j'ai fait ça... ta da !

Il ouvrit le frigo dans un grand geste théâtral et je vis des rangées de cornets croquants au brandy, déjà remplis.

— Théo, repris-je pendant qu'il éteignait la radio, tu es ici depuis combien de temps ?

— Environ une heure et demie.

— Tu as cassé un carreau ?

Il parut offusqué.

— Tu me prends pour qui ?

— Alors peux-tu m'expliquer comment tu es entré ?

Il glissa la main droite dans la poche de son jean et en tira un trousseau de clés.

— J'avais oublié de te rendre ceci en partant. Tu n'avais pas remarqué ?

Je secouai la tête.

— Je les ai retrouvées hier, en déballant mon dernier carton de livres. Elles étaient tombées dedans. C'est pour ça que je suis là, expliqua-t-il. Pour te les rendre.

— Merci beaucoup.

— Je n'avais pas envie de les envoyer par la poste. C'est trop risqué. J'ai pensé qu'il valait mieux les livrer en personne.

— Ouais.

— Et je me demandais si tu m'arracherais les yeux, ou si tu m'agonirais d'injures, alors j'ai demandé conseil à Bev.

— Ah. Et qu'est-ce qu'elle t'a dit ?

— Elle a dit que d'après elle, ça irait. Elle m'a aussi prévenu que tu étais totalement paniquée à cause de la fête alors j'ai pensé que je pouvais te donner un coup de main côté bouffe.

— Je vois.

— Elle m'a assuré que cela ne te dérangerait pas que j'entre avec mes clés.

— Vraiment ?

— Elle pensait même que tu serais ravie.

— Elle a dit ça ?

Il s'approcha et prit mes sacs de courses.

— Bonjour, Rose.

— Bonjour, Théo.

Il était de retour. Le petit gars aux yeux dans les étoiles.

— Je constate que je t'ai manqué, dit-il, nonchalant, en commençant à ranger les provisions.

Je le fixai.

— Qu'est-ce qui te le fait penser ?

— Intuition masculine. C'est infaillible. Nous les hommes, il y a des choses qu'on... sait, tout simplement. De toute façon, il est évident que tu as souffert de mon absence.

Il ouvrit le frigo et y rangea le saumon fumé.

— Vraiment ?

— Tout ce boulot de déco, par exemple. Exemple classique d'activité de substitution.

— Ah bon ?

Il hocha la tête d'un air sagace.

— Eh oui. Je constate également que tu as fait du jardinage. À propos, j'ai un cadeau pour toi.

Il alla jusqu'à la table, y prit un sac et me le remit. Je regardai à l'intérieur.

— Une rose pour Rose, annonça-t-il tandis que je la retirais du sac.

— Zéphirine Drouhin..., lus-je sur l'étiquette. Je n'en ai jamais entendu parler.

— C'est une rose très spéciale.

— En quoi ?

— Elle n'a pas d'épines.

— Mais toutes les roses ont des épines, non ?

— Pas celle-là. C'est une Rose sans épines, répéta-t-il. Alors évidemment, elle m'a fait penser à toi. C'est un rosier grimpant, rose profond. Je pense que ce sera joli sur ta nouvelle pergola.

— Oui, ce sera bien, répondis-je poliment. Merci beaucoup. C'est très gentil.

— J'ai un autre cadeau pour toi.

— C'est vrai ?

— Mais je ne peux pas te le donner tout de suite.

— Bon. Alors Beverley t'a dit que ça ne me gênerait pas que tu... apparaisses comme ça ?

— C'est exact. Je lui ai écrit.

— Quand ?

— Hier matin. Ou plutôt, je lui ai envoyé un e-mail. Tu veux savoir ce que j'ai écrit ?

— Pas vraiment.

— J'ai écrit « Chère Bev, j'ai un problème. Je suis tombé amoureux de ma proprio mais, comme elle est un peu longue à la détente, la pauvre chérie, elle a mis six mois à s'en apercevoir. Et le jour où elle l'a finalement compris, on a eu une dispute épouvantable. Elle m'a dit d'aller "me faire FOUTRE" et de ne plus jamais remettre les pieds ici ! Crois-tu qu'elle le pensait vraiment ? Stoïque à Stockwell. »

— Et qu'est-ce qu'elle a répondu ?

— Elle m'a tout de suite renvoyé un e-mail m'assurant que, non, tout bien pesé, elle croyait que tu n'en pensais pas un mot.

— Vraiment ?

— D'après elle, c'était ta façon d'exprimer ton affection.

— Je vois.

— Ça m'a encouragé, alors j'ai décidé de me pointer.

— Tu sembles certain d'être bien reçu.
— En effet.
— Ce n'est pas un peu complaisant de ta part ?
— Non. Parce que je sais que tu es folle de moi.
— Tu crois ?
— Oui. Raide dingue.
— Non, pas du tout. Je suis polie, rien de plus.
— Conneries. Tu me fais le coup de l'accueil glacial, mais tu es folle de moi, Rose.
— Qu'est-ce qui t'en rend si sûr ?
— Deux choses. Tout d'abord, tu portes mon vieux tee-shirt.

Et merde.

— Il m'est tombé sous la main. J'étais pressée ce matin et tout le reste était au sale.
— Et ensuite...
— Théo est adorable ! hurla Rudy avec ma voix. Je ne veux pas qu'il parte. Il est *adorable* ! Je veux qu'il reste.

Théo eut son sourire en coin.

— Voilà. Il s'est mis à gueuler ça dès que j'ai mis les pieds ici. Ça m'a plutôt encouragé.
— Euh... Je ne prendrais pas ça trop au sérieux. Rudy a une cervelle d'oiseau.

Nous nous regardâmes dans les yeux pendant quelques secondes. Je sentais les larmes monter.

— Je croyais que tu allais m'aimer et m'abandonner.

Il secoua la tête.

— Non, je vais t'aimer et t'aimer.
— Ah.
— Tu veux que je te prenne dans mes bras, Rose ?

Je hochai lentement la tête. Il m'attira vers lui, m'enveloppa de ses bras et je sentis son souffle contre mon oreille.

— Ça ne te dérange pas que je t'embrasse ? murmura-t-il.

Je hochai à nouveau la tête et Théo pressa ses lèvres contre les miennes, très doucement. Nous sommes restés comme ça pendant une minute ou deux.

— Tes lunettes sont embuées, dis-je.

Il les retira et les frotta sur le bord de son tee-shirt, puis cligna des yeux en me regardant.

— Tu sais, tu es beaucoup plus jolie avec mes lunettes.

Puis il me serra encore une fois contre lui en me berçant doucement, comme si nous dansions en silence. Je sentis une larme glisser sur ma joue.

— Désolée, gémis-je. Je voulais tout arranger, mais je ne savais pas comment faire.

— Je suis désolé, moi aussi. Je suis une brute, non ?

— Eh bien oui, tu es brutal. Tu es aussi très pénétrant. C'est ça qui m'a mise hors de moi. Je savais, au fond, que tu avais raison. Non seulement j'aimais qu'on ait besoin de moi, mais j'avais *besoin* qu'on ait besoin de moi. Maintenant, j'ai laissé tomber. Ou plutôt, *ça* m'a laissé tomber. Finie, la détresse !

— Je sais. Bev m'a raconté. Et qu'est-ce que tu vas faire ?

— Je n'en ai pas la moindre idée. Ricky m'a dit qu'il essaierait de me trouver autre chose. Ce ne sera pas aussi payant, mais je m'en sortirai.

— *Nous* nous en sortirons, dit Théo.

Une heure plus tard, les canapés étaient presque faits, j'avais pris ma douche et enfilé une robe, la maison était en train de se remplir d'amis. J'aurais dû appeler cette fête « Carambolage » plutôt que « Quarantaine » tellement il y avait de monde, pensai-je joyeusement en écoutant le brouhaha montant.

— Tiens, Rose, me dit Théo en faisant cuire une autre fournée de saucisses de cocktail. Mets un peu d'estragon et de miel là-dessus. Et n'oublie pas les serviettes en papier.

Les jumelles faisaient passer les blinis au saumon fumé tandis que Henry versait les Pimms. J'avais craint que Béa ne souffre en le voyant avec Beverley, mais elle m'avait juré que cela lui était complètement égal.

— Je m'en suis remise, m'avait-elle dit la veille. Rappelle-toi, Rose, que je vais avoir un bébé. Ma vie va être transformée. De toute façon, ça ne me dérange pas parce que j'aime beaucoup Bev. C'est une sacrée nana.

Béa et Bev bavardaient donc comme deux vieilles copines.

— Merci de ce que tu as dit à Théo, soufflai-je à l'oreille de Bev quelques minutes plus tard.

— Je n'ai pas dit grand-chose.

— Mais tu lui as donné un conseil formidable. L'avis de Bev, gloussai-je.

— De Bev et Trev, corrigea-t-elle. C'est comme ça que Ricky veut titrer.

— Vraiment ?

Je caressai les oreilles de Trevor.

— Pourquoi un chien ne pourrait-il pas être une Madame Détresse ? Enfin, un Monsieur SOS ?

— Moi aussi, je veux te remercier, Rose, murmura Bev.

— Pourquoi ? Je n'ai rien fait.

— Mais si ! Grâce à toi, j'ai trouvé un nouvel amour et une nouvelle vocation !

Je secouai la tête.

— Non, Bev. Ce sont eux qui t'ont trouvée. Je suis très heureuse que tu sois heureuse.

— Je le suis, Rose. Je bondis de joie.

En passant au jardin avec un plateau de vols-au-vent, je surpris des bribes de conversation.

— On avait perdu Rose de vue, c'est nul.

— On ne l'a pas vue depuis plus d'un an.

— Non, pas l'astrologie. L'astronomie.

— Mais c'est vrai qu'il s'est passé plein de choses pour elle.

— Bella et moi, on ne boit pas, Henry. On est enceintes.

— Joli jardin.

— Bon, alors juste un doigt.

À 22 heures, Théo apparut avec un gâteau décoré de roses rouges en massepain, et tout le monde me porta un toast au champagne en chantant *Happy Birthday*. En soufflant sur les quatre grosses bougies, je me penchai trop bas et mes cheveux s'enflammèrent.

— Juin flamboyant ! s'exclamèrent les jumelles en m'aidant à étouffer le feu.

Ça puait la corne brûlée.

— Un discours, un discours !

— Je n'ai pas grand-chose à dire, sinon que je suis heureuse que vous soyez tous là, et que j'aie des amis aussi adorables pour m'aider à célébrer cet anniversaire.

À 23 heures, les invités ont commencé à s'en aller en parlant de baby-sitters et de trains à prendre, et à 23 h 30 ils étaient tous partis. J'inspectai les dégâts. Des serviettes en papier flottaient dans les plates-bandes ; des chips et des bretzels parsemaient la pelouse. Les bouteilles de vin gisaient comme des quilles renversées sur le patio, où s'étalait un petit lagon de Pimms. Des guirlandes pendouillaient partout et les cendriers débordaient. On avait renversé du vin rouge sur la nappe rose, couverte de petits monticules de sel.

— Quel bordel, soupirai-je. C'est... merveilleux.

— Oui, dit-il en souriant. C'est un bordel heureux.

— Dommage qu'il faille ramasser tout ça, fis-je observer en chiffonnant un lambeau d'emballage cadeau.

— Hum.

— Quelle belle soirée, quand même.

— Oui. C'était géant.

Je lui souris. Géant.

— C'est toi qui es géant, Théo.

— Hé, tu n'as pas encore déballé mon cadeau. Le deuxième.

Théo mit la main dans sa poche et en tira une petite boîte.

— Tiens.

J'écartai le papier de soie rouge et ouvris la

boîte. À l'intérieur se trouvait un bracelet à breloques en or, avec une breloque en forme d'étoile.

— Merci, Théo, dis-je en l'embrassant. C'est ravissant.

— Je t'offrirai une breloque à chacun de tes anniversaires.

— Je me demande combien j'en aurai à la fin ?

Il sourit.

— Plein. Et puis tu en as déjà une, Rose. À part l'étoile.

— Oui, dis-je en songeant à la lampe d'Aladin. Je sais.

— Et j'ai pensé que peut-être un jour, tu l'ajouterais au bracelet.

— Oui. Tu as raison. Je le ferai sans doute un jour.

— Toujours aucune nouvelle ?

Je secouai la tête.

— N'y pense pas. Attends encore une semaine, puis tu pourras écrire une autre lettre à Mme Wilson pour voir si elle peut t'apprendre autre chose. Je vais mettre toutes tes cartes sur la cheminée, tu veux ?

Il passa au salon pendant que je ramassais les assiettes et les verres. Puis il réapparut avec quelques enveloppes.

— Dis, celles-ci étaient sur la console du hall. Je les ai ramassées sur le paillasson en entrant.

Évidemment. Dans ma panique, je les avais complètement oubliées. Il y avait trois cartes d'anniversaire, une facture de téléphone et deux lettres, dont l'une était libellée « Confidentiel » et qui m'avait d'abord été envoyée aux soins du *Post*.

Beverley me l'avait renvoyée. Elle était écrite à la main, et très courte.

Chère Rose, nous ne nous sommes jamais rencontrées, mais je voulais vous dire que même si Jon est encore très malade, son état commence à s'améliorer depuis sa transplantation de moelle la semaine dernière. À notre immense soulagement, après un an d'angoisse, on a enfin appris que Ted était compatible. Merci mille fois, Rose, pour votre rôle dans sa guérison. Nous vous aimerons à jamais. Claire Wright.

— Ça va, Rose ? s'enquit Théo qui avait commencé à faire la vaisselle.

— Quoi ?

— Qu'est-ce qui se passe ? Tu as l'air triste ?

— Non, pas du tout.

— C'est sérieux, alors ?

J'acquiesçai.

— Je peux voir ?

Il s'essuya les mains et je lui remis la lettre.

— Dieu merci, souffla-t-il. Alors il a fini par se décider. Est-ce que ça change tes sentiments pour lui ?

Est-ce que mes sentiments pour Ted avaient changé ? *Très* bonne question.

— Oui, répondis-je sincèrement. Et non.

Pendant que Théo lavait les verres, je regardai la deuxième lettre, de format A5. Elle était épaisse et affranchie, plutôt que timbrée, d'un cachet promotionnel, « Nouveaux horizons ! » Un truc de promo, sans doute. Je commençai à l'ouvrir, quand je remarquai qu'elle venait d'Australie et qu'elle était adressée à « Rose Wright ». Mon cœur s'arrêta de battre. Puis il repartit, et je glissai un pouce tremblant sous le revers. Maintenant, mon cœur battait comme un tam-tam. Je retirai une enveloppe scellée adressée *À Rose* et une lettre, dactylographiée recto-verso. Elle provenait d'un dénommé Dennis Thornton, qui m'écrivait de la ville d'Adélaïde. Je me mis à lire, presque sans respirer.

Chère Rose, je ne sais pas trop comment commencer cette lettre, mais je crois – en fait, je sais – que je suis votre beau-père...

— Ça y est, lançai-je à Théo. C'est arrivé.

Je regardai l'horloge. Je voulais savoir l'heure précise. Il était 23 h 45. 23 h 45, le 1ᵉʳ juin. Je me souviendrais de ce moment pour le reste de ma vie. Théo ferma les robinets et s'adossa au comptoir pendant que je lisais.

Il y a six semaines, une amie de la famille, Marjorie Wilson, a écrit à ma femme, Rachel, votre mère biologique. Ma mère s'appelle Rachel, m'émerveillai-je. Elle s'appelle Rachel. C'était comme si on avait allumé une lampe.

La lettre de Mme Wilson était courte. Elle souhaitait simplement nous transmettre une copie de l'annonce que vous aviez fait passer dans le journal, à propos de votre abandon en 1962. Mme Wilson a suggéré avec beaucoup de délicatesse que cela pourrait intéresser Rachel, avec laquelle elle était restée en relation sporadique, mais amicale. Elle avait raison. Depuis, j'ai parlé à Mme Wilson au téléphone et elle m'a raconté que quelque chose dans votre annonce, notamment la date mentionnée, l'avait fait réfléchir. Elle m'a dit qu'elle s'était toujours doutée de ce qui était vraiment arrivé à l'enfant qu'elle avait aidé à mettre au monde et à soigner, au cours de l'été 1962. Après vous avoir écrit pour s'assurer que vous étiez bien ce bébé, elle a écrit à ma femme.

Rose, je n'ai appris votre existence qu'il y a deux ans. Je savais que quelque chose dans le passé de Rachel la rendait malheureuse, quelque chose de « mal » qu'elle disait avoir fait. Une fois, à un baptême, elle avait un peu bu (elle a toujours détesté les baptêmes), elle a dit qu'elle avait l'impression d'être punie pour « ça », sans me préciser de quoi il s'agissait. Elle n'a jamais expliqué ce qu'elle avait fait de « mal », et je ne lui ai jamais posé la question, jusqu'en novembre 2000. C'est alors qu'elle m'a avoué la vérité.

Même après trente-huit ans, le souvenir de votre naissance et de votre abandon la bouleversait affreusement. Rose, ce n'est pas à moi d'expliquer ce qui s'est passé, mais à Rachel. Je vous transmets donc une lettre d'elle, qu'elle m'a dictée, voici dix-huit mois, pour que je vous la remette un jour. Ce jour est arrivé...

Ma mère s'appelle Rachel, me répétai-je joyeusement. Elle s'appelle Rachel, et elle m'a écrit une lettre, et je vais la rencontrer. Je pris l'enveloppe et, même après quarante ans, je reconnus sa grande écriture ronde, la même que celle de la note épinglée à ma barboteuse. Je me demandai si nous nous verrions rapidement, et si je l'appellerais « Rachel » ou « maman »... ?

Rose, je suis absolument navré de devoir vous dire que Rachel est morte l'an dernier, le 10 mars, dans l'hospice Mary Potter d'Adélaïde. Elle avait cinquante-trois ans. C'est pour cette raison qu'elle m'a enfin confié son secret vous concernant : elle savait qu'elle n'avait plus que quelques mois à vivre. Elle aurait tellement voulu se faire pardonner, mais elle ne savait pas comment faire. Elle m'a répété à quel point elle avait amèrement regretté son geste, et combien elle aurait aimé vous retrouver. Je lui demandai pourquoi elle n'en avait rien fait, et elle m'expliqua qu'elle en mourait d'envie mais qu'elle avait trop honte. Elle avait peur, aussi. Peur de vous retrouver, peur surtout que vous la rejetiez – « et qui pourrait le lui reprocher ? », disait-elle. Rachel pensait que vous saviez très probablement que vous aviez été abandonnée. Elle s'imaginait que vous n'auriez aucune envie de la rencontrer, et que de toute façon c'était « trop tard ».

Non, non ! Je secouai la tête. Si seulement elle m'avait cherchée, je serais venue.

Ainsi, pour qu'elle trouve enfin un peu de paix, je l'ai persuadée de vous écrire une lettre que je pourrais vous remettre, si jamais vous vous manifestiez. Cela lui a été d'un grand réconfort dans les dernières semaines de son existence, de savoir qu'elle vous avait enfin « parlé ».

Je posai la lettre de Dennis sans la finir, et ouvris celle de Rachel. J'étais en train d'ouvrir la lettre que ma mère m'avait écrite. Elle était datée du premier janvier 2001.

Chère Rose. Aujourd'hui, c'est le Nouvel An, un jour de recommencement et de résolutions. Je n'aurai pas la possibilité de recommencer quoi que ce soit à moins d'un miracle, mais je peux au moins faire, et tenir, une résolution. De t'écrire, à toi, la fille que j'ai abandonnée il y a près de quarante ans, pour te dire à quel point je regrette. Je veux aussi te dire que j'ai pensé à toi tous les jours de ma vie. J'ai espéré et prié pour qu'en dépit de ton mauvais départ dans l'existence, tu aies une vie heureuse et comblée.

Je regrette aussi qu'après avoir fait toutes ces démarches pour me retrouver, et avoir réussi (puisque tu lis cette lettre), tu découvres que je t'ai abandonnée une fois de plus. Quelle mauvaise non-mère j'ai été pour toi, Rose. Quelle déception. Je suis sûre que tu as dû me détester... Oui, songeai-je tristement. Je t'ai détestée. *Mais je me console en pensant que peut-être le fait que tu m'aies recherchée signifie que tu as vaincu en partie ta colère et ton mépris. Ou alors, tu es peut-être simplement curieuse de savoir d'où tu viens.* Mais non... c'est bien plus que ça. *En tout cas, Rose, bien que je ne m'attende pas à ce que tu me pardonnes (et pourquoi me pardonnerais-tu ?) j'aimerais au moins tenter de t'expliquer. Voici donc le récit de ce qui s'est passé, de tes origines et de ta venue au monde.*

J'ai grandi à Sittingbourne, dans le Kent. Mes parents étaient des gens bien, un peu stricts si l'on veut dans leur façon de voir les choses, catholiques et de classe ouvrière. Mon père, Jim, travaillait dans une usine de papeterie tandis que ma mère, Eileen, qui était de santé fragile, s'occupait de ma petite sœur, Susan, et de moi. J'ai une tante. Elle s'appelle Susan. Tante Susan. Tatie Sue. Nous vivions à Kemsley, dans une cité ouvrière, au numéro 10 de Coldharbour Lane. J'avais quatorze ans en 1960 quand la famille Pennington a emménagé dans la maison voisine. Il y avait trois garçons, tous grands et beaux, bien qu'un peu maigres. L'aîné, Ian, est devenu mon ami. Ian Pennington. C'est le nom de mon père.

Ian avait dix-sept ans à l'époque mais, à mes yeux, c'était déjà un homme. Je n'avais jamais eu de petit ami et je me suis totalement amourachée de lui. Il était vif et séduisant ; il était aussi ambitieux et intelligent. Il était au lycée de Borden et il avait l'intention d'aller à l'université pour devenir journaliste, comme son oncle qui travaillait au Times. *Ian passait me prendre après le lycée et nous allions au cinéma ou faire un tour sur sa moto. Pendant deux ans notre amitié est restée une simple amitié, rien de plus. Mais, en septembre 1961, il a eu dix-huit ans et il a quitté Kemsley pour l'université de King's College, à Londres, afin d'étudier l'histoire. Il était ravi que le service militaire obligatoire ait été aboli cette année-là, ce qui lui permettait de poursuivre directement ses études. J'avais quinze ans à l'époque (je suis née le 25 juillet 1946) et j'allais toujours au lycée. Nous nous écrivions et, dans l'une de ses lettres il m'a proposé de venir lui rendre visite un week-end. J'étais folle de joie. Alors un samedi de la mi-octobre, j'ai pris le train pour Londres. Cela m'a paru être quelque chose de très adulte. J'avais raconté à mes parents que j'allais dans le West End avec une amie pour faire du lèche-vitrines. Ian est venu me chercher et nous sommes allés à sa chambre de King's College Hall, à Camberwell. Il était bien installé, et nous étions tellement contents de nous revoir, et, enfin...*

En décembre, il devint évident que j'étais enceinte. Mes parents sont devenus fous – comme ils étaient catholiques, il n'était pas question que « j'arrange ça ». Les parents de Ian étaient furieux eux aussi, ils m'accusaient d'être une « mauvaise fille » et d'avoir essayé de « ruiner » leur fils. Un conseil de famille fut réuni, Ian rentra et la première chose qu'il dit, c'est : « Vous pouvez arrêter de vous disputer, parce que je vais épouser Rachel. » Tout le monde sourit de soulagement. Il n'y avait qu'un problème : j'étais mineure.

À l'époque, avoir des relations avec une mineure entraînait une peine de prison ferme ; pour étouffer le « scandale », mes parents ont mis au point un plan. Ils m'ont retirée du lycée – à l'époque on pouvait quitter l'école à quatorze ans – et ils m'ont gardée à la maison. Ils ont raconté à tout le monde que j'avais une fièvre glandulaire et que je serais hors circuit pendant un bon moment. Mes amies ne pouvaient pas venir me voir – je me rappelle combien je m'ennuyais – mais j'étais bien obligée de jouer le jeu. De toute façon, je ne voulais voir personne. Je m'étais toujours considérée comme une fille bien, et tout d'un coup j'étais devenue « une fille comme ça ». Sauf que, contrairement à la plupart des « filles comme ça », mon ami n'allait pas me laisser tomber. C'est ce que nous croyions tous.

La date d'accouchement approchant, je fus envoyée à Chatham, à seize miles de chez moi, pour qu'une vieille amie de ma mère, une ancienne sage-femme dont le mari était mort à la guerre, puisse « s'occuper » de moi. Je devais habiter chez Mme Wilson pendant quelques semaines, en hôte payante. Elle m'accoucherait, me montrerait comment m'occuper du bébé, puis Ian viendrait me chercher. J'allais avoir seize ans le 25 juillet et nous allions nous marier dès le lendemain, à la mairie, après avoir rempli les documents nécessaires à l'avance, notamment un consentement parental pour moi. Je déménagerais ensuite à Londres pour vivre avec Ian dans son meublé en attendant qu'il obtienne son diplôme.

Au cours de cette période, Ian m'écrivit souvent et je ne doutais pas un instant qu'il tienne parole. Quand j'y repense, je me souviens de mon bonheur, malgré le stress. J'aimais Ian, j'allais être avec lui – et toi – pour le restant de mes jours. Je n'ai jamais été une fille ambitieuse, Rose. Je n'avais pas de grands projets. Je savais que je serais heureuse d'être « seulement » une épouse et une mère : toi et Ian seriez mon univers. Alors début juin, j'ai pris un taxi au milieu de la nuit (parce qu'évidemment, j'étais énorme) jusque chez Mme Wilson. C'était une femme d'une grande bonté, elle avait mis au monde des centaines de bébés et mes parents savaient que j'étais entre de bonnes mains. S'il y avait la moindre complication, il y avait un hôpital tout près de chez elle. Mais j'ai eu un accouchement facile, après quatre heures de travail. Tu es née à trois heures du matin le quinze juin. Le quinze juin. Alors ma date de naissance avait été mal calculée, de quinze jours.

Je t'ai appelée Rose, parce que je voyais déjà que, comme moi, tu avais la peau claire et les cheveux roux. Comme tu peux le constater d'après la photo ci-jointe... Je secouai l'enveloppe et une photo pâlie d'une jolie femme dans la mi-trentaine en tomba... *j'ai les cheveux blond vénitien, épais et bouclés. Enfin, j'avais. J'en ai beaucoup perdu à cause de la chimio. Mais toute ma vie j'ai eu une masse de boucles rousses et je devinais que toi aussi, tu les aurais. Tu étais un bon bébé, souriant et calme, Rose : tu ne pleurais presque jamais. Malgré le stress d'une première maternité et de devoir rester « cachée » pendant quelques semaines, je me portais tout à fait bien. J'attendais que Ian vienne me prendre. Je lui faisais absolument confiance et je n'avais pas le moindre doute qu'il viendrait.*

Il est venu me voir trois jours après ta naissance ; il venait de passer ses examens de première année. Il a pris un boulot dans une usine de peinture de Battersea pour l'été, sachant qu'il aurait besoin d'argent pour nous faire vivre. Il m'a écrit qu'il reviendrait me voir le 26 juillet, le lendemain de mon seizième anniversaire, pour que nous allions nous marier. Nous déclarerions en même temps ta naissance (on aurait été tout juste en deçà du délai de six semaines) sous nos deux noms d'époux. Mes parents m'ont rendu visite une fois durant cette période, pour te voir. Ils étaient tellement soulagés que tout soit arrangé et que je redevienne bientôt « respectable ». C'est en tout cas ce que nous pensions.

Le matin du 25 juillet, Mme Wilson reçut un

appel lui apprenant que sa sœur, vivant dans une autre ville, venait d'être hospitalisée et lui demandait de s'occuper de ses enfants. Elle a dit qu'elle ne savait pas combien de temps elle serait absente, peut-être deux semaines. Elle savait que lorsqu'elle rentrerait, je serais partie depuis longtemps. Elle me laissa quelques provisions, me souhaita bonne chance et partit. J'étais triste parce que j'avais appris à bien la connaître, et qu'elle avait été bonne pour moi. Mais en même temps j'étais tellement contente que Ian vienne me chercher, contente de me marier et d'aller commencer ma nouvelle vie à Londres.

Mais, cet après-midi-là, on a sonné à la porte. Mme Wilson m'avait dit de n'ouvrir à personne, mais j'ai regardé par une fenêtre à l'étage et j'ai vu que c'était mon père. Je ne comprenais pas pourquoi il était là. Mes parents n'avaient pas le téléphone et il n'avait pas pu m'avertir de son arrivée. En descendant pour lui ouvrir, je pensai qu'il était peut-être venu parce que c'était mon anniversaire et j'en étais très touchée. Mais ce n'était pas ça. Il avait une mine épouvantable. Il m'a dit qu'il avait une nouvelle affreuse à m'annoncer et que je devais être très courageuse. Je me suis préparée à entendre que maman était très malade ou pire. Il m'a raconté que Ian avait été tué, ce matin-là, dans un accident de la route. Il avait dérapé dans un rond-point et était passé sous un poids-lourd. Il était mort dans l'ambulance.

Le choc fut si terrible que j'eus l'impression qu'on m'avait tiré dessus. Mon père resta assis avec moi un moment – je me rappelle, son visage était gris – puis au bout d'une heure environ il a dit qu'il fallait partir. J'ai dit que j'allais prendre mes affaires. Je pensais que j'allais rentrer avec lui. Mais il a secoué la tête. Puis il m'a tendu une enveloppe contenant quinze livres, en disant que c'est tout ce qu'il pouvait me donner. Tout à coup, j'ai compris. Mes parents ne voulaient plus de moi à la maison. Ils étaient désolés pour moi, mais ils me refusaient, telle que j'étais, célibataire, avec un bébé, parce que finalement je n'allais pas redevenir « respectable ».

Je ne veux pas juger mes parents trop sévèrement. C'est difficile à imaginer aujourd'hui, en cette époque de liberté, l'opprobre qui s'attachait aux mères célibataires. Mon père a prétendu que les ragots dans une petite communauté comme Kemsley seraient plus qu'ils n'en pourraient supporter, d'autant que ma mère n'était pas en très bonne santé. Il souhaitait aussi me protéger de tous ces ragots. Alors il a dit que je devais demeurer à Chatham, t'emmener à l'agence d'adoption locale où l'on prendrait bien soin de toi, et où l'on te trouverait une bonne famille. Ensuite, je pourrais rentrer à la maison.

Mon univers – et mon avenir – venaient de s'effondrer. C'était comme si ma vie venait de s'arrêter. Les parents de Ian auraient pu m'aider, mais comme mes propres parents, ils ne voulaient rien savoir. Encore une fois, je ne veux pas les juger trop sévèrement – ils étaient fous de douleur et ils se sont renfermés sur eux-mêmes.

Pendant cinq jours, je suis restée dans mon lit à pleurer. Toi aussi, tu t'étais brusquement mise à pleurer. Nous étions toutes les deux inconsolables – j'ai cru que nous allions nous noyer dans nos propres larmes. Je me sentais si seule, si désespérée, avec ma douleur et mon choc et mon bébé qui ne cessait de pleurer – je pense que j'ai perdu la tête. En même temps, une petite voix me répétait que je devais faire ce que mon père m'avait conseillé. Il n'y avait pas d'autre solution. D'un seul coup, j'étais devenue une mère célibataire comme toutes les autres – une « fille comme ça ». Même si j'avais souhaité te garder – et je le voulais, bien sûr – on ne m'aurait pas laissée. À l'époque, presque tous les bébés nés hors du mariage étaient adoptés. Plusieurs étaient enlevés de force aux mères. Comment aurais-je pu te garder, Rose, comme j'étais à l'époque, à seize ans, sans argent, sans domicile et sans homme ? Malgré mon cœur brisé, je savais que j'allais devoir te donner. J'ai donc décidé de t'emmener à l'agence d'adoption locale, tout en me promettant de ne rien dire sur moi. Je te déposerais discrètement et je m'enfuirais en courant.

Le lendemain matin, le 1er août, j'écrivis un petit mot, juste pour dire que tu t'appelais Rose et pour leur demander de s'occuper de toi, et je l'ai glissé dans une enveloppe. J'ai aussi mis une petite breloque, prise sur mon bracelet. Je savais que, par ce moyen, je pourrais t'identifier, si jamais par miracle nous nous retrouvions. Je t'ai passé ta plus jolie barboteuse, je t'ai enveloppée dans une couverture en coton et je suis sortie. Mais j'étais dans un tel état de détresse que je n'avais pas réfléchi. Je n'avais même pas de landau. Je devais *donc te tenir dans mes bras. Et je ne savais pas où se trouvait l'agence d'adoption. Je ne voulais pas attirer l'attention en posant des questions, alors je me suis mise à marcher en pensant que je finirais par voir une grande pancarte avec « Agence d'adoption » écrit dessus, et que je n'aurais plus qu'à entrer. Mais la maison de Mme Wilson était loin du centre-ville et je suis d'abord partie dans la mauvaise direction. J'ai dû faire demi-tour. Au bout de deux heures j'étais épuisée. Heureusement, tu dormais. J'avais à peine mangé depuis cinq jours et j'étais assez faible. Puis j'ai eu une idée. J'ai décidé de t'emmener à l'hôtel de ville. Je savais que là, quelqu'un préviendrait l'agence d'adoption. Je savais que l'hôtel de ville devait être près de la rue principale. Bien que la ville ait été déserte à cause des vacances, je voulais éviter les grandes artères. J'empruntai donc une rue parallèle, puis je traversai un parking derrière le Co-Op. Soudain, j'ai eu un choc. Au loin, j'avais aperçu – ou cru apercevoir – une fille de Kemsley, Nora Baker, avec sa mère. Elles vivaient dans ma rue et Nora fréquentait le même lycée que moi. Je me mis à paniquer. Je ne pouvais pas courir le risque qu'elles me voient, mais elles se rapprochaient. Juste à ce moment-là tu t'es réveillée et tu t'es mise à pleurer. Nora et sa mère traversèrent la rue. Elles ne m'avaient pas encore vue mais j'étais terrifiée. Je ne pouvais pas me permettre d'être vue par une connaissance, avec un bébé dans les bras, alors j'ai pensé que je pouvais simplement te poser. Tout d'un coup j'ai vu un chariot de supermarché et, avant même d'avoir réfléchi, je t'y ai déposée. Je regardai autour de moi. Personne ne m'avait vue, le parking était désert. Tu étais dans le chariot, avec ta couverture et ton biberon. J'ai regardé vers ma droite. Nora et sa mère se rapprochaient. Alors je me suis mise à marcher. Sans le vouloir, Rose. J'ai marché pour m'éloigner. Et j'ai continué à marcher. J'ai marché. J'ai marché et je t'ai laissée là.*

À ce jour, le souvenir de ce que j'ai fait me rend malade. Mon cœur battait si fort que j'ai cru que j'allais mourir. Et mon visage était brûlant. Je marchais de plus en plus vite, je courais, plutôt, tête baissée.

J'ignore comment je suis rentrée chez Mme Wilson. Je me répétais « Qu'est-ce que j'ai fait ? Qu'est-ce que j'ai fait ? » Je savais que maintenant quelqu'un avait dû te trouver et appeler la police. Je fourrai rapidement mes affaires dans mon sac et laissai un mot à Mme Wilson pour la prévenir de ce qui était arrivé à Ian, et que j'avais emmené le bébé à l'agence d'adoption, et que je partais. Je signai le mot, fermai la porte à clé, mis les clés à la poste et partis en courant. Je n'avais qu'une idée en tête. Je devais fuir Chatham. Je venais de commettre un crime. J'avais abandonné mon bébé. J'étais une méchante fille. Une criminelle. J'allais être punie. J'avais déjà lu l'histoire d'une femme qui avait abandonné son bébé, et qui avait été repérée, arrêtée et envoyée en prison. De l'autre côté de la rue, il y avait un arrêt d'autobus. J'ai attendu, le cœur toujours battant. Quand le bus est arrivé, j'y suis montée avec l'impression que je partais vers ma tombe. Ian était mort, mes parents ne voulaient pas m'aider, et je venais d'abandonner mon enfant.

Je suis restée dans ce bus pendant deux heures, trop choquée pour pleurer, totalement terrifiée. Je n'arrêtais pas de penser à toi, Rose. On avait dû t'emporter à l'hôpital, t'examiner, s'occuper de toi. J'étais jalouse jusqu'à la folie à l'idée que quelqu'un d'autre te prenne dans ses bras et te nourrisse, mais je ne pouvais pas revenir en arrière. J'étais certaine qu'on m'arrêterait. De toute façon je t'aurais perdue... Rose, quand je songe à quel point le monde a rapidement changé, et à la façon dont on s'occupe aujourd'hui des « filles comme ça », j'en veux à la terre entière. Quelques années plus tard, j'aurais été aidée, conseillée, j'aurais reçu une allocation et une aide au logement. On m'aurait comprise, on m'aurait soutenue. Mais c'était très différent à l'époque. Très différent.

Voilà donc ce qui est arrivé ce jour-là. Peut-être qu'en un sens, je t'ai abandonnée parce que j'ai eu le sentiment d'être moi-même abandonnée – par Ian, mon père et ma mère. Cela n'excuse rien, mais je veux juste te dire que je n'avais pas l'intention de faire ce que j'ai fait, comme je l'ai fait. J'avais l'intention de te remettre aux autorités, pour qu'on s'occupe de toi, parce qu'il n'y avait rien d'autre à faire. Alors que, dans ma panique, je t'ai laissée dans un chariot de supermarché, dans un parking. Comme j'ai dû te paraître sans cœur.

J'étais consciente de la présence de Théo, assis en silence à l'autre bout de la table. Sa respiration douce et régulière m'apaisait.

J'avais tellement peur que je décidai qu'il valait mieux quitter le Kent. Quand le bus s'est arrêté à Gravesend j'ai pris le ferry pour traverser la Tamise jusqu'à Tilbury. La nuit commençait à tomber. J'ai trouvé une pension correcte et j'y suis restée cachée pendant quelques jours, sans jamais quitter ma chambre. L'argent de mon père ne me durerait pas plus de trois ou quatre semaines. Il fallait que je trouve un travail. Mais je n'avais aucune espèce de formation. Je ne voulais pas aller au bureau pour l'emploi pour ne pas me faire repérer. Finalement, en passant devant un café j'ai vu une affiche annonçant qu'on cherchait une serveuse. Alors je suis entrée. Je ne savais rien faire, mais ils m'ont appris à mettre la table et à prendre les commandes. Tout ce dont j'avais besoin, c'était d'un peu de temps pour souffler. C'était un travail épuisant, mais j'en fus contente, parce que comme ça, je n'avais pas le temps de réfléchir. J'ai écrit à mes parents, sans leur donner mon adresse, pour leur dire que je t'avais donnée en adoption, que j'étais saine et sauve, que j'avais un travail et que je ne voulais pas rentrer à la maison. Je leur expliquai que je ne pouvais pas affronter les parents de Ian – c'était vrai. Je leur promis aussi que je leur écrirais à nouveau quand je serais « installée » quelque part, et les priai de ne pas s'inquiéter de mon sort. Je fonctionnais en pilote automatique : travailler, dormir, manger à peine. J'essayais de ne pas devenir folle.

Un jour, environ un mois plus tard, j'apportais l'addition à un monsieur – il me semblait beaucoup plus âgé que moi, mais il n'avait que vingt-

trois ans. Enfin, on s'est mis à bavarder et il m'a demandé si j'aimerais bien aller au cinéma avec lui un de ces jours. J'étais sur mes gardes, mais j'étais tellement seule, et il avait l'air très gentil. Quelque chose m'a fait accepter. Je voulais juste avoir quelqu'un à qui parler. Il m'a dit s'appeler Dennis Thornton. Je ne lui ai rien raconté de ma vie – je ne lui ai même pas parlé d'Ian – et il a eu la correction de ne poser aucune question. Beaucoup plus tard, il m'a dit qu'il avait attribué ma tristesse à une déception. Peut-être qu'un homme m'avait abandonnée. Ou que j'avais subi un avortement clandestin. Il se posait des questions, mais il n'a appris la vérité que tout récemment. Enfin, Dennis m'a dit qu'il venait de terminer son service militaire, qu'il avait fait des boulots à droite et à gauche mais qu'il prenait le bateau pour l'Australie, dans six semaines. Pour lui, tout était possible là-bas. Et la traversée ne coûtait pas grand-chose. Au cours du mois qui a suivi, il m'a demandé de sortir avec lui à quelques reprises. Il était toujours très attentionné, se comportait en gentleman et je commençais à regretter qu'il parte. Il avait été un bon ami pour moi. Nous étions assis devant le port, fin septembre, en train de regarder les navires arriver et partir, quand il m'a soudain demandé si je pouvais envisager de partir en Australie avec lui. Ça m'a fait un choc terrible. Il m'a promis de payer mon passage, qu'on verrait comment c'était là-bas et que, si ça ne nous plaisait pas, on pourrait toujours revenir.

J'ai pensé à toutes les choses affreuses qui m'étaient arrivées. J'avais perdu mon fiancé, mon bébé et mon avenir ; j'avais toujours peur d'être arrêtée par la police si jamais on me trouvait. L'idée de recommencer ma vie dans un pays inconnu, un pays chaud, lointain, me sembla soudain très, très attirante. Alors j'ai respiré un grand coup et j'ai répondu oui. Nous avons quitté l'Angleterre à bord du S.S. Ormonde *– c'était loin d'être une croisière de luxe, et le voyage a duré sept semaines. Parfois, quand la mer était grosse, c'était carrément l'enfer. Mais le 1ᵉʳ décembre nous sommes parvenus à Adelaïde – j'ai eu l'impression de renaître. C'est ici que nous vivons depuis. Nous avons eu une belle vie ici, Rose. Dennis a été l'homme le plus merveilleux de la terre. Il rougit maintenant, pendant que je lui dicte ces mots, mais c'est vrai et je voulais que tu le saches. J'ai souvent pensé qu'il m'avait sauvée. Nous nous sommes mariés en 1965. Au début, il a travaillé dans une quincaillerie, puis dans une agence de voyages, ça commençait tout juste à démarrer à cette époque, et il a bien réussi. Il a maintenant sa propre agence,* Nouveaux Horizons. *J'ai pris des cours de secrétariat pour l'aider. Et personne, pas même Dennis, n'a jamais su ce qui s'était passé, et ce que j'avais fait près de quarante ans auparavant.*

*Je suis tellement navrée, Rose. Je n'ai jamais eu l'intention de t'abandonner comme je l'ai fait. Je n'ai jamais dit la vérité à M*me *Wilson – quoique nous soyons restées en contact – et mes parents n'ont jamais su non plus. Pour eux, c'était une affaire réglée. Je t'avais donnée pour que tu sois adoptée, et incapable d'affronter la vie à Kingsley, je m'étais enfuie à l'autre bout du monde.*

Je n'ai plus qu'une chose à te dire, Rose, et j'espère que tu ne seras pas blessée, mais j'ai un autre enfant. C'est une fille adorable, elle s'appelle Laura...

Mes yeux s'embuèrent de larmes retenues et les mots de ma mère s'embrouillèrent. J'avais une sœur. J'ai une sœur, elle s'appelle Laura.

Laura a aujourd'hui trente-deux ans et elle a épousé un gentil garçon, Alan, qui travaille avec Dennis. Ils ont une ravissante petite fille, Alice, qui a six ans.

En plus, j'ai une nièce ! Je suis tante ! À mon grand étonnement, je me rendis compte que je n'éprouvais que du bonheur et pas de ressentiment. Je pressai un mouchoir contre mes yeux et repris ma lecture.

Nous avons adopté Laura en 1971. Adopté ? *Je suis sûre que tu dois trouver cela étrange. Mais tu vois, Rose, je n'ai jamais pu avoir d'autre enfant. On savait que ce n'était pas la « faute » de Dennis, alors on m'a examinée. Bien entendu, le médecin a constaté que j'avais déjà été enceinte – je lui ai fait jurer le secret – et il a dit que mon infertilité était « inexplicable ». Mais moi, je connaissais parfaitement l'explication : j'étais punie de t'avoir abandonnée. J'avais commis un acte contre nature, et la Nature se vengeait. Mais comme Dennis désirait très fort être père, il a suggéré que nous adoptions, et comme il avait tant fait pour moi, je ne pouvais refuser. J'avais l'impression qu'en adoptant une petite fille j'expiais, dans une certaine mesure, ce que je t'avais fait.*

Voilà, Rose. C'est l'histoire de ce qui s'est

passé, et des raisons qui m'ont poussée à agir comme je l'ai fait. Je suis désolée. Je suis vraiment, vraiment désolée. Et par-dessus tout, je suis triste parce que nous ne nous connaîtrons jamais. Mais je suis si heureuse de pouvoir te parler de cette façon. Je n'ai aucun moyen de savoir si tu liras ceci, je prie de ton mon cœur que tu le puisses. Avec mes pensées les plus aimantes, ta mère, Rachel.

Je regardai l'horloge – il était 20 h 10. Je repris la lettre de Dennis.

Rose, je suis tellement heureux que vous ayez recherché votre mère, et désespéré que votre recherche ait abouti à ceci. Mais je sais que Rachel aurait été très, très heureuse que vous veniez nous voir. Nous sommes votre famille. Nous vous attendons. Venez, je vous en prie.

Épilogue

Brancaster Beach, North Norfolk.
Deux mois plus tard, le 1ᵉʳ août.

— Perdue et retrouvée, murmura Théo. Puis perdue à nouveau.

— Oui, murmurai-je. Je l'ai perdue pendant quarante ans. Et moi aussi, j'étais perdue.

— Mais vous n'êtes plus perdues l'une pour l'autre.

— Peut-être nous retrouverons-nous un jour. Dans un autre univers.

— Oui, peut-être...

Théo et moi étions allongés sur le dos, dans les dunes de sable, à contempler le ciel immense, incurvé vers l'infini, noir anthracite, touffu d'étoiles, comme des bijoux lancés en l'air par une main invisible.

— Tu dois te sentir très différente maintenant, Rose.

J'écoutai les vagues se briser sur le sable avec un grand « chut »...

— C'est vrai. Je me sens... complète. Maintenant, je sais d'où je viens.

— Tu viens de Camberwell.

Je souris en enfonçant mes doigts dans le sable frais.

— C'est drôle de penser que j'ai été conçue là – c'est comme si j'étais revenue à la source. J'ai enfin l'impression de vraiment *appartenir* à quelqu'un.

Il tendit la main.

— Oui. Tu m'appartiens.

— Et j'appartiens à la famille de Rachel... sa famille en Australie, sa famille ici... J'ai tellement de parenté !

Je secouai la tête, émerveillée.

— J'ai un beau-père, une sœur...

— Une demi-sœur, rectifia-t-il.

— En effet. Et j'ai une nièce.

Je repensai à la lettre pleine de marguerites de la petite Alice la semaine dernière, et au poème qu'elle y avait joint. *J'ai une nouvelle tantine. Elle s'appelle Rose. Je ne l'ai jamais rencontrée. Mais quand elle viendra, je sais que ma vie sera plus parfumée.* Pas mal pour une gamine de six ans et demi.

— Alice, dis-je avec un sourire. Et Laura. Ma sœur Laura. Mon beau-père Dennis. Ils sont ma famille. On n'a pas un gène en commun, mais tu sais, Théo, ça m'est égal. Parce qu'ils sont ma famille.

Parce qu'il y a des liens plus forts que le sang, comme je l'avais découvert. Et que parfois les liens du sang ne veulent plus rien dire – comme pour Ted, par exemple.

— La famille de Susan est très sympa, dit Théo.

Je repensai à notre visite chez Susan, son mari et ses trois enfants. Elle m'avait d'abord souri poliment, puis son visage s'était chiffonné d'un coup et elle m'avait serrée dans ses bras en pleurant. Elle ne voulait plus me lâcher.

— Il y a si longtemps que je veux te connaître, avait-elle sangloté.

Susan avait apparemment toujours connu mon existence, mais comme ses parents, elle croyait que j'avais été adoptée en bonne et due forme après la mort de Ian. Quand Rachel était morte, elle avait même tenté de me retrouver et elle n'avait pas compris pourquoi ses recherches n'avaient pas abouti. Maintenant, elle savait.

— Comme c'est horrible, de songer que Rachel a été poussée à commettre un acte aussi désespéré, m'avait-elle dit dans son jardin, pendant qu'elle me montrait des photos de famille. C'est affreux, de penser à ce qu'elle a traversé. Mais elle ne m'en a jamais, jamais parlé, avant ma toute dernière visite en Australie. C'était un mois avant la fin. Elle m'a dit qu'elle t'avait « parlé ». Mais elle était tellement malade à ce stade que j'ai cru qu'elle délirait.

— Non, elle m'avait bien parlé. Mais je n'ai entendu ce qu'elle m'a dit que dix-huit mois plus tard.

Je repensai aux paroles de ma mère, s'avançant vers moi en ligne droite comme la lumière d'une étoile lointaine traverse l'espace.

Susan m'avait aussi montré des photos de mon père. Il y en avait une de lui et de Rachel, adolescents, debout à côté de sa moto, qui se regardaient en se tordant de rire. Moins d'un an après cette photo, il était mort et elle s'était exilée, séparée à jamais de son enfant. Comme c'est tragique, me dis-je. C'était absolument tragique, mais enfin, j'avais une image de lui. Mon papa. J'ai son front, son menton, sa haute taille. Mes clavicules saillantes me viennent de Rachel, évidemment. Il y avait une photo d'elle dans sa première robe du soir.

— Tu voudras joindre les frères d'Ian ? me demanda Susan. Les Pennington sont partis vivre en Écosse peu de temps après l'accident, mais je connais quelqu'un qui a leur adresse.

— J'aimerais leur écrire, et leur demander s'ils veulent me rencontrer. Ce serait bien qu'ils acceptent.

Ils ont dit oui. Théo et moi, on ira en Écosse quand on sera rentrés d'Australie. Je suis allée voir la maison de Kemsley, et celle de mon père juste à côté, et l'usine de papeterie où mes grands-pères travaillaient. J'ai vu les tombes de mes grands-parents aussi, à Sittingbourne. Bizarrement, j'avais l'impression que j'allais leur rendre visite. Je leur avais acheté des roses rouges. Je leur ai présenté mes hommages. Susan m'a donné un exemplaire de l'arbre généalogique de la famille. Elle m'y a ajoutée, avec ma vraie date de naissance, à côté de Laura, ma sœur. « Il va falloir encore faire un ajout bientôt », lui avais-je appris...

— Regarde, un météorite ! criai-je à Théo. Non, pardon, c'est un satellite.

Mon bracelet à breloques tinta à mon poignet gauche. Il porte maintenant l'étoile, ma lampe d'Aladin et un minuscule télescope que nous avons trouvé hier chez un antiquaire.

— C'est merveilleux, dit Théo tandis que nous nous retournions dans le sable. Ça me rappelle quand j'étais petit et que je regardais les étoiles avec mon grand-père. C'est si bon, de relever la tête... Et il y a de quoi, pas vrai ?

— Oui. C'est vraiment... géant, soupirai-je.

— Géant, répéta-t-il. Quelle belle façon de fêter mon anniversaire. Et le jour de ta découverte, ajouta-t-il.

— Maintenant, j'aime bien le 1er août. Avant, je détestais. Mais plus maintenant.

Je laissai filer une poignée de sable à travers mes doigts.

— Tu crois qu'on est seuls ? repris-je.

Théo regarda autour de lui.

— Oui. Pourquoi ? Qu'est-ce que tu veux faire ?

— Non, je veux dire... tu crois qu'on est seuls dans l'univers ?

— Ah. Presque certainement pas. Quand on pense à tous les autres systèmes solaires, je doute que la planète Terre soit unique en son genre.

— Je me demande ce que les extraterrestres penseraient de nous ?

— Je crois qu'ils en savent déjà assez long, d'après nos transmissions de radio et de télévision.

— Ah, c'est vrai.

— Imagine, la totalité des émissions transmises sur Terre filent dans l'espace à tout jamais. Le discours d'ouverture de Hitler aux Jeux olympiques de Berlin, par exemple.

— C'est une mauvaise pub pour nous, les Terriens, tu ne crois pas ?

— Je le crains. La mort du président Kennedy. Les extraterrestres doivent se demander qui lui a tiré dessus. Ça doit les rendre dingues.

— Sans doute.

— Et Clinton. « Je n'ai pas eu de relations sexuelles avec cette femme. »

— Ha ! Je parie qu'ils ne l'ont pas cru une seconde !

— Et toutes tes émissions sur London FM.

— Ah oui.

J'imaginai ma voix en train de flotter à travers la galaxie.

— Elles sont probablement déjà sur Mars à l'heure qu'il est.

— Je me demande si les Martiens considèrent que j'ai donné de bons conseils à mes auditeurs.

— Je me le demande aussi. Ils sont probablement en train de discuter pour savoir si Tracey de Tottenham doit reprendre son mari ou si Vince de Vauxhall est vraiment homo. Ou peut-être qu'ils ont leurs propres Madames Détresse ou des Madames Détresse intergalactiques.

— Sans doute.

— Ça ne te manque pas ? ajouta Théo en se tournant vers moi.

— Pas du tout. Je n'ai plus besoin de ça. Finie, la détresse, dis-je gaiement.

— Non. Tu es la star des reporters du *Post*.

— Rectification. Je suis leur correspondante animalière.

Je songeai à ma commande en cours – un reportage sur le scandale des « Dindes torturées pour Noël ». C'est pour cela que nous sommes dans le Norfolk. Je dois infiltrer une ferme et enquêter sur les conditions d'élevage. La semaine prochaine, ce sera Heathrow et le trafic clandestin des tortues. Après, je dois faire un papier sur un retriever capable de calculer des équations différentielles – on va le titrer « Bête de somme ! » Ce n'est pas précisément ce qu'on pourrait appeler du journalisme de pointe, mais ça m'est égal, vraiment. Ça vaut mieux que les voisins méchants ou la calvitie, et Ricky a gentiment accepté de maintenir mon salaire au même niveau. De toute façon, j'ai d'autres priorités à présent. Mon point de vue sur la vie a changé. De plus d'une façon.

— Quelle heure est-il, Théo ?
— 23 h 30. Quoi, tu as encore faim ?
— Ouais. Tu as les sandwiches ?

Il se pencha pour prendre le sac en plastique de Co-Op.

— Anchois et confiture de fraises ?
— Non merci.
— Bacon et marmelade ?
— Non.
— Saumon fumé et banane ?
— Laisse tomber.
— Abricot et Marmite ?

Abricot et Marmite. Miam.

— Ouais !

Il me passa le sandwich et j'en pris une grande bouchée.

— Qu'est-ce que c'est bon !
— Tu penses que ça va durer longtemps, cette phase ?

— Aucune idée.

— J'ai hâte que tu recommences à manger de la vraie nourriture, préparée par mes soins.

— Pour l'instant, ça me va.

— Tu vas bien, Rose ?

— Oui, tout à fait bien. J'ai des palpitations de temps en temps et des élancements bizarres aux poignets. Mais l'infirmière dit que c'est normal à treize semaines. Merci, mon chéri, c'était succulent.

Je me rallongeai pour étudier le firmament.

— On va devoir penser à des prénoms, tu ne crois pas ? dis-je.

— Casse-toi.

— Quoi ? Non, sérieusement, il faut y penser, Théo. Ça va aller très vite.

— Non, j'ai dit *Castor*. Castor et Pollux, qu'est-ce que tu en dis ? Les jumeaux célestes.

— C'est un peu *too much* et peut-être que ce ne seront pas des garçons.

— C'est vrai. Callisto pour la fille et Ganymède pour le garçon, alors.

— Mouais. Et si ce sont deux filles ?

— Thelma et Louise ? Bella et Béa ?

— Rachel et Anna, articulai-je lentement. Pour nos mères.

— Rachel et Anna, répéta-t-il. C'est très beau. J'espère que le long vol pour l'Australie ne les gênera pas.

— Non, le médecin dit que tout ira bien. De toute façon, il faut qu'on y aille maintenant, avant que ma grossesse soit trop avancée. Trois semaines aux antipodes, soupirai-je béatement. Ce sera chouette de rencontrer ma famille. Et tu vas faire des reportages intéressants pour ta série radio.

— Oui, je vais pouvoir collecter plein de matériel sur le ciel de l'hémisphère Sud. J'ai hâte de visiter l'observatoire anglo-australien. On aura peut-être même la chance d'apercevoir des aurores australes. Ce sont de beaux projets, n'est-ce pas, Rose ?

— Oui, dis-je en souriant. Des projets magnifiques.

Il se leva soudain.

— Je crois que la marée descend. Tu veux qu'on se balade au bord de l'eau ? Un petit bain de minuit, Rose ? Ça te dit ?

Je tendis la main et Théo m'aida à me relever.

— Oui. Ça me dit.

Remerciements

Je remercie comme toujours mon agent, Clare Conville et mon éditrice, Rachel Hore. Je dois aussi beaucoup à toutes les « Madames Détresse » qui m'ont donné de si merveilleux conseils, et particulièrement à Virginia Ironside, Irma Kurtz, Kate Saunders, Jane Butterworth, Suzie Hayman et Karen Krizanovitch. Merci également à Alan Greenhalgh et Esther Lacey. Pour ses informations sur l'adoption, j'aimerais remercier Sandra Foster de NORCAP ; pour ses renseignements sur les lésions de la moelle épinière, merci à Danny Anderson du Back-Up Trust ; parce qu'ils m'ont aidée à mieux comprendre la gémellité, merci encore à Chantal et Belinda Latchford ainsi qu'à Jonathan et Catherine Pollard. J'aimerais remercier Jerry Workman, Simon Batty, Andy Carroll et Doug Daniels de l'Observatoire de Hampstead de m'avoir inculqué des notions d'astronomie, tout comme l'équipe de la Royal Astronomical Society. Je suis reconnaissante à George Butler de m'avoir éclairée sur la presse populaire, à Jonathan Curtis pour ses renseignements sur la gestion des ressources humaines et à Sarah Anticoni pour ses informations sur le divorce. Pour tout ce qui concerne les chiens d'handicapés, je remercie Stephanie Pengelly et Frodo, ainsi que les associations *Partners for Independence* et *Dogs for the Disabled*. Une fois de plus, je témoigne toute ma gratitude à mon père, Paul, et à Louise Clairmonte, qui m'ont beaucoup aidée par leurs conseils et leur lecture. Chez HarperCollins, j'aimerais remercier Jennifer Parr pour sa relecture rigoureuse, ainsi que Nick Sayers, Lynne Drew, Fiona McIntosh, Esther Taylor, Jane Harris, Martin Palmer, Becky Glibbery, Maxine Hitchcock et Sara Walsh.

"Les deux font l'impair"

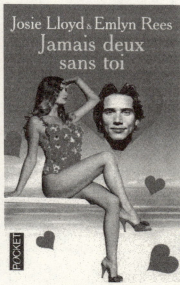

(Pocket n°11151)

Lui, c'est Jack, 27 ans. Peintre méconnu et paresseux, célibataire et heureux de l'être... pour l'instant. Sortir avec une fille pour un soir ? No problem. Se rappeler son nom le lendemain ? No comment. Elle, c'est Amy, 25 ans. Elle travaille dans l'intérim, cherche toujours sa voie et n'a pas fait l'amour depuis 6 mois. L'homme idéal ? Il est marié. L'homme "presque idéal" ? Va falloir essayer...

Il y a toujours un Pocket à découvrir

Cet ouvrage a été composé par
Nord Compo (Villeneuve-d'Ascq)

Impression réalisée sur Presse Offset par

BRODARD & TAUPIN

GROUPE CPI

21676 – La Flèche (Sarthe), le 07-01-2004
Dépôt légal : janvier 2004

POCKET – 12, avenue d'Italie - 75627 Paris cedex 13
Tél. : 01.44.16.05.00

Imprimé en France